有爱的青春陪伴者

秋色揽星河

上

绘秋 著

贵州出版集团
贵州人民出版社

图书在版编目（CIP）数据

秋色揽星河：上、下/绘秋著. -- 贵阳：贵州人民出版社，2022.12
ISBN 978-7-221-17324-9

Ⅰ.①秋… Ⅱ.①绘… Ⅲ.①长篇小说-中国-当代 Ⅳ.①I247.5

中国版本图书馆CIP数据核字(2022)第182066号

秋色揽星河：上、下
QIUSELANXINGHE:SHANG/XIA

绘秋/著

出版统筹：	陈继光
选题策划：	大鱼文化
责任编辑：	潘 媛
特约编辑：	廖 妍 鲁 璐
装帧设计：	刘 艳 唐卉婷
封面绘制：	齐桑树
出版发行：	贵州人民出版社（贵阳市观山湖区会展东路SOHO办公区A座 邮编：550081）
印　　刷：	长沙鸿发印务实业有限公司
开　　本：	880毫米×1230毫米　1/32
字　　数：	484千字
印　　张：	16.5
版　　次：	2022年12月第1版
印　　次：	2022年12月第1次印刷
书　　号：	ISBN 978-7-221-17324-9
定　　价：	62.80元

贵州人民出版社微信

版权所有　盗版必究. 举报电话：策划部0851-86828640
本书如有印装问题，请与印刷厂联系调换. 联系电话：0731-82755298

目录
contents

♥ 001・上卷
   秋色

♥ 002・第一章
   我的随行翻译，秋随

♥ 027・第二章
   叫沈先生，是翻译和客户的关系

♥ 059・第三章
   我和姓沈的天生犯冲

♥ 082・第四章
   是这样的，只有我女朋友
   才有这些权限

♥ 111・第五章
   我希望你别和其他
   小姑娘一样，对我心怀不轨

♥ 151・第六章
   付费内容当然是我，你以为
   什么人，都可以看到我吗？

♥ 198・第七章
   付费内容，分期还款，时间你定

目录
contents

♥ 367・第十二章
秋随，你学会索取的第一步，
就是先学会向我索取

♥ 385・第十三章
妈，介绍一下，这是我未婚妻，秋随

♥ 425・甜蜜番外
求婚大作战！！！

♥ 251・下卷
揽星河

♥ 460・暗恋番外
沈烬视角的暗恋

♥ 252・第八章
首要报备联系人

♥ 290・第九章
那条领带壮烈牺牲了，
不过它牺牲得很值得

♥ 510・婚后番外一
争风吃醋的沈氏父子

♥ 514・婚后番外二
情书

♥ 318・第十章
秋随，情侣间该做的事情都做完了，
你得负责了

♥ 338・第十一章
于九月二十二号，你吻了我的耳朵

♥♥♥

上卷·秋色

− 我们拥有此刻,我们分享回忆 −

或者，是我的初恋，秋随

第一章 /
我的随行翻译，秋随

01

传虹翻译公司。

挂了电话后，温婕战战兢兢地走到秋随的身边。温婕怯懦地开口："秋随姐，周经理让我通知你，本月31日有一场中俄互联网并购会议，同声传译的工作交给你。"她抿了下唇，用俄语一口气说完了俄方互联网公司的大概资料。

原本聚精会神盯着电脑屏幕的秋随倏地抬起头来，视线落在她的身上，微不可察地皱起了眉头。

温婕呼吸一窒，心跳都缓慢了下来。她昨天才刚到公司实习，被分到了秋随的手下，和秋随接触还不多，至今也不清楚对方究竟是个什么脾气。但是她知道，没有几个译员愿意在12月31日这天工作，更何况工作地点还是天寒地冻的莫斯科。

秋随若有所思地看着温婕。

"你刚刚介绍俄方公司的第三句话，"秋随缓缓摇了摇头，"不对。"她用俄语流畅地重新说了一遍，"注意发音和重音，按照我刚才的示范，再说一遍。"

温婕呆了半秒才反应过来，开口复述了一遍。

"这就对了，下次注意。"秋随满意地勾了勾唇，又问，"喜欢旅游吗？"

温婕兴奋地点点头："喜欢！公司是要举办年会吗？我们要去哪里旅游啊？"

秋随拍了拍她的肩膀，目光怜悯，微微一笑："喜欢就好。准备一下，和我一起去莫斯科两日游。"

秋随的视线扫过她，最后目光落在她银色的手链上："值得注意下，同传箱的麦克非常敏感，佩戴首饰所摩擦出的微小声音都会影响翻译质量，在莫斯科工作的时候，不要让我看见你身上有任何饰物，比如手链、耳坠和项链。"

温婕一愣，随即立马答应下来："没问题，秋随姐。"

秋随重新看向电脑屏幕："回去把客户资料和他们之前参加并购会议的发言内容也整理出来，明天一起给我。"

温婕有些没明白，问："客户已经把发言稿发到邮箱了，为什么要整理客户几年前的发言内容？"

"玩过盲盒吗？"

温婕懵懂地点头："玩过。"

秋随停下敲击键盘的手指，耐心地解释道："做同传呢，就和开盲盒一样，玩的就是刺激和心跳，你永远都不会知道客户下一句会说什么。在这种并购会议上，发言稿里有用的内容只有欢迎致辞和公司简介。"

温婕恍然大悟，低头飞快地在备忘本上记录起来。

秋随放缓了语速："有些客户喜欢引经据典，有些客户倾向于用数据说话。每个客户都有独特的说话习惯和口头禅，认真研究他们之前的发言，就可以总结其中的规律。"

温婕记录下最后一个字，脑海中突然闪过同传界对秋随的评价——能力比秋随强的没她好看，比秋随好看的能力没她强。

然而事实是，同年龄段的俄语译员中，既找不到比秋随好看的，也找不到比秋随能力更强的。

温婕不由得抬头看向秋随。

对方有一张堪称妖艳的脸蛋，一双狐狸眼在不经意间就能勾人心魄，肌肤赛雪，浓密黑发及腰，即使穿着厚重的羽绒服，也挡不住曼妙迷人的身材。

"盯着我做什么？"秋随挑了下眉，"崇拜我？"

温婕疯狂地点头。

"那就好好工作，"秋随话锋一转，"记住了，同声传译，绝对不能打无准备之仗。"

温婕眼冒星星，心潮澎湃地回到了工位。

第二天，秋随收到了温婕精心准备的资料，足足三沓，第一页详细列举了可能会出席会议的所有人员名单。

第一行赫然写着"沈烬"二字，在是否出席那一栏备注了"待定"二字。秋随盯着那行字，思绪难得游离了片刻。

温婕小心翼翼地询问："秋随姐，我准备的资料有什么问题吗？"

秋随回过神来："没有，我只是在想……"

温婕："什么？"

"我今年如此敬业，"秋随缓缓吐了口气，"也不知道过年前能不能抽中一张敬业福？"

可不就是非常敬业嘛！

秋随万万没有想到，临时接到的出差任务，客户背后的最大资方居然是沈烬。不过，联想到此刻沈烬的身价，她又觉得一切都理所应当。

沈烬，风投圈公认的神话，投资生涯零失误，从无败绩。

此人眼光独到精准，手段稳快狠准，产业遍布国内外的大小巨头，渗入的行业之多令人咋舌。他创办的铭逸资本曾下调了对国内一家互联网公司的估值，直接导致该上市公司的股价下跌，可见沈烬对金融市场的影响力之大。

空气沉默了几秒，温婕"扑哧"笑出声来："原来秋随姐也玩五福啊。别担心，今年我扫出来的第一张敬业福，一定送给你！"

秋随摸了摸她的脑袋："这倒也不必，自己留着吧，我也不缺这一两张敬业福。"

温婕随口问了句："那秋随姐缺什么福？"

"金来福吧，"秋随笑得眼睛弯成了月牙，"珠宝比敬业福值钱多了。"

第二天一早就要飞往莫斯科，秋随下班前叮嘱了温婕一些细节后，便回家收拾行李。

到家后，她收到了闺蜜姜嘉宁寄的一份快递——一盒丹参保心茶。

行李收拾到一半，姜嘉宁的电话就打了过来。

"怎么样？有没有收到我为你精挑细选的新年礼物？如果不是因为你要出差，我肯定要在跨年夜亲自送给你！"

"丹参保心茶？"秋随困惑不已，"你一个脱口秀演员什么时候改行做中医，开始给我送中药了？"

"你懂什么！"姜嘉宁声音激昂，"这份礼物满载着我对你的真诚祝愿！"

秋随将厚重的羽绒服塞进行李箱，将手机开了外放："愿闻其详。"

"丹参保心茶，主要成分为丹参，我祝福你今年饮完这盒茶，明年顺利摆脱单身，在莫斯科勾搭一个大帅哥！"

秋随有些无语："姜嘉宁，讲谐音梗是要扣钱的。"她沉默了几秒，坦诚地说，"还有，我希望你换一个祝福。"

姜嘉宁："什么？"

秋随想了想，说："祝我不要在莫斯科和沈烬碰面吧。"

安静了三秒后，第四秒，姜嘉宁不太冷静的声音从电话那头传了过来："是我知道的那个沈烬？他也要去莫斯科？你是怎么知道的？不会吧？"

秋随将前因后果言简意赅地交代了一遍。

姜嘉宁："所以沈烬不一定会出席会议，就算出席，也是作为幕后投资方出席，和你不会有接触？"

秋随点点头："嗯。而且我们一直都待在同传箱里，一般也不会和客户直接见面。"

姜嘉宁："你不想再见到沈烬了？"

秋随合上行李箱，沉默良久后，轻声说："我只是觉得，他不会想再见到我了。"

毕竟，他们的最后一次见面，没有留下一丝一毫可以回旋的余地。

因为第二天要赶飞机，这晚秋随睡得很早，睡得迷迷糊糊间，眼前居然浮现了她和沈烬最后一次见面的场景。

那是一个艳阳天。

申城的夏季很少下雨，那天也不例外。

她只是站在沈烬面前，神色冷漠，淡然地开口："沈烬，以后我们两个再也不要见面了。"

沈烬直勾勾地盯着她，像是要从她平静的神色中找到一点不对劲的蛛丝马迹，可惜没有。

半晌后，沈烬低沉的嗓音中带着显而易见的颤抖："秋随，过来，我们谈谈。"

秋随默默地攥紧手指，许久后，她才缓缓地开口："沈烬，我有喜欢的人了。"

话音落下，她看见沈烬那双漆黑的眼睛一点点染上血丝，一贯清冷的凤眸湿漉漉的,仿佛藏匿了一场大雾,马上就要化成水珠落下。

沈烬垂在两侧的手背青筋暴起,像是在竭力遏制濒临爆发的怒意。

秋随忍着心里的刺痛,面不改色地对上沈烬的眼睛,假装若无其事地开口:"以后别来找我了,就是你想的那样。"

……

第二天早上,闹钟在五点钟准时响起,秋随闭着眼睛不舍得睁开,有些不甘心从梦中醒来,鼻腔内涌出微弱的酸意。

02

这次的客户财大气粗,给译员统一买了头等舱机票。

头等舱的乘客优先登机,秋随带着温婕朝头等舱的位置走。

还没等她走到自己的座位上,就听见一道散漫的声音悠悠响起:"给我找了个翻译?"

这道嗓音陌生又熟悉,像是穿过了漫长的岁月,沾染了冬日的萧瑟,徐徐送到她耳畔。

秋随如遭雷击,脚步一顿。这一刻,喧嚣都被隔绝在外,她只听得见自己猛烈的心跳声。

她浑身僵硬地转向正前方。

不远处的座位上坐着一个男人,微微侧着头。

"不需要,"男人握着手机,轻嗤了一声,"我又不是不会……"

与此同时,另一道声音响起——空姐微微弯腰,低声说道:"秋小姐,请往里走。"

温婕在身后扯了扯她的衣角:"秋随姐,你怎么了?不舒服吗?"

秋随看见前方的男人身形一顿。

也许是察觉到了身后一道长久注视的目光,也许是听见了空姐和温婕的问话,就在那一刹那,他的话音戛然而止。

秋随抿了下唇,想要不动声色地移开目光,又觉得为时已晚,只好眼睁睁地看着不远处的男人站起身来，缓缓转过头。

褪去了少年的青涩桀骜，镜片后的眼睛里没有温度，冷淡阴沉，整个人透着一种天然冷感。

他冷漠又漫不经心地望着秋随。

秋随久久回不过神来。

曾经的沈烬也是高冷的，但和现在的冷完全不同。

那时的沈烬是高山白雪的冷，现在的沈烬更像是不近人情的冷，就连底色都蒙上了厚厚的灰。

四目相对，她听见沈烬语气平静无波地对着电话那头的人询问："你说，我的翻译叫什么名字？"

秋随心中一紧，隐隐约约有了种不祥的预感。

片刻后，她看见沈烬眉目疏离地看着她，淡声开口："秋随？"

秋随一时之间也不清楚，沈烬到底是在喊她，还是在和电话里的人聊天。

"和我同一班飞机？"沈烬挑了下眉，淡淡瞥了她一眼，"头等舱？"

看来是在和电话里的人说话，而且，他们讨论的人似乎就是自己，只是，她怎么不知道，自己这一趟去莫斯科，居然要做沈烬的翻译？

"不用了，"沈烬说，"我已经看到我的翻译了。"

容不得秋随多想，身后传来窸窸窣窣的声音，应该是有人登机了，空姐又低头催促了一遍。

秋随回过神来，拿着登机牌往前走。

直到停在和沈烬只隔了一个过道的座位旁，秋随抿了下唇，有些无可奈何。

头等舱的人不多，一半以上的位置都是空着的，她怎么能够好巧不巧就选中了和沈烬只隔着一条过道的座位。秋随背对着沈烬叹了口气。

她卸下电脑包和黑色背包，后退几步，抬头看着高不可攀的行李架，愣了好一会儿。

通常，她会请高个的男性或者不太忙碌的空姐顺手帮个忙，但是眼下这个场景……空姐正忙。她都够不着，更别提温婕了，至于沈烬……

正在胡思乱想的时候，秋随手上拎着的背包重量突然一轻。

秋随一愣，反应迟钝了半秒，只看见一双骨节分明的手从后方伸过来，轻轻松松拿走了她手上的黑色背包。与此同时，沈烬身上干净清冽的味道也一并朝她砸了过来。

等秋随反应过来，扭过身，只能看见沈烬线条优美的下颌。

沈烬一只手握着手机，贴着耳朵，一只手拎着她沉重的背包，毫不费力地放进了她身后的行李架，以一种仿佛将她圈在怀里的姿势。

距离一下子被拉近，秋随甚至能听见沈烬手机里的声音，是一个懒洋洋的男声："瞎说个什么屁话，我只告诉了你的翻译和你同一班飞机，头等舱，叫秋随，都还没给你看照片呢，你怎么看到的？认错人了吧？"

还是第一次如此光明正大地听别人议论自己。

"没有认错。"沈烬轻嗤了一声，他垂下眼皮，缓缓吐出两个字，"对吧？"最后两个字是问句，却被沈烬说成了肯定句的语气。

秋随知道，沈烬是在问自己。

手机里的男声纳闷得很："你这么笃定没认错翻译呢？"

"不是和你说的，"沈烬神色很淡，"挂了。"

沈烬挂了电话后，空气突然安静了下来，弥漫着尴尬的气流，秋随突然意识到，自己得说些什么。

只是，现下这种情况，她难以判断，沈烬是否还记得她。也许记得，一眼就认出来她就是当年那个秋随；也许早就不记得了，只是凭借空姐和温婕对她的称呼，认为她就是俄语翻译秋随。

她脑子飞速地转动，还没想出答案来，就看见沈烬朝她摊开右手。

秋随一愣，有些没反应过来。

她不由得攥紧了自己放在大衣口袋里的手，却不经意触摸到大衣口袋里的一张纸币。

秋随眉头一蹙，随后迅速反应过来。她将藏在大衣口袋里的纸币掏出来看了眼——十元。

秋随将十元纸币放在沈烬的手上，目光诚恳："谢谢你帮我把背包放上去，十元够吗？"

话音落下，她看见沈烬似是诧异地挑了下眉。

秋随眨了眨眼，很自然地解读了其中的意思——不够！

秋随了然。

传闻这位风投大鳄分分钟就能创造几千万的利润，以沈烬此刻的身价，十元钱自然是不够的。

她在口袋里摸了摸，没现金了。

"如果不够，"秋随想了一会儿，语气真诚到极致，"也支持扫码支付，你觉得我还要付你多少钱呢？"

饶是再荒谬，沈烬也懂了秋随的意思。沈烬瞧着她，散漫地嗤笑了一声。

"我是说，"沈烬顿了下，懒洋洋地开口，"你的电脑包。"

秋随的表情有一瞬间的僵硬。她眼一眨，视线扫过沈烬修长白皙的手指，莫名地恍了神。

脑海中突然闪过几年前的一个跨年夜，那年秋随还在复读。

晚上十一点五十分，所有人早已熟睡，夜深人静下，抽屉里手机的振动声格外惹人注意。

那时互联网还不像现在一样普及，秋随拥有的是一部只能发短信的老人机。

发信人是在读大一的沈烬：零点的时候，你记得接我的电话啊。

秋随拒绝得干脆：不行，他们都睡下了，会被吵醒的。

沈烬回复得很快：电话响一声你就立马接，不用说话，听我说就好。

十一点五十八分的时候，秋随终于下定决心，回复：那你打座机吧，打手机会被他们查到记录。

沈烬：好。

那天是十二月三十一日，南方没有暖气，家里也没有空调，怕吵醒熟睡的人，秋随不敢穿鞋，也不敢开灯。她只穿着一双袜子，裹着睡衣，紧紧捏着手机，在寒冷夜色中，小心翼翼地推开卧室的门，蹑手蹑脚地走到客厅，浑身紧绷地站在座机旁。

秋随在黑暗中等待零点的来电。

墙上的挂钟规律转动，滴答滴答的声音清晰又富有节奏，像是一场颇有仪式感的倒计时。

十一点五十九分五十秒，座机响起。

不过半秒的时间，秋随眼疾手快地抓起了电话。少年低低的笑声透过话筒进入她耳内："秋随。"

秋随只微弱地应了一声："嗯？"

话音落下，"砰"的一声巨响。

秋随循声望去，窗外的烟花绽放得绚烂艳丽，扭头的时候，她不经意略过挂钟——十二点整。

在点亮了整个夜空的烟花声中，秋随听见了话筒传来的声音："秋随，新年快乐。"

秋随那时还年轻，根本无法预料到，那是之后漫长的几年内，沈烬对她说的最后一句新年快乐。

少年愉悦的声音中还透着几分得意："秋随，我是不是今年第一个和你说新年快乐的人？"

烟花消逝得迅速，夜色又重新归于宁静。

秋随点了点头，正要开口，肚子却发出不争气的叫声。她尴尬地抿了下唇，听见沈烬带着笑意问："新年许个愿吧，比如，现在想吃什么。"还没等秋随说话，少年嗓音低哑地补充，"就这样吧，挂了，记得把许的愿望发短信告诉我。"

秋随不敢让正在熟睡的人起来为自己做宵夜。

她从冰箱里翻出了一袋方便面，悄无声息地溜回了自己房间。

秋随咬了几口方便面后，才给沈烬发了一长串的许愿清单：巧克力、薯条、鸭腿……

沈烬：想睡觉吗？

秋随：太饿了睡不着，在吃方便面。

沈烬：那你等我。

秋随：什么？

沈烬却没有再回复了。

秋随慢吞吞地吃完方便面，又去厨房倒了一杯水，回到房间后，看见桌上的手机屏幕一闪一闪地亮着光。

沈烬：开门。我在你家门外。

秋随屏住呼吸，放轻脚步缓慢打开了门。

房子老旧，声控灯多年未修，早就不亮了，沈烬在门口举着手机照明，屏幕发出微弱的蓝光。

半明半暗中，少年凤眼勾人，眼尾微微上扬。他肤色冷白，微薄嘴唇紧闭，不含笑意，透着些清冷疏离。看见她开门后，沈烬原本抿直的唇角略略上扬，艳若桃李，轻轻松松摄人心魄。

他朝秋随伸出手，修长好看的手指上勾着一个购物袋："新年礼物，你的许愿清单。"

……

秋随盯着面前这双手，过了许多年，依旧漂亮精致，如同是造物主精心构思出的画。

她无意识地深吸了一口气，正要说话，沈烬却像是不耐烦了。他往前迈了一步，一手扶住座位扶手，微微弯腰，伸手拽住了座椅上的电脑包，再将电脑包放进了上方的行李架。

秋随再一次对上沈烬的目光，这一次，她的语气中多了几分真挚：

"谢谢你。"

沈烬怔住了半秒，他轻笑了一声，语调不急不缓："我正想问你。"

秋随已经坐下，此时不由自主地抬起头看着他。但他的下一句话，却让秋随手心一紧——沈烬说："你刚刚盯着我发呆做什么？认识我？"

秋随咬紧了唇，坐在原地一动不动。听沈烬这话的意思，应该是早就不记得她了，她喉咙里涌上酸意，心脏沉重地往下坠。

片刻后，秋随重新对上沈烬情绪未明的视线。

"我刚刚之所以盯着你看，是在给你看面相。"

有那么一瞬间，沈烬甚至要被她逗笑了，他像是好奇地询问："这样啊，那你看出什么来了？"

秋随这回光明正大地看了沈烬几眼，又煞有介事地打量了一会儿沈烬的五官。

沈烬倒是难得没有不耐烦，任由她上下打量。

过了一会儿，秋随眨了下眼，认真地对他说："你的面相很好，一定会幸福的。"

她以为沈烬至少会敷衍地道谢几句，结果并没有。

沈烬挑了下眉，回了座位上坐着。他微微偏了头，只隔着一条过道，语调淡淡："就这样，没了？"

秋随点点头："我也是才入门不久，刚学习如何看面相。"

沈烬似笑非笑地看着她："刚刚入门，所以，这是在拿我练手？"

秋随心里微动，扭头看他。

不知道是不是错觉，她总觉得，沈烬似乎话里有话。"拿我练手"这四个字，被他说得意味深长，还带着点委屈和不满。

"那你还真是——"沈烬拖着腔调下了结论，"技艺不精。"

秋随抿了抿唇，视线扫过依然被沈烬攥在手里的十元钱。她很坦然地承认："虽然我技艺不精，但我也没收你钱，还给了你十元钱。"

这场关于面相的讨论终结于温婕。

她坐在秋随的后座,也不知道听到了多少,好不容易找到了一个秋随和沈烬都沉默下来的时候,才勉强有了说话的机会。

温婕好奇地伸手戳了戳秋随的肩膀,满脸崇拜:"秋随姐!你居然还会看面相,什么时候学的?"

刚刚学的。

秋随沉默了几秒,不答反问:"怎么,你想看?"

温婕激动地点头。

秋随干脆侧了半个身子,仔细地打量了一会儿温婕的面容。

"怎么样?"温婕深吸一口气,"看出什么了吗?"

秋随点点头:"看出来了。"

"你印堂发黑,到了莫斯科之后,"秋随叹了口气,语调沉重吐出三个字,"得加班。"

秋随没想到的是,自己一语成谶,加班的不仅有温婕,还有她自己。

03

抵达莫斯科的时候,路过的空姐贴心地替秋随取下行李架上的背包和电脑包,秋随下意识地用余光看了眼沈烬。

那张十元钱也不知道被沈烬放在哪里了。

温婕拍了拍她的肩膀:"秋随姐,快看周经理发的邮件。"

秋随愣了一下,迅速打开手机,无数信息和邮件一窝蜂涌了进来,振动声响个不停。

秋随扫了眼未读邮件,率先打开了被周凌薇标注重要的邮件。

内容精简,一目了然。

邮件中写道,按照莫斯科的时差,这次并购会议结束后不久,就是新年零点。

客户公司幕后的资方老板可能会留在莫斯科跨年,如果客户提出了需求,请译员全力配合,做好随行翻译的工作,额外的薪资将会按照同声传译的时薪计算。

秋随沉默没吭声。客户的资方,那不就是沈烬吗?!

和同声传译相比,随行翻译的要求和难度都要低很多,甚至不需要着正装。更多的工作是陪同旅游,其次才是兼职翻译,的确不需要太多准备。

但是,温婕只是实习生,这次只是跟着来见个世面,随行翻译的任务再简单,秋随也不敢贸然交给温婕,这样一来,这个责任,果然还是落在了她自己头上。

联想到沈烬的那通电话,客户已经明确了随行翻译就是自己,秋随越发明白,做沈烬随行翻译的任务,是无法推托的。

行吧。

既然如此,不如坦然接受。

她酝酿了一会儿,才看向沈烬:"沈先生,不知道今天晚上,你……"

"沈先生?"沈烬挑了挑眉,"你怎么知道我姓'沈'?看面相还能看出这个来?"

秋随抿了下唇,看在他是甲方的面子上,好脾气地回答:"您刚才已经认出来了,我是您的随行翻译。我这边也是刚刚看到邮件,才得知了我的客户姓名。"

沈烬直白地盯着她看了几秒后,突然笑了:"想起来了,秋随。"

这句话,可以被解读成两种含义——

想起来了,是我的随行翻译,秋随。

或者,想起来了,我的初恋,秋随。

秋随心口不自觉重重一跳,稍稍抬眼看着沈烬。

沈烬唇角微弯:"秋翻译,今晚辛苦你了。"

不怪秋随多想,这话怎么听,都觉得怪怪的。

她暗暗吐了口气,赶走脑海中乱七八糟的想法,认真点头:"那是自然。"

沈烬侧过头，轻飘飘地看了她一眼："如果我不满意，你就再付我十元钱吧。"

秋随：？

如果不是因为你是我的客户，我现在一定会让你把那十元钱还回来。她在心中默默腹诽，等温婕请空姐取下行李，看了眼沈烬离开的背影。

男人挺拔高瘦，仅仅一个背影，也透露出一种年轻矜贵的气质，和令人难以靠近的天然冷感。

温婕提着电脑，顺着秋随的视线看过去。

"秋随姐，这是我们这次会议的客户吗？"

秋随微微颔首："是客户背后的投资方，沈烬，你应该听过的。"

温婕惊呼一声："是他啊！我就说怎么这么眼熟，我见过的！"

这回轮到秋随大吃一惊，她诧异地回头看了眼温婕。

沈烬声名鹊起后，荣誉和采访纷至沓来，偏偏沈烬行事低调，家世显赫，背景深厚，甚少接受采访报道，至今也没有清晰的照片流出，也没有任何媒体敢对此发表微词。

有人听过沈烬倒不足为奇，但是温婕见过，的确令人震惊不已。

秋随问："你见过沈烬？"

"见过啊。"温婕点头，见秋随一脸不可置信，想起沈烬低调的作风，她开口解释，"沈烬是我大学的同校师兄，他曾经作为知名校友受邀出席了百年校庆，我就是在校庆上见到沈师兄的。"

秋随了然地挑了下眉："你是沈烬的师妹，B大的？"

"对。"温婕反应过来，"秋随姐你怎么知道沈烬是B大的，你们认识吗？刚刚我就觉得，你们似乎很熟悉的样子。"

她当然知道。

多年前的跨年夜，少年将购物袋交给她之后，肆无忌惮地盯着她看了许久。

直到她作势要关门，一双修长冷白的手才迅速拦住。

沈烬的喉结上下滚动,沙哑到缱绻的声音自喉间溢出:"秋随,我在B大等你。"

B大,沈烬所在的学校,沈烬和她的约定……

"秋随姐?"温婕拍了拍她的手。

秋随回过神来,笃定否认:"不认识,之前查客户曾经的发言内容,不小心点到了他的百科链接。"

"哦。"温婕没有细想,又好奇地问,"秋随姐你应该不是B大的吧,否则你肯定也是我们学校的知名校友。"

"不是,我是H大的。"

"H大?那不是在江城吗?"温婕偏头想了一会儿,"可我听说秋随姐你是申城本地人啊,居然没留在申城读B大?"

"对啊,"秋随轻笑了声,"在申城待腻了,换座城市生活。"

"哈哈哈,但秋随姐你最后还是回了申城工作。"

次日,早上七点,莫斯科大雪纷飞,往外看去灰蒙蒙一片,阴沉得令人提不起劲。

秋随在套上深灰色西装外还裹了件厚重的羽绒服。

门外响起敲门声,随后是一道略显沙哑的询问声:"秋随姐,你吃早餐了吗?我给你带了面包。"

秋随打开房门,从兜里摸出两小包润喉糖:"早餐我吃过了。温婕,你以后多来几次就会知道,莫斯科冬天的气候非常干燥。你现在的声音已经有点哑了,多喝温水,少吃面包。这是润喉糖,你记得吃,进了箱子后用得上。"

温婕道谢接过,撕开包装含了一颗。

十二月的阳光不带丝毫温度,跳跃地映在玻璃旋转门上,会场中心铺陈了暗红绵软的地毯,闪光灯的咔嚓声此起彼伏,满天星天花板流光溢彩。

宽敞的厅内灯光如瀑，西装革履的人士你来我往，言语之间一派祥和，生意场上的刀光剑影和你争我夺全都藏匿在背后。

秋随进入会场脱下羽绒服，带着温婕轻车熟路地绕过长廊，往角落的同传箱走去。

身穿黑色制服的会场经理额头上冒着细小的汗珠，匆匆忙忙迎了上来："秋随老师，今天就要辛苦你了。我们已经准备好了矿泉水，足够您几位用了。"

秋随默默数了数同传箱内桌子上的矿泉水瓶数，笑着点了点头。

她走到桌子旁，顺手打开台灯，灯泡发出微弱的光芒，只能照亮桌面一角。

秋随转身，客客气气道："麻烦您换一盏可以调节亮度的台灯。"

会场经理歉意地笑笑："还是秋随老师细心，我这就让人去准备。"

温婕扯了扯秋随衣角，伸手一指角落："秋随姐，这里的插头好像不够。"

会场经理一愣，面露难色："抱歉，我去找找看有没有剩余的插座。"

"不麻烦了，"秋随含笑，"我的电脑包里准备了一个插座。"

经理走后，秋随低声教育："记住了，自己做一份B计划，永远比寄希望于别人更有底气。"

温婕目露崇拜，连声应好。

上午八点半，并购谈判会议正式开始。

同传箱密闭狭小，空气流通不畅，在暖气十足的会场内，更显闷热。

秋随却不受影响，她念俄语的时候咬字清晰，音调纯正，语法严谨，翻译流畅。

发言人有时会用红外线笔标注PPT上的某个词，秋随的俄语语流也会随之改变，着重强调对应的中心词或者逻辑重音。

幻灯片翻过三页后，温婕怔怔地看着讲台上的发言人开始临场发挥。

她头皮发麻地呆了几秒钟后，下意识地看了眼秋随。

秋随从容地端坐在椅子上，神情自若，仿若吟诗一般不急不躁地译出两句俄语，同时飞快扫了一眼早就准备好的文件——

那是温婕之前准备的资料，是这位发言人近几年的并购会议发言稿。

如今已经是密密麻麻一片，秋随在上面用不同颜色做了批注，总结了发言人的发言习惯和常用口头禅。

下午五点，会议结束得比计划中顺利，发言人特地前来感谢："我参加过不少会议，临时更改发言稿的情况时有发生，翻译总会有几秒的停顿时间，你是我见过临场反应最快、翻译最精准、连语气着重点都准确把握的一位译员。"

秋随客客气气应和了几句。

发言人温和地笑了笑："不知道秋老师有没有收到通知，我还是再说一遍，晚上还要麻烦你随行我们的投资方一起，承担翻译的工作，薪资待遇和同传一致，暂时还不确定时间，时间定下后，我们会联系你，会派专车在酒店门口接你们。"

秋随点点头："已经收到消息，没问题。"

"对了，秋老师和我们的投资人沈总认识吗？"发言人从口袋里摸出一张十元钱，"他有事先离场了，委托我将这十元钱转交给你，说是你掉的钱，恰巧被他捡到了。"

秋随接过那张十元钱，兜兜转转还是回到了她这里。

她措辞了一会儿，回答："在飞机上恰巧遇到了。"

发言人了然。

毕竟买的是同一航班的头等舱，遇到也是理所应当。

"对了，沈总还让我转告一句话。"

秋随问："什么？"

发言人眯着眼睛，仔细回想了好一会儿，仿佛沈烬说的是一句十分没有逻辑的话。

片刻后,他拍了拍脑袋:"年纪大了,记忆也不太好了。沈总让我告诉你,请你做翻译的时候小心一点,这十元钱千万收好,别掉了。"

果然是句很没有逻辑的话,也难怪发言人明明年纪轻轻,也回想不起来沈烬说的话。

她知道沈烬的意思,无非是提醒她做翻译工作仔细认真,如果技术不精,这十元钱就又得回到他手上。

"请沈总放心,"秋随面不改色,"我一定看好这十元钱。"

一直到晚上十一点,秋随才接到客户的电话,黑色迈巴赫已经在酒店门口等候。

司机她也眼熟,只是没在车里看见沈烬。

秋随带着温婕上了车,有些困惑地问司机:"沈总呢?"

"沈总刚才有点事,现在已经和陈秘书到广场了,让我接你们过去。"

秋随追问:"哪个广场?"

司机答:"沃列茨卡亚街的一个广场。每年跨年零点,那地方不都会放烟花吗?秋老师你来过很多次了,应该知道的。"

秋随当然知道,她对莫斯科的熟悉程度仅次于申城。

但她真正纳闷的是,沈烬今晚的计划,就只有看一场跨年烟花吗?

那实在没有必要特意请随行翻译。

二十分钟后,车子停在广场门口,乌泱泱挤站着一群人高马大的俄罗斯人,应该都是为了等待零点的烟花。

司机早有准备,带着秋随和温婕拐了几个弯,绕了近路,找到了沈烬。

沈烬站在一个观赏烟花风景绝佳的观赏点内,身边还站着一名戴眼镜的陌生男人。

"秋老师晚上好。"陌生男人对她点头致意,"我是沈总的秘书,陈睿。"

秋随点点头,介绍完自己和温婕后,才走到沈烬身边。

她犹豫了片刻,还是按捺不住好奇问了句:"沈总,您今晚的计划只剩下看零点烟花吗?"

沈烬:"对。"

秋随烦躁地抓了抓头发,拿了一个小时的时薪却不办事,的确很快乐,但也挺心虚:"那您需要我翻译什么呢?"

沈烬眼睑耷拉着,轻飘飘地打量了她一会儿,须臾后,似有若无地冒出几个字:"等会儿你就知道了。"

沈烬话已至此,秋随也不好再问。

他似乎对这场烟花期待已久,安静地站着等候,也不多说话。

温婕是第一次跟项目,也是第一次在莫斯科跨年,浑身上下都洋溢着兴奋和激动。

她压低声音询问秋随:"秋随姐,我在酒店整理了一些常用的术语和行话,以后互联网的会议也许用得上。你现在有空,我和你说说?"

秋随此刻正处于百无聊赖的状态,毫不犹豫地答应下来:"你说。"

"常用的词语就是大数据、5G、AI、数据分析等,还有一些行话,比如各种不同的软件便利生活,统计彼此之间的评论和互赞,预测情侣的状态波动,推送感兴趣的视频和购物之类的,秋随姐,你有什么补充吗?"

秋随鼓励她:"做得很好。"

温婕松了口气。同声传译的氛围严肃紧张,随行翻译倒是自在随性不少,温婕紧绷的弦松弛下来,将心中的想法全盘托出:"虽说大数据的确便利不少,但我觉得真的感兴趣的人和事,即使不依靠大数据,也会记在脑海里的。"

秋随眼皮动了动,定在原地,没有说话。

如今是5G时代,购物软件会自动筛选客户想购买的物品,视频APP会推送感兴趣的同类视频,生活的各个方面都可以被统计,然后绘制成一张图文并茂的分析表。

她和沈烬却在2G时代相爱,哪怕是最资深的数据分析师,也不能获取她和沈烬说过什么话,无法记录他们的日常互动,更不会知道,她和沈烬居然曾经相爱过。

十一点五十九分,开始进入倒计时。

在一片震耳欲聋的俄语欢呼声中,她看见沈烬慢悠悠地转过头,漆黑的眼睛里隐晦不明。

沉默几秒后,秋随灵光一闪,想起了自己的本职工作。她往沈烬的方向走近几步。

沈烬唇角微弯,扯出抹笑:"我问你。"

秋随:"嗯?"

沈烬顿了下,说道:"俄语的新年快乐怎么说?"

秋随一噎。一时之间,她也不知道该感叹自己这一个小时的钱赚得太轻松了,还是应该悲叹自己一个顶尖同传居然被如此大材小用。

她沉默两秒后,语音标准地念了一遍。

沈烬挑了下眉,低声重复了一遍,他直直地看着她:"是这么念吧?"

秋随的眉头不自觉地蹙起。

倒不是因为沈烬念得不标准,而是他念得太标准了,完全不像是刚刚学习俄语的人能够念出来的发音,更像是一个精通俄语的人。

她稍稍抬眼,静静地看着沈烬,脑海中掠过无数猜想。

沈烬似笑非笑地看着她:"标准吗?"

秋随坦诚地点了点头:"非常标准。"

话音落下,人群开始躁动起来,人声逐渐沸腾。

俄语的倒计时响彻整个广场。

10!

9!

……

3!

2!

1！

钟声敲响的时候，数不清的礼炮同一时间被点燃，盛大璀璨的烟花准时点亮夜空。

在嘈杂的欢呼声中，秋随听见耳畔响起一道低沉又磁性的声音，是俄语的新年快乐。她微微一愣，脑海中浮现起几年前的跨年夜。

她身边的这个人，尚在少年时期的时候，掐准零点给她打电话，祝她新年快乐，从远方连夜赶来只为送她一份新年礼物。他会得意又张扬地问她，自己是不是第一个对她说新年快乐的人。

多年后，这个人已经长成她陌生的模样。

许久未见，没想到，他还是第一个在她耳畔说新年快乐的人，虽然不再是中文。

秋随知道，沈烬这声"新年快乐"，应该只是为了讨个新年吉利而已，和她无关。但她还是不受控制地抬头。

沈烬单手插兜，神色闲散地仰着头，肤色冷白，轮廓深刻，看着夜幕里重重叠叠绽放的烟花。也许是跨年的原因，他似乎心情不错，身上生人勿近的气场淡了不少，平白添上了几分温润柔和。

秋随盯着沈烬看了片刻，而后，轻轻地冒出了一句俄语的新年快乐。

随后，她若无其事地挪开目光，看着夜空中逐渐消失的五彩烟花，弯了弯唇，又用中文念了一遍："新年快乐。"

正如秋随所猜想的一样，沈烬今晚的计划，似乎只有"看零点烟花"一项。

烟花秀结束后，人群四处散去，他们也启程回酒店。

沈烬住的酒店要比秋随住的酒店高档不少，但是只相隔两个路口。

在沈烬的吩咐下，陈睿开车先把秋随和温婕送回酒店。

陈睿从后视镜看了眼后座的两人。

沈烬双眼半阖，双腿优雅地交叠着，身体微微往后仰。秋随不苟言笑，低头刷着手机，神情平静又淡漠。

两人中间仿佛隔着银河，沉默得丝毫不像是刚刚跨完年又看了一场零点烟花秀的人。

陈睿不由自主地撇头看了眼副驾驶的女生，温婕翘着唇角，手指一刻也不停地精修着刚刚拍的照片，时不时回一句弹出来的微信消息。

陈睿暗自点了点头，这才是真实的跨年人该有的模样吧。

车内前后排，仿佛是两个截然不同的世界。

陈睿不动声色地喊了句："秋老师。"

秋随："嗯？"

"今天辛苦了。"陈睿转头笑了笑，"为表感谢，你和温老师想要什么新年礼物吗？"

推辞几番后，见陈睿态度坚定，秋随也不好再拒绝。

她笑了笑："温婕，说吧，想要什么新年礼物？"

得到秋随的允许，温婕才开口："俄罗斯特产有什么？套娃吧，暂时只能想到这个了。"

陈睿颔首："好。秋老师呢？"

秋随摇了摇头。她收到最惊喜的新年礼物，应该就是那年跨年夜，沈烬送来的一袋零食了。

"我不需要，"秋随淡淡开口，又解释道，"莫斯科我来太多次了，套娃也有很多了，实在没什么想要的了。"

陈睿挑了下眉，转而低声询问一旁的温婕："温老师，还是你和秋老师熟。你肯定知道，秋老师喜欢什么新年礼物吧？"

温婕回消息回得正起劲，也没多想。

"秋随姐啊，"温婕手指敲击手机屏幕，下意识地脱口而出，"喜欢金来福啊。"

话音落下，车厢内陷入了死一般的寂静。

温婕手指一顿，吓得大气也不敢出。虽说她才刚入职场，但也知道礼物的分量。一套俄罗斯套娃值不了多少钱，她接受起来也不会心虚。

但是金来福不同啊！无论是价格，还是意义，都不是客户和翻译之间会送的礼物啊！

陈睿偷瞄了眼后视镜，沈烬眼睛缓缓睁开，转头看着秋随。

安静持续了整整一分钟后，沈烬才意味深长地开口："金来福？钻戒？还是项链？"

温婕倒吸一口凉气，几乎看到了自己实习生涯的终点。

秋随不慌不忙，她眨了下眼睛，温和地解释道："我的确想要金来福。"

沈烬似乎来了兴趣，他挑了下眉："你说，想要什么？"

她扭头对上沈烬的视线，面不改色地开口补充："金来福的宣传册，可以送我一份吗？"

车内再一次陷入了诡异的安静。

又过了整整一分钟。

"哦？"沈烬拖着腔调，"要宣传册做什么？"

秋随神情平静地开始胡扯："我想投资点黄金，等着黄金升值，想去金来福挑个好看的黄金首饰。"

沈烬轻嗤了一声。他收回目光，神色漫不经心，敲了敲副驾驶的座椅椅背："陈睿。"

陈睿："怎么了？沈总？"

"没听见吗？"沈烬一字一顿地开口，"宣传册。"

他将车停在秋随居住的酒店门口，回头看着秋随道："好的，秋老师，一定送你一份最新款的金来福宣传册。"

秋随礼貌地点了点头："那就多谢了。"

温婕诚惶诚恐地跟在秋随身后进了酒店。

"秋随姐，"温婕丧丧地低下头，"对不起，我是不是给你惹麻烦了？"

秋随正要开口，悠扬的来电铃声突然响起。秋随扬了扬手机："我先接个电话。"

来电人是她的上司周凌薇。聊了几句后，秋随眉头一皱，半晌后才开口："我已经带了一名实习生了，简妍手上还没有实习生呢，分给她带吧。"

温婕一愣，隐隐约约猜到公司又要来新的实习生了，听这口气，似乎又被周经理分给了秋随。

大堂安静得落针可闻。

周凌薇的声音透过话筒清晰地传了出来："秋随，我也不瞒你，这名实习生之所以交给你，是因为她背后的人指定了要你带。"

秋随挑眉："背后的人？背景不简单？"

周凌薇："可以这么说。新实习生明天下午来公司办理入职，你记得来一趟公司，我和你详细说。"

挂断电话后，秋随看见一旁的温婕低着头若有所思。

"怎么了？"

温婕深吸一口气，她是公司从这批实习生里千挑万选出来的俄语实习生，只有综合实力排名最前的实习生，才有幸能够跟着秋随学习。

如今跟了一次现场，她早就把秋随奉为榜样。

温婕不会说周旋话："秋随姐，周经理的话我们刚刚听到了，新的实习生似乎来头挺大，你会不会把我丢给其他老师啊？何况，我刚刚还说错话了。"

秋随怔了几秒，随后轻笑了声："不是什么很重要的事，不用放在心上。只是你以后得吸取这个教训。况且，我也不是第一次同时带两个实习生了。"

这话的意思就是让她放心了。温婕大为感动，重重地点了点头。

叫沈烬，是久别重逢的陌生人

/ 第二章
叫沈先生，是翻译和客户的关系

01

第二天早上十点，飞机降落在申城国际机场。

申城是个典型的南方城市，即使是冬天，也没有莫斯科的鹅毛大雪，只有寒气入骨，阴雨连绵。

出租车最后进入一个半旧不新的小区，拐了几个弯，停在一栋老旧的单元楼前。

秋随收了伞，拖着箱子往里走。

单元楼没有门禁和电梯，楼龄两位数，走道里的白漆掉了大半，露出内里绛红色的墙壁，空气中弥漫着水泥和饭菜混杂的味道。

听见脚步声，姜嘉宁悄悄探出头来，见是秋随，匆匆下楼帮着她抬箱子："什么时候到的？"

"十分钟前。"

姜嘉宁将箱子放在门边："你要是再不来我就要打电话骂人了，是你要搬家欸，结果我比你还要上心。新房子定了吗？对了，我的礼物呢？"

秋随拿出钥匙开门，冷笑了声："你还好意思和我提礼物，你是不是没有改掉你对我的新年祝福？"

姜嘉宁蒙了几秒，反应过来后，激动得几乎跳起来："什么！你之前说，要我把对你的新年祝福换成不要在莫斯科遇见沈烬。所以，你在莫斯科遇到沈烬了？"

秋随扭头一笑："你说呢？"她累得直接瘫在沙发上，随手一指行李箱，"礼物在行李箱里，你要的套娃、面膜、护肤品和巧克力。"

姜嘉宁笑嘻嘻地跑去验收礼物："拿人手短，说吧，你想我先替你收拾哪儿？"

秋随现在住的房子在申城内外环的交界处，也就是传说中的城乡接合部。环境一般，距离公司也有点远，但是胜在距离地铁近，租金不贵，面积够大。

秋随毕业后就住在这里，住习惯了，又嫌搬家麻烦，一直没有换房子的念头，不过房东不这么想。几天前对方说儿子要结婚，想装修房子，让秋随在半个月内找好新住处搬走。

距离租期结束还有半年，房东临时毁约自知理亏，好说歹说，最后决定免去最后半个月的租金，秋随才松口答应搬家。

短短半个月内，她得一边搬家一边找新房子，还得应付烦琐的工作，顺便带两个实习生。

时间完全不够用，秋随只好请闺蜜姜嘉宁帮忙。

秋随睁开眼睛，无力地用手在空中胡乱地比画："卧室、书房、厨房、客厅。小兵点将，点到谁就是谁。"

"书房吧。"秋随看着手指最后指向的方向，抓了抓头发，正要起身一起收拾，手机铃声突然响起。

五分钟后，秋随在门口礼貌致谢了快递员，看着手里的金来福新品宣传册陷入沉思。

姜嘉宁倚着门框，咬着巧克力含混不清地问："谁啊，居然送你一本宣传册？"

秋随诚实地回答："沈烬。"

姜嘉宁措手不及，险些被噎住，她顾不上拆秋随带给自己的伴手礼，拉着秋随坐下。

姜嘉宁从冰箱里拿了瓶酒，两眼放光："坦白从宽，抗拒从严，一五一十地告诉我，一个细节都不要遗漏，我要吃第一手的'新鲜瓜'。"

秋随抿了下唇："这件事情，说来话长，那个时候我还在高中……"

"停。"姜嘉宁嘴角一抽，"我、你、沈烬高二开始同班，你高中时候和沈烬发生了什么我不清楚吗？你能不能说重点？给我快进到你和沈烬见面前十分钟。"

"快进有点难度，"秋随叹了口气，"你看我的书房。"

姜嘉宁："我来收拾。"

"我的新家。"

姜嘉宁："我给你留意。"

"我下午还得去趟公司，来了一个新实习生，但是我又不想坐地铁。"

姜嘉宁："我开车来的，等会儿送你去。"

"事情是这样的。"秋随神色一正，言简意赅地将整件事情介绍了一遍，"前几天我带了一个实习生……"

姜嘉宁听完后，蒙了好一会儿。

"你是说，"姜嘉宁努力捋了捋整个过程，"沈烬不记得你了，而你，为了避免尴尬，给沈烬看了个面相？"

秋随微笑点头："你是不是想夸我，随机应变第一名？"

"夸你个头。"姜嘉宁没好气道，"然后呢，沈烬如何评价你看面相的能力的？"

秋随眯起眼睛想了会儿："他说……"

姜嘉宁："什么？"

秋随指了指书房："欲知更多细节，请先收拾书房。"

姜嘉宁翻了个白眼，但还是进了书房。她将书柜最下方的一摞书搬了出来，看了几眼后满脸惊讶："高三的辅导书和试卷你居然还留着！"

片刻后，姜嘉宁轻呼一声，手里举着一本书，将内页朝向秋随，笑眯眯地问："我如果把这些书拿去卖，你猜能卖多少钱？"

秋随有些无语："你根本不可能卖出去，这都是多少年前的……"

她起身朝书房走了几步，看清了内页上的名字之后，剩下的话再也说不出口。

秋随相信，如果姜嘉宁真的要卖这本书，绝对卖得出去，而且能卖个好价钱。因为这本书的内页上，写着沈烬的名字。

这是沈烬的书。虽说没有媒体敢公开沈烬的照片，但是见过沈烬的人其实不少，比如温婕。

一传十，十传百，稍微打听一下，都知道风投大佬沈烬生得颠倒众生。

金融圈内趋之若鹜的人，也是万千少女的人间理想。

"沈烬的书怎么在你这儿？"姜嘉宁又翻出了几本，一一盘点，"等等，我数数啊，我现在能找到的，就有十几本了，全是沈烬的书。"

地板上堆满了辅导书，薄薄的灰尘在空中飞扬，秋随盯着内页上龙飞凤舞、恣意张扬的"沈烬"二字，莫名恍了神。

把复读的决定告诉沈烬的那天，沈烬约她在校门口见面。

"这些都是我的高考资料。"校门口的一家咖啡店，少年右手慵懒地撑着头，将几捆厚厚的书推给她，"幸亏我没撕书，都给你了。"

秋随几乎是如获至宝地接下了这些书，毕竟，省理科高考状元的备考资料可不是那么好拿到的。

她最薄弱的学科是数学，她抽出一本数学辅导书，想要看看理科状元的备考秘籍。

然而，除了第一页写了"沈烬"二字之外，整本书空空荡荡，根本找不到任何痕迹。

秋随声音低下去，有些沮丧地撇了下嘴："我还以为能看到你的高考秘诀，结果只有你的名字。"

"嗯？"面前妖孽的少年无声哂笑，"我以为你想多刷题。"沈烬伸出手，修长白皙的手指一动，抽走了桌面上的辅导书。

"干吗？"秋随抬眼，"不是给我的吗？我拿回去刷题。"

少年干脆利落地又从一摞书中抽走了好几本书，全都是数学辅导书。

秋随愣愣地看着，还没反应过来，就看见沈烬翘起一点唇角，悦耳的嗓音中带着点慵懒："两个星期后，我再给你。"

两个星期后，秋随再一次见到了沈烬。

沈烬坐在单车上，长腿踩在地上，一只手扶着把手，闭着眼睛。他穿着一身黑色衬衫，领口还有些松垮，扣子解了两颗，不经意透露出玩世不恭的不羁。

秋随悄悄走近，没叫醒他，只是微微低下头打量。沈烬似乎没睡够，眼底有淡淡的乌青，脸上的疲惫显而易见。

或许是察觉到了长久的注视，沈烬突地睁开眼睛。

秋随一下子顿住，两个人的距离太近，她甚至能看清沈烬眼中倒映的自己，能数清楚沈烬纤长卷翘的睫毛。

秋随僵了几秒，很快直起身来，忍着扑通扑通的心跳声问："你怎么睡着了。书呢？给我吧。"

沈烬将一捆书交到她手上，凤眸微挑："都在这儿了，拿去。"

秋随接过书，佯装随意地提起："一起吃饭吗？"

沈烬挥了挥手："不了，回去补觉。"

晚风温柔，扬起了少年的衣角。

驶出一段路后，秋随看见沈烬突然刹车。他单脚落地，回头定定地看了她好一会儿，突然笑开，随后，一字一顿道："秋随，说好的，你要来 B 大啊。"

夜幕徐徐降临，夕阳的碎金将天际晕染成橙色。路灯陆陆续续亮起，成了傍晚繁华夜景的一角。

秋随对着沈烬点了点头，她听见自己清脆又坚定的声音："一言为定。"

回家后，她才知道为什么沈烬一脸倦容。

两个星期前，还是一片空白的辅导书，如今已经是密密麻麻一片。

沈烬用不同颜色的笔标出了易错点，用便笺备注了难点和不同的解题思路，比书本后面自带的答案还要详细全面，的的确确是高考状元的独家备考秘籍。

这两个星期，沈烬怕是根本没有睡多久。

可惜，她最后还是没有选择 B 大，也没有履行约定。

秋随将地上散落一地的沈烬的书收拾好："怎么，你想听这个故事？"

姜嘉宁激动地点头："你说！"

"这个故事，"秋随义正词严地拒绝道，"是另外的价钱。"

姜嘉宁深吸一口气，默念了三遍生气给魔鬼留地步，回过神来，却看见秋随将十几本书又重新放进书柜里。

"沈烬的书，你不打算丢掉了？"

秋随回答得理所应当："当然不会丢掉了。"

姜嘉宁挑了下眉："怎么，舍不得？"

"嗯嗯，当然不舍得。"秋随面无表情地解释，"我哪有钱真的买金来福的黄金投资啊，还不如投资沈烬的书，毕竟是现成的，说不定几年后就升值了。"

02

姜嘉宁喝了酒没法开车，秋随只好开着她那辆大众车去公司，打算到了公司后，再喊个代驾把姜嘉宁送回家。

秋随开车没多久，就接到了周凌薇的电话。

周凌薇："我今天临时有事，不在公司，现在抽空和你说说新来的实习生情况。"

"好。"

"新来的实习生是B大的研究生，辅修过俄语，参加了俄语专业水平测试，成绩还不错。虽然是沈烬的亲戚，但是该……"

"什么？谁？"秋随来不及细想，径直打断周凌薇的话，"沈烬？哪个沈烬？"

"还能有哪个沈烬？风投圈大佬沈烬啊！你这次去莫斯科不都已经见过了吗？"

秋随目光微滞，反应有些迟钝。

她深吸一口气，踩了刹车，想要减速将车停在路边，再问个清楚。

就那么一会儿的工夫。

"砰！"

后面的车撞了上来。

声音剧烈，周凌薇也意识到了不对劲："怎么了？发生什么事了？"

秋随叹了口气："被追尾了，我去处理一下。"

周凌薇："人没事吧？"

"没事，问题不大。"秋随沉默了几秒，又补充道，"新来的实习生资料发我邮箱吧，等会儿到了公司，我去找人事经理了解情况。"

"好，你先处理现场，开车小心。"

秋随将车停在路旁后，和姜嘉宁下车查看情况。幸好问题不大，只是蹭掉了一点点漆。

她回头看了一眼，这一看简直吓了一跳，好家伙，居然是劳斯莱斯。

姜嘉宁松了口气，幸好是劳斯莱斯追尾她的车，而不是她的车追尾劳斯莱斯，否则她倾家荡产可都赔不起。她揉了揉眉心："我去车上拿手机拍照，顺便联系保险公司，你先过去和后车的人沟通一下。"

秋随点点头,走到了劳斯莱斯的车旁,伸手敲了敲车窗。等了许久,前排车窗都没有动静,倒是后座的车窗缓缓降了下来。

秋随脚步一顿,猜到这辆车应该属于后座的人,前排驾驶座上大约是个司机,做不了主。

她走到后座车窗旁,好巧不巧,对上了一副几天前才见过的熟悉脸庞——沈烬。

秋随心里"咯噔"一跳。

沈烬单手搭在窗沿上,屈着臂弯,手背撑着太阳穴,似笑非笑地看着她。

他身旁还坐着一名年轻的男生,看着年轻,大约是还在读书,此刻正好奇地打量着她。

秋随微微歪了下头,这个男生看着有些眼熟,隐约觉得似乎在哪里见过。

沈烬长指意兴阑珊地敲了下窗沿:"这才多久不见,不记得我了?"

"不是,"秋随摇了摇头,"我是在看你身边的男生。"

沈烬闻言转头看了一眼。秋随不知道沈烬的眼神是有多凶神恶煞,只看到年轻的男生似乎缩了下脖子,几乎是迅速收回了打量她的视线,低头拿起一旁的电子书看了起来。

车内灯光明亮,秋随眯起眼睛,眼尖地看见了电子书上赫然出现的俄文。

居然是个会俄文的人。秋随思绪不自觉地游离,到底是在哪里见过呢?

"还看?"不轻不重的声音打断了秋随的回忆,沈烬抬眼看向她,散漫地嗤笑一声,"怎么,又想看面相,拿人练练手?"

"不是,"秋随摇头,"我技艺不精,也没有倒给你十元钱的打算。"

"秋随,我正在和保险公司的人说着呢,"姜嘉宁捏着手机走过来,"你这边和后车的人谈……"

姜嘉宁站在后车窗旁，直愣愣地盯着沈烬，剩余的话都被咽回嗓中，仿佛被定在了原地。

秋随明白，既然沈烬都不记得自己了，想必也不会记得姜嘉宁。

"介绍一下，"秋随慢腾腾地开口，"这位是——"

沈烬径直打断秋随的介绍："姜小姐，好久不见。"

秋随茫然地眨了下眼睛，这是什么事？

沈烬记得姜嘉宁，但是不记得她？

且不说姜嘉宁高中时期和自己形影不离，就说自己和沈烬曾经的关系，这种事情也不可能发生。

所以，只有一个解释——沈烬记得她，也早就认出了她。

在这一刻，秋随清楚地知道了一件事情。

沈烬亲自撕开了不久前还相安无事的疏离伪装，没打算继续装作一个和她才刚刚认识的陌生人。

姜嘉宁唇角一弯，对着电话语速飞快地说道："问题不大，不需要你们出面了，我们私了解决。"

顿了下，姜嘉宁挑了下眉："沈先生，你觉得呢？"

沈烬脾气很好："没问题。"

"行。"姜嘉宁挂了电话，推了推秋随，"秋随。"

秋随心情复杂地转头："怎么了？"

"我已经和沈先生商量好了，不走保险，私了解决。"姜嘉宁说，"你快和沈先生加个微信，方便问沈先生要赔偿费。"

秋随深吸了一口气，稍稍抬了抬眼皮，看向姜嘉宁："既然是你的车，当然应该你加微信。"

姜嘉宁理直气壮："是你开的车，自然应该是你来加了。"

姜嘉宁："我和沈先生多年不见，不比你，你前几天不是还做了沈先生的翻译吗？你们更熟悉，沟通起来也更方便。"

沈烬手背撑着下巴，侧着头，沉沉地看着秋随和姜嘉宁争执不休，只是为了推辞加他的微信。

仿佛他是洪水猛兽一般，令人避犹不及。明明他也不差，但就是被她鄙夷厌烦，想要保持距离。

沈烬没有说话，只是扯出一抹自嘲的笑。

他再次见到秋随的时候，秋随已经是同传业内顶尖的译员。

面对所有可能遇到的突发情况，她都仿佛是一个永远冷静，从不失控的机器人。在秋随的人生中，好像没有"意料之外"这四个字。

沈烬相信，秋随同传业内理智美人的名声绝不是空穴来风。

就像她灵机一动说自己观察面相，和面不改色在金来福后面加上宣传册一样，她总可以不动声色地化解尴尬。

重逢后，沈烬就一直在想。

也不知道什么时候，他能够见到秋随失控的样子，如果有一天，几乎没有情绪的秋随失控，又会是为了什么呢？

今天，沈烬终于见到了失控的秋随。只是失控的原因，是不想和他产生任何联系。

着实是，有些讽刺。

可能是天气太过糟糕，也或许是和姜嘉宁长时间相持不下，秋随心头涌上一股没来由的烦躁。

秋随一直认为，如果沈烬还记得她，他们应该是老死不相往来的关系。如果沈烬早就忘记她，那他们就是萍水相逢的陌生人。但很显然，从飞机上偶遇开始，冥冥之中，他们的关系就好像偏离了既定的轨道。

她接下来要接手一个是沈烬亲戚的新实习生，紧接着她还要被逼迫加上沈烬的联系方式。

秋随已经确认，沈烬早就记起了她，但她的确不清楚，她和沈烬的关系究竟是在往哪个方向发展。

但无论是往哪个方向发展，这样的纠缠，都是错的，沈烬和她，应该完完全全彻彻底底，是两个世界的人。

秋随缓缓吐出一口气，心底涌上浓浓的无力。

这种事情完全不在她掌控之中的不安感，已经很久没有出现了。

秋随闭了闭眼睛，蹿上来的火气快要压抑不住，怒火即将爆发的时候，她听见了一道微弱的声音——"我有个提议，不知当讲不当讲？"

秋随和姜嘉宁皆是一愣，顺着声音看了过去，就连沈烬也偏头看了过去——是坐在沈烬身边的年轻男生，正缩着脖子，显然被他们三个吓得不轻，此刻举着右手，是上课想要回答问题的姿势。

沈烬："讲。"

秋随："说。"

姜嘉宁："我们先听听看。"

年轻的男生轻轻缓缓开口："如果你们都不愿意加……"顿了下，他小心翼翼地看了眼沈烬，抿了下唇。

"如果你们都不愿意加彼此的微信，但又的确有事情需要沟通，"年轻男生说，"我觉得你们，可以面对面建个群。"

三秒过后，三道声音同时响起。

沈烬："可以。"

秋随："同意。"

姜嘉宁："就这么办。"

面对面建群后，秋随对着沈烬挥了挥手机："有什么事情直接在群里说吧。"

秋随垂着头，一张脸明艳妩媚，羊绒围巾在她脖颈缠了几圈，越发衬得她像个瓷娃娃一般，精致娇俏。

沈烬对上她有些苍白的脸色，眼眸里的冰雪不自觉地融了大半。

他收回视线，瞥了眼三个人的微信群聊，随后目光缓缓上移，唇角微扯着："行。"

事情解决后，秋随几乎没有留恋，拉着姜嘉宁离开，她步履沉稳，但明显走得很快，仿佛背后有人追杀一般。

沈烬脸上看不出什么情绪，只是坐在车后座静静地看着，从秋随转身离开，到秋随蛮力将姜嘉宁塞进副驾驶，再气冲冲地打开驾驶座车门坐了进去。

整个过程，她一次都没有回头。

和当年离开的时候一样。她和那个男生并肩离开，也一次都没有回过头看他，哪怕一眼。

沈烬一直没有出声，司机也不敢开动。

傅明博心中焦急，这是他今天第一天实习，传闻带他的老师是业内数一数二的翻译，为人严肃，最不喜欢实习生迟到。

"表哥，"傅明博犹豫了片刻，还是弱弱地开口，"表哥，我们什么时候走啊，我今天……"

傅明博的音量逐渐微弱，剩下的话都被迅速咽了下去。实在是因为，沈烬的气压低得可怕，傅明博从没见过沈烬这副模样。

沈烬视线低垂，眉头紧蹙，伸手扯了扯领带，眼神隐晦不明。

傅明博怂得很快，一边小心翼翼地拉开和沈烬的距离，一边默默反省自己方才是不是说错了话。

良久，傅明博才听到沈烬轻嗤一声。他抬手敲了敲驾驶座的椅背，淡声开口："下车，去联系陈秘书，今天的工资照给。"

言外之意显而易见。

司机离开后，沈烬低头敲击手机屏幕，片刻后，他头也不抬地开口，语气平静无波："傅明博，你也下车。"

"什么？"这句话犹如晴天霹雳，傅明博愣了几秒，确认自己没有听错后，简直欲哭无泪，他壮着胆子反驳，"表哥？我为什么要下车啊？不是说好今天送我去公司实习吗？"

沈烬："陈秘书在附近银行办事，我让他来接你。"

傅明博不服气："这也不会影响你送我去实习啊？"

沈烬："我还有事，不顺路。"

话音落下，陈睿就到了，他微微弯腰敲了敲车窗，语气恭敬："沈总，司机的工资我已经结了，需要我再找一个临时司机吗？"

沈烬的专用司机请假奔丧，陈睿调度了临时司机，但很显然，沈烬对这个临时司机并不满意。

"不用了。"沈烬靠在椅背上，"你把傅明博送走。"

陈睿点点头，替傅明博打开车门："我的车十分钟后才能到，您先下车吧。"

傅明博心中委屈又不敢直言，想到陈睿的车至少还要等十分钟，他梗着脖子不愿意下车，趁机偷瞄了眼沈烬的手机屏幕。

沈烬的手机切换到了微信，正是刚才和秋随以及姜嘉宁面对面建的微信群。

傅明博眼睁睁地看着沈烬的手指微微一顿，在两个头像中选择了其中一个，发送了申请添加好友的请求。

"表哥，"傅明博下意识脱口而出，"你加的是刚才那个棕色头发的姐姐吗？"

秋随和姜嘉宁的头像都是本人，因为职业原因，秋随不能轻易染发，一直保持着黑发的习惯。

姜嘉宁倒是自在多了，她是申城小有名气的脱口秀演员，经常更换发型发色。

"陈睿，"沈烬按了按眉心，似乎是有些不耐烦，声音冷硬地吩咐，"把傅明博带走。"

"表哥？！"傅明博急了，"据说带我的老师超级严格，倒在她手下的亡魂千千万万。这位老师最不喜欢的就是迟到的实习生，陈睿的车还有十分钟才能到，我如果第一天实习就迟到，下班你就可以给我收尸了！"

沈烬转身上了驾驶座："我已经通知了翻译公司，你路上遇到了追尾，耽误了时间。"

傅明博苦着脸，头痛欲裂："这种借口，就和小学生没写作业，然后告诉老师自己没带作业本一样，小学老师都不会相信啊！"

沈烬挑了下眉，突然冷笑了一声。他语气笃定："你的实习老师不一样，她一定会相信。"

傅明博还没来得及问为什么，就看见劳斯莱斯飞驰而去。

姜嘉宁看着沈烬发来的好友申请时，下意识地用余光瞄了眼驾驶座上绷着一张脸的秋随。

她抿了下唇，飞速地点了通过。

沈烬："退群。"

姜嘉宁："互删。"

沈烬："行。"

姜嘉宁开启了朋友验证，你还不是他（她）的朋友，请先发送朋友验证请求，对方验证通过后，才能聊天。

删得还挺快。

姜嘉宁收起手机，悠长地叹了口气："我说你和沈烬两个人，真的就是死鸭子嘴硬。"

秋随面无表情："活鸭子嘴也不软。"

姜嘉宁："我真的觉得，沈烬在莫斯科说的新年快乐，就是说给你听的。"

秋随面不改色："他是为了证明他自学能力强，只要听一遍，就能流畅标准地学会俄语版新年快乐。"

姜嘉宁："那我问你，沈烬如果只是想看一场跨年烟花，根本不需要动用翻译，为什么他要大费周章请你过去看？"

秋随泰然自若："资本家喜欢享受花钱的快感，顺便还能除业障，积功德。"

姜嘉宁："行，说说你，你为什么就是不肯丢掉沈烬送给你的书呢？别和我说投资，沈烬签名的书有什么投资价值？他是资本家，又不是书法家画家艺术家,别以为我看不出来,你就是舍不得。"

秋随神情淡定:"书中自有颜如玉,书中自有黄金屋,投资并不仅限于金钱投资,对自我知识的投资,也是一种投资。姜嘉宁,你格局要大一点,目光要长远一点。"

姜嘉宁深吸一口气:"不和你说了,停车!把我放到前面商场门口。"

秋随终于露出了震惊的神色,她转头看了姜嘉宁一眼:"你去那儿干吗?那你的车怎么办?开去我公司?"

姜嘉宁看了眼后视镜,车后跟着一辆劳斯莱斯,眼熟得很,就是沈烬那辆车。

"我去商场做个SPA。再和你聊下去,我会活生生被你气出两条法令纹。"姜嘉宁疲惫地揾着太阳穴,"你把车停在你们公司车库就行,我做完SPA喊个代驾把我送回去。"

秋随点点头:"也行。"

将姜嘉宁送到商场后,秋随拐了个弯,才重新驶向公司的方向。

03

秋随所在的翻译公司在申城的市中心,写字楼高高耸立,路段繁华,游人如织。

每隔几百米就能看见一个十字路口,红绿灯的个数比十字路口还要多,典型特点是红灯的时间格外长,而绿灯的时间又尤其短。

秋随在第三个红灯面前停下,看着红色灯牌上三位数的倒计时,不由得叹了口气。

她正要拿出手机打发时间,却察觉到来自车窗左边的一道注视。

秋随没太在意,只当作是自己的错觉。

她懒洋洋地往后一靠,刚拿出手机,欢快的音乐就响了起来。屏幕上显示——沈烬邀请你加入语音通话。

秋随一愣,有些没反应过来。

这群里三个人,沈烬怎么不邀请姜嘉宁一起语音通话呢?

铃声依然响个不停,沈烬似乎格外有耐心,大有她不接电话不罢休的决心。秋随抿了抿唇,犹豫了半响,鬼使神差地按下了接听键。

她思绪有些放空,一时之间也不知道该说些什么。

说沈先生,那代表她和沈烬还是翻译和客户的关系。

说沈烬,就等于直接挑明了她和沈烬曾经的纠葛。

但秋随至今也不确定,这是不是一个戳破他们曾经关系的合适时机,秋随紧握着手机,没有贸然开口。

有一个瞬间,她脑海中不期然闪过了几年前的跨年夜。

她也和现在一样,因为不敢吵醒家里熟睡的人,沉默地等着对方先开口。电话对面无声,安静对峙片刻后,秋随听见一道清冷的声音:"开车窗。"

秋随不是很理解沈烬此刻的脑回路:"什么?"

沈烬的声音再一次平静响起:"开车窗,看左边。"

秋随一头雾水,她没开车窗,不过扭头往左边看了一眼。她左边车窗旁,停着一辆熟悉的银色劳斯莱斯。

沈烬坐在驾驶座上,副驾驶空着,先前坐在沈烬身边的那名年轻男生也不知道去了哪里。

男人右臂屈着,长指懒散地搭在方向盘上,视线撂了过来,侧头看着她。

秋随没挂断电话,挺直了背,过了许久,才缓缓降下车窗。先前隔着车窗看不太清,此刻,她几乎是猝不及防地对上了沈烬的视线。

沈烬打量了她几眼,轻嗤了一声。

秋随不太清楚,自己这又是哪里惹着他了?她眼底浮现一抹困惑和疑虑,手机里散漫的声音传来:"补漆费多少?"

秋随声音透着无法理解的迷惑:"我看一眼就能知道刮蹭费多少,现在就应该是4S店的总裁了吧。"

沈烬低低地笑了声:"我以为这也是你的看相业务范畴之一。"

是个人都应该看得出来,她当时胡扯的看面相只是为了缓解尴尬,也不知道为什么沈烬对此耿耿于怀。

秋随沉默了两秒,开始转移话题:"我得提醒你一下,这辆车是姜嘉宁的,你是不是应该把她也拉进来聊一聊?"

"你说得对,"沈烬慢吞吞地说,"但是,姜嘉宁这不是退群了吗?我也只能被迫联系你了。"

秋随震惊了好一会儿:"姜嘉宁退群了?"她看了眼屏幕,屏幕上方正中间赫然显示——群聊(2)。

秋随手指无意识地捏紧了手机,她和沈烬对曾经的关系都心知肚明,非常尴尬。

秋随还没想好应该如何面对,沈烬的声音隔着屏幕传递到耳边,秋随的耳郭瞬间泛起酥麻感。

沈烬:"秋随,你该给我个解释的。"

听见沈烬这么问,秋随犹豫了下。她总不能告诉沈烬,是因为姜嘉宁看戏不嫌事大,故意退群让他们两个解决吧。

就算她和沈烬早就心知肚明彼此认出了对方,但也不能如此明目张胆地戳破这层窗户纸吧。

秋随抿了下唇,缓缓开口:"她今天出门就被追尾,觉得运势不佳,就去找了个算命大师。"

秋随:"算命大师说,她和姓沈的人天生犯冲,让她为了人身安全,切记保持距离。"

秋随:"所以她退群,是真的为了保平安。"

半晌后,沈烬才开口,语气透着无奈:"那她还挺迷信。算命大师有没有劝你,也和姓沈的人保持距离?"

这个问题,秋随回得挺快。

秋随:"大师也劝过了,说如果我不和姓沈的人保持距离,可能会面临血光之灾。"

沈烬:"那你也挺迷信。"

秋随:"毕竟我是看面相的人嘛。救人一命,胜造七级浮屠。为了我的人身安全,还是希望你配合我,尽快解决完这件事情,让我可以早点退群保平安。"

沈烬都气笑了:"秋随,你现在还挺能说的。"

秋随:"过奖了,职业习惯而已。"

沈烬:"是吗?第一次见面的时候,你可没这么能说。"

秋随想了一会儿,她和沈烬在飞机上重逢的时候,她也挺能胡说八道的。

她扯了下唇:"我给你看相的时候,也挺能说的。"

片刻后,沈烬才开口:"秋随,我说的是,在小树林的时候。"

听见这话,秋随背脊一僵,身体里的气血不断往上涌,思绪有一瞬间是空白的。

这层她和沈烬都心知肚明的关系,就在这一刻,被沈烬毫不留情又直白坦率地戳穿了。

她、姜嘉宁、沈烬高二开始同班,但其实,她和沈烬,早在高一就已经见过面了。

第一次见面的时候,就是在申城一中的小树林。

那时候,秋随还是高一。

她已经连续好几天,收到同一个人送来的情书和礼物了。

这些情书和礼物都被放在一个礼盒里,神不知鬼不觉地塞进她的课桌抽屉。虽然这些情书也没有留下落款,但是通过字迹,秋随也能够辨认,都是来自同一个人。

秋随每天都小心翼翼地早早来到班上,再将这些情书和礼物一起塞进书包,不敢让任何人发现,尤其是家人和同学。

直到高一快要结束的一天,所有的平静无波和相安无事都被打破。

被随同礼物一同送来的情书上写着——明天小树林见。

"小树林"这词倒没什么,但如果放在高中校园里,就很自然而然地洋溢着早恋的氛围。

事实也的确如此。申城一中的小树林是公认的早恋圣地。

位置隐蔽,树木茂盛,郁郁葱葱,冬暖夏凉,是恋情萌芽的好地方,也是教导主任冲刺"业绩"的第一首选。

每周一国旗下通报批评,小树林的出场次数永远居高不下。

秋随犹豫了一整天,最终还是下定了决心。她将这段时间收到的所有礼物和情书都装进了一个大袋子里,打定主意,到了小树林之后,一句话也不说,将这些东西丢下就走。

秋随记得很清楚,那天是周五。

她等着班上所有学生离开后,才心惊胆战地拎着一个大袋子,去了小树林。

申城一中的小树林说大不大,说小也不小,进去看一眼,就能知道里面到底有多少人。

巧的是,那天的小树林,秋随只看见了一个人。

少年倚着墙站,背对着她,脚下放着一个篮球,垂着头,似乎在看手机。他和申城一中每个学生的穿着一样,蓝白相间的衬衫,版型简单的黑色长裤。本该和大多数人一样泯然于众人,偏偏看着格外不同。少年背影挺拔,身材清瘦颀长,气质出类拔萃。

秋随没有多想,只是蹑手蹑脚走到少年身后,她微微弯腰,不敢弄出太大的声音,将袋子放在距离少年不过咫尺的距离。

秋随秉承着轻拿轻放的原则,心中一块石头落地,放下装满了情书和礼物的袋子,抬起头的时候,不期然,对上了一双风流多情却清澈见底的眼。

男生很高,看她的时候微微垂着眼,一双勾人的凤眼,睫毛纤长卷翘,看向她的时候,平白无故带了几分撩人的意味,活脱脱一个风流男妖精,但眼底却平静得不见一丝波澜。

阳光透过树林斑驳落在他身上,秋随呼吸见闻见了夏天独有的草丛气味,清冽又缥缈。

秋随的动作一顿,随即目光转移了下。

只是一眼,她就认出来眼前的这个少年是谁。

申城一中出了名的天之骄子,高岭之花,年级排名永远占据第一的男生——沈烬。和她同级,但不同班。唯一有过的交集,是他们都曾经参加过学校组织的学科竞赛。但也仅此而已,绝对谈不上认识,只是擦肩而过的陌生人,属于见面了也不会互相点头的关系。

秋随隐隐约约地觉得有哪里不对劲。

她下意识地又看了一眼小树林——依然只有她和沈烬两个人,再没有其他任何人。

秋随眉头微蹙,将心中乱七八糟的猜想和假设全都强压了下去。

虽然她不相信这些情书和礼物都是沈烬送来的,但是眼下的场景,似乎只有沈烬一个选择。

秋随抿了下唇,微微低着头,声音小得几乎听不见:"都还你了,以后不要再给我了。"

沈烬没吱声。

秋随在心中暗暗松了一口气,她转身要离开,身后突然传来一道懒洋洋的声音:"站住。"

在脑子反应过来前,秋随的脚步率先反应过来,停了下来。她不由自主地转过身,看向沈烬。

沈烬挑着唇角,高眉骨下一双浅褐色的眼瞳朝秋随的方向望过去。

面前女生的脸极小,肌肤白皙光滑,乌黑柔顺的长发披在肩头,气质清纯,长相却艳丽无比。

沈烬第一眼就认出了她——秋随。

进校不久，就成了申城一中无数学生的梦中情人，几次大型考试下来，又成了响当当的学霸级人物。

偏偏面前的这位美女学霸，也就是在入校的时候，和最开始几次大型考试后，名声在外了一段时间，之后的议论声音就直线下降，知名度并不高。

沈烬见过秋随几次，她都是一个人孤零零的，身边没有朋友。

她走路的时候永远低着头，视线不敢和人对视，无论在哪儿都是微微驼着背，说话声音和蚊子叫似的。

是学生时代最被学生鄙夷的书呆子类型，胆小又怯懦。

传闻中的美则美矣，没有灵魂，毫无乐趣，不再引人注目也是情理之中。

此时的秋随，就和他无数次遇见的一样，如传闻中一般，低着头，不敢看他，像是做错了什么事情一般。

沈烬单手插兜，卷起半截衬衫袖子，露出了线条优美的小臂，以及精致漂亮的腕骨，朝秋随缓缓走过去。

他动作散漫优雅，整个过程就像是一幅徐徐展开的画卷，画卷上是造物主精心打造的美人图。

秋随吓得当即后退了好几步，呼吸都急促了起来，脸上一片潮红，头越发低了下去。

沈烬慢悠悠地停住脚步，拖着尾音，一字一句道："说清楚再走。"

秋随一怔。

她已经觉得有哪里不对，但是眼下的场景，就算她要临时改口，似乎也为时已晚。

况且，她也不是很确定，沈烬的那句"说清楚再走"，到底是什么意思。

是指让她说清楚，这一袋子东西到底怎么回事，怎么就和他沈烬扯上了关系？还是指，究竟为什么要拒绝他送的情书和礼物？

秋随心下纠结，又想着再耽误下去，就要错过家里晚饭的时间，到时候,又是一场腥风血雨和躲不过的斥责谩骂。

她吸了吸鼻子,眼眶已经不自觉溢满泪水。

秋随心中焦急,依然低着头不敢看人,满脑子乱哄哄的一团糟,伸手指着脚下的袋子,只是无意义地重复了一遍之前说过的话,声音已经带上了不易察觉的颤抖:"这些东西,还给你,以后,不要再给我了。"

沈烬觉得荒唐似的嗤笑了一声。

秋随的视线里出现了一双极为好看的手,她浑身紧绷,看着那双手在脚下的袋子里翻翻拣拣,捏住了一张淡粉色的信封。

她感觉一道目光落在自己的身上,沉哑的声音在耳边响起:"给我一支笔。"

秋随一头雾水:"啊?"

"我说,"沈烬已经有些不耐烦,一字一句道,"给我一支笔。"

秋随音量极低地应了声好,心中七上八下的,呆呆地在书包里翻找了片刻,很快递过去一支黑色签字笔,依然低着头,不敢看人。

沈烬眉心微蹙,见她这副唯唯诺诺的模样,就不自觉烦躁地"啧"了一声。

耳边响起笔尖和纸张摩擦的声音,秋随悄悄抬起眼皮,看见沈烬垂着眼,微微侧着头,神色冷漠淡然,左手捏着薄薄的信封,右手在信封上唰唰地写着字。

秋随尴尬地摸了摸鼻尖,她已经看出来,沈烬写的是她的名字。

那张淡粉色的信封上,原先也写着三个大字——秋随收。就是字迹实在是有些不堪入目,跟狗啃似的。

就在胡思乱想的时候,淡粉色的信封又被重新递到她眼睛底下。

信封上并列出现了两行"秋随收"的字迹。

底下那一行字迹,笔走龙蛇,潇洒俊逸。和第一行字迹相比,截然不同,没有任何相似之处。

秋随下意识地咬紧了唇,指甲深深地嵌入掌心。

"看清楚了,"沈烬不轻不重的声音响起,他用手点了点自己写下的一行字,"这才是我写的字。"

沈烬的语气很淡,但秋随就是莫名地从中解读出了讽刺的意味,就好像在说——你在开什么玩笑,我能看得上你?

秋随心口一酸,觉得委屈又尴尬。这算什么事?

因为莫名其妙出现在她抽屉的礼物,她这些天一直担惊受怕,心中忐忑。她又为了将这些礼物和情书物归原主,抱着可能会被教导主任发现的风险,承受着晚回家可能会被斥责一顿的可能性,来了小树林。

结果,送信的人没来也就算了,她还将一中众所周知的高岭之花沈烬认成给自己送情书的人。

这下好了。秋随随便想想,都能想到沈烬心中到底会怎么嘲讽自己。肯定是觉得她幼稚又滑稽。就连她自己,都觉得现在的自己可笑至极。

沈烬的眼睑耷拉着,面无表情地看着眼前垂着头的女生,平静地催促:"拿走你。"他声音倏地停住,一愣一愣地看着信封正上方一颗泪珠砸了下来,直直地砸在淡粉色信封上。

很快,泪水就晕染一片。

沈烬写的那一行"秋随收",也早就被打湿得看不清原本的模样。

秋随倒像是得了解放,心中的委屈有了释放的地方。她的泪水跟不要钱似的哗哗地往外流,沈烬一时之间手足无措,手里捏的信封也不知道应该如何是好。

"我说你。"沈烬有些头疼地捏了捏眉心,他第一次遇到这种场景,实在是不知道如何是好。

他犹豫了一会儿,还是将"不至于吧"四个字咽了下去:"你想怎样?"

秋随抽抽搭搭地回答:"我……我想……回家。"

空气沉默了几秒,沈烬像是无可奈何地叹了口气:"那你回家去。"

秋随哭泣的声音稍微止住,她捏着指尖,视线看着地上的袋子:"但是这个怎么办?"

良久后,沈烬像是认命了一般,语气中充斥着浓浓的无奈:"你回去,我替你等,把东西还回去。"

秋随终于稍稍抬起眼睛,看向面前的少年:"真的?"因为才刚刚哭过,秋随的眼睛红红的,睫毛上还挂着颗泪珠,委屈巴巴又可怜兮兮。

沈烬无意识地叹了口气,就连声音都跟着软了下来,他点头:"真的。"

秋随抿了下唇,转身走了几步,又折返回去。沈烬直直地看着她:"又怎么了?"

秋随在他面前站定,朝他缓缓伸出右手。因为不久前才哭过,她的声音里还带着沙哑和不自觉的颤音:"我的笔,你还没还给我。"

……

秋随逐渐放空的思绪回拢过来。

她深吸一口气:"你早就认出我了?"

沈烬"嗯"了声,没有反驳。

秋随声音无力:"那你当时干吗不早说?"

沈烬:"我也没说我不认识你啊。倒是你,我问你一直盯着我看,是不是认识我,是你亲口说的,不认识我,是在给我看面相。"

她突然就有些明白,沈烬为什么对看面相这件事情如此耿耿于怀了。不知道为什么,曾经认识的关系被戳破后,她反而踏实下来。

秋随忍不住说道:"你当时可以拆穿我。"

沈烬懒洋洋地说:"我本来是想拆穿的。"

秋随:"然后呢?"

沈烬:"不过我从来没看过面相,还挺好奇,就想着蹭个面相看看。"

沈烬:"没想到你技术真的不行,你不是说我面相挺好吗?怎么这才没过几天,我就追尾了?"

沈烬:"这件事情告诉我们,封建迷信要不得。那个什么算命大师说的,让你离姓沈的人远点,否则会有血光之灾之类的话,你最好还是别信,你也是受过九年义务教育的人,应该相信科学和真理。"

片刻后,秋随才慢吞吞地冒出一句:"你别转移话题。"

沈烬:"我转移什么话题了?"

秋随:"追尾的赔偿费你想怎么办吧?你不会想赖账吧?你也是经历过九年义务教育的人,你觉得这样合适吗?"

沈烬轻笑了几声:"不合适。你说得挺对,那我就先转笔钱,多退少补。"

秋随"嗯"了一声,下一秒,她看见屏幕上方弹出的消息——沈烬请求添加你为微信好友。

秋随盯着那条消息,没有动静。

几秒后,她像是垂死挣扎一般对着手机问:"我们不是有个群吗?为什么还要加微信?"

手机里安静了片刻,疏懒的笑声传来:"你不会觉得,是我精心安排了这一切,先是刻意追尾,又设置了微信红包转账不能超过两百的规定,只为了加上你的微信吧?"

秋随摇头否认:"我没有。"

话说到这份上,秋随觉得自己再不同意沈烬的微信好友请求,就会和他们第一次在小树林见面一样,落得一个难堪的下场。

听着手机里的声音又要悠悠响起,秋随猜到沈烬又是要嘲讽自己一番自作多情,她慌忙出声阻止:"别说了,我加。"

她挂断和沈烬的语音通话,点了同意的按键。

屏幕切换到她和沈烬的对话框,秋随还没来得及打字,先看到了对面发来的转账消息。

她甚至没来得及多想,就接收了这笔转账。

点完接收后,她才后知后觉地反应过来,这笔转账,似乎数目不太对。

已收款的界面上,明晃晃地显示转账金额 20000 元。

秋随愣了几秒,反应过来。

沈烬大约是不接地气太久了，两万可能是劳斯莱斯的补漆费，但是普通大众车的这点刮蹭费绝对不会超过四位数。

秋随给沈烬退了一万九，又追加了一句：补漆费不会超过一千元。

发完消息，她转过头，对着沈烬那张人间绝色的帅脸，挥了挥手机，示意他收款。

而不远处的红绿灯，红灯的倒计时只剩下了最后三秒。

红灯变绿的刹那，无数辆轿车同一时间疾驰而出。

04

秋随走进公司一楼大厅，才有空拿出手机看了一眼。

和沈烬的微信对话框，还停留在她发出的最后一条信息上，至于她转给沈烬的一万九，对方也迟迟没点击收款。

她进了电梯，正想着给沈烬发个消息，提醒他微信转账时效二十四小时。手指触摸到屏幕的瞬间，她听到电梯门口传来一道有些熟悉的男声——"等一下！"

秋随手指一顿，正想要摁亮电梯门开关，却看见电梯已经稳步上升。

她抿了下唇，只好作罢。

只是刚才那道声音，她听着的确有些熟悉。

还没等她回忆起来，电梯已经抵达顶层。

迎面走来的简妍手里握着一杯咖啡，看向她时，脚步一顿，眼里的恨意藏都藏不住。

秋随迅速将那道熟悉的声音抛之脑后，背脊挺直地朝公司门口走去，经过简妍身边的时候，她谨慎地保持了一段距离，生怕简妍装作一个不小心，将温热的咖啡倾倒在她身上。

毕竟这种事情，也不是没有发生过。

说到简妍，从大学时期，就和秋随水火不容，进了公司又处处被秋随压了一头，到了现在，就连职场上虚情假意的表面功夫都懒得做了。

秋随进了公司，敲了敲温婕的桌子，压低声音询问："简妍又发什么神经？"

温婕看了眼四周，见没人经过，才回答："听说是因为新实习生的事情，又记恨上你了。"

新实习生？和新实习生有什么关系？

秋随下意识地环顾了一圈四周，没看见一张生面孔。

"新实习生呢？"秋随问，"我怎么没看见？"

温婕："还没来报到呢。"

"还没来？！"秋随眉心微蹙，"你先工作，我去问问郑经理。"

走了几步，秋随又折返回来，低声嘱咐："既然你被分到了我的手下，以后见着简妍，小心一点，别招惹她，她是什么事情都干得出的人。"

温婕愣愣地点了点头。

从她进公司以来，就逐渐觉察到简妍和秋随不和，不过两人平常接触不多，她也一直以为是自己的错觉。

但今天秋随的这句提醒，几乎坐实了秋随和简妍不和的传闻。

人事经理办公室。

郑怀亦说："哦，新实习生路上遇到了突发追尾，耽误了点时间。"

"突发追尾？"秋随冷笑了一声，口吻中的不相信显而易见，"这种借口，我会信吗？对了，我看简妍今天似乎心情不好，她怎么了？生病了？"

能坐到人事经理的位置，哪个不是人精？

郑怀亦自然也是其中之一，秋随、简妍之间的关系逃脱不了她的火眼金睛。

她隐晦地点明其中的因果关系："当时周经理接到消息，简妍恰好在办公室，主动提出要接手这个实习生，没想到对方指定要你带，你说人家见着你，能有好脸色吗？"

秋随挑了下眉，原来简妍的失态，是因为这个。

她不动声色地试探："周经理告诉我，新实习生是沈总的亲戚？所以，是沈总指定要我带这位新实习生的吗？"

"当然了。"郑怀亦点头，"你在莫斯科的时候，不是刚好做了沈总的随行翻译吗？沈总认同你的能力，所以你的工作结束后不久，沈总的助手就联系我们了。当然了，公司得到了沈总的一个项目。"

秋随嘴角一抽，那场随行翻译，她只翻译了一句新年快乐而已。

郑怀亦又补充道："对了，沈总还对你的教学能力赞不绝口，说你教了他一句标准的俄语，所以，他很放心将表弟交给你。"

空气沉默几秒，两道询问声同时响起。

"新实习生是沈总的表弟？"

"你教沈总说了什么俄语？"

郑怀亦愣了下："是沈总的表弟，亲表弟。"

秋随了然，正想开口，门外突然传来三道均匀有节奏的敲门声。

秋随站起身来，对着郑怀亦笑道："教了什么下次再告诉你，你先忙吧，我先走了。"

郑怀亦："好。"

得到郑怀亦的允许后，门被缓缓推开。

秋随看清来人，往外走的脚步一顿，瞳孔不自觉地睁大。傅明博也呆呆地站在原地，愣了几秒。

郑怀亦："刚好，傅明博，这是你实习期间的老师，秋随。快给你老师道个歉，她最不喜欢迟到的人了。"

傅明博没想太多，立马鞠了一躬，开口道歉："秋随老师，对不起，我是真的路上遇到追尾……"说到一半，他突然反应过来，"秋随老师，你应该知道的，我没说谎。"

她刚才在沈烬的车上看见这个男生，又发现对方看俄语书的时候，就应该猜到的。

天底下哪儿来这么巧的事情。

郑怀亦也察觉到不对:"怎么,你们认识?"

秋随捏了捏眉心,言简意赅地解释:"恰好,我和他是这次追尾事件的两个当事人。你等会儿把他的资料发我邮箱,我先了解一下他的具体情况。"

"傅明博是吧,"秋随转身看向傅明博,"跟我来一趟办公室。"

傅明博忐忑不安地坐在椅子上,浑身紧绷。

沈烬虽然没有隐瞒自己和他的关系,但是他知道,沈烬对实习公司的原话是——该教就教,该骂就骂,不用顾忌。

听完傅明博俄语的自我介绍后,秋随的脸色终于稍微好了一些。

按照郑怀亦所说,公司得到了沈烬承诺的一个大项目,作为等价交换,傅明博是她根本无法推辞的责任。

现在唯一能庆幸的是,傅明博的俄语能力还挺不错。

秋随问:"你的简历呢,带了吗?给我看看。"

"带了。"傅明博转身开始翻背包,"老师,我现在找,你等一下。"

秋随一愣。

"等一下"这三个字,终于让她回想起了,在电梯里,急匆匆的那道男声。原来是傅明博啊。

思及此,秋随又下意识地皱起眉头。

她在沈烬车上看见傅明博的时候,那种隐约的熟悉感,又是从何而来的呢?

"老师,"傅明博双手推过一份简历,"这是我的简历。"

秋随回过神来,接过傅明博的简历。

简历里记载了傅明博参加过的所有俄语活动和竞赛,秋随依次看了下去,脸色又好上了几分。

傅明博显然是个对俄语很感兴趣的人,几乎每年都会参加一些大型或者专业的俄语活动。

秋随翻了几页,在看见俄研杯演讲比赛几个字的时候,视线瞬间凝固。

她对傅明博不知从何而来的熟悉感,在这一刻,终于得到了解释。

俄研杯演讲比赛每年举办一次,傅明博参加的这一届,恰好她受到组委会邀请,担任了决赛的评委之一,以及亚军的颁奖嘉宾。之后,秋随的工作越发忙碌,这类型的比赛活动都被她以没时间的借口婉拒了。

秋随只参加过这一次比赛,所以印象深刻。

而傅明博,是这一次比赛的亚军,也是秋随亲手将亚军的奖杯,交到了他的手上。

回忆就像阀门,打开了一个口子,所有的场景和故事都会自然而然地涌上来。

秋随记得,比赛结束后,他们所有的评委一起给冠亚季军办了一场庆功宴。

比赛结束,所有人的神经放松下来,不知不觉地,就聊到了当初学习俄语的初衷。

因为傅明博是自己颁奖的学生,秋随对他的话更是记忆犹新。

他当时的回答是:"我之所以学习俄语,是完完全全受到我表哥的影响,我表哥会说一口极其流利的俄语,我从小就很崇拜他,耳濡目染,就感兴趣了。"

秋随想起来,自己当时还打趣问了句:"你是受到你表哥的影响,那你表哥受到谁的影响呢?"

傅明博当时是怎么说的来着?

他说:"不知道,不过我表哥说,他想知道俄语究竟有什么魅力,才会让别人学习。"

……

"秋随老师?"傅明博试探性小声开口,"我的简历有什么问题吗?"

"没有,"秋随轻轻摇了摇头,鬼使神差地问了句,"我想问你。"

傅明博点头:"老师,你说。"

"你……"秋随说了一个字后,停了下来,她垂着头深呼吸了一次,像是在做心理建设,片刻后,她才缓缓开口问,"你有几个表哥?"

"啊?"这是什么问题?

傅明博挠了挠头,没明白秋随的意思,不过他愣了片刻后,还是诚实回答道:"我有……"

"算了!"秋随突然匆忙大声打断他,像是害怕听到这个回答一般,"这个问题也不重要。"

她打开电脑,噼里啪啦地敲击键盘,没有再看傅明博:"你接下来的工作安排我发你邮箱了,你先出去工作吧,不懂的问题先问温婕,还是不了解就来问我。"

傅明博一头雾水地离开后,秋随才缓缓呼出一口气。

几天前那些零零碎碎的片段和没注意的细节,全都挤进她的脑海里。

沈烬在飞机上说:"不需要,我又不是不会……"后面没说出口的话,应该是俄语吧。

跨年烟花那次,沈烬只听了一遍,就标准又快速地复述出了俄语的新年快乐。

他也许根本不用学吧。

当然,这些也可能只是她的猜测。

也许,傅明博有不止一个表哥呢?也许,傅明博口中崇拜的表哥,不是沈烬呢。

秋随也知道,自己究竟在想什么。

她想要听到傅明博说,这个表哥,就是沈烬,但是也害怕,傅明博说,这个表哥,是沈烬。

秋随觉得有些头痛,心情实在谈不上美妙。沈烬和她的对话至今还停留在一万九的转账上,对方既没有收款,也没有搭理她。

这种烦躁情绪，在她下班的时刻，看见暴雨没有丝毫减缓的迹象，闪电轰隆作响后，达到了巅峰。

　　秋随在电梯门口等候了片刻，决定退回办公室，等雨势减小了再回家。

　　傅明博眼尖，出声喊住她："秋随姐，眼看着这雨今晚是不会停的，你去哪儿，我送你吧？"

　　秋随想了会儿："顺路吗？我住丹河地铁站附近。"

　　"顺路。"傅明博点头，"走吧，车子就在楼下呢。"

　　秋随依然有些为难，迟迟没有动静。她倒不是担心别的，主要是不想再碰见沈烬。

　　"秋随姐？"傅明博站在电梯里冲她招手，"进来啊。"

　　秋随抿了下唇，还是决定了解清楚情况："谁开的车？"

　　傅明博认真回答："陈睿。"

　　秋随想起来，是莫斯科跨年夜那天，沈烬身边的秘书。她松了一口气："真的？"

　　"你到底进不进电梯啊？"简妍翻了个白眼，不耐烦地皱着眉头，"不进电梯我关门了，大家都等着下班呢。"

　　算了，是陈睿开车就行，沈烬应该也没这个闲工夫来接傅明博。

　　她露出个抱歉的笑容，进了电梯。

秋随,封建迷信不可信

/第三章
我和姓沈的天生犯冲

01

车库里,秋随一眼就看见了那辆熟悉的劳斯莱斯。

她抬手敲了敲车窗,在车窗缓缓下降时,开口解释:"不好意思,可以顺路捎……"剩下的话,在看清驾驶座男人熟悉的面容后,都被堵在了嗓子眼。

秋随百般克制,才没有转头瞪一眼无辜又茫然的傅明博。

傅明博也没有料到沈烬会亲自来接,他打开后排车门,自然而然地坐了上去。

"不是说陈秘书来接我吗?对了,这是我的实习老师,表哥你应该见过的,就是今天被我们追尾的姐姐。你看现在这个天气,就顺路捎老师一程吧。"

沈烬目光注视着秋随,就在秋随打算开口说自己坐地铁的时候,他才大发善心似的勉强开口:"行吧。"

话说到这份上,秋随也不好意思开口拒绝。她深吸了一口气,低声道了谢,便转身往后排走去。

"等等。"沈烬微微侧眼,慢条斯理道,"坐后排,把我当司机了?"

秋随站直挺挺地站在车窗旁,不自在地摸了下鼻子,别说她有没有把沈烬当司机的想法,就算有,以沈烬现在的身价,她也请不起沈烬当司机。

不过,秋随看着传说中女朋友专属的副驾驶座位,迟疑了片刻。

"那如果,"秋随慢吞吞地开口,神情认真,"你当司机,这趟要多少钱?"

沈烬静静地看了她片刻,突然笑开。

"请我做司机啊,也不是不行,"沈烬轻轻缓缓开口,"就是挺贵的。"

秋随心一横眼一闭,张口道:"我也不是付不……"

"十万起步,"沈烬侧头看向她,"每公里多加一万,支付扫码、银联卡和现金支付。"

秋随一噎,原本准备好的说辞,都消失在唇边。

她就没见过这么狮子大开口的司机。

秋随酝酿了一会儿,中肯评价道:"你这样漫天要价,生意应该不太好做吧。"

"那倒没有。"沈烬想了一会儿,认真地回答,"说实话,还挺抢手的。之前就有个小姑娘,上车后就开始找机会拍我。"

秋随盯着沈烬那张妖孽风流的脸,对最后一句话深信不疑:"那然后呢?"

"然后被我赶下车了。"沈烬的声调有些吊儿郎当,"所以,希望你能够尽可能克制自己,不要做一些逾矩的事情。"

她没动弹,摇了摇头:"我不是很相信你的车技,况且你也知道,算命大师说了,我距离你太近,会有血光之灾。"

"那正好,"沈烬轻描淡写地说,"上车,看看到底有没有血光之灾,替你破除封建迷信的思想。"

秋随嘴角一抽:"万一真有呢?"

沈烬轻笑,点了下头:"也行。"

秋随还没弄明白沈烬的意思,就看见沈烬转头,看向后排在努力缩小存在感的傅明博:"傅明博。"

傅明博视线在两人中徘徊了一阵,才低声应道:"表哥,什么事?"

沈烬:"打开录音机。"

傅明博依言照做:"然后呢?"

沈烬看向秋随:"这小孩福大命大,就是出了车祸也一定可以死里逃生,你去他那儿录个临终遗言。"

傅明博手足无措地捏着手机,向秋随投去求救的目光。

他也不是傻子,早看出来沈烬和秋随之间似乎早就认识,并且不太对付。但是这个不太对付,和温婕告诉他的,秋随和简妍之间的水火不容,似乎又不太一样。

秋随没打算为难无辜懵懂的傅明博,这个小孩今天受到的惊吓够多了。她朝傅明博招了招手,示意他将手机拿得靠近一点。

秋随微微弯腰,神情认真地想了一会儿:"如果我出了意外,记得让姜嘉宁向沈总索要人身损害赔偿费。"

沈烬挑了下眉:"说完了?"

秋随:"说完了。"

"行。"沈烬看了眼傅明博,"把我的临终遗言也录一下。"

秋随愣住:"你又不会有血光之灾。"

沈烬好整以暇地抬眼看了她一会儿,懒洋洋地开口:"你如果出了事,我肯定也活不成不是?"

他的声音甚至称得上温和,秋随也知道,他的意思是,副驾驶如果出了事,驾驶座的人也必然逃脱不了。但是,她的心脏还是忍不住"咯噔"一跳,无意识对上了沈烬的视线。

傅明博颤颤巍巍地将手机拿到沈烬面前:"表哥,遗言。"

沈烬微微垂眼，对着手机平静地开口："如果我出了意外，记得付秋随的人身损害赔偿费。"

"上车。"沈烬目光移到她脸上，一本正经地开口，"付钱坐后排，不付钱坐前排。"

她已经没办法和沈烬扯下去了，再这样下去，她也不知道沈烬还会说出什么话来。

秋随沉默两秒，认命一般拉开了副驾驶的车门。

车内没开音乐，傅明博在察觉到沈烬和秋随之间诡异的关系后，默默地缩在后排玩手机不敢多说话。

好在，车子开出车库不久后，秋随就接到了来自姜嘉宁的电话。

这通电话迅速打破了空气中弥漫着的尴尬氛围。

姜嘉宁开门见山："姐妹！我这边给你找了套绝佳公寓，包你满意，房东现在就在家，你直接过来看，我把地址给你。"她声音很大，足够沈烬和傅明博听清。

秋随下意识地看了沈烬一眼，才问道："在哪儿啊？有电梯吗？"

"肯定有电梯啊。就你那个工作，成天出差，没电梯怎么行？"姜嘉宁又补充道，"放心，房东是我朋友的朋友，给你打个小折扣不在话下，租金绝对在你的预算范围内，面积比你现在住的还要大一些，在乌华地铁站附近。"

秋随默默地算了下。

乌华地铁站距离公司不远不近，但比现在住的地方近很多。重点是，有电梯，并且交通方便，尤其适合她这种频繁出差的人。

她稍稍抬眼，看向沈烬："你应该听到了吧？"

沈烬："什么？"

"我得去乌华地铁站，"秋随诚恳地说，"是反方向，和现在的方向，不顺路。"

沈烬抽空瞥了她一眼，慢腾腾道："所以呢？"

"所以，"秋随指了前方一个路口，"到了前面把我放下就好了。"

沈烬闻言，唇角勾了勾，没搭理秋随，倒是对着后排喊了声："傅明博。"

傅明博吓得连手机都险些拿不稳。

傅明博探过头去："怎么了，表哥？"

沈烬不疾不徐道："你打个电话给陈睿。"

傅明博内心突然有了一种不好的预感："表哥，你不会又要把我……"

下一秒，沈烬的话就验证了他的猜想。

"下车，"沈烬声音懒洋洋的，"让陈睿送你回去。"

短短一个下午，他就经历了两次被抛弃，还都是被同一个人。

三分钟后，劳斯莱斯停在了前方一个路口，正是秋随不久前说要下车的路口。

秋随抿了下唇，有些看不懂沈烬的操作。她犹豫了片刻，正想低头解开安全带，就听见沈烬理直气壮的声音："傅明博？还不下车？"

惨还是他惨，但是，死也要死得明明白白。傅明博暗戳戳发泄不满："表哥，你不把我送回家，那你来接我干吗？现在又……"

"等等，"沈烬嗤笑一声，"你好好想想，谁说了，我是来接你的？"

傅明博沉默地顿了下，声音微弱："想起来了，是陈秘书来接我，是我带着秋随姐上错车了。"

沈烬一副大人有大量不与他计较的模样："那还不下车？"

秋随背脊一僵。既然，傅明博上错了车，那她不也是跟着傅明博上错了车？

她抿了下唇，听见后排传来的关门声，下意识地想解开安全带下车。事情却没有如她所愿，沈烬一言不发地发动了车，握住方向盘拐了个弯，朝乌华地铁站的方向驶去。

雨势没有丝毫减弱的趋势。

秋随目不转睛地看着前方，余光看见疾驰后退的街景，想起这短短几天的事情，心中突然觉得堵得慌。

秋随忍不住偏头看他："既然你知道是陈睿来接傅明博，在车库的时候，为什么不说清楚呢？"

沈烬："本来想说的。"

秋随平静地点了下头，她知道，沈烬要说的重点在后头。

"然后呢？"

"然后，我突然想起来，"沈烬慢悠悠说道，"今天追尾，有个大师劝我，让我日行一善。"

秋随沉默两秒，平静地反驳："那你也挺迷信的。"

"那倒不是，"沈烬扫了眼她，意味深长道，"是我善良。"

秋随眨了下眼，扭头对上沈烬的视线。

男人情绪不明的眼睛里有什么东西飞快闪过，她放在口袋里的手无声地捏紧。

秋随咬了下唇，她总觉得，"善良"这个词，主要是沈烬对她说的。

一脸"被分手之后对冷血初恋依然不计前嫌愿意顺路载她一程"宽宏大量的模样。

秋随暗暗吐了口气，决定转移话题："既然你也行了善，刚刚在那个路口，就可以把我放下去了。"

沈烬摇了摇头："那恐怕不行。"

秋随没开口，等着看他还能说出什么鬼话。

沈烬慢条斯理地开口："只有把你送到目的地，才能验证一下给你算命的那位大师，到底说得准不准。"

"如果不准，我可以把建议我'日行一善'的大师推荐给你，就是可能要收取一点中介费。"

"而且，我还没有等到你对我技术做出一个五星评价。"

02

所幸,姜嘉宁给的地址距离不远,秋随的尴尬没有持续太久。

她拨通了姜嘉宁的电话:"我到单元楼楼下了,你在哪儿?我怎么没看见你?"

姜嘉宁惊喜的声音透过话筒传出:"你到了?!你等会儿我,我和房东一起下来。对了,说来也巧,这个房东,是你的复读班同学呢!"

"我的复读班同学?"秋随茫然地眨了下眼,也难免有些意外,"叫什么名字?"

姜嘉宁:"顾泽松。"

三个字落下,秋随仿佛被雷劈中,瞳孔瞬间睁大,无意识地深吸了一口气。秋随清晰地感受到,心脏跳动的声音,越来越快。

她当然记得顾泽松是谁。

当年,她跟沈烬说过一句话:"沈烬,你看到我后面的男生了吗?"

那个男生,就是顾泽松。

秋随下意识地微微侧过头看了眼沈烬。

他唇线抿得平直,下颌线绷紧,目光直视前方,没有看她,眉眼间的疏离显而易见。雨水噼里啪啦打在挡风玻璃上,昏暗光线下,越发衬得他整个人凉薄又淡漠。

秋随心中一紧。

她很确定,沈烬听到了姜嘉宁的话。

但是秋随不确定,沈烬是否还记得顾泽松这个人。又或者,沈烬也许早就不记得顾泽松这个人的名字,但是还记得顾泽松的长相。

毕竟,那天,她是和顾泽松并肩离开的。

当然还有一种可能,那就是沈烬早就忘记了顾泽松这个名字,也早就不记得顾泽松的长相了。

但是无论是哪种可能,秋随私心还是不希望沈烬和顾泽松碰上。

"秋随,你怎么不说话啊?!"

姜嘉宁的声音从话筒中传出来，秋随回过神来，迅速收回落在沈烬身上的目光。

"你和……"秋随抿了下唇，还是没有当着沈烬的面说出"顾泽松"三个字，她改口道，"你们下楼了吗？"

"你等会儿啊。"秋随听见姜嘉宁那头响起了"啪嗒"的开门声，"我和顾泽松现在下楼来……"

"不用。"秋随慌忙出声阻止，"你们不用下楼，我上来找你们，五楼是吧？"

姜嘉宁似乎愣了一下，倒也没有追问："也行，503室，那我们就不下去了，你上来吧。"

电话那头传来清晰的关门声，秋随暗暗松了一口气，只要顾泽松不下楼，沈烬就不可能和顾泽松碰面。

秋随做贼心虚，装作无事发生一般，硬着头皮对沈烬道："我到了，谢谢你。那我就先上去了，如果你没事，现在就可以回家了？"

沈烬眼皮一垂，目光轻飘飘罩在她身上。

因为心里藏着事，秋随整个人都底气不足，她不自觉地用手摸了下鼻子，甚至不敢和沈烬正面对视。

沈烬没说话，只是面无表情地点了下头。

秋随心中石头落地，神色也松弛下来。想到避免了沈烬和顾泽松碰面，她的语气都轻快了不少："那我就先走了，你回家注意安全。"

秋随撑着把伞，步伐匆匆地朝单元楼走去，沈烬手肘搭在窗沿上，没有立刻发动车子。

微暗的光线里，昏黄的路灯已经点亮，落在她身上，越发显得她背影纤细。她步履匆匆，仿佛要和一个期盼已久的人见面，又或者是急于逃离一个令她窒息又厌烦的人。

直到秋随的背影在视野里越来越小，在单元楼门口彻底消失，沈烬才收回视线。

片刻后,他低下头,自嘲般笑了一声。

顾泽松这个人,沈烬当然记得。

他记得这个人的名字,记得这个人的长相,也记得,顾泽松和秋随一起离开的最后一个场景。

秋随在和他说完最后一句话之后,和那个男生并肩离开,一次都没有回头看他一眼。

那个男生,就是顾泽松。

和现在一样。秋随去见顾泽松的路上,一次都不会回头看他。

听到他同意她下车,她的语气都变得轻松愉快了不少。想要让他离开,心虚又尴尬的时候,她还是会不自觉伸手摸鼻子。

沈烬轻嗤了声,若有所思地用长指敲了敲方向盘。片刻后,他打开了车门。

房门被打开后,秋随第一眼就看见了站在玄关处的顾泽松。

说起顾泽松,她其实已经很久没有和对方联系了。虽然陌生感与日俱增,但时隔多年后再见面,她难免还是生出些许和故人重逢的惊喜感。

"好久不见。"顾泽松倒是完全没有陌生感,态度自然地打开话题,"没想到要租房子的人是你。"

秋随客气地笑了笑:"我也没想到房东居然是你。"

"先别急着叙旧。"姜嘉宁做事一向雷厉风行,"先看房子,满意的话就可以直接租下来了。"

在顾泽松的陪同下,秋随简单参观了一下这套房子。

的确如姜嘉宁所说,这套房子是一个绝佳的公寓。

距离地铁近,单元楼带电梯和门禁,面积比之前破旧的房子也大了不少,两室一厅精装修,民水民电,坐北朝南,开关门是密码锁,直接替秋随省去了时不时忘带钥匙的麻烦。

姜嘉宁一把揽住她的肩膀:"怎么样,姐妹!我就说了,这套公寓,包你满意。"

秋随诚实地点头:"的确挺满意,就是这个租金应该挺高吧?"

"不都说了嘛,"姜嘉宁语气笃定,"房东是我朋友的朋友,会打个折扣,绝对在你的预算范围之内。"

秋随无奈地将散下的头发绕到耳朵后。

她最近给俞绍辉一家人转了挺多钱,只是一直没有告诉姜嘉宁,否则以姜嘉宁的脾气,肯定又要和那家人大闹一顿。

秋随现在手头并不宽裕,姜嘉宁从没有租过房子,也没有一个人单独生活过,对租金和生活费的概念很模糊。

姜嘉宁口中的预算范围,和秋随心中的预算范围,根本不是一个等级。秋随抿了下唇,又环顾了一圈这套公寓。她转头看向坐在沙发上悠闲喝茶的顾泽松,平静地询问:"这套公寓的月租金是?"

"押一付一,"顾泽松伸出两个手指头,"两千一个月。"

别说秋随,就连姜嘉宁这种不懂租房行情的人,也不由得错愕了一会儿。

"姐妹,你这是赚大了啊。"姜嘉宁压低声音,催促道,"事不宜迟,赶紧定下,过了这村可就没这店了。"

秋随倒是没有立刻答应下来,她不自觉地皱了下眉。

她和顾泽松许久不见,仗着多年前的那点情分,她不觉得,足以让顾泽松做出这样的让步。

秋随也清楚,以顾泽松的家境,这点钱或许根本不会被他看在眼里。

但对于秋随来说,一旦她答应了这样的租金,无论是钱,还是人情,她都毋庸置疑欠了顾泽松。她喜欢明码标价地公平交易,黎娴和俞绍辉也让她相信,天上掉下来的馅饼都在暗中标好了价格。

她迟疑了片刻,还是没有立马答应下来。

秋随对着顾泽松露出个抱歉的笑容:"我再考虑一会儿,三天后给你答复可以吗?"

"当然，"秋随顿了下，又补充道，"如果这三天内，你的房子找到了合适的租客，不用顾忌我，直接租出去就好了。"

"没问题。"顾泽松长相清俊，笑起来也温和疏朗。他似乎明白秋随的顾虑，隐晦且不动声色地解释道，"我这套公寓反正空闲着，租出去也没想着赚多少租金，只是想租给一个爱干净好说话的租客，恰好你我也是熟人，打个小折扣而已，不必放在心上。"

天色渐晚，雨势丝毫不减。

秋随对着顾泽松点点头，拉着姜嘉宁准备离开："行。如果我确定下来，一定及时给你答复。我和嘉宁现在先回去。"

"我们加个微信吧，之后也方便联系。"顾泽松拿起沙发上的黑色大衣穿上，站起身来，将秋随和姜嘉宁送到玄关处的时候，开口道，"我们高四那年，还没有开始流行微信吧。"

秋随点点头。她对这套公寓确实很心动，刚才顾泽松的一番解释，也让她拒绝的心思淡了几分。再者，无论是否同意租下这套公寓，知会房东一声都是必需的。

秋随自然没有理由拒绝。

她拿出手机，正要打开二维码，门外突然响起有节奏的三道敲门声。

秋随动作一顿："你们谁点外卖了吗？"

"没有啊，"姜嘉宁纳闷地摇了摇头，"我和顾泽松都吃过晚饭了。"

秋随："那可能是快递吧。"

姜嘉宁耸了耸肩："你们继续，我去开门看看。"

秋随点点头，没太在意。她摁亮手机屏幕，切换到二维码，正要将手机递到顾泽松面前的时候，门口响起一道令她心悸的声音："等一下。"

秋随一愣，倏地抬头。

沈烬斜斜地靠在门框边沿，明目张胆又直勾勾地盯着她，隐隐约约间透着一种不容忽视的威慑力。

条件反射一般，秋随心脏控制不住地猛跳了一下。她抓着手机的手不自觉一缩,当时脑子只闪过一个念头——哦吼,完蛋。

不知道为什么,秋随有种被沈烬现场抓奸的心虚感,生出这种念头的瞬间,又觉得过分荒唐。

玄关处的气氛陷入了一种诡异的安静,秋随也不确定,当着沈烬的面,自己是不是应该加上顾泽松的微信。

空气沉默了几秒,秋随决定先发制人。

秋随稍稍抬眼看向沈烬,假装泰然自若地询问:"你怎么来了?我不是让你回去吗?"

话一出口,秋随就觉得不太合适。

注意到沈烬面无表情地看着她,她飞速头脑风暴,硬着头皮解释:"我主要是担心你的安全,你看外面这个天气,实在不适合久待。"

沈烬漫不经心地"嗯"了声:"本来是要回去的。"

秋随安静地点了下头,没说话,等待他的后续。

重逢后,和沈烬几次来往交锋,她已经发现了,这人说话的重点一般都在后一句。就和虽然但是的句式一样,"但是"两个字后面的话,才是重点。

"不过,"沈烬语调很欠,"车没油了,走不了。"

这种突发情况,也不是不可能发生。秋随关切地询问:"那你的车怎么办?"

沈烬:"让陈睿联系了保险公司。"

秋随默了一会儿,真心实意地总结:"陈睿还真的挺忙的,又要接傅明博,又要联系保险公司。"

沈烬扯了扯唇,没说话。

"秋随,"顾泽松低声提醒,"你的手机屏幕黑了。"

秋随一愣,低头瞥了眼手机。刚刚和沈烬说话的工夫,手机屏幕已经暗了下去。

她抿了下唇,知道这是顾泽松提醒她加微信的意思。

秋随犹豫了片刻。

还没等她考虑清楚,就听见一道慢悠悠的声音响起:"加微信做什么?追尾了?"

空气越发沉默,秋随觉得浑身都不自在。她思索了一会儿,主动开口缓和气氛:"我是来看新房子的,这位可能会是我以后的房东。"

沈烬挑了下眉,没有再多说,只是冷淡地收回了目光。

加上顾泽松的微信后,秋随看了眼窗外。外头的狂风暴雨没有丝毫减弱的趋势,她莫名地觉得心里闷得难受。

秋随收回视线,下意识地想要和顾泽松告别,余光一瞥,动作停住。

沈烬身高腿长地倚着门沿,视线微垂,左手插在西装裤中,右手飞速摁着手机屏幕,仿佛周围的一切都和他毫无关系。

秋随猜测他是在联系陈睿。

"沈烬,"秋随不知道沈烬为什么迟迟赖在顾泽松的家里不走,但是她和姜嘉宁就要离开了,放任沈烬待在这里似乎也不太合适,"我和姜嘉宁等会儿就走了,你……"

"刚好,"沈烬慢腾腾地开口,"拼个车。"

她一直以为,沈烬待在这里,是为了找个地方避雨,顺便等着陈睿联系保险公司。但她万万没有想到,沈烬是为了和她拼车。

站在一旁的姜嘉宁递给秋随一个"全由你做主"的眼神。

秋随面无表情道:"要不还是算了吧,陈睿处事情应该挺快,我和姜嘉宁叫网约车,你恐怕坐不习惯。"

"不用叫网约车了。"顾泽松突然出声,他整理了一番厚重的黑色大衣,"外面天气不好,等网约车会很久,我送你和姜嘉宁回去。"

话音落下,一道冷漠的视线,从门口处投射而来,毫不遮掩地看向顾泽松。

顾泽松像是早有准备,不慌不忙,缓缓偏过头,对上那道视线的来源,露出一个温和有礼又略带挑衅的微笑。

秋随下意识地看了眼沈烬。

不知道是不是错觉，沈烬周身的气压低得可怕。

她是无论如何都不希望沈烬和顾泽松待在同一个空间的。尽管他们两人至今没有正式对上话，但是空间里弥漫的诡异氛围实在是令人头皮发麻。

秋随想出了一个折中的方法："不用了。"秋随转头看向顾泽松，"你送我和姜嘉宁到家后，还得再折返回来，太麻烦了。"

顾泽松也没急着答应，他笑了笑，语气笃定："也行，那你试试看叫网约车，如果等待时间超过半小时，我就送你们回去。"

一分钟后，得到网约车平台"尊敬的乘客，请您耐心等待，前方还有四十单，大约需要等待一个半小时"这样的回复，秋随整个人处于一种骑虎难下的状态。

顾泽松像是早有预料一般，他往客厅走去取雨伞，出声叮嘱："等会儿，我送你们。"

秋随应也不是，不应也不是。

她下意识地看了眼沈烬，问道："那你打算怎么办？"

沈烬没吱声，直直地看着她，一双凤眼深邃得看不出情绪。

秋随心里微动，她暗暗捏了捏手心，率先打破沉默："要不，我替你叫一辆网约车？"

沈烬扫她一眼："然后让我等一个半小时？"

顾泽松取了雨伞走出来，温和地笑了笑，打破两人之间的沉默。

他的目光落在秋随身上："没事，我顺路捎一程吧。对了，姜嘉宁说你住在丹河地铁站附近，我记得，以前复读的时候，我送你回家的时候，还会经过丹河地铁站。"

沈烬缓缓掀起眼皮，眼神淡漠地盯着他们看了几秒后，又无声地扯了下唇。

秋随轻轻眨了下眼，不知道为什么顾泽松会突然提起复读时候的事情。毕竟，她也只让顾泽松送她回过一次家，还是和沈烬提出分手的那一次。

秋随张了张嘴，正要出声纠正，余光就瞥见沈烬站直了身子。他敲了敲门框，径直打断了秋随想要和顾泽松说的话，态度冷然，眉宇间的嘲讽显而易见："不用送了，我自己先回去。"他语调很淡，藏着不易察觉的烦躁。

秋随眉头微蹙，心里堵得慌似的难受。

闷雷声划过夜空，轰隆作响，夜空沉寂得像是恐怖电影统一背景。

秋随抿了下唇，想着好歹是沈烬送她过来的，现在这个情况，她也不想和沈烬计较："和我们一起走吧，顾泽松刚刚说了捎你一程。"

沈烬缓缓挑了下眉毛，眼角眉梢都因为他这个动作，带上了点妖孽撩人的意味。

"你是说，"沈烬拖着腔调，语调吊儿郎当，"你是在邀请我，和你一起回家吗？"

秋随不太理解沈烬是如何解答自己说的话，她忍住怼回去的冲动，很温和地问了一句："我邀请你，你就答应了？"

沈烬不紧不慢地开口："如果你盛情邀请，我可以酌情考虑。"

秋随也不知道自己是发什么神经，她望着沈烬，满脸诚恳，从善如流地开口："行，那我现在盛情邀请你，和我以及姜嘉宁一起拼车回家，希望你可以酌情考虑一下。"

沈烬微微思索了一会儿，才假装为难地开口："既然你盛情邀请，那我也不好拒绝了。"

和沈烬重逢之后，她好像一直都低估了沈烬的脑回路。

姜嘉宁和顾泽松没有异议，四个人出了门。

等电梯的途中，电光石火间，秋随突然想到一个问题："对了，沈烬，你住哪儿，顾泽松把你送到哪里？"

"哦,"沈烬得逞地弯了弯唇,"我突然想起来。"

他的语气懒洋洋的,秋随眨了下眼,心头一跳,侧头对上他的视线。

"我没带伞,"沈烬目光落在秋随脸上,闲散道,"所以,我和你一起下车,麻烦你到家后把你的伞借给我。"

秋随有一瞬间怀疑自己听错了。

她盯着沈烬看了一会儿,才开口问:"你在我家下车?那你怎么回去?"

"走路回去。"沈烬答,"我家离丹河地铁站不远。"

以沈烬的身份,这种回答,就很荒唐。

秋随沉默两秒后,没忍住问:"那还挺巧,你家也住城乡接合部那一块?"

沈烬懒洋洋地点了下头:"对,住的其他地方不顺路。"

秋随明白过来。

这个意思是,他在申城其实有多个住所,但是只有丹河路附近的住所顺路。虽说有些无语,但这又的确是沈烬能够做出来的事情。

秋随没有直接答应下来:"既然顺路,你也可以让顾泽松直接把你送到家门口,顾泽松带了雨伞的。"

话音落下,电梯外沉默了几秒。秋随猛然意识到自己说错了什么。

以沈烬的骄傲,和他们三个曾经有点混乱的关系,沈烬此刻能够和顾泽松和平地待在一个空间,已经很不容易了。

这恐怕还得归功于她在其中努力挽救尴尬到零点的气氛。

"你是说,"沈烬嘴角勾出一抹冰冷的弧度,语气中透露出一种不自觉的傲慢,"让一个大老爷们送我回家,再打伞把我送到家门口?"

其实也没什么突兀的。

但是被沈烬用这种不紧不慢又意味深长的腔调说一遍,听上去,似乎就真的怪怪的。

如果再联系沈烬和顾泽松曾经的关系,就更不恰当了。

沉默蔓延了片刻。

"怎么,"沈烬拖着尾音问,"不能借?"

秋随老实道:"那倒不是。"

她低头,在挎包里一阵翻找,最后拿出一把小巧的雨伞,真心实意地开口:"只是吧,我的雨伞是粉红色的,如果你要撑着这把伞步行回家,我担心你的回头率创新高。"

"撑粉色的伞,以及和大老爷们共撑一把伞,你选一个吧。"

电梯抵达五楼,一行四人进了电梯。

下行到三楼的时候,电梯门"叮"的一声打开。明黄的灯光下,秋随看见了站在电梯门口的女人,是简妍。

真是冤家路窄。

秋随抿了下唇,没有吭声。

简妍看见秋随也有些意外。

这块是新城区,小区价格水涨船高,年年翻倍,根本不符合秋随节俭的作风。况且,在她印象里,秋随的家和现在这个地方刚好是反方向。

简妍率先出声打破了沉默,不过不是对着秋随,而是对着顾泽松:"你们下楼?"

顾泽松点了点头:"嗯。"

简妍:"什么时候回来?"

顾泽松没有回答,只是解释了一句:"送几个朋友回家。"

电梯门缓缓合上的同时,秋随的耳朵敏感地捕捉到了"回"这个字。

秋随凝神细细打量了眼脸色不豫的简妍。

简妍脸上只化了淡妆,就连口红都没涂,穿着一双平底鞋,裹着看不出牌子的黑色的毛茸茸的外套,和往日在公司张扬的风格毫不相同。

秋随不由得皱起眉头。

以简妍出门就要穿高跟鞋,必须从头武装到脚的穿衣风格,她穿着这样一身居家的衣服出现在这个地方，最大的可能性就是，她住在这里。

秋随的脑海中几乎下一秒就闪过了不要住在这里的念头。她想了想，还是决定问个清楚："简妍她也住在这里吗？"

顾泽松像是愣了一下，才回答道："对，她住三楼，我住五楼，你们认识？"

秋随在心里默默叉掉了这套公寓，礼貌地笑了笑："算是吧，不熟。"

负一楼车库，四个人对如何分配座位默契达成共识。

顾泽松开车，沈烬坐在副驾驶，秋随和姜嘉宁不约而同打开了后排的车门。

刚刚上车后不久，姜嘉宁的微信就弹了出来："怎么回事？我怎么觉得你和顾泽松之间怪怪的。"

秋随手指停在屏幕上片刻没有动作，她抬起眼，看了眼副驾驶的男人。沈烬从上了车起，就没说话，沉默得很。

秋随收回视线，飞速打字："你记不记得，我和你说过，当时我拉人去找沈烬。"

姜嘉宁："当然记得啊！这怎么可能会忘记。"

姜嘉宁："等等！你是说，你随手拉的一个男生，是顾泽松？！"

秋随："你反应还不算太慢哦。"

秋随没让顾泽松开进小区，车子最后停在丹河路地铁站附近的一个路口。

她低头从背包里取出粉色雨伞，抬头的瞬间，对上前方稍显冷淡的视线。

秋随纠结了一会儿，她倒不是不愿意借伞，实在是因为有借有还，她和沈烬的瓜葛就会像毛线团一样越滚越乱，难以整理清楚。

她盯着沈烬看了好一会儿，才轻声询问："粉色？你不介意？"

沈烬点点头，懒洋洋道："我觉得，粉色挺好。"

秋随面不改色地评价道："那你还挺有少女心的。"

沈烬散漫地嗤笑一声："不是绿色的就行。"

不怪她多想，重逢后，沈烬说的每一句话，都像是意味深长，又别有深意。

她打开车门，站在车窗边同顾泽松道别："我先回去了，多谢你送我。"

顾泽松微微颔首："以我们的关系，你不必这么客气。那套公寓你再考虑一下，价格我们可以再商量。"

问题并不是出来价格本身，而是出来楼下的邻居身上。只是秋随不好当面拒绝，她礼貌地点了点头："我会好好考虑。如果你有合适的租客，就先租出去，不用……"

话还没说完，她手中举着的小粉伞被人从身后抽走，往上移了几厘米。夹杂着檀木的湿润香气将她包围，沈烬语调很欠，声音听起来还带着点似有若无的不耐烦："还走不走了？"

他是怎么做到理直气壮夺走她的伞，还能这样态度不耐烦又语气冷淡的？

秋随对顾泽松歉意地点点头，转身离开。

沈烬一手插在西裤袋中，一手撑着伞，站在原地没动弹："你家往哪儿走？"

秋随所住的小区是典型的"老破小"，两边的路灯一半以上都已经退休，闪电点亮夜空，雷声紧随其后，零零散散的昏黄路灯没有带来暖意，反而添了几分恐怖气息。

虽然不是第一次走夜路，但秋随还是有些庆幸沈烬也在。

她指了一个方向："笔直往前走到尽头，在最里面一个单元楼里。"

秋随往沈烬的方向偏过头，余光一瞥，动作却突地顿住。

她的伞是一个女性品牌的单人雨伞，不仅颜色大多是粉色系，伞面也相对偏小。

这就导致，沈烬的右肩湿了一大片，雨水顺着往下落，垂直砸在他的脸上和头上。看上去，和没撑伞没什么区别。

秋随对上他那双妖孽兮兮的眼睛，慢吞吞地开口："你知不知道，伞的作用是遮风挡雨。"

沈烬："嗯？"

秋随："万物有灵，伞也是万物之一。"

沈烬："嗯？"

秋随一脸真诚："所以，如果你这样打伞，我的伞会觉得它没有物尽其用，会觉得自己很没用，会生气的。"

秋随："我真的挺喜欢这把伞的，希望你不要惹它哭。"

好在小区门口离她住的单元楼也不远，秋随没再在这件事情上多费口舌。

到了单元楼门口，秋随看了眼沈烬。

他浑身湿漉漉的，黑色大衣沾了水，站在楼梯口一小会儿，地上已经积出一摊水，像是刚从河里打捞出来一样。

沈烬看上去倒是没太在意，见秋随到了家，随意地摆了摆手，撑了伞转身就走。他个高腿长，撑着把小粉伞的画面，总让人觉得格格不入又滑稽得很。偏偏沈烬走得不疾不徐、悠悠闲闲的，似乎什么事情都没有放在眼里。

这个念头升起的时候，秋随猛地想起一件事情。

她盯着沈烬的背影，趁他还没有走远，出声唤道："你等等，我有件事情和你说。"

沈烬脚步一顿，转过身，高眉骨下一道深邃的目光朝她望过来。

秋随开口提醒："我微信给你退回了一万九的转账，你看到没有？"

秋随深吸了一口气，给他科普："你记得赶紧取走，过了二十四小时，微信转账就失效了。"

沈烬摇了摇头："不必了，那一万九你留着。"

秋随怀疑自己听错了,沉默片刻后,她艰难地挤出两个字:"理由?"

沈烬言简意赅地解释:"辛苦费。"

秋随彻底明白过来了。这笔钱,应该是沈烬替傅明博那孩子交的额外学费,希望实习期间的老师能够多给傅明博一些机会。

这种事情,她也碰到过挺多次了。秋随坚定地摇了摇头:"那不行,我不能收,你赶紧取走。"

沈烬扯了下唇角:"怎么?"

秋随老实道:"我之前做过一个律师的翻译,有幸学习到了一些法律知识。"

沈烬挑眉:"什么意思?"

"根据《中华人民共和国刑法》规定,行贿超过一万元,情节严重的,不仅需要处以罚金,还可能需要承担刑事责任。"秋随凝神回忆,她看向沈烬,"傅明博能力不错,在我手下的实习生我都会公平对待,沈烬,你现在的行为,已经有行贿嫌疑了。"

"你还挺能联想。"沈烬似是诧异地挑了下眉,他眼皮略微耷拉着,语气玩味,"有些事情,你们周经理是不是没和你说清楚?"

周凌薇?秋随眨了下眼,想起来了。

沈烬安排傅明博做她的实习生这件事情,原本应该是由周凌薇通知她的。在她回国后,周凌薇有事出差,临时给她打电话,又恰逢碰上她在路上被追尾,最后改由人事经理郑怀亦通知她。只是,和沈烬对接的人是周凌薇,很显然,有些事情,郑怀亦并不清楚,也没有通知到位。

"她出差了。"秋随解释道,"不出意外,明天回国。"

沈烬漫不经心地"嗯"了声:"那明天问问你们周经理。"

秋随也不清楚具体什么情况,只好点了点头,转身上楼。

她的背影消失在楼梯口,沈烬原本想要离开的脚步突然停住,又折回身来,几分钟后,他看见一盏暖黄的灯光在五楼亮了起来。

沈烬看着眼前斑驳破旧的楼梯有些出神,眸光微动。

秋随从小在申城长大,申城的房价一向居高不下,没道理秋随要另外搬出来租房。
　　即使不少人想要和父母分开居住,但按照秋随顶尖同声传译的薪资,也不应该居住在这样的小区里。
　　沈烬仰着头,看见五楼那盏暖黄的灯光暗淡下去。他收回视线,目光落在他手上的小巧伞柄上,扯了下唇角。

　　到家之后,秋随给姜嘉宁发微信:"你那车刮蹭费多少,我给你把钱转过去。"
　　姜嘉宁:"着什么急,我明天问问,沈烬把钱转给你了?"
　　秋随:"转了两万。"
　　姜嘉宁:"行,那刮蹭费不多不少就是两万。"
　　秋随换了身家居服,敷着面膜给姜嘉宁继续发消息:"碰瓷?一千以内可以解决的问题,你报两万?"
　　姜嘉宁:"那剩下的一万九呢?"
　　秋随:"沈烬给我了。"
　　姜嘉宁:"中间商做成你这样,你也好意思和我说碰瓷?"
　　秋随:"不是单独给我的,应该是和我工作有关的,我明天问问我们经理。"
　　姜嘉宁:"你可得了吧,这种话也就你会相信。"
　　姜嘉宁:"还有,沈烬他说什么车没油了,没带伞,这些借口在我这儿,可信度通通为零。"
　　秋随眨了下眼,缓缓吐出一口气,她撕下面膜,没在这个话题上多纠结。
　　她洗了把脸,转了话题:"对了,我打算明天找个合适的借口告诉顾泽松,那套公寓我不租了。"
　　姜嘉宁:"可以啊,说起来,我正好想问,为什么当初选的是顾泽松?"

秋随垂眸，不知道发了多久呆，才慢吞吞地打字："顾泽松能够理解我做出的选择，在某种意义上，我们是一样的人。"

姜嘉宁那头显示"对方正在输入"好一会儿，才疯狂弹出几句消息。

姜嘉宁："你的意思是，顾泽松也是被收养的？"

姜嘉宁："不会吧？我朋友今天给我介绍顾泽松的时候，还说他是申城一个挺有名企业家的继承人呢！"

秋随："那也不代表，他是亲生的。"

姜嘉宁："刚才我突然灵机一动，想到一个好主意。既然你不想找顾泽松那片小区的公寓，要不，你问问沈烬？你看今晚他的口气，在申城的房子估计遍地都是，总有一套适合你。"

秋随有些好笑地叹了口气："也可以，如果你愿意去偷电瓶车养我。"

秋随："请他当司机，十万元起步，每公里多加一万。"

秋随："如果想租他的房子，我猜至少也是十万元一个月，到期后租金还得不断上涨。"

秋随洗漱完，躺在床上，打开和沈烬的对话框，微信界面依然停留在一万九的转账上。

她手指在屏幕上动了动，手机切换到另外一个页面，秋随盯着红色的"删除"两个字，咬了下唇。

秋随原本打算，处理完追尾事情后，就果断将沈烬删除，让各自都回到正确的轨道上。

只是现在，她犹豫了几秒，又退了出来。

算了，就让沈烬"躺"在"好友列表"里吧。

> 我同意了,这些权限都给你,
> 毕竟你意志坚定,不会被我的美色所迷

第四章 /
是这样的,只有我女朋友才有这些权限

01

第二天,秋随刚到公司,就被周凌薇喊进了办公室。

"秋随,"周凌薇噼里啪啦地敲着键盘,头也不抬地吩咐,"郑怀亦有没有告诉你,沈总让傅明博进公司做实习生的同时,承诺了公司一个大项目。"

秋随点点头:"记得。"

周凌薇视线从电脑上移开:"中俄政商两界交流有一个项目,政界和商界不少人士都会出席,每位出席人士一般都会配备一个专门的俄语译员,沈总指定了你做他的随身翻译。对了,项目在春节期间,薪酬按照正常加班费计算。当然了,沈总和我说了,他会额外给你一份新年的加班费。"

秋随突然就明白过来,沈烬昨晚说的辛苦费,到底是什么意思了,那分明是新年的加班费。

"我刚刚给你发了一份文件,里面包含了所有出席人员的名单以及他们的配备译员，你可以提前了解一下，"周凌薇说，"有什么问题你再来问我。对了，把你那两个实习生都带上。"

秋随低头打开文件。

这个项目国内外闻名，资历一般的译员很难得到这个机会。这一次，不知道是不是沈烬的原因，公司有不少俄语译员都有幸参加进了这个项目，可以在同传履历上添上重重的一笔。

文件上清楚地写明了公司内所有参加这个项目的译员，以及译员所对应的甲方客户。秋随迅速扫了几眼，视线落在其中一行名字上的时候，突然一顿。她眉头下意识地皱起来："简妍也去？对应的客户是顾泽松？"

周凌薇抬起头来，联想到秋随和简妍的关系，她按了按眼尾："简妍也去，她提出来想做顾泽松顾总的翻译，顾总那边也没意见。我知道你们关系一般，不过你们好歹是同事，这次去国外出差，彼此有个照应，说不定还能趁着这个机会冰释前嫌。"

秋随点了点头，冰释前嫌是不可能的，她只希望自己能够安全完成这个项目。她说："好的，我知道了。"

离开周凌薇办公室，秋随径直走到两名实习生桌旁，敲了敲桌子，她问道："想去看一看冬天的贝加尔湖畔吗？"

伏案工作的傅明博眼睛一亮，迅速抬起头来："快到春节了，我们是要开年会了吗？在伊尔库茨克？"

秋随眼睛弯成月牙，看了眼垂头丧气的温婕："你来告诉傅明博要做什么。"

温婕长叹了一口气："秋随姐的意思是，让你收拾收拾行李，去伊尔库茨克出差。至于冬天的贝加尔湖畔，以我们的工作强度，看到的可能性为零。"

傅明博："你怎么知道得这么清楚？"

温婕："哦，因为我曾经也是以为要去开年会顺便旅游的傻瓜。"

秋随回到办公桌前，假装没听见两名实习生的窃窃私语。

她进入邮箱，打开周凌薇发给她的项目资料，盯着文件上她和沈烬两个并排的名字，眼前却突然闪过几天前重逢，在飞机上，沈烬看向她的时候，他的眸中光影明灭，眼神隐晦不明。

说实话，秋随至今也没搞明白，沈烬对她是什么态度。

恨之入骨，也不对。

残有余情，也不像。

可能就是，把她当作一个曾经的老同学吧。

鼠标的光圈停在屏幕上"沈烬"两个字上，片刻后，秋随深吸了一口气，关掉了这份文件。

三天后，秋随收到了姜嘉宁发来的消息。

姜嘉宁："随随宝贝，我的车修好了，但我去外地出差了，你今天有空就帮我去4S店取回来吧，就在你们公司附近。对了，记得找沈烬结算一下费用。"

补漆费一共六百。秋随取了车，拍了张费用单据的图，发给沈烬。

秋随："你转了我两万，一万九是我的新年加班费，剩下一千还结余四百。"

秋随："【转账四百】"

几秒后，秋随看见对面弹出了消息。

沈烬："不必了，那四百你留着。"

秋随隐约觉得这段对话有些熟悉，像是那天的场景又重新上演了一次。

"理由？"

沈烬："辛苦费。"

秋随沉默片刻，这一次，她聪明地没有再联想到行贿，只问："又是加班费？"

沈烬不答反问："下班了？来接我。"

敢情是把她当司机了，这四百算是代驾费。秋随："陈秘书呢？"

沈烬："忘了说，你的伞在我这里。"

沈烬："万物有灵，你的伞也是其中之一。听说你不来接它，它正在生气地哭。"

不知道为什么，秋随莫名有一种她的伞在做人质的错觉。秋随："地址给我，我现在过来。"

沈烬给的地址是秋随公司楼下的咖啡厅，秋随从4S店开过去，五分钟就到了。

接到沈烬后，秋随问："去哪儿？回家吗？"

沈烬将伞还给她，轻描淡写地说："铂悦湾。笔直走，三个路口后左拐，十分钟后就能到。"

秋随轻轻地眨了下眼。

她知道铂悦湾这个小区，距离他们公司只有三个路口，位于申城的市中心，周边配套齐全，晚上能够俯瞰整个申城的夜景，算得上是申城数一数二的顶级住宅区了。

美中不足就是价格不太接地气，当然，这对沈烬来说，不算什么。

秋随想起沈烬似乎在申城住所颇多，她一边发动车子，一边询问："你住那里？"

"不是。"沈烬偏过头，直勾勾地看着她，唇角弯起一个浅浅的弧度，拖着尾音，一字一句道，"我去收租。"

一时无语，沈烬是简单解释去铂悦湾的目的，还是在暗戳戳地炫耀他在铂悦湾也拥有房产。

秋随不敢随意猜测，她应付地点了下头："我知道铂悦湾，租金挺高的。"

沈烬瞧着她，意味深长地说："挺便宜的，我做慈善，押一付一，租金忽略不计，只收取水电费。"

秋随眨了下眼，一时之间也不知道该如何反应。

她也算是租房界的小能手,也知道有不少好心的房东,会将租金调整到比市场价更低的价格档次。但是像沈烬这样的,还真是第一次见。

秋随抿了下唇,还是不敢相信自己听到的:"租金忽略不计,只收取水电费?"

沈烬偏头,一字一顿地重复:"对,租金忽略不计,只收取水电费。"

秋随点了下头,平静地给他建议:"我觉得,无论是只收取水电费还是连同租金一起收取,你都不必上门收租,使用支付宝、微信转账它不香吗?"

沈烬:"我比较喜欢纸质人民币的触感。"

她抽空看了沈烬一眼,觉得沈烬就是闲的。

见沈烬态度还算温和,不像往日里和她针锋相对,秋随趁机和沈烬商量:"对了,问你件事情。"

沈烬:"你说。"

秋随:"代驾一般开的都是客户的车。"

沈烬看了她一眼:"所以?"

秋随慢吞吞地开口:"但我开的也不是你的车,所以,车油钱你还得报销一下。"

过了一阵,没等来沈烬的回复,秋随瞥他:"不能报销吗?"

沈烬蓦地轻哂:"车油钱可以报销,不过。"

秋随已经掌握了他的说话方式,安静地等沈烬说下去。

沈烬扫了她一眼,慢条斯理地开口:"四百不是一趟的代驾费。"

她反应有些迟钝,过了片刻,她思考了下,连说话都结巴了几分:"不是一趟,那,那是,包月?"

秋随抿了下唇,温吞地和沈烬讲道理:"包月我觉得实在是有点过分,但是四百只跑一趟也的确有些价格虚高,我觉得……"

她的话没来得及说完,就被打断。

"你说得对,"沈烬靠着椅背,垂着眼看着她,"那就跑两趟,麻烦你把我送回家。"

她深吸了一口气，觉得沈烬这人实在是有点麻烦。

看在沈烬是她未来甲方客户的份上，秋随没有拒绝，但还是没忍住评价："你还挺娇气。"

沈烬："嗯，那你多包容一点。"

02

铂悦湾距离公司挺近，碰巧没遇上堵车，秋随没多久就将车开到了小区门口。

沈烬刷了门禁卡后，车子缓缓驶入地下车库。

代驾结束，秋随懒洋洋地靠在椅背上，自然地掏出手机给姜嘉宁发消息："费用六百，你的车我取回来了，你什么时候出差回来？"

她头也不抬对着沈烬说："你去收租吧，我在这儿等你。"还没等到姜嘉宁的回复，也没听见副驾驶关车门的声音。

秋随也不是木头人，再后知后觉，也察觉到了一道来自右侧的注视。她熄掉手机屏幕，对上沈烬的视线："你怎么还不下车？难道代驾还要把你送到电梯里？"

沈烬理所应当地点了下头："你觉悟还挺高，那就下车一起走吧。"

秋随深吸了口气，耐着性子问："为什么我也要去？"

沈烬懒懒吐出三个字："我娇气。"

盯着他看了一会儿，见他理直气壮依然不肯下车，秋随又追问："那我跟你上去收租，也有辛苦费吗？"

沈烬思考了下，点了下头："可以，水电费的百分之一，就是你的辛苦费。"

假设一套公寓一个月的水电费有四百，辛苦费也就四元钱。

秋随怀疑自己可能也是闲的，也可能是对铂悦湾的房子有些好奇。她解开安全带下车："行，我包容一下你这个娇气的人，顺便去赚点辛苦费。"

秋随也是第一次来铂悦湾，出了车库后，她环顾了一圈四周，问沈烬："往哪儿走？"话音落下，她莫名觉得这个场景和这句问话都有些熟悉。几天前，沈烬借她的雨伞，在她住的小区门口，也这么问过她。

沈烬不疾不徐地走在前头带路："笔直往里走，在最里面的单元楼，那儿安静。"

秋随跟在他身后，脚步一顿。还挺巧。

她也住在小区最里面的单元楼，因为那里不会毗邻街道，环境清静，容易入睡。

秋随回过神来，跟着沈烬进了单元楼大门，又好奇地追问："你要去几楼收租？"

沈烬："十六楼。"

秋随应了声，余光瞥见一旁的电梯，正要朝电梯走去，却看见沈烬视若无睹地经过了电梯。

"等等。"秋随喊他，伸手指了指一旁的电梯，"电梯在这儿。"

沈烬回过头看她："看到了，但我们不坐电梯。"

她不太确定沈烬的意思，迟疑了片刻，才问道："你不会是想说，我们不坐电梯，走楼梯上到十六楼吧？"

沈烬回头看她："当然不是，我们去一楼。"

秋随点了下头，动作又突然停住："我们去一楼做什么？你不是去十六楼收租吗？"

沈烬插兜站在原地，不紧不慢地说："这栋楼都是我的。"

沉默片刻后，秋随好脾气地追问："所以呢？这和你不去十六楼收租有什么关系吗？"

"有啊。"沈烬低下眼瞥她，慢腾腾地解释，"这整栋楼，只有十六楼租出去了，我今天就是想来看看，为什么其他楼层租不出去。"

沈烬："我对租客要求挺高。"

秋随："比如？"

沈烬："有些小姑娘，看见我，就总是拐弯抹角想着要我的联系方式，这些租客，我是肯定不会要的。"

秋随抿了抿唇，忍住自己转身就走的冲动，温和地询问："那你请我来是？"

"这不就是请你来帮我分析一下，"沈烬懒洋洋地开口，"看看房子有什么问题。"

秋随脑海中突然弹出两句民间俗语——"来都来了""大过年的"。

行吧，秋随点了下头，怀揣着自己也跟着做慈善的心情，跟上沈烬的步伐："走吧。"

虽说如此，但是秋随甚至都没有踏进一楼的房间。

"一楼肯定很难租出去，"秋随很是慷慨地分享自己的租房经验，"私密性差，防潮措施也不够好，采光也不行。对了，还会有很大的噪音。"

说着说着，秋随不自觉地就代入进了租客的身份："如果我来选，我肯定不会选一楼。"

沈烬挑了下眉，难得贴心地没有反驳："行，那去二楼。"

"二楼也不太行。"秋随摆了摆手，进了电梯，没急着摁楼层，"低楼层的空气肯定比不上高楼层，灰尘很大，卫生间和厨房很容易有异味。对了，还有防盗问题。"

电梯门合上，沈烬也不着急，不知道是不是因为认可这些建议，他的态度好了不少："那就去看三楼。"

"其实三楼比较矮，如果电梯出了问题，还是很容易爬楼梯的，"秋随想了会儿，将利弊分析得很清楚，"不过三楼的通风和采光还是不够好。"

沈烬："那就四楼。"

"'四'不吉利，"秋随一脸真诚，"别人我不知道，但我这种看面相的人，不会想选择住四楼。"

沈烬随意道:"那就去看看六楼,吉利。"

"先去五楼吧。"秋随想了会儿,"我现在住的就是五楼,采光通风和空气应该相差不大,可以帮你看看五楼的房子有什么问题。"

"行。"沈烬难得好说话,摁亮了电梯键"5","那就去五楼看看。"

铂悦湾的小区是一梯两户的设计,因为两对门的格局构造一致,沈烬只开了其中一户。

打开房门,秋随甚至还没走进去,只是站在玄关处看了几眼,突然就觉得,顾泽松的那套公寓,也不是挑不出缺点的——面积太小了,采光不太好,通风也不行。

虽然都是五楼,但是顾泽松的那套公寓格局构造,远远比不上铂悦湾,更别提屋内的装修设计,铂悦湾直接将顾泽松的公寓甩开八百条街。

秋随暗暗叹了口气,觉得见识过了铂悦湾的房子后,她接下来如果想找一个合适的房子,可能会难上加难。

秋随回头看了眼沈烬,他斜靠着墙,似笑非笑地看着她,大理石地面倒映出他俊美的面容和修长的身形。

"我大概知道,"秋随顿了下,"为什么你只收取水电费,但是你的房子依然租不出去的原因了。"

沈烬似是诧异地挑了下眉:"你说。"

秋随:"这里的面积实在是……太大,如果一个人住,晚上可能会有点害怕。"

沈烬轻嗤了声:"那你还挺胆小的。"

秋随摇了摇头:"即使不胆小的人住在这里,也会很麻烦。"

沈烬看她,没吱声。

秋随认真地解释:"打扫起来真的会很累,可能还得请个保姆,所以,即使你只收取水电费,保姆的清扫费也是笔不小的数目。"

沈烬直直地盯着她看了几秒,拖着腔调说:"你这个人,也挺娇气的。"

她就没见过比沈烬还小心眼的人，她只是吐槽了一句沈烬娇气，他就记了这么久。

沈烬收回眼，又问道："所以，你选择租顾泽松的公寓，就是因为打扫起来更方便？"

秋随诚实回答："没有，我不打算租顾泽松的公寓。"

"不租？"沈烬话里带了几分玩味，意味深长地询问，"为什么不租顾泽松的公寓，你不是都加上他微信了吗？"

秋随一噎，答不上来。

不租顾泽松的公寓主要原因是简妍就住在楼下，但一来沈烬并不认识简妍，二来她也不知道该如何向沈烬解释她和简妍不和的原因。

好在沈烬似乎也只是随口一问，并没有太在意这个问题的答案是什么。

他漆黑的眸子深深地看了她一会儿，而后漫不经心地开口："那你说说，我这房子还有什么问题？"

沈烬的这套房子虽说带装修，但很多大型家具都没有添置，看上去就是一个冷冰冰的样板房。

秋随眨了下眼，很自然地代入了租客的身份："太空荡荡了，看上去一点烟火气都没有，书桌都没有。客厅这儿，至少得加个液晶电视吧，对了，还可以放几盆绿植……"

说到一半，秋随突然停了下来。即使是租客，也无权对房东提出这些要求。她刚刚那番话，似乎有些说得太多了。就好像，是她要住进来一样。

秋随抿了下唇，好脾气地主动开口缓和客厅此刻沉默的氛围："我也就是那么随口一说，你不用放在心上。而且，投影幕布、液晶电视、绿植什么的，房客如果需要，会自己添加的，这不属于房东的责任。"

沈烬似乎完全没有介意，他不紧不慢地开口："不用，你继续说，让我看看，你有多娇气。"

也不知道是不是沈烬的态度，还是被"娇气"这个词刺激到了，秋随深吸了口气，点了下头，兀自一本正经地开口："我这个人是挺娇气的，客厅得有液晶电视，卧室要有投影幕布，飘窗应该有好看的绿植，餐桌上的鲜花应该每日一换，一个月内不能重样。露台要设计成一个小型的空中花园，最好再放一个吊椅方便我睡觉。对了，这里房间挺多，我希望三个卧室能装修成三个不同的风格，这样一来，我可以根据当天的心情，选择去哪个卧室休息。"

沉默两秒后，沈烬蓦地轻笑出声。

"喜欢做美梦也挺好的，我从来不做扰人清梦的事情，"沈烬慢悠悠地开口，"你继续做梦，我听着。"

事情发展到这个份上，秋随不打算认输，索性以其人之道还治其人之身，继续胡扯："我还有一个美梦是这套房子归我。"

沈烬抬了抬下巴："也不是不行。"他淡淡道，"去十六楼收租，给你体验一下房子归你美梦成真的错觉。"

十六楼也是一梯两户的设计，不过只有一户房子租了出去。

沈烬站在秋随的身后，目光追随着秋随的一举一动。

秋随指了指门铃："你怎么还不进去收租？"

沈烬扯出个意兴阑珊的笑："这不是把收租的机会留给你，让你美梦成真吗？"

她以为沈烬就是说着玩玩。行吧，来都来了。最重要的是，她一向都是处于交房租的立场，还从来没有体会过收房租的感受。这就好像，翻身农奴把歌唱，乙方一朝变甲方，有一种说不出的痛快感。

秋随这几天为了准备中俄政商交流的资料，心力交瘁、疲惫不堪，每天睡眠时间也不够，对很多事情都提不起劲。

现在好不容易遇到了从没做过的新奇事情，她难得有了几分兴趣。虽然，收到的房租最后肯定还是得交给沈烬，但是，她还是忍不住兴奋地搓了下手。

"收租的流程是什么？"秋随想了会儿，补充道，"我一向都是支付宝转账，不知道上门收租的流程。"

沈烬："流程分为三步，敲门，拿钱，关门。"

秋随两眼放光："好。"

开门的是个高个子的年轻男人，穿着一身褐色睡袍，半眯着眼睛，像是刚睡醒的样子。

男人揉了揉眼睛，第一眼看到的是抱臂懒散站在门口的沈烬："大哥！这个点我在倒时差啊，你现在敲我房门和谋杀没区别啊！"

沈烬面不改色："不是我敲的房门。"

这就是你让我来体验上门收租的原因吗？秋随克制住自己回头瞪沈烬的冲动，眉头不自觉地蹙起，隐隐约约觉得这道声音有些耳熟。而且，这人和沈烬似乎也不像是租客和房东的生疏关系，反而熟悉得很。

"谁问你这个了，说的都是些什么话。"男人一顿，像是猛然反应过来，"等等，那是谁敲的老子房门？"

他突然一顿，像是意识到还有人在，视线缓缓下移，目光落在秋随身上。

对上男人的视线，秋随灵光一闪，想起来了。和沈烬在飞机上重逢，沈烬替她将背包放上行李架的时候，沈烬手里还握着正在通话中的手机，恰巧，她听见了话筒里那道懒洋洋的声音。面前这个男人，就是和沈烬打电话的那个人——果然是沈烬的熟人。

秋随露出一个歉意的微笑："抱歉，吵到你睡觉了。"

"没事，没事。"男人笑得温和，摆了摆手，和方才对沈烬的态度截然不同，"忘了问了，你和沈烬是什么关系？"

秋随想了会儿，认真地回答："他的代驾。"

话音落下，秋随听见沈烬在背后发出了一声冷笑。

男人愣了下，像是根本没相信这个答案。

她还没来得及开口，沈烬倒是先替她回答了："裴新泽，别废话。

收租，交钱，完了就回去倒时差。"

就沈烬这个态度，活该只收水电费房子也租不出去。

被叫作裴新泽的男人似乎是真的困意难挡，他掩嘴打了个哈欠："不是我说，我这常年出差在外的人，好不容易回趟国，借住几天你的房子，你也好意思和我要钱？"

沈烬面不改色地点了下头："好意思，亲兄弟也要明算账，何况你我也不是亲兄弟。"

裴新泽骂骂咧咧地拿出手机准备转账。

"等等，"沈烬淡淡出声阻止他，对着秋随的方向抬了抬下巴，言简意赅，"现金，给她。"

裴新泽摁住手机屏幕的手指一顿，有些茫然地看了眼沈烬，下意识地问："为什么？"

沈烬："做慈善，献爱心，帮人美梦成真。"

沉默片刻后，裴新泽按了按眉心，眼睛也清明了几分。他低下头，又看了几眼秋随。

秋随发现，这回裴新泽的打量，似乎比上一次随意的打量，认真了不少。

"你老实告诉我，"裴新泽眯起眼睛，视线在她和沈烬中间来回扫视，露出了一个八卦分子的笑容，"你和沈烬到底是什么关系？"

秋随抿了下唇。如果真要算起来，她和沈烬的关系可太多了。

前男女友，初恋，甲方客户和乙方翻译，追尾事故中的两个当事人，他的代驾，现在替他收租。总之不是三言两语能够解释清楚的关系，秋随也不知道应该说哪一个关系比较合适。

秋随还没想到一个合适的答案，就听见裴新泽突然打了一个响指，他的神情一下子激动起来："我想起来了！我是真的见过你！也不对，准确来说，是我见过你的照片！"

秋随眨了眨眼，突然想起来。在飞机上重逢的时候，裴新泽在电话里对沈烬说:"瞎说个什么话,我只告诉了你的翻译和你同一班飞机,头等舱,叫秋随,都还没给你看照片呢,你怎么看到的?认错人了吧?"

这么说来,裴新泽见过她的照片,也的确正常。

她看了眼沈烬,正要开口,却看见沈烬轻抬眼皮,冷冷道:"裴新泽,你今天话还挺多。"

秋随愣了下,觉得此刻的沈烬看上去似乎心情不太美妙。明明不久前沈烬还挺愉快的,情绪转换就在一瞬间,像是突然之间晴转大暴雨。

秋随有些纳闷,裴新泽刚才的话也挺正常的,也不知道是哪里戳中了沈烬的躁点。

裴新泽视线在沈烬身上扫了几眼,像是发现了什么惊天大秘密一样,八卦兮兮地看着秋随:"你别不信,我真的见过……"

他话还没来得及说完,就被沈烬打断了。

沈烬盯着他,眼神看着有些冷,看不出到底在想什么,语气带着点狠意和威胁的意味,一字一顿道:"裴、新、泽。"

秋随呼吸稍稍一停,直觉裴新泽要说出口的话也许和沈烬有关。

裴新泽倒是不怕沈烬,他挑了下眉,话锋一转,看着秋随问:"你是不是林和豫老师的学生?"

林和豫是国内知名的书法家,曾任申城书法协会副主席。

秋随一愣,笑容里带了几分惊喜:"你认识林老师?"

裴新泽点了下头,解释道:"上次送沈媛去林老师家学书法,小孩练完字帖后不肯回家,林老师拿出了一本学生相册逗她开心,我恰好闲着无聊看了几页,前面几页基本都是你的照片。"

秋随抿唇笑了笑,好奇地询问:"沈媛?是林老师的新学生吗?我有段时间没去看老师了,都不知道老师又收了新学生。"

"嗯,林老师的新学生,"裴新泽慢吞吞地开口,顿了下,又缓缓补充道,"也是沈烬的堂侄女。"

秋随神色一愣,下意识地朝沈烬的方向看过去。沈烬神色懒散,头微垂着,仿佛在听他们说话,又好像沉浸在自己的世界里,一个字都没听进去。他没骨头一样斜靠着墙,刚才和裴新泽剑拔弩张的劲似乎早就过去了。

秋随打量着沈烬,总觉得他有一种如释重负的感觉。仿佛就在她和裴新泽聊这几句的空闲里,沈烬紧绷的弦就在一瞬间松了下来。

"你堂侄女居然是林老师的学生?"秋随不确定沈烬是否听到了自己和裴新泽的对话,"那也算是我师妹了。"

沈烬抬眼,似乎不太在意她这些话:"你没听出来吗?"

秋随:"什么?"

沈烬:"裴新泽在转移话题,他不想付房租。"

沈烬沉默了一下又开口:"你不是做过律师的翻译吗?"

秋随:"怎么了?"

沈烬语气很嚣张:"那你回忆一下你的法律知识,顺便和裴新泽科普一下,故意拖欠房租,可能会造成什么刑事责任。"

"我说沈烬,"沉默几秒后,裴新泽忍不住说,"你至于吗?我不就是差点说漏……"

说到一半,他眉头一皱,突然消了音。裴新泽狐疑的视线转而看向秋随,过了片刻,才问道:"你是翻译?"

秋随茫然了一下,不知道为什么话题突然又跳跃到了自己这里,她反应过来后点了下头:"是。"

裴新泽挑了下眉,像是要验证某种猜想:"那你的名字是?"

秋随一脸真诚:"你想知道?"

裴新泽:"是。"

秋随点了下头:"那我也问你一个问题,我们同时回答,怎么样?"

裴新泽愣了一下,忽地笑出声来:"你还挺有意思。行,你要问什么问题?"

秋随平静地开口:"你刚刚说差点说漏了,到底是说漏了什么?我还挺好奇的,你告诉我这个,我告诉你我的名字。"

他的余光不自觉看了眼沈烬,而后坚定地对秋随摇了摇头,拒绝得干脆:"不行,这个问题我真的不能回答,你可以换个问题。"

秋随倒也不觉得有什么,只是她对这种说话只说一半的行为深恶痛绝。

"我没其他的问题,"秋随歪了下头,"那我也不说我……"的名字三个字还没说出口。

秋随就看见裴新泽直接略过她,转而看向沈烬:"介绍一下,这位女士的名字?"

沈烬秒答:"秋随。"

还可以这样?当着她的面明目张胆地作弊?那她现在问沈烬,裴新泽差点说漏嘴什么,沈烬会不会告诉她?感觉不太会。

裴新泽意味深长地笑了笑,扭头对着秋随道:"果然是你啊。前几天沈烬去莫斯科的时候,客户给他配了一个叫秋随的俄语翻译,我打电话通知沈烬的时候,沈烬说他认出你来了,我当时还纳闷,我连照片都没发,沈烬是怎么认出来的。"

对这种公然开外挂还不知羞耻的人,秋随实在给不出什么好脸色:"不要转移话题。"

秋随:"你到底什么时候付房租?"

秋随面不改色:"需要我和你科普一下,故意拖欠房租,可能会造成什么刑事责任吗?"

"你们还真是,"裴新泽深吸了一口气,恶狠狠地掏出几张一百元交给秋随,阴阳怪气道,"夫唱妇随。"

秋随低头仔细数了下手里的钱,有种从未有过的快乐涌上了她的心头,连带着这几天整理资料的疲惫都一扫而光。这就是不劳而获的快感吗?!真的好幸福!她终于知道沈烬为什么喜欢上门收租了!这种感受真是快乐得难以言喻!!!

"不是，"收租的幸福冲淡了裴新泽当面作弊给她带来的愤怒，秋随面色好了不少，她抬起头，盯着裴新泽，认真纠正，"我们不是夫唱妇随。"

裴新泽冷哼一声："那是什么？"

秋随想了会儿，认真地回答道："我们是在做慈善，献爱心，降低律师和警察的工作负担。"

秋随盯着手里几张鲜红的人民币，迟疑了片刻，才心痛又恋恋不舍地交到沈烬面前："收好了，房租。"

沈烬："不必了，你留着。"

秋随眨了下眼，这段对话在她和沈烬中间已经重复了三遍了。一万九留给她，是新年的加班费；四百元留给她，是代驾费；至于这点水电费……

秋随："这又是什么辛苦费？"

沈烬："车油钱，给你的报销。"

她其实也就是那么随口一说，谁知道沈烬还当真了。

"车油钱也没有那么多，可以忽略不计的。"

沈烬侧头看她，语气悠悠道："这点钱，其实还包括了一些别的酬劳。"

沈烬："裴新泽在这儿住了这么久，第一次老老实实交了租金。"

秋随不由自主地转头看向裴新泽，眼神中透着了然。她就知道，公然开外挂的人一定人品不太行，居然拖欠房租这么久！

沈烬也没看裴新泽的脸色，很欠地继续说："所以，以后每个月，辛苦你和我来这儿一趟，上门收租金。当然了，会有一部分辛苦费的。"

她还是第一次听到这么稀奇古怪的要求。但是，不得不承认，她爽到了。无论是上门收租金，还是收裴新泽的租金，都足以让她毫不犹豫地答应下来。她没有多想："可以，我答应了。"

裴新泽按了按眉心，对秋随做出一个邀请的手势，态度恭恭敬敬："秋随翻译，秋随房东，秋随债主，我和沈烬有些话想私聊，可以请你回避一下吗？"

秋随点头："可以，我们下个月见，记得准备好现金。"

秋随走了几步，突然停住，对着裴新泽喊道："对了，如果你下周要带沈烬的堂侄女去林老师那儿上课，麻烦带我问声好。过几天我得去伊尔库茨克出差，实在是没时间去看望他老人家。下个月老师八十大寿，我无论如何都会赶过去。"

"伊尔库茨克？"裴新泽讷讷自语了片刻，看见还在电梯口等待的秋随，回过神来，"放心，我一定转告林老师。"

眼看着电梯缓缓下行，裴新泽才冷哼了一声："沈烬，就是她吧。"

沈烬面色很淡："你说谁？"

"得了吧，我和你大学四年室友，兄弟我会不知道你？"裴新泽扯了下唇角，"我可够给你面子了，还让人家小姑娘走了才说的。我的确在林和豫的相册里看到了她的照片，但我第一次看见她的照片，是大一的时候，在你手机里吧。"

沈烬神色寡淡，没有吱声。

裴新泽挑了下眉，又继续道："还有，客户不知道你会俄语，给你安排了俄语翻译，你不是口口声声说不需要吗？怎么，听见人叫秋随，就立马改主意了？还有伊尔库茨克，中俄政商交流那个项目吧？我知道，这一届的举办时间是国内春节嘛。怎么，翻译不过年你也跟着不过年？当初主办方邀请你的时候怎么没见你这么热情？"

沈烬终于有了动静，他稍稍抬眼，看向裴新泽，冷笑了声："你时差还没倒过来，所以才会说些没有道理的话。"

"还挺嘴硬。"裴新泽嗤笑了声，看着沈烬转身离开，走到电梯门旁，又突然出声道，"沈烬，林和豫老师八十大寿，你带你堂侄女过去呗。"

沈烬扭头看过来："哪天？"

裴新泽："下个月二十二号。"

沈烬偏头想了会儿，慢条斯理道："二十二号啊，我没时间。"

03

秋随在车内给姜嘉宁回了几句消息，没过多久，就看见沈烬出了电梯。拿钱办事，她一向尽心尽责，做代驾也是如此。

"你家住哪儿？"秋随一边发动汽车，一边询问，"我开个导航。"

"不用了，"沈烬模样气定神闲，"直接去你家。"

她接下话来："给您科普一下。代驾是把您安全地送到您家，而不是把我安全地送回自己家。"

沈烬抬了抬下巴："我知道。"

沈烬靠在椅背上，语气也没个正形："但是有不少小姑娘吧，看见我这个人，尤其是我这张脸之后，就总想着拿到我的住址，我实在是不堪其扰。"

沈烬："希望你别这样，为了保险起见，我觉得还是送到你家，我自己步行回去，更安全。"

秋随沉默了片刻，觉得自己处于一个骑虎难下的位置。她朝沈烬的方向看过去，还是没忍住开口："我觉得你现在。"她的视线在沈烬那张脸上扫了几眼，还是中肯地下了评价，"应该是越来越帅了，所以才会受到这样的困扰。"

沈烬接受得心安理得，懒懒道："那你的审美还是挺在线的。"

她低头系上安全带，又慢悠悠地问："我还有个问题，如果我只把车开到我家门口，代驾费是不是要打个折扣？"

沈烬像是愣了一下，大约没想到她会问这个问题。他挑了下眉："不打折，只要你开到你家门口。"

沈烬说完就闭了眼睛，靠在椅背上没再说话。秋随发动汽车出了地下车库。

铂悦湾距离秋随所居住的小区有段距离，两人一路无话。直到车子停在小区门口。沈烬依然闭着眼，呼吸绵长。秋随侧着头，盯着沈烬看了一会儿。

重逢后,秋随一直都猜不透沈烬的心思。就像现在一样,她也不确定,沈烬究竟是睡着了,还是根本不愿意多和她说话。

她安静地坐了大约十分钟,发现时间实在是有些晚了,沈烬也迟迟没有醒过来的迹象,才伸手戳了戳沈烬的肩膀。

沈烬几乎是一瞬间就睁开了眼睛,眼底没有一丝一毫从睡梦中刚刚醒来的迷糊劲。秋随了然地眨了下眼,这下她知道了,沈烬是不愿意同她多说话。

她伸手指了下窗外:"到我小区了,你可以回家了。"

沈烬没吭声,只是稍稍侧头看了眼。片刻后,他回过头来,慢条斯理道:"秋随,拿钱办事得尽心尽责。"

她沉默了两秒:"我哪里不尽心尽责了?"

沈烬:"不是说送到家门口吗?你看这是哪儿?"

沈烬:"这是小区门口。"

沈烬大言不惭:"说不定我在这儿下车,转头我就被你跟踪了,那我也太不安全了。"

沈烬:"你把车开到你家单元门口,我看到你房间亮起灯来,才可以放心我的安全呢。"

她就没见过沈烬这样麻烦的人,这人从前也不是这样。秋随深吸了口气,面色不改地解释:"是应该送到我家门口,但你方向感不是一直都不太行吗,我担心你到了我家楼下,就记不得怎么出小区了。"

沈烬扯了下唇角:"挺好记的,小区门口到你家,笔直往前走到尽头,在最里面一个单元楼里。"

秋随错愕了好一会儿,那是几天前,沈烬说要借雨伞,同她一起回小区的时候,她说的话,没想到沈烬居然还记得。秋随嘴唇动了动,重新发动汽车,不忘评价他:"看起来,你现在的方向感,也比从前好多了。"

沈烬凉凉道:"主要是记忆力好。"

车子一直往前开,停在秋随居住的单元楼下。

沈烬下车后,秋随锁了车,转身朝楼梯走去,顿了下,还是忍不住回头问:"你真不走?"

"走,但我得为自己的安全负责不是。"沈烬神色寡淡地看着她,"等你五楼房间的灯亮起来,我就走。"

秋随深吸了口气,看在沈烬让她体验到了收租的快乐份上,她忍气吞声上了楼。这个老旧小区的单元楼是没有门禁的,不需要身份证或者钥匙,任何人都可以进入。

秋随住在五楼,走到三楼的时候,因为声音轻微,声控灯暗了下来。在黑暗中,秋随的脚步突然停了下来,莫名地回忆起从前的一件事情。

那时候她还是高三,不在复读期,她和沈烬都在同一个理科重点班。她自己也记不得,到底是怎样和沈烬熟悉起来的。

也许是因为高二他们成为同班同学。又或许是在高二文理分班前不久,她将沈烬认成了给自己送情书的同学,错误的缘分让他们在成为同班同学之前就早早相识。也可能是高二那年,姜嘉宁成了她的同桌,姜嘉宁一向活泼,连带着她的性格也改变不少,至少不再是那个永远低着头不敢直视人说话的小女生。

熟悉起来后,高三的沈烬最热衷做的事情,就是在晚自习结束后,拉着她一起待在教室里刷题和讲题。有时候是两个人一起刷题,有时候是沈烬给她讲解数学题,有时候是她给沈烬讲解语文作文。

直到她当时居住的小区内,传来了一起绑架案。她并不清楚绑架案的完整因果,只是记得电视里通报,绑匪一直蹲守在单元楼的楼梯口,那栋单元楼,没有门禁,所有人都可以肆无忌惮地出入。

听闻这起绑架消息后,她就惴惴不安,如坐针毡。她那时候还小,胆子也不大,以至于第二天晚自习一结束,就收拾好了书包准备冲出教室。沈烬眼疾手快拉住她的书包带子:"不是说好了要一起刷试卷的吗?你跑这么快做什么?"

她眨了下眼，诚实地回答："我要回家，很晚了。"

沈烬看了眼手表，问："这才八点半，哪里就晚了？"

她抿了下唇，不知道该不该把小区的绑架案件告诉沈烬。她想了会儿，还是选择隐瞒，毕竟就算沈烬知道了，也做不了什么。

"我觉得很晚了，而且我住的那几层楼，声控灯都坏了。"

沈烬愣了一下，像是没想到会得到这个答案。他想了会儿，扬眉问："你爸妈呢？不来接你吗？"

秋随沉默了几秒钟，黎娴和俞绍辉自然是不可能来接她的。虽然喊他们一声爸妈，但她比任何人都清楚，他们都不是自己的亲爸亲妈。

她是被黎娴和俞绍辉在一个深秋，从孤儿院随便领回来的小孩。这也是她叫秋随的原因。

"我……"秋随咬了下唇，还是没办法说出"爸妈"这两个字，她在脑海中措辞了一会儿，换了个说法，"他们太忙了，没时间。"

沈烬皱着眉头想了会儿："那你爸妈有给你定几点前要到家吗？"

她摇头："没有。"他们巴不得她晚点回去，这样家里也少一个要吃饭花钱的人。

沈烬："那我的语文作文怎么办？说好了你给我补习语文作文，我给你补习数学的。"

她急了，不知道为什么自己都说到这个份上了，沈烬还不放人。

"沈烬，你这个……"

"这样吧，"沈烬意气风发，"我送你回去。"

她猛地抬起头来："啊？可是你和我不顺路啊。"

"对啊，但是说好的事情，你可不能赖账。"沈烬理直气壮地点了下头，"晚自习结束后，我给你补习数学，回家路上，你给我讲解语文。"

她愣了下。这样做，的确不会影响他们互相补习的约定，她也可以放心回家，而且回家的时间也不会太晚。但是沈烬和她是完完全全的不顺路，属于出了校门就一南一北的类型。这样走个来回，真的很浪费沈烬的时间。

"可是……"

沈烬打断她:"没什么可是的,你答应过的事情还想出尔反尔?"

她无法反驳,但又觉得自己占了沈烬的便宜。毕竟,在回家的路上给沈烬讲解语文作文,还是不如在教室讲解来得方便。

"这样吧,"秋随善解人意道,"晚自习结束后,教室里,我给你讲解语文作文,回家的路上,你给我补习数学。"

沈烬垂下头看她,冷笑了一声:"想什么呢?秋随?谁写数学题不要打草稿的?我在路上给你演示一遍空中写草稿?当我魔术师凭空变墨水呢?"

无法反驳。因为不敢被黎娴和俞绍辉发现,沈烬从来都只把她送到单元楼门口。到了楼下后,沈烬也不急着走,等到她房间那盏暖黄的灯亮起来,他才会离开。

唯一让秋随有些崩溃的是,沈烬的方向感着实不太好,甚至可以说,有些烂。她那时住的单元楼,要从小区门口七拐八拐后才能走到,路径有些复杂。但是她没想到,沈烬每次都会神不知鬼不觉地拐到一条错误的道上去。

秋随回到家第一件事情,是打开房间内的灯,告知沈烬安全到家。第二件事情,是拿出那个只能发短信的手机,给沈烬发消息,问沈烬又拐到了哪栋单元楼去,然后发信息,详细地告诉沈烬,如何才能最快地到达小区门口。

久而久之,因为沈烬的方向感实在太差,秋随从一个只掌握自己这栋单元楼到学校两点一线的人,到后面掌握了全小区的完整地图。

她知道七栋单元楼到小区门口最快的路径是左拐再穿过一条小路。十栋单元楼到小区门口最快的路径是笔直走再连着往右拐两个弯。十五栋单元楼到小区最快的路径是从花坛走一条捷径,可以笔直抵达小区。

秋随那时候甚至有一种自信,如果小区里要玩逃生游戏,她这种熟悉所有线路的人，肯定会是最后活下来的终极赢家。

只不过，年少的秋随一直单纯地以为，害怕走夜路是因为学生胆子小，只要长大了，就不会被这样的问题所困扰。

但其实不是的。她逐渐长大至成年，依然会害怕走夜路，害怕下着暴雨空无一人的街道，以及声控灯不亮安全性又差的楼道口。

就像现在，她已经能够面不改色地走进小区门口，冷静从容地踏上不敢保证安全性的楼道口，但她的背包中时时刻刻都会准备好防御工具。但奇妙的是，无论是什么时候，无论她是一个成年女性还是普通高中生，沈烬只要站在楼下，即使不上楼，她也有一种说不出来的安全感。

秋随进了家，打开屋内的吊灯，靠在阳台上往下看。

单元楼下只有一个路灯亮着，光线昏暗，沈烬嘴里咬着根烟，低着头，不知道在想些什么。他还没发现五楼的灯已经亮了起来。

秋随盯着沈烬被路灯拉长的影子，心里突然觉得有点闷。她早就看出来，沈烬和裴新泽聊完后出来，心情就不太好。对着她，说话夹枪带棒的，明里暗里都带着讽刺和怼人的意味，实在谈不上礼貌或者温柔。

哪怕是这一次，沈烬和从前一样，站在楼下，所有的一切也都变了。这一次，沈烬是为了自己的安全，而不是她的安全。而且，沈烬以前从不抽烟的，即使是重逢后，她也没见他抽过烟，也不知道今天裴新泽到底说了什么，才惹得他这样烦躁。

尽管如此，秋随还是不得不承认。沈烬站在楼下的时候，她会自然而然地有一种踏实和安全感。做人总不能忘恩负义吧，秋随叹了口气，拨了个电话出去。

沈烬从裤兜里拿出手机看了眼，下意识地抬头看了眼秋随所在的五楼。他沉默片刻，拿下烟，声音有些嘶哑："到了？那我走了。"

"等等，"秋随顿了下，"你真的记得怎么出小区吗？"

沈烬之前来过小区那么多次，都不记得怎么回。秋随甚至怀疑上一次，沈烬能够顺利离开小区，是瞎猫碰上死耗子运气好，或者找人问了路。现在也就第二次来这个小区，沈烬真的可以还记得住路线吗？

五楼到一楼的距离有些远，光线也不够清晰，秋随看不清沈烬的神情，只是话筒里迟迟没有沈烬的声音。

秋随抿了下唇，心下了然，沈烬果然不知道。她清了清嗓子，字正腔圆地开口："行吧，'百科全书'现在为您导航。"

路灯下，沈烬的神情不太清晰，以至于秋随也只能通过电话里的声音分辨沈烬的情绪。沉默了片刻，秋随快要忍不住开口的时候，她听到话筒里传来一声轻笑，短促又磁性。秋随心里微微一动，随后，她听见沈烬问："这样，那我需要配合什么吗？"

配合什么？秋随想了会儿自己开导航时候的配合工作。

"也挺简单的，"秋随老实回答，"只需要让我获取你的定位。"

半晌后，他抬起头往五楼看过去。秋随有点近视，五楼距离楼下有些远，况且灯光实在称不上明亮。她只能看清楚一个模糊的面容，但话筒里沈烬的声音却清晰地传了出来："请问百科全书导航，你是不是还想要获取我的摄像头权限，支付宝权限，信息权限，以及相册权限？"

秋随愣了下，她仔细且认真地回忆了一下，至少在她的导航APP里，并不需要获取这些权限。当然，也许沈烬选择的是其他的导航APP。

秋随选择了一个保险的回答："是这样的，如果你愿意开这些权限，我也不介意。"

"我不愿意，"沈烬懒懒道，"你管得还挺宽，又要定位又要信息，要看相册还要看我的支付宝，要不，我直接把手机给你看？"

她也不知道沈烬怎么就突然怼起人来了。秋随抿了下唇，忍气吞声地开口："其实只需要……"

"把定位给我就行"这几个字她还没来得及说出口，就被沈烬打断了。

"是这样的，"沈烬意味深长地开口，"只有我女朋友才有这些权限。"

她几乎是瞬间噎住，有些接不住沈烬的话。

秋随深吸了口气，好脾气地给沈烬解释："那还是有区别的。"

秋随："你女朋友可以理直气壮获得所有权限，但是我们这些APP，只有在你同意的情况下，才能获得这些权限。"

沈烬嗤笑了一声："行。"

秋随揉了揉眉心，她现在觉得，和沈烬对话，得打起一万分的精神。

沈烬语气很酷："我同意了，这些权限都给你，你可别辜负我——"空气沉默了几秒后，秋随听见沈烬慢吞吞地补充，"——的信任。"

秋随下意识地垂下眼睛。她一直都提醒自己，对沈烬说的每一句话，都要保持冷静和平常心，把那些可能会产生歧义的内容，全都当作耳旁风。但是，她的心脏还是重重一跳。她不确定，沈烬所说的那个辜负，是不是暗指当年她的所作所为。

秋随佯装平静地开口："如果你觉得很为难，也可以直接问路人怎么出小区。"她停了下，又觉得这样做似乎不太人道。

秋随咬了下唇，慢悠悠地补充："毕竟你现在越长越帅，应该没有人会拒绝美人的要求。"

"不太行，"沈烬拒绝得很干脆，"紧接着美人就会被要联系方式了，不堪其扰。"

"这样说来，"沈烬不紧不慢地说，"我还是没你不行啊。"

他这话说得随意，但秋随的心跳还是上了高速，根本停不下来。片刻后，她才冷静地开口询问："怎么说？"

沈烬："你意志坚定，不会被我的美色所迷。"

秋随点了下头，不想再和沈烬掰扯下去，索性直接转了话题："行吧，那现在开始为您导航，全程需要四分钟。"

秋随："笔直走。"

沈烬"啧"了声："还挺简单，行。"

四分钟后。秋随听见了话筒里的声音混杂了车道上的鸣笛声，她了然地挑了下眉，询问："你到了？"

沈烬"嗯"了一声。

"对了，"沈烬慢腾腾地开了口，"正常情况下，不是应该邀请我对这次导航做出评价吗？"

沈烬这个人现在是越来越事儿了，她抿了下唇，从善如流："那请您对我的导航做出评价。"

"挺满意的。"沈烬煞有介事地点评，"下一次迷路的时候，我可能还会麻烦你，知会你一声，让你有个心理准备。"

她应了声好。

挂了电话后，秋随才发现姜嘉宁打了几通电话过来，她连忙回拨了回去。

姜嘉宁："你刚才在跟谁打电话？我发消息给你，你也不回，我打了好几通电话过去，一直显示对方正在通话中。"

秋随诚实地回答："沈烬。"

姜嘉宁在那头沉默了片刻，随后惊呼："我给你打了半小时电话！也就是说，你和沈烬至少通话了半小时？你们这是要干吗？冰释前嫌了？"

秋随觉得有些好笑："怎么就冰释前嫌了？我只是担心他会迷路，打电话告诉他怎么走而已。"

姜嘉宁："你可得了吧。你和沈烬这可不就是'久别重逢+破镜重圆'的范本吗？你们现在是已经走完了久别重逢的流程，接下来就差破镜重圆了。"

秋随声音很平静："你当是打游戏呢？还能一步步走流程？"

沉默三秒后，秋随听见姜嘉宁无奈地叹了口气。秋随一愣："你怎么了，在想我和沈烬的事情？"

姜嘉宁语气很不爽："我可是受到大刺激了，我和你打着电话，顺手开了电视，刚刚一看，我居然看见了俞染月，你说晦气不晦气。"

俞染月是时下大热的女团成员，年轻漂亮外加是著名书法大师林和豫的学生，习得一手好书法，硬生生获得了一个最有书香气质的女团成员人设。走这个人设的艺人不算多，俞染月竞争对手稀缺，一路杀出重围，即使舞蹈和唱歌功底都平平，但凭借个人特色，也成功卡位成团。如今俞染月已经是人气大涨的女艺人，获得了一众拥趸。

秋随语气很温和："是挺晦气的，这边建议你尽快换台。"

姜嘉宁："我倒是想换，现在几个台都在播她，气死姐了。"

秋随："那不如，你和我说说，俞染月最近有什么新闻？"

姜嘉宁犹豫了片刻，叹了口气："行吧，那你克制住，千万别生气。"

秋随神情很平静："放心，我早就不会为他们生气了，我就是单纯地好奇。"

姜嘉宁言简意赅地介绍新闻内容："俞染月最近在筹划个人专辑，采访说她1月底会去贝加尔湖畔取景，拍摄MV。"

秋随沉默须臾后问："一月底？那不就是过几天吗？"

"对啊。"姜嘉宁说，"欸，等等，你不是过几天也要去俄罗斯出差吗？你们应该不会碰上吧，俄罗斯这么大呢。"

"还真有可能。"秋随扯了下唇角，声音很轻，"我去伊尔库茨克出差，贝加尔湖就在那座城市。"

姜嘉宁猜出来秋随可能心情不太好，直接拔了电视电源，没再多说俞染月的消息，便匆匆说了再见。

挂了电话后，秋随坐在黑暗里，发了会儿呆，又看了眼时间，已经很晚了。

她神情很平静地进了卧室。

秋随想了一会儿，还是拿出手机点进了浏览器，输入"俞染月"三个字。

第一页弹出来的消息里，满满都是俞染月的书法作品。秋随盯着那几张行云流水、笔走龙蛇的书法作品，讽刺地扯了下唇角。

所有被俞染月展示出来的书法作品，都是她写的。

秋随抿了下唇，闭了眼睛。

躺下后，困意来袭前，秋随只有一个想法，希望这趟出差不要遇上俞染月。

/ 沈烬不知道，她这个人，是个非常标准的颜控协会成员

/ 第五章
我希望你别和
其他小姑娘一样，对我心怀不轨

01

三天后，伊尔库茨克。

秋随和两名实习生都被安排住在对应客户沈烬的隔壁。托了沈烬的福，秋随住进了顶层的总统套房。

这次项目交流比较大型，交流会前一天有一场专门的晚宴。秋随准备好所有项目资料，开门的瞬间，没见着隔壁房的沈烬，倒是看见了对面同时开门的顾泽松和简妍。

顾泽松像是也没想到她会住在对门，愣了一下，随即温和地笑起来："听姜嘉宁说，你不太满意我那套公寓？"

秋随抿了下唇，当着简妍的面，自然也不好说什么。她顿了一下，想了个合适的借口："也不是不满意，只是租房嘛，总要多看看，选个合适的。"

顾泽松点头："那倒是。不过我还有其他公寓，你要不要看看？"

秋随想了会儿，不好直接拒绝他人的好意："位置在哪儿？"

"秋随，"沈烬突然打断这场看上去还算和谐的谈话，他面色冷淡，站在门边，也不知道听了多少他们的谈话，他掀起眼皮看了眼顾泽松，又很快收回眼，声音冷淡，"走了，车子在外面等着了。"

秋随迅速回过神来，无论如何，工作第一。

她歉意地对顾泽松点了下头："抱歉，下次再说。"随后，跟着沈烬进了电梯。

沉默的空间里，沈烬突然出声："刚才又去做导航了？"

沈烬："不是在问位置吗？"

秋随反应过来，解释道："刚才那是……"

"秋随，一个导航APP，"沈烬突然侧过头看她，"如果要添加一个新地点，得删掉曾经的旧地点。"

安静片刻后，秋随听见沈烬的下一句话在耳畔响起："所以，你删掉我这个旧地点的信息了吗？"

秋随下意识地背脊一僵。电梯里只有她和沈烬两个人，她的视线无处安放，几乎是无可避免地对上沈烬的眼睛。

她不是傻子，相反，因为从小被黎娴和俞绍辉收养的原因，她最擅长的就是察言观色和揣摩人心。但她猜不出沈烬此刻是什么想法。只是，她很清楚一点。好像在不知不觉中，她和沈烬的关系，就偏离了各自正确的轨道，而且，似乎已经很难再回到曾经的轨道上了。

至于这段关系是从什么时候开始偏离了航线，中途她到底走错了哪一步，才会导致现在这样理不清也扯不断的局面，她也无法从一团乱麻中抽丝剥茧找到源头。而她清醒地意识到一点，他们之间，大约已经不是她能够做主的了，变成了一段由沈烬主导的关系。

秋随很自然地垂下了眼睛，往后退了几步。她知道这个回避视线和拉远距离的举动过于明显了。

但秋随也没有太在意自己是否暴露了这个意图，她只是想稍微地拿回一点点主导权，她再也不想经历人生的一切都被他人捏在手中的噩梦。

秋随一本正经地开口:"我的手机新买没多久。"

她没有去看沈烬,也不知道沈烬是什么神情,只是从电梯镜面看到了沈烬收回了视线,没有再看她。

沈烬:"所以?"

秋随:"旧地点的信息都在历史记录里,不过我的手机是256GB的,所以暂时不需要清内存,而且,我也没有删除历史记录的习惯。"

片刻后,她听见沈烬慢悠悠地开口:"那我和你还挺不一样的,我这个人,最喜欢一键清除历史记录。"

如果电梯里此刻有另外一个人,一定听不懂他们之间看似正常实则暗流涌动的对话。就像是一种独属于她和沈烬之间的暗号。但秋随莫名地觉得,这种默契,就还挺有意思的。

历史记录还能是谁?无非就是他们彼此罢了。

电梯下行的速度没有容许他们继续多说,抵达一楼后,黑色迈巴赫早就等候在门口。虽说周凌薇让秋随带着两个实习生一起去,但是沈烬身边不可能跟着三个翻译,到了举行欢迎晚宴的酒店,温婕和傅明博也只是坐在一旁的角落里吃甜品。

只是,秋随没想到的是,自己和温婕、傅明博一样无用武之地。进了酒店后,来找沈烬的人不少,秋随甚至怀疑,如果她不是沈烬的翻译,很有可能会被挤到边缘去。直到她看见一个精神矍铄的老人进了大门,眼尖地看见沈烬后,直奔沈烬而来。

秋随呼吸稍稍一窒,她从来没有做过这位老人的翻译,但她来过俄罗斯很多次,早有耳闻这位老人的名声。这位老人名叫安季普,是俄罗斯一位举足轻重的政治家,外加年龄摆在那儿,见他找沈烬有要事相商,一群人没等老人开口,便自觉散开。

秋随这才觉得自己能够呼吸一口新鲜空气。她还没来得及喘气,就看见老人温和有礼地对她笑了笑,用俄语说:"抱歉,我想和沈先生单独聊一会儿。"

秋随愣了下，老人身边没有携带翻译，她犹豫着用俄语说："可是您……"没有带翻译啊，要怎么和沈烬沟通？

这个疑问还没说出口，沈烬突然侧过头看她。秋随下意识将剩余的话咽了下去，转而用中文问沈烬："怎么了？"

沈烬语气平静："我国近几年发展挺好的。"

沈烬："所以中文教育逐渐普及，全世界都在说中国话。"

沈烬："俄罗斯也不例外。"

沈烬："安季普学了中文，他打算和我练习一下中文口语。"

秋随抿了下唇，沈烬说得还挺像那么一回事的，但是她总觉得玄玄乎乎的。不过，客户是上帝，上帝说的话她无法反驳。况且，英语老师从小就告诉了学生，掌握一门外语的最重要方法就是——多说。

英语老师，诚不欺我。俄罗斯人也逃不过这个亘古不变的学习外语的真理。

秋随点了下头，没有多想，对着安季普用俄语道了声再见，又转而看向沈烬："那你和安季普先生聊完后再来找我，我就坐在那儿。"

她伸手指了下温婕和傅明博坐的角落。

沈烬瞥了一眼，收回视线，点了下头："去吧，别耽误老人家学中文的热情。"

她心不在焉地朝角落走去，温婕和傅明博连忙给她空出了一个位置。

温婕顺手给秋随递了杯酸奶。秋随接过喝了口酸奶，下意识地看了眼沈烬。沈烬背对着她，倒是安季普老人家面对着她。

秋随眯了下眼睛，看见安季普嘴巴一张一合的，口型无论怎么看，都不像是在说中文，反而像是在说俄语。但她略一思索，又反应过来。当初她学俄语的时候，俄罗斯人也都不觉得她说的是俄语。罢了，这就是母语。

秋随瞥了眼上班"摸鱼"，还在热聊个没完的温婕和傅明博，叹了口气："你们还是想想，有没有什么能够维持生计的副业吧。"

安静片刻后，温婕声音发抖："秋随姐，你这是要踢了我和傅明博啊？"

傅明博的呼吸下意识地放缓："我们哪里做错了，秋随姐你说，我们可以改的。"

秋随摇了摇头："你们没做错什么，我只是在想，我们国家现在发展得这么好。"她目光怜悯地看着他们，"如果有一天，全世界都在说中国话。"她了拍他们的肩膀，语重心长，"那我们就失业了。"

话音落下，三个人都陷入了诡异的沉默中。直到有人轻拍了下秋随的肩膀。秋随一惊，下意识地扭头去看。

最先吸引秋随注意的，是男人西服也无法掩盖的啤酒肚。

她的视线缓缓上移，定格在那张脸上，隐隐约约觉得有些熟悉，但又实在没想起来到底在哪儿见过。

男人率先出声："秋随？是你吧，我在名单上看到你的名字，还以为是同名同姓的人，后来一想，'秋随'这个名字这么独特，一般也不会撞姓名。"

这人言语之中都透着和自己很熟悉的口吻，但秋随的确没有从脑海中搜出丝毫的印象。她礼貌地询问："不好意思，请问您是？"

"你不记得我了？"男人说，"我是你高一时候的班长曲晖啊。"

他这么一介绍，秋随猛地想起来，这张脸到底熟悉在哪儿。她高一的时候性子懦弱又胆小，成天孤零零的，和班上每个同学都接触不多。如果曲晖不是班长，她甚至对曲晖的脸都不会有印象。

她笑了笑，回头用眼神暗示温婕和傅明博待在这儿别乱走，随后站起身和曲晖寒暄，来到了另一侧的餐桌旁。

曲晖喝了几口酒："我看了名单，你对应的客户是沈烬？"

秋随不自觉地微蹙眉头。倒不是因为曲晖的问话，而是因为曲晖这人，似乎喝了挺多酒的。先前还不觉得，现在走到了不通风的餐桌旁，酒气弥漫到了四周。

秋随深吸一口气，强压下不适感，她不清楚曲晖是以什么身份参加这场晚宴的，只能面不改色地回答："是的。"

曲晖扯了下唇，忽地拉近距离，那股冲鼻的酒气越发浓烈。

他的声音混浊，夹杂着喝完酒后的醉意嘶哑："我一直想问，你和沈烬是不是早就认识啊？我当初约你——"

秋随知道大庭广众之下曲晖不会也不敢做什么。不过在曲晖凑过来的时候，秋随还是自然而然地低下头，避开横冲直撞而来的酒气，后退了几步。

拉开距离后，她才稍稍抬起头来。突兀地，她对上了沈烬的视线。

沈烬一手插在裤兜里，一手勾着曲晖的脖子，动作云淡风轻，像是勾肩搭背似的，只是沈烬面无表情，曲晖面目狰狞——怎么看都不会是好兄弟勾肩搭背的模样。

沈烬眼神带着点戾气，痞坏痞坏的，和他身上稳重的黑色西服一点也不搭。

沈烬瞥她一眼，眼神冷漠，语气不耐。他对着秋随抬了抬下巴，视线转而看去温婕和傅明博所在的角落："不是说了，在那儿等我？"

秋随莫名其妙，她呆了一会儿，才反应过来。她和曲晖是高一同班同学，但是她和沈烬是高二分了文理科后才成为同班同学的。按理来说，沈烬和曲晖应该互不认识的。以沈烬当时在学校的名气，曲晖听过沈烬这个人不足为奇。只是，沈烬怎么会认识曲晖？

她和沈烬高二熟悉起来，沈烬在高中的朋友圈子她基本都知道，唯独没有听过沈烬和曲晖是相识的。秋随觉得有些不太对："你们认识？"

曲晖被沈烬从后方掐着脖子，脸色铁青着说不出话。

沈烬扯了下唇："高中同学，叙个旧。"

秋随了然，这么说来，沈烬和曲晖在高中的时候果然是认识的。

她不便在宴会厅多问什么，沈烬看着她的神色十分淡漠，像是对她依然站在这里很是不耐烦。秋随抿了下唇，对着沈烬和曲晖礼貌地点了下头，转身朝温婕和傅明博所在的角落走去。

秋随的身影逐渐远离餐桌所在的角落，下一秒，沈烬几乎是暴戾地拽住曲晖的衣领，轻轻松松地拖住他转了个方向。曲晖原本是面对着宴会厅的，此刻这一转，变成了面对着餐桌角落的白色墙壁。

他被沈烬用巧劲从背后扼住脖子，说不出话，但又不影响正常的呼吸。沈烬站在他身后，神色很平静，语调不起不伏："这么多年了，你是把我的警告都忘了啊。"

曲晖咬了咬牙，抬脚就要往后踹沈烬。沈烬眼疾手快，微微弯腰，照着曲晖的腹部就是一拳。曲晖还没来得及出脚，就被一拳打跪在了地上。沈烬冷笑一声，又重新拽住曲晖的衣领，把他毫不客气地拎了起来。

"跪着做什么？"沈烬语气温和得仿佛在关切曲晖，声音不急不缓，"这是中俄政商交流项目会，你看看你现在这样，像什么话？"

曲晖捂着痛得几乎没有知觉的腹部，恨意的眼神瞥向沈烬："沈烬，你……"

"你记性不太好，"沈烬打断他，眼神冷漠得像是在看一潭死水，"我替你长长记性。"

他扯了下唇，揽住曲晖的肩膀，从背后看过去，就像是亲密无间的好兄弟在一块勾肩搭背。

只有曲晖下意识地"嘶"了一声，他不知道沈烬到底学过什么，只是清晰地感受到自己的肩部传来了不间断密密麻麻的疼痛，和腹部的疼痛搅和在一起，根本站不稳。

沈烬绷着脸，面无表情："高一那年，我就警告过你。"他唇线抿得笔直，看着曲晖的眼神冰冷得没有温度，"不要给她送奇奇怪怪的情书，也不要给她送莫名其妙的礼物。"沈烬按住曲晖肩膀的力道逐渐加重，神色平静，但又有种风雨欲来的戾气，"现在我最后警告你一遍，也不要和她说不知所云的话。"

曲晖心情极度不爽。他高一给秋随送了一堆情书，之后约秋随在小树林见面，恰巧那天他被班主任喊去办公室，等他到了小树林，就只看到了面无表情的沈烬。

"你把她吓哭过一次，"沈烬面色寡淡，语气平静，却带着一种莫名的压迫感，"离她远一点，否则下一次，就不会这么简单收场了。"

餐桌所在之处位于宴会厅偏僻的角落，曲晖几乎说不出话，几乎没什么人察觉到沈烬和曲晖的冲突，即使路过，也是当事故人叙旧，不便上去打扰。包括秋随。

她刚刚回到温婕和傅明博所在的甜品区，温婕就神秘兮兮地递给她一张邀请函："秋随姐，这是宴会厅的经理让我转交给你的。"

秋随一愣，迅速接过邀请函看了起来。周凌薇给她发过出席这一届政商交流项目的所有人员名单，其中的一些重要人物她都有提前做准备。秋随记得非常清楚，安季普先生并不在出席名单之中。这也是为什么安季普出现在宴会厅的时候，一众人都在意料之外。

邀请函上写得很清楚，安季普是临时决定出席这次项目会议，所以惯用的译员没有随同安季普先生一起来。项目结束后，安季普先生想要从中选一个译员，陪同他出席另外一个临时的会议。

宴会厅经理给略有名气的译员都送了一张邀请函，愿意做安季普随行翻译的译员可以直接去找他报名，这次项目结束后，会有专人对报名的译员进行面试，从中选拔出安季普先生的临时译员。

见秋随一副若有所思的样子，傅明博歪着头问："这个安季普就是刚才和我表哥聊天的老人家吗？什么来头啊？"

温婕给他科普："地位超然的俄罗斯政治家，一般的译员根本接不到这个任务。我们公司的周凌薇经理，就是因为做过两次安季普先生的译员，安季普先生对她的能力十分满意，所以她才能顺理成章打败一票候选人，顺利升职加薪。"

傅明博一脸震惊："真的吗！"

"当然了。"温婕点了下头，"这种大人物的随行翻译肯定是精挑细选的,只要有过一次经历,公司也跟着沾光啊。不仅升职加薪没问题,履历更是加分不少。"

秋随回过神来:"还有谁接到了这个邀请函?"

"不太清楚,我看到的就只有两个,"温婕想了会儿,声音犹豫,"秋随姐你和简妍。"

真是不是冤家不聚头,秋随抿了下唇,捏着邀请函站起身来:"我去找宴会厅经理,你们坐在这儿等我,我马上回来。"

秋随拐了几个弯,往宴会厅经理的办公室走去。途中经过角落餐桌的时候,她下意识地停下了脚步。

沈烬勾着曲晖的脖子,面朝墙壁,背对着宴会厅内的人而站。秋随觉得有点蒙,她有些搞不清楚沈烬和曲晖的关系,看这勾肩搭背的样子是个好兄弟,但是不久前看曲晖面部狰狞的表情,似乎又在忍受着极为强烈的痛苦。

秋随站在原地想了会儿。正常情况下,项目结束后,她会和沈烬一起坐飞机回国。但是,如果她成了安季普先生的译员,自然是要退机票的。无论如何,沈烬现在都是她的客户,还是应该和他知会一声的。

她脚步一拐,朝餐桌的方向走去,没走几步,就被拦了下来。秋随认出来,拦她的人是沈烬身边的秘书——陈睿。

陈睿伸手扶了下眼镜,温和有礼:"秋随老师,沈总现在在和故人叙旧。"

见陈睿态度坚决,秋随也不好多说什么:"那行,等沈总叙旧结束,麻烦转告他,我有事和他说。"

"好的。"

没见到沈烬的面,不过秋随在前往宴会厅经理办公室的时候,见到了简妍。简妍手里捏着一张一模一样的邀请函,刚从办公室出来,显而易见是已经把自己的名字报上去了。

秋随没打算在这个场合和简妍起争执,她只当作没看见这个人。

但很明显，简妍没这个打算。

"你站住！"

秋随深吸了口气，好脾气地回过头："怎么了？"

"秋随，"简妍满脸愤愤不平，"你不觉得你应该退出这场竞争吗？"

秋随一脸茫然："怎么说？"

简妍："安季普先生和沈总私交甚好，你现在是沈总的私人翻译，如果沈总推荐，你不就内定获胜了吗！"

简妍这个人，真的是从大学到职场，都致力于给她找不痛快。

秋随点了下头："那还挺好。"顿了下，她又悠悠地补充，"对了，给你科普一下。"

秋随："不信谣，不传谣，不造谣，如果谣言造成了较大的影响力，是要承担一定的法律责任的。"

简妍气不打一处来："秋随，你别逮着空就给我科普你那些法律知识，你……"

秋随："那是因为颜律师选了我做翻译，而不是你。"

看见简妍的脸色瞬间僵硬后，秋随扯了下唇。她声音冷静，眼神淡漠："简妍，你与其劝我退出，不如想想怎么赢我。"说完，秋随没有再看简妍的脸色，径直进了经理的办公室。

报完自己的名字和基础信息后，秋随却猛然想起简妍的话——安季普先生和沈总私交甚好。秋随犹豫了下，还是忍不住开口："不好意思，我可以了解一些关于安季普先生的信息吗？"

正低着头整理资料的经理一愣，随后笑起来："当然，翻译了解客户的基础资料是很正常的，您想要问什么？"

秋随抿了下唇，她想起不久前，沈烬懒洋洋地说："安季普学了中文，他打算和我练习一下中文口语。"

如果安季普真的学了中文，并且流利到可以和沈烬沟通，为什么还要大费周折找个翻译呢？隔了几秒，秋随才装作平静地询问："请问，安季普先生会说中文吗?"

"当然,"经理点了下头,"安季普先生不久前学了中文。"

秋随眨了下眼,看来沈烬没骗她。还没等她松口气,她就听见了经理下一句话脱口而出:"不过,安季普先生的中文不太熟练。"

有一种不好的预感逐渐在秋随心里萌芽:"不熟练到什么程度?"

经理想了会儿,说:"安季普先生只会说三个中文词语,'你好''谢谢''再见'。"

她沉默了片刻,佯装镇定地和经理聊了会儿,出了办公室。只会说"你好""谢谢"和"再见"的俄罗斯人聘请翻译,这才是正常情况吧。只是,如果安季普不会说中文,他和沈烬到底是怎么沟通的。

秋随不自觉地想起了傅明博的话——

"我之所以学习俄语,是完完全全是受到我表哥的影响,我表哥会说一口极其流利的俄语……"

"我表哥说,他想知道俄语究竟有什么魅力,才会让别人学习。"

只是,傅明博口中的表哥到底是谁这个问题,秋随至今都没有胆量去问清楚。秋随脚步一顿,脑海中又闪过了莫斯科的跨年夜。沈烬只听她说了一遍俄语的"新年快乐",就流畅又标准地复述了一遍,完完全全不像一个刚刚学习外语的新手。

秋随深吸了口气,又想起刚刚,安季普请她离开,说要和沈烬单独聊一会儿。如果安季普不会中文,那么他们能够不靠翻译正常交流,就只有一种可能性——沈烬会俄语,而且安季普和沈烬相识多年,他也知道沈烬会俄语这回事,所以才敢出声请她离开。

秋随几乎是被钉在了原地,无数个巧合交织在一起,都指向一个可能性——沈烬会俄语,而且精通。

秋随只觉得脑袋乱哄哄的,反应也有些迟钝,思绪都是混乱的。沈烬如果会俄语,为什么还要请她做翻译呢?为什么要问她,"新年快乐"的俄语怎么说呢?

她几乎彻底被钉在了原地,直到她看见地面上映出了一道修长的身影,朝她缓缓靠近,最后,那道身影在她跟前定格,挡住了通道里明亮的灯光。秋随听见一道懒散的声音响起:"听陈睿说,你找我有事?"

秋随抬起头来,那些被藏住了一半,又暴露了一半的答案,但她却没有勇气深究和细问的答案,此刻突然想问个清楚。

秋随暗暗吐了口气,平静地开口:"我是有事情想问你,项目结束后,安季普想找一个临时翻译,你知道吗?"

沈烬:"知道。"

秋随:"嗯,我刚刚去报名了。作为一个称职的翻译,报完名后,我了解了安季普先生的基本情况。宴会厅的经理告诉我,安季普先生只会说'你好''谢谢'和'再见'三个词语,我刚刚在想,如果安季普先生不会中文,而你又不会俄语,刚才你们两个是如何沟通的呢?"

沈烬像是诧异一般挑了下眉。秋随敏锐地捕捉到了这个表情,并且很自然地解读为沈烬他心虚了。秋随站在原地没动,好整以暇地看着沈烬,打算听听沈烬编出一个怎样的借口。

沈烬姿态懒懒散散的,没有一丝一毫的紧张感,他抬了抬下巴,慢悠悠地开口:"是这样的,这个世界上呢,还有一种语言叫英语。"

秋随眼皮一跳。她内心此刻只有一个想法:是自己大意了。

沈烬拖腔带调地继续道:"虽然俄罗斯人都不爱说英语。"沈烬顿了下,继续道,"不过,安季普先生毕竟是个政治家。"

无法反驳,地位超然的政治家会说一口流利的英语的确合情合理。

沈烬:"巧的是,我英语也还算不错。"

这也是真的,沈烬垄断了高中三年的英语竞赛冠军。

她眨了下眼,决定让这件事情结束在这一刻。但很显然,在这个想法上,沈烬并没有和她达成共识。

沈烬若有所思地盯着她,似笑非笑道:"我刚刚也在想,你问这个问题是为什么呢?"

她总不能告诉沈烬,自己怀疑他会俄语?

他微侧着头,神色漫不经意地打量着她,她突然有一种,风水轮流转的感觉。不久前,她轻轻松松地看着沈烬编借口,现在,沈烬懒懒洋洋地看着她编借口。

冷场片刻后,秋随决定避重就轻回答这个问题。

她佯装平静地开口:"我问这个问题,主要是想了解一下,今天失业的原因是什么。"

沈烬拖着腔调"啊"了声,扯了下唇角:"那你倒是可以不用担心。"

沈烬:"你也知道,安季普先生熟悉掌握的中文词语只有'你好''谢谢'和'再见'。"

秋随眉心一跳:"所以?"

沈烬语气闲闲地:"所以,他最近迫切地需要一个中文老师。"

秋随愣了下。她已经知道沈烬和安季普先生私交甚好,只是不知道这话,是沈烬随口一说敷衍她的,还是暗含了其他的意思。

迟疑了片刻,秋随才顺着沈烬的话道:"那我觉得,我还挺适合当安季普先生这次的临时译员的,我俄语水平挺好的,不过,我中文水平应该会更好。"

沈烬拖着尾音:"所以?"

秋随认真回答:"所以,我不仅能做安季普先生的中文翻译,也能顺便做安季普先生的中文老师。"

沈烬打量着她:"这两句话,用英语说一遍。"

静默片刻后,秋随有些搞不清沈烬此刻的脑回路。她茫然地"啊"了一声,也不知道自己一个俄语翻译,为什么突然被客户要求翻译英语了。

沈烬挑眉,语气挺欠:"这不是给你找点事做,避免你产生失业的错觉吗?"

行吧,客户就是上帝。她面不改色地用英语翻译了一遍刚才的句子。

沈烬神色很淡，秋随也解读不出他到底是满意还是不满意。顿了片刻后，她看见沈烬抬了抬下巴。

"刚才那两句话，"沈烬直直地盯着她看，"再用俄语翻译一下。"

虽然知道不太可能，但是她现在的确有一种，沈烬在恶意报复的感觉。秋随抿了下唇，看在此刻的场合和沈烬终究是客户的份上，好脾气地询问："我说俄语，你听得懂吗？"

沈烬插兜站着："让你做一下本职工作，防止你今天拿到工资的时候心虚，晚上睡不着觉。"

她深吸了口气，忍住了此刻怼回客户的冲动，很耐心地又用俄语翻译了一遍。沈烬挑了下眉。秋随下意识眉心一跳。她隐隐约约觉得，这事还没完，沈烬不知道又会说出什么扯淡的要求出来。

果不其然，下一秒，秋随听见沈烬利落而干脆地开口："刚才那两句俄语，0.5倍速，再说一遍。"

她现在是真的相信，沈烬所说的，给她找点事做，是真的了。

秋随盯着沈烬看了好一会儿，如果不是内心做乙方的多年准则，让她克制住了爆发的冲动，她觉得此刻自己一定会直接怼回去。

但是好就好在，她是一个有职业道德的人。沈烬的要求虽然又奇怪又麻烦，但是作为翻译，每一个要求，她似乎都没有拒绝的理由。

秋随咬了咬牙，几乎是硬着头皮，才用0.5倍速的语速，缓慢地用俄语又重复了一遍。话音落下，她还没来得及询问沈烬是否还有其他要求，就听见了一道略显沙哑的声音从后方传来："真的吗？"

是句中文，听着有些蹩脚。

秋随皱着眉头想了一会儿，才确认了对方说的三个字是——真的吗？

她下意识地转身，顺着声源看过去。通道的尽头，离她并不遥远的身后，站着一个面熟的老人——安季普。

她呼吸微微一滞，看见对面的老人朝她走了几步，用俄语开口询问，语气温和："我这次之所以想选中国译员，的确也有练习一下中文的想法。"

秋随反应过来后，忙不迭地点头答应下来："当然，有空的时候，我自然愿意和您沟通一下中文口语。"

安季普大约是对这个答案挺满意，紧接着，又轻不可闻地叹了口气："我这个人年龄大了，反应也慢，我之前的专用译员也知道我这个毛病，翻译的时候，会特意放慢语速，否则我这个脑子可能转不过来，现在一想，也实在是为难她了。"

秋随一愣，抿了下唇，隐隐约约猜到了沈烬之前提出的这么多要求，到底是为了什么。她眨了下眼，弯了下唇角："不为难。作为翻译，让客户理解清楚对方所说的话是第一原则，您刚才也看到了，改变语速对我来说并不算难。"

安季普听闻不由得笑起来："我看你俄语和英语都很好，报名了我的临时译员吗？"

秋随语气笃定："当然。"

安季普点了下头，这一次的语气带上了显而易见的赞赏："我非常期待，你可以成为我的临时译员。"

秋随眼睛一亮。安季普这话说出来了，虽然结果还没有板上钉钉，但是她成功的希望也已经比其他人遥遥领先了。

秋随压抑住自己内心的狂喜，假装平和淡定地点了下头，用俄语回复："我也期待成为您的临时译员。"

安季普视线略过秋随，微微眯了下眼，落在她身后的男人的身上。片刻后，他收回视线，温和有礼地询问："你和沈烬认识？"

秋随沉默了片刻，莫名觉得这个场景似曾相识。在来伊尔库茨克出差前，裴新泽也这么问过她，不同的是，裴新泽询问的时候，带着点八卦兮兮的语气。安季普询问的时候，也许是碍于政治家的身份和年龄，温和得像是一个长辈在关切。相同的是，和沈烬有关的人，似乎都会问她这么一个问题。

秋随认真地回答:"我是沈总的翻译。"

"翻译?"安季普语气诧异,音量都不自觉地拔高了不少,"俄语翻译?"

秋随点了下头,正要说话,就听见身后一道平静的声音响起:"安季普,你不是还有事要和我商量吗?"

她正要说的话被活生生咽了下去。紧接着,安季普像是想起来,对她点了下头算是告别,和沈烬一并离开。

02

秋随站在原地没动,她盯着沈烬的背影有些出神。从"可能成为安季普的临时译员"这个惊喜的消息中冷静下来,秋随才有空回想起,沈烬在这件事情中,起了怎样推波助澜的作用。

她不知道,沈烬是什么时候看见安季普站在自己身后的。只是现在回忆起来,她猛然发现,她询问沈烬:"我说俄语,你听得懂吗?"沈烬似乎并没有正面回答这个问题。

对于她是沈烬俄语翻译这件事情,安季普先生的第一反应是震惊和不可置信。安季普要说话的时候,沈烬恰如其时地打断他,用的是英语。

在语言学上有个定律,如果对方用你熟悉的语言说话,你会不自觉地用相同的语言回复过去。所以,安季普先生和沈烬离开的时候,一路都是用英语沟通的,丝毫没有给秋随留下沈烬会俄语或者听得懂俄语的证据。

秋随抿了下唇,她依然怀疑沈烬精通俄语,但是,她也害怕确定这个消息。

秋随清楚自己的纠结,她害怕但是又想确认沈烬学习俄语是不是和自己有关。她也不敢去探究,沈烬精通俄语却不愿意对她承认,是不是因为,沈烬觉得当时为了她学习俄语像个傻子。

她不想看到自己成为沈烬璀璨又顺遂的人生中，唯一选择错误的那条道路。

秋随暗自吐了口气，打算回到宴会厅找温婕和傅明博，抬头的瞬间，不偏不倚地对上了两个人的视线——简妍和曲晖。

她眉头一皱，目光不自觉地扫了眼曲晖的西服——皱巴巴的，像是被人打了几拳一样。虽然有些纳闷简妍和曲晖是如何认识的，但在触及简妍嫉恨的目光后，秋随也没多想。她心知肚明，刚才和安季普先生聊天的那几分钟，应该是被简妍看见了。

作为俄语翻译，简妍自然知道，安季普和秋随之间的那几句话，到底是什么意思，又透露了什么。秋随没多分眼神给两人，径直离开，去角落里找她的两名小实习生。

一直到整个欢迎晚宴结束，秋随的工作也只停留在给沈烬用三种语言翻译了两个句子上。她和温婕以及傅明博坐在甜品区，随性自在地"摸鱼"了一阵子。"摸鱼"期间，秋随还和来甜品区闲逛的其他几个译员加了微信，闲聊了几句，以至于她的手机电量急剧下滑到百分之十。

晚宴结束的时候，一名工作人员跑来找到秋随，语气匆忙："秋老师，宴会厅经理想让您过去，再了解一些您的基本信息。"

秋随明白，这应该是安季普先生通知了宴会厅经理，而她此刻要面对的，相当于第二轮面试，是一个比其他竞争者更早进行的第二轮面试，也等同于，在其他竞争者和她能力基本一致的情况下，安季普会优先选择她。

秋随不敢大意，答应下来后，对温婕和傅明博叮嘱："明天项目正式开始，可就不会像今天一样悠闲了。我这趟时间应该不会太短，你们不用等我了，司机在酒店门口，让司机先把你们送回酒店，你们到了酒店后，再让司机来宴会厅接我回酒店。"

温婕和傅明博点了点头。

正如秋随所预料的，等她走出宴会厅经理办公室后，已经是四十分钟后了。宴会厅空空荡荡，只剩下几个正在清洁卫生的服务员。

司机也不知道是被什么事情耽搁了，秋随站在宴会厅门口的台阶上，等了好一阵子，也没看见一张熟悉的面孔。秋随轻"啧"了一声，看了眼手机，电量显示百分之五。

她心底有了若隐若现的不安感。

秋随眯起眼睛看了眼宴会厅的挂钟，大约是晚上十点半，走出宴会厅街道上基本空无一人，只偶尔有几个路过的男人，带着一身酒气，经过的时候，会下意识地放缓脚步，侧头打量她几眼，嘴角挂着不太正经的笑容。

秋随下意识地低下头来，回避这些不怀好意的视线。她来过俄罗斯很多次，伊尔库茨克也不是她第一次来。

伊尔库茨克不是一个大城市，经济也算不上发达，治安水平也只能说一句勉勉强强。晚上时常会有一些喝得醉醺醺的醉汉，在大街上神志不清地游荡。

秋随遇到过很多次，她深吸了口气，稳定下心神，决定走回宴会厅等待。

还没来得及转身，秋随就听见了前方传来吊儿郎当的口哨声。一个人高马大的俄罗斯人嬉笑着朝她走来，相伴而来的，还有扑面的酒气，她的呼吸在一瞬间变得急促。

秋随心底慌张，眼睫止不住颤动。难闻的酒气将她包围，面前的醉汉人高马大，打是肯定打不过的，她脑子飞速运转，想着要如何向身后宴会厅里的人开口求助。

就在这时，一辆黑色的迈巴赫急刹，停在她跟前。秋随眼睛一亮，仿佛看到了希望，她还没来得及开口，就看见驾驶座车门被打开，沈烬脸色沉沉地走了出来。

不过一眨眼的工夫，那醉汉就被沈烬一脚踢翻在了地上。他情绪不佳地扫了秋随一眼，没多说话，径直转身朝路边的迈巴赫走去。

秋随眨了下眼，亦步亦趋地跟了上去。她站在车窗外，看着沉默的沈烬，知情识趣地打开了副驾驶的车门。她慢条斯理地系安全带，一边想着要如何给沈烬道谢，顺便打破这尴尬的气氛，不经意地瞥了一眼后视镜。

后视镜里，倒在地上的醉汉摇摇晃晃地站了起来，路边不知何时也停了一辆黑色轿车。原本醉意醺醺的醉汉，此刻神志清明地走到轿车车窗旁，聊了起来，像是要搭车，也像是和车里的人原本就认识。

秋随系安全带的动作一顿，隐隐约约觉得这事不简单。下一秒，她就看见副驾驶车窗探出个头，赫然是她熟悉的面容——简妍。

秋随呼吸一顿，瞳孔一瞬间放大。等她反应过来，下意识地将手伸进口袋，要去摸手机，录下这一幕。手伸进大衣口袋的瞬间，她才猛然想起来，她的手机，早就电量不足了。

她将目光投注在沈烬身上。

沈烬侧过头，目光幽深，眼里没什么温度。

秋随看了眼后视镜，现在简妍还探着头，和车外的醉汉聊着天，也不知道她什么时候收回脑袋。

秋随来不及多解释，直接开口："借你手机用一下。"

沈烬皱了下眉，看着面色不豫，也没搭理她，只是直直地盯着她。

秋随忍不住叹了口气，又顺势瞄了眼后视镜，还好，简妍的脑袋还探在外头。

她脑子转得飞快，急中生智地想起来一些曾经的事情，面不改色地开口："现在，百科全书导航，请求获取你的摄像头权限。"

沈烬微微后仰视线瞥过秋随那边的后视镜，没再多说什么，从裤兜里摸出手机手指飞快地滑动屏幕，秋随还来不及反应，手机就被丢进了她的怀里。与此同时，还有一道淡淡的声音响起："怎么，还想获取我的手机屏幕密码权限？"

她真的没有这个想法。

没多余的时间和沈烬解释，秋随匆忙打开相机的录像功能。车边站着的醉汉看起来神志清明，丝毫没有站立不稳的模样，副驾驶车窗降到底，简妍侧过身子，双手撑在车沿上，和醉汉有一搭没一搭地聊着天。

　　过了片刻，秋随看见醉汉对着简妍点了点头，打开后排车门，上了车。紧接着，黑色轿车朝着反方向逐渐驶离出秋随的视线。

　　秋随按下录像暂停键后，靠在椅背上，有一瞬间的迷惑。她不是很确定今天这个骚扰她的醉汉，是不是和简妍有关系。

　　"录好了？"沈烬开口打断她的思绪，朝她伸出手，"手机给我。"

　　秋随回过神来，暂且将简妍和醉汉之间的关系抛之脑后。她将手机交给沈烬，神色温和地和沈烬商量："这个录像，发到我微信上行吗？"

　　沈烬挑眉，侧过头盯着她，慢吞吞地开口："不行。"

　　她深吸了口气，耐着性子问："这个录像留在你手机里，也没什么用不是吗？"

　　沈烬："是没什么用。"

　　秋随点了下头，循循善诱："但是，这个录像对我……"

　　沈烬点开屏幕，页面切换到录像的界面，打断秋随的话："所以我打算现在把它删了。"

　　秋随呼吸一停，生怕沈烬一不小心按下了删除键，几乎是下意识地伸出手，匆忙抓住沈烬停留在屏幕上方的手指。直到下一秒，手里温热的触感传来的时候，秋随才反应过来，自己到底做了什么。

　　车内灯光并不明亮，路边零散的路灯照出昏黄的光线，漏了几丝洒进车窗，在沈烬脸上落下一片淡淡的阴影。秋随抿了下唇，手里温热的触感清晰地传来，心跳几乎是不受控制地开始加快。

　　她不动声色地掀起眼皮，看了眼沈烬。沈烬垂着头，脸上看不清是什么情绪，视线落下来。秋随不太清楚，沈烬盯着的，是手机上的录像，还是他们交握住的手指。

　　而手里持续传来的余温，更时时刻刻都提醒秋随，此刻面临的处境，有多么尴尬窘迫和进退两难。

如果放手，谁知道沈烬什么时候就按下了删除键；如果不放手，总有种她对沈烬占尽便宜的感觉。

还没等秋随想明白到底应该如何做，沈烬先拖腔带调地"呵"了声。他缓慢抬起头来，对着秋随弯了弯唇角，忽地笑开："我不是告诉过你吗？"沈烬叹了口气，"希望你别和其他小姑娘一样，对我心怀不轨。"

她索性点了下头，从善如流地抓紧了沈烬的手指："那真是不好意思，心怀不轨这种事情，是没办法控制的。我现在就对你手机里的录像心怀不轨，你答应我不删，我现在就松开。"

沈烬盯着她看了半晌，似笑非笑道："不答应。"

这就很难办了。沈烬不答应，她就得一直抓着沈烬的手。无论怎么看，她似乎都是占尽便宜的那一方，直接坐实了沈烬"心怀不轨"的斥责。

秋随深吸了口气，冷静下来，她面不改色地开口："那你怎么样才能答应我，把录像给我？"

沈烬："我这个人比较娇气，把录像发给你，需要打开微信，找到你的微信后还要再找到这个录像，最后点击发送，实在挺麻烦，删除就简单多了，一键清除，干脆利落。"

她好脾气地开口："那这样，你把手机给我，我来发，不麻烦你，可以吗？"

沈烬轻笑了声，偏头看她，态度有种说不出的傲慢："想什么呢？获取了摄像头权限不够，还想要获取我的微信权限？"

"那你说个办法，"秋随觉得有些头痛，索性将这个难题直接丢给沈烬，"我要你手机里的录像，你要怎么样才答应。"

沈烬侧过头，目光幽深地盯着她："你想要这个录像，也不是不行。"

沈烬："我这个人，不喜欢吃亏，你拿了我的权限，我也要拿你的权限。"

秋随："支付宝？"

沈烬:"我要你的支付宝权限做什么?今天的薪酬还是我给你发的,怎么看也是你更想要获得我的支付宝权限。"

句句真理。

秋随:"微信?"

沈烬:"不是已经加过微信了吗?怎么,你打算先删除再加一遍?"

她还真的偷偷这么想过。

"定位权限?"

沈烬:"你现在定位在哪儿自己不知道?不就在我旁边?"

无法反驳。秋随咬了下牙,看在今天沈烬毕竟救了自己的份上,耐心地继续尝试:"通讯录权限?"

沈烬这一次难得没有直接反驳。他不太正经地挑了下眉:"既然你也想不出其他的答案来了,"他言辞之间很是宽容,仿佛善良地给她搭了一个台阶,"那就这个吧。"

秋随总觉得有些恍惚。

沈烬倒是大尾巴狼一样装蒜起来,很懒散地抽出一张名片递给她,语气也敷衍得很:"到了酒店后,记得把我的号码放进通讯录,一手交截图,一手交录像。"

这话听着,总有种一手交钱一手放人的错觉。她点了下头,很自觉地收回了覆在沈烬手指上的手:"好的。"

秋随接过沈烬递来的名片,瞥了一眼。名片上那一连串数字,她再熟悉不过了。她呆了几秒,有些不敢相信,这么多年,沈烬居然从没换过电话号码?!

秋随有些失控:"你没换号码?"

沈烬原本要发动轿车的手突然停住,一字一顿道:"你怎么知道?"

秋随背脊一僵,手指下意识地拽紧了名片。她要怎么解释?总不可能告诉沈烬,自己一直都记得他的电话号码。

沈烬扫了眼面无表情的秋随,毫不留情地直接揭穿:"我高中的手机号码，你一直都记得啊。"

秋随原本还抱着沈烬直接将这件事情轻轻揭过的希望。现在，希望直接破灭。她有些做贼心虚，捏着名片的手指泛起淡淡的白色，偏偏脸上看上去依然平静如无事发生："不瞒你说，我也是猜的。"

沈烬转头看她。秋随指了指名片上的一串数字："你以前的号码后四位是你的生日，现在的后四位还是你的生日，我猜，应该是没换吧。"

沈烬意味不明地哂笑了声，语气懒洋洋道："知道了，你不仅记得我的号码，还记得我的生日。"

秋随眼皮一跳，觉得自己似乎陷入了越解释越尴尬的处境。

沈烬依然没有放过她："刚刚趁机抓我的手，现在费尽心思和我交换联系方式。"他直勾勾地看着她，语气带着几分玩味，"你还想要什么？说来听听，我也不是不能如你所愿。"

静默片刻，秋随脑子里只有一个想法——大意失荆州。

秋随沉默两秒，暗暗吐了口气，转而看向沈烬，面色平静得仿佛什么都没有发生一般："是还有个想要的东西。"

沈烬语气特善良，他点了下头："你说。"

秋随慢吞吞地开口："我想要一张机票。"

沈烬顺其自然地猜测："怎么，想要回国？"

"不是，"秋随摇了摇头，模样坦诚，语气真挚，"我想要逃离这个星球。"

沈烬侧头发动汽车，一边慢悠悠地接下她的话："也不是不行。"

她眨了下眼，莫名想起来，不久前，她给沈烬胡扯想要铂悦湾的那套房子的时候，沈烬好像也是这么说的。当然，他在最后还说了一句话："去十六楼收租，给你体验一下美梦成真的快乐。"

秋随耐心地等待沈烬的下文。

果然，沈烬如她所预料的一般，说了后续："我也不是不能给你买个火箭。"

沈烬："但是你得和宇航员一样先接受特殊环境因素耐力和适应性训练、空间科学及应用知识和技术训练、体质锻炼还有一系列培训，我觉得，你这种体测跑 800 米都会累晕的小姑娘，恐怕不行。"

沈烬瞥了眼她，声音哑了些，语气里嘲讽的意味却挺足："所以，你就放弃你上太空换星球居住的伟大梦想吧，凑合在我这儿待着。"

她暗自松了口气，虽然被沈烬毫不客气地吐槽了一番，但无论如何，话题的方向还是被她扭转了过来。秋随打开一点车窗玻璃，让寒风吹进来一点，她瞄了眼专心开车的沈烬，清清嗓子。

"对了，"秋随问，"司机呢，怎么没来接我？"

沈烬："他把那两个小孩送到酒店后，上吐下泻，被送去医院了。"

"没什么大事吧？"

"没什么事，"沈烬说，"傅明博说司机吃不惯俄罗斯的食物，休息两天就好了。"

秋随放下心来。俄罗斯的食物的确不太适合中国胃，她刚来俄罗斯的时候，甚至还吃过奶油味的饺子。

沈烬似乎想起了什么，像是随意地询问："俄罗斯的食物，你吃得习惯？"

秋随想了会儿，老实地回答："我至今也吃不习惯，不过我来俄罗斯这么多次，当然有我的办法解决，老干妈是必备的调味品，如果可以，再从国内带点辣条，榨菜最好也多带几包……"坦诚地分享完自己多年总结下来的经验，秋随得意扬扬地等着沈烬夸她。

沈烬果不其然地点了下头。他神色寡淡，语气平静，听不出太多赞赏的意味："你是挺会的。"

秋随不太满意沈烬平静无波的语气。要知道，这些宝贵的经验，可都是她一次又一次从历史中总结出来的。她挑了下眉："当然了，我……"

沈烬出声打断她："那醉汉呢？"

秋随有些茫然地问："什么？"

沈烬面色平静，将车停在酒店门口。秋随这才注意到，他们已经回到了酒店，她低头解下安全带，抬头的瞬间，对上沈烬的视线。

"先回答我，"沈烬眼睛里看不出情绪，又或者说，冰冷得没有任何温度，"那些醉汉呢？"

空气中安静了片刻，沈烬或许是以为，秋随还没有理解他的意思。他看着沉默的秋随，补充道："你对如何解决在俄罗斯吃饭这个问题经验丰富，对如何解决在俄罗斯遇到醉汉这个问题上，也一样经验丰富吗？"

秋随在脑海中酝酿了一会儿，选择了一个看起来对自己危险度不高的回答："我在俄罗斯遇见的醉汉次数不多，就算遇到了，这些醉汉也就是多看你几眼，没有出过什么事，而且今天这个醉汉，应该是和简妍有关系。"

秋随以为这个答案应该可以勉强过关，谁知沈烬只是冷冷"呵"了一声，像是被气笑了一般，情绪更加不悦了。

沈烬说："那如果我没来，你怎么办？"

秋随老实道："我准备向宴会厅里的服务员求助。"

沈烬目光幽深地盯着她："你怎么知道那些服务员一定会帮你？"

秋随眨了下眼："确定。"她决定坦诚相告，"我会对里面大声喊，这里掉了几张 5000 卢布。"

沈烬像是被这话噎得无言，他看着秋随，突然问："手机呢？"

秋随："没电了啊。"

沈烬："你的手机不是新换的，怎么电量不足？"

秋随也不知道沈烬怎么还记得自己手机是新买的这件事情，她也没太在意，只是老老实实地回答："电量挺足的，我一般在外面工作，也没时间用手机，一天下来，电量至少在 50% 以上。"

沈烬语气毫不客气："那今天呢？"

秋随解释："今天你也没让我做什么工作，我一晚上都和温婕还有傅明博在甜品区玩游戏,对了,还加了几个译员同行的微信,微信上又闲聊了几句,所以晚上的时候,就没电了。"

沈烬一言不发地盯着她,半晌后,他扯了下唇:"我知道了,你手机没电,遇到醉汉没办法打电话求助,是我的问题了,你是在指责我让你有空玩游戏了。"

她说的哪句话哪个字有指责沈烬的意思了?她真的很想敲开沈烬的脑袋,看看沈烬的脑回路到底是如何解读她说的话的。但看在沈烬今天是她救命恩人的份上,她语气温和地替自己三连辩:"我不是,我没有,你别瞎说。"

沈烬皱眉看了她一眼,眼神中充满了"并不相信"四个大字。

"那我问你,"沈烬语气冷淡,"如果手机还有电,你怎么办?"

秋随:"当然是打电话求助啊。"

沈烬的声音听不出情绪,像只是随口一问:"打谁的电话?"

秋随理所应当:"当然是打俄罗斯的报警电话啊。哦,你是不是不知道俄罗斯的报警号码,我给你科普一下哦……"

沈烬面无表情地看着她,像是没耐心等她说完,直接冒出了句话:"秋随,我这个人,不喜欢欠别人。"

这她当然知道。毕竟沈烬是说出过"在我这里,只有多退,没有少补"金句的资本大鳄。只是,她不太懂,沈烬这个美好品格,和现在这个场景,有什么必然联系?她懵懂地眨了下眼,等候下文。

"所以,"沈烬语气无甚波澜,"既然这件事情,我有责任。"他直接又干脆地补充,"所以,下一次,如果你又遇到了这种情况,记得打报警电话,也记得,打个电话给我。"

话音落下,秋随想说的话,都自动咽回了喉咙里。

沈烬面无表情地看着她,语气不耐烦:"有问题?"

秋随缓缓点了下头。

秋随声音微弱,双手估摸着比了个高度和宽度:"你知道的吧,大多数俄罗斯人都比较高，身材也比较壮。"

秋随硬着头皮继续道："你也看过新闻吧，有些俄罗斯人，是真的可以和熊搏斗的。"

"所以，我担心，"秋随越说越觉得有道理，"如果我打电话给你，你可能也打不过他们，还有很大的可能性，会被他们揍。"

话音落下，车内陷入了一片诡异的安静。秋随不由自主地握紧了安全带。

半晌后，秋随听见一声嘲讽意味十足的冷笑，伴随而来的，还有沈烬无甚波澜语气平静的一句话："你再说一遍，刚刚那句话。"

在这种氛围之下，傻子才会再说一遍。古人曾有云，识时务者为俊杰。古人还说过，武松打虎，艺高胆大。

秋随深吸了一口气，硬着头皮改口："当然了，我猜，你的战斗力，是可以和老虎决斗的。至于老虎和熊到底谁更强，还是有待讨论的。"

沈烬不咸不淡地继续问："下次遇到这种事情，除了报警，还应该打谁的电话？"

秋随一边忙不迭地回答："你的你的，当然是打你的。"一边抬头偷偷观察沈烬的表情有没有好一些。

沈烬的表情没有任何变化："老虎和熊呢，哪个更强？"

秋随眨了下眼："这还用说，当然是老虎了，动物之王啊，在老虎面前，熊算什么。"

这个问题被揭过去后，见沈烬没有再为难她的意思，才暗自松了口气。她长舒一口气，安全地下车，和沈烬进了酒店。

看着电梯稳步上升，秋随又突然想起来另一个问题："项目结束后，你是直接回国吗？"

沈烬随口回她："不回，还要去一趟贝加尔湖。"

贝加尔湖？！秋随一愣，她猛然想起在来伊尔库茨克之前，姜嘉宁告诉她，俞染月会在一月底去贝加尔湖拍摄MV取景。

项目结束后刚好是一月底。如果沈烬去贝加尔湖，不出意外的话，很可能会碰上俞染月。

她眨了下眼，情绪几乎是瞬间沉了下来。秋随深吸了口气，强迫自己甩开曾经那些困扰自己的噩梦。

她面色只是僵硬了一瞬，就迅速恢复了自然，看上去和往常别无二致，语气也一如既往的平和："但是，我应该和你说过了，我报名了参加安季普先生的临时译员，虽然现在还不确定结果。"

沈烬漫不经心地"嗯"了声："我知道。"紧接着，他懒洋洋地抛下一个重磅炸弹，"安季普先生也是去贝加尔湖畔办事。"

秋随背脊一僵，心脏迅速地往下沉。几秒后，她回过神来，很快就接受到其中的讯息："所以，安季普先生选择的临时译员，应该也会和安季普先生一起去贝加尔湖畔？"

沈烬点头："对。"

秋随目光有些涣散，脑子却还转得飞快，她追问："安季普先生什么时候去贝加尔湖？"

沈烬侧头想了会儿："一月底。"

她脑子乱哄哄的一团糟，陷入了一个更加两难的境地。

秋随知道，如果成功成为安季普先生的译员，哪怕只是临时的，也足以让她以后的同传生涯更上不止一层楼。但她也不是第一次去贝加尔湖，知道那地方说小不小，说大不大，如果她真的去了，碰上俞染月的概率几乎是九成。

秋随咬了下唇，一时之间不知道该如何是好。

沈烬侧过头，若有所思地看着她。秋随低着头，垂着眼睛，脸色不知道什么时候带了点苍白。

"你好像对贝加尔湖挺敏感的。"

秋随一惊，抬起头来。她和俞染月之间的关系，没有让沈烬知道的打算。秋随下意识摸了下鼻尖，语气自然地开口："没有，我刚才只是在想,到时候去贝加尔湖我要带些什么给姜嘉宁。"

沈烬视线一停,不自觉地挑了下眉。他高中的时候就发现了,秋随不愿意回答某个问题的时候,就会下意识地摸一下鼻尖。

沈烬抬了抬下巴,收回视线,没再过多追问。

电梯楼层抵达顶层,电梯门打开,秋随看见在电梯门外焦急踱步的温婕和傅明博。沈烬只是淡淡扫了一眼,没多说什么,开门进了房间。

房门关上的瞬间,秋随听见沈烬丢下一句话:"等会儿,记得开权限。"

秋随眨了下眼,反应过来,他说的是通讯录权限。

03

房门关上后,傅明博站在大厅一脸茫然,他挠了挠头:"秋随姐,你要开什么权限?"

秋随抿了下唇,一本正经地胡扯:"你表哥的手机出故障了,让我等会儿去给他维修一下。"

温婕一脸崇拜:"天啊,秋随姐,你怎么什么都懂,会俄语会看相还是修手机,简直就是行走的'百科全书'!"

小孩子真单纯,至今还对她会看相这件事情深信不疑。她抿了下唇,想起沈烬之前也这么说过她,挺像一本"百科全书"。

秋随弯了弯唇角,不好意思破坏两个小孩心中她的伟大形象:"你们多做几年翻译,等你们做了风水大师的翻译,手机维修大师的翻译后,也会成为一个行走的'百科全书'。"

温婕斗志昂扬,她点了下头,又想起来什么:"对了,秋随姐,你没事吧,司机水土不服,我们把司机送医院后想去接你,但是……"

"没事。"秋随反应过来这两个小孩为什么等在电梯门口的原因,她语气温和地安慰,"沈总和我说了,司机师傅没事就好,我没什么大事,这不是平安回来了吗?"

傅明博显而易见地松了口气:"秋随姐你没事就好,我和温婕在医院看司机没什么问题，就想找辆车接你，但是我们在医院，也不记得宴会厅的地点了。我只好打电话问表哥，我表哥那时候好像还在开跨国会议，听到这事二话不说就直接出门走了。"

秋随压下内心的汹涌和不知道是真是假的猜测，简单嘱咐了几句温婕和傅明博明天的注意事项，转而回了房间。

秋随给手机充上电，未读信息和未接来电狂轰滥炸挤进视线。她快速地扫了眼，确定所有信息都和工作无关后，暗暗松了口气。

秋随数了数在她失联期间联系她的人，温婕、傅明博、姜嘉宁，还有一些是今天刚刚加上微信的译员同行，约她去买伴手礼。未读信息和未接来电最多的，是一个申城号码。

秋随从桌边拿过不久前沈烬递给她的名片对照。尽管她一直都记得沈烬的电话号码，但在确认那串数字后，她依然觉得有些不可置信。一个向来运气不好的人，如果有一天侥幸被幸运砸中，第一反应不会是激动和开心，而是怀疑自己。

只是，从信息内容可以得出，沈烬这个人，是越来越没有耐心了。开始，沈烬还会打完一句完整的话"你在哪儿？地点给我"，后来，直接演变成"在哪儿，地点"，再最后，沈烬索性也不打字了，就单独一个问号发过来。

秋随一条一条地查阅沈烬的信息，唇角不自觉地翘起来。不久前，得知可能会和俞染月在贝加尔湖碰见的沉闷，好像在这一瞬间，就消失得所剩无几。

她抿了下唇，切换到通讯录界面，很是认真又耐心地添加了一个新的联系人，随后，熟练地输入了一串早就烂熟于心的手机号码。秋随截了张图，发送给了沈烬的微信，附上了一句话——一手交图，一手交人。

她当然还惦记着简妍的那份录像。

秋随放下手机，去卫生间洗漱了一会儿，敷着面膜躺在床上，给姜嘉宁发了个消息。

姜嘉宁几乎是秒回："随随宝贝，出差怎么样啊？"

秋随忍住自己翻白眼的冲动："你别和我装，想要我帮你带什么护肤品就直说。"

姜嘉宁："还是我们随随小可爱懂我，清单都列好了，晚点我发你Excel。"

她就知道，姜嘉宁早有准备。

"对方正在输入"显示了几秒后，姜嘉宁的激动之情快要从屏幕上溢出来："这事先不说了。你快给我老实交代，你们进展怎么样了？"

秋随盯着那条消息，有片刻的出神。姜嘉宁知道她和沈烬分手后，连续两个月为她和沈烬的情深缘浅难受得吃不下饭，活生生一副梦想破灭的样子。以至于，她和沈烬重逢后，姜嘉宁一直热衷于追问她和沈烬曾经的故事，以及现在发展状况，费尽心思替他们牵线搭桥。

她老老实实地将在伊尔库茨克的事情一五一十地交代了。

姜嘉宁疯狂的消息霸占了屏幕。

姜嘉宁："你信我，随随宝贝！沈烬他就是还喜欢你！"

姜嘉宁："他就是想和你逛商场！！！"

姜嘉宁："你给我上，听见没有，做点成年人该做的事情！！！"

秋随忍不住笑起来。

姜嘉宁："秋随！"

秋随："嗯？"

姜嘉宁："今天晚上先不用管我了。"

秋随："好。"

姜嘉宁开启了朋友验证，你还不是他（她）的朋友，请先发送朋友验证请求，对方验证通过后，才能聊天。

行吧。她索性切换了界面，转而去看另一位当事人的微信记录。和沈烬的微信对话框里，依然停留在她那句"一手交图，一手交人"的消息上。

半小时过去了，还没把简妍的录像发过来？出尔反尔？言而无信？食言而肥？是可忍孰不可忍，秋随撕下面膜，换了件外套，开门走到隔壁的套房门口，敲了敲房门。

顶层的总统套房内，沈烬裹了件白色浴袍，刚从浴室出来。他的头发还是湿漉漉的，往下滴着水，经过线条分明的下颌。沈烬随手扯了张毛巾擦头发，正准备去卧室拿手机，房门口却传来三道均匀的敲门声。

他眉头一皱，这都快晚上十二点了，谁会没事来敲门？

沈烬透过猫眼，看见门外站着一个熟悉得不能再熟悉的身影，此时她素着一张小脸，皮肤清透又白净，姿态优雅地站在门外。

沈烬眼底的不耐和寒意无意识散去。他握住门把手正要开门，又突然一顿。沈烬神情莫测地弯了下唇，收回了握住门把手的右手，转而扯了扯浴袍的领口。原本遮住脖子的浴袍被他胡乱一拉，直接往下掉了几厘米，露出了大片大片沾着湿意的胸膛。

沈烬丢开擦头发的毛巾，抓起手机看了眼秋随的消息。上面发了一张截图，里面是秋随添加了他为新的联系人，随后是一句话："一手交图，一手交人。"

沈烬勾了下唇，才重新慢条斯理地打开了房门。

"沈烬！"秋随早就想好了措辞，房门打开的瞬间就忍不住喊他，只是在目光触及所见的风景后，声音突然停住。秋随呼吸都快停住，古人说的"非礼勿视"和姜嘉宁说的"做点成年人该做的事情"两句话在她的脑海中循环播放。

她眼珠子也不知道到底该放在哪里合适。就在懵懂又茫然的时刻，她听见沈烬的声音响起："这么心急？亲自上门取人？"

秋随一激灵，回过神来，只是眼神依然不知道往哪儿看，四处飘忽，无处安放。她强迫自己稍稍抬起下巴，尽可能直视沈烬的眼睛，只是余光依然会不自觉地瞥向他半敞开的浴袍。

秋随深吸了口气，佯装平静地开口："你下次开门前，能不能从猫眼里看看敲门的人是谁？"

沈烬挑了下眉，声调有些吊儿郎当："怎么，担心来人对我心怀不轨？"

她合理怀疑沈烬是在暗戳戳地隐喻她就是那个心怀不轨的人。秋随吐了口气，好心提醒沈烬："俄罗斯的酒店时不时也会有醉汉出没，虽然这家酒店安保不错，但还是小心为上。"

沈烬直勾勾地看着她，忽地扯了下唇："那不正好，正好让你看看，如果我和人高马大的俄罗斯醉汉起了冲突，谁会赢。"

残留的理智提醒秋随，还有正事没办。但是在这种场景下，秋随觉得，比索要简妍的那份录像更重要的，是提醒沈烬好好穿衣服。

她视线不自觉地往下扫，硬着头皮开口："你能不能把你的浴袍领子，稍微拉上一点点，遮住锁骨就行。"

沈烬挑眉，语气又欠又拽："你这么说就不对了，我是有穿衣自由的。如果我被心怀不轨的人侵犯，你不应该怪我穿得少，应该怪心怀不轨的人控制不住自己。"

沈烬："你这是受害者有罪论，我觉得不太对呢。"

被这话噎得无法反驳，秋随沉默了两秒，语气诚恳："你说得对，是我说错了，不过……"她顿了下，慢吞吞地补充，"你明天可能会感冒。"

沈烬拖着尾音，懒洋洋道："我身体挺好的，不劳费心。"

行吧。就让沈烬这么松松垮垮地披着浴袍吧。她绕回到正事上："录像呢？"

沈烬这回倒是答应得挺干脆："我现在发。"

秋随暗自松了口气，她无所事事地靠在门沿，视线几乎是下意识地停留在了沈烬裸露的锁骨上。她的思绪在顷刻间开始游离。

秋随突然想起来，不久前，沈烬曾经带着她去找裴新泽收租。之后，她开车把自己送回家，又做了回百科全书导航给沈烬导航。中途，沈烬似乎说过她这个人，意志坚定，不会为他的美色所迷。

秋随觉得好笑地扯了下唇角。沈烬一直都不知道，她这个人，是个非常标准的颜控协会成员。

一道懒洋洋的声音打断了秋随的神游："你眼睛看哪儿呢？"

秋随头皮一紧，心不在焉地思绪迅速回位，她直接放弃解释。毕竟经验告诉她，在沈烬这里，解释总会被曲解成另外一种意思。

秋随索性直接转移话题："你怎么还没把录像找出来？"

沈烬："因为你总盯着我，我会害羞。"

沈烬："找录像自然就会慢一些。"

她就没见过沈烬这样横竖说都有理的人，偏偏她还找不到合理的反驳借口。

在非工作期间，秋随一向是个懒懒散散的人，最喜欢的姿势是躺在床上玩手机敷面膜，以及在沙发上"葛优瘫"。但是此情此景以及面前的人，显然并不允许她这样。

秋随缓慢地直起了背脊，抬了抬下巴，确保自己的视线平视着沈烬的脖子以上。她眨了下眼，觉得如果自己的双手紧贴裤腿的沿线笔直垂落，基本上和大学军训站军姿也没什么区别了。

更重要的是，沈烬比她高了不少，即使沈烬懒洋洋没个正形地站着，为了避免自己的视线侵犯到沈烬的脖子以下，她要略微昂起下巴，这个奇怪的姿势，总让她觉得，自己像是一个骄傲的孔雀。她的脑海中突然冒出一句名言：别低头，皇冠会掉，沈烬会害羞。

好在，这种骄傲得宛若孔雀令她别扭的站军姿并没有维持太久。沈烬不再害羞后，没过多久就找到了简妍的那份录像："发给你了。"

秋随松了口气，她梗着脖子，捏着手机，转身背对着沈烬挥了挥手，回了自己的房间。

早上七点闹钟响起的时候，秋随看着镜子里醒目的黑眼圈，咬了咬牙。今天是政商交流项目第一天，她不敢马虎。

轿车往会场驶去的半途，秋随让司机停车，去街边的咖啡馆买了两大杯拿铁。咖啡浓郁的香气瞬间弥漫在密闭的空间内。

原本懒洋洋靠在副驾驶的沈烬侧过头来，看着后排正小口小口喝着咖啡，还闭着眼睛补觉的秋随，随意开口问道："怎么，没睡好？"

秋随忽地睁开眼睛，盯着面前的始作俑者，实在提不起任何精神。

她几乎是咬牙切齿地回他："是，没睡好，认床。"

沈烬慢条斯理地点了下头："听说，睡眠质量不好会做梦，你做梦了？"

她合理怀疑沈烬在她脑子里装了芯片。秋随诚实地点了下头："是做梦了。"

沈烬挑了下眉，像是一切都在他预料之中一般，语气好奇地询问："美梦还是噩梦？"

一个关于春天的梦……

她能说吗？她敢说吗？她可以说吗？温婕和傅明博这两个小孩还在车里呢。

"做了一个预知梦。"

沈烬像是突然来了兴致："哦，预知了什么？"

秋随盯着他看了一会儿，才慢吞吞地开口："预知今天一切顺利。"

沈烬扯了下唇："那就希望你美梦成真。"

她如果美梦成真了，事情的发展可能就有点不敢想了。

政商交流的项目九点开始，八点左右，会场就已经挤满了乌泱泱一大片人。秋随在车里还闭着眼睛假寐，此刻一进入会场，浑身的细胞都下意识地被调动起来，疲惫和困乏都一扫而空，丝毫看不出来睡眠不足。

温婕和傅明博只是来见个世面，不能跟着沈烬到处走动，秋随叮嘱两个实习生："你们先去签到处签个名，然后去后排待着，别乱走动，留意项目环节和每个进程，以后碰上了才不会慌乱。"

安排完温婕和傅明博，她跟在沈烬身边，礼貌优雅地同朝沈烬走来的安季普打了声招呼,低声又快速地翻译起俄文来。直到会场经理突然急匆匆地找到她:"秋随老师,我之前听一个酒店经理的朋友提过您,说您会随身携带充电插座,不知道今天您带了吗?"

秋随愣了一会儿,她想起来,年初跨年夜的时候,她在莫斯科带着温婕参加项目,的确和当时的会场经理说了这么一句。

充电插座她倒是带了,只是现在去取,肯定要暂时离开一阵子,自然会影响沈烬和安季普的交流。秋随下意识地看了眼沈烬,这种事情,得甲方客户同意了,她才能离开。

沈烬抬了抬下巴,接受到她的讯息,用中文淡淡开口:"去吧,也就五分钟的事情,安季普先生会英语。"

秋随松了口气,对着安季普歉意地点了下头,跟着经理匆匆离开。

沈烬盯着她的背影,有片刻的失神。他不由得想起高中时候的秋随。

那个在高中的时候,从来不敢直视人眼睛,永远微微驼着背,怯懦又胆小,被说一句就会忍不住掉眼泪的小姑娘。

谁能想到,多年后,这个小姑娘会长成现在这副模样。她是同传界出了名的理智美人,做事永远有条不紊、从容冷静,就连充电插座这种不需要她费心的事情,也会提前准备。

沈烬的思绪被一道标准的俄语打断。安季普平静又苍老的声音缓缓响起:"你和这位译员认识?"

沈烬回过神来,用流畅的俄语回复:"认识。"

安季普神色不变:"我想也是,否则你俄语如此流畅标准,根本不需要特意聘请一个俄语翻译,但是,你似乎不希望让她知道你会俄语?"

沈烬扯了下唇,安季普这种从政多年的人一贯火眼金睛,他甚至不需要多说,安季普就自动配合他在秋随面前演戏,替他遮盖他会俄语的事实。

他也没想隐瞒,坦诚地承认下来:"对,给个机会吧。"

沈烬这话只说了一半,安季普思索了一会儿,自然解读了其中的完整意味:"原来如此,你是想给朋友一个机会吧。也对,能够参加这种跨国政商交流会议,的确能够为译员的履历添分不少。"

沈烬听完,只是垂眼,勾唇笑了笑,没接这话。只有他自己心里清楚,他哪里是为了给秋随创造一个机会,他分明是为了他自己。他这种资本家不是什么好人,自私又自利,狠厉又冷漠,哪有什么多余的善心分给旁人。

他想帮的人是他自己,他想做的,也只是给他自己,创造一个机会,仅此而已。

十分钟后,秋随再回到会场,安季普已经不在,只剩沈烬坐在软椅上。他似乎心有灵犀一般侧过头,对上秋随的视线后,若有所思地盯着秋随看了片刻,挑了下眉。

秋随内心突然"咯噔"一声。她快步走到沈烬身边,环顾了一圈,依然没看见安季普:"安季普先生呢?"

沈烬语气懒懒道:"这正是我要和你说的事情。"

秋随一愣,方才下意识"咯噔"一声的心跳节奏又开始紊乱起来。沈烬慢悠悠地开口:"安季普先生这次来,主要是为了补充俄罗斯最新出台的一些商务政策,面对的群体是国内在俄的投资人士。"

秋随点了下头,这也是这次中俄政商交流的主要目的,她早就了解清楚。

沈烬意味不明地笑了声:"安季普先生这一次来得比较突然,主办方没有做好完善的准备,缺乏一个临时译员。"

秋随一愣。她的心脏激动得快要跳出嗓子眼。跟随安季普先生去贝加尔湖畔做临时译员这件事情也只能说略有希望,并不是板上钉钉。但是能在这样正式的场合,做一回安季普先生的临时译员,的确对她的职业生涯大有帮助。

秋随看着依然面色沉稳:"你推荐了我?"

沈烬点了下头:"安季普先生也同意了。"他抬了抬下巴,不咸不淡地补充,"挺好,也能验证一下你的预知梦,看看今天是不是一切顺利。"

说到这个梦,秋随就一阵心虚,她做的哪是预知梦啊。秋随不自觉地低下头来,眼神有些飘忽,没再直视沈烬。

"看来你不是很愿意,那我去和安季普先生说一声,换一个……"

"没有!"秋随匆忙出声,她抬头的瞬间看见沈烬转身的背影,心急之下,一把抓住了沈烬的西服袖口。

沈烬脚步一顿,他缓慢地回过头,唇角微微弯起一个略浅的弧度,视线慢慢下移,落在秋随抓住他袖口的手上。

"秋随老师,"沈烬语气正经,"我今天穿得挺多的。"

沈烬眼神直白地盯着她,说的话也不留丝毫情面:"所以,你现在看不见我脖子以下的美色,就索性直接下手了?"

她张了张嘴,想反驳,却又无处开口。

秋随决定直接把话题绕回到正事上:"安季普先生今天的临时译员,我可以做,工作内容是什么?"

沈烬难得没有继续怼她,他抬起手腕看了眼手表。

"主办方安排了安季普先生第一个上台讲话,讲话结束后,安季普先生会有十分钟时间回答国内的投资商提问,临时译员需要做的,是把安季普先生的俄语翻译成中文,国内投资商如果有问题提问,会由他们的私人译员将这些问题翻译成俄文,但是,如果投资商的私人译员翻译出现了问题,你需要在旁提醒协助。"

"没问题,"秋随没有多想,直接答应下来,"我还有多久时间准备?"

沈烬:"距离安季普先生上台讲话,大约还有二十分钟时间。"

秋随深吸了一口气。二十分钟,绝对不是一个宽裕的时间。她点了下头,正准备离开,突然又想起了什么:"那你怎么办?"

沈烬挑眉:"什么?"

她其实一直隐约怀疑沈烬精通俄语,但是至今也找不到确凿的证据。更何况,无论沈烬会不会俄语,都是她的甲方客户,在这样一个需要翻译的场合,她不可能抛下沈烬不管不顾。

"安季普先生今天介绍的俄罗斯商务政策,面对的群体是国内在俄有投资需求的人士,你不就是其中之一吗?"秋随说,"我翻译成中文,你自然是听得懂的,但是你的私人翻译不在,你有问题需要提问,怎么办呢?"

沈烬:"你带的那两个小实习生呢?"

秋随反应过来:"你是说,让温婕和傅明博暂时做你的私人翻译?"

沈烬:"有问题?"

秋随眨了下眼。她现在合理怀疑,沈烬把自己推荐给安季普先生做临时翻译,是为了给表弟傅明博创造一个学习的机会。

中国好表哥!谁听了不说一句用心良苦!秋随点了下头:"没问题,我现在就去通知温婕和傅明博。"

十五分钟后。

秋随深吸了一口气,跟着安季普先生缓缓走上会场中央的讲台。

她不是第一次走上这样万众瞩目的讲台,但的确是第一次,在这样庄重的场合,面对如此重要的俄罗斯客户,只用了十五分钟的时间准备发言稿,快速浏览相关信息。

好在,秋随对着沈烬胡诌今天一切顺利的预知梦,似乎真的美梦成真。

安季普演讲结束后,秋随流畅地说完最后一句中文,暗自松了一口气。听众席掌声雷动,傅明博双手激动地鼓掌,崇拜地看着讲台上面色从容冷静的秋随,一边对着坐在一旁的沈烬开口:"表哥,秋随姐这也太从容不迫了吧。虽然是俄译中,但是安季普先生明显有几句是临场发挥的,全靠秋随姐现场翻译,完全看不出秋随姐只准备了十五分钟。"

沈烬眉眼冷淡,他懒洋洋地靠在椅背上,也没动手鼓掌,也没开口接话。听完傅明博的感慨,他眉头蹙起,眼睫微动。

秋随高中时候的成绩一向不错,否则高二文理分科,秋随也不会和他一起分在重点班。她心态也一直稳定，高三大大小小的模拟考从未发挥失常，成绩一直稳定。像如今现在这样的庄重场合，突如其来的临时任务，只有十五分钟的准备时间，秋随也一样能够面不改色地出色完成。

实力够、心态稳，沈烬至今回想起来，都觉得古怪，秋随第一次高考的时候，到底为什么会发挥失常？

而且不是一点点的失常，是严重的发挥失常。再联想到如今秋随镇定不迫的模样，以及同声传译所需要的超强心理素质，沈烬越发觉得纳闷。

安季普回答完国内投资商的几个问题后，就带着秋随下了讲台："你的能力非常好。"安季普温和地笑起来，他走了几步，在会场一个偏僻的角落站定，回身递给秋随一张名片，"这是我秘书的联系方式。"

秋随一愣，反应过来后立马双手接过名片。

"我时间比较紧张，现在得离开去处理其他的事情。"安季普开口解释，"项目结束后三天，我会去贝加尔湖畔和几个中国的投资商会面，这场会议的临时译员还在选拔中，但我的秘书稍后会联系你，把你直接安排进临时译员的最后一轮面试中，至于最后的结果如何，就取决于最终面试里你的表现了。"

秋随呼吸几乎停住，心底不可抑制地涌上惊喜的情绪。她甚至控制不住面部表情，向来冷静的脸上唇角忍不住微微翘起。虽然给的不是直通卡，但是直接保送进最后一轮面试，对于秋随而言，也是莫大的惊喜和认可。

她点了点头："我会好好表现的，多谢安季普先生。"

令秋随没有想到的是，提前离开会场的，不只有安季普，还有顾泽松。

> 既然要全权负责，那就负责到底

/ 第六章

付费内容当然是我，你
以为什么人，都可以看到我吗？

01

秋随目送安季普离开会场后，转身回到了会场，温婕和傅明博给她让出了沈烬身边私人翻译的座位。

秋随捏着名片，还没来得及开口，肩膀就被人轻轻拍了拍。她回过头，不期然对上顾泽松的视线，以及顾泽松身后站着的私人翻译——简妍。

顾泽松微微弯腰，压低音量："我国内还有事，今晚提前回国。二月十三号你有空吗，可以去看看新的房子合不合适。"

秋随还没来得及开口，就听见身后传来一道熟悉的声音："她没时间。"

她在心里算了下二月十三号的日程，是周天，也没有被公司安排工作项目，属于绝对的闲散人员。秋随有些不确定地看向沈烬，声音犹豫："二月十三号，我有事吗？"

沈烬转头看她："记不得了？"

秋随征住，回忆了好一会儿后，摇了摇头。她今天睡眠不足，又临时接到安季普的译员任务，时时刻刻绷着一根弦，此刻安季普的译员任务解决了，神经难免松懈下来，现在怎么想，她都想不起来，她二月十三号居然有安排。

沈烬慢吞吞吐出两个字："收租。"

收租？！实在是这两个字带来的回忆太独特，秋随下意识地想起裴新泽那张吃瘪的脸，以及，她确实答应过沈烬，以后每个月一起去铂悦湾收租。

秋随回忆了片刻，她第一次跟着沈烬去铂悦湾，是今年一月十三号。算下来，二月十三号，的确要进行第二次收租了。

沈烬盯着她须臾，喉结滚了滚："想起来了？"

秋随点头，老实回答："想起来了。"

她看向顾泽松，歉意地笑了笑："二月十三号我的确有事。"

顾泽松点了下头，没有过多追问，只说到了国内有空再联系，带着简妍便匆匆离开。

中俄政商交流项目一共三天，项目的最后一天，秋随接到了安季普秘书的电话，让她前往会场经理的办公室登记信息，直接进入最后一轮面试。秋随和沈烬低声说了几句，朝经理办公室走去。

办公室门口已经聚集了一群人，秋随环顾了一圈，发现有不少都是她这次在项目中加了微信，刚刚认识的译员同行。世界上没有不透风的墙，她被保送进最终面试的消息早就不胫而走。

秋随不知道这些译员怀揣着怎样的情绪，但至少在表面上，大家都是欢欢喜喜一片祥和向她祝贺，她也有礼地应和了几句。直到她和身后一名译员聊天的时候，视线不经意瞥见了队伍末端的简妍。

简妍和她间隔了三四个人，看起来应该早就听见了身边人对她的恭维和祝贺，也早就清楚，她被保送进了最终轮面试。

秋随没太放在心上，登记了自己的基本信息后，拿了一张终面的邀请函,才出了办公室。离开办公室前,秋随瞥见简妍身边的人,脚步一顿,曲晖正抓着手机,和简妍低声说着什么。

秋随眉心微微一蹙,简妍是她的大学同学,曲晖是她的高一同学,这两个人什么时候认识的?

不过,这种大型项目,一向都是结识新朋友的好机会。秋随将疑惑放在心头,路过两个人的时候,下意识地扫了眼曲晖的手机。屏幕上是一个长相精致五官甜美的少女,她穿着蓝色的演出服,站在舞台上,黑暗中,一道明亮灯光的垂直打在她身上。

秋随险些站不稳,屏幕上的少女化成灰她都认识,不是俞染月还能是谁?一想到曲晖居然是俞染月的粉丝,秋随甚至懒得多搭理这两人,直接加快脚步,离开了办公室外的长廊。

简妍回头盯着秋随的背影看了几秒,通道处已经没有其他人,只剩下她和曲晖两人。

"怎么样,"简妍收回视线,"答应不答应?"

曲晖冷笑了声:"我干吗要替你办这事?秋随现在是沈烬的私人翻译,我可不想得罪沈烬。"

"不至于得罪沈总,"简妍弯了弯唇,语气轻松地安慰他,"两天后是临时译员的最终面试,我只需要你找个机会,在终面的前一晚,和秋随喝点酒就行。你放心,我不会做什么事情,目的也只是为了让秋随错过终面而已。"

曲晖随意地摆了摆手:"别想了,我是不可能答应的。"

"别急着拒绝,"简妍摁亮手机屏幕,"先看看我给的条件。"简妍将屏幕对着曲晖,屏幕上赫然是简妍和俞染月的一张贴脸亲密合照。

"你和……"曲晖眼睛一亮,语气是抑制不住地激动,"你和染月是朋友!"

简妍挑了下眉:"染月一月底要在贝加尔湖拍摄MV取景,染月不喜欢秋随,也不想在贝加尔湖看见秋随。如果秋随这次成为安季普先生的临时译员,她就做了两次安季普先生的译员了,公司经理的位置非她莫属,以我和秋随的关系,我随时可以收拾铺盖走人了。"

曲晖抬了抬下巴:"对我有什么好处?"

"签名,合照,一起吃饭,都可以满足你,"简妍熄灭手机屏幕,循循善诱,"秋随酒量不行,你只需要多灌她几杯酒,让她睡过终面的时间就行。这件事情不会有任何问题,也不会得罪沈总。"

曲晖犹豫了片刻,追问道:"只需要灌醉她,没有别的了?"

"放心,"简妍笑,"我还不至于犯法,我只是不想被秋随处处压一头而已。这件事情,对你,对我,对染月,都有好处。"

这些事情,秋随毫不知情。政商交流项目已经结束,她不用参加前面几轮的面试,距离最终面试也还有两天,但沈烬不打算让她太过清闲,发消息让她过去。

秋随站在沈烬房间门口,微微仰着头,视线一点都不敢往下瞄。

也不知道怎么回事,她也就敲过两回沈烬的门,每回都撞上沈烬刚刚洗完澡,房间的氛围暧昧得惹人遐想,浴袍永远松松垮垮半敞开的样子,端着一副美人出浴的模样,偏偏她什么都不能说,当然也不敢看。

"沈总,"秋随抬着下巴,眼睛规规矩矩地直视沈烬,温声询问,"有事情吗?"

沈烬漫不经心地开口:"替我选件出门的外套。"

秋随抿了下唇:"这也属于我负责的范围吗?"

沈烬理所应当地点了下头:"当然。"

行吧。秋随认命一般点了下头,多次经验告诉她,不要试图和沈烬掰扯,这人能把活的说成死的,死的说成活的。她率先妥协,举手投降:"行,我负责。衣服在哪儿?"

沈烬转身朝里走去,慢腾腾地开口:"跟我来。"

秋随顺手关了房门。她不是第一次敲开沈烬的房门,但的确是第一次进沈烬的房间。试衣间在客厅落地窗的左侧,衣服并不多,四五件厚外套挂着。秋随一眼扫过去，视线停在最右边的蓝色外套上。不得不说，这件外套，和她身上穿的淡蓝色外衣，还挺搭。秋随鬼使神差地伸手一指："这件蓝色的吧。"

沈烬视线略带深意地在她身上转了一圈。秋随梗着脖子没搭理，也没敢对视。几秒后，她又听见了一道熟悉又懒洋洋的声音："你这也挺不负责任的。"沈烬"啧"了声，"你至少得拿几件衣服，在我身上对比看看，最后再选一件吧。"

他还是从前那个少年，没有一丝丝改变。反正她认定了选择蓝色的外衣，也懒得和沈烬多说，不过就是走个流程罢了。

这一搭，秋随才猛地觉得，有些不对劲。沈烬他现在就是一个勾引人的状态，她不确定自己能柳下惠一般坐怀不乱。

沈烬瞥她一眼，故意撩拨："既然要全权负责，不是得负责到底？"

秋随莫名地想起了那天晚上的梦。第二天早上沈烬还祝她美梦成真。

落地窗外的夜景伴随着车流的灯光快速闪过，模糊成暧昧的背景。天花板的水晶吊灯不知道什么时候被调低了几度，衬着一闪而过的夜景灯光，越发朦胧。

秋随眼睛直愣愣地看着沈烬，半晌后，她才反应过来，沈烬说的话。

只是，在此刻的氛围下，"既然要全权负责，不是得负责到底？"这句话，落在秋随耳畔，却让她不自觉联想到了另外一句经典台词——既然要追求刺激，不如贯彻到底咯。

不得不承认。现在这个场景，这个人，这件事，还真的是，挺刺激的。

秋随面不改色地拿着蓝色的外套，朝沈烬所在的位置走进了几步，踮起脚，将外套放在和沈烬肩膀同高的位置比画了两下，很是敷衍地点了下头："我觉得这件就不错，就这件吧。"

沈烬挑了下眉，语气随意得像是在问候是否吃饭："你的脸怎么这么红？"

她觉得沈烬是故意的！故意不好好穿衣服！她抬着下巴梗着脖子，

坚持不为美色所迷，不看敞开的风景，沈烬就故意找了个选衣服的借口，让她不得不看向他，现在还故意问她这个问题。

秋随眨了下眼，声音平静："太热了。"

沈烬吊儿郎当地"啊"了声："一月份的俄罗斯，你也能觉得热，看来身体挺不错。"

她干脆利落地后退了几步，拉远了同沈烬的距离，将手里的蓝色外套递给沈烬："我选这件。"

沈烬接过衣服："先别急着走。"

正准备离开的秋随脚步一顿："还有什么事？"

沈烬不疾不徐地往卧室走去："等我换完衣服出来，看看你的审美怎么样。"

沈烬卧室的门被"砰"的一声关上，秋随百无聊赖地坐在沙发上，她盯着地面，思绪有片刻的游离。

不知道是不是帮沈烬选衣服的原因，秋随突然想起她和沈烬在高中时候的事情。高中的时候，学生分走读和住宿两种类型。对于学生带手机这件事情，只要不影响学习，大多数老师也不会深究是走读学生还是住宿学生，都是睁一只眼闭一只眼。

那时候网购刚刚兴起，沈烬曾经无数次用笔轻轻戳她的肩膀，然后指着手机屏幕问："秋随，你觉得选哪个？"

沈烬这人就好像有选择困难症，从衣服球鞋，到本子书包甚至一支笔，无论买什么，都喜欢问她一句。

秋随高二高三的时候每天都忙于刷题学习，如果时间充裕，还有闲情认真仔细地选一个。如果她忙于刷试卷，有时候就敷衍地扫一眼，随便报个数字。

秋随印象深刻的是，沈烬有一次在课间休息的时候，拿着手机再一次来问她选哪支笔，她当时忙于背课文，只是很随意地扫了一眼，甚至没看清，就随便说了句："选第三个吧。"

沈烬像是愣住了，他错愕了半天，才艰难地挤出一句话："第三个？你确定？"

秋随点了下头，她的视线还停留在课本上，没察觉到沈烬的震惊："嗯，确定。"

三天后，那支笔躺在了她的课桌上。是一支粉色的带着小兔子形象的笔。

沈烬那时候就是这样。只要是秋随看中的，哪怕他不喜欢，他还是会老老实实地买回来，自己不用，就转手放在她课桌上。在当时的同龄孩子中，沈烬是为数不多拥有智能手机的人。

秋随对沈烬那部手机好奇得很，有一次晚自习，她想要查一道题目，终于鼓起勇气，问沈烬开口借手机用一用。

沈烬也只是挑了下眉，伸手在抽屉里摸索了一阵子，就把手机轻轻松松丢给了她。他给得随意，仿佛秋随问他借的，只是一个不重要的小玩意，这种态度，倒是让秋随有些措手不及。

她蒙了一会儿，才犹豫着开口："没有密码吗？"

紧接着，她看见沈烬的同桌在一旁起哄："我问你借的时候，你怎么没这么爽快？！"

沈烬没搭理同桌，只是对她随意地摆了摆手："没密码，随便用。"

秋随至今回忆起来，还能想起自己的那份窃喜。

那是因为，早在很多年前，她就已经全权负责过沈烬的一切，生活里的大大小小，沈烬都喜欢先问她。早在还不是大数据时代的时候，她就已经获得过沈烬手机的一切权限，那是现在沈烬口中，只有女朋友才能拥有的权限。

沈烬对她，没有秘密。

思绪是被开门声打断的。沈烬穿着她挑选的那件蓝色外套走了出来。

在一月份的俄罗斯，所有衣服的主要功能都是保暖，在保暖的前提下，衣服的外观和设计都得往后靠。秋随选择蓝色的外套，也不过是因为恰好和自己身上的蓝色外套比较搭而已。

秋随抬眼看了过去。这件衣服基本毫无设计感，全靠面料和 logo 彰显昂贵气息，但穿在沈烬身上，莫名衬出他肩宽腰窄的好身材。

沈烬瞥她一眼，挑了下眉。他收回视线，转而看向映射着模糊夜景的落地窗。

秋随也跟着将视线转向落地窗。明亮的落地窗上，她穿着淡蓝色的外套，披着一头黑色长发，慵懒地坐在沙发上，有些茫然地看向落地窗。沈烬穿着蓝色的外套，站在卧室门旁，也看着窗户。

窗外时不时有灯光穿过，是爱情电影里男女主角马上要突破暧昧的氛围，而此刻在所有的动态的景象中，只有她和沈烬两个人，保持着静态的姿势。

他们没有看着彼此，但又很默契地透过落地窗，互相打量着彼此。

紧接着，秋随看见原本静态的沈烬，变成了动态。他拿出手机，对着落地窗，拍了张照片。

闪光灯亮起的片刻，秋随有一瞬间的恍惚。就好像，她曾经虽然全权负责过沈烬，也拥有过沈烬的一切权限，但是那些记忆，都存在于她的脑海中。

在 2G 时代，没有人知道，也没有任何记录。而这一刻，这张照片，仿佛是一个证据，清晰地记录下，她重新全权负责沈烬的一个开始。

片刻后，秋随听见"妖精"开口说话了。

"盯着我看了这么久，"沈烬姿态懒散，"评价一下你的审美？"

秋随一时之间也不太确定，沈烬想让她评价的是衣服，还是人。她想了想，决定选择回答更容易的问题。

"标志挺大的，"秋随语气委婉但又诚恳地总结，"看得出来很贵。"

沈烬上下扫视着她，随后，慢腾腾地说："这件衣服，除了标志，都是蓝色的。挺巧，你的衣服，除了标志，也是蓝色的。"

秋随底气不足，也不打算在这件事情上多说，她看了眼时间："快七点了，可以走了。"

小型商场距离酒店并不远，秋随和沈烬没开车，两个人慢悠悠地走过去五分钟就到了。沈烬要买酒，但秋随也不清楚沈烬到底要买哪类酒，她下意识地就俄语翻译上身，打算给沈烬介绍酒类品种。

她侧过头，正要说话，却看见沈烬拿出手机，对着其中一瓶酒，拍了张照片。她忍不住询问："你这是做什么？"

沈烬语气理所应当："把照片放进翻译软件进行翻译。"

听沈烬这语气，似乎是真的不会俄语。不过，她一个俄语翻译就在身边，沈烬竟然想着求助翻译软件？！他这是看不起谁！！！

而且，按照沈烬这个翻译的方法，酒柜货架上这么多酒，她可能得陪沈烬用翻译软件翻译到明天。秋随提醒他："你可以直接问我。"

她一边说着，一边也好奇沈烬用的是哪款翻译软件，下意识地探过头去看了眼沈烬的手机。沈烬手机屏幕上是他刚刚拍的一瓶酒的照片，背后是密密麻麻的俄文。

秋随微微眯了眯眼睛，不自觉地往沈烬的方向又走进了几步，很自然地伸手指着屏幕开始翻译："这句话的意思是……"

她话还没说完，就看见沈烬似乎是手滑，手指不小心触碰了一下屏幕，相册的酒瓶照片划过，随后切换到了另外一张照片——是沈烬和她在房间里，一起望着落地窗的那张照片。

照片里，她坐着，沈烬站着，都穿着蓝色的外套，不约而同地看向落地窗。沈烬右手拿着手机，对着落地窗拍照。手机遮住了沈烬的下半张脸，但是明亮的落地窗却清晰地倒映出了她的身影。

他们就像是电影里的两个主角，安静地没有说话，没有任何一句台词。但所有埋藏于心底的情绪，好像都在这张照片里体现得淋漓尽致。

秋随想说的话突然都被梗在了嗓子眼。如果除去高中毕业照这种集体照，这张照片，算是她和沈烬的第一次合照。

她犹豫了几秒，还是忍不住开口："这张照片，你有空发给我吧。"

沈烬干脆地拒绝："不行。"

"为什么不行？这张照片里也有我。"她抿了下唇，脑海中正在不断措辞，却听见后面传来几句低低的俄语议论声。

"酒柜前面那对情侣也太甜了吧！和连体婴一样，小姑娘都快挂人胳膊上了！"

"还穿的是情侣装！不过他们选酒为什么选这么长时间？"

"你懂什么？小情侣来买酒还能为什么？当然是喝酒助兴啊！肯定要选一瓶好酒！"

秋随背脊一僵，假装听不见背后起哄的人说的话，遮掩地看沈烬用手机翻译到哪儿了。

她根本不清楚自己现在的状况——她整个脑袋，基本上已经埋进了沈烬怀里，否则，她看不清照片上的内容。她的手，下意识地抓住了沈烬蓝色外套的袖口，否则，她踮起脚尖会站不稳。

沈烬也没推开她，就任由她脑袋靠在胸口，眼睛凑到屏幕面前，一双眼睛看不出神情。

等秋随反应过来后，呼吸都跟着急促起来。察觉到沈烬的视线落在自己身上，她硬着头皮，抬起眼睛和沈烬对视。

"你的脸，"沈烬眼角稍扬，带着点意味深长地询问，"怎么突然又红起来了？"

秋随语气倒是一如既往地平静："太热了。"

沈烬语气善良地给她递台阶："商场的暖气的确挺足的。"

秋随松了口气，暗自纳闷这回沈烬怎么突然转了性子，紧接着，她就听见沈烬的下一句问话。

"对了，"沈烬像是随口问了句，"刚刚那两名俄罗斯人是不是在背后议论我们了？说了什么，你翻译来听听。"

"他们说，"秋随面不改色，"这个男人好小气。"

秋随："照片都不肯发给他旁边的小姑娘。这样小气的男人，在俄罗斯，是要被唾弃并且孤独终老的。"

他嗤笑了一声："两个俄罗斯人，怎么听得懂我们说的中国话？"

秋随理所应当点了下头："不是你说的吗？全世界都在说中国话。"

秋随没再搭理他，直接捡回本职工作，替沈烬俄译中，快速地选定了几瓶好酒。往收银台走去的时候，秋随瞥了眼其他货架，突然停住脚步，她忘给姜嘉宁买护肤品了。而且姜嘉宁要的那几件护肤品，在小商场根本买不到，得去离酒店有些远的大商场才能买到。

后天一早她得去会场参加临时译员的最终面试，肯定没时间，这么一来，明天必须得抽个空，赶紧去一趟大商场，替姜嘉宁把清单上的物品买齐。秋随拿出手机，打算看一眼姜嘉宁给她发的购物清单，却震惊地看到了简妍给她发了一条微信消息："周经理有几份文件委托我转交给你，明天下午六点见。"

秋随盯着简妍约她见面的地点，觉得有些奇怪，周凌薇有什么文件不能亲自给她，非要让简妍转交？不过想起来伊尔库茨克之前，周凌薇还怀揣着希望她和简妍冰释前嫌的期望，周凌薇会这么做，倒也不算古怪。

秋随在脑海中算了算，这个地点和她要给姜嘉宁买护肤品的大商场距离挺近，刚好可以拿完文件再替姜嘉宁买护肤品。

她给简妍回了句："好的。"

察觉到后头的人没跟上来，沈烬脚步一顿，回头看她："怎么了？"

秋随回过神来，快走几步跟上他："没什么，突然想起来，明天还得去另外一个商场，给姜嘉宁买点护肤品。"

沈烬点了下头，没有过多追问。

结账的队伍有些长，等候的途中，沈烬垂眼看她，语气随意地开口询问："你对酒很了解？"

在翻译的时候，秋随对俄罗斯的各类酒如数家珍，酒柜的销售员都不一定有她了解得全乎。秋随抿了下唇，她酒量极好，且千杯不醉，只是,这个秘密只有姜嘉宁才知道。有其他人的时候,秋随一律声称自己酒量不行,酒品极差,三杯就倒。

"来了俄罗斯这么多次,当然对酒了解,"秋随敷衍地回答,"不过我酒量不行。"

沈烬盯着她看了片刻,语气里带着点嫌弃:"酒量不行,索性就别喝酒。"

她本来也只会在家里,和姜嘉宁一起喝点。在外头的时候,她一向很少很少喝酒,每个同事都认为她三杯内必醉倒。

02

两人买完酒回了酒店后,秋随收到了姜嘉宁的消息。

姜嘉宁:"随随,我的购物清单买好了吗?"

秋随:"明天替你买。"

秋随:"我有一个朋友,最近有些苦恼。她不确定这个男性,是不是对她有点意思。"

姜嘉宁那边沉默了片刻后,突然弹出来大段大段消息。

"我看你是在无中生'友'。反正在我看来,沈烬对你何止是有点意思,他就是对你念念不忘,爱你到没你不行!!!"

秋随盯着姜嘉宁发来的消息,有一阵无语。她索性停了下来,等姜嘉宁刷屏结束。

姜嘉宁刷屏间隙,沈烬弹来一条微信消息:"【图片】"

是沈烬拍摄的那张落地窗图片,也是她和沈烬的第一张合照。

秋随垂眼,放大了这张她和沈烬的合照。秋随盯着照片看了一会儿,抿了下唇。她手指顿了下,还是将这张照片点了保存,而后设置成了她和沈烬的微信聊天背景图。

次日,下午五点半。秋随去了和简妍约好的地点。

简妍约她见面的地点在一家酒吧门口,也是伊尔库茨克当地比较有名的一家酒吧。秋随六点准时抵达酒吧门口,等了大约十分钟,还没看见简妍的人影。

想到拿完文件后,还要去附近的大型商场给姜嘉宁买护肤品,眼看着天色渐黑,路人也越来越少,秋随等得有些不耐烦了,正要给简妍发消息问一问,低头的瞬间,却看见地面上一个高大的阴影朝她逐渐靠近。

秋随脊背一僵,下意识地抬头。是一张熟悉的面孔,是那个在宴会厅门口骚扰过她的醉汉,也是她的录像里,和简妍看起来关系不错的醉汉。

秋随隐隐约约地察觉到了一些不对劲的地方。她压下心底的猜测和不安,警惕地环顾了一圈,寻找如何脱身的时候,离她越来越近的醉汉被人从身后大力拉扯了一下,踉跄着后退了几步。

距离被拉开的瞬间,秋随也紧跟着松了口气。借着星星点点亮起的路灯,她对上了一张更加熟悉的面孔——曲晖。

曲晖嫌弃地看了眼地上的醉汉,他走上前语气关切地问秋随:"你没事吧?"

虽然这人是俞染月的粉丝和简妍的关系也不简单,但人家是自己的救命恩人,加上还是高中同学,秋随态度友善了不少:"没事。你怎么来这里了?"

"简妍委托我来的。"曲晖说,"她生病了,没法给你送文件,我刚好过来这间酒吧喝酒,她让我给你说一声,让你别等了。"

她点了下头:"好,那我就先走了,你好好玩。"

"等等。"曲晖伸手推开酒吧的玻璃门,没急着进门,反而扭头看她,"一起喝一杯?"

秋随愣了下,委婉地拒绝:"不好意思,我酒量不太行,不怎么能喝酒。"

曲晖挑了下眉,看起来简妍说得没错,秋随的确酒量不好,三杯必倒。他微微偏了下头，和秋随商量道："看在我刚刚救你的份上，你就请我喝一杯，你随便点杯无酒精饮料就行，高中同学嘛，好不容易见一面，随便叙叙旧。"

她和曲晖能有什么好叙旧的，从来没熟悉过。奈何对方刚才救了自己，她不好拒绝得太过干脆。

"我可能只有一杯酒的时间，"秋随当着曲晖的面看了眼时间，歉意地朝他笑了笑，"等会儿我还得去附近的商场替朋友买点礼物。"

曲晖耸了下肩，丝毫不介意："好，就一杯酒的时间。"

这家酒吧晚上六点开门营业。现下也才六点二十分，偌大的酒吧还没什么人。天花板上的灯光被调得柔和，穿着马甲的侍应生手里端着托盘，来回穿梭在不同的卡座包厢中。

卡座中的圆桌上正放着燃烧的蜡烛，勉强能够撑起点点亮光。秋随其实算是这家酒吧的常客，只是在曲晖面前，她不便表现出轻车熟路的模样。她装作是第一次来这家酒吧，生疏地跟在曲晖身后，选了个靠窗的卡座坐下。

侍应生将酒水清单递上后退到一旁等候，曲晖熟练地点了杯伏特加。秋随眉心一跳，以俄罗斯的伏特加为基调的酒，酒精度数并不低。看得出来，曲晖是酒量不错的人。

曲晖将酒水清单递给她："你要喝点什么？"

秋随摇了摇头，一脸茫然："我也是第一次来，不太清楚，有不含酒精的饮料推荐吗？"

"有，"曲晖挑了下眉，"百香果柠檬汁怎么样？"

秋随："可以。"

曲晖将酒水清单递给在一旁等候的侍应生，秋随听见他用流畅的俄语说道："一杯伏特加，一杯百香果柠檬汁。"

侍应生点头离开，秋随挑了下眉。曲晖看来的确是酒吧常客，政商交流项目上他的俄语并不算熟练，但是在酒吧点单俄语倒是熟悉得很，一看就没少来酒吧。

秋随同曲晖有一搭没一搭地聊着天，五分钟后，侍应生端着一杯伏特加朝他们的卡座走来。曲晖主动伸手去接托盘上的酒杯，也不知道是不是因为手滑，曲晖没端稳，酒杯朝秋随方向倾洒而来，半杯酒都泼了出来，酒水滴滴答答地沾湿了秋随的外衣。

秋随匆忙站起身来，从桌面上抽了几张纸擦拭。曲晖显然也没想到事情会演变成这个样子，站起身来不停地道歉："抱歉抱歉，酒杯上都是水，我和你聊着正开心，没拿稳酒杯。"

"没事。"酒吧内暖气挺足，秋随并不觉得冷，她拿起放在卡座上的挎包，对着曲晖道，"我去卫生间处理一下。"

曲晖了然地点了下头："你快去。"

秋随的身影拐了个弯，消失在通往卫生间的通道处。曲晖扯了下唇，看向一旁有些错愕的侍应生："那杯百香果柠檬汁不用上了，钱我照付，给我对面的小姐换一杯'僵尸'。"

"僵尸"，成分包括151朗姆、黄色朗姆酒和白色朗姆酒，酒精度极高，不过其中又掺杂了柠檬汁和凤梨片，一般只能喝出果汁口感。对酒不了解或者酒量不行的人很容易失去警惕心喝多。

侍应生见自己没被怪罪，松了口气。他在酒水单上记下一杯"僵尸"后，转身离开。

卫生间里，秋随用纸巾沾了点水擦拭被酒打湿的衣摆，直到酒水的气味逐渐消失，黏腻的不适感也冲淡了不少。她深吸了口气，将纸巾丢进一旁的垃圾桶，没有急着转身出门。那股心底隐隐约约的不安和猜测又涌了上来。曲晖说得没错，他点的是一杯冰伏特加，所以酒杯上会有冰块渗出的水珠，一不小心没拿稳的确是实话。

但即便如此，也足够让秋随警惕起来，怎么那么巧的就救了自己一命，紧接着又让自己陪他喝一杯叙旧，中途自己还被酒水泼脏。如果这一切都是曲晖故意的，那么就连她离开卡座前往卫生间清理，也许都在曲晖的计算之中。

再联想到简妍突如其来约她见面，原本应该出现却没有出现的简妍，也许和简妍认识的醉汉，以及的确和简妍认识的曲晖。秋随眉头微蹙，想要理清楚其中的关系。

还没等她想明白，手机铃声率先响了起来，一串熟悉的号码映入眼帘。

沈烬的语气听起来不是很愉快："你人呢？"

秋随将头发挽到耳后，盯着镜子里心不在焉的自己："在酒吧。"

安静片刻后，沈烬嘲讽的声音响起："酒吧？三杯就倒的人去酒吧喝可乐？"

"我喝的不是可乐。"秋随解释，"我在酒吧喝百香果柠檬汁，他在酒吧喝伏特加，"秋随语气温和地替可乐和百香果柠檬汁打抱不平，"我们都有一个微醺的夜晚，和第二天光明的未来。"

安静几秒后，她听见电话那头传来一声冷笑："你和我说说，你想和谁有光明的未来和微醺的夜晚？"

秋随想了会儿，语气认真："我第二天光明的未来，当然是和安季普先生捆绑在一起。"

沈烬似乎被噎得无言，他停顿了几秒，才慢吞吞地吐出两个字："什么？"

秋随面色平静："我明天要去参加安季普先生临时译员的最终面试，未来是否光明成败在此一举，我的光明未来，当然和安季普先生捆绑在一起了。"

他大约是被这个语气正经又无可反驳的答案气笑了，过了半晌，才平淡地追问："那你说说，微醺的夜晚呢？"

秋随："这件事情，说来话长。"

沈烬："那你可以，长话短说。"

她沉默了几秒，其实也琢磨不太清楚沈烬问这话的意思。她下意识地抬了抬眼睛,镜子里的她面色沉着了不少,看不出之前的慌乱焦灼。

"人呢?"沈烬不耐烦的声音响起来。

秋随深了口气,她眨了下眼,看着镜子里的自己,喊他的名字:"沈烬。"

电话那头的人沉默了几秒后,秋随听见一道急躁的关门声,沈烬像是从酒店房间离开了,刚刚关上酒店的房门。

秋随神色冷静,捏着拎包的手指却因为用力泛起了淡淡的白色。她原本想问沈烬能不能来酒吧接一趟自己,毕竟她也不清楚,曲晖和简妍到底想搞什么鬼。但是沈烬似乎正巧有事出门。秋随抿了下唇,不知道到底该不该说。

沈烬平静无波的声音响起:"喊我做什么,说话。"

秋随咬了下唇,没有思考太多,眼一闭心一横,佯装随意地询问:"你想来酒吧喝酒吗?"

片刻后,她听见电话那头又传来一道关门声,是关车门的声音。沈烬上了车,但还没发动车子。

他懒洋洋地笑了声:"请我喝酒?喝什么?伏特加吗?"

秋随的唇角突然松了下。伏特加,是她和沈烬随口胡诌的那句——"我在酒吧喝百香果柠檬汁,他在酒吧喝伏特加,我们都有一个微醺的夜晚,和第二天光明的未来"里的伏特加。

这话听上去还挺容易有歧义的。

就好像,她想要一起拥有一个光明的未来和微醺的夜晚的人,是在这间酒吧喝伏特加的那个人。

秋随唇角弯着浅浅的弧度:"嗯,伏特加也行,可乐也行,百香果柠檬汁也行,来吗?诚邀你一起度过一个微醺的夜晚。"

她想要一起度过微醺夜晚的人,一直都只有一个人,自然不可能是曲晖。沈烬却没有直接答应下来,而是语气淡淡地询问:"还有谁和你一起在酒吧?"

秋随诚实回答:"曲晖。"

话音落下,她听见沈烬那头沉默了几秒,随后,她听见了汽车发动的声音,以及沈烬似乎咬着牙吐出的两个字:"地点。"

"还有我一个人微醺就够了,"沈烬的语气听不出太大的情绪,但是秋随就是莫名地觉得,这人的心情似乎瞬间变得不太愉快,"你就不用微醺了。"

沈烬:"你这种三杯就倒的酒量,万一我喝醉了,谁把我送回酒店?"

沈烬只是不知道她千杯不醉的酒量而已。但秋随还是顺着沈烬的话答应下来:"我不喝酒,只喝果汁。"

沈烬对此也没有多说什么,只是冷冷丢下两个字:"等着。"

确认沈烬会来酒吧后,秋随心里踏实了不少,她随手洗了把脸,冷水一浇,脑子也跟着清醒了不少。简妍和曲晖以及那名醉汉的关系,秋随再不清楚就枉费沈烬这样聪明人的喜欢了。

如果简妍和那名醉汉认识,简妍又和曲晖认识,那么,醉汉和曲晖认识的可能性起码有百分之八十。简妍负责让她来到这家酒吧门口,醉汉负责让曲晖成为她的救命恩人,而曲晖则让她无法拒绝进酒吧喝酒的请求。

至于曲晖故意洒在她身上的半杯酒,以及算计她进卫生间的原因都指向一个——让她醉倒,无法参加明天的最终面试。而且尽管她刚刚点的是百香果柠檬汁,但是谁能预料,她来一趟卫生间,回去的时候,桌上的饮料,还是果汁,而非酒水呢。

毕竟在简妍和所有人心中,她秋随是个酒量不行,酒品也差,三杯就倒的人。明天的临时译员最终面试,简妍肯定和所有人都认为,她会睡过头。

秋随对着镜子翘了翘唇角,她只会对未知感到害怕,如果清楚了对方的打算,她反而底气十足。

秋随转身离开卫生间的时候,突然又想起来那句话:我们都有光明的未来和微醺的夜晚。

她突然觉得有些好笑。古人有云鱼和熊掌不可兼得，看来是真的。

她如果拥有了微醺的夜晚，明天势必不可能拥有光明的未来。至少在简妍这些认为她酒量极差的人看来，是这样的。

卡座的光线一如既往地暗淡又昏黄，心里隐约有了猜测的秋随再次回到卡座，只是低头瞥了眼桌上的玻璃杯，她就确认了自己的推断。

作为这家酒吧的常客，以及对俄罗斯酒类品种如数家珍的人，她怎么可能分辨不出，酒杯里装着的，不是百香果柠檬汁，而是"僵尸"——这家酒吧的招牌烈酒，也是和"长岛冰茶"并列的著名"失身酒"。

秋随不动声色地点开了手机的录音功能，握着桌上的酒杯没喝，抬眼对着曲晖笑了笑："忘了问了，简妍要给我的是什么文件，重要吗？"

曲晖愣了下："我也不知道，应该不怎么重要吧。"

当然不重要了。周凌薇怕是根本没有嘱咐过这件事情。

秋随扯了下唇："你说简妍生病了？她怎么了？"

曲晖顿了下，手指无意识地敲打着桌面，似有些心虚，没有看她："应该是俄罗斯一月份太冷了，冻感冒了。"

"哦。"秋随点了下头，站起身来，"我和她好歹也是同事一场，她现在住在酒店吗，还是在医院？我去看看她吧，顺便去拿周经理吩咐的文件。"

"不用。"曲晖见她一口酒没喝，语气不由得有些慌乱，跟着站起身来阻止，"先喝点东西，文件不重要，反正你们住同一家酒店，之后再拿也没关系。"

秋随没回这话："你买单了吗？没有的话我来买单。"

曲晖："我已经付过钱了。"

"那行。"秋随转身绕开卡座往外走，扭头对着曲晖挥了挥手，"谢谢你的百香果柠檬汁，下次有缘再见，我先走了。"

酒吧的客人已经多了不少，声音逐渐嘈杂，秋随走得匆忙，没有刻意去听曲晖是否在身后追了上来。

她推开玻璃门,还没来得及松一口气,却看见三个俄罗斯壮汉围了上来。其中一个,正是她曾经见过的。身后的玻璃门被拉开,曲晖慢悠悠地走了出来,和几名壮汉交换了一个眼神。

"秋随,"曲晖扯了下唇,原先的伪装在这一刻彻底被撕下,"这儿不安全,你和我进去。喝完这杯酒,我立马送你回酒店,保证你不会在街上遇到任何一个醉汉。"

见秋随无动于衷地站着,曲晖不耐烦地挑了下眉,伸出手来拽她肩膀。秋随还没来得及反应,一件外套从天而降,罩在了她的头上,一股清冽的气息瞬间将她包围住。

曲晖的手并没有和意料之中一样落在她的肩膀上,秋随的视线都被遮住,在遍布蓝色的视野里,秋随听见了一道"砰"的倒地声,以及曲晖的惨叫声,像是被谁毫不客气地踹倒在地。

秋随愣了下,回过神来,才急忙伸手去拽罩住头的蓝色外衣,一双手突然抓住她的手腕,止住她的动作。

沈烬语气凶狠:"看什么看。"他伸手摁住秋随的肩膀,把她往酒吧里推,"不是你说的,诚邀我度过一个微醺夜晚吗?去酒吧,替我点一杯伏特加。"

秋随根本看不清路,只能依照着沈烬的推力,往一个并不知道的方向跟跄了好几步。

紧接着,是几个人扭打在一起的声音,时不时夹杂着几句俄罗斯话,和痛苦的哼声。秋随颤抖着拉下那件蓝色外套,呼吸急促地转过身。

曲晖躺在地上抱着小腹哼哼唧唧,另外三个人高马大的壮汉围着沈烬,而她,早就被沈烬推到了安全的空地上。

秋随眼睫不受控制地眨了几下,肩膀也忍不住轻颤起来。她连续深吸了几口气,才终于克制下来,强迫自己冷静下来。

秋随朝四处环顾了一圈。不幸的是,大家都不敢上前帮忙,反而离得越来越远，幸运的是她知道距离这家酒吧大约一公里的地方，有一个大型公园，时不时会有各种乐队来公园做巡演，在公园闲逛的游客也络绎不绝。每天每时每刻，都会有警察在这个公园巡逻，顺便检查是否有未成年人在公园喝酒。

秋随来不及多想，手里拽着沈烬那件蓝色外套，就铆足了劲往公园跑去。

她是个运动废物，短跑不行长跑更垃圾，沈烬说她跑个800米都会累晕，这个评价不带丝毫夸张的成分。但现在，她第一次觉得自己长跑还不错，她觉双腿发软又发颤，眼睛发涩又发酸，但往公园跑的速度却没有减弱的趋势。

晚风从耳边呼啸而过，吹走身后连绵不绝的殴打声和辱骂声。秋随没听见，身后躺在地上的曲晖看着她跑远的身影，对着另一侧正1V3的沈烬嗤笑了声。

"沈烬，"曲晖觉得好笑，语气中嘲讽的意味显而易见，"你说你这是何必呢？你千里迢迢赶来救她，人家一转身就直接甩下你跑走了。"

不知道是不是被"甩"这个字刺激到了，原本面无表情戾气满身打得起劲的沈烬动作一顿。

他转身，看见秋随逐渐远去的背影，神情反而像是松了口气："这不挺好，机灵得很，还知道跑走。"

说话间，沈烬身后胳膊文了身的壮汉趁他不注意，直接朝着沈烬的面部往下勾了一拳头。沈烬被突如其来的力道打得半张脸朝另一边侧过去，原本妖孽的脸上红肿了一片，嘴上沾染了几丝血迹。

而等秋随领着四名警察气喘吁吁赶到的时候，看到的就是这样一幅场景。沈烬的脸上青青紫紫，手臂上和脸上都带着血迹，看着触目惊心。

秋随的心脏几乎漏了一拍。

一名俄罗斯警察扶起地上的曲晖，两名警察分开打得起劲的壮汉和沈烬，还有一名警察不知道在和谁沟通，计划拿到这块地方的监控摄像。

秋随眼眶微红，一步一步地朝着坐在地上的沈烬走去。

秋随在沈烬跟前站定，她伸出手，想要将地上的沈烬拉起来，又想弯腰去摸一摸他脸上青紫的伤痕。只是，还没来得及触碰到沈烬，警察就分别将他们几人带上了警车。她一个人坐在一辆警车上，参与殴打的被带上了另外一辆警车。

秋随唇色惨白，用俄语询问身边的警察："我可以打个电话吗？"

警察点了下头："当然，你是报警人，没有参与这场殴打，你只需要去警局汇报一下情况就行。"

秋随又用俄语解释道："另外一辆警车上有两名是中国人，我担心他们听不懂俄语。"

"我们已经了解清楚了，"警察说，"三名俄罗斯人，两名中国人，语言问题不用担心，我们会请懂中文或者英文的警察解决。到了警局后，我们会分开审讯他们，核对监控信息以及他们的证词，确认你们都没有撒谎。"

秋随抿了下唇，还是没办法淡定下来。她第一反应是要给沈烬的秘书打一通电话，但是她没有陈睿的联系方式。

思来想去，秋随只好拨通了傅明博的电话。

03

项目结束后，傅明博和温婕不需要参加贝加尔湖的项目，一早就飞回了国。俄罗斯距离国内有几个小时的时差，秋随坐在警车里打了三通电话，傅明博才接起来，声音还带着朦胧的睡意，应该是刚从被窝中醒来。

秋随没时间和他解释，言简意赅地将这边的情况和傅明博说了一遍，细细嘱咐道："你赶紧联系陈睿。"

傅明博吓得睡意全无，忙不迭地应下来："没问题，我现在就打电话给陈秘书。"

到了警局，正如那名警察所说的一样，所有人都被分开审讯。

秋随是报警人，监控录像中她是唯一没有参与打架的人。她将酒吧外发生的事情详细地说了一遍，做了笔录签了名，警察态度温和地把她送出了审讯室。她提着一颗心脏，在审讯室外握着一杯温水，等了一会儿，就看见了从审讯室走出来的沈烬。

身后的警察态度明显比之前好了不少，对秋随说："我们已经了解清楚情况了，和你们没有关系，早点回去休息吧，有问题记得报警。"

见沈烬面无表情地安全走出来后，秋随才暗自松了口气。她拉住沈烬，态度友好地和警察聊了几句，准备离开。踏出警局门口的瞬间，秋随突然脚步一顿。

她联系傅明博也不过是十分钟前的事情，傅明博联系陈睿还要一段时间，陈睿再如何能力超群，联系到伊尔库茨克当地的俄语翻译也需要花费一点时间吧。何况，现在是晚上，想要联系到一名俄语翻译临时加班，也不是那么容易的事情。

沈烬怎么能够在短时间内，和警察解释清楚整件事情的。

秋随抿了下唇，喊住前方衣着狼狈但身影依旧不疾不徐的男人："沈烬。"

沈烬脚步停住，没回头，语气听着挺不耐烦："又怎么了？"

秋随吸了吸鼻子，克制住语气中的涩意："我突然想起来，我笔录里有个地方说错了，我去纠正一下。"

沈烬没搭理她，只是站在原地没动。

秋随盯着他的背影，转身朝着警局跑去。之前送沈烬离开的警察对她还有印象："怎么了？"

"我想问，刚刚和我一起离开的那位先生，在做笔录的时候，说的是中文、英语，还是……俄语。"

警察愣了下，大约没想到她会问这个问题，不过还是如实回答她："俄语。他俄语可流畅了，根本不存在沟通问题。倒是另外一位中国人，俄语结结巴巴，我们只能找了名英文还不错的警察和他沟通……"

她对那名警察点了下头,因为长久的奔波和身心的疲惫,她的声音都带上了点沙哑:"谢谢,我先走了。"

秋随道谢后就站在警局门口,看着路灯下,沈烬的影子被灯光和月光拉长,修长又高大,他背对着她,始终都没有回头。

秋随再一次掏出手机,拨通了傅明博的电话。

傅明博这一次接得挺快:"秋随姐,我表哥没事吧?"

"没事。"秋随声音恢复了一如既往的从容冷静,只有她微红的眼眶泄露了一点不被傅明博所察觉的情绪,"我问你件事。"

傅明博:"什么?"

秋随抬了抬下巴,闭起眼睛,不敢让酸涩的眼泪流出来:"我记得你说过,你之所以学习俄语,是受到一位表哥的影响,我还蛮好奇的,你这位表哥,是沈总吗?"

傅明博的声音从话筒里传来:"对啊,就是沈总啊,我还以为秋随姐你早就知道了,当初我……"

秋随没耐心听下去,径直打断傅明博:"不好意思,打断一下,时间紧急,我再问你一个问题。"

傅明博愣了下:"秋随姐你说。"

"我问你,你表哥,就是沈总,为什么会学俄语?"

傅明博可能刚睡醒,没有过多思考,也没有思考为什么秋随会问这个问题,只是诚实地回答秋随:"因为我表哥去过很多很多次俄罗斯。之前他还会带翻译去,后来嫌弃有翻译在,他逛俄罗斯不自在,就索性自己学了俄语。我起初以为他在俄罗斯有投资业务,后来发现,他根本没有俄罗斯的投资业务,他就是单纯去俄罗斯玩而已。我猜测啊,肯定是因为俄罗斯的美女胸大腰细,遍地都……"说着说着,傅明博突然一顿,似乎察觉到了,在自己的俄语实习老师面前,贸然开口说俄罗斯美女胸大腰细不太合适。

"秋随姐,"傅明博语气瞬间尴尬起来,"我不是这个意思,最后那句话，你就当没听见。"

"可以，"秋随没有犹豫地答应下来，"那你也记住了。"

傅明博："什么？"

秋随面不改色地平静开口："你就当作，我没给你打过这通电话，我也从来都不知道，沈总会俄语这件事情。"

傅明博："啊？"

秋随："不懂我刚才的意思吗？俄罗斯的美女的确胸大腰细，遍地……"

傅明博立马出声打断她："懂！秋随姐从来没给我打过这通电话，也不知道我表哥沈总会俄语这件事情，更不知道我表哥去过很多次俄罗斯是为了看美女这件事情。"

"嗯。"秋随淡淡开口，"挂了。"

挂了电话，秋随内心复杂地站在原地。

终于确认沈烬会俄语这件事情后，记忆里的很多事情都争先恐后地钻进她的脑海里。

在莫斯科的时候，沈烬明明会俄语，却依然问她，俄语的"新年快乐"如何说。他们在莫斯科，一起看了重逢后的第一场跨年烟花。她不知道沈烬的那句"新年快乐"是说给谁的，但她的"新年快乐"，中文的，俄语的，都是说给沈烬听的。

后来，是在伊尔库茨克。

能够流畅地用俄语在警局和警察阐明事情经过的沈烬，又点名让她做了政商交流项目的私人翻译。她不知道沈烬的意图何在，是想要和她拥有更多的相处机会，还是为了给自己的表弟——傅明博一个见世面的机会。

再然后，是他们一起去小型的商场买酒喝。

……

每一次的记忆回溯，秋随内心似乎都有答案，但又都没有能够笃定的答案。

所有悬而未决的疑惑,盘旋在她的思绪中,只烦得她思绪不宁,甚至无法找到这些问题的根源所在,也找不到任何一个答案的线索。

夜色弥漫,俄罗斯一月份的晚风并不温柔,裹挟着阵阵寒意吹过。

秋随看着不远处的那道身影。

她回警局问了几句话,又和傅明博打了通电话,随后站在警局门口思绪神游了好一会儿,加在一起,也大约浪费了十分钟。这十分钟,路灯下的那个人一直没有回过头,像是不在意她,又像是,毫无理由坚定地等候她。

心底觉得闷得慌的同时,又不可抑制地冒出酸涩的情绪,这些情绪逐渐充斥她整个心脏,蔓延到她的嗓子眼。

秋随做了一个匆忙,并没有三思,也不打算三思的鲁莽决定。

她向来不喜欢未知的事情,也不喜欢悬而未决的一切。就像此刻一样,她不清楚沈烬,但她清楚自己。她不确定沈烬对她的情感,但是,她足够确定,自己对于沈烬,是怎样的情感。

既然这样,那就去试探,总归,心底能有个答案。

反正,喜欢一个人,没做错没犯法,也没办法控制。无论如何,都比现在这样好。

想清楚了这件事情,秋随终于朝沈烬方向动了动。

她身上还披着沈烬的蓝色外套,虽然这件衣服毫无设计感,但是她不得不承认,名牌的衣服面料的确好,替她抵挡了不少夜晚的冷风。

"沈烬,"秋随走到路灯下站定,她眼眶微红,声音里有不易察觉的颤抖,"你,伤得严重吗?"

沈烬面无表情地撇头看了她一眼:"怎么这么久,走了。"

他转身要走,秋随忍不住伸手拽住他的手腕。沈烬的手腕太凉了,冰冷得仿佛没有温度,凉得她手指的温度都急剧下降,忍不住轻轻一缩。

一月的俄罗斯气温低到可怕,寒风呼啸着。

秋随抽手将肩膀上披着的大衣拽下来，却听见沈烬说："你不至于吧，当着我的面脱衣服？"

秋随一顿，不知道沈烬这话什么意思。

等她反应过来，她觉得，沈烬得立刻！赶紧！现在！就去医院，做一个全身检查，看看他的脑子是不是被打坏了。

"我脱的，"秋随深吸了口气，睁开眼睛，"是你的衣服。准确来说，这叫物归原主。"

"不用。"沈烬拒绝得挺干脆，眼神看着挺嫌弃地扫了她一眼，"这件衣服我现在穿上，会脏。"

秋随愣了一下，有些没懂这个意思："什么意思？"

沈烬稍稍偏了下脑袋，解释："我现在的衣服都是脏的，穿这件外衣，这件外衣也会被弄脏，我这么娇气的人，不喜欢清洗衣服，你先替我穿着，不会脏。"

她现在几乎可以肯定，沈烬的脑袋一定是坏了，等会儿到了医院，一定要让医生给沈烬全方面检查一下脑袋。

"这个世界上有一种东西，"秋随抿了下唇，耐着性子开口，"叫作洗衣机。"她懒得管沈烬的表情和反驳，直接脱下外衣，重新看向沈烬。"还有，你如果不希望衣服脏掉，不应该把外套给我，因为外套无论是穿在此刻看起来更干净的我身上，还是穿在看起来并不怎么干净的你身上，衣服都会脏掉。如果你娇气得连洗衣机都不想使用，这边建议你直接裸体，不要穿衣服。"

沈烬直勾勾地看着她，突然扯了下唇角："直接裸体？"

"秋随，你果然想占我便宜。"沈烬上下扫视她一眼，这一次直接后退了好几步，看着她的眼神带着点敬而远之的意味，"我不让你当着我的面脱衣服，你就费尽心思脱我的衣服。"他慢悠悠地补充道，"看我的裸体，你是在做梦。"

秋随不打算和沈烬扯下去，她一手拽着蓝色的外衣，大跨步朝沈烬所在的方向走了几步。趁沈烬还没反应过来,她就踮起脚尖,以迅雷不及掩耳之势,将蓝色的外衣,披在了沈烬的肩膀上。

秋随抬了抬下巴,语气里带着点恶狠狠的情绪,对上沈烬的视线:"你如果脱一件衣服。"秋随面不改色,冷静的声音里带着点狠意,"我就跟你一起,也脱一件衣服,我这个人,说到做到。"

不知道是不是最后这句话起了一点点作用,沈烬挑了下眉,难得没多说话,老老实实地拽着外衣的衣领,披着大衣没松手。

见沈烬没再把大衣扯下,秋随松了口气,情绪也随之松弛下来,这才闻见一股铁锈的气味,那是血的气味。

先前,沈烬像是怕被她占便宜一般,总是和她保持着一段不远不近的距离,加上伊尔库茨克的晚风过于猛烈,那股血腥味早就被狂风吹散,她根本没有察觉到。

现在,她靠近沈烬,两人之间的距离被迅速拉近,近到她一抬眼,就能看清沈烬卷翘的睫毛,也足够清楚地感受到,浓烈的血腥味。

秋随鼻子一酸,眼眶又瞬间红了起来。她顾不上其他,只伸出手去拽沈烬。

在俞家她从小到大一直活得憋屈,但也只是心理上,她至少还是平安长大了,身体上她没怎么受过伤。

"沈烬,"秋随此刻没有办法抬头直视沈烬的眼睛,只能低着头,避开沈烬漫不经心的打量,"我们去医院看一看。"

沈烬拒绝得毫不犹豫,果断又干脆:"不去,回酒店。"

秋随觉得眼眶里有滚烫的泪水在打转,不知道为什么,她突然想起她初识沈烬就哭的那天。好像也是这样。她克制不住地当着沈烬的面落下泪来,明明理亏的不是沈烬,明明当时沈烬和她也才第一次见面,但是,沈烬一看见她哭,就心软下来,什么嘲讽的话都没有再说。沈烬好像是这样的。他见不得女孩了哭,或者说,见不得她哭,更精确一点来说,是见不得喜欢的女孩子在他面前哭。

曾经的记忆闪过脑海的瞬间，秋随突然有了一个奇怪的想法。她没有急于确定沈烬的心意，但的确怀揣着试探沈烬心意的想法。

　　机不可失，时不再来。如果，沈烬对她还有一点点喜欢的感觉，沈烬是不是也会和以前一样，舍不得让她哭。既然这样，不如她顺其自然，看看沈烬会不会也和从前一样，心一软，口一松，就乖乖跟着她去医院。

　　眼眶里打转的热泪，原先还被秋随克制住，不要落下来，现在，"啪"的一声，滚烫的泪珠滑落下来，滴在沈烬的手背上。

　　秋随眨了眨眼，她走近了几步，抬起头，眼睛里含着热泪，梨花带雨，整个人漂亮得不像话，带着点泪，又脆弱得令人忍不住想要保护。

　　她直勾勾地盯着沈烬，声音柔和又颤抖，语调软得几乎没有人可以拒绝她的请求："沈烬，我们去医院好不好？"话音落下，又有越来越多的泪水砸了下来，流过她的脸颊，再顺着滚落，滴在沈烬的手背上。

　　诚邀沈烬共度一个微醺夜晚的时候，秋随想过自己今天可能会哭，但没想到，她会在这个场合哭起来。眼泪稀里哗啦地流下来，一半是因为她真的担心沈烬，一半是因为她的试探。

　　秋随用手背去擦拭脸上的泪水，一边泪眼盈盈地看着沈烬，想要从沈烬面无表情的神色中，看出一点点不忍心的表情。透过泪水迷蒙的双眼，秋随清楚地看见，沈烬原本淡然的表情，的确缓慢地发生了变化。

　　他没有露出一点不忍心的神色，反而翘起了唇角，仿佛看见她哭成泪人，是一件令他开心到不行的事情。

　　从和秋随相遇起，沈烬就知道，同传界理智美人的这个称号绝不是胡扯。此刻遇到醉汉也好，被安排去当安季普发言的临时译员也好，又或者是遇到他装作不认识胡扯的时候也好，秋随永远理智从容、冷静镇定，哪怕内心慌张，也可以掩盖住慌张的马脚，让自己看上去坚不可摧、牢不可破。

　　无论什么事情，他好像都没有看见秋随失控过。

　　作为老板沈烬一向欣赏如同秋随一样的员工，他作为冷漠的资本家，自然最喜爱这样冷静理智的员工。可惜的是，他不是秋随的老板，秋随也不是他的员工。他也是生平第一次，厌恶起一个理智从容的人，重逢后，他用了无数次方法，想要撕掉秋随那张平静得看不出来破绽的假面。

在商场选酒的时候，他故意问，身后议论他们的两名俄罗斯人说了什么。开门的时候，他故意拉低浴袍的领子，藏着某些想法的同时，也怀揣着同样的心思。很可惜，都没有。她不动声色，又像是极为擅长处理这一切一般，平静地化解了所有。

一直到现在，到这一刻。沈烬扯了下唇，他终于，终于看见了秋随失控的样子。他心底甚至涌起了一种恶趣味，秋随哭起来，也挺好看的。这样失控的秋随，他还没看够，他想要，让秋随更加失控一些，越失控越好。如果可以，这样哭起来梨花带雨，脆弱到令人心碎的秋随，他还想在其他场合看见。

沈烬唇角一点点不自觉地翘起来，他甚至后退了几步，眯起眼睛，神情悠闲地打量起眼前哭得梨花带雨泪眼盈盈的秋随。

秋随眨了眨眼，她已经不知道是多少次伸手去擦脸上的泪水，也不知道是多少次柔柔弱弱开口喊沈烬去医院，偏偏这人也不知道怎么回事，无动于衷，脸上不见一丝波澜。

片刻后，秋随看着沈烬后退了几步，沈烬上下扫视了她几眼，他眉梢稍稍扬，整个人透着一股愉悦进骨子里的情绪，唇角很自然翘起来，那股子嚣张的气质又彰显得一览无余。

紧接着，秋随听见了沈烬的声音在安静无人的路灯下，格外清晰。

"你继续哭。"

"哭大声一点。"

"哭得越惨越好。"

"眉头皱一下算我输。"

警局门口安静得很，无人经过，伊尔库茨克的晚风呼啸吹过，丝毫不影响秋随听清楚这四句话。在那一瞬间，秋随甚至感觉自己的眼睛和大脑进行了一场相当诡异的对话。

眼睛："这人在说什么？"

大脑："我听不懂，但我大受震撼。"

眼睛："那我现在到底要不要哭？"

大脑："别问我，没结果。"

秋随深吸了一口气，她的眼泪就像是突然之间，被摁下了一个开关似的，活生生止住了，只剩下几道泪痕还挂在脸颊两侧。

她内心五味杂陈，有种说不出来的滋味，一边心急沈烬的伤势，一边混杂着无奈崩溃和不可置信的情绪交织，她怀疑在这种状态下，自己也许是出现了幻听。她艰难地挤出几个字："你说什么？"

沈烬往前走了一步，路灯拉长他修长的身影，他稍稍垂下头，影子轻飘飘罩在秋随身上，有一种莫名的压迫感。下一秒，她听见沈烬懒洋洋地开口：

"就这？"

"不哭了？"

"再多哭点。"

"无论你哭得多惨，"沈烬唇边勾着愉悦的笑，语气像是在诱哄，神情中没有掺杂半分不舍和心疼，"我都给你擦眼泪。来，继续哭，如果你需要，我还可以给你拍张照，记录一下这个时刻。"

秋随唇角一僵，瞬间有种心如死灰的感觉。

"拍照就不用了，"秋随眼神忍不住瞪了沈烬一眼，语气宛如看破一切般淡然，平静无波，"照片而已，我的坟头墓碑上自然会挂一张黑白照片。"她暗自吐了口气，觉得自己迟早会被现在这个沈烬气得活生生减寿。

"瞎说什么？"沈烬唇角不自觉地绷起，还想再说什么，却被一阵急匆匆的脚步声打断。

04

一名俄罗斯男人手里捏着手机,匆忙朝他们跑了过来,经过他们的时候,俄罗斯人下意识地停下了脚步,看了眼手机屏幕,又看了眼沈烬。

三秒后,秋随听见这名俄罗斯人用标准的中文对着沈烬喊道:"沈总?"

而沈烬面对着这名陌生的俄罗斯人,语气淡漠地用中文询问:"你是哪位?"

这名俄罗斯人中文极其流畅地介绍自己:"我是陈睿秘书请来的律师,俄罗斯人,精通中文,这是陈睿秘书发给我的消息和您的照片,您可以看一下,请问现在有什么需要我做的吗?"

秋随:"有。"

确认了对方是陈睿请来的律师,不会造成任何伤害后,沈烬没再多说什么,周身的气压明显缓和了不少。

"这位律师,"秋随解释,"是我在警车上的时候,打电话给陈睿,陈睿请过来的。"

沈烬:"所以?"

"所以,"秋随直勾勾地盯着面前的男人,她歪了下头,神情单纯又好奇,披肩长发滑落至一侧,"这位律师现在才到,你在警局是怎么和那些警察沟通的呀?"

沈烬面不改色:"中英文混杂。"

秋随在心里冷笑一声。演,他就演,她倒要看看沈烬打算演到什么时候。

秋随暗自吐了口气,转身询问一脸茫然的俄罗斯律师:"沈总已经没事了,就不劳烦你了,不过还是要多问一句,离这里最近的大型医院在哪儿?"

这名律师蒙了下,还是老老实实地回答道:"距离这里最近的医院一共有两个,都挺大型专业的,到这大约都是一公里左右,不过方向不同，一个往南一个往北，你们想去哪家？我可以带路。"

秋随扭头想参考沈烬的意见。沈烬对上她的视线："想我去医院？"

秋随愣了下，点头。

"可以，有个条件。"沈烬眼尾一挑，"我和他去医院，你回酒店。"

这是哪门子要求？何况，在不知道沈烬伤势的情况下，她怎么可能安心回酒店。

秋随第一反应就是摇头拒绝："不行。"

沈烬一言难尽地看了她一眼。

"秋随，"沈烬面无表情地说，"我背部有伤口。"

她隐约猜到沈烬接下来要说什么了，果不其然，沈烬没有让她失望。

"我早就和你说了，"沈烬慢条斯理道，"别总想逮着机会就偷看我的裸体。"

"医生给你看病的时候，"秋随语气诚恳，"我会退出诊疗室的。"

沈烬轻哂一声："我不信。"

秋随："就算我不小心真的看到了，只是上衣而已，也不会有什么影响吧。"

沈烬的语气理所应当："当然有影响了，会影响我的声誉。"

沈烬穿着松松垮垮的浴袍给她开门的时候，怎么不见这么遵守男德？她抿了下唇，和沈烬僵持不下，奈何她的确忧心沈烬的伤势。

秋随有些无奈："行，那我回酒店，你想去哪家医院？"

沈烬："南边的医院。"

南边的医院和酒店顺路，沈烬受了伤，俄罗斯的那名律师顺其自然充当了司机，先将秋随送到了酒店门口。

秋随解了安全带匆匆打开车门。下车的瞬间，她听见沈烬难得温柔的声音在耳畔响起："回去好好休息，别想那么多。"

秋随正要离开的脚步一顿，她下意识地弯下腰，透过车窗看向沈烬："啊？"

沈烬瞥她一眼,轻描淡写地补充:"明天早上不是安季普先生临时译员的最终面试吗?你的光明未来,可都捆绑在他身上了。"

秋随一愣,嘴唇动了动,就看见车窗缓缓升起,轿车飞驰而过。

冰冷湿润的寒风吹过,秋随站在酒店门口,感受到周身的温度一点点降低的时候,神智才逐渐回归原位。不让她跟着去医院,是为了让她晚上好好休息,准备第二天的译员最终面试吗?

灯火通明彻夜不休的医院,俄罗斯律师陪同沈烬进了医生的诊疗室,沈烬褪去上衣,露出背部一大片青紫红肿的皮肤。

医生给沈烬做了检查,对着律师开口道:"你的朋友背部都是皮外伤,只是看着严重,他脸上的血迹倒是需要紧急处理一下。"

律师将这话如实翻译给沈烬,沈烬却摇了摇头:"麻烦你让医生给我开点药,最好是每隔几天,或者每天都必须涂抹的药膏。"

难得有病人如此爱护身体,坚持上药,医生乐见其成,给沈烬开了好几盒药,并且仔细叮嘱律师记下每种药的注意事项,和每天涂抹的时间以及次数。

紧急处理完其他伤口后,沈烬看了眼手机,已经是晚上十点,秋随显然还没睡,几分钟前还给他发了消息询问伤势。

沈烬盯着关心和焦急快要溢出屏幕的消息,微不可察地勾了下唇。他侧头看了眼手里提着一袋药的律师:"刚刚我说的,你都记住了?"

律师点头:"记住了,沈总放心。"

"嗯,"沈烬表情很平和,语气听不出太大的情绪,"办完后你的任务就结束了,去找陈睿领工资吧。"

没过多久,秋随听见门口传来三道有节奏的敲门声,从猫眼看门口站着的是沈烬和俄罗斯律师后,秋随匆忙打开了房门。

她上下扫视了一眼脸上贴着创可贴的沈烬,抿了下唇,有些焦急地询问那名律师:"他怎么样?没事吧?"

"没事，"律师摇了摇头，将装满了药的一个透明塑料袋交给秋随，"只是，沈总的背部需要按时上药。"

秋随眨了眨眼，盯着在她眼前晃个不停的透明塑料袋："什么意思？"

律师语气正经地解释："我的工作结束了，明天就得去处理其他工作。之后还请您每天给沈总的伤口上药，每种药的上药次数和时间我都写在药盒上了。"

秋随犹豫地咬了下唇，还没想好应该如何应对，就听见沈烬轻"啧"了一声，紧接着，她看见沈烬伸手迅速夺过律师手上的塑料袋。

"说什么呢？"沈烬眉头微蹙，语气挺不屑，"哪有让人小姑娘给我上药的道理，这叫什么事？"

"但是，"律师看着很为难，"今天是医生给您上的药，我明天一早就得回国，实在是没办法给您上药，其他地方您还可以自己处理，就是您的背部，医生说了，您背部的伤势很严重的，一定要定时定量上药的，您自己肯定没办法上药的，这样下来，我也不好对陈秘书交代啊。"

"我没那么娇气，"沈烬毫不在意地挥了挥手，手里拎着那袋装满了药盒的塑料袋就闲庭阔步地朝自己房间走，"不用上药，不是什么很严重的伤。"

沈烬也好意思说自己没那么娇气？之前连收租都要她陪着一起去。

秋随终于还是不忍心，在沈烬拿出房卡准备开门的时候，出声唤他："沈烬。"

沈烬打开房门的动作一顿，回头看她，语气听起来挺茫然："不是让你早点休息吗？明天不是还得去参加临时译员的最终面试？"

"我给你上药。"

沈烬对站在走廊中间的律师挥了挥手："你先回去吧，直接去找陈睿领工资。"

这名俄罗斯律师精通中文，见秋随松口答应下来，心知今天的任务（工钱）已经到账，他二话不说，转身离开。

见律师离开后，沈烬的视线才又落在秋随身上："说清楚，你到底想做什么？"

"给你上药。"

沈烬微眯了眼睛："只有上药？"这其中的质疑显而易见，仿佛沈烬笃定了她的目的不是只有上药这么简单。

"希望你理解一下，"沈烬扯了下唇角，云淡风轻得像是在对她解释，"毕竟不久前有人想对我图谋不轨，不是当着我的面脱衣服，就是想看我的裸体，没办法，我现在受着伤，也没什么力气反抗，自然会警觉一些，不希望有些人借口上药对我图谋不轨，否则我清誉不保。"

秋随闭了闭眼睛，将崩溃又无语的情绪按捺下去，她能怎么办？她毫无办法。

"你放心，"秋随语气温和，"我真的只会给你背部上药，绝对不会做任何违法事情。"

沈烬挑了下眉，眼里明晃晃四个大字——最好如此。

"你如果还是不放心，"秋随顿了下，拿出手机，切换到某音乐播放器APP（程序），"我给你上药的时候，可以在房间内放一些配乐作为BGM（背景音乐）。"

"《大悲咒》《南无阿弥陀佛》《金刚经》，"秋随点了下屏幕，朝向沈烬，态度公事公办，语气一本正经，"或者'正道的光照在了大地上'。"

秋随语气平静："你从里面选一首歌吧，听这些歌的时候，我保证我们都心无杂念，绝对不会有任何红尘的想法，否则就是对佛祖的不敬，走错了正道。"

沈烬嘴角一抽，沉默两秒，将手中的塑料袋递过去："倒也不必。"

秋随暗自吐了口气，伸手接过塑料袋，一边默默地给自己点了个赞。

低情商：我对你没有意图不轨之心。

高情商：我给你放《大悲咒》《南无阿弥陀佛》《金刚经》和《正

道的光》。

进了房间后,秋随将塑料袋里的药盒都拿了出来,发现有两种药的药盒上备注着每天必须涂抹,最好在晚饭一小时后涂抹。

秋随脑海中突然闪过很多画面,沈烬穿着浴袍给她开门的画面,今天在她耳边反复出现的"裸体"二字,以及,明天晚上要给沈烬背部上药这件事情。

沈烬前不久的话突然在秋随耳畔响起:"别总想逮着机会就偷看我的裸体。"

沈烬这个妖孽!

秋随忍不住在心里骂了句。她按了按眉心,转身拿出手机,切换到某音乐播放器,果断点开了《大悲咒》,清心寡欲,红尘的烦恼逐渐远去,秋随松了口气,《大悲咒》,永远的神!

托《大悲咒》的福,秋随当晚睡得极好,没有做梦,一觉睡到自然醒,醒来的时候,甚至比闹钟定好的时间提前了半小时。

洗漱完,秋随神清气爽地出了门。

临时译员的最终面试定在宴会厅的三楼,秋随提前了半小时到,办公室的大门都还没打开,宴会厅特意空出来一个房间给他们坐着等候。毕竟已经经过了几轮筛选,房间内等候的译员并不算多,秋随进门,便看见了不少在政商交流项目上认识的译员同行。

人类的共同爱好是吃瓜和八卦。这一点,古今中外,男女老少,从无特例。

秋随坐在熟悉的译员身边,听他们聊着最近的八卦新闻,时不时心不在焉地附和一两句,直到她在八卦中听到了"简妍"的名字。

"听说了没?简妍今天一早就被抓进俄罗斯的警察局了!"

"简妍是谁?"

"也是这次政商交流项目里的一个译员,说是要配合调查什么的,不知道到底做了什么事。"

秋随扯了下唇,她其实已经猜到了简妍这么做的原因,不过现在想来,还是有些不可置信。可惜的是,她也不是什么圣母,平时看着脾气好,但绝不代表好欺负。又或者说,学生时代那个好欺负的秋随,早就彻底地死了。

秋随从手机里找出了和曲晖的录音,又言简意赅地阐述了一遍简妍、曲晖之间的事情,同时附上了自己的报警记录。

她神色冷静地将这些信息汇总好后,一并发送到了周凌薇的邮箱。

秋随知道自己不需要说建议公司辞退简妍这样的话,公司希望看到同事之间互助友爱,但不代表会接受一个对同事下黑手的员工。这一切做完后,秋随莫名有一种大仇得报的快感。

大约是这种快感使然,秋随的最终面试顺利得难以想象,就好像考前复习猜中了每一个考点一般。

第二天才能出面试结果。面试结束,秋随反而没有那么在意面试结果。无论结果如何,无论是否有运气的成分在,她能走到最终面试,面试的时候一切进展顺利,对她而言,已经是一种突破和被认可了。

秋随站在宴会厅门口,呼吸了一口伊尔库茨克冬日新鲜的空气,她转身去附近的大型商场替姜嘉宁采购完护肤品,又和相熟的译员约好了一起吃午餐。

午餐途中,秋随手机屏幕突然亮起来。她点开屏幕,看到了沈烬的微信消息。沈烬:"晚上八点记得来我房间上药。"

晚上七点三十分,秋随在APP上给自己新设置了一个歌单,里面的歌曲从《大悲咒》到《正义之道》,总之怎么清心寡欲怎么来,她已经循环该歌单十遍了。

晚上七点五十分,秋随坐在地毯上冥想,她双手合十,脑海中回荡着南无阿弥陀佛和佛祖普度众生的形象,觉得以她现在清心寡欲看淡一切的修行,只要剪了头发就能立马出家晋升住持。

晚上七点五十九分,秋随深吸了一口气,做足了准备,面不改色地出了房门,神情认真又正经地敲开了沈烬的房门。

几秒后,房门被打开,看见房门口站着的人的瞬间,秋随好不容易摆出正经的神色险些绷不住。

第三次了!沈烬他怎么又洗澡了!他能不能有一次!就一次!好好穿浴袍!!!

秋随深吸了口气,眨了下眼,直接略过沈烬,看了眼房内的装饰。她之前来过一次沈烬的房间,替沈烬选外套,对这间房子的格局构造还算了解。

秋随知道,这间房墙角右侧有一张沙发,看着挺长也挺宽敞的,还蛮合适她给沈烬上药的。她微微眯起眼睛,看了眼墙角的沙发,又下意识地看了眼沈烬。沙发还在,但是,怎么感觉比记忆中的长沙发短了一大截,总之,并不合适沈烬趴在沙发上,让她上药。

秋随的视线不由自主地落在那张铺着白色床单的大床上,她眼神飘忽,在脑海中措辞许久,才找到了一个合适的语气:"沈烬。脱了衣服,躺到床上去。"秋随已经尽可能让自己的语气听上去平淡得没有任何起伏,像是在聊一个普通的不能再普通的事情,绝对没有掺杂任何私心。然而,在触及沈烬的眼神后,她就知道,自己大意了。

沈烬脸上贴着创可贴,嘴角的青紫痕迹尚在,不过丝毫不影响这张脸的妖孽风流,反而很神奇地平添了几分脆弱感。浴袍露出的胸膛处也有几块伤痕,整个人就一副美男子弱不禁风的模样。

沈烬:"脱了衣服?到床上去?你想干吗?"

她眨了下眼,面不改色地解释:"给你上药。沈烬,你配合我一点。"

沈烬不太正经地挑了下眉,似笑非笑道:"行,可以,配合你,什么姿势?"

她这辈子没这么无语过,明明她和沈烬的对话都在同一个频道上,但是为什么!听着!就是!不!对!劲!

秋随闭了闭眼睛,忍着吐槽的冲动,冷静地开口:"趴着,或者背对我,不然怎么给你上药?"

"行。"他将浴袍又往下拉了几厘米,露出了后背清晰可见的片片伤痕,慢悠悠又自在地朝床走去。他倒也没有完全趴在床上,只是半侧着身子,一只手肘屈起,撑着脑袋,朝着秋随所在的方向看去。

秋随脚步一顿,险些怔在原地,倒也不是别的,主要是沈烬姿势妖娆得有些过分。秋随克制住自己想要当场播放《大悲咒》的心情,慢吞吞地走了过去。她盘腿坐在床上,和沈烬的距离被拉得极近,近到她能清晰得感受到沈烬身上雪松一般的清冽气息,近到她一低头,就能看见沈烬屈着手撑着脑袋望着她。

她很明显地感觉到自己的心跳漏了一拍。

秋随咬了下牙,避开和沈烬对视的视线,低头从塑料袋里翻找起药盒来。塑料袋里的药盒挺多,她翻找花了一会儿时间。

沈烬或许是不耐烦了,在一旁轻"啧"了一声,她听见沈烬欠欠的语气:"怎么还不上?"

秋随翻找药盒的手一顿,手上的药盒差点儿拿不稳。真不怪她多想,主要是,此情此景,身边是裸着上半身的沈烬,以一种不可描述的姿势躺在她身边,催促问她,怎么还不上。

秋随在心里又默念了几遍《大悲咒》。

"这么心急做什么,现在上药,你忍着点,会有点疼,可别哭出来了。"

秋随说完,就毫不客气地用棉签蘸了药水,在伤痕处涂抹起来。她其实是第一次看到沈烬背部的伤痕,她不知道他伤得有多重,但是看上去一片青紫,还有明显的血迹。

秋随拿着棉签的手一顿,下手的力道越发不留情。药盒上医嘱特意写明了,涂抹的时候得均匀有力,否则起不到杀菌消毒促进恢复的作用。

沈烬轻声"嘶"了下,哑着嗓子道:"你就不能下手轻点?"

"不能。"秋随面不改色继续涂抹药水,"很痛?想哭?"她涂抹的动作一顿,偏头看了眼沈烬,一字一顿道,"哭也没用。"

秋随声音冷静地开口,将先前沈烬堵她的话几句话悉数还回去。

"那你哭吧。"

"你可以哭大声一点。"

"哭得越惨越好。"

"哭得再大声也还是得上药。"

"今天哭完明天还可以接着哭。"

"眉头皱一下算我输。"

"如果你需要,我还可以给你拍张照,记录一下你的落泪时刻。"

她声调不起不伏,粗听挺冷静,仔细听,却能听出几分咬牙切齿的愤怒意味。沈烬一怔,不知是不是听出了她口气里的不悦,目光意味深长地落在她身上。

半晌后,他抬眸,一字一顿地开口:"我现在这样……"他顿了下,眼皮略微耷拉着,视线往下看了眼自己裸露在外的部位,懒散地询问,"你想的居然是拍照?"

秋随正要继续上药的手一顿,她这辈子第二次这么无语。沈烬好像永远都可以,从她说的话中,精准找到其中有漏洞的那句话。这种行为,堪称精准打击,屡击屡中。

秋随觉得实在是有些头疼,她懒得解释,又重新蘸了点药水涂抹起来,顺便从善如流接下这话,没再去看沈烬的神情:"嗯,你要是不愿意被我拍照就算了。"

"我倒是挺愿意的,"沈烬意味深长地眯了下眼睛,眉梢一扬,"你拍好看点就行。"

她这辈子第三次这么无语。

秋随:"你有点为难我了,我要把现在的你拍得好看,还得费工夫处理掉你脸上的创可贴,实在有点麻烦。所以你放心,我不会拍。"

她将棉签丢进一旁的垃圾桶,收起药水药膏,装进塑料袋,进卫生间清洗了一下。出来的时候,沈烬已经趴在床上睡着了。

秋随蹑手蹑脚走了过去，把沈烬腰间的被子往上拉至肩部。不知道是不是因为沈烬睡着了，秋随反而放松下来，原本急于想离开的脚步不自觉停顿下来。

她微微偏了下头，目光落在沈烬脸上。自从和沈烬重逢后，她见识过沈烬很多种模样，矜贵冷漠的、骄傲高冷的，锋利夺目的，情绪不耐的，还有几天前狼狈不堪的。不过，都不是高中时候那个她熟悉的沈烬了。

只是，此刻的沈烬，很像高中时的他，是在她面前，温顺又平和的沈烬。

盯着面前的男人，秋随的记忆汹涌沸腾，她恍惚间回忆起来。

早在高二的时候，因为同班的缘故，她和沈烬不知不觉熟悉起来，高二快要结束的时候，沈烬就已经习惯无论买什么，都要问她一句，让她做个选择。

那天是高三开学后不久，九月份，初秋。开学报到结束后，沈烬拖着她去了学校附近的一个大商场买文具用品。

那时候，秋随已经习惯了给沈烬在选择各种物品上做参谋，她记得，文具用品店在商场的一楼，恰逢一楼正中央有个大舞台，时不时有各种宣传人员在台上，拿着麦克风，音量极大的宣传产品。

好巧不巧的是，大舞台正对着文具商品店。一整个下午，舞台上的宣传演员都在卖力地又唱又跳，扩音器里的主持人声音震耳欲聋，响彻整个商场。

秋随记得，沈烬站在一个书柜面前，挑选本子。无论他是犹豫不决，还是早已经选好了该买什么，都会下意识地和她闲聊几句。那天也一样，秋随想起来，沈烬用手肘碰了碰她，在她眼前晃了晃几个本子。

秋随已经记不清，那天的自己，到底选了哪一个本子，又说了什么话。她只是记得，她对沈烬说了句话，只是那句话，被外边人声鼎沸的欢呼声迅速遮盖下去。

沈烬没听清，困惑又迷茫地偏了下头，露出一个不解的眼神。她抿了下唇。她比沈烬低了一个头不止，声音天生温温柔柔的，大庭广众之下，她也不可能扯着嗓子和沈烬说话。

她叹了口气，想要踮起脚，复述一遍那句话。只是，刚刚抓住扶手，她就看见沈烬轻笑了一声，随后，他很是自然地在她面前弯了腰，将耳朵凑到了她的唇边。

现在回想起来，秋随已经记不清，那家商店的名字，记不清最后沈烬选择了哪个本子，也记不清自己到底说了什么话。

她只清晰地记得，那一刻自己的心脏像是漏跳了一拍。

一切都有迹可循，他们之间的距离，也和那天一样，从来不需要秋随踮脚，因为沈烬会永远对她弯腰。

当时她正要开口。一个不知道从哪个方向跑来的人慌慌张张擦肩而过，奔跑的时候，不经意擦过沈烬的肩膀。

沈烬原本就弯着腰，手里拿着本子，也没有抓住扶手借力支撑，被身后突如其来的力道一撞，沈烬几乎是本能地往她所在的方向跟跄了一下。

中间的过程像是摁了倍速加快键，飞速闪过，模糊到只剩下空白，速度快到秋随记不清这中间到底发生了什么。她只记得在飒爽的初秋她的心下起了润如酥的春雨，密密麻麻地生根发芽起来。

秋随看着面前熟睡的沈烬，声音放得很轻："沈烬，你刚才不是同意，让我给你拍张照片吗？"她扯了下唇，盯着沈烬贴着创可贴和带着伤痕的嘴角，"那我拍了？"她眨了下眼，"你不说话，我就当你默认了？"

将相机对准沈烬后，秋随摁下拍照键。快门声响起的时候，她透过相机，看见了床上侧着脸熟睡的沈烬缓缓睁开眼睛，隔着相机的摄像头，直勾勾地和她互相对视。

沈烬眼底一片清明，丝毫没有刚刚睡醒的朦胧感。秋随几乎拿不稳手机，手指颤抖得厉害，她不敢挪开视线对上沈烬的目光，只敢隔着手机屏幕，用相机的镜头和沈烬彼此对视。

沈烬像是也没太在意："拍什么呢？"

秋随声音紧绷道："夜景。"

沈烬："我身后的窗帘早就关上了，你拍什么夜景？"

正在这时，沈烬放在桌上的手机响起了来电铃声，振动声响个不停。秋随暗自松了口气，拿着手机准备逃之夭夭。

"站住，"沈烬意味深长的声音从背后传来，"夜景当然要一起分享才有意思，等我接完电话再来看看，你拍的到底是什么夜景。"

沈烬垂头看了眼屏幕上的来电人，扫了眼床边紧张的秋随，他按下接听键，走到落地窗边，嗓音压得很低："怎么了？"

陈睿平稳的声音从话筒中传出："沈总，明天一早去贝加尔湖的车已经安排好了，司机明早九点会在酒店门口等您，车牌号和司机的联系方式已经发您微信了，现在，还需要和您确认一下贝加尔湖的住宿问题。"

贝加尔湖坐落在俄罗斯的伊尔库茨克市，但是和伊尔库茨克的其他景点比起来，贝加尔湖的方方面面都有些独特。从伊尔库茨克市区去贝加尔湖，只能坐专门的大巴车前往，或者请司机开轿车前往。

由于贝加尔湖得天独厚的地理位置，贝加尔湖那一片没有设立任何星级酒店，进入贝加尔湖之后，所有人都只能选择住在当地居民的民宿中。

沈烬："怎么安排的？"

陈睿语气恭敬地回答："董事长和夫人这一次来贝加尔湖度假，特意包下了一个民宿，我看了一下民宿的信息，房间还有很多，您到时候可以任选一个房间。"

沈烬挑了下眉："还有呢？"

陈睿："为了确保人身安全，安季普先生这次也包下了一个民宿，主要是给这次和安季普先生开会的中国商人用的，以及安季普先生的临时译员和保镖居住。得知您父母今年春节度假地选在了贝加尔湖，安季普先生特意通知我，邀请您和您的父母也去他包下的那家民宿居住。"

沈烬侧头看了眼背对着他的秋随，闲散又自在地坐在床沿上，已经完全看不出丝毫紧张的情绪。

"安……"沈烬收回眼，想到身后的秋随，又将安季普几个字咽了下去，"那边的结果确定了吗？"

他说得语焉不详，饶是陈睿也愣了几秒。但陈睿毕竟做了沈烬多年的特助，很快就反应过来："您是说，安季普先生的临时译员选拔吗？"

沈烬："嗯。"

陈睿："安季普先生和我联系的时候，恰好提到了临时译员的选拔，半小时前就已经出结果了，定的是秋随老师，如果他们速度够快，安季普先生的秘书现在应该已经把结果发给秋随老师了。"

"你觉得，"沈烬恰到好处般地顿了下，他扬了下眉，漫不经心地开口，"我明天过去打扰我爸妈备战二胎，这么做合适吗？"

陈睿："好的，那我现在给安季普先生回信。您还有什么其他吩咐吗？"

"等等，"沈烬不紧不慢地说，"替我转告一声，如果还没分配，我想拥有优先选择权。"

这话说得更加语焉不详了，相比第一次的沉默，这一次，陈睿沉默的时间明显更长了。

半晌后，陈睿才拼凑出沈烬完整的句子——替我转告一声（给安季普），如果还没分配（房间），我想拥有（民宿房间的）优先选择权。

陈睿微不可察地叹了口气，觉得这份工作着实越来越难做了。

沈总去了一趟伊尔库茨克，也不知道染上了什么毛病，说话总是遮遮掩掩。解读完沈烬想要表达的意思，陈睿暗自松了口气："民宿是半小时前包下的，房间还没开始分配。安季普先生特意嘱咐过，他是东道主，您是他特意邀请过来居住的客人，如果您有看中的房间，自然可以优先选择。"

"不必，"沈烬扯了下唇，"我只有一个要求，具体要求我等会儿发给你。"

陈睿:"好的。"

秋随眨了眨眼,看着手机邮箱里安季普的秘书给她发来的邮件,最后附上了来接她去贝加尔湖的司机联系方式,不由得弯了弯唇角。即使面试的时候,秋随已经有所预感,但是当看到真正的结果摆在眼前的时候,她还是忍不住激动的情绪。

"是不是应该给我看看,你的夜景图了?"

秋随背脊一僵,听到沈烬的声音,她点了几下屏幕,切换到相册,打开了最新拍摄的一张图片。秋随缓慢地转过身:"是这样的,"她握着手机,开口解释,"我之前还有些话没说完,就被你打断了。"

沈烬朝她所在的方向慢悠悠地走来,挑了下眉:"你说。"

"我说的不是夜景,"秋随看着已经走到面前的沈烬,将手机转了个向,"是液晶电视。"

屏幕上的照片清晰可见——是那台正对着床的液晶电视。

秋随面不改色,语气诚恳地解释:"早就听说这个牌子的液晶电视在俄罗斯很受欢迎,只是价格太贵了,我还是第一次在酒店房间看见这个牌子的液晶电视,就想着拍下来做个纪念。其实如果不是你睡着了,我还打算看看电视,看一下伊尔库茨克的电视上,到底哪些是收费内容,哪些是不收费内容。"

空气尴尬地沉默了几秒,秋随心脏跳得飞快,她面上看着从容冷静,实则心里慌得不行。

沈烬沉默了几秒,他接过秋随递到他眼前的手机,又重新切换到相机模式,对着液晶电视随意地按下了快门。

"你说,想看付费内容,因为我睡着了,所以没看到?"沈烬神情莫测地弯了下唇,放大了最新拍摄的照片,转而将屏幕面向秋随,慢条斯理地开口,"你再仔细看看,这张液晶电视照片上,也不是全无内容的。"

秋随一愣,讷讷地接过手机扫了眼,这一眼,直接让秋随恨不得原地去世。

　　沈烬最新拍摄的液晶电视照片上，的确是有点东西，比如，清晰地反射出了正对着电视的床，再比如，站在床边穿着浴袍的沈烬。

　　秋随呼吸一窒，心下意识地"咯噔"一跳，心虚得几乎不敢看沈烬。

　　房间内的液晶电视正对着沈烬的床，如果她在沈烬熟睡的时候，拍下液晶电视，液晶电视漆黑的屏幕上肯定会反映出一些内容——比如躺在床上熟睡的沈烬的身影。

　　而她给沈烬看的那张照片上，黑色屏幕上空空荡荡。

　　秋随咬了下唇，颇有种做贼心虚的感觉。

　　这么简单的道理她都看出来了，沈烬不可能看不出来，沈烬也应该早就看出了她之前的说辞到底有多少漏洞，沈烬恐怕也早就知道，她想要记录下来的，根本不是那什么毫无意义的液晶电视。

　　沈烬"啧"了声，难得贴心地没有揭穿她说拍液晶电视的说辞到底有多少逻辑问题："不过你说得对，液晶电视上的部分内容的确是付费的，仅会员可看，下次想看，记得付费。"

　　秋随眨了下眼，语气茫然地开口："什么内容？"

　　沈烬眉头微微皱起来，看起来似乎有些困扰，他将屏幕面向秋随，修长的指节虚空点了下屏幕上倒映出的自己的身影，语气带着几分傲慢："付费内容当然是我，你以为什么人，都可以看到我吗？"

　　付费内容！仅会员可看！付费内容是穿着浴袍的沈烬！

还原一下案发现场：她的嘴唇贴上了沈烬的左脸

第七章 /
付费内容，分期还款，时间你定

01

秋随深吸了一口气，抓着手机就打算逃之夭夭。起身的瞬间，沈烬懒洋洋的声音从背后传来："等会儿，去贝加尔湖吗？"

秋随脚步一顿，想起手机里前不久收到的邮件，抿了下唇，还是转过身看向沈烬。

"去，明天下午两点，安季普先生的秘书会派专职司机来酒店门口接我。"秋随顿了下，联想到沈烬背后的伤势，还是忍不住开口，"我记得你也要去贝加尔湖，但我不知道你曾经是否去过贝加尔湖，那一片只有民宿，民宿之间的距离可能隔得还挺远。如果我们住的民宿距离太远，我可能不方便给你上药，后面几天，你要不要找个人帮你上药，伤口感染可就不好了。"

"既然这样，"沈烬语气挺随意，仿佛完全没把上药这事放在心上，"那就到了贝加尔湖再说。如果你住的民宿离我住的地方近，那我也不用费心思再找人。"

秋随微不可察地叹了口气。怎么可能住得近,安季普秘书给她发的邮件最后,特意附上了一份邀请函,上面备注了她的姓名。邮件写明,安季普先生特意包下了一整个民宿,没有邀请函的人不得入内,无关人士也不得入内。

不过,邮件上的信息都是机密内容,秋随不能随意对外泄露,只好叮嘱沈烬到了贝加尔湖后,尽快找一个替他上药的人,转身离开。

直到关门声响起,沈烬才扯出个意兴索然的笑。和从前相比,也不知道该说秋随是胆子小了,还是胆子大了。

以前的小姑娘做啥都会大方地承认,现在拍一张睡颜照,还不敢承认。

床头柜的手机传来些许振动,沈烬打开一看,是陈睿发来的微信消息:"沈总,您对民宿的房间有什么要求吗?"

沈烬沉默两秒,面无表情地打字:"民宿的房间自然是安季普先生优先选择,我对房间只有一个要求,就是住在秋随老师的对面房间。"

陈睿茫然地挠了挠头,之前也不知道沈总和秋随老师这么熟悉,明明在莫斯科的时候,两个人还挺生疏的。

陈睿斟酌了片刻,还是忍不住打破砂锅问到底:"沈总,我可以问为什么吗?之前在莫斯科的时候我就纳闷,以您的俄语水平,应该也不需要俄语翻译。"

沈烬轻嗤了声:"秋随老师可能想看一些仅会员可看的'夜景'。"

明明对面发来的每个字都是汉字,但是连在一起,陈睿疑惑为什么自己就是看不懂。现在这个工作,是真的越来越难做了,这几句话,简直是他做总裁特助以来遇到的最大挑战。

陈睿:"沈总,我没太懂,您请指教。"

沈烬难得有耐心地多打了几句话:"意思是,秋随是会员。"

陈睿:"那仅会员可看的'夜景'是?"

沈烬:"是我。"

沈烬："对了，会员还可以尊享'超前点播'。"

陈睿："沈总，我听不懂。"

沈烬漆黑的眼睛里看不出什么情绪，扯了下唇。

沈烬："你听不懂没关系，秋随懂'超前点播'的意思就行。"

顿了几秒后，沈烬伸手拿起床头柜的酒杯一饮而尽，片刻后，又缓缓在手机上打出几个字。

回到自己的房间后，秋随精神瞬间松弛下来，她往后一倒，懒洋洋地躺在床上，觉得浑身都舒坦了不少。

想到自己成功面试上安季普的临时译员，这种扑面涌来的喜悦和成就感，秋随第一时间想要分享的人是姜嘉宁。她点开手机给姜嘉宁发了消息，或许是两国时差的原因，姜嘉宁一直没有回信息。

秋随百无聊赖地刷了会儿手机，在视线扫到手机里的相册图标的时候，手指突然一顿。她抿了下唇，靠在床头，点开了相册。

相册里的最新照片赫然是沈烬前不久拍的那张照片——漆黑的液晶电视显示屏里，映照出沈烬肩宽腰窄的衣架子身材。

秋随盯着照片，突然想到了高中时候的一些事情。

准确来说，是她和沈烬的第一次吵架。

秋随记得那是在高三，事情的起因还挺简单。

和高一高二相比，高三需要的辅导书和试卷都以几何倍数增长，老师碍于各种规定，不会强制学生购买辅导书，只是会偶尔顺嘴提一句，有哪些参考书的高考押题率在所有辅导书中一骑绝尘。

秋随的数学最薄弱，在经过多番选择后，才谨慎选择了一本最合适的数学参考书。她战战兢兢地回到家，帮黎娴和俞绍辉洗菜洗碗后，犹豫再三，小心翼翼地提到自己想买书。

黎娴眉头下意识地皱起来，不耐烦的神色没有一点掩饰："现在老师不是不能强制学生买参考书吗？"

秋随声音不自觉地放低，有种自己做错事说错话的心虚："没有强制我们买,是我自己想买,也不贵,价格三十不到,这本书……"

"有什么好买的。"俞绍辉没有犹豫直接打断她,"秋随,我们把你从孤儿院接出来,把你养到十八岁,供你吃喝,你还不知足吗?"

这样的话,秋随在这个家已经听过无数遍,早就练就一副刀枪不入的盔甲。直到她转身准备离开的时候,迎面撞上晃着舞蹈彩带满脸愉快的俞染月。

少女时期的俞染月和少女时期的秋随完全不同。

那时候的秋随,模样唯唯诺诺,旁人眼中的她是一副上不得台面的小家子气模样,说话的语气谨慎又微弱,眼神犹豫不定。

俞染月则截然不同。她嗓门高亮,整个人都散发着阳光坦荡的气质,所有人看她一眼都会忍不住心生欢喜,她是温室里从未受过风吹雨淋的花朵,没人舍得大声呵斥。

"爸妈,"俞染月笑嘻嘻地晃着黎娴撒娇,"我跳舞的学费要交了,你们今晚记得给我,一共四千五。"

黎娴和蔼地摸了摸俞染月的头,一口答应下来:"好,今晚就给你。"

这样和谐美满的场景,秋随也已经看过无数遍,早已经见怪不怪。她背对着他们,心里早就平静无波。她抿了下唇,假装自己什么都没有听见,打算回到狭小的房间,肩膀却突然被大力撞了一下。

俞染月眯了眯眼睛,站在她跟前,略带嘲讽地轻嗤了一声。

"觉得委屈?"俞染月眼底不屑的情绪一闪而过,"你有什么好委屈的!你是养女,我才是爸妈的亲生女儿。秋随你别忘了,这个家里如果没有你,我们会过得比现在更好。爸妈能够给你缴学费供你吃穿到十八岁,你就应该感恩戴德了。还有,你也别忘了,你能进这个家门,是因为有我。"

秋随不记得当时自己是怎么离开俞家的,中间的很多事情都变得很模糊。现在回想起来,也只是依稀有些印象,她似乎是哭着离开了俞家。她站在小区门口犹豫了一会儿,思来想去,还是只想到一个地方——她和俞染月共同的书法老师,林和豫家。

俞绍辉和黎娴生育的可能性极低,所以才会想到去孤儿院领养一个孩子。在秋随被领养到俞家一年左右,俞绍辉和黎娴竟创造了一个医学奇迹,黎娴怀孕了。

但至少,在黎娴还没有怀孕,俞染月也还没有出生前,秋随确实过了一段还算幸福的平静生活。黎娴把她看作亲生女儿,托了不少关系,把她送去申城书法协会副主席林和豫的培训班,让她学习书法。

令人意料之外的是,秋随书法天赋不错,没过多久,林和豫就把秋随收到了门下,亲自教导。秋随也因此,从小就往返于俞家和林和豫家之间。

尽管这一切,在俞染月出生后,都发生了天翻地覆的改变。但是林和豫家的地址,还是深深地印刻在秋随的脑海中。

俞家距离林和豫家并不算近,大约有四公里。秋随翻遍了全身上下的口袋,也只找到了两元硬币。

她走到公交站牌下,盯着站牌上红色的一元出神了好一会儿。两元钱足够了,足够她往返坐两次公交车,只是当时的她舍不得,即使是一元钱,当时的秋随也舍不得。

因为她知道,问黎娴和俞绍辉要钱太困难。况且,也许不知道什么时候,这两元钱就能救她于水火之中。至少,这两元钱,不该花在坐公交车上。秋随是步行走完四公里的。

林和豫对她的情况略有了解,头发已经有些花白的老人站在家门口,扫了眼她被汗水浸湿的衣服,轻微地叹了口气。

他蹲下身子,从口袋里拿出了一张红色百元大钞,又找出了几枚一元硬币,塞进了秋随的口袋里。

林和豫拍了拍她的脑袋:"这么晚了,回去的时候注意安全,坐公交车,不要走路了。"

秋随放在口袋里的手,紧紧捏着那张百元钞票,重重点了下头。林和豫不知道的是，回家的时候，她依然选择了步行，而不是坐公交车。

她舍不得。哪怕一元钱，她也舍不得。哪怕有了一张百元钞票，她也舍不得。

秋随买下了那本数学参考书，她带着好不容易求来的参考书去学校。晚自习前，她打开辅导书正要做题，沈烬走到了她跟前。

"秋随，"少年微微弯了弯腰，修长好看的手指敲了敲桌面，嗓音勾人又愉悦，"这周末一起去逛商场吧，我看中了最新款的球鞋，你帮我参谋一下呗。"

秋随盯着桌面上乱七八糟的数字，和一行行熟悉但此刻根本无法进入脑子的公式，原本被刻意压抑和忽略的委屈，就在刹那间就喷涌而出。

她面前的这本数学参考书，三十元还不到。为了买到这本书，她低声下气地求黎娴和俞绍辉，没有用，还被俞染月又一次阴阳怪气地羞辱了一通。

她步行四公里，往返八公里，去问林和豫借钱，手里拿着整整一百元，却舍不得花一元钱坐车。但她身边这个少年，随随便便就能买下一款至少四位数的最新款球鞋。沈烬永远都想不到，她的生活，像是在烂泥里挣扎一般，疲惫乏力，毫无希望。

秋随从来不愿意让沈烬看见这一面，她生活中，腐朽的、枯萎的、毫无生机的另一面。

但这一刻，她突然忍不住了，承受力达到极限的时候，轻飘飘丢下来一根稻草，也足以让她溃不成军，失去理智。

"我不去，要去你自己去，要买什么也别问我。"秋随深吸了口气，面无表情地抽回沈烬手中的参考书，往课桌上重重一摔，"还有，你能不能回自己座位，不要影响我看书，以后你要买什么，不要再来问我了行吗，很烦。"

高一的时候，秋随就是学校出了名的懦弱美女，高二高三，因为和姜嘉宁同桌的关系，秋随性格活泼了不少，但本质上还是温和好脾气的，几乎从没和人发生过争执。

没有人见过秋随发火。那是秋随高中时期的第一次发火，也是最后一次，对象是沈烬。

几乎所有人都没有想到这个场景，包括沈烬。

沈烬站在原地错愕了好一会儿，完全没有预料到秋随会突然发这么大火，他小心翼翼地挠了挠头，三番五次地欲言又止。

直到晚自习的铃声响起，他才迫不得已回到自己的座位上。

整个晚自习，秋随都心烦意乱，根本看不进去辅导书的任何内容。晚自习结束前十分钟，她就急匆匆收拾好了书包，铃声一响，她就背上书包第一个跑出了教室。

秋随低着头心不在焉地往俞家的方向走，在一个亮着红灯的路口前停了下来。

她拽着书包，盯着地面发呆，直到红灯变成绿灯，鸣笛声和车铃声在耳边重新响起，她眨了下眼，却没有跟着身边的人一起往前冲。

像是感应到了什么，她缓缓扭过头。沈烬握着单车扶手，同她保持着一段不远不近的距离。

那些压抑不住的委屈疯狂地外泄着，可惜的是，溺水的只有她一个。

前些日子，小区发生了楼道口绑架案，她害怕一个人走夜路回家，沈烬就和她约定了每天下了晚自习，绕道送她回家，顺便在路上听她讲每天的作文分析。

约定持续了一段时间，直到今天，秋随不知道该如何接受像刺猬一样的自己，她只想躲起来不愿意见人，她更不清楚，到底要如何面对沈烬。

她没有等沈烬一起离开学校，晚自习铃声一响起，就率先冲出了教室。她没想到，沈烬一直跟在她身后。

昏黄的路灯下，稀疏的月光洒下，被路边的交叉树叶划破，在地面上洒下斑驳的光线，倒映出沈烬颀长挺拔的身影。

沈烬就这样，跟着她走了一路，沉默、耐心又执着。

秋随眨了下眼,嘴唇动了动,只觉得嗓子干涩,什么都说不出。

　　见她回过头来,沈烬挠了挠头,也是一脸窘迫和无措,他脚步顿了下,犹豫了片刻,还是扶着单车,朝她慢慢走了过去。他们之间的距离就这样被拉近,直到两道身影逐渐重叠,沈烬扶着单车停在她身边,颇为小心翼翼地看了看她的神色,像是在确认她是否还在生气。

　　片刻后,秋随听见沈烬明显带着几分紧张和讨好的语气在她耳畔响起,在已经无人的深夜显得格外清晰。

　　这道声音像是一把重锤,直直地砸在她心上,他说:"秋随,我跟着你的影子走了一路,你终于回头了。"

　　……

　　盯着手机相册里那道一样颀长挺拔的身影,秋随深吸了口气,闭上了眼睛。她将手机搁在了床头柜,心底不可控制地冒出了酸涩的情绪。

　　她那时候年纪还轻,只把这一场争吵看作是自己没办法控制好情绪的爆发,根本没有深究其中的原因。

　　高考毕业后,她清楚地意识到。

　　她和沈烬之间,高山低谷,云泥之别,隔崖隔海,无舟可渡,唯有自渡。

　　只不过,她自渡失败。而他们两人的结局是潦草离散,遗憾收尾。

　　秋随醒来的时候已经是早上十点,来接她去贝加尔湖畔的专车司机下午两点才到酒店。在没有工作时间充足的休假期,秋随绝对不是一个勤奋的人。

　　她懒洋洋地从被窝里伸出一只手,拨通了床头柜的电话,喊了份早餐送上门。五分钟后,门铃声响起。

　　秋随开门接过早餐,还意外地从服务员手中接过了一份信封。她睡意蒙眬,还没有反应过来,晃了晃手里的信封:"这是,给我的?"

　　服务员点头:"对的,是您隔壁房间的先生上午离开的时候,留给您的。"

隔壁房间的先生？那不就是沈烬嘛。秋随意识逐渐归位，想起来沈烬昨晚的确提过，第二天一早九点就会离开，前往贝加尔湖。

"好的，谢谢。"

她不是很清楚沈烬为什么要给她留一份信封，明明可以直接发微信。

秋随咬了口面包，顺手打开信封里的纸条——到了贝加尔湖后来找我，我的药还在你手里。

秋随嘴里的面包突然就咽不下去了，昨晚离开沈烬房间的时候，她好像，忘记把那袋药盒留下来了。

因为心虚拍了沈烬的照片，又被沈烬那几句什么付费内容弄得心不在焉，离开沈烬房间的时候，她是落荒而逃的。

她回房从抽屉里翻找出药盒，拍了张照片，发给了沈烬的微信。

秋随："你现在到贝加尔湖了吗？住在哪间民宿的哪个房间？"

几秒后，沈烬的消息弹了出来。

沈烬："你礼貌吗？上来就问我住在哪里？合适吗？你要做什么？"

她恶狠狠地咬了口面包，又喝了口酸奶，手指飞快地在屏幕上打字。

秋随："要把药盒给你送过去。"

沈烬："不知道住在哪里，司机接送，我不记地址。"

沈烬："你把你住的民宿告诉我，你到了贝加尔湖后，我去你住的地方找你拿。"

她倒是可以把安季普先生包下来的民宿的地址告诉沈烬，就怕沈烬进不来这家民宿的门。秋随从邮件里复制了民宿的地址，发送给沈烬。

沈烬："这张纸条，你就当作是看电影的电影票，观影券。"

她咬了下唇，慢吞吞地打字："电影内容是什么？你的裸体吗？那这部电影对观看人群应该有所限制，十八岁以下群体不得观看。"

半响后，沈烬那头一次性回了好几条消息。

沈烬："电影内容明明是我的裸背，十八岁以下人群观看是可以的。"

沈烬："但我没有料到，你想看的远不止此。也不是不行。"

沈烬:"我说过了,付费内容,仅会员尊享,记得给钱,超前点播也可以,金额加倍。"

真是好一个精于算计的商人。这天是聊不下去了,她直接摁灭了手机屏幕。

抵达贝加尔湖的时候,已经是下午五点。

秋随已经从安季普的秘书口中得知了工作安排,会议从后天中午开始,她还有明天一整天的休息时间。可能是这次的项目不属于非正式的会议,秋随也额外多得一天的休闲时光。

怀揣着度假的心情,秋随放下行李,裹了条厚实的围巾就出门去了湖边。

一月底的俄罗斯气温已然极低,贝加尔湖的风比市区的风更加狂妄,呼啸着从耳边吹过,几乎能够掩盖住旁人说话的声音。

湖面上早已经形成一条条的裂缝,昏黄的夕阳斜斜打下光线,衬得湖面的蓝幽深而静谧,湖面下无限冒出的蓝色水泡就在这一刻被凝固住,像是住在地下的银河系,永恒神秘,令人向往。

秋随用围巾围住下半张脸,双手插在兜里,悠闲地在湖边散步,和一个人擦肩而过的时候,一道声音在她耳边响起,音调并不熟悉,但是句式非常熟悉。

她听见女人说:"I am fine,thank you,and you."(我很好,谢谢你。)

秋随脚步一顿,下意识地扭头看了眼。是一名黑发女人,年纪四十来岁,典型的亚洲人面孔,手里拿着手机,屏幕上是英语和俄语的翻译界面,正对着对面的俄罗斯人比手画脚地解释。

确认过眼神,是个不懂俄文但是英语还算不错的中国人。

"I am fine,thank you,and you."(我很好,谢谢你。)——直接让秋随梦回学生时代英语课堂。

秋随双手插兜慢悠悠地折返回去,对着黑发女人用中文问候了句:

"在找附近的卫生间吗？"

黑发女人一愣，迅速用标准的中文回答："你是中国人？"

"是。"秋随点了下头，又转身对着那名俄罗斯人用俄语说道，"我带她去吧，不麻烦你了，谢谢。"

那名俄罗斯人离开后，秋随才转身看向黑发女人，语言也重新切换为中文。

"阿姨，"秋随笑了笑，"这一片湖附近没有简易卫生间，您只能回自己住的民宿上厕所。"

"啊？"黑发女人眉头微蹙，沉默了几秒后，她点了点手机屏幕，将屏幕伸到秋随眼前，"这是我住的民宿的地址，小姑娘你知道怎么走吗？我记不太清楚回去的路线了，我叫许婉，你直接叫我许阿姨就好了。"

秋随看了眼屏幕上的民宿地址和图片，不由得弯了弯唇角。

"我知道怎么走。"这是她曾在贝加尔湖居住过的民宿，秋随伸手指了一个方向，"你不介意的话，我送你回去。"

"小姑娘，你是来度假的吗？我看你俄语挺好的。"

"来出差的。"秋随解释，"我就是俄语翻译。"

"俄语翻译。"许婉语气惊喜，顿了下，忍不住诉起苦来，"哎呀，翻译好啊，我儿子也精通俄语，不过也没什么用。我这次就是和我老公来贝加尔湖度假的，原本还想着让我儿子过来陪陪我们，顺便当翻译。他倒是松口答应过来了，但就是不肯住在我们包下的那间民宿里，说什么有事要办。我看啊，他就是个不孝子。"

"许阿姨您……把民宿包下了？"秋随没太在意许婉口中的儿子是谁，倒是比较惊讶许婉居然包下了一整个民宿。

那家民宿她住过，是贝加尔湖价格偏高的民宿，何况一月份的贝加尔湖是出行热季，价格更是要翻上好几倍。没想到许婉一出手，直接包下整个民宿。

许婉点了下头，也没觉得哪里不对："是的呀，虽然是第一次来贝加尔湖，但我们也不是第一次来俄罗斯了，根本吃不惯这里的食物啊。包下民宿，一楼的厨房想用就用，否则就得排队等着用厨房。"

秋随对此倒是颇为赞同，的确没多少中国人可以吃得惯俄罗斯的食物。

"不过，"秋随领着许婉朝民宿的方向走去，微微侧头同她说话，"贝加尔湖还是有一些不错的食物的，比如这儿的鱼，真的很新鲜，在您住的民宿附近就有一家餐厅，有兴趣的话阿姨可以和您丈夫，和那个……"她顿了下，犹豫了几秒，才说，"可能还是比较孝顺的儿子一起去。"

许婉顿了下，突然哈哈大笑起来。她嘴唇动了动，往秋随的方向凑了凑，正要说话，手机铃声突然响了起来。

秋随不经意低头瞥了一眼，来电人——不孝有三，单身为大。

还真是不孝子，还是个单身不孝子，这个许阿姨，真真是个妙人。

许婉也不避讳，拿着屏幕对她晃了晃："不孝子来电了，我先接个电话。"

秋随点了下头，她没有偷听别人电话的习惯，很自觉地走远了几步，狂风一吹，她勉强只能听清许婉的声音，话筒对面的声音都随风散去。

"妈，"沈烬打开房门正准备出门，"我刚刚看到您的消息了，定位给我，我现在出门。"

"不用了。"许婉冷笑三声，"你妈我运气好，在路上遇到了好心翻译。"

"什么好心翻译？"沈烬按了按眉心，"您别是遇到骗子了。"

"谁是骗子谁是骗子？距离我两百米处就是我住的民宿，"许婉说，"我看你才是骗子，你不来我和你爸隔壁住，你跑哪儿去住了？"

听闻两百米处就是民宿后，沈烬扯了下唇角。他慢悠悠地回到沙发，语气吊儿郎当没个正经："跑您儿媳妇隔壁住了。"

"儿媳妇，"许婉压根不信这话，她忍不住翻了个白眼，"你当变魔法呢？你要是真给我变出一个儿媳妇出来我也就算了，就你现在这个情况，我看你有对象的速度，还赶不上你有弟弟妹妹的速度。"

"行，"沈烬轻嗤了声，"那到时候看看，我爸和我谁更厉害一点。"

"当然是你爸。"许婉语气一顿，突然想到了什么，扭头看了眼低头玩着手机的秋随，心底突然冒出了一个想法，"当然，如果你想赶超你爸，妈妈这里也有个作弊的方法，你要不要听听？"

秋随心不在焉被迫听了几句许婉和那位"不孝子"的对话，一边低头打开了姜嘉宁的微信。她一直以为，姜嘉宁昨晚没及时回微信，是因为两国时差的原因。现在才知道，根本不是。

春节快到了，七天小长假来了，部分有年假的幸运儿一次性休了两周，又到了每个人都蠢蠢欲动世界很大我想去看看的时候了。

许婉和她那位不孝子是，姜嘉宁也是，姜嘉宁度假跟团去了撒哈拉大沙漠。沙漠云少，适合几个人躺在沙丘上，围成一排并肩看星星。

姜嘉宁给她发了一张撒哈拉沙漠满天繁星的照片。秋随眼睛一亮，忍不住点开照片放大。

幼年时候，秋随曾经和黎娴去了郊区的外婆家小住，那时候，她也曾经看过这样布满夜空的繁星，明亮璀璨，满天星辰，美好难忘。

后来，可能是因为环境骤变，她再也没有欣赏夜空的心情。也可能是因为空气一年不如一年，她每次抬头，都只能看见稀疏的星星，再也没有见过当年令人舍不得挪开视线的景色。

照片后是姜嘉宁发来的微信。

姜嘉宁："我从来没见过这么好看的夜空，真实的景色比单反拍出来的还要美上几千倍。"

姜嘉宁："你现在在贝加尔湖了？那你有空拍了拍贝加尔湖的夜空给我看。"

和姜嘉宁随便聊了几句，许婉那边也挂了电话，秋随收起手机，指了指眼前的民宿："阿姨，您住的地方就在这里，您快进去吧。"

许婉冻得哆哆嗦嗦，但还是没有进门，她拿着手机，切换到了微信二维码，伸手放在秋随眼前："小姑娘，加个微信吧。我和我老公说了，今晚就在隔壁的餐厅吃鱼，你也一起来，阿姨请你吃，就当感谢了。"

"不用了。"秋随摇了摇头。她没有和不太熟悉的人一起共进晚餐的习惯，何况，今天晚上，沈烬还得来取药盒。

秋随叹了口气，开口解释："我今晚有事，抽不开身。"

许婉也没有强求："那就算了，但你还是得加阿姨一个微信。阿姨也不会俄语，我看你对贝加尔湖熟悉得很，又精通俄语，说不定阿姨在这里遇到麻烦事情，还得找你帮忙呢。"

这倒是不好拒绝，秋随没再推辞，打开微信添加了许婉为好友。

回到民宿房间，已经是晚上七点。秋随从行李箱中翻出了几袋辣条面包和榨菜，就着俄罗斯并不好吃的面包解决了晚餐。

她看着随着榨菜一起被拿出来的药盒，叹了口气。躲得过初一，躲不过十五。

秋随："我到贝加尔湖了，你有空可以过来取药盒，我住的民宿地址和房间号已经发给你了。"

沈烬回复得倒是挺快。"行。"

为了保证安季普的人身安全，这间民宿有着严格的出入要求，虽然知道沈烬和安季普是熟识，秋随还是忍不住提醒了一句："到了民宿门口就告诉我，你可能进不来这间民宿。"

几秒后，沈烬的消息弹了出来："你打开房间。"

秋随一愣，她低头确认了眼时间。这才不过短短三秒钟，沈烬这就到民宿门口了？不能够吧。

她现在住的这家民宿距离任何一家民宿，都有些距离，这也是安季普选择这家民宿的原因，安静不吵闹，又足够安全。

秋随困惑不解："这么快……你就到民宿门口了？"

沈烬没有回答这个问题，下一句消息又紧接着弹了出来："走到对面的房间，然后敲门。"

她握着门把手正准备开门的动作突然一顿,一种不太吉祥的预感油然而生。难道,沈烬,就住在她对面???不是吧!

秋随眨了下眼,又觉得这个猜想实在匪夷所思。

要知道,这家民宿是安季普专门包下给参与会议的中国商人住的。沈烬早在伊尔库茨克的时候,就和安季普沟通完了所有事宜,所以并不会参与这次会议。但是,联想到沈烬和安季普的关系,秋随又觉得,一切皆有可能。

她抬起手,在敲响对面房间房门的时候停顿了几秒,才咬了下唇,敲了三声房门。

片刻后,房门朝里拉开。秋随抬眼,对上一双漆黑的凤眸。

对视沉默许久,沈烬才轻轻"啧"了声。

他微不可察又无奈地叹了口气,随后,拿起手机仔细又认真地看了两三遍,才摇了摇头,打开房门,示意她进门:"还真是你啊,啧,我本来没打算把房间号告诉你的,这不是巧了吗?我原本还打算,找个其他人替我上药的。"

听沈烬这语气,发现自己住在她对面房间,还挺失望。秋随暗自庆幸这一次的沈烬,终于好好穿了一次衣服。

不得不说,还是得感谢贝加尔湖的超低温天气。

她将一袋药盒搁在床头柜,将散落的长发别到耳朵后,声音平静:"你现在找其他人给你上药也来得及,我还可以顺便传授一些上药的经验。"

沈烬居高临下地看着她,微微抬了抬下颚,带着股傲慢的神色,意味深长地开口:"比如,上药的时候,可以顺便拍一些令人心动不已的付费夜景?"

他语气平淡,但是说到最后,刻意着重强调了"付费夜景"四个字,咬字清晰又干脆。

硬了,拳头硬了。

她抿了下唇,慢悠悠地开口:"真要算起来,其实不是我付费,应该是你付费。"

沈烬挑了下眉:"怎么说?"

秋随面不改色,语气真挚:"虽然你的裸……"她顿了下,才继续开口,"裸背是付费内容,但是吧,我也给你上药了,我的上药人工费,也属于付费内容。"

秋随:"你现在把我的接班人喊过来,我传授一些经验,叮嘱一些细节,你可能还得给我付笔教导费。"

他沉默了几秒,突然唇角一松,慢吞吞地摇了头:"原本想喊的,现在想想,算了,以免再被你讹一笔教导费。"

她倒也不是贪这点钱,但是——

"我记得,你好像也不是很缺钱。"

沈烬点了下头:"话是这么说,但是,节约是中华民族传统美德,你不是也提倡节约嘛?"

虽然她是这么想的,但是——

"我什么时候说过提倡节约。"

沈烬:"我给你留下一份信封的时候,你说,下次直接发微信,节约低碳又环保。"

沈烬懒洋洋地朝她伸出一只手,语气拽拽道:"拿来吧。"

秋随一愣,下意识地询问:"多少钱?"

沈烬神色不耐地瞥她一眼,拖着尾音,一字一顿道:"观影券。"

她伸手从口袋里摸出一张纸条,交到沈烬手上:"给你,你的……准确来说,是,观裸背券。"

有了之前的经验,秋随甚至不用再看药盒上的医嘱和注意事项,二十分钟后,她收拾好药膏和药水,进卫生间洗了把手。出来后,她转身要走,突然被叫住。沈烬的声音从身后传来,似乎极其困扰,带着几分无奈:"等等。"

秋随缓缓转过头,用清澈的眼神示意询问:"又怎么了?"

沈烬没吭声，沉默地盯着她看了几秒后，叹了口气。他拿起床头柜的手机，朝秋随丢了过去："接着。"

秋随一个措手不及，下意识地伸手接了个满怀。她要沈烬的手机做什么？

秋随越发茫然："你的手机给我干吗？"

"付给你的人工上药费。"沈烬言简意赅地解释。

人工上药费是一部手机？

见她一副百思不得其解的迷茫神色，沈烬挑了下眉，再一次开口解释："让你光明正大地拍一张我的照片，付费夜景。"

她看着手里沈烬的手机，半晌没有动作。

片刻后，秋随抬眼，同沈烬语气温和地商量："既然是我的人工上药费，费用标准是不是应该我来定？"

"行，"沈烬抬了抬下巴，"你说。"

秋随视线往上一抬，对上沈烬深邃幽远宛如磁石一般吸引人的眼睛："暂时没想好。"

顿了几秒后，她弯起唇角，语气柔和地补充："等我想到了，再来找你要费用，你不可以拒绝。"

四目相对间，她看见有几分情绪飞快地从沈烬的眼睛中一闪而过。

片刻后，他声音哑了些："怎么，霸王条款？"

秋随听见自己沉静的声音响起："算是吧，你也可以不同意。"

空气安静了几秒，沈烬点了下头。

"可以，"沈烬的声音听不出情绪，"那就等你想到了，再告诉我。"

02

秋随睡了一个极为安稳的觉，她伸着懒腰起床的时候，不过早上六点。想到第二天中午就要开始工作，她只觉得度假的最后一天一定要倍加珍惜。

比如再去一次湖边看看风景。毕竟前一晚，因为半路遇到许婉送她回民宿，晚上又忙着给沈烬上药，她其实没怎么欣赏贝加尔湖的好风光。

秋随特意起了个大早赶去湖边，没想到的是，贝加尔湖的一处已经围了一群人。她微微眯起眼睛，发现一群人中有些是摄影师，还有人手里拿着款式不同的各类服装。

秋随脚步一顿，她几乎不用走近细看，就已经猜到了这群人到底是干什么的，被他们围在正中间的人，又是谁。

果然如她所料，几秒钟后，一群人往外退了几米，空出了中间一大块空地。被围在中间傲慢地抬着头的人，不是俞染月还能是谁。

在知道了俞染月要在贝加尔湖取景的时候，秋随就想过她们撞上的可能性。但是真的遇上了，她还是忍不住想要直接转身就走。

她是这么想的，也是这么做的。

但很明显，并不是事事都会如她所愿。

秋随转身离开还没走几步，一个拿着摄影机的人突然冲到她跟前，上下扫视了她几眼后，眼睛一亮，用令她措手不及的速度摁下快门，拍了几张照片。

秋随一愣，反应过来后，下意识地抬手遮脸。

等到刺眼的灯光消失，秋随才皱着眉头，放下了遮住脸颊的右手。

她语气并不是很好，只是强迫自己维持住礼貌和客气："请你把我的照片删除，在我没有同意的情况下，你拍摄我的照片，不太好吧。"

摄影师露出一个歉意的笑容，开口解释："是这样的，我们是俞染月团队的摄影师，俞小姐现在在湖边拍摄MV取景，想邀请一些人做群演，我觉得你很适合大荧幕，你真的非常适合上电视，你有兴趣吗？价格好商量。"

秋随深吸了一口气，冷笑了声："群演？"

摄影师点头："对，你什么都不需要做，就是在湖边走路就行。"

秋随扯了下唇："俞染月的背景板？"

摄影师挠了挠头，觉得这句话似乎带着点怒气，但是这么说好像也没错，他又重重点了下头："对的，你不用紧张，我们会指导你的。"

"我不紧张。"秋随闭了闭眼睛，压下心口迅速沸腾的怒气，她知道摄影师没有恶意，但是俞染月的背景板，她已经做够了，"我不答应，所以请你马上离开，还有把我的照片删除。"

摄影师显然没想到会被拒绝，他嘴唇动了动，想要劝说，有一句尖锐的女声从不远处传来："周麟，要拍摄了你跑到这里做什么？"

声音实在过于熟悉，仿佛是一道咒语，唤醒了秋随所有的噩梦回忆。她深吸了口气，挺直脊背，站在原地没动，直到那张熟悉的脸庞进入她的视线。

空气瞬间安静下来，有一种说不清道不明的情绪流淌其中，两人对峙站着，彼此都没吭声。

被叫作周麟的摄影师也不是不会看脸色，很快就发现了其中的不对劲。他视线在俞染月和秋随中来回徘徊，最终犹豫着开口："你们认识？"

异口同声响起两道声音：

"不认识。"

"怎么可能。"

周麟没敢再多问，只是对着俞染月语气耐心地解释自己离开的原因："俞小姐，你看，我打算让这位小姐参与你的MV拍摄，这是一张天生就适合荧幕的脸啊，如果她能给你做群演，你的MV质量别的我不敢保证，画面绝对是一流的。"

"就她，"俞染月不屑的眼神上下扫视着秋随，语气中的嘲讽毫无掩饰，"你的眼睛没问题吧，瞎了可以直接辞职。这种阿猫阿狗的货色，也配进我的MV，当我的群演？我的MV质量自然是一流的，但是就你这样的审美能力，我可不敢确保我对MV的画面感到满意。"

秋随站在原地没动，也没吱声，她只是安静地听着俞染月的讽刺和讥笑。

这种话,她听了太多次。何况,这里大庭广众之下,俞染月好歹也是个公众人物,过过嘴瘾也就罢了,其他更过分的话和事是绝对不敢多说多做的。

她只是双手插在口袋里,默不作声地打开了手机的录音功能。在外多年,别的技能她不敢说掌握得多好,唯独闭着眼睛录音和报警这两项技能熟练掌握。

等到俞染月终于住嘴,秋随才开口:"说完了吗?"

她没等俞染月回答,径直继续说:"说完了你就可以走了,我在这里祝你的MV拍摄顺利。你对群演的选择标准如此之高,那么,如果销量不好,可不能赖在我们这些被你瞧不上的阿猫阿狗身上,只能怪你自己的能力不太行。"

秋随没再搭理俞染月,转身离开回了民宿。原本的好心情,在遇到俞染月之后,一扫而空,秋随索性直接回房间继续睡觉。

但她睡眠时间挺足,现下也不觉得困,躺在床上辗转反侧,半梦半醒间,她突然想起了高中,也有一次,她不知道又是哪里触到了俞染月的霉头,被俞染月阴阳怪气指桑骂槐地嘲讽了一顿。

那时候,她还是仰仗他人鼻息生存的人,待在俞家,受了委屈,也只能打碎了牙咽下去。

只是她气不过,躺在床上给沈烬发了短信。

秋随其实也想不起来自己到底发了什么内容,她不想告诉沈烬自己的身世,就只给沈烬抱怨了心情不好,至于理由,可能只是胡编乱造了一个。

她没指望沈烬能够给什么回应。没想到的是,沈烬的短信来得很快。

沈烬:"想看日出吗?"

沈烬:"你如果起得来,我们就明天去看。"

秋随:"起得来!!!几点?"

沈烬:"五点我来你家楼下接你,你轻点声出门,记得定好闹钟。"

那是她人生第一次看日出。也是第一次，在被俞染月嘲讽后，没有失眠做噩梦。

可能是因为，怀揣着对第二天的期待，秋随强迫自己早早入睡。得益于黎娴和俞绍辉对她的放养政策，她甚至不需要打招呼，四点四十分起床后，她蹑手蹑脚地洗漱完毕，收到沈烬的消息，打开房门下了楼。

五点的天还没亮，阴沉沉的，湿润的空气中还夹杂着前一晚的泥土香味，路边的野草上盛着晶莹的露珠。

秋随坐上沈烬的单车后座，声音里是克制不住的喜悦："沈烬，我们走吧。"

少年眼底染上了点青色，可能是没睡够的原因，他掩嘴打了个哈欠，懒洋洋的声音中带着困意，平日冷淡的气息倒是因此冲淡了不少。

沈烬载着她骑了一路，因为看日出的计划实在突然，就连沈烬也没想好到底要去哪里看日出，索性骑着车漫无目的地瞎逛。

那是一个漫长的日出。

秋随坐在单车后座，第一次感受到了自由和散漫。

她抬眼，看见原本阴沉的天空逐渐被明亮划破，越来越多的日光洒落下来，夹杂着露水的湿润空气变得干燥，偏僻的街道开始充斥人声、车铃声和车笛声，呼吸间不知不觉有了油条、酱香饼和豆浆的气味。

她和沈烬像是两个悄无声息的路人，不经意间窥见了申城清晨的秘密，知道了这座城市的早晨，是如何在不知不觉间，不动声色地发生了变化。

好像也是在那一天，秋随突然有了一些勇气。

她和沈烬等了大约三十分钟，看见了日出。

太阳彻底升起的那一瞬间，秋随心底所有的负面情绪都随着阴沉的天空一起，烟消云散。

每一天都有日出。

她想，她的人生，应该也一样，总有一天，可以等到一个日出。

秋随在酒店房间里待了几乎一天,她不想出门和俞染月撞上,索性在房间里整理第二天中午开始的会议资料。

整理完资料,天色已经暗了下来。这种天气,秋随不用想也知道,俞染月应该已经收工回民宿房间了。她心不在焉地应付着吃了几口晚饭,和姜嘉宁随意聊了几句,突然推开桌上的晚餐。

屏幕上,微信对话框停留在姜嘉宁的消息上。

姜嘉宁:"随随,你根本不用介意俞染月,你已经走出俞染月的阴影了,俞染月现在还能拿你怎么样呢?随随,你早就掌握住自己的人生了。"

姜嘉宁:"所以,答应我,现在出门,去看一看贝加尔湖的夜空。然后,拍照!!!发给我!!!"

秋随:"我心动了。"

秋随:"不瞒你说,我之前住在民宿的时候,就遇到过几个人,问房东借了木柴,一群人抱着木柴去湖边看星星。"

姜嘉宁:"为什么要借木柴?房东又为什么有木柴?"

秋随说着,好奇心也"噌"地起来了,她关了手机,跑下楼,趁时间还早房东还没休息,敲响了房东的门。

说明来意后,房东见怪不怪地拐了个弯,进了另外一个房间,抱了几捆木柴出来。将手上的木柴放下后,房东又转身进门,拿了把斧头,递给秋随。离开前,房东扫了她一眼,叮嘱道:"力气大点,否则你是劈不动这些木柴。"

秋随似懂非懂地点了点头,她抿了下唇,颇为好奇地弯腰,捡起地上的斧头,打算小试牛刀。但在拿起斧头的瞬间,秋随就知道了。

不可能的,这辈子都不可能的,这是她第一次拿斧头,应该也是人生最后一次拿斧头了,她要两只手才能勉强拿起地上这个"庞然大物",更别提握着它轻轻松松将木柴劈成两半。

总不可能让房东又一次出门替她劈木柴,这不是房东的职责范围,更何况,这个房东愿意免费提供这几捆木柴就已经很不错了。

秋随重新打开手机,正打算"百度一下,你就知道",屏幕上突然弹出了沈烬的消息。

沈烬:"人工上药费用还没想好吗?"

秋随盯着那行字出神片刻,眨了下眼,她拿起手机,拨通了沈烬的语音通话。

沈烬漫不经心的声音从手机里传出来:"喂?"

秋随抿了下唇,在脑海中斟酌了好一会儿用词,才慢悠悠地开口:"人工上药费用,我想好了。你不是答应了吗,霸王条款,我提要求,你答应。"

沈烬嗤了声:"你说。"

秋随声音冷静:"你把床上最厚的被子拿出来,我在楼下等你。"

半分钟后,沈烬意味不明地笑了声,秋随觉得这笑声情绪还挺饱满,像是每一个音符都在暗指些什么。

紧接着,沈烬慢条斯理地开口:"被子?"

秋随深吸了口气,耐心解释:"不是这个要求,这只是请你下楼顺手帮的一个忙而已。"

沈烬话里带了几分玩味:"行,不是这个要求,那你说说,要求是什么?"

秋随伸手碰了碰自己两只手才能勉强举起的斧头,又凑过身去,用自己细嫩的胳膊比了比地上的木柴,好家伙,一根木柴至少有她两个手臂那么粗。

"我的要求是,"秋随诚恳地开口,"请你下楼,帮我劈木柴。"

挂了电话后十分钟,秋随接过了沈烬手里的一床厚被子,她跺了跺脚,没有片刻停歇就将被子披在了身上,把自己裹进了舒适厚实的棉花里。秋随裹着被子坐在一楼的石凳上,缓缓转过头,看向沈烬。

民宿外没有灯光,只有一楼房间的几缕灯光透过玻璃窗洒落出来,庭院正中间是一棵叫不上名字但是看上去一把年纪的大树，遮住了原本清朗皎洁的月光。但这一切，并不妨碍沈烬看清地上的几捆木柴，以及木柴旁的一把斧头。

沈烬盯着地上那堆他知道是什么但从没有接触过的物品，世界安静了几秒后，沈烬转过头，视线落在石凳上裹着被子只露出一张脸的秋随。

秋随看见沈烬的眉心轻微地一挑，眼神中带了点不可思议和荒唐的情绪，口吻倒是挺平静："这是什么？"

"斧头和木柴。"秋随解释完，顿了下，又接着详细说明，"我打算去湖边看星星，但是太冷了，所以想着在湖边烧篝火，这些木柴是房东给的，斧头也是房东借的，斧头我真的拿不动，所以请你下楼来，帮我劈木柴。"

她自认为自己这番话已经说得很清楚了，但是沈烬却仿佛没听懂："劈木什么？"

秋随耐心地重复："劈木柴。"

三秒后，沈烬稍稍偏了下头，像是没听清："什么木柴？"

秋随眨了下眼，轻声重复："劈木柴。"

又是三秒，沈烬表情仿佛僵了一会儿，片刻后，再次确认："劈什么柴？"

秋随暗暗吐了口气："劈木柴。"

话音落下，她非常善解人意地给沈烬解围："怎么了？也触及了你的知识盲区吗？如果你不会，我也可以请其他人帮忙的。"

沈烬面无表情地看着她，没承认也没否认。静默无言一会儿后，秋随正想着要不要请开口请沈烬回房间，另请他人帮忙的时候，她看见沈烬拿出了手机。

她犹豫了一会儿，还是将准备好的说辞咽了下去，询问道："你在做什么？"

沈烬忙着刷手机，头也不抬地回答她："百度。"

话音落下，秋随听见手机里传出了字正腔圆的播音腔："劈柴最重要的，是找准劈柴的位置，这里教大家几个劈柴小技巧……"

半小时后，地面上的几捆木柴被斧头劈成了一堆小木块和小木条。

秋随看着地面上那堆逐渐成形的木条，眼睛倏地亮起来。

她忍不住揉了揉眼睛，觉得眼前这一切实在是太神奇了，以至于她的声音都不自觉有了几分激动和崇拜感："沈烬，你可真是个劈柴小能手，以前怎么没发现你有这方面的天赋呢？！"

沈烬挑了下眉，丢开斧头，拍了拍手，语气狂妄又嚣张："纠正一下，是我一向无所不能。"

她坐在石凳上，不自觉地抬头看向面前的男人。他眉眼舒展，神色闲散，额头上浮起薄薄的汗，厚实的羽绒服外套不复原先的干净整洁，因为弯腰劈柴的缘故，沾染了片片木屑，衣角处皱褶明显。

不知道为什么，秋随突然想起，在伊尔库茨克的时候，她欠了沈烬一个微醺的夜晚，和一杯威士忌。因为沈烬受伤，说好的威士忌没了下文，她突然想还给沈烬一些什么，比如，也许在城市很难看见的满天星光。

"沈烬，"秋随语气随意，"既然你无所不能，再帮我个忙呗。"

沈烬拍了拍羽绒服上的木屑，轻瞥她一眼："你还挺会，得寸进尺。"

秋随弯了弯唇："晚上的贝加尔湖没什么人，我一个人去有些怕，如果你有空，一起去看星星呗。"

沈烬直勾勾地盯着秋随，秋随面不改色地迎上他的目光。四目相对间，庭院再一次陷入了诡异的安静，只有狂风呼啸而过吹动树叶发出的簌簌声。

过了几秒，沈烬才收回视线，扯了下唇角："只是看星星？"

秋随想了会儿，语气认真地建议："如果你怕冷，最好再上楼去拿一床厚被子，湖边是真的很冷。"

沈烬神情莫测地挑了下眉，随后点了下头，转身朝楼上走："行。"

话是这么说，但是第二床被子依然被秋随抱在了手上。把斧头还给房东后，沈烬捧着地上的一堆小木块和小木条，从民宿走到了湖边。

夜晚的贝加尔湖风大气温低，湖边沙滩上几乎无人，蓝色的湖面重新恢复宁静。秋随肩膀上裹着一床被子，手里抱着一床被子，丝毫没有觉得半分寒冷。

沈烬将小木块和小木条堆叠在一起，用打火机点燃了其中几根木条，很快，火势蔓延，湖边的沙滩上，篝火燃起。

秋随人生中第一次亲眼看见篝火，她几乎是飞奔到篝火前坐下，顺手拍了拍身边的位置，朝沈烬递过去一床被子。

眼前的篝火熊熊燃烧，秋随裹着被子，并不觉得寒冷，就连耳边呼啸的狂风都成了此刻自带的背景音乐。

和白天相比，夜晚的贝加尔湖别有一番另类的风景。

贝加尔湖颇为辽阔，湖水冰蓝，湖面已经结冰，目光可及之处是贝加尔湖的几处悬崖，站在悬崖之上，俯视深蓝色凝固的湖面，只让人感慨自然风光无一处不美妙，又让人深觉自己的渺小。

她抬眼，看见漆黑的夜空中繁星密布，星光璀璨，就仿佛姜嘉宁微信里的那张照片从屏幕照进了现实。

比童年在外婆家看到的星光还要好看。

在冬天围着篝火躺在沙滩上看星星的梦想，姜嘉宁没有实现，但她好像，在这一刻，实现了。

至于替她实现梦想的人，秋随忍不住侧眼看向身旁的男人。

篝火燃起阵阵烟雾，随着狂风吹到她和沈烬周围，模糊了沈烬的侧颜，也模糊了秋随的理智。

不知不觉间，她又回忆起和沈烬的第一次争吵。

贝加尔湖，有崖有海。

她和沈烬，隔崖隔海。

无舟可渡，唯有自渡。

她自渡失败，但沈烬好像，没有失败。

秋随没有想过，在多年后，她和沈烬能够和平又和谐地坐在贝加尔湖的沙滩上，围着他亲手劈好的木柴看星星。

此刻，就仿佛沈烬跨过了深渊大海，攀过了陡峭悬崖，来到了她身边。

他曾经送过她人生的第一次日出，给了她盼望人生日出的希望。

这一次，沈烬又送给了她人生的第一次篝火，以及无可比拟的满天星光。

秋随托着下巴，想起沈烬不久前狂妄的语气——无所不能。

其实，沈烬也不是无所不能，比如，劈柴前还需要咨询劈柴的十个小技巧。

但秋随看着眼前烟雾缭绕的红色篝火，又突然觉得，沈烬他就是无所不能。

无火取暖，沈烬会劈柴。

无舟可渡，沈烬会造舟。

秋随盯着眼前的篝火，看着它们熊熊燃烧，火势猛烈又旺盛，直到不知道什么方向刮过的狂风一吹，火势慢慢熄灭。

她一愣，反应过来，伸手推了推沈烬："沈烬，打火机呢？没火了。"

沈烬按了按眉心，凑过身用打火机重新点火，或许是狂风大作的原因，火势总是烧不起来。试了几次，秋随没了耐心，她托着下巴，慢悠悠开口："沈烬，要不你百度一下，如何钻木取火吧？说不定你在这方面，也天赋异禀。"

他试图第 N 次点火的手一顿，回过头看她："我们不是参加荒岛求生综艺节目。"话音落下，沈烬似乎又想起了什么。他继续转过身点火，语气稀松平常地询问，"如果去荒岛，带一个人，你带谁？"

秋随思考了一会儿，颇为正经地回答："鲁滨逊吧。"

他盯着秋随看了片刻，像是无法理解地询问："为什么？"

秋随温和地解释："荒岛上应该是没有网络的，所以，没办法百度如何劈柴。"

秋随:"鲁滨逊就不一样了,就算没有网络没有百度,他应该也会劈柴和钻木取火。"

他慢条斯理地回过头继续点火,背对着秋随,懒洋洋的声音随着晚风吹到秋随耳畔:"那恐怕不行,鲁滨逊有星期五了。"

她视线落在半蹲在地上,无数次尝试点火的沈烬身上,沉默着弯起了唇角。如果去荒岛,她当然也只会选择沈烬。毕竟,沈烬无所不能。

由于风势的缘故,篝火是没办法再点燃了。秋随也不觉得有多遗憾,她实现了姜嘉宁没有实现的那个梦想,而且,是和沈烬一起。

离开前,秋随想起姜嘉宁的叮嘱,对着夜空连续拍了好几张不同角度的照片,发给了姜嘉宁。

03

第二天中午,安季普的会议进展得比想象中还要顺利,原先预计两天才能结束的会议,不过半天的时间,会议的所有事项就已经提前完成。

安季普公务繁忙,提前离开贝加尔湖前,他特意让秘书转告秋随,按照原先的会议计划,这家民宿依然被他承包到明天晚上。

虽然工作已经提前结束,但是秋随如果想要在贝加尔湖多游玩一天,还是可以继续在民宿多住一天的。

提前回国,也会刚好撞上国内的春节假期,秋随成年后便再也没有和俞家的一家三口一起过年,也从来没有半分要在春节和所谓的家人团聚的想法,索性计划在贝加尔湖再游玩一天。

她坐在民宿房间的沙发上,重新打开已经整理好的行李箱,顺手和姜嘉宁聊了几句。

姜嘉宁:"这么一对比,我还是觉得撒哈拉沙漠的星空更好看。"

秋随不甘示弱地回怼:"当然是贝加尔湖的星空更好看,你的是用单反拍出来的,我是手机随手拍的,清晰度能比吗?"

姜嘉宁："那至少从照片上看，就是撒哈拉沙漠的星空更好看。你觉得贝加尔湖的更好看，可能是因为那是沈烬陪你看的星空。"

秋随："闭嘴吧你。"

微信上弹出了几条未读信息，几条是来自姜嘉宁的，还有几天居然是，来自许婉的。秋随一愣，以为许婉是遇到了什么麻烦事。

她放下衣服，点开许婉的对话框，屏幕上密密麻麻几条全是许婉发来的消息。秋随一目十行飞快地扫了几眼，有些头痛地揉了揉眉心。

许婉倒是没遇到什么麻烦事，只是接连几条消息，字里行间都在极力给她推销自己的儿子，那位传说中的单身不孝子。

她从许婉发来的消息中总结了一下那位单身不孝子的基本情况，钱多事少，清心寡欲，感情干净，高冷帅哥，心动可入。

她抿了下唇，也不知道应该如何回复。平心而论，她对许婉印象还不错，至于那位"不孝子"，她的确兴趣不大，但是头一回遇见这种情况，她苦恼如何委婉拒绝。

秋随叹了口气，索性将这件事情简单概括了下，场外求助姜嘉宁。

姜嘉宁主意一向多，这一回也没让秋随失望："这还不简单，你就挑一个不孝子的毛病，然后告诉那位好心阿姨，那是你的择偶底线。"

一语点醒梦中人，秋随恍然大悟。她在脑海中措辞了一会儿，很是客气地给许婉回复。

秋随："谢谢许阿姨的好意，不过，我这个人其实比较麻烦，择偶方面一直都比较挑剔。"

秋随："虽然我也喜欢钱多事少，清心寡欲，感情干净的高冷男人，但我有一个择偶底线。"

秋随："我喜欢那种对家人非常非常非常非常非常好的男人，比如孝顺爸妈。"

回复完许婉，姜嘉宁的消息再一次弹了出来。

姜嘉宁："话都说到这份上了，我不问一句也说不过去。"

姜嘉宁："我们随随现在的择偶标准到底是什么呢？"

秋随盯着屏幕上"择偶标准"四个字，有一瞬间的失神。她的视线不自觉地往上挪了几寸，看见了姜嘉宁先前的一句话："你觉得贝加尔湖的夜空更好看，可能是因为这是沈烬陪你看的星空。"

秋随深吸一口气，垂眸，沉默着打字，指尖在屏幕上缓慢移动。过了几秒后，她的信息发送了过去。

秋随："择偶标准：会劈柴的。"

姜嘉宁只清楚秋随和沈烬裹着棉被在湖边看了一晚上星星，对于篝火和劈柴，倒是一无所知。那句没头没尾的择偶标准微信，也被她自动忽略，只当作是一个玩笑。

秋随动作不停地收拾行李，顺便敷衍解决了晚餐。她和姜嘉宁聊了半小时，并不明亮的民宿房间内突然天光大亮，紧接着传来噼里啪啦烟花燃放的声音。

秋随被这声音吓得一激灵，下意识地顺着声音看过去。窗外的烟花在夜空中划出优美的弧线，绚烂夺目，几秒后再华丽谢幕。

秋随欣赏这场烟花直至落幕才意识到，今晚是除夕夜，窗外的烟花也是几个中国商人在放着庆祝的，不过这样的团圆日和她一向没什么关系。

紧接着微信上弹出了密密麻麻的消息，成功营造出繁荣的氛围，但仔细一看，就会发现八成都是群发的祝福。

秋随随手回复了几句，又挑了几个单独发祝福的朋友聊了几句，朋友圈从上往下刷几页，无非是新年许愿，回顾历史，以及晒的年夜饭。

俞染月也不例外，她的朋友圈放了两张照片。一张是她和黎娴以及俞绍辉的合照，还有一张是让人馋涎欲滴的年夜饭照片。

只要秋随不在，他们就是和谐幸福的一家三口。假使她还在俞家，他们也会直接当她不存在。

年年如此，时间久了，秋随也习惯了。她会在开饭前，自己盛一小碗饭，夹几筷子菜，然后回到自己狭小的房间里，一个人吃年夜饭，欣赏稍纵即逝的烟花，度过这个看似热闹的一天。

秋随盯着那两张照片看了片刻，突然觉得索然无味，她直接关闭了朋友圈入口，退回到了和姜嘉宁的对话框。

姜嘉宁："祝我们随随新年快乐，我给你带了神秘的新年礼物。"

五分钟后。

姜嘉宁："秋随！！！你五分钟没回我消息了，给我老实交代，是不是沈烬过来陪你一起过除夕了！！！"

她不想在除夕这样的日子对姜嘉宁重提俞染月，直接找了个理由敷衍了过去："新年快乐，我刚刚在欣赏烟花。"

片刻后，她抿了下唇，才补充另外一个问题的回答："沈烬来贝加尔湖有正事，他是来接人的。"

点击发送后，秋随有一瞬间的怔愣。可能是因为姜嘉宁提到了沈烬的缘故，也可能是，刷满屏幕的新年祝福发送人里，根本没有沈烬给她发的祝福的缘故。

姜嘉宁会这么猜测，是有原因的。

秋随记忆中，她几乎没有拥有过一个值得纪念的除夕。用几乎来形容，是因为也并不是全无美好的回忆，还是有过一次的。

是在高三，二月份的春节，距离六月份的高考只有短短五个月不到了，学校给他们放了七天假。其实也不算是假期，毕竟七天内，他们还要做完好几套试卷和习题。

除夕晚上七点的时候，秋随那部只能接收短信的老人机收到了沈烬的消息。

沈烬："想看春晚吗？"

秋随想起来，在放假前，她和沈烬提过，自己一直想尝试一次看春晚看到大年初一零点，再出门放烟花的体验。当然，一家人围坐在客厅看电视，再一起出门放烟花这样的经历。她曾经或许幻想过，但是这么多年下来，她也早就不抱希望了。

"不过，"她想了想，还是忍住了没把自己的身世告诉沈烬，而是胡编了一个理由，"他们担心耽误我的学习，所以不让我看电视了。"

她咬了下唇："想，但我看不了。"

沈烬："我带手机来，你找个借口溜出门，八点前我到你家楼下？"

她盯着屏幕上的几行字，心跳越来越快。她看着是个从不惹事的乖乖女，但骨子里的叛逆根本压抑不住："好，你到了发消息给我。"

其实根本不用编什么合理的借口，秋随出门的时候犹豫了片刻，还是对厨房洗碗的黎娴报备了一声。黎娴看都没看她一眼，手上洗碗的动作不停，极为敷衍地点了下头，既没有询问她为什么出门，也没有追问她几点回家，更别说叮嘱她注意安全。

那一瞬间，秋随只觉得自己多余又自恋。她在这个家仿佛隐形，甚至天高地厚地企图勾起一点名义上是她家人的一丁点关心。

以至于秋随看见沈烬的那一瞬间，最先冒出的情绪并不是惊喜，而是好奇和纳闷。

秋随神色茫然地询问："沈烬，你爸妈允许你这么晚出门吗？他们不担心吗？"

沈烬愣了下，可能没想到秋随的第一个问题是这个，不过还是诚恳地回答她："担心啊，我爸妈问了我出门做什么，几点回家，手机电量够不够，身上的钱够不够。"

秋随低下眼："担心你，还让你出门？"

沈烬挠了挠头："我说我找同学过除夕，我想做的事情，只要没有违反原则问题，我爸妈一般不会反对的。"说完，沈烬挑了下眉，仿佛猜到了什么似的笑起来。他微微弯下腰，和她的距离倏地拉近，"秋随，你爸妈把你管得这么严格啊。放心，就在你家楼下，你困了就上楼睡觉去。"

秋随抿了下唇，没吭声。他们怎么可能对她管教严格，他们是根本不管她。

那天晚上,她和沈烬隔着一段距离,并肩坐在小区的凳子上。沈烬拿着手机,正好八点整春晚准时开播,他们就这么凑着看完了一段春晚。

其实事情过于久远,秋随有点记不得那年春晚到底有哪些节目。她只记得,自己困意上涌掩嘴打哈欠的时候,沈烬屈起手肘碰了碰她。

"秋随。"沈烬喊她。少年的声音里有不容易被察觉的颤抖,秋随当时辨别了出来,不过只当是二月的天气过于寒冷,把沈烬的声音都冻得打战。

她侧头看他:"怎么了?"

沈烬垂眼看她,语气像是在开玩笑:"要不,以后每个除夕,我们都一起看春晚呗。"

他的脸在昏黄的路灯下,逆着光,秋随分明距离他极近,但是在那一瞬间,却看不太清沈烬的表情,也没办法去分辨沈烬这句话的含义。

秋随抬眼,她听见自己强装镇定地从喉咙里挤出了四个字:"什么意思?"

在秋随那时候的记忆里,沈烬是她唯一一个如此亲密的男生朋友。

她坐在沈烬的单车后座上看申城的日出,下了晚自习和沈烬一起留在教室里刷题。秋随清楚自己对于沈烬是什么情愫,但她不敢也没办法开口确认。更何况,她其实并不太懂,沈烬是如何看待她的。

空气安静下来,沈烬侧头,直勾勾地看着她。

秋随呼吸都快停住,像是在等待一个宣判。片刻后,沈烬笑起来,他语气平淡,但是落在秋随耳里,有种很难以言说的温柔。

秋随听见他说:"意思是,如果我们要一起过之后的每一个除夕看春晚,不如,就考同一所大学呗。"

顿了下,沈烬微微偏了下头,又开口补充:"至少,要在同一座城市吧。"

秋随眨了下眼,虽然谁都没有说破,但她已经猜到了,宣判的结果是什么。

她想,这真是一个大起大落不得安生的晚上。

离开家的时候,秋随无比清醒地意识到,她就是一个没有家人的小孩。但是此刻,秋随深吸一口气,视线落在意气风发的少年身上。

那时候,沈烬的五官已经逐渐褪去青涩的痕迹,明显有着矜贵和难以接近的气质,但现在,他却坐在这里,和她做一个略显俗气的约定。

上一秒,我觉得,我是没有家人的人。秋随想,她侧头凝视沈烬,心底阴霾又慢慢散去,但这一秒,我突然觉得,我也没有这么惨,沈烬,你就是我的家人。

秋随缓慢地点了下头,温和地笑起来,原本低落的语气此刻尾音不自觉地上扬:"好。"

她抿了下唇,又语气认真地补充:"还是同一所学校吧。"

沈烬眉梢一扬,笑意明显:"行。"

手机里狂轰滥炸的消息袭来,微信提示声接连不断,把秋随从回忆中拉回来。

秋随低头扫了眼,惊奇地发现,傅明博也给她发了消息。她点开傅明博的对话框,几条微信弹出来。

傅明博:"秋随姐新年快乐!!!"

傅明博:"其实我是有件事情想请秋随姐帮忙!!!"

傅明博:"秋随姐,救人一命,胜造七级浮屠啊!!! ballballu 秋随姐!!!"

秋随愣了一会儿,才明白过来"ballballu 是求求了"的意思,她忍不住笑出来,看得出真的急了。

秋随:"新年快乐。说吧,到底怎么了?"

傅明博:"秋随姐,我表哥是不是也在贝加尔湖?你帮我转告他一句'新年快乐'吧。"

傅明博:"然后帮我求求他,让他把我从黑名单里放出来。"

傅明博："我错了！！！"

秋随偏了下头，她刚想询问，傅明博到底做错了什么惹着了沈烬，姜嘉宁的消息又弹了出来。

姜嘉宁："随随，给你看撒哈拉沙漠的流星！！！快许一个新年愿望！！！"

姜嘉宁："我突然想起来，你前些天还和沈烬说想上太空。"

姜嘉宁："这个愿望也可以！流星说不定也能帮你实现！！！"

秋随回忆了一会儿，才想起来，她的确和沈烬说过这么一句话。只是，现在，她沉默了下。

可能是因为想起了那个人生中唯一愉快的除夕。可能是想起过去的时候，秋随觉得拥有的美好回忆实在太少，可能是一个人在异国他乡，又不在工作状态，她的理智离家出走，也有了一些贪心的念头。

其实也不是多贪心，她就是想再拥有一次，回忆起来会觉得很美好的除夕。她拿起手机，开始打字。

秋随："如果对着撒哈拉的流星许愿，真的可以愿望成真，我想换个愿望。"

秋随："不想上太空。"

秋随："我想上沈烬。"

这几句话发出去之后，秋随看见屏幕右上角"对方正在输入"持续了几分钟，却迟迟没有弹出来半个字。秋随有些困惑地皱了皱眉，这不符合姜嘉宁风风火火的作风啊，作为一路看着她和沈烬在一起，又深知她和俞家的关系的唯一知情人，姜嘉宁这个反应未免过于平淡了些。

还没等秋随想出个所以然来，微信对话框弹出了语音通话的请求——来自姜嘉宁。

果然，姜嘉宁还是那个姜嘉宁，风风火火，一刻也等不了。

接通语音通话后，姜嘉宁的声音带着激动的颤抖："秋随，你这话什么意思？"

秋随优哉游哉地喝了口水:"字面意思。"

姜嘉宁仿佛硬要她解释个所以然出来:"我看不懂你最后一句话的意思。"

秋随面不改色:"不懂不是中国人。"

沉默蔓延了几秒后,姜嘉宁仿佛才接受这件事情。作为 CP 粉头,姜嘉宁激动得快要尖叫,但是碍于现在还和一群人在撒哈拉沙漠看流星,她克制住了自己想要疯狂奔跑的激动情绪:"秋随,你怎么突然就想明白了?"

秋随握着茶杯,盯着逐渐蔓延向上的热气出了会儿神,才开口回答。

"说起来,嘉宁,其实得谢谢你。"

"我在贝加尔湖不是遇见了俞染月吗?你说得对,无论是俞家那一对我名义上的养父母,还是俞染月,其实现在都和我关系不大了。"

"虽说养恩大于生恩,但我想,这十八年来,他们对我的养育之恩,我也已经快还清了。"

"我的确已经掌握自己的人生了,也不需要和从前一样仰仗俞家生活。"

秋随顿了下,神色平静,脑海中措辞了一会儿,才继续开口补充。

"那天晚上,我和沈烬在贝加尔湖看星星的时候,我想,我一直都这么喜欢他,如果因为我自己的原因,导致我没有和沈烬在一起,我会不会很后悔?"

"会的,我一定会很后悔。"

"所以那天,和沈烬看完星星回来,我就决定了。就算,就算我和沈烬没有走到最后,但是我至少也应该为沈烬努力一次。"

"我为我和沈烬之间的感情真的努力过了,如果最后我们还是没有在一起,我想我应该会很难过,但是,我不会再为这个结局感到后悔了。"

"毕竟,我尽力了。"

"其实我知道,就算我为这段感情拼尽全力,也并不一定就会有一个好结果。古人不是说过吗?三分天注定,七分靠打拼。结局是好还坏,三分全凭命运做主,但是剩余那七分,我想,由我自己做主。"

半晌后,姜嘉宁感慨地叹了口气。

"这么多年了,你终于想明白了。"

"不愧是我,听我一席话,胜读十年书。"

"不瞒你说,我已经在给你和沈烬的孩子想名字了。"

秋随:"你觉得沈烬的孩子名字会交给你来取吗?"

姜嘉宁:"我觉得,只要你同意,沈烬应该也不会有什么意见吧?"

秋随抿了抿唇,决定放弃。永远不要试图和一个脱口秀演员争论,必输无疑。

"对了,"秋随想起来另外一件事情,"我在申城租的那间房子租期快要结束了,我算了下,刚好在春节七天小长假结束后一天到期。今天除夕,我明天大年初一的飞机回国,春节七天假期我也不可能找房子,你在国内的时候,有帮我留意合适的房子吗?"

"呀,"姜嘉宁语气弱弱的,"我这几天都在忙着出国旅游收拾行李,好像把这事忘了。要不租期结束后,你先到我家住一段时间?或者,顾泽松不是让你回国后去看他名下的其他公寓吗?"

秋随暗自松了口气:"幸好你忘了。"

秋随:"我还担心你已经给我找好了房子签好了合同,那我临时毁约还得赔付违约金。"

姜嘉宁:"啊?这话我真听不懂。"

秋随:"你没听过一句话吗?近水楼台先得月,我想搬去沈烬对面住。"

姜嘉宁爆了句粗口,她顿了下,又"欸"了一声:"但是,也有句话叫作'兔子不吃窝边草'?"

秋随眨了下眼:"没事,沈烬不属兔。"

和姜嘉宁随口聊了几句结束通话后,秋随才想起来,有一个苦苦等待她拯救的傅明博。她有些愧疚地切换到傅明博的对话框，问了句："怎么了？你做错什么事情了，怎么就惹着沈总了？"

傅明博："一些私事，秋随姐不麻烦你了嘿嘿嘿，我发现，虽然我表哥把我微信拉黑了，但是他的电话还没把我拉黑。"

傅明博："我现在正和我表哥打电话呢。国际长途，真的好贵，肉痛。"

既然在打电话，她也不方便多说，随口安慰了傅明博几句。傅明博诚恳地对着手机那头的人道歉："对不起，表哥，我不该和秋随姐泄露你曾经去过很多次俄罗斯看美女，而且精通俄语这件事情。"

对面的人冷笑了一声，没说话。看着手机上逐渐增加的通话时间，傅明博第一次如此清晰地感受到一个道理——时间就是金钱。

国际长途真贵！他深吸一口气，言辞之恳切感天动地："表哥，我那天只是担心你，虽然秋随姐知道了这件事情，但是她还特意叮嘱我，不能让你知道了她已经知道了你经常去俄罗斯并且精通俄语这件事情，看美女这事也不是什么违法的事情，表哥你不用觉得不好意思，秋随姐这不也给你留了面子吗？！"

这一次，对面的人终于有了反应。

"担心我，"沈烬轻嗤一声，"不必，我给你换家更合适的翻译公司实习。"

傅明博简单地认为，这是沈烬对于他泄露个人信息的不满："不要啊表哥！我错了，我真的错了！我从此和表哥断绝关系，不是，在工作时间，我和表哥就是陌生人，素不相识，我绝对再也不会对秋随姐，不对，我不会再向任何一个人泄露表哥的半点信息。"

沈烬烦躁地按了按眉心："如果可以，我倒是真想和你断绝表兄弟关系。"

电话被"啪"的一声挂断后，温婕小心翼翼地询问："怎么样？沈总怎么说，还是要给你换公司吗？"

"我表哥说，想和我断绝关系，"傅明博语气沮丧，片刻后，语气又突然激昂起来,"其实就是没事啦,我还会待在……"

情绪大起大落之下,温婕一愣,几乎来不及思考,下意识地飞扑上去抱住傅明博:"我就知道,沈总不会真的迁怒于你的,他毕竟……"

说到一半,温婕突然一顿,才察觉此刻自己的姿势不妥。她眨了下眼,飞速退回到原位,磕磕巴巴地解释:"太激动了,毕竟你是我小弟嘛!你走了,谁帮我做事啊?!"

挂了电话后,沈烬有些烦躁地叹了口气。许婉毫不客气地训斥:"大过年的,今天除夕,叹什么气呢?!和你表弟发什么火?"

……

04

虽说沈烬向安季普要了一间秋随对面的房间,但是除夕当天,他还是回到了许婉承包下来的民宿,和爸妈一起吃完了年夜饭。沈烬挑了下眉,没有多解释,只看见许婉坐在沙发上摁着手机,便问:"妈,您和谁聊天呢?"

许婉头也不抬:"那天好心把我送回民宿的翻译小姑娘,贝加尔湖的鱼就是她推荐给我的。对了,我们做好的鱼呢?阿烬,你去厨房盛一碗新鲜的,我让小姑娘过来拿去吃,加了微信后,我都忘记问人家叫什么名字了。"

沈烬没多说什么,走进厨房拿了只碗,他盯着刚出锅的鱼汤愣了片刻后,又拿出了一只干净的陶瓷碗。

许婉没在意厨房动静,只顾着低头打字:"小姑娘啊,许阿姨特意买了几条鱼做鱼汤,今天除夕,你要不过来我们的民宿这儿,阿姨给你特意盛了一碗。中国人过年嘛,年年有余才是好兆头。对了,你放心,阿姨不会撮合你和我那个不孝子了,他呀,好像是有对象了。"

秋随唇角弯了弯,给她回话:"谢谢许阿姨,新年快乐,不过我已经吃过晚饭了。那碗鱼汤,不如留给您的准儿媳吧。今年一定是个好年,阿姨和我都有开心事。"

许婉："你说得也对，那我就让我那个不孝子给他对象送一碗过去。对了，你有什么开心事？"

秋随："其实也不是什么大事，只是，我可能，也许吧，也快有男朋友了。"

许婉惊了一下，倒是没想到这么巧。儿子要给她带回一个准儿媳，自己一眼看中的小姑娘眼看着也要脱单了。

许婉给秋随发了几句祝福的话，一抬眼，才看见沈烬端着两只碗走出来。

许婉一愣，放下手机："怎么盛了两碗？我不是让你盛一碗吗？"

沈烬言简意赅地解释："还有一碗是给您准儿媳的。"

许婉恍然大悟："不用了，翻译小姑娘不来了，你索性把这两碗鱼汤都给我准儿媳送去。"

沈烬挑了下眉，没吭声。他把两碗鱼汤放在桌子上，摸出手机，看着屏幕上秋随的微信，沉默半晌后，才发出了两条消息。

沈烬："因为今天除夕，就罢工不给我上药了？"

沈烬："新年快乐。"

对面回复得很快。

秋随："不会罢工的，现在过来吧，我在民宿房间。"

秋随唯独只是没有回复那一句"新年快乐"。

沈烬修长的手指敲了敲手机，想起傅明博将自己精通俄语这件事情早就告诉了秋随，就不由得有些茫然。他熄灭手机屏幕，端着两碗鱼汤出了门。

安季普已经离开了，只有少数几个人，怀着和秋随一样的心情，依然住在民宿里，打算再游玩一天贝加尔湖。

这家民宿极大，今天住的旅客却不多，又是晚上，安静得落针可闻，沈烬走上台阶，清晰的声音回荡在走廊里。

在听见越来越近的脚步声的时候，秋随就知道，沈烬来了。她打开门，第一眼看见的，是沈烬左右手各端着的一只碗，熟悉又令人垂涎欲滴的鱼香味从中散发出来。

秋随眨了下眼，觉得这事实在是有点巧合了。许阿姨今晚吃的是鱼汤，沈烬吃的也是鱼汤？看来，今天来贝加尔湖游玩的中国人都提前做过"攻略"了，知道贝加尔湖的一大特色就是当地的鱼汤。

秋随深吸了口气，没太在意这件事情。毕竟，她还有更重要的事情要做。

"沈烬，"秋随站在门口，并不避让，没有要侧身让沈烬进门的意思，也没有询问他手上端着的两碗鱼汤，"我不知道你来过俄罗斯几次，这一次，又是第几次来贝加尔湖，但是我，来过很多次俄罗斯，这一次，也不是第一次来贝加尔湖。"

秋随会不知道他来过几次俄罗斯？傅明博不是什么都告诉她了吗？这就是睁着眼睛说瞎话。

他想，秋随这个架势，应该是要来质问他，为什么精通俄语，还要聘请她当俄语翻译了。沈烬嘴唇动了动，正想把自己措辞好的内容说出口，却发现秋随似乎没有要让他说话的意思。

她站在门口，面容沉静，看不出半分情绪，说话的声音和往常一样轻柔，语速平缓且均速，但是，并没有给其他人留空隙说话的机会。

秋随也的确是这么想的，她盯着沈烬的眼睛，继续道："我和你科普一下俄罗斯吧。"

沈烬微微颔首，没吭声，算是默认。

秋随："在地理位置上，俄罗斯的大部分领土都属于亚洲板块，只有很少一部分属于欧洲板块，包括我们现在所在的贝加尔湖，也属于亚洲板块。"

沈烬偏了下头，秋随这是在给他上地理课？

秋随没在乎沈烬的神情，要说的话和要做的事情，早在沈烬来之前，她就已经全部想好了。

"不过，"秋随说，"虽然在地理位置上，俄罗斯应该是亚洲的，但是，大部分俄罗斯人的为人处世、行为风格、身材五官，以及一些日常的生活习惯，其实更偏向西方欧洲。在国际上，也更倾向于将俄罗斯划分为欧洲国家。"

沈烬挑了下眉，没说话。秋随总不可能把他拦在门口，只为了科普俄罗斯这么简单，他倒要看看，秋随到底要做什么。

秋随抿了下唇："在亚洲，问候一个人的时候，会发信息或者见面握手，但是在西方欧洲，问候一个人的时候，最常用的方式是，贴面礼。"

沈烬一动不动地站在房间门口，他隐隐约约察觉到了秋随的意思，只是还没来得及消化这一切。

趁沈烬还在愣神中，秋随上前几步，她踮起脚尖，极为轻缓地抱住沈烬，嘴唇像是不经意地擦过沈烬的脸颊，柔软的触感在他右侧脸颊停留了一秒，又迅速离开。

这一切，也不过一秒时间，像是一个错觉。

沈烬根本来不及反应，他手里端着两只盛满了鱼汤的白色陶瓷碗，也根本没办法做出任何动作。

秋随飞速地退回到原地，站在房间门口，很是随意地将长发别到耳后，她弯了弯唇角，笑意盈盈。

沈烬呼吸几乎停住，心脏的频率几乎快要跳出他的嗓子眼。奈何两碗新鲜的鱼汤在他手上，他只能身体僵硬地伫立在原地，看着面前温和笑起来的秋随。

她神色正经又温和，仿佛就真的只是和他进行了一场再普通不过的贴面礼，没有丝毫其他的冒犯意思。

下一秒，他听见柔和且带着笑意的话飘进耳畔："入乡随俗。"

"在本质上是欧洲国家的俄罗斯，问候新年快乐，要这样才有诚意。"

"这是来自贴面礼的问候。"

"沈烬,新年快乐。"

话音落下,空气突然之间安静下来,世界像是就此停滞。沈烬手上的两碗鱼汤还散发着热气,氤氲而上,一阵阵地笼罩在他们中间,仿佛添上了一阵朦胧的滤镜。

秋随神色从容,平静地对上沈烬的视线,仿佛刚才进行的就只是一场贴面礼。除此之外,任何多余的事情都没有发生。

沈烬直勾勾地盯着面前的人,半晌后,他眼睫动了动,下意识地抬起右手想要触碰不久前被柔软触及的地方,却在抬手后的瞬间想起,他右手上还端着一碗热腾腾的鱼汤。

秋随眨了下眼,顺手接过了他右手上的白色陶瓷碗:"你的新年礼物吗?谢了。"她微微朝里侧了侧身子,示意沈烬进门,"进来吧。"

沈烬没吭声,他情绪不明的目光落在秋随的背影身上,忽地笑了。像是终于反应过来,开始有了动作。

沈烬顺手关了房门,端着左手上的另一碗鱼汤,跟着秋随身后进了房门。他将手里的鱼汤搁在房内的餐桌上,整个人窝在沙发上,看着坐在另一头喝鱼汤的秋随。

秋随恍若无事发生一般,神情认真地喝着鱼汤。

沈烬冷淡地瞥了直接无视他的秋随一会儿,出声:"喂。"

秋随抬头扫他一眼:"食不言寝不语,喝鱼汤才是眼下的重中之重。"

五分钟后,秋随解决完眼前的这一碗鱼汤。她慢条斯理地抽过餐桌上的纸巾擦了擦嘴,动作不见丝毫慌张。

见她喝完鱼汤,沈烬突然起身,他伸出修长的手指,敲了敲秋随面前的餐桌:"说实话,我还是第一次遇到这样的贴面礼。"

秋随眨了下眼,很是镇定地将纸巾随手丢进了不远处的垃圾桶里。推开面前的空碗,秋随抬眼对上面前一双意味深长的凤眸。

秋随面不改色地询问:"这个贴面礼很奇怪吗?"

沈烬冷笑了声，伸手点了点自己右脸颊的某个位置，声音凉薄："你和欧洲人进行贴面礼的时候，也会不小心亲到这儿？"

秋随盯着沈烬的右脸颊，片刻后，她露出了一副恍然大悟的表情："我亲到你了？"

沈烬微微眯了眯眼睛："这么'渣'？"

秋随茫然地眨了下眼："嗯？"

沈烬轻嗤一声："亲完就不认账了？"

秋随微不可察地叹了口气，语气无奈："对不起，我不是故意的。"

沈烬挑了下眉，了然地点了下头："嗯，渣女都喜欢这么说。"

她抬头，视线落在沈烬棱角分明的脸庞上，他微微垂下眼睛，凤眸里平静无波，但态度倒是执拗得很，像是要为自己被亲到这件事情讨一个说法。

秋随眨了下眼，面前的沈烬突然和她回忆里的沈烬逐渐重叠，她想起了第一次高考结束后，沈烬将他们之间的窗户纸戳破的时候。

高考的考场是随机分配的，早在考场消息出炉后不久，秋随就知道了，她和沈烬被分在了两个完全不同的考场——准确来说，是申城两个完全不同的学校。

两所学校一个在北，一个在南，隔着十万八千里的距离。

高考结束后，秋随心不在焉地坐在考场学校的篮球场外边。沈烬早就和她约定好了，考试结束后，他骑车来这所学校找她。

秋随本以为要等上很久，没想到，不过二十分钟，沈烬就急匆匆地赶了过来。学校内不允许骑单车，秋随也不知道沈烬将单车放在哪儿了，在她眼前停下脚步的时候，沈烬还喘着气，眉宇发梢间都带着少年的意气风发。

找到了她之后，沈烬仿佛终于松了一口气。沈烬坐在她身边，伸手戳了戳她的手臂。

秋随转头看他，心底已经隐约有了要复读的预感。高考前经历过无数次的大小模拟考，考试如何，是正常发挥，超常发挥，还是失常发挥，每个人心底都有数，猜测的结果和最后的考试结果基本上八九不离十。

秋随知道，因为俞家和俞染月，她这次的高考，是失常发挥无疑了。只不过她一向善于隐藏情绪，沈烬从不知道她到底过着怎样的生活，此刻也自然看不出她心不在焉和片刻的失神。

"秋随，"他笑起来，眼神灼灼地盯着她，忽然低头凑近，近到她能够看清他脸上细小的汗珠，可能是因为一路跑着来找她而产生的。

她听见沈烬的声音带着点不易察觉的紧张："高考也结束了，我们……"

她咬了下唇，想和沈烬说，她高考发挥失常，复读已经是板上钉钉的事情。但是，眼前的少年愉悦的情绪一览无余，此时看着她的眼睛漆黑又真挚，她满肚子的委屈突然就不想多说。

她知道那几句话的潜藏含义，她不想打破此刻的暧昧情愫，她想和沈烬手牵手经历更多。她不想让自己的糟心事，毁了面前少年高中三年可能是最意气风发心情舒畅的一天。

秋随没回答那个问题，只是反问道："沈烬，如果我要复读呢？"

沈烬唇角一僵："怎么刚刚考完就要复读了，你没考好吗？"

"没有。"秋随佯装无事发生地摇了摇头，平静地否认，"只是做一个假设而已。"

沈烬很明显松了一口气，唇角又微微扬起来："那也不影响你负责，如果你要复读。"他顿了下，又匆忙解释，"我是说如果，你肯定不会有问题的，只是，如果你真的要复读，今天也一样可以对我负责。"

沈烬想了会儿，才看着她缓缓开口："我们不是说好了，要以后一起过每一个除夕一起看春晚吗？那，等你复读后考到我那所学校。"他挑了下眉，突然凑近她，又抬手点了下自己的耳朵，"你在这里给我盖个戳。"

……

餐桌又一次被敲了三下，秋随抬起头，看见沈烬淡漠的眼神。

"怎么，'渣女'还没想好借口？"

对于沈烬坚持不懈称呼她为"渣女"这件事情，她无法反驳。

秋随抿了下唇，扫了眼不远处的另一碗鱼汤。沈烬还没来得及动，房间内空调温度被开到最高，那碗鱼汤余热尚存，此刻还在徐徐冒着氤氲的热气和扑鼻的香气。

"想好了，"秋随端起玻璃杯喝了口水，慢悠悠的腔调很有"渣女"的敷衍风范，"你听我解释。"

沈烬挑了下眉："行，你说，我听着。"他说完便打算往后退，坐回到不远处的沙发上去。

"等等，别动。"秋随出声止住沈烬往回撤退的动作。她眨了下眼，缓缓站起身来，"贴面礼的时候亲到你，真的是无意。"

秋随的声音很平静："如果你不信，"她弯了下嘴角，"那我就只能麻烦一次，给你还原一下案发现场了。"

沈烬一愣。

秋随视线扫了眼她前不久亲吻过的右脸颊，随后很迅速地踮起脚，走前几步，再一次伸手轻轻地环住了沈烬。这一次，她的左脸贴上了沈烬的左脸。

时间的流逝变得漫长，就连房间内每一秒的滴答声，都被无数倍放大。

一秒过后，秋随依然没有离开。

她眨了下眼，声音从容镇定："这才是真正的贴面礼，只是……"她轻笑了声，带着笑意的温柔声音飘进沈烬的左耳耳畔。

"只是……"她像是无奈地解释道，"你在门口的时候端了两碗鱼汤，没办法，贝加尔湖的鱼真的很好吃，我一个忍不住，就想侧过头去闻鱼汤的香味。"

话音落下，又是一秒沉默，秋随缓缓朝左转过头。她的视线转而落在餐桌上那碗冒着香气尚有余热的鱼汤上,她伸手指了指餐桌,一边耐心解释道:"就像是这样。"与此同时,随着她往坐侧转头,她柔软的唇再一次碰上沈烬的左脸颊。

紧接着又是一秒的寂静,秋随终于抽身离开。

沈烬站在原地没动,喉结滚了滚,等秋随松开环抱住他的双手后,他才缓缓直起了身子,居高临下地垂眸盯着面前的人。

秋随语气诚恳地解释:"刚刚已经还原案发现场了,你看,实在是因为贝加尔湖的鱼汤香气过盛,所以我……"

"所以你,"沈烬打断她的话,"又一次亲了我。"

他低着眼看她,一字一顿道:"一左一右,还挺对称。"

沈烬面无表情上下扫视了她一眼,语气不冷不热:"无论如何,我也不可能向鱼汤讨说法,你亲我这件事情已经发生了,罪魁祸首还是你,你自己看着解决吧。我不满意,这事就不能算完。"

秋随有些为难地皱了皱眉头,她抿着唇沉思了一会儿,片刻后,仿佛迫不得已一般叹了口气。

"你说得对,"秋随"啧"了声,语气苦恼,"不过我觉得,只是亲了一下你的两边脸颊,也不是亲了……"她眨了下眼,伸手点了点唇,"也不是亲了这儿,倒也没有到负责这么严重。"

沈烬看向她,眸光中危险的情绪一闪而过:"什么意思?"

秋随轻声安抚他:"你别激动,我已经想到解决办法了,这不是在和你商量嘛。"

沈烬唇角扯出一抹冷淡的弧度,没吭声,一副洗耳恭听的模样。

"我想了想,"秋随说,"不小心亲脸颊虽然没有到负责任的程度,但是,应该也算是付费内容了。"

秋随抿了下唇,语气诚恳:"既然这样,我给钱吧。"

沈烬眉目间有几分不可思议的情绪闪过:"秋随你把我当……"

秋随打断他:"听我说完。"

"我记得,你在铂悦湾出租了房子,"秋随回忆了一下,"房租还挺便宜的,只收取水电费。"

沈烬嘴唇动了动:"你什么意思?"

秋随微微偏了下头,语气诚恳:"不如,你租给我一间房子,水电费我每个月付双倍,多出来的那一份水电费,就当作是我对这件事情的赔偿。"

沈烬盯着她看了一会儿:"亲我的脸颊这件事情,付费还挺贵的。"

秋随点了下头:"嗯,我知道,我这不是在向你申请每个月分期付款吗?"

沈烬停顿几秒,再度出声:"你亲了两次,分期的时间还得翻倍。"

秋随:"这是自然的。"

沈烬目光定住,慢条斯理道:"随着我的身价水涨船高,亲我脸颊这件事情的付费金额,可能也会价格飙升。"他眉梢一扬,神色傲慢地开口询问,"所以,你打算租铂悦湾的房子多久?"

秋随偏头想了一会儿,才重新抬眼看向沈烬。

"你不是说了吗?"

"你不满意,这事就不能算完。"

"所以,我只能一直住在铂悦湾,直到你认为,付费金额全部付清,这件事情彻底结束的那一天。"

"付费内容,分期还款,时间你定。"

"沈烬,你觉得,怎么样?"

秋随眨了下眼,抬眼对上沈烬意味不明的视线。她的脸上是一贯以来从容又镇定的神色,看不出任何慌张,仿佛就真的只是苦思冥想之后,在和沈烬和平协商解决,如何就她不小心亲了沈烬两次这件事情达成赔偿上的共识。

只有秋随自己清楚,她藏在口袋里的手已经紧张地捏紧,脊背僵硬地挺直,竭力让自己保持呼吸的平缓和自然。

很奇怪，分明计划这一切的人是她，她才是主动的那个人，她才是那个预判了所有的猎人。但此刻，在等候沈烬回答的时候，她又莫名地觉得，比起猎人，她更像是主动把自己送入猎人口中的猎物。

沈烬眼眸漆黑，平时平静无波的眼神染上了锐利的色泽，带了点审视的意味。片刻后，他挑了下眉，懒洋洋地点了下头："你的电脑呢？拿出来。"

秋随愣了一下，不知道话题怎么突然跑偏，有些茫然地询问："啊？拿电脑做什么？"

沈烬语气很欠揍地解释："白纸黑字写下来，一式两份，签字盖章。"

她觉得这实在是有些麻烦，她没有动作："这，倒也不必吧。"

"很有必要，"沈烬扫她一眼，神色闲散，"你在我这儿，信用度不算高。"

她抿了抿唇，从房间的电脑包中翻出了电脑，将电脑放在餐桌上，又重新盘腿坐在毛毯上。

秋随对于起草协议这件事情并不擅长，沈烬这种风投大鳄倒是熟练得很。

他坐在沙发上瞧着她，仿佛一切尽在掌握之中，他唇角微微勾着："我说你写。"

秋随点了下头，她也的确不会写协议内容。

"甲方沈烬，乙方秋随。"

"由于乙方，"沈烬语气停了几秒，一字一顿道，"不小心亲了甲方。"他语气慵懒补充道，"两次。"

沈烬扯了下唇，心情瞧着像是不错。

"乙方目前无力对甲方负责，也无法一次性偿还甲方的精神损失费。"他语气仿佛大发慈悲一般善良，"乙方和甲方协商后，甲方同意乙方分期按月付款。"

"乙方需要暂住在铂悦湾，每个月付给甲方双倍水电费，一份水电费用作房租,一份水电费用作精神损失费的补偿。"

沈烬的视线轻飘飘地落在秋随身上,片刻后,微微颔首,唇角小弧度扬起。

"由于甲方是这次亲吻事件中的受害者,所以,精神损失费具体费用由甲方决定,甲方可以根据自己的具体情况上调精神损失费价格,并且上调价格后,并不需要通知乙方。"

"只要甲方单方面认为,乙方没有偿还完毕这笔精神损失费,那么乙方就必须一直住在铂悦湾,直到甲方认为,乙方还清了这笔费用。"

沈烬气定神闲,漫不经心地瞥了眼盯着电脑飞速打字的秋随:"有异议吗?"

秋随从容不迫地坐在毛毯上打字,就连打字的速度都一如既往地匀速。她敲下最后一个字,按下回车键,抬眼直视他。

四目相对。

暗涌浮动间,场面定格了几秒。

秋随弯起嘴角,微微笑起来:"没有异议。"

"就是觉得,"秋随目光转向餐桌上一个已经被她喝光了的白色陶瓷碗,又扫了眼还没被动过的盛满鱼汤的白色陶瓷碗,她叹息了声,语气带着点懊悔,"这真是我喝过最贵的鱼汤,因为忍不住闻它们,才会一不小心亲了你,落到现在欠下巨额债务的境地。"

"嗯,"沈烬眼睫动了动,"贝加尔湖的鱼汤的确很好喝。"他语气云淡风轻地补充,"你要是喜欢,我还可以再给你送几碗鱼汤。"

秋随眨了下眼,没回这话。她将电脑转了个向,面朝沈烬:"你要不要确认一下?"

"不必,这里没有打印机,"沈烬站起身来,"回国后记得打印出来,一式两份,签字后各自保管一份。"他转身朝房门走去,离开前,又像是想起了什么,脚步停住,"对了,忘记说了,那份协议里,还需要添加一条补充条款。"

秋随一愣："什么？你没说补充条款啊？补充条款是什么内容？我现在加进去？"

"不用，"沈烬懒洋洋道，"回国后把打印出来的协议给我，我亲自加进去。"

秋随沉默两秒，反应过来："所以，补充条款是你单方面加进去的，不需要我同意？"

沈烬顺理成章地点了下头。

秋随："那不应该叫补充条款，应该叫霸王条款。"

"噢，"沈烬挑了下眉，"你当初喊我劈柴的时候，也是霸王条款。"

他神色嚣张，模样挑衅，仿佛话就放在这儿了，她不爽他也不会更改一样："这么看来，我们也算扯平了。"

虽然不清楚沈烬这条霸王条款到底是什么内容，但现如今的结果的确是她的本意，她没什么好驳斥的。她站在门边问："你明天几点的飞机回国？"

"早上十点。"

秋随了然："安季普给我们订的机票是明天下午三点。"

"噢，"沈烬慢条斯理道，"那你到了后，记得给我报备一声。"

秋随："啊？报备？"

"当然，"沈烬侧头定定地看着她，"现在我是你的债主，随时随地知道你的动态，确认你没有跑路，也不算是什么过分的要求吧。"

她眨了下眼，心跳有些快。

"报备"这个词对她而言太过亲密了，像是随时随地将自己的生活点点滴滴都分享给他人。

分享对她来说是挺危险的事情，因为一旦分享了，就难免时不时想要确认对方的回复。更何况，分享是会上瘾的。大约是因为，稀松平常的生活和日常，因为有了其他人的渗入，就开始变得闪闪发光，生动亲近，值得纪念。

秋随最习惯也最安心分享日常的人其实是姜嘉宁。她们知道彼此的所有秘密，共享过人生的酸甜苦辣，一路彼此扶持走过荆棘雨淋和鲜花日照。以至于，和姜嘉宁聊天的时候，她能够安心地给姜嘉宁狂轰滥炸几十条微信，姜嘉宁超过二十四小时一条不回复，她也不会觉得姜嘉宁态度怠慢。大约是因为，她们心知肚明自己对于对方的重要性，也无比确认彼此之间感情的无可取代。

但是，如果时刻报备又分享日常的对方变成了沈烬……秋随咬了下唇，分享就变成了一件既危险又令人期待的事情，危险于它会令人不知不觉沉沦和上瘾，期待于对方的每一条回复和回复的速度。

"好。"秋随答应下来，她仰起头，"不过，你是不是也有必要对我报备一下？"

沈烬："嗯？"

"我觉得，"秋随故作镇定开口，"身为乙方，也有必要时刻明确债主的安全，随时确认自己还有多久，才能还清这笔精神损失费。"

沈烬若有所思地看着她，片刻后，他唇角轻扯，声音压得很轻，在这家住客已经所剩无几的民宿内，却足够清晰："行。"

"那我们就……"沈烬微微侧了下头，几秒后，他弯下腰，眉梢一扬，像是嚼碎了一般吐出四个字，"互相报备。"

秋随对上沈烬漆黑的眼，笑起来，朝他挥了挥手："那，再见。"

沈烬垂下眼，嗓音喑哑："再见。"

秋随站在门边，看着沈烬离开的背影。

今天，沈烬穿的是那件她挑选的蓝色外套，民宿楼梯间天花板的吊灯随风轻晃，罩在沈烬身上，落在地板上一道影影绰绰的身影。

记忆里，秋随和沈烬说过无数次再见。学生时代的时候，这两个字说得轻巧又自然，因为她知道，明天一定会在学校再见。毕业后，这两个字都说得百转千回无比郑重，因为她知道，明天是否还能再见，真没个准数。

但是今天，秋随看着那道身影拐过转角，听见脚步声逐渐远离，她低头笑了笑，关上门。

她转身回到餐桌边，伸手敲了下还盛着鱼汤冒着热气的白色陶瓷碗。

"多谢你们了，"秋随弯下腰，对着鱼汤吹了吹气，"这一次，我们一定会再见的。"

有爱的青春陪伴者

秋色揽星河

下

绘秋 著

贵州出版集团
贵州人民出版社

♥♥♥
下卷·揽星河
－绕过故事曲折，只为降落在你面前－

秋随的生命里就这样多了一个可以垫底的人

第八章 /
首要报备联系人

01

秋随落地申城国际机场的时候，已经是大年初一的傍晚了。

手机重新开机，又是一连串的消息进入视线。秋随扫了眼公司群里密密麻麻的消息，很是精准地捕捉到一条员工变动通告——简妍从今日起被公司辞退。

这一切都在预料之中，秋随盯着那则通告看了一会儿，突然进入一通电话。秋随愣了下，在看清来电人是沈烬后，才点了接通。

沈烬不耐烦的语气从话筒中传出来："能接电话，就是下飞机了？"

秋随站在行李转盘处等待自己的行李箱，点了下头："下了。"

"啧，"沈烬嗓音有些低沉，"不是说好了得给我报备？"

"我在等行李，"秋随解释，"而且我刚下飞机不到五分钟，刚刚在看公司群里的八卦消息。"

沈烬嗤了声："和你科普一下，报备的意思是，立刻，迅速，马上，一分钟内。"

她突然眼睛一亮，伸手从行李转盘处取下自己的行李箱，才哄着沈烬说："行，那我下次落地一分钟内就和你报备。"

"不止，"沈烬语气狂妄，"公司群的八卦消息有我重要吗？你得记住了，我是你唯一的债主，也是你的首要报备联系人。"

秋随扶着行李箱往出口走的脚步突然一顿。"报备联系人"这几个字，莫名地让她联想到了"紧急联系人"这个词。

其实，秋随一直觉得，被人列为紧急联系人，是一件责任重大的事情。但是，能够拥有真正的紧急联系人，又的确是一件值得开心的事情。

因为同传翻译的身份，秋随去过不少国家，而紧急联系人是必填项。她会自然而然地填上黎娴的名字，那是她法律意义上的母亲。但她也会郑重其事地添上姜嘉宁的名字，那是真正为她托底的朋友。

但现在，秋随抿了下唇，她好像还多了沈烬。

"好，"秋随重新推着行李箱往外走，"下次一定记得。"

沈烬那头传来车笛声和嘈杂的人声，但他的声音足够清晰："过来F出口。"

秋随一愣，犹疑了几秒，不太确定地询问："你来国际机场了？"

"嗯。"沈烬坐在驾驶座上，他转过头，机场内灯火通明，车内光线昏暗，他的神色一时之间难以辨明，"带你去打印协议，顺便加上我的……"他停了下，嗓音带着点玩味，"霸王条款。"

秋随无奈，然后拐了个弯，从F出口离开机场。

大年初一的申城也有行人车辆经过，但是并不算多。

也不知道是沈烬过于引人注目，还是因为周遭的确没有其他的车辆，秋随一眼就看见了坐在驾驶座里的男人。挡风玻璃降到底，沈烬单手搭在方向盘上，屈着臂弯，手指漫不经心地敲着方向盘。

她敲了敲车窗，打开车门。这一次，秋随自觉地落座副驾驶，毕竟，上一次，她往后排走，被沈烬挂上了"把他当司机"的意思。

即使是大年初一，也是有打印店开门的。只不过那家打印店里，一伙人正热热闹闹看着电视，见有人来光顾，老板愣了片刻，才站起身来。

秋随摆了摆手："没事，我们自己打印就行，不打扰你们过年。"

老板也不客气，挥了挥手往回走，丢下一句话："一页五毛，打完自己扫码就行。"

秋随不想打扰一家团聚的和谐时光，也不想这份稀奇古怪的协议被别人看见。

协议内容其实并不多，总共也就两页。秋随打印完付了钱，又将两份协议一起交给沈烬："加上你的霸王条款吧。"

沈烬接过薄薄的几页纸，随意扫了眼，忽然轻笑了声，他转身从桌上拿过一支黑色签字笔，递给秋随："你先签字。"

秋随抿了下唇，温和地开口："我先签字，你才能加上霸王条款？"

"当然。"沈烬点了下头，语气很欠揍，"毕竟，如果我现在加上霸王条款，你可能就不愿意签字了。"

好一个狂妄的资本家。霸王条款，名副其实。

她轻轻地叹息了一声。虽然她不知道沈烬到底要添加什么霸王条款，但她签上自己的名字，就算是承认了以上所有的内容。

她抿了下唇，深吸一口气，在乙方落笔写下了自己的名字。

十分钟后，秋随眼睁睁地看着沈烬写下一行字。

补充条款：如果乙方由于个人原因，无法向甲方按时定期每月偿还精神损失费的费用，请乙方对甲方负责。

随后，他在甲方签字上"沈烬"二字。

秋随盯着那并列的一左一右两个签名——沈烬、秋随。她心底涌现出微妙的喜悦来，就像是学生时代，发现交上去的作业本中，自己和喜欢的人作业本偏偏凑巧重叠在一起一样。

现在也一样，这两个名字一左一右作为甲乙双方同时出现在了一张纸上。尽管秋随明白，这不是机缘巧合，这是自己暗中使计，但还是忍不住心中窃喜，无论如何，这都象征着未来很长一段时间，她和沈烬之间的纠葛暂时难以斩断。

"怎么，"沈烬瞧她只是垂着眼睛没吭声，他反手敲了敲桌子，声音暗哑，"不同意？"

"不是。"秋随摇了摇头，语气很诚恳，"我只是在想，只需要签字就可以了吗？不需要我们各自再按个手印吗？"

秋随只是随口那么一说，没想到，沈烬居然真的在这家打印店里找到了一盒红色的印泥。

秋随表情僵硬了一瞬，又很快恢复了自然。按手印是件古老又郑重的事情，以前跟着林和豫学习书法的时候，林和豫特意请人为她制作了一枚书法印章，上面刻着她的名字。后来，她也习惯完成作品后，用印章沾点印泥，盖在书法作品的落款处。

林和豫曾经告诉过她，如果忘记带印章了，迫不得已也可以摁一个手指印，就当作是盖戳了。

那是因为，在这个世界上，可能会有两个人的名字一模一样，但是不可能会有两个人的指纹一模一样。

在某种程度上，落款处的指纹，比落款处的印章，更能佐证一个人的身份。那是一个人最珍贵和独特的属性之一。

半分钟后，那份协议上出现了两个红色的大拇指手印。

两个红色的指纹，搭配上她和沈烬的亲笔签名，代表着这个世界上独一无二的两个人。

离开打印店后，秋随原本想叫辆车直接回家休息。

"沈烬，"秋随没上车，微微弯腰对着坐在驾驶座的人开口，"你开下后备箱。"

沈烬：“后备箱不能坐人不知道？你如果在后备箱呼吸不畅窒息而亡，我明天就直接上社会版面头条新闻。"

"不是，"秋随抿了下唇，耐着性子解释，"我行李箱还放在你后备箱呢，我得叫个车回家休息了。"

"噢，"沈烬了然地点了下头，"我不开后备箱。你自己选吧，要么别带行李箱喊辆车一个人回家，要么坐我的车带着你的行李箱回家。"

她放弃抵抗，打开副驾驶的车门上了车。坐上车不久，秋随眼睁睁看着车子过了一个红绿灯，朝另外一个和自己家截然相反的方向驶去。

秋随提醒道："这不是去我家的路。"

"嗯，"沈烬看着没有丝毫诧异，"本来也不是去你家的。去铂悦湾让你选个楼层。"

红灯变绿，鸣笛声四起。

秋随坐在副驾驶上思绪有些恍惚，先前只是计划租下沈烬在铂悦湾的房子，但是，沈烬在申城有多处房产，并不会固定住在铂悦湾，就算他长期住在铂悦湾，她也不清楚他到底住在哪个楼层。

秋随咬了下唇，轻声询问："我可以随便选那栋楼里的任何一层楼的任何一间房吗？"

"可以。"沈烬放松自在地靠在椅背上，眉眼舒展，慢悠悠地点了下头，又不紧不慢地补充道，"不过，有两间房不能选。"

秋随："哪两间？"

"一间是裴新泽住的1601，"沈烬注意力似乎都在路况上，语气也懒洋洋的，漫不经心道，"还有一间，是我住的501。"

秋随眼睛一亮，又迅速眨了下眼，将其中惊喜的情绪压了下去。原本还想着在路上套个话，看看能不能打听出沈烬住在哪间房子的，现在不用了，一切搞定！

她语气诚恳："好，我记住了。"

一路上，秋随都在想，如何为自己选择502这间房子找到合适恰当的理由。

说来也巧，她从小到大都习惯于住在五楼，就连现在租的房子，也是在五楼。之前陪同沈烬去找裴新泽收租，她给沈烬推荐的楼层，也是五楼。没想到，沈烬就住在五楼，一个她习惯居住的楼层。

"一楼不行，申城雨季的虫蚁多，二楼三楼也不行，噪音大，通风差，四楼更不行，这个数字不吉利。"

秋随站在铂悦湾的电梯前，掰着手指头一层一层对着沈烬分析。她突然想起来，第一次来铂悦湾的时候，她也是这么说的。也是她那天告诉沈烬，自己当时住的就是五楼，住到现在，已经习惯了。

没想到，今天就像是那天的重演，把当时说过的话再说一遍。

电梯门应声打开，沈烬走进去摁住开门键："所以呢？想好了选几楼吗？"

"啧，"秋随装模作样地叹了口气，"既然这样，我也只能选择五楼了。"

话音落下，她伸手摁下了五楼的按键。沈烬姿态懒散地站着，垂眼盯着她，像是要从中打量出什么似的。

半秒后，电梯门关上。

空间在那一瞬间变得狭小逼仄，秋随抬眼，从容淡定神色坦然，她对上沈烬的视线："怎么，有问题吗？"

沈烬唇角勾了下，看着心情挺不错："我只是想再提醒你一句，铂悦湾一梯两户，我也住在五楼。"

话音落下的同时，"叮咚"一声，电梯抵达五楼，电梯门应声打开。

沈烬盯着她看了一会儿，没回话，出了电梯后替她打开了502的密码门。

"先进去看看房子。"沈烬伸手打开了客厅的水晶吊灯，站在玄关处没进去，"房门密码记得改。"

秋随眨了下眼，这都让她改密码了，这是默认她住下了。

可能是为了避嫌，也可能是为了避免看见秋随更改后的房门密码，沈烬淡淡丢下一句话后，就转身去了对门501。

秋随看着沈烬的身影消失在501后，顺手关了502的房门，仔细打量起这间自己未来居住的房子。

她其实并不是第一次进入这间房子，秋随想起来，她当时参观的时候，很自然而然地代入了租客的身份，想着要在哪一处添加一盆绿植，要在卧室的哪一处添加一个投影。没想到的是，阴错阳差，她居然真的在之后的某一天，成了这里的租客。

对门501，沈烬随手带上了房门，他站在一片漆黑中发了会儿呆，才顺手摸到了墙壁上的吊灯开关。

"啪"的一声，黑暗被划破，客厅内一片空空荡荡。沈烬喉结上下滚动了下，低头自嘲般扯了下唇。他原先根本不住501，他住在裴新泽对面，1602。是那天秋随说，她习惯性住在五楼。他仿佛被迷了心窍，从十六楼搬到了五楼。

而距今为止，他也不过才搬到501没几天，之后就去俄罗斯参加政商交流项目，一直到今天下午才回国。

当初只不过不想让秋随租进顾泽松的公寓。没料到，秋随居然真的没有选择顾泽松的公寓，而是住进了铂悦湾。

他出了会儿神，而后慢条斯理地抬手，碰了碰右脸颊的一处位置。那是秋随和他进行贴面礼的时候，亲上的位置。又或者，按照她的说辞，是行贴面礼的时候，忍不住转头闻鱼汤，不小心亲上的。

手机传来叮咚声，沈烬收回思绪，缓缓放下手来。他转身盯着房门，仿佛透过501的房门，直勾勾地看着对面的502半响后，他忽地笑了。

他并不知道秋随为什么会突然转变心意，租下铂悦湾的房子，也不想深究，当初的那个贴面礼，究竟是有意还是无意，更不打算去询问，他明明白白清清楚楚地告诉了秋随，自己住在501，为什么她还是选择了住在对面的502房。

这些都不重要，事情已经发展到了这里了，开弓没有回头箭，无论谁后悔了，都不可能再倒带重来。

沈烬唇线慢慢抿直，他深吸了口气，像是终于做了一个决定。

他给了秋随很多次机会，告诉她，他住在501；提醒她，如果她选择住在502，可能会要面对他制造的噪音。

他不在乎秋随到底是无视了这些提醒，还是明知山有虎，偏向虎山行。

不过，他难得大发慈悲，做了回好人，给了她这么多次机会和提示，她依然亲自走到了这里。

那么这一回，就别怪他狠心。既然来了，就别再想走。觊觎多年的猎物亲自送上门，他不生吞活剥下去，就不是沈烬了。

沈烬拿出手机看了眼。

裴新泽："沈烬你怎么突然来铂悦湾了？"

裴新泽："你和叔叔阿姨从贝加尔湖春节度假回来了？在几楼，我带几瓶酒过去找你？"

沈烬："501。"

沈烬："带什么酒，我在俄罗斯喝了够多酒了。"

沈烬没什么兴趣喝酒，裴新泽也就懒得带，直接空手就从十六楼到了五楼。他风尘仆仆的，甚至连501的门都没关上，就直接换鞋进了房门。

沈烬嘴唇动了动，原本想提醒裴新泽关门，突然又想到等会儿秋随看完502的房子，肯定得过来找他，索性就直接半敞着门，没在意。

两个人直接从冰箱拿了几瓶矿泉水，虽说只喝水不喝酒，但并不影响裴新泽感慨万千。他拍了拍沈烬的肩膀，在这吉祥喜庆的大年初一，忍不住回忆起自己和沈烬的多年室友情谊来。

"沈烬，你看我们兄弟俩，多有缘！"

"大学四年室友，后来又互为邻居。"

"虽然你现在！你见色忘友，你抛弃了我，但我们还是住在同一栋楼里！"

"住在一栋只有我们两个人的楼里！"

"今天大年初一，我话就放这儿了，我裴新泽和你沈烬，没人可以拆得散！"

当时代入租客的身份和此刻真的作为租客的心情有些微妙的差异，秋随很是认真又仔细地走遍了几个房间，心底对于搬过来之后要添置哪些物品也有了数。确定了之后，秋随转身出门去对面找沈烬。

打开门后，秋随脚步顿了下。她记得，沈烬之前关上了501的房门，不知道为什么，现在501的房门是敞开着的。

秋随也没太在意，只当是沈烬猜到了她之后肯定要来501。她慢吞吞地走到501门口，还没来得及开口，就首先听见了裴新泽斩钉截铁的一句话——"今天大年初一，我话就放这儿了，我裴新泽和你沈烬，没人可以拆得散！"

是吗？那她走？

秋随抿了下唇，犹疑了下，还是伸手轻轻敲了三下501的房门。

客厅里的两道眼神同时顺着声音望向她。

沈烬眼神平静得看不出情绪，倒是裴新泽，看见她跟看见了鬼似的，结结巴巴地开口："秋，秋随？"

秋随深吸了口气，很是自然地解读了裴新泽的眼神。

"你放心，"秋随温和笑起来，转而看向裴新泽，"我不是来拆散你们的。"她顿了下，视线落在沈烬身上，"我是来加入你们的。"

裴新泽猛地想起来第一次遇见秋随的场景。他倒吸一口凉气，不好的预感油然而生："你不会又是来收房租的吧？我记得还没到交房租的时间。"

上一次和沈烬来收裴新泽的房租，到底给他留下了多大的心理阴影啊？

"不是。"秋随解释，"不过为了更好地收取你的房租，我搬过来住了，就在对面502。"

居然还真的住进来了？沈烬去了趟俄罗斯，怎么突然就发生了这么大事？裴新泽蒙了几秒，转身就要询问沈烬，却看见沈烬将玻璃杯搁在桌上，起身朝门口走去。

"不是，沈烬，"裴新泽挠了挠头，一脸茫然，"你干吗跟着回去？"

沈烬："送她回去，路上和她商量一下，之后怎么收取你的房租。"

裴新泽觉得这日子是没法过了。

话是这么说，但送秋随回家的路上，两人一路无言。

直到车子停在秋随居住的小区单元楼门口，秋随打开车门正要下车，不经意看见沈烬解开安全带，她才出声阻止："不用了，我的行李箱里面都是衣服，不重，就送到这儿吧。"

沈烬动作一顿，他挑了下眉，想起秋随的行李箱的确不重，也没有多说什么，只是坐在驾驶座上打开了后备箱。

从后备箱拿了行李箱后，秋随脚步顿了下。

大年初一的单元楼门口几乎没有人，每家每户都灯火通明，还能依稀听见电视里主持人字正腔圆的声音，以及一家人围在一起打麻将嘻嘻囔囔的吵闹声。

秋随咬了下唇，才慢吞吞地走近敲了敲车窗。

四目相对，秋随暗暗捏了捏手心，对上沈烬漆黑的眼睛、深邃的目光，她佯装镇定地随意开口。

"远亲不如近邻，"秋随面不改色，"如果我出了事，你也不能丢下我不管啊。"

沈烬修长白皙的手指搭在方向盘上，侧头直勾勾地看着她。片刻后，他抬了抬下巴，才慢悠悠地开口询问："你能出什么事？"

秋随眨了下眼："我怕黑，怕虫，怕打雷。"

沈烬挑了下眉，深深看了她一眼，没有回答，只是意味深长地评价道："那你果然，还挺娇气的。"

他转过头去，没再吭声，发动车子扬长而去。

02

整整春节七天假期，秋随基本上都没有安排，毕竟春节是一个全家团圆的日子，就连姜嘉宁也抽不出空来和她聚会，她索性待在家里收拾行李，书房是她最后收拾的地方。

书柜最上方堆着一摞多年没有收拾但是又舍不得丢的书，秋随踩在椅子上，将最上面一摞书抱了下来。书有些多，有几本书直接滑落下来，掉落到毛毯上，砸出一层薄薄的灰尘。

秋随将散落一地的书本一本本收好，视线触及一本小册子的时候，目光却突然凝住，那是她高中时期的日记本。

秋随捡起那本灰扑扑的日记，盘腿坐在地上，翻到了还有字迹记录的最后一页。

那一页已经被撕扯了下来，但又被人用胶带重新粘了回去，上面用娟秀的字迹写着一行字：希望能和他去同一所学校，能一起考上B大就最好不过了。

落款时间是她第一次高考的前一周。

秋随盯着那行真挚的话语，目光不由得有些涣散。

有很多人都询问过她，高考失利的原因。她统一回复，因为过于紧张所以发挥失常。

但只有姜嘉宁知道，不是的。高考的第一天第一场语文考试，她根本没有进考场。

秋随眨了下眼，想起来第一次高考前一天的下午。

她带着紧张激动又即将解放的心情回到家，却看见了客厅里端坐在沙发上的俞绍辉和黎娴夫妇，桌上放着的是她锁在抽屉的日记本，此刻正大大咧咧地摊开着，其中一页不知道被谁撕了下来。

秋随脚步一顿，愤怒、不堪和无处发泄的情绪一起涌了上来。

只是对着他们，秋随发不出也不敢发脾气。她抿了下唇，咬着牙开口："爸妈，我的日记本我先拿走了，明天考试，我先回房间复习。"

"站住！"俞绍辉一声厉喝，"你还想考B大？你知道B大的学费多少吗？"

秋随深吸了一口气，又是钱。

她转过身直视沙发上的养父母，压抑住内心的崩溃，尽可能温和地解释："爸妈，B大就在申城当地，我去B大上学，至少可以省下不少火车费，而且，虽然B大的学费很高，但是作为国内顶尖的学校，它的奖学金制度也很完善，我会努力拿奖学金的，等我毕业了，这些钱我都会还给你们的。"

"不必了，"黎娴没有耐心地打断她，"你也知道，你妹妹现在学艺术，将来是要去考电影学院的,舞蹈、唱歌、钢琴这些培训课程一个都不能落下,家里哪有这么多钱再供你读书?"

她顿了下,又接着补充:"秋随,你在学校成绩是不错,但是B大汇聚了全国的顶尖学子,你的成绩比得过高中这些人,比得过B大一整个学校的人?你敢保证,一定能拿到B大的奖学金?也许你都不能在B大顺利毕业!你也快十八岁了,你妹妹这里还需要钱学艺术,我和绍辉已经替你找好工作了,在家里附近的工厂,你明天不必去考试了,下周我带你去工厂报到。"

秋随怀疑自己听错了。哪有父母会在高考前一天,偷偷翻看孩子的日记,又单方面禁止孩子参加第二天高考的?

一时之间,她甚至都没来得及生出愤怒或者荒谬的情绪,便见到黎娴转身朝门口走去,淡淡丢下一句话:"剩饭在冰箱,自己热一热吃了,我们要去接染月下钢琴课了。"

等秋随反应过来的时候,俞绍辉和黎娴夫妇已经离开了,只剩下空荡荡的房内一个孤零零的她。

秋随打开冰箱,盯着冰箱里的剩饭剩菜愣了会儿神,俞绍辉和黎娴的话还在她耳畔回荡,心里不祥的预感挥之不去。

但第二天就要高考了,秋随热了饭菜吃了几口,强迫自己压下内心的不安感。俞绍辉和黎娴一定只是在和她商量,他们怎么可能真的不让她去参加高考呢?

直到她第二天踩着六点的生物钟准点醒来,才惊觉一个震惊的事实,俞绍辉和黎娴是真的不打算让她参加高考的。因为,她根本打不开卧室的门。

俞染月还没有出生前,秋随也曾经住过精心打扮的粉色公主房,只是这样被捧在手心的时光并没有持续太久。

俞染月出生后,夺走了这一切,秋随甚至没办法生出憎恨的情绪。

她是养女,俞染月是亲生女儿。她是姐姐,俞染月是年龄小的妹妹。

于情于理,她都必须退让。

俞绍辉和黎娴并没有做好俞染月出生的准备,家里的房间也只有三个,俞染月出生后,秋随只能退居到俞染月隔壁的一个小杂物间。

小杂物间名副其实,阳光不行通风不好,就连房门,都是铁门的。

秋随曾经觉得，铁门也没什么不好，反正房门一关，就是她的小天地。

直到被俞绍辉和黎娴锁在房间的这一刻，她才突然意识到，木门和铁门最大的不同是，她或许可以砸烂木门，但是根本不可能砸烂铁门。就连她那部只能用来发短信的手机，也早就被俞绍辉和黎娴神不知鬼不觉地拿走了。

秋随第一次体会到了手足无措的感觉，后背的冷汗直冒，心跳快得仿佛不是自己的，手指根本止不住颤抖。她陷入了一个叫天天不应，叫地地不灵的困境。

和她的崩溃相比，俞绍辉和黎娴显然镇定多了。

"秋随，"黎娴隔着铁门和她说话，"别白费力气了，我们在房间里给你留了零食，饿了就吃。高考这两天结束，妈妈就带你去工厂报到上班。"

"妈！"秋随想哭，却根本哭不出来。她连声音都是抖的，慌乱得连一个完整的句子都说不出。杂物间里挂着壁钟，分钟滴答滴答地转动，清晰地昭告时间的流逝，也像是对秋随宣告，距离第一场语文考试开考的倒计时。

"我发誓，我肯定会拿到奖学金的！"

"我不用你们的钱，一分钱也不用，真的！"

"学费、生活费，我都可以自己搞定。"

"至于染月的艺术辅导费，我可以去兼职！真的！"

"妈，求你了，你给我开个门！"

她在铁门里面声嘶力竭，却只听见黎娴喉咙里发出了什么声音，大约是喝了杯豆浆之类的饮料，随后，黎娴拍了拍铁门。

"别想了，"黎娴说，"爸妈送染月出门学唱歌去了，你在里面待着，睡觉也行做什么都行。"

几秒后，秋随听见了外头的大门"砰"的一声关上。

一切又重新归于平静。

这间房子，就和昨天一样，空空荡荡，也只剩下一个孤零零的她。也像是悬而未决的一切都有了结果，墙上的挂钟做了宣告判决。

高考第一天，上午是语文考试，即使她现在出门，也是迟到不能进考场的，这已经是板上钉钉的事情了。

半小时后,秋随是从俞染月的房间离开这个所谓的家的。

杂物间就在俞染月的卧室隔壁,两个房间的阳台是互通的,秋随踩在阳台上的防盗网,一步一步地从自己房间的阳台,走到俞染月房间的阳台,打开俞染月卧室的窗户,进入了俞染月的房间,才终于,获得了自由。

只是,迟到已是既定的事实。

秋随走在路上,到处都是穿着红色喜庆衣服的家长,街道上的车流会自动减缓速度,经过考场学校的时候都会停止鸣笛。

这一切看着如此温暖,但是所有的事情,都和她无关了。B 大是国内顶尖的高校,她缺考语文考试,已经是注定无缘 B 大了。

秋随百无聊赖地走在街上,她看着一辆又一辆的公交车从她眼前经过,突然不知道为什么,生出了一股奇怪的想法。

她跳上了其中一辆公交车。这辆公交车会经过一个高考考场。不是她所在的考场,是沈烬所在的考场。

这一刻,她就是突然很想,很想看见沈烬。

俞家离沈烬所在的考场有一段距离,只是秋随出发的时候,已经很晚了。所以,她下车后,在沈烬所在的考场门口也不过等了半小时左右,就听见了考试结束的铃声。

过了一会儿,考生们一窝蜂地朝门口涌来。说来奇怪,秋随还是第一眼,就看见了沈烬。

学校门口站着一群翘首以盼的家长,她身处其中,显得格格不入。她那时候个子也不算高,家长们只要往前一站,基本上就能挡住她的所有视线。

秋随踮着脚,视线落在沈烬身上,抿了下唇,正想朝他跑过去,却看见沈烬眼睛一亮,朝门口一对气质出众的夫妻走去。

紧接着,她看见那对夫妻带着沈烬过了马路,朝一辆她那时候看不出牌子,但是全车上下都写满"我很贵"的车子走去。

秋随的脚步突然停住。

她就站在一群拥挤的人潮中,和沈烬隔着不远不近的距离,看着意气风发的少年和温文尔雅的父母。

那一刻,她再一次清楚地意识到,她和沈烬的距离,绝对不是,只隔着一条马路那么简单。

在那一刹那,秋随心底涌上了很复杂的情绪,悲伤和喜悦夹杂,嫉妒和茫然混合。替沈烬喜悦,替她自己悲伤,嫉妒沈烬在大学可能会遇见的比她优秀的女生,又茫然得不知道该如何是好。

秋随深吸了一口气,思绪逐渐回过神来,那张被俞绍辉和黎娴撕扯下来的纸,在第一次高考结束后,又被她用胶水粘了起来。

这个日记本她一直保留至今,只是一直都没有再在上面写下半个字。那一张纸,成了日记本里的最后一句话。

秋随脑海中突然闪过第一次高考结束后,沈烬来找她,对她说过的话。

他坐在篮球架下,指着自己的耳朵对她说:"如果你要复读,那你就考来我们学校后,再给我盖个戳。"

秋随眨了下眼,随手抓过了一支笔,翻过了那一张被撕扯下来的纸张,重新找了页空白的纸。

她低着头,一笔一画认真地写道:

"希望,今年,可以把当年的那个耳朵戳,重新补给沈烬。"

落款是春节假期的最后一天。

当天晚上,她拎着行李箱搬去了铂悦湾502。想了会儿,秋随还是给房东发了条报备消息。

秋随:"发送位置,铂悦湾小区。"

几秒后,沈烬也给她发送了一个位置:"发送位置,临城。"

看来是出差了。

第二天是春节七天长假结束的第一个工作日,挤压了七天的工作量在第一个工作日被加速放大,上到资本家,下到打工人,没有一个人逃得了。具体体现在,秋随和沈烬互相彼此报备的过程中,没有哪一天,是两个人同时在申城的。

也不知道是不是秋随开了一个发送位置的头,他们之间的聊天记录说得通俗点就是地点共享。

沈烬:"发送位置,江城。"

秋随:"发送位置,平城。"

沈烬:"发送位置,南城。"

秋随:"发送位置,越城。"
连轴转的工作持续了整整十天,才终于有了转机。
秋随刚刚结束外地的一个翻译工作,飞机落地申城后不久,她就拿出手机给沈烬习惯性发送了位置。
秋随:"发送位置,申城机场。"
沈烬:"发送位置,铂悦湾。"
秋随一愣,这倒是难得,她和沈烬居然有一天都没出差,看来是春节七天挤压的工作量都处理完了。
秋随这次去外地出差没带行李箱,只背了一个随身的大容量背包,里面放了几件换洗衣服,她也不用去行李转盘处等候,直接背着背包朝门口走去。
她拿着手机还没来得及上APP打车,门口熟悉的声音就传到她耳边:"随随宝贝,Surprise(惊喜)!"
姜嘉宁从门口蹦了出来,一把抱住她:"哎呀,我终于逮着一个有空的随随了,走,去我家喝酒。"
秋随一愣:"现在?"
"当然了,"姜嘉宁点头,"周五不喝酒,人生路白走。况且,明天周末你不也休息吗?"
秋随想了会儿:"对哦,今天周五,我明后两天也休息,那走吧。"
她挽住姜嘉宁的胳膊,给沈烬发了条消息。
秋随:"我先去姜嘉宁家玩了。"
毕竟,住在对门,来日方长,不急在这一时半会儿。
铭逸资本。
陈睿敲了三声门,得了里面一个低沉的"进"字,才推门走了进去。
总裁办公室,空调开得很足,沈烬只穿了件深色衬衫,面无表情,远远看着就散发着一种难以亲近和冷冰冰的气场。他神色淡漠,桌上是几摞高高叠起的文件。
难得的是,沈烬的视线没有落在任何一份文件上,而是盯着桌上的手机,他低着头,情绪不明,沉默无言。
陈睿不敢走近去瞧沈烬手机里的信息,只是恭敬地询问:"沈总,有什么事情要吩咐我的吗?"

沈烬像是终于回过神来，他微微后仰靠在椅背上，神情之中自带一股尽在掌握之中的平静从容。

"今晚，"沈烬抬手敲了敲桌子，声音很轻但又笃定，"加个班。"

陈睿有些蒙："在铭逸资本加班不是常态吗？给足加班费就行。"

沈烬瞥他一眼，难得多说了几句话解释："是我的私事，你这个月奖金翻倍，加班费正常算，从我的私人账户里扣。"

陈睿不再多问，二话不说答应下来："没问题。不过，工作内容是什么？"

"工作地点在铂悦湾，"沈烬没有回答陈睿的问题，只是淡淡开口，"到了铂悦湾你就知道了。"

陈睿离开后，沈烬转了转手机，半晌后，他打开了裴新泽的微信对话框。

沈烬："给你一个忠告，今晚在外面找家酒店住吧。"

裴新泽："停电？怎么可能？！我也没在铂悦湾的业主群看到停电通知啊，你等我去翻一下群消息。"

沈烬："铂悦湾不会停电，但我们住的那栋楼，会停电。"

足足一分钟后，两条消息弹了出来。

裴新泽："沈烬！你给我做个人吧！"

下午六点，铂悦湾路口红灯前，陈睿揉了揉耳朵，怀疑自己听错了。

陈睿："那我多嘴问一句，除了您，还有谁也住在那里？"

沈烬没答这个问题，他指骨在车窗边缘轻敲了敲，片刻后，才打开手机。他垂眸，盯着和秋随的对话框，突然想起裴新泽义愤填膺的两句话。

裴新泽："沈烬！你给我做个人吧！"

沈烬收回思绪，视线淡漠地重新转到手机屏幕上。那就再给她最后一次机会。沈烬点开秋随的对话框，最后一句话还停留在秋随发送的消息上——"我先去姜嘉宁家了。"

他揉了揉眉骨，手指飞速地在屏幕键盘上跳跃，像是生怕下一秒自己就会反悔似的。几秒后，一则消息发送到了秋随的对话框。

沈烬："铂悦湾今晚停电了，如果你不想回家，就先在姜嘉宁家住下。"

秋随来过姜嘉宁家不下十次，姜嘉宁自小就是个酒鬼，小时候就会从爷爷的床底下偷家人酿好的酒喝，长大之后更是一发不可收拾，特意买了一个冰箱存着从世界各地买回来的酒水。

在外人面前，秋随不敢说自己千杯不醉，但是在姜嘉宁家，秋随倒是自在多了。要知道，姜嘉宁曾经评价她："秋随，别说我了，李白都喝不过你。"

姜嘉宁特意在家里布置了一个飘窗阳台，专门用于和秋随吃火锅喝酒看电影用，墙上的投影放着姜嘉宁随手选的一部电影，她们俩都没太在意电影内容，姜嘉宁八卦心根本克制不住，拉着秋随要她将在俄罗斯的事情仔仔细细从头到尾详细说一遍。

秋随长话短说言简意赅地讲了一遍，又在姜嘉宁的要求下，补充了若干细节后，桌上的几瓶酒和所有零食已经告罄。

"你先吃着，"姜嘉宁起身去客厅冰箱拿吃的，"我再去拿些零食。"

姜嘉宁一离开，秋随的注意力就不得已落在了电影上。几分钟后，姜嘉宁碰了碰她的手肘，给她递过来一包薯片："随随，拿着。"

秋随心不在焉地接过，伸手指了指投影屏上的电影。

上面一个小姑娘娇滴滴地对着男人撒娇："兔兔这么可爱，你怎么可以吃兔兔？"

秋随仰头询问姜嘉宁："你说，是不是所有男人都喜欢撒娇的女人啊？"

姜嘉宁皱着眉头深思熟虑了一会儿，罕见正经地回答道："应该也不是所有男人都吃这一套吧，不过，如果是喜欢的女人撒娇，应该所有男人都喜欢吧。"

秋随嘴唇动了动，正要说话，放在桌上的手机突然振动。

沈烬："铂悦湾今晚停电了，不想回家就先在姜嘉宁家住下。"

姜嘉宁俯下身扫了眼："啊，停电了？那你在我这儿住下吧，反正你背包里面不是还有换洗衣物吗？"

"也行。"秋随点了下头，很是自然地接下话茬，"那我……"她语气突然一顿，剩下的话都被咽回了嗓子眼。秋随扭头看了眼投影上娇滴滴撒娇的女人，脑海中又再一次闪过姜嘉宁的话。

"算了，"秋随咬了下唇，"我还是回家吧。"

姜嘉宁挠了挠头，有些弄不清为什么秋随突然就变了想法。

"你怎么？"姜嘉宁跟在她后头往外走，随口猜测，"今天还有工作？"

"没有。"秋随站在玄关处换鞋，一边回答她，"近期工作都处理掉了，接下来我连休三天。"

"那你这么着急回家做什么？"姜嘉宁丈二和尚摸不着头脑，"你都好久没来我家住了，反正铂悦湾停电了，等沈烬通知你那边来电了，再回去也不迟啊。"

"那还真就迟了，"秋随换好鞋，站起身来，意味深长地开口，"来电了，就不是撒娇的好时机了。"

打开房门离开前，秋随像是想起了什么。秋随转过身来，拍了拍姜嘉宁的肩膀，重重点了下头："对了，谢谢你珍藏多年的好酒，就当是给我壮胆了！"

03

生怕自己抵达铂悦湾的时候，铂悦湾已经来电，秋随几乎是一路匆匆地赶回家的。沈烬居住的那栋楼在铂悦湾小区的最里面，秋随站在铂悦湾小区门口，有些茫然地愣了会儿神。

这一片灯火通明，根本没有哪栋楼停电了啊，难道，铂悦湾恢复供电了？

秋随叹了口气，有些无奈地往里走。直到她站在自己和沈烬居住的那一栋楼里，看着四周灯火通明，唯独沈烬那一栋楼暗无天日，不由得更加茫然了。

这是怎么回事？所有楼都没停电？唯独自己和沈烬居住的楼停电了？

秋随眨了下眼，也没太在意，毕竟，至少证明，她没有回来得太迟。幸好，至少这栋楼还没有恢复供电。

秋随站在电梯门口前，停电了，如果小区的备用发电机开启了，那电梯是不是还能用？算了，不冒险了，走楼梯吧。她再一次庆幸自己选择的是五楼，而不是裴新泽居住的十六楼。

秋随咬了下唇，犹豫了片刻，还是拨通了沈烬的电话。这一次，对方是秒接的。

沈烬低沉的声音从话筒里传出来:"喂?"

秋随眼睫动了动。她曾经在狭小的杂物间住了多年,在那个逼仄的房间里欣赏过洒落进地面的月光,也曾经被俞绍辉和黎娴夫妇关在那间房里找不到出口。

很奇怪的是,这些都没有成为她的心理阴影,她没有幽闭恐惧症,不怕黑,相反,在狭小黑暗的环境里,她反而更加自在。

就像此刻。秋随回忆了一下不久前看过的电影里撒娇的女人,她在脑海中斟酌了片刻,嘴唇动了动,才装作委屈屈地对着手机开口。

"沈烬,"她的声音里带上了不容易被人察觉的哭腔,不复从前的从容冷静,听着人心脏一紧,"这里怎么还是没电啊?!太黑了,你在家吗?我,我有点怕。"

黑暗蔓延,夜色凉薄,在足够安静的环境里,她听见话筒处传来一声巨大的响声。沈烬毫不掩饰地紧张的声音传过来:"你在哪里?家里吗?等着,我来找你。"

秋随眼睛一亮,又抿了下唇,微微弱弱地开口:"我,我在一楼,电梯门口前,背了个黑色背包,太重了,我不敢上楼梯。"

"等着。"她听见重重的关门声传来,紧接着是急促的呼吸声和匆忙下楼的脚步声,"电话别挂,我现在过来。"

秋随站在原地没动,低着头,委委屈屈地点了下头:"嗯,那你快点,我等你。"

话音落下,她就听见凌乱的脚步声。她猛地抬起头来,循声看过去,楼梯间一道熟悉的黑影急匆匆朝她走来。

见她安然无恙,沈烬脚步仿佛瞬间刹车,他右手举着手机放在右耳耳侧,暗自松了一口气。

"秋随,"他声音里还带着几分紧绷,"你……"剩下的话沈烬没来得及说出口,一道娇小的身影朝他飞奔过去,猝不及防地伸手抱住了他。

秋随的脑袋埋在他胸前,很是自然地搂住他的腰,抱住他的力道也不重。她的声音听上去弱弱的,像是在埋怨,又像是在撒娇,丝毫没有作为同传时候的镇定和从容。

沈烬僵着身子,右手依然笔直地举着手机,悬在右耳耳侧,左手暗自捏成了拳,距离秋随的肩只剩下几厘米的距离。

他站在原地,一动没动。下一秒,沈烬感受到抱住他腰间的手臂松开,沈烬心底隐约生出一种不舍的情绪来。他垂眸,看见秋随似乎是紧张地眨了下眼,有些尴尬地抿了下唇,后退了几步,拉开了和他的距离。

但是,距离也没有被拉得太远。

秋随咬了下唇,犹豫了片刻,从沈烬腰间松开的手顺势抬高了几厘米,自然而然地抓住了沈烬的左手。

"你怎么才来?"秋随很轻地哼了一声,"我都怕死了,到底什么时候才能来电啊。"

沈烬没吭声。他眉心一跳,缓缓垂眸,视线不自觉扫了眼被秋随两只手握住的左手。这一次,秋随拽得很紧,仿佛真的很害怕一样。可能是害怕黑暗,也可能是,害怕他离开。

沈烬收回思绪,回过神来,他缓缓地将举着手机的右手放下:"很怕?"

秋随点了下头,语气诚恳又老实:"很怕。"

沈烬偏头看了她一眼,单手举着手机切换到和陈睿的对话框打字。

沈烬:"行了,赶紧开电闸。"

这行字还没来得及摁下发送键。

秋随又抓住他的左手晃了晃胳膊,仿佛极为信任他一般撒着娇道,柔柔弱弱中还带着几分乞求和委屈:"但是你在这里就不怕了,沈烬,远亲不如近邻,这里没来电之前,你可一定要陪着我啊。"

做人有什么好的,能原地升仙还是长生不老?

没必要,反正在这一刻,他不想做人了。沈烬面无表情删掉了输入框里刚刚打好的几个字,他重新噼里啪啦敲着键盘打字。

他就那样站着,左手任由秋随抓着,即使右手举着手机单手打字的时候,也没有因为觉得麻烦,产生一丝一毫要收回去的意思。

沈烬个子高,手机举得也高,秋随看不见他打字的内容,又觉得此刻安静的空气实在是有些尴尬。

秋随紧紧抓着沈烬的手,有些没话找话地开口询问:"沈烬,你在给谁发消息啊?"

沈烬声音从容:"你不是害怕吗?我催促物业赶紧过来维修。"

她不由得深吸了口气,借着黑暗,沈烬看不清她的表情,在内心恶狠狠地骂了沈烬几句。真是钢铁大直男!

再说了!断电不好吗!沈烬没听说过有一个活动,叫作"地球一小时"吗!她在暗自生着闷气的同时,当然不知道沈烬其实是给在十六楼蹲守的陈睿发了两条消息。

沈烬:"计划有变。"

沈烬:"三个小时候再开电闸。"

信息发送出去后,沈烬没再理会,直接摁灭了手机屏幕。

秋随语气佯装急切地询问:"物业那边怎么说的?"

"他们说,"沈烬声音暗哑,像是在竭力克制些什么,"会尽快维修的。"

秋随"哦"了声,夜色弥漫,她看不太清沈烬的神色。

只知道,沈烬似乎任由她为所欲为,随她抓着他的手不放。秋随垂眸,掩下心底的暗喜。她才不在意物业到底什么时候来维修。不过,关于某个问题,秋随确实有些好奇。

"沈烬,"秋随困惑开口,"为什么小区别的楼都没停电,唯独我们这栋停电了啊?"她歪了歪头,继续分析,"我这几天都在外地出差,今天下午刚刚回申城,还没到家你就和我说停电了,所以,这件事情明显和我没有关系。"

"你呢?"秋随握住他的手力道重了些,很是随意地晃了晃沈烬的胳膊,她自己都没察觉到,自己此刻是一个娴熟撒娇的小女生,"也是刚到家就停电了吗?"

空气陡然之间安静下来,秋随也没察觉有哪里不妥。半晌后,沈烬轻笑了声,打破了电梯门前的寂静。

他没有直接回应这个问题,而是转而引导秋随探究:"你想想,这栋楼里,除了我和你,还住了谁?"

秋随眨了下眼,恍然大悟——裴新泽!

她了然地点了下头:"一定是裴新泽搞的鬼,不知道他在家里弄什么奇奇怪怪的东西,这栋楼是不是经常停电?"

"大概吧。"沈烬回答得模棱两可,"不过,你这么一提醒,我倒是想起件事情来了。"

秋随："什么？"

"是时候催他买套房，"沈烬，语气淡淡的，"让他赶紧搬出去了。"

秋随觉得自己可能是在姜嘉宁家多喝了几杯酒，一瞬间还没反应过来："啊？为什么？"

沈烬慢悠悠开口："否则，指不定这栋楼还得停几次电呢。"

沉默了一会儿后，秋随后知后觉反应过来，思绪猛然清醒。

搬家好啊搬家妙啊！裴新泽搬家了，这栋楼就只剩下她和沈烬了。她可不是来加入裴新泽和沈烬的。她搬进来，就是为了拆散裴新泽和沈烬的！

"你说得对，"秋随深表同意地附和沈烬，语气坚定，"尽快催裴新泽买套房吧。不过，申城的房子这么贵，裴新泽买得起吗？"

"买得起，"沈烬懒洋洋道，"我说买得起，他就买得起。"

秋随有些蒙，不过她也没太在意，这栋楼还没有恢复供电，电梯自然是不能再用了，只能走楼梯上五楼回家。

秋随刚搬进铂悦湾没多久，也没在这儿住几天，这还是第一次走进这栋楼的楼梯间。

她穿着一件口袋极浅的厚外套，肩上还背着从外地出差回来的黑色大背包，手机放在了背包的侧拉链袋里。

秋随抓着沈烬的手，在黑暗中亦步亦趋地跟着沈烬拐了几个弯走进楼梯间，一只手绕到身后的背包处摸索着拉开拉链取手机，想要打开手电筒照明。

黑暗中行走本就生疏，更何况走的是一条从未走过的道路，秋随忙着取手机，根本没来察觉到，自己已经跟着沈烬走到了楼梯口。

脚步往上一抬，就是台阶。秋随却下意识还以为站在平地上，抬脚朝前走，几乎是猝不及防地被台阶绊住，她一个趔趄，本能地朝前扑过去。秋随根本来不及做出任何反应，径直扑在了眼前瘦高的身影上。

沉默蔓延，场面定格。过了几秒，秋随才猛然意识到。沈烬背对着她，站在比她高一级的台阶上。她一只手还牢牢抓着沈烬的左手不放，而此刻，她整个人都毫不客气地贴着沈烬的背。

她维持着这个从背后抱住沈烬的姿势没动，一时之间不知道是不是应该撤离。

秋随屏住呼吸，有些手足无措。虽说从搬进铂悦湾到明知铂悦湾停电还要回家，都是她故意而为之。但是这一步，的确是意料之外。

安静的氛围持续了一会儿后，秋随抿了下唇，觉得自己有义务打破此刻的场景。

她挣扎着开口："你听我解释。"

沈烬依然笔挺地站在台阶上，背对她而站。

秋随没办法看到他的神色，只能听见暗流涌动的空气将一句听不出情绪的话送到她耳畔——"不想听。"

沈烬微不可察地叹了口气。

"秋随，"他的语气无奈至极，"你想要什么就直说，我又不是第一次知道你娇气。"

"你不就是想要，"沈烬停了下，随后吊儿郎当一字一句道，"我背你吗？"

秋随下意识就要张口反驳，一个"我"字刚说出口，剩下的字却都被她生生咽了下去。

她抿了下唇，缓缓站直了身子，没有再贴着沈烬的背部，拉远了和他的距离，只是一只手依然拽住他不放。

"我的脚刚才踢到台阶了，"秋随抿了下唇，语气委屈又无辜，"很痛，走不动路。"

不知道是不是因为身处黑暗之中，这栋大楼里又只有她和沈烬两个人的缘故。秋随觉得，自己的胆子似乎大了不少。

她伸出手，在和沈烬相握住的掌心装作随意地挠了挠。

秋随很是敏锐地察觉到，沈烬温热的手心似乎僵硬了一瞬。趁着那一瞬，秋随松开了自己一直握住沈烬的手。

她站在原地，双手紧握住肩上的黑色背包。

秋随叹了口气，语气无奈又真挚，对着沈烬沉默的背影开口："沈烬，你自己上去吧。我就在这儿等着，来电之后我坐电梯上去，我不爬楼梯，脚痛，我爬不动。"

沈烬扯了下唇，语气悠闲："哦，让我把你一个人丢在这儿？"

"嗯，"秋随说，"也只能这样了。"

沈烬轻哼了声："你不怕？"

"怕。"秋随诚实道,"我一怕就会哭,不过五楼肯定听不到的,你走吧。"

话音落下,黑暗又寂静的楼梯间只剩下两人均匀的呼吸声。过了一会儿,沈烬无奈地"啧"了一声。

秋随眨了下眼,在无边的黑暗中,她看见距离自己只有一个台阶,一直背对着自己而站的男人缓缓蹲了下来。

每一秒都被无限放大和拉长,秋随清晰地感受到自己心跳加速,如雷声般跳动。

她听见沈烬低沉磁性的声音慢悠悠划破寂静,有些无奈,有些宠溺,有点像是拿她没办法的。

沈烬说:"上来。"

秋随朝沈烬的方向走了几厘米,她装模作样犹豫了片刻,还是没有动作:"你真的要背我上楼啊?"

沈烬似乎是有些不耐烦了:"别废话。"

秋随"哦"了声,往前俯身,慢悠悠地趴在了沈烬的背上。

她的下巴很自然地搭在了他的肩部,顺手搂住了沈烬的脖颈。楼梯间设计狭小,空气闷热,没有窗户,透不进半点微风和光线。触目可及皆是一片黑暗,其他感官的功能都被不自觉放大。这一点,适用于任何人,包括秋随,也包括沈烬。

沈烬背着她半蹲在台阶上,没有动作。秋随的发丝时不时擦过他的后颈,清香的气息浓烈地环绕在他身边,以及,那一片柔软,不可避免地触碰到了沈烬的背部。

沈烬虚握着拳头,闭了闭眼,调整了一下快要紊乱的呼吸节奏,才缓缓站起身来。

他压着心底汹涌而上的情绪,不冷不热地开口:"背包给我。"

秋随一愣:"啊?我背着就好了。"

沈烬语气很欠揍:"但是这样我觉得重。"

她微弱地"哦"了声,卸下肩上的背包,交给沈烬。沈烬背着她,一手提着背包,弯着腰,一步一步踏上台阶。

秋随眨了眨眼,意识一时之间乱七八糟的,她突然伸手戳了戳他的肩膀:"其实你把我丢在一楼也可以的,我也就是躲起来哭一会儿。"

沈烬漫不经心地扯了下唇："这样听起来，很像恐怖电影的前奏。"

在停电的黑暗大楼里，楼梯间传出了一个无助哭泣的女声……在脑海中感受一下，是有些瘆得慌。

秋随止住自己的胡思乱想："那你在五楼，也听不见。"

"听得见。"沈烬轻哼了声，反问她，"是你更熟悉铂悦湾，还是我更熟悉铂悦湾？我说听得见，就是听得见。"

无法反驳，她心不在焉地"嗯"了声。

此刻，她和沈烬的距离被拉得很近，秋随不自觉靠近沈烬的右耳。

她想起自己重写下的愿望——希望，今年，可以把当年的那个耳朵戳，补给沈烬。

她鼻腔微酸。

多年前那个会主动弯腰听她说话的少年，和眼前这个弯腰不动声色纵容着背她上楼的男人，身影逐渐重叠。

沈烬，有没有人告诉过你，不要轻易为秋随弯腰。很危险，会被偷亲。

算了，秋随沉默地弯起唇角，他今天就会知道了。

她咽了咽口水，深吸了口气，脸颊一点点往前凑近，她闭上眼睛，亲上了那只，曾经被她不经意亲上的右耳。

只是这一次，她蓄谋已久，也处心积虑。她是故意的，也万分乐意。

作为始作俑者，秋随早有预谋。在吻住沈烬右耳的下一秒，她就迅速地分开了罪魁祸首和受害者。

罪魁祸首，当然是她的唇。

受害者，自然是沈烬的右耳。

秋随面不改色地趴在沈烬背上，下巴懒洋洋地搭在他的肩头，神色闲散得就仿佛刚才做出亲吻动作的人不是她一般。

"秋随，你又亲我了。"

秋随眨了下眼，惊呼一声后，才恍然大悟一般道："呀，你不说我都没发现呢。"这话说得，就好像她根本没察觉自己不小心亲上了沈烬的耳朵一般。

"你是不是应该解释一下？"

秋随："不用了吧，你之前不是说，不想听吗？"

沈烬："现在想听解释了。"

秋随不甘示弱地回怼回去："那你变化得还挺快，一会儿不想听一会儿想听。"

"嗯，"沈烬点了下头，"不像你，始终如一，亲完我的脸又亲我的耳朵。"

秋随语气没有半点心虚："这也不能怪我，说起来，还是得怪你，沈烬。"

沈烬口吻中带了几分荒唐："我是受害者，这事还得怪我？"

"当然。"秋随理直气壮，"沈烬，你背着我走路的时候能不能走稳一些，你走得不稳，我跟着摇摇晃晃的，不小心一低头亲到你的耳朵，也很正常。"

"秋随，"沈烬似乎是有些憋屈，他深吸了口气，挑眉道，"我们在爬楼梯，不是在走平地。"

秋随简单地"哦"了声，有些无奈地摊了摊手："那也没办法啦，在我们爬到五楼前，你努力走平稳一些，我努力不再占你便宜。"

或许是被她气笑了，沈烬沉默了两秒后勾了下唇："行。"

沈烬依旧背着她，轻轻松松往上爬楼梯。只是，每登两三个台阶，他都会停下脚步，侧过头语气真诚地询问："够稳吗？"

终于在距离五楼只有三个台阶的时候，沈烬再一次停住了脚步。

在沈烬侧过头还没来得及开口的时候，秋随抢先一步回答他："稳，很稳，非常稳。"

沈烬发出低低的笑声。

"我是想告诉你……"沈烬拖着尾音开口，"机不可失，时不再来。"

沈烬语气意味深长："还剩下三级台阶，只有一次机会了。"

她眨了下眼，没再吭声，只是安静地趴在沈烬的背上。

沈烬口中的机会，无非就是，她再占他便宜的一次机会。

04

直到走完最后三级台阶，秋随都安安分分没有任何动作。沈烬也没再多说话，只是平静地背着她将她送到502家门口。

借着手机手电筒的光，秋随摸索着摁下了房门的密码锁。房门"啪"的一声打开的时候，秋随眼疾手快转身拉住了沈烬的衣角。

"沈烬，"夜色蔓延，她轻浅的气息在黑暗中不知不觉又不动声色地占据了沈烬的所有感知，她拽住他的袖口，"太黑了，我怕。"

尽管在黑暗中，他依然明晃晃地对上了秋随的眼睛。她的眼睛像一双小鹿一般，在夜色中更显灵动和清澈，不过此刻，还夹杂了几分狐狸的狡黠。

"行。"他站在秋随身后，稍稍弯了弯腰，他伸手越过秋随推开了秋随的家门，意味深长道，"去你家。"

秋随装模作样地伸手摁了下客厅的吊灯开关，无奈地叹了口气："怎么还没来电啊？"

她从鞋柜取出一双一次性拖鞋递给沈烬："将就穿一下。对了，记得顺手关下门。"

秋随径直走向客厅的单人沙发坐了下来。她撑着下巴坐在单人沙发上，在黑暗中面不改色地看着沈烬停顿了片刻，在玄关处换上拖鞋，顺手关掉房门。

房门被轻轻带上的同时，秋随比任何一刻都更清楚地意识到。从现在开始，她和沈烬，孤男寡女，要在这个私人的、停电的、黑暗的空间共处一段时间了。

重逢后，也不是没有独处的时间。

比如在俄罗斯的时候，她曾经去酒店的房间找沈烬，也曾经待在沈烬的房间，给沈烬挑选外套。

只是，那时候，酒店房间，灯光如昼，天色明媚。不比现在，她的住宅，伸手漆黑一片，感官无限放大。

秋随咬了下唇，眼睫颤动。她深吸了口气，强迫自己冷静下来。她从来没有那一刻像现在这样庆幸停电。

停电就和醉酒一样，无论做出了什么事情，似乎都在这种环境下，都光明正大，足够将所有发生的事情，都推给停电。

黑暗使人丧失理智，无法思考，是个很好的借口。

"沈烬，"秋随对着关了房门朝她走来的男人开口，"你顺道去厨房的冰箱拿瓶水给我吧。"

沈烬脚步一顿，轻嗤了声："你倒是不见外，直接使唤起我这个客人来了。"

话是这么说，他还是拐弯转向厨房，从冰箱里拿了瓶水。几秒过后，他手里拎着瓶矿泉水，从不远处随手搬了张矮沙发过来，坐在她对面。

即使秋随坐在高一些的单人沙发上，而沈烬坐在对面矮一些的沙发上，他也比秋随高出不止半个头。他微微弓着背，弯腰和秋随几乎平视，手里那瓶刚从冰箱里拿出来的水被他在手里漫不经心转着玩，一向冰冷的神情，此刻多了些许玩世不恭的神色。

四目相对间，没有人打破此刻静谧的环境。

秋随也没伸手去取沈烬手上的那瓶水，秋随咽了咽口水，心底迸发出慌张又兴奋的情绪，像是要进行蹦极的前一刻。

刺激和恐慌相交织，秋随一瞬之间已经无暇再去顾及其他。一片黑暗中，她缓缓坐直身体，朝沈烬所在的方向伸出手。

沈烬屏住呼吸，神情平静，直勾勾地盯着对面的秋随缓缓伸出手，修长精致的手指离他越来越近，最后停留在矿泉水瓶瓶身上。

秋随眼眸深处藏着忐忑，只是借着黑暗看不太清。她抿了下唇，停顿的手才继续动作。

秋随没有顺势握住矿泉水，而是一寸寸继续往前，越过并不冰凉的矿泉水，触摸住沈烬被矿泉水瓶盖抵住喉结。她的血液在那一刻几乎凝固住，她深吸了口气，佯装懵懂地询问："沈烬，这是什么？"

世界都仿佛被摁下了暂停键。

秋随就仿佛是真的，只是为了拿一瓶水，只是她身处黑暗中，所以看不太清楚，而她略微冰凉的手，也就那样，一直抵在沈烬滚动凸起的喉结上，没有松开。

沈烬没说话，只是垂眸静静地看着她，漆黑的眸子里在黑暗中更加看不出情绪，深邃一片。

空气凝固到秋随忍不住要开口的时候，她才听见沈烬似笑非笑有些玩味的声音："看不清吗？"

秋随底气不足，却还是硬着头皮理直气壮地点了下头："嗯，看不清。"

沉默持续了几秒后，沈烬才仿佛大发慈悲一般开口："喉结。"

秋随简单地"哦"了声，她眨了下眼，原本抵住喉结的手轻颤了下，想要撤离，却被一双温热的手猛地抓住。和她略微冰凉因为紧张还有些颤动的手截然不同，那双手温热又平稳。

紧接着，是矿泉水砸在地上的声音。

沈烬坐着的那张略微矮一些的沙发和地面摩擦，发出了刺耳的声音，在这个空旷黑暗又寂静的客厅里，尤为清晰。

秋随脑子里的弦瞬间被扯断，她右手的手腕被沈烬牢牢地禁锢住，缩在紧靠墙壁的单人沙发里。她视线明明可以四处飘忽，却像是被某种意识所趋势，忍不住对上沈烬深邃的眸子。

她睫毛止不住颤动，一向最会伪装平静从容的声音也终于露出了几分慌张的气息："沈，沈烬，你，你离我这么近做什么？"

沈烬朝她缓缓靠近的速度停了几秒，她听见沙哑的、仿佛在竭力克制某种情绪的声音从不远处徐徐传来："你不是说，看不清楚吗？"

秋随眨了下眼，她极其轻缓地深吸了口气，稍稍抬起头，一贯冷静的神色中多了几分笃定。

"嗯，"秋随幅度很小地点了下头，"现在也一样看不清。"

秋随的视线毫不避让地直视居高临下打量着她的沈烬，声音放得很轻，在此刻静谧的黑暗里，格外清晰。

她说："所以，沈烬，你再靠近一点。"

最后一个字尾音落下的瞬间，秋随感觉到，自己被沈烬拽着的右手手腕有瞬间的刺痛。

秋随咬了下唇，忍住了没吭声。她眼睛一眨不眨地落在沈烬的身上，面不改色，一如她出现在所有人面前一样，从容且镇定，理智又平静。

"行。"他垂下眼睛，沉默了几秒后，像是妥协了一般，唇角轻勾了下，声音低不可闻，"听你的。"

沈烬叹息了一声，视线落在沙发上自己偷偷放在心里觊觎了多年的人。他语气带着认命一般的释然，仿佛自言自语一般吐出五个字："我都听你的。"

下一秒，秋随感觉到沈烬拽着自己的右手腕，往下一压——他温热的手压在她的右手腕上，将她的右胳膊固定在了单人沙发的右侧扶手上。

秋随呼吸几乎是在瞬间紊乱起来。

她整个人都缩在单人沙发里，身后是退无可退的墙壁，身前是侵占意味极强的沈烬。

秋随眼睫毛眨得飞快，只觉得周围的一些都变得模糊，她眼前只剩下沈烬的面容。

秋随非常清楚，事情发展到这一步，她是真正的幕后推手。沈烬是毫不知情的猎物，一步步走进她设的圈套。

但此刻，暧昧的情愫一触即发，空气中热烈的气息充斥其中。秋随突然也有些茫然。

也许，她和沈烬，既是猎人，也是猎物，他们都是彼此的猎物。他们仿佛平静地围观猎人设下所有的圈套，而后，明明纵容又佯装无知地主动踏入其中。

这些混乱的思绪很快被打断。

因为秋随下一秒就发现，她的左手手腕，也被沈烬用一种不轻不重的力道扼制住了。和另一侧一样，被轻轻松松看似随意但其实她无法挣脱的方式，压在了单人沙发的左侧扶手上。

秋随抿了下唇。

她左右两只手都被沈烬固定在沙发扶手上，无法动弹，像是被惩罚的囚犯。没人知道，其实是她自己，心甘情愿，画地为牢。

沈烬的目光没有半分游离，其中的灼热在黑夜中更盛也更加明亮，秋随几乎要被其中的专注点燃。

他勾了下唇，口吻很真挚地询问，嗓音低沉："看清了吗？"

秋随没吭声，盯着沈烬散落在额前的黑色碎发，她缓缓伸出手，冰凉的手指重新覆盖上沈烬深色衬衫领口上凸起的漂亮喉结。

她对着眨了眨眼睛，温温和和地开口："嗯，这次是真的，看清楚了。"

有些说不清道不明的情愫在空气中暗流涌动。秋随没松手，她能够感受到，在她冰凉手指的覆盖下，上下滚动的喉结。

沈烬直勾勾地盯着她，眉梢轻佻："还想看什么，你说。"

秋随对上他精致的眉眼，没吭声，只是冰凉的手指缓慢上移，从他的喉结逐渐落到他右侧的脸颊。

沈烬察觉到她的动作也没动弹，依然将手搭在单人沙发的扶手上，弯着腰，任由她上下其手。

秋随觉得这个画面有种诡异的和谐。

她坐着，沈烬站着。他两手漫不经心地搭在沙发扶手上，将她圈在一片狭小的空间内。单从姿势来看，沈烬才是侵略意味更强的那个人。

只是，从动作上来看，似乎她才是侵占对方的人。

沉默了几秒后，沈烬似乎是生怕她看不清，拖腔带调地给她解释："这是你在贝加尔湖，做贴面礼的时候亲过的右脸。"

秋随眨了下眼："好。"

她手指停顿了片刻，划过沈烬的右脸颊，停留在沈烬的右耳。

秋随低声问："这儿呢？"

沈烬声音低哑："被你前不久亲过的右耳。"

"两次，"秋随仿佛随意地捏了捏他的右耳，对上沈烬的眼睛，语气认真地补充，"一共两次。"

前不久，她趴在沈烬的背上，低下脸，亲住沈烬右耳的上侧。少年时期，她站在沈烬的右侧，抬起头，亲过沈烬右耳的下侧。

那不是真正意义上的亲吻。但的的确确，是她和沈烬第一次亲密接触。也是从那天起，有些懵懂的情愫像是终于被戳开，生根发芽，无人可阻。

沈烬神色微愣，目光有些游离，大约是想到了过去的某些事情。片刻后，他收回视线，在黑暗中，他原本面无表情的神色柔和了不少，仿佛被加上了虚化的滤镜，带了点回忆里朦胧的影子。

"嗯，"沈烬低眼笑起来，"一共亲过两次。"

秋随唇角微微翘起来。

少年时期的事情，她没忘，沈烬也没有忘记。

也许是两句不明不白但他们都懂的对话，打破了沉静。

秋随之后所做的一切，都显得顺理成章，又理直气壮了起来。

"这是什么？"

"被你还原案发现场的时候，亲过的左脸颊。"

"这儿呢？"

"至今还没有被你亲过的左耳。"

秋随简单地"哦"了一声，了然地点了下头。她自顾自摸了下沈烬的左耳，语气有几分怜悯："那还真是小可怜，下次有机会补上吧。"

话音落下，秋随才察觉到不妥。她仿佛是昏了头失了智，在这片漫无边际的夜色中失去了思考能力。

这么一说,不就是明摆着告诉沈烬,从贴面礼,到还原案发现场,再到不小心亲上他的右耳,都是她蓄谋已久吗?!

秋随深吸了一口气,深刻体会到了什么叫作英雄难过美人关。

美人真的会让人失智!

沈烬静静地看着她,没拆穿她,只是似笑非笑地开口:"会有机会的,总不能让它落单。"

她抬眼,对上沈烬深邃幽深的眼睛,其中的情绪过于复杂,她看不懂,只觉得心悸又心慌。

秋随的手指缓慢地移动,沈烬安静地闭上眼睛,她指腹轻柔地覆盖上沈烬的眼睛。那是她曾经看一眼就会沉溺其中的地方。

她收回手随意地放在左侧扶手的瞬间,面前一动不动的男人缓缓睁开眼睛。

秋随后背依靠在沙发垫上,身体往后仰,平静地看着沈烬和她的距离被逐渐又缓慢地拉近。

她不动声色,像是在迎接某个时刻的到来,直到沈烬的鼻尖和她的鼻尖触碰,几乎相抵。他们的距离近到,秋随只要一仰头,就能贴上她在梦里曾经吻过的唇。

仿佛是美梦成真的前夕,秋随耐心地等待着后续。

下一刻,她听见沈烬语气平淡地开口,声音很轻,落在她耳边,带上了他独特的气息:"秋随,幸好我们住在五楼,我是背着你爬五楼,而不是背着你爬十六楼。"

秋随愣了下,有些茫然:"十六楼怎么了?"

"替我省了不少力气,爬五楼而已,"沈烬懒散地勾了下唇,"不会耽误接下来的事。"

"嗯。"秋随点了下头,她睫毛颤动,但是声音却一如从前的镇定自若,"停电是小概率事情,以后我们坐电梯,不会浪费你的力气的。"

秋随唇角微微弯起来,视野里都是面前弯着腰将她禁锢在这个单人沙发的男人。

沈烬,她想,我和你,不存在机不可失,时不再来,我们也远远不止最后三级台阶。

我们有以后。

我们来日方长。

她的话像是一道咒语。

话音落下的瞬间，空气里滚烫的气息似乎越发灼热，沈烬望向她的眼底一片暗沉。

秋随捏了捏手指，在炙热的唇快要落下前，她似乎感应到了什么，珍重又缓慢地闭上了眼睛。

在她的上眼皮还没来得及和下眼皮彻底亲密接触前，客厅天花板的灯忽地亮了。

灯光如昼，刺眼又明亮的光线如同一道魔咒，亮起的瞬间，让单人沙发上的两人默契地同时止住了动作。

05

秋随下意识地眨了下眼睛，眼睛被灯光刺痛，脸颊挂了一串生理泪水。

而沈烬额头上浮上一层薄汗，耳垂红得滴血，望向她的视线，比在黑暗中，更加炙热和明亮。他咬着下唇，眼睛没有丝毫偏移地落在她身上，将她锁住的同时，面上情绪复杂隐晦。

秋随只觉得他像是在竭力克制某种欲望，又像是想要孤注一掷不管不顾的疯狂。沈烬就仿佛是在这两种情绪中不断徘徊犹豫。

场面像是被定格住，黑暗环境不复从前，空气中暗流涌动的暧昧情愫也似乎被光亮不知不觉地驱逐。

秋随舔了下唇，原先几乎快要睡倒在沙发上的人勉强支撑自己坐了起来，在茫然间脚踝撞上了不远处的桌腿。

秋随克制不住地轻轻"嘶"了声。这道夹杂着痛苦的声音打破沉静场面的同时，沈烬也终于有了动作。

秋随抬眼，看见沈烬咬了咬牙，眼神明明凶狠但却有些无奈地看了她一眼，低不可闻地叹了口气。

她猛然想起来，自己在楼梯间的时候，借口想要沈烬背她上楼梯，撒娇说自己脚不小心踢上了楼梯台阶。联想到方才自己脚踝不小心撞上桌腿时候发出的惨叫，以及沈烬此刻情绪复杂的面容。

秋随恍然大悟。她抿了下唇，在脑海中措辞了一会儿，伸手想要去抓沈烬的衣角。

几乎在她刚刚伸手的瞬间，沈烬就察觉到了她的意图。一直面色沉沉的男人忽地直起身子，和坐在沙发上的她猛地拉远距离，没让她碰到半分。

秋随一愣，她看见沈烬避她如同躲避洪水猛兽一般。

他额头青筋跳了跳，闭着眼睛深吸了口气，才又睁开眼睛，深邃的目光扫了眼她微微泛红的脚踝。

"你先休息。"沈烬声音喑哑，还带着一点克制情绪的紧绷，每个字都像是他竭尽全力一个一个吐出来似的。

还没等秋随反应过来，就听见了猛烈的关门声。

秋随觉得她仿佛是在做一道语文阅读理解题。至少在她这个答题人看来，通过这道不加掩饰的巨大摔门声，可以窥出摔门人无处发泄的愤怒之情。

秋随坐在沙发上愣神了好一会儿，才烦躁地叹了口气。她垂着眼盯着早已恢复正常的脚踝。

这点伤痛算什么？！

平时怎么没见沈烬如此怜香惜玉！！！

秋随越想越觉得功亏一篑，她忍不住抬脚又踢了脚桌腿。下一刻，她委委屈屈地缩在沙发上抱着脚踝按摩。

秋随找出早就被她丢在一旁的手机，姜嘉宁已经给她发了十几条信息。前面十条都是在询问她对沈烬撒娇的进展。后面两条，姜嘉宁像是想起了正事，问起她在俄罗斯买的一堆护肤品。

秋随将散落下来的碎发挽到耳后。她掐指算了算，从俄罗斯回来后的春节假期，姜嘉宁和家人团聚过节。春节假期结束后，她忙着每天出差工作，今天好不容易歇下来，到了机场就直接被姜嘉宁接去喝酒。她从俄罗斯给姜嘉宁买的一堆护肤品和礼物都还留在行李箱，根本找不到机会给姜嘉宁。

不过好在她调休，连续休息三天。择日不如撞日，索性就明天了。

秋随直接忽略了姜嘉宁关于沈烬的问题："明天我来你家，把买的礼物拿过来给你。"

姜嘉宁:"行,那我们明天细聊哦宝贝。"

她如果不知道,姜嘉宁要和她细聊什么,她就枉和姜嘉宁认识这么多年。

秋随退出和姜嘉宁的对话框,坐在沙发上发了会儿呆,突然眼睛一亮。手机屏幕被她摁亮又熄灭,熄灭又摁亮,反复几次后,她咬了下唇,下定决心,重新打开微信发了条朋友圈。

灯火通明的走廊,沈烬在自家门口看见了满怀期待准备下班的陈睿。陈睿刚从十六楼抵达五楼,此刻看见沈烬眼睛一亮。

"沈总,"陈睿两眼放光的汇报工作,"我开电是不是开得很准时?"

沈烬打开501的房门,冷笑一声,瞥向陈睿的目光凉飕飕的,他咬着牙阴恻恻一字一顿道:"准、时。"

工作完成得非常出色,他可是定好了手机闹钟卡好了三小时的时间,一秒不多一秒不少开的电闸,就连老板都夸他工作完成出色准时来电。

但是不知道为什么,突然有种不祥的预感。陈睿讪笑一声,三十六计,走为上策。

"沈总,"陈睿悄无声息地后退,"没事的话我就先回去了。对了,加班费您可得记着。"

他站在电梯口边按下下行键,焦急地看着电梯显示屏上楼层的变化,一边不动声色地偷瞄沈烬。

在电梯显示屏上楼层跳到五楼的同时,陈睿看见沈烬忽地扯了下唇。

电梯门打开的瞬间,陈睿转身还没来得及抬腿走进电梯,就听见身后一道磁性又熟悉的声音悠悠响起:"明天早上十点过来这儿。"

怪就怪电梯为什么来得这么慢,他缓缓转过身,换上一副恭敬的神情:"沈总,明天周六,不上班。"

"嗯,"沈烬神色平静,细看却能发现一丝愉悦,"算你周六加班,从我私人账户里划加班费。"

陈睿迅速答应下来:"没问题,沈总明天要我做什么?"

沈烬瞥他一眼,在501的房门关上前,懒洋洋丢下两个字:"司机。"

从卫生间洗漱一番出来后,秋随迫不及待地点开微信。不过寥寥几分钟时间,她那条刚刚发布的朋友圈下,已经有了好几条回复。

秋随:"求问,明天谁会开车经过蔚枫别苑呀,如果有空可以十点左右来铂悦湾接我一趟吗?脚痛,不想挤地铁呜呜呜。"

蔚枫别苑,姜嘉宁目前居住的小区。

回复消息里有几条是翻译同行的回复,最后两条,一条来自顾泽松,一条来自裴新泽。

顾泽松:"你怎么去铂悦湾了?"

裴新泽:"我有空我有空,我刚好要去蔚枫别苑附近的银行办事,你求我,我就顺路捎你一程。"

秋随看着裴新泽的回复忍不住翻了个白眼。她抿了下唇,正准备动手打字,突然看见裴新泽下方跳出了一条新回复。

沈烬:"裴新泽不行,他的车拿去4S店维修了。"

裴新泽回复沈烬:"什么时候的事情?我怎么不知道?"

沈烬回复裴新泽:"今晚,我替你把车送去了4S店。"

这两人倒是不觉得什么,直接在她朋友圈底下聊起来了。秋随"啧"了声,观赏了一会儿后,还是忍不住打断他们旁若无人的聊天对话。

她抿了下唇,回复沈烬:"那怎么办?"

下一秒,秋随看见沈烬的最新回复消息弹了出来。

沈烬:"不如求我。"

沈烬这人,胆子不大,口气倒是挺大。还想她求他,想得倒是挺美!

她咬了下唇,愤恨地敲击屏幕。片刻后,秋随脑海中突然闪过傅明博曾经给她发的消息。

秋随眨了下眼,缓缓删掉评论框里的几个字,切换成英文模式,在重新恢复一片空白的评论框里输入。

秋随回复沈烬:"ballballu。"

安静的卧室里,沈烬看着朋友圈最下方的最新回复,唇角不自觉地弯起来。他垂着眼盯着那几个英文字母,过了一会儿,他修长漂亮的手指弯曲,平静地敲击键盘。

沈烬回复秋随:"行。"

秋随弯了弯唇角,她眼角眉梢都自然而然地染上了得逞的愉悦神色。她简单地收拾了一下沙发,关了客厅的灯,拿着手机回了卧室。

皎洁的月光从窗户洒落碎在地板上，秋随盯着地面上轻盈的月光，躺在绵软暖和的被窝里，恍惚间，想起来在贝加尔湖的那一晚。她和沈烬裹着厚实的棉被，围着篝火看星星。

秋随突然间有些睡不着，她索性伸手从床头柜拿过手机，忍不住想要再看一眼朋友圈下她和沈烬的评论回复。

她点开微信，意外发现裴新泽不久前给她发了几条新消息。

秋随瞥了一眼，都是些无关紧要的消息，她暂时没回复，点开了朋友圈。

更意外地发现，沈烬居然接连发了四条朋友圈。秋随想要顺着往下翻朋友圈的手指一顿。

她和沈烬互相添加上微信，是追尾那回。沈烬这人的朋友圈很符合他神秘低调的作风——一片空白。微信于他而言，就是一个简单纯粹的交流沟通工具，朋友圈是个完全没必要存在的功能。

今天也不知道怎么了，沈烬居然破天荒发了朋友圈，而且，一口气直接发了四条。

让秋随更加震惊的是沈烬发的四条朋友圈内容。她眨了下眼，思绪有些混乱。

一分钟前，沈烬还在和裴新泽交锋斗嘴，总不可能，一分钟后，沈烬就被盗号了吧？更何况，沈烬的那四条朋友圈，是在三分钟前发的。

秋随捏了捏手指，越想越觉得纳闷。她犹豫了片刻，决定通过裴新泽套话。

秋随在脑海中措辞了一会儿，才缓缓打字："这也太过分了！"

秋随："你看他朋友圈了吗？他刚刚发的四条朋友圈更过分！！！"

裴新泽："你在说什么？"

裴新泽："沈烬什么时候发过朋友圈？他现在的朋友圈也是一片空白啊。"

秋随盯着对话框里的两条消息，有一瞬间的茫然。

裴新泽："对了，我刚刚还问了沈烬，他说我打车的钱他不给报销！你说过不过分，我明天蹭个沈烬送你的车，你不会不同意吧。"

秋随一时之间有些错愕。既然裴新泽刚刚还和沈烬聊了天，那足以证明沈烬绝对没被盗号。

只是，沈烬发布的那四条朋友圈裴新泽看不见，她却看得见。以裴新泽和沈烬的关系，沈烬是不可能屏蔽裴新泽。

秋随眨了下眼，逐渐浮现出一个猜测。

所以，这是四条，仅她可见的朋友圈吗？

秋随咬了下唇，脑海中不知不觉弹出来两个字——约会。

这两个字浮现出来的同时，秋随又忍不住重新点开了沈烬的朋友圈，的确和裴新泽说的一般，除去最新发的这四条朋友圈，就是一片空白。

仿佛这四条朋友圈仅她一人可见。

秋随视线在那四条朋友圈上扫了几遍，她犹豫了片刻后，手指缓缓抬起，在鬼屋的链接下，点了一个赞。

秋随原本以为经过停电又来电，这一晚会失眠的，意料之外的是，她睡得还挺香。

> 进鬼屋的时候,不是情侣,
> 现在离开鬼屋,是情侣了

第九章 /
那条领带
壮烈牺牲了,不过它牺牲得很值得

01

第二天一早八点,生物钟将秋随唤醒,她简单洗漱一番后坐在餐桌上吃早餐,门外传来敲门声。

她踮起脚看了眼猫眼,沈烬的情况看上去实在不太美妙,他脸色有些惨白,明明昨天还是一个能背着她上五楼不喘气的人,今天就摇身一变成了从501走到502都累到不行的男人?

秋随回过神来,迅速打开房门。

"你,"她避让到一旁,让沈烬进门,"怎么了?"

"感冒。"沈烬握拳咳嗽了两声,看上去似乎没睡好,眼底有点淡淡的乌青,不过声音倒是一如往常,听不太出病态。

秋随愣了下,至少在恢复供电离开她家的时候,沈烬似乎还没有任何着凉感冒的迹象。

她顺手倒了杯热水递给沈烬:"多喝热水。"

沈烬漫不经心扫她一眼。

不知道为什么，秋随从其中解读出了一种幽怨的意味。秋随眨了下眼，突然反应过来——自己这个反应，还挺渣男的，就连说的话，都是渣男的著名敷衍语录。

秋随抿了下唇，觉得自己还可以再抢救一下，她关切地低声询问，言辞恳切："怎么突然感冒了，昨天不是还好好的？"

"哦，"沈烬抬眼，意味深长地开口，"昨天冲凉水澡去了。"

秋随低头喝了口豆浆，语气平静地开口："你以后还是别冲凉水澡了。"

沈烬挑眉："哦？"

秋随："我尽量不给你冲凉水澡的机会。"

"真的吗？"

秋随下意识地舔了下唇，不给沈烬冲凉水澡的机会这话一语双关，她说得隐晦，沈烬答得莫测。

秋随慢悠悠地点了下头，说："嗯，我们两人低头不见抬头见的，你感冒了，会传染给我的。"

沈烬"噢"了声："原来是为了你自己。"

"嗯？"秋随想了会儿，认真补充，"你放心，我说过了，远亲不如近邻，你生病了，我绝对不会丢下你不管。"

她匆匆解决完早餐，将自己早就收拾好的为姜嘉宁准备的礼物拿了出来："既然你生病了，那你在家休息，别送我了，我今天就自己去姜嘉宁家了？"

"陈睿过来开车，"沈烬将玻璃杯搁在桌上，"我顺路，走吧。"

既然沈烬看上去身体问题不大，开车的又是陈睿，秋随也没再多说什么阻拦沈烬，点头背上挎包出了门。

沈烬一上车就靠在后排的椅背上闭目养神，陈睿安静地开车，秋随百无聊赖索性拿出手机给姜嘉宁汇报情况。

秋随："在来你家的路上了。"

姜嘉宁："提问，因脚痛而不想挤地铁的随随宝贝是坐谁的车来我家的。"

秋随:"沈烬。"

她下意识地扭头看了眼身侧的男人。沈烬依然闭目养神地靠在椅背上,神色安静。

秋随抿了下唇,往车门旁挪了挪位置,偷偷点开了沈烬的朋友圈,一片空白。就仿佛,昨天的四条朋友圈,是一场只有她经历的梦。

平稳行驶的轿车拐了一个弯,不远处就是姜嘉宁居住的蔚枫别苑。秋随将心中的疑惑暂时抛下,她俯身拉近了和驾驶座陈睿的距离,轻轻开口:"陈睿,你就在前面那个路口把我放下来就好了。"

陈睿从车内后视镜飞速地扫了她一眼,点了点头,声音有些不自然:"好的。"

秋随没多想,她身体重新往后仰,懒洋洋地靠在椅背上,不经意瞥了眼身侧的男人,猛然间对上沈烬无比清醒的眼睛。

她愣了一瞬,还没来得及开口,车子稳稳地停在了路边。

秋随转身拿起挎包,她嘴唇动了动正要开口,陈睿率先打断了她。

"秋随老师,"陈睿还没有从她是同声传译的身份中走出来,习惯性称呼她为秋随老师,"我突然想起来件事情。"

秋随下意识点了下头,停住开车门的手:"你说。"

陈睿不自然地轻轻咳了咳,沉默了几秒,总觉得于心有愧,只是想起前一晚沈总的交代,又联想到沈总给的加班费。没办法,沈总给得太多了。

陈睿深吸了口气:"是这样的,我这几天都在加班,今天才想起来,我这儿有两张鬼屋的门票兑换券,我是没时间去了,不知道秋随老师有没有兴趣,如果你有兴趣,我就直接把票送给你。"

鬼屋?秋随下意识就拒绝了:"我没有。"

话一说出口,她突然顿住。

她睫毛颤动了几秒,僵硬又缓慢地转过头,对上沈烬玩味的眼神。

半晌后,秋随抿了下唇,收回视线,重新转向驾驶座坐立难安的陈睿。

"巧了,"秋随弯起唇角,"我刚好不加班,那我就先谢谢陈秘书了。"

"不客气。"陈睿暗自松了口气,他将写有兑换券信息的纸条递给秋随,"这是鬼屋的兑换券信息,上面有鬼屋的具体地址,秋随老师你可以直接去官网,输入兑换码后,选择你最感兴趣的鬼屋主题。"

秋随笑着接过纸条,扫了眼鬼屋的具体信息。很好,就是沈烬发的四条朋友圈中,被她点赞的那个鬼屋。

"多谢陈秘书。"秋随笑意吟吟。

"不客气,"陈睿佯装好奇地转头询问,"对了,秋随老师,这里一共两张票,还有一张,你打算给谁呀?"

秋随下意识地扭头看了眼沈烬。他没吭声,垂着眼睛听她和陈睿对话,深邃的目光中闪过意味深长的情绪。

"啊……"秋随收回视线,慢吞吞地开口,"刚好我去闺蜜家,我现在问问我闺蜜明天有没有空。"

陈睿眼睛忽地放大,下意识小心翼翼看了眼身后的沈烬。

秋随拨通姜嘉宁的电话:"喂,嘉宁啊。你想去鬼屋吗?我这里刚好有票。"

"什么时候?"秋随说,"明天。"

"啊?"秋随"啧"了一声,挠了挠头,"行吧,你没时间那就算了,那我找一个明天有时间的人吧。"

挂断电话,秋随烦躁地对着陈睿叹了口气。

"唉,"秋随无奈地摇了摇头,"陈睿,你知道还有谁明天有空吗?对了,一定得是我认识的人,你知道,鬼屋那个地方,和不认识的人一起去,也不太方便。"

"明天——"沈烬侧头看向她,眼睛带笑,思考了下,缓缓道,"还挺巧,我有空。"

沈烬话音落下,秋随循声望向他。那一刻,他们各自心怀鬼胎,又默契地一起演戏,并不拆穿彼此。

秋随知道,沈烬那四条仅她可见的朋友圈是供她选择的约会方案,陈睿提供的两张鬼屋门票也一定出自沈烬之手,陈睿所谓的加班没有时间,只是一个他们都心知肚明的借口罢了。

至于她,她甚至根本没有拨通姜嘉宁的电话号码,不过是拿着黑屏的手机放在耳边做个样子罢了。车子停在路口,隔音效果极好,沈烬坐在她身边,不可能不知道手机里面根本没有声音。

秋随直勾勾地对上沈烬的视线，他早上看上去虚弱又病态。也不知道是因为沈烬身体素质本来就好，还是她的热水包治百病，沈烬面容一如既往，只是眼底淡淡的乌青昭示他的确晚上没睡好。

她抿了下唇，还是决定和沈烬客套几句："你想去鬼屋吗？"

沈烬掀起眼皮扫了眼她，慢条斯理地开口："如果你盛情邀请，我可以酌情考虑。"

秋随一怔，突然想起来，这话有些耳熟。不久前，她考虑是不是要搬进顾泽松名下的公寓的时候，沈烬也说过一句类似的话。

秋随心里微微一动，不是很确定沈烬只是偶然说出了这句话，还是沈烬一直都记着顾泽松这个人。

她失神了片刻，直到沈烬慢悠悠的声音打断思绪："怎么，还没想好怎么邀请我？"

秋随轻轻眨了下眼。沈烬第一次说这话的时候，她每天都在费尽心思绞尽脑汁和沈烬拉开距离。沈烬再一次说这话的时候，她已经搬进了沈烬名下的公寓，低头不见抬头见。

她突然觉得有些难过，心里堵得慌。沈烬注视着她，唇线抿得平直，神情散漫又淡漠。

秋随是在这一刻无比清晰地意识到一件事情。

她一共抛弃了沈烬两次。

第一次，她在复读期间选择和沈烬断绝来往。

第二次，重逢后她避沈烬如同洪水猛兽。

其他人或许不会清楚被抛弃两次的感受，但是秋随清楚，她太清楚了。

第一次，她被亲生父母抛弃；第二次，她被养父母抛弃。

被抛弃所带来的自我否定、怯懦、自卑、敏感都在她身上刻下厚重又难以消灭的影子，像是噩梦，如影随形，困扰她一生。

在第二次高考成功之后，秋随花了很大的力气和怒气去摆脱这些一直笼罩住她的阴影。

但是她好像忽略了，她在保护自己摆脱阴影的同时，也让自己一直喜欢的少年，和她一样，经历两次被抛弃的体验。那些至今还在困扰她的负面情绪，也许也一直都是沈烬的梦魇。

秋随深吸了口气，有些她不是很清楚的事情，好像也是在这一刻有了答案。

沈烬在学生时期，明明也是意气风发一往无前的少年，她和沈烬，对彼此的偏爱都一览无余。成年后再重逢，面对她的时候，沈烬却似乎总有顾虑，就连约会方案，都是暗戳戳地发了四条仅她可见的朋友圈。

像是心怀爱意但又畏手畏脚的胆小鬼。

她转过头看向陈睿："你能帮我去买一瓶酒吗？我闺蜜喜欢喝酒。"

"啊？"陈睿一愣，"秋随老师你要什么？"

陈睿从后视镜中看见了沈烬的目光，语气突然一顿。他灵光一闪，突然懂了。

买什么重要吗？识时务者为俊杰，他现在离开才最重要。老工具人了，陈睿默默叹了口气。

"没问题，"陈睿二话不说打开车门下车，他看了眼手机，"十分钟够吗？"

两道目光不约而同看向他。

陈睿："没问题，二十分钟后我再回来，我买多几瓶酒。"

"多谢了，"秋随礼貌道谢，"小票记得拿，具体费用我之后转你。"

陈睿没应，轻轻关上车门。他在沈烬身边做了多年秘书，这点察言观色的本事还是有的。车里坐的那是什么翻译老师啊，分明就是未来老板娘嘛！总不可能要未来老板娘的几十元酒钱吧。

车内重新恢复寂静。

沈烬似笑非笑地开口："把陈睿支走？"

"没有啊，"秋随摇了摇头，"只是让陈睿帮忙买酒而已，你也知道，姜嘉宁这人生平除了爱讲笑话就剩下爱喝酒了。"

秋随神色认真打量了一会儿沈烬，突然朝他招了招手："沈烬，你坐过来点，离我近点。"

沈烬挑眉："怎么，离你近点，你才能邀请我去鬼屋？"

"不是。"秋随温声开口解释，语气颇为正经，"我看看你额头温度，确认一下你有没有感冒，如果你感冒了，还是别和我一起去鬼屋了。"

沈烬额角一抽，显然没料到这个答案。他散漫地嗤笑了一声，朝秋随所在的位置凑近。

两人的距离忽然被拉近,秋随看着面前重新占据她视野的面容,仿佛回到了停电的那个晚上。

沈烬的语气吊儿郎当:"够近了吗?"

秋随弯唇笑起来,面不改色点了下头:"嗯。"

她一脸真诚地看向沈烬,伸手探向他的额头:"别动,我看看温度。"

沈烬眸光微动,只是瞧着她动作,眼睁睁地看着她修长的手掌覆盖在他额头上,没吭声。

三秒后,秋随烦躁又轻轻"啧"了声。她声音极低,但是在寂静的车内清晰明了:"不是很确定,算了,我再看看其他地方。"

在秋随略微冰凉的手掌覆盖上来的时候,沈烬的反应就有些迟钝了。话音落下的瞬间,他皱了下眉,过了半晌才回过神来。

沈烬嘴唇动了动,意味深长地开口:"你还想?"之后的字词都瞬间消音,被咽回了嗓子眼。

秋随略微温热的左脸颊,贴上了他的左脸颊。她身上淡雅的气息将他包围,明明又浅又淡,却让他根本无法忽视这股清香。

大约是车内空调温度高,秋随的脸颊并不冰凉,沈烬身子几乎僵住。他脑子一片空白,总觉得这像是在贝加尔湖秋随还原案发现场的时候,又隐约觉得似乎有一些不同。

五秒后,沈烬知道了和贝加尔湖还原案发现场的那一次,究竟有哪里不同。

秋随的唇轻柔地吻上了他的左耳。

他当时对秋随说:"这是至今没有被她亲过的左耳。"

秋随当时回复他:"那还真是小可怜,下次有机会补上吧。"

沈烬没有想到,这个机会来得如此猝不及防,又快速准确。

就在停电的第二天一早,秋随就兑现了诺言。

时间仿佛被摁下了延长键,每一秒都显得漫长,不知道过了多久,秋随的唇才离开左耳。

她稍稍拉开距离。

光线明亮,足够秋随看清楚,沈烬的左耳变得绯红又滚烫。

秋随弯了弯唇,像是得逞,又像是满意。她神情认真地对上沈烬的视线。

"嗯,"秋随眨了下眼,语气正经又严肃地下了结论,"我刚刚看了,除了左耳温度异常,其他都挺正常的,没有感冒。"

沈烬直勾勾地看着她。半晌后,他才扯了下唇,低声笑起来。

"秋随,"沈烬慢条斯理开口,"测试一个人有没有感冒,原来还有这种方法。"

秋随面不改色点了下头:"嗯,替你开拓一下知识面的广度。"

"行,"沈烬稍稍抬眸,语气懒散,"那就谢谢你了。"

秋随心安理得接下这句道谢:"不客气,应该的,毕竟是邻居,我也不可能看着你生病无动于衷。"

她顿了下,又歪了下头,缓缓补充:"既然你没感冒,明天和我去鬼屋吗?"

沈烬挑眉,若有所思地看着她。

安静对峙的场面一直持续,秋随从容不迫地等待回复。

"行,"沈烬看向她的眸色专注得令人心悸,"都听你的。"

秋随盯着那双明亮的凤眸。过了一会儿,她抿了下唇,正准备开口,驾驶座的车门突然从外侧拉开。

陈睿拎着一袋子酒打开车门,探了个脑袋进来:"二十分钟到了,两位……"

他话还没说完,率先对上了沈烬沉沉的目光,像是要杀人。

陈睿审时度势地关上车门转身离开:"抱歉,忘记付钱了,我现在回去付钱。"

一般人也想不出忘记付钱这种蹩脚的理由。

她没有想要为难陈睿,转身提上挎包正准备开车门离开,一双温热的手掌忽地拽住她的手腕。

秋随一顿,缓缓转过身。

沈烬喉结滚动了下,唇角弯起一个很浅的弧度,眉梢微微扬起:"秋随,我不会再冲凉水澡了。"

这话说得挺平淡,却重重落在秋随耳边。她知道这句话的言外之意。沈烬说的不是疑问句,而是陈述句。

不是在同她商量或者征询她的意见,而是平静地通知她,带着不可更改的笃定。

她盯着沈烬依然带着点微红的左耳垂,面不改色地点了下头,言辞诚恳:"嗯,我也不建议。"

"沈烬,"秋随抬眼看他,"我也不会再让你冲凉水澡了,不过,你的左耳。"她伸手点了点沈烬左耳的位置,唇角翘起来,语气有显而易见的愉快,"还是尽快降个温。"

秋随一字一顿补充:"不仅很红,而且很烫。"

02

拎着挎包往姜嘉宁家里走去的路上,秋随摸出陈睿递给她的那张纸条。这家鬼屋秋随也有所耳闻,以主题选择多闻名申城,算得上是申城数一数二的鬼屋场馆。

不过,秋随没有去过。或者说,她从来没有去过任何一家鬼屋,最多也只是在各种电视综艺上稍微了解过,她对鬼屋兴趣不大,她觉得这个世界上,有些活着的人,比死去的鬼还要恐怖和可怕。

秋随摸出手机,搜索进这家鬼屋的官网,输入了纸条上的兑换码。正如传闻中一样,弹出了多个鬼屋主题供秋随选择。

她茫然地点开每个主题介绍,又更加茫然地退了回去。秋随脚步停住,完全不知道应该选择哪个主题。

秋随站在原地思考了会儿,突然眼睛一亮,既然是和沈烬一起去,自然应该询问沈烬的意见。

她立即截了张主题选择图,每个主题上都有一句简短的主题介绍。她也没太在意,切换到微信。

她正想着点开和沈烬的对话框,视线扫到底下朋友圈三个字,手指猛然一顿。

秋随思绪有些游离,突然想到了沈烬昨天发布的四条仅她可见的朋友圈。秋随轻咬了下唇,犹豫了片刻,最终还是有样学样地打开了朋友圈。

发布了截图的同时,她配上了五个字——选择困难症。

视线扫到"谁可以看"一栏后,秋随眨了下眼,终于还是点了进去,只选择了沈烬一个人。

按键发布后,秋随心里莫名升腾起一种隐秘又无法说清道明的愉悦。

这种感觉太奇妙了,仿佛她和沈烬之间有一种独属于他们的特殊磁场,天生默契,共享秘密,其他人根本不能踏足其中。

走到姜嘉宁单元楼楼下的时候,低楼层的住户里传来轻盈的歌声:"我们曾在高朋满座中,将隐晦爱意说到最尽兴,可我只看向他眼底,而千万人欢呼什么,我不关心。"

秋随不由得停住脚步,站在原地,侧耳安静地听了会儿歌,才抬手按下门口的呼叫键等姜嘉宁开门。

等待姜嘉宁接听电话期间,秋随垂眸想了会儿,点开了微信,朋友圈出现了小红点。

秋随神色稍怔,大约是没想到沈烬居然这么快就看到了她的暗号,她点开朋友圈。

一分钟前发布的那条仅沈烬可见的朋友圈,沈烬评论了两条——

"第一个。"

"秋随,和我私奔吗?"

秋随一愣,呼吸迅速紊乱起来,视线不由自主缓缓上移,落在截图上第一个主题上。恐怖氛围充斥着黑色的背景图片中,右下角印着一句字体极小颜色鲜红的话——少年拯救被囚禁的少女私奔去远方。

秋随的心脏重重一跳,几乎快要拿不稳手机。

"嘟"的一声响起,单元楼的感应门自动开启。

秋随握着手机的手指一顿,在半空中停留了几秒,最终还是没有回复任何字,她舔了下唇,拉了姜嘉宁单元楼的大门。

半小时后,秋随懒洋洋地坐在飘窗阳台上,将和沈烬成为邻居后的所有经过言简意赅地说了一遍。

看着姜嘉宁目瞪口呆半天没回过神的模样,秋随弯唇抿了口红酒。

"所以,"姜嘉宁结结巴巴地开口,"所以,昨晚停电,你们差点……"

秋随面不改色地点了下头:"就是来电来得太及时了。"

姜嘉宁倒吸一口凉气,半晌后喜不自禁地鼓起掌来:"随随,我可真是小瞧你了,没想到啊没想到,你们这进展,属实是人类高质量情侣。"

"目前，"秋随想了会儿，认真回答，"还不是情侣。"

"这不是迟早的事情嘛，"姜嘉宁满不在乎，"你和沈烬不就差捅破一层窗户纸了嘛。"

"也不是那么简单的事情吧。我总得告诉沈烬当时分手的原因，为什么会让顾泽松假扮我的男朋友，以及，我的身世和家庭吧。"

姜嘉宁一愣，嘴唇动了动，最终还是没吭声。

"我不知道该怎么说，"秋随眨了下眼，"而且……"

她顿了下，端起桌上的红酒杯一饮而尽，借着酒精，将堵塞在心口的负担全部说了出来："我也找不到合适的机会说。"

姜嘉宁默默叹了口气，在飘窗阳台另一侧坐下。

"随随，"姜嘉宁想了会儿，偏头安慰她，"沈烬会接受你的全部的，其实没有什么合适的机会，你鼓起勇气的时候，就是最合适的时候。"

"能够鼓起勇气的时候？"

"嗯……"姜嘉宁端起酒杯碰了下秋随放在桌上的红酒杯，"武松打虎前连喝十八碗酒，你如果真的不敢，就在坦白前勉为其难喝几杯酒吧，反正以你的酒量，根本不在话下。"

建议过于真实，秋随无法反驳。

她看着桌上被自己一饮而尽的红酒杯，眨了下眼，脑海中却浮现出另外一个想法。

令人丧失理智的同时又给人勇气的，不仅只有停电带来的无尽黑暗，还有酒精趋势下的心怀鬼胎。

鬼屋位于申城郊区，距离铂悦湾大约有一个半小时的车程。

第二天，秋随特意起了个大早敲响对面的房门，房门拉开，没见着沈烬，倒是见着了陈睿。

秋随神色一愣："陈秘书？"

陈睿态度恭敬地解释："秋随老师稍等一下，沈总在卧室换衣服。"

话音落下，卧室拐角处走出来一道身影。

房内暖气足，那人只穿着一件挺括的白色衬衫，深黑色的领带被修长的手指快速打成温莎结的形状。

秋随抿了下唇，站在门口犹豫了下还是忍不住提醒："沈烬，我们是去鬼屋，不是去参加商务谈判会。"

沈烬挑眉："巧了，我今天还真就得参加一个商务谈判会。"

陈睿在一旁解释："沈总今晚的飞机去平城开一个商务并购会议。"

"今晚？"秋随一怔，对这个消息有些措手不及，"那岂不是没有时间去鬼屋？"

"有时间。"沈烬打消她的顾虑，从沙发上捡起一件厚外套，神色漫不经意，"你该不会认为，我会在鬼屋吓得走不动路吧。"

别说，她还真的有这么想过。

轿车疾驰而过，秋随坐在后排，百无聊赖地撑着额头。

副驾驶的陈睿喋喋不休地汇报工作，她几次想张口和沈烬谈一谈当年分手的真相，视线在触及陈睿紧张的神色后，又只好作罢。

算了，打工人不为难打工人，陈睿昨天已经被折腾得够呛了。

漫长的谈话被一道悠扬的铃声打断，秋随从昏昏欲睡中惊醒，她一脸茫然地看了眼陈睿，又扭头看了眼沈烬，才惊觉来电铃声来自自己的背包。

她揉了揉眼睛，翻出手机。

沈烬敏锐地发现，原本睡眼蒙眬的秋随在看见手机上来电人备注的时候，眼睛下意识一亮，仿佛瞬间清醒了过来。

秋随捏了捏眉心，让自己迅速神智归位，她接通电话，态度十分礼貌恭敬："林老师，我从俄罗斯寄给你的礼物收到了吗？"

沈烬垂眸想了会儿。

林老师？他眉梢一扬，想起来，秋随口中的这位林老师，正是他堂侄女沈媛的书法老师林和豫，申城数一数二的顶尖书法家，也是秋随的书法老师。

当时裴新泽还特意提到过这件事情。说是这位林和豫老师二月份即将过八十大寿，秋随出差伊尔库茨克之前，还特意请裴新泽向这位林和豫老师问好，强调自己一定会参加老师的八十大寿。

手机听筒里传来虽然沙哑但是慈祥的年迈声音："收到了。秋随啊，下次别给老师买这些贵重的礼物和药了，老师又不是没有钱。"

"那怎么能一样呢？"秋随低声笑起来，"对了，下周老师过生日，我还特意给老师准备了礼物。"

沈烬安静地坐在一侧听着，突然心神一动，扭头看向身侧的秋随。这样的秋随是他从没见过的。

她懒洋洋地靠在椅背上托着腮，唇角挂着显而易见的笑容，放松又惬意的神色间，又带上了几分不自觉的尊敬。

沈烬凝神打量了一会儿。总觉得此刻的秋随，像是卸下了一种无形的负担，语气虽然尊敬，但很明显，她和这位林和豫老师颇为熟稔，话语言谈间甚至带上了几分开玩笑的语气。

沈烬不由得皱起眉头，这位林和豫老师，真的只是秋随的书法老师吗？

秋随在伊尔库茨克出差期间，因为遇上简妍使绊子，又加上安季普的临时翻译员任务，每天都在忙着熟悉安季普的工作资料，几乎不太有空闲时间。

沈烬以为，在这种情况下，能让秋随抽空买伴手礼的人只有姜嘉宁。没想到，居然还多了一个林和豫？

电话挂断后，秋随咬了下唇，转头看向沈烬，不期然对上沈烬若有所思的目光。

林和豫对她而言，并不只是一个简单的书法老师。

秋随深吸了口气，回忆迅速涌进脑海。

对她来说，林和豫几乎是堪比父亲的存在，比她的亲生父母和养父母，都更像她的家人。

那些被尘封的秘密，她一直不知道如何和沈烬开口坦白。但是林和豫这个电话打来，突然之间，她就仿佛终于找到了一个突破口。

"林老师？"沈烬偏了下头，语气随意地询问，"是那位书法老师？"

"对。"秋随点了点头，想了会儿，又补充道，"你应该知道的，也是你堂侄女沈媛的书法老师。"

"不知道。"沈烬缓缓摇了摇头，"一直都是裴新泽送沈媛去上书法课，我没见过这位林老师。"

"对我来说，"秋随眨了下眼，神色很认真，"林老师是堪比我父母的存在。"

车内沉默了几秒。

沈烬意味深长地瞧着她。虽说一日为师，终身为父，但也少有真的会有人把恩师比做父母一般。这话实在太奇怪。

秋随说这话的语气也颇为严肃正经，看向他的眼神和平时也截然不同。她像是要通过这句话，向他表达一些言外之意。

沈烬皱眉想了会儿，却百思不得其解，完全无法得知这其中的深层含义。

"三天后林老师八十大寿，"秋随轻声开口，小心翼翼地试探，"他会在家里举办一个小型聚会。林老师当了数十年书法老师，当得起桃李满天下的名誉，到时候会有不少学生为他祝贺生日，沈烬，你会带沈嫒一起去吗？"

三天后？陈睿下意识地脱口而出："沈总，三天后我们在平城有一个……"

"去。"沈烬打断陈睿，目光轻飘飘地罩在秋随身上，语气笃定，"当然得去，一日为师，终身为父。"

他直勾勾地盯着秋随，半晌后，才一字一顿地开口："去见一见父母。"

秋随眨了下眼，脸颊莫名滚烫起来，满脑子只剩下"见父母"三个字。

陈睿嘴唇动了动，他眼观鼻鼻观心，敏锐地察觉到了车内后排两个人都像是有一层言外之意一般。

这其中的更深层意思，他不懂，也不想懂。

陈睿只知道，如果要在三天后从平城回到申城参加那个什么书法老师的八十大寿，原本五天的工作量就会被迅猛压缩到三天内完成。

陈睿默默叹了口气，转过身迅速打开了电脑开始提前加班。

这家鬼屋生意火爆，预约排队的队伍也挺长。秋随看了眼自己和沈烬的预约号码，显示屏上显示距离他们进入鬼屋至少还有半小时。

广播正在播报："请各位耐心在候场区等待，也可以在旁边的游玩区，购买零食和饮料补充体力。"

秋随好奇地看了眼游玩区的摊位，从饮料啤酒到薯片烧烤，应有尽有。她盯着酒饮摊位上的几瓶酒看了会儿，一对情侣一人拿着一瓶酒从她身边擦肩而过,两人之间的窃窃私语还断断续续地飘进秋随的耳畔。

"我们喝半瓶就可以了吧?"

"也不用喝太多,喝点酒壮胆就行。"

"你这话说得我们好像是去赴刑场。"

秋随眨了下眼,前一天姜嘉宁的话不自觉蹿进她的脑海里。

"沈烬,"秋随指了指等候区的队伍,又抬手指了指正上方的显示屏,"马上就到我们了,你先去排队吧。"

显示屏上距离他们的号码还有两位。

沈烬站起身来,有些狐疑地看向秋随:"你不走?"

秋随:"去买瓶水喝。"

沈烬稍稍抬眸,看向不远处的饮品区,没再多说什么。

队伍越来越短,距离他们只剩下一位的时候,沈烬皱了下眉,正要拿出手机打电话给秋随。突然,一个步履不稳的身影踉跄着朝他扑来。沈烬还没来得反应,就被一股非常熟悉的玫瑰气息环绕住。他身体一僵,几乎是出自本能地扶住这人。

秋随手里还握着个易拉罐,沈烬垂眸定睛一看,某知名品牌啤酒,脑海中浮现出秋随在俄罗斯酒吧的场景。

"秋随,"沈烬微微弯腰抓住她的手腕,压抑着情绪说道,"你喝醉了,把酒给我。"

"我没喝醉。"秋随微微偏了下头。她千杯不醉,但是见过不少喝醉酒后的人。

她在脑海中回忆了几秒钟那些人的醉样。

秋随仰头看向比自己高出一个头不止的男人,一贯平静从容的声音因为酒精开始有了娇憨的异味。

沈烬咬着牙,暗自捏紧了拳头。他看见秋随微微弯起唇来,眼睛湿漉漉的,莫名带上了几分蛊惑人心。

"沈烬,"秋随朝他挥了挥手,"我有个小秘密,你过来。"

沈烬呼吸一紧,这是他从未见过的秋随。他盯着她看了半晌,只觉得秋随是生来就为了折磨他似的。

秋随深吸了口气,眼睛里闪过一丝狡黠的情绪,趁沈烬没反应之前,踮起脚伸手拽住沈烬衬衫上系得一丝不苟的领带。沈烬错愕的神色一闪而过,他被迫随着领带的方向,朝向她。

秋随闭起眼睛,脑海中有无数的画面闪过,像是走马灯一样走过,直到她的唇贴上沈烬的唇。

即使闭着眼睛,秋随也知道,她和沈烬之间维持着一种奇怪的姿势。她略微踮起脚尖,右手拽着沈烬禁欲的黑色领带往下拉,左手还拿着一罐喝了一半的酒。

唇贴着唇,柔软和柔软之间进行了极其轻缓的碰触。

带着几分试探,几分小心翼翼,几分佯装醉意,秋随像是不经意跌倒在他怀里,像是不得已拽住他的领带站稳,像是不小心擦过他柔软的唇。

秋随在心里默默叹了口气。她缓缓松开拽着沈烬领带的手,踮起的脚慢慢回到原位,柔软湿润带着酒意的唇也拉开距离。

秋随眨了下眼,重新戏精上身。她歪了下头,醉眼蒙眬地看着沈烬,视线缓缓上移,落到沈烬的唇上。他的唇一直都带有自然的红色,只是现在,因为她心怀鬼胎的亲吻,沾染上了一点口红的色泽。

"你的嘴唇……"秋随很是无辜地眨了下眼,直勾勾地盯着沈烬唇上的口红,片刻后,她恍然大悟地轻叫了一声。

秋随懊恼地伸手敲了下自己的太阳穴,稍稍抬眼,对上沈烬深不可测的眼睛:"我刚刚喝醉了,是不是又冒犯到你了?"

她神色认真地询问,语气真挚,耐心地等待着沈烬的回复。

过了半晌,她才看见沈烬嘴唇动了动。

"又?"沈烬挑了下眉,拖着尾音开口,"这个'又'字,用得很精准。"

四目对视。秋随没吭声,也没法反驳。

自从在贝加尔湖进行了一场"贴面礼"之后,她对于冒犯沈烬这件事情,似乎越发信手拈来、得心应手。

至于沈烬,她垂眸想了会儿,以沈烬的性格,他对于被她冒犯这件事情,似乎也乐在其中。

他们两个,一个愿打,一个愿挨。

"喝醉了,"秋随面不改色朝他举起了手中的易拉罐,"没站稳,就顺势拽住了你的领带,真是不好意思。"

沈烬若有所思地看着她。

"秋随,"沈烬扯了下唇,眼神里的不相信显而易见,"你的酒量就这么点?"

沈烬知道这个品牌的酒,酒精度数极低,基本上可以忽略不计,至少不是喝几口就能让人醉到站不稳的程度。

秋随面不改色点了下头:"在俄罗斯的时候,我好像就说过,我酒量不好。"她顿了下,又开口解释,"而且,你也知道我前几天脚疼,站不稳不是很正常吗?"

沈烬上下打量了她一会儿,明显并不相信这个说辞,但也没再吭声。

对峙是被一道小心翼翼的女声打破的——

"你们现在可以进入鬼屋了。"

03

秋随一愣,这才发现这条等候队伍中,她和沈烬不知不觉站在了最前方,她和沈烬面前的几个人应该早已经结束了鬼屋之旅。身后还有排队的人,沈烬收回落下她身上的视线,转身倾听讲解员的简述。

"我们这个私奔主题主要是面向情侣开放的,当然,两位不是情侣结伴玩这个鬼屋也是可以的。"讲解员语气平静无波,显然这段话她已经说过了上千遍,"两位需要从不同入口进入鬼屋,主题介绍相信各位已经了解了,少年拯救被囚禁的少女一起私奔去远方。女生会待在六楼小房间的一个阳台上,可以放心的是,女生被囚禁的那个房间没有扮演鬼魂的NPC(非玩家角色),只是房间布置比较恐怖,不需要过于害怕。男生需要通过一系列障碍物和扮演鬼魂的NPC,才可以抵达房间解救出女生,然后再带女生离开囚禁的房间,离开的途中,你们会一起面临更加恐怖的场景以及更多的鬼魂NPC。"

秋随咽了咽口水,神色一怔。她想着全程跟着沈烬来鬼屋玩一趟,也没过多留意鬼屋的其他细节,甚至没有点开查看相关介绍,她根本就不知道,自己要单独待在一个房间,一直等到沈烬把她拯救出去。

更何况,还是六楼的阳台。

秋随深吸了口气,眼神中闪过犹豫和畏惧的情绪。

"对了，这是对讲机。"讲解员递过来两个对讲机，"一人一个，在女生被囚禁在六楼阳台的时候，你们可以通过对讲机沟通，还有其他问题吗？"

"没有。"

"有。"秋随咬了下唇，犹豫了片刻，还是开口询问讲解员，"一定要在六楼吗？可以换个比六楼更低的楼层吗？"

第一次高考的第一天，为了逃离俞家，她站在了俞家五楼杂物间的阳台防盗网上，赤着脚小心翼翼地一步一步走向俞染月的房间阳台，才得以顺利逃离。

她甚至不需要低头，只需要随意往下一瞥，就足以令她眩晕和呼吸急促，喘不过气。

她不怕黑，没有幽闭恐惧症，酒量千杯不醉，看上去刀枪不入。

但没人知道，她恐高。

准确来说，是恐惧站在比五楼更高的楼层阳台下往外看。也正是这个原因，秋随从不住比五楼更高的楼层。

原先的公寓在五楼，铂悦湾也在五楼，五楼是她所能接受的住宅最高高度。

讲解员一愣，显然她经手过几万个前来游玩鬼屋的人，也听过千百条反对意见。无外乎也就是女生因为害怕不愿意一个人单独待在被囚禁的房间，这还是第一次有客人询问是否可以换一个楼层。

"换楼层也不是不可以，"讲解员低头查了一会儿手机，"不过你们可以需要重新排队。我看一下啊，三楼吧，你们现在去三楼重新排队，也就十分钟时间。"

"谢谢。"秋随点头致谢，她扯了扯沈烬的衣角，"沈烬，我们去三楼吧。"

沈烬眉头微蹙，被她扯着衣角往外走。

电梯里只剩下他们两人，沈烬若有所思地看着她，片刻后，才慢悠悠开口："恐高？"

秋随咬了下唇，不知道该如何解释。她其实不算恐高，出差的时候她可以住在十八楼的酒店房间睡得香甜，翻译公司在写字楼的三十六楼也不会妨碍她工作。

她恐惧的，是住在比五楼还要高的住宅里，站在阳台防盗网上往下看。这样略显复杂的恐惧内容，她一时之间不知道该从何说起。

但好在，六楼到三楼不过转瞬之间。电梯门缓缓打开，沈烬似乎也没有执着于此，他收回视线，神色闲散地出了电梯。

十分钟后，通向鬼屋的分岔路口。

沈烬停住脚步，他的眼神意味不明，神情莫测地扯了下唇："秋随，怕吗？"

"不怕，"秋随面不改色地回答他，"喝了酒，壮胆。"

"嗯。"沈烬扫了她一眼，意味深长地评价，"你喝酒后，胆子是真的大。"

房间很小，天花板的灯一闪一闪的，像是多年失修，照得房间忽明忽暗。破旧的黑桌子上有两根燃烧了一半的蜡烛，借着那点微弱的光，她看见了房间右上角一个小型的摄像机。

窗台开了一半，不知道从哪里吹过一阵阵阴风，把破旧的窗户刮出"咯吱"的声音，窗户外的阳台空间不算大，勉强能坐下一个人，上面还布满了点点斑驳的血痕。

秋随打量了一会儿，看着阳台上不容忽视的血迹。

待了一会儿后，她无奈地撇了下唇，然后拿出对讲机。

"沈烬？"

对讲机那边嘈杂得很，有NPC发出的惨叫声和凄惨的笑声，以及不知道哪个方向传来的女人哭泣声。

秋随手臂一抖，脊背爬上了阵阵寒意。光是听声音就很可怕了，也不知道沈烬要多久才能走到她的房间解救她。

"沈烬，"秋随试探着问了句，"你怕吗？"

片刻后，对讲机里传出声音。

"秋随，"沈烬的声音在一片嘈杂中响起，低沉但足够清晰，"我的问题，你是不是还没回答我？"

秋随轻轻"啊"了声："什么问题？"

"秋随，"沈烬停顿了会儿，像是在回想什么，几秒后才淡淡开口询问，"和我私奔吗？"

对讲机里喧嚣的吵闹声和凄惨的哭喊声都在那一刻自动成为悲壮的

背景音乐。

秋随听见自己佯装平静的声音响起:"私奔去哪里?"

话音落下,她听见"啪嗒"一声,破旧的木门缓缓打开。

明黄的烛光中,凉风从窗台吹过,沈烬站在门边遥遥地望着她。半响后,他举起手里的对讲机,目光落在她的脸庞上:"离开这个鬼地方,我带你私奔回家。"

秋随只觉得自己的心脏重重跳跃了下。

的确是个鬼地方。她曾经在一个比这个鬼地方还要残酷的鬼地方待了很久。

沈烬,我在那个鬼地方,等了好久,终于有一天,你来了,能把我带走,也终于有一天,有人对我说,跟着我,我带你私奔回家。

我终于有家了。

秋意吸了吸鼻子,后知后觉想起了沈烬曾经带她看过的第一个日出。

沈烬,我好像,终于等到了我人生的那个日出。

秋随咬了下唇,缓缓拿起手中的对讲机。四目相对间,她对着对讲机轻轻又笃定地开口:"沈烬,带我私奔吧。"

秋随看见沈烬脚步略显急促地从门口走了进来,窗台的风阵阵吹过,将房门带上。

不过眨眼间,沈烬便站在了她的眼前。

房间狭小,空间逼仄,两人之间的距离被迫拉近,呼吸交缠间,吹过的凉风都夹杂着暧昧和滚烫的气息。

沈烬垂眸,双手越过她扶住窗台的栏杆。

恍惚间,秋随想起了停电那晚,沈烬好像也是这样,将她锁在单人沙发间。只是现在,换了个场景,她被沈烬禁锢在鬼屋狭小房间的窗台边,一样逃无可逃,避无可避。

"秋随,"沈烬声音喑哑,"你现在醉着吗?"

秋随不可避免对上他的眼睛,炙热又灼目:"醉着,没醒。"

"意识足够清醒吗?"

"清醒。"

"清醒到什么程度?"

秋随眨了下眼,下意识地仰起头,语气平静,是她一贯以来的从容冷静:"清醒到我知道自己在做什么,清醒到我知道自己在说什么,清醒到我能够为自己所做的事情和所说的话负全部责任。"

随后,她看着沈烬后退了半步,抬头看了眼右上角,拉开了外套拉链。秋随神色一怔,还没回过神来,就看见沈烬将厚重的外套往上一抛,罩住了右上角的微型摄像机。

她呼吸在一瞬间急促起来,心跳得几乎不能控制,只觉得思维开始混沌。

紧接着,沈烬解下了那个变得皱巴巴的黑色领带。

秋随咽了咽口水,她足够清醒,但在这一刻,她宁愿自己醉意迷茫。

"秋随,"沈烬垂眸打量她,抬手拿起那条黑色的领带,"闭眼。"他的声音带着蛊惑人心的意味。

随之而来的是眼前的画面开始虚化,理智离家出走。

秋随心跳快得几乎无法说话,甚至能够清晰地感受到,沈烬将那条领带绕到她的后脑勺慢条斯理地打了个结。

和停电那晚不同,秋随的视野被全然剥夺,她对四周的一些变化都变得敏锐又敏感。

她的身后是破旧的窗台,时不时刮来阵阵凉风,面前来自沈烬的炙热气息却不容忽略。

冰火两重天,两个极限,一前一后,让她快要哭出声来。

秋随听见沈烬嘶哑的声音在耳畔响起,带着一股子不留后路的自暴自弃,夹杂的欲望几要倾洒而出,将她淹没。

他说:"秋随,这一次,不会来电。"

秋随不自觉舔了下唇,像是紧张,又像是期待。

沈烬看见她乖巧地蒙着黑色的领带,桌上烛光照映出她绯红的脸颊,耳垂红得滴血。

秋随点了下头,沈烬听见她终于不再是平静的声音,带着点哭腔,惹人心弦意动。

她说:"好。"

秋随只发出了半个音节,滚烫的唇就止住了她剩余的全部话语。

檀木香将她缓缓包围,丝丝缕缕,明明又轻又浅,但又织成一个无形的网,让她无处可逃。

唇齿交缠间，秋随听见含含糊糊的声音响起，沈烬说："刚才不算，这才是我们的初吻。"

和秋随伴装醉意心怀鬼胎一触就离的吻不同。

她也终于明白，沈烬所说的"这一次，不会来电"，到底是什么意思。

秋随的心脏重重提起。

她觉得自己就像是海上一叶随波而动的扁舟，所有的一切都由沈烬掌控，自己毫无反抗的力气。

在一片黑暗的大海里，沈烬是她的掌舵人。

秋随垂在两侧的手缓缓松开，只觉得自己腿软得快要站不稳，下意识伸手摸索着沈烬的某片衣角。

看不见的情况下，她清晰地感受到沈烬亲吻的动作似乎一顿，片刻后，他的吻又越发凶狠起来，不留余地，让她逃无可逃，只能被迫承受沈烬所给的一些。

沈烬像是终于等到猎物的猎人，所有的顾虑都在一瞬间抛之脑后。

思绪混沌，理智消退。但并不妨碍秋随心底升腾起无法控制的情绪。

她背后倚靠着窗台的木质栏杆，硌得她后背生疼。

埋藏多年的委屈和绝望，还有这个吻所带来的惊喜和激动，复杂又多面的情绪交缠，从心底最深处破壳而出，将她包围。

秋随眨了下眼，几乎是不受控制地落下泪来。

也不知道是因为身后栏杆杆硌得她腰痛，还是因为多年来不愿诉于他人的委屈在这一刻全面爆发。

秋随能够感觉到自己的泪水滑过脸颊。沈烬像是察觉到了，亲吻她的动作忽地停住。

场面陷入停滞。

秋随嘴唇动了动，不知道该如何开口对沈烬解释，自己落泪，并不是因为这个吻。

但是她在脑海中措辞了一会儿，也没想出来究竟如何开口，初吻的时候被吻到哭起来，说出来未免太丢人了。

秋随抿了下唇，索性不吭声。

她无比直观地感受到，沈烬竭力克制的沉重呼吸声，炙热的气息喷洒在她的脖颈处，浓烈的暧昧情愫几乎让她险些站不稳。

几秒后，沈烬将头埋在她的颈窝处。

呼吸喷洒下来痒痒的，秋随忍不住想躲，又被沈烬用一种不容躲避的强硬力道按住。

"秋随，"沈烬叹了口气后，像是咬牙切齿一般吐出几个字来，"我真是拿你没办法。"

秋随神色一怔，思绪就被广播中传来的声音打断。

"三楼私奔主题那个房间！摄像怎么看不清了？！没出事吧！赶紧的，赶紧派人去看看，出事了就完蛋了。"

她这才想起来，为了避免囚禁的女生因为害怕而出事，这间房间右上角有一个摄像头。

只是，被沈烬用外套盖住了。

随后门口传来工作人员的询问声："里面人没事吧？开个门开个门！不开门又不说话我们就要砸门了啊！"

她皱眉"啧"了声，伸手指了指头顶的摄像机，对着沈烬眨了下眼。

"知道了。"沈烬垂眸扫她一眼，像是根本不着急一般，慢悠悠将罩在摄像机上的外套取了下来。

见他将摄像机上的外套取下，秋随这才放下心来。

工作人员迟迟得不到回应，正准备砸门的时候，破旧的木门从里侧打开。

秋随沉默地站在原地。

她和沈烬硬是被门外的人毫不留情面地教训了十分钟。

但沈烬看上去心情颇好。

平日里遇上这种事情，就算自知理亏，有错在先，秋随觉得沈烬这种人也不会有太多的耐心。毕竟，对他来说，每一秒时间，都应该耗费在投资和赚钱上。

唯一不同，大约是他一直牢牢地抓住了她的手。

秋随盯着沈烬握住她的手，喜悦之情后知后觉地缓缓冒了上来。

她原本只想着在鬼屋偷亲一次沈烬，她想要把当年那个被自己抛弃的少年找回来。

没想到，他真的回来了，又或者说，他一直都在。

或许是沈烬认错的态度过于良好，面前几个人也不太好一直训斥，索性趁着这个机会，拿出一张反馈表。

"你们已经耽误了后面排队的人很多时间了，后面是没办法接着玩了，按理来说现在就应该回去，"一个男人将一张A4纸递给沈烬，"如果你们还想玩也行，帮我们把这张反馈表填一下。"

沈烬接过表，侧头问了句："还想玩吗？"

她本来也志不在此。醉翁之意不在酒，鱼已经上钩了，谁还在乎其他的呢。

"不玩了，直接回家吧。"

"那就不玩了。"沈烬语气漫不经心，"不过反馈表我们也一样会帮你们填写。"

秋随诧异地看向沈烬，不由得感慨沈烬今天的脾气是真的好。

房间内就有桌椅，其余几人开了手机手电照明，沈烬随手拉了把椅子坐下"唰唰"写了起来。

秋随好奇，忍不住凑过身去看。

反馈表上也没多少问题，且大多数是选择题。

沈烬飞速地选完。

最后只剩下几道简答题，可写可不写。

她看着沈烬搭在桌上的手指缓缓下移，越过几道看上去复杂的简答题，停留在最后一道问答题上——

"请问这趟鬼屋之旅，给了您什么收获？"

秋随偏了下头，下一秒，她眼睁睁地看着沈烬龙飞凤舞地写下一行字：

"进鬼屋的时候，不是情侣，现在离开鬼屋，是情侣了。"

偏偏沈烬还一边写字，一边侧头漫不经心地扫她一眼。

秋随咬了下唇，总觉得这人是故意的。

04

下楼的途中，沈烬停下脚步，一只手牵着秋随，一只手拿着手机不知道在给谁发消息。

"沈烬，"秋随好不容易找到开口的机会，她晃了晃沈烬的胳膊，"我们什么时候成情侣了？"

沈烬在屏幕上飞速跳跃的手指一顿，挑了下眉，若有所思地看了她一会儿。

"不想负责也不想承认啊?"

秋随嘴唇动了动,想要反驳。她只是觉得,像是在梦里,太玄乎和迷幻了,让人不敢相信。

以至于她被沈烬牵着出了鬼屋,过了好半晌,才反应过来。

沈烬甚至没有问她当年分手的内幕,就直接承认了两人复合的事情。

秋随总觉得心里不踏实,这和她预想中复合的节奏不一样。

在她的设想中,应该是她对沈烬坦白当年的所有真相,沈烬对她的感情不再抱有丝毫的怀疑,才能名正言顺地在一起。

"你现在不想承认或者不想负责,也行。"

她觉得脑子有些不够用:"什么意思?"

"你如果觉得还不够,"沈烬盯着手机打字,语气吊儿郎当,"就等我们把情侣间该做的事情都做了,你再承认和负责。"

情侣间该做的事情?

他们不是都已经做……不对!他们好像,是还没做完情侣该做的事情。

秋随只觉得有一种羞愤的情绪直冲脑门。

沈烬是怎么做到,一边和手机里的人聊天打字,一边用这种漫不经心的语气说出这种不着调的话的。

而且这话活生生把她塑造成了一个渣女的角色,一个睡不到沈烬就不承认两人关系的渣女。

秋随深吸了口气,眼看着沈烬还在垂眸打字,更是气不打一处来——到底是谁渣啊!

"沈烬,"秋随自动跳过"所谓的情侣该做的事情"这句话,不满地伸手戳了戳沈烬的衣角,他个子高,她根本看不到沈烬在手机里和谁聊得热火朝天,"你和谁聊天啊?"

沈烬敲击屏幕的动作一顿,他低眼打量了她一会儿,语气意味深长:"怎么,不想承认情侣关系,又想查我的岗?"

"不……"秋随下意识就要反驳,吐出一个字后,她突然一顿,"不是这样"几个字被她硬生生咽了下去。

怎么,她现在还不能查岗吗?!

秋随稍稍抬头，对上沈烬含笑的目光，不知不觉间以胡搅蛮缠的口吻说："不行吗？"

他将手机丢给秋随："随便看。"

秋随盯着被精确无误丢到怀里的手机，思绪突然有些飘散。

在高中的时候，她第一次问沈烬借手机查资料，他好像也是这样，没有隐瞒，没有不悦，答应得快又果断，这么多年过去了，他还是如此，坦坦荡荡，无需遮掩。

秋随不受控制地弯起唇角，屏幕还亮着，停留在沈烬和陈睿的微信对话上。

秋随扫了眼，看见最后一句话是沈烬发过去。"过来之前，先去我家取一条领带。"

秋随将手机还给沈烬，也没想太多就开口询问："你不是戴了领带吗？"

沈烬接过手机，直勾勾地盯着她瞧了一会儿，慢吞吞地从外套兜里扯出条黑色领带。

"你觉得这条领带，"沈烬意味深长地询问，"还能用？"

秋随看着那条黑色领带，一时之间说不出话来。

沈烬出门的时候，这条黑色领带一丝不苟地系在沈烬白衬衫上，平整又妥帖。

现在，这条黑色领带被她扯得皱巴巴的，揉成一团塞在沈烬的外套口袋里，领带上还依稀可见泪痕。

陈睿辛苦了。

"那你给我吧，"秋随伸手朝他要那条布满褶皱的领带，"我带回家……洗。"

"留作纪念？"沈烬面不改色地点了下头，将领带塞到她怀里，"不用不好意思。"

秋随果断决定转移话题："你今晚的飞机去平城参加商务谈判？"

秋随去过平城这座城市。

去年年底到今年年初的时候，平城和俄罗斯的一个小城市结为兄弟友好城市，吸引了大批俄罗斯商人前来投资，她作为同传翻译随同前往，待了一月有余的时间。

恰巧那个月,姜嘉宁也在平城开脱口秀专场,基本上只要晚上有空,两个人就相约去平城的清吧喝酒聊天。

沈烬懒洋洋地"嗯"了声。

"就去三天?"秋随问。

虽然沈烬没问,但秋随心里总有个坎没过去。三天后林和豫的生日会,是她所能想到的最合适也最近的一个坦白契机。

但沈烬显然不是这个想法,他歪了下头,语气不太正经:"怎么,舍不得我?"

秋随思考了下,很是认真地回答他:"主要是三天不见,担心自己会忘记你。"

沈烬盯着她看了一会儿,突然朝她伸出手:"手机给我。"

秋随顿了下,悻悻地拿出手机给他:"查岗?"

沈烬挑了下眉,接过手机,一把揽住她的肩膀:"秋随,看镜头。"

秋随下意识地扭头往前看。

只见闪光灯亮起的瞬间,沈烬飞速俯身,柔软的唇不偏不倚地触上她的右耳,一触就离。

沈烬仿佛什么都没做过一般,自在地收起手机,又在屏幕上点了几下,随后将手机还给她。

"这下不会忘记了。"沈烬不紧不慢地开口,"忙的时候抽空看一眼,不忙的时候时时刻刻看几眼。"

秋随待在原地,半晌才回过神来,只觉得右耳发烫。

她抿了下唇,看了眼手机屏幕,屏保已经被沈烬换成了他们刚刚拍的合照——她一脸茫然地看向镜头,沈烬一手揽住她的肩,俯身吻住她的右耳。

秋随下意识地抬手碰了碰自己的右耳,声音低不可闻:"沈烬。"

"还给你的,"沈烬居高临下打量她,傲慢的神色中透着点愉快,"你亲过我的右耳两次。"

秋随忍不住腹诽,这人不愧是资本家,斤斤计较得可以。

司机开车抵达路口,陈睿从车上取下一个行李箱,又拿出一条崭新的黑色领带递给沈烬,一边纳闷地询问:"沈总,您出门的时候不是特意戴了领带吗?"

秋随被陈睿这个问题问得浑身都不自在了起来。

沈烬漫不经意地扫了她一眼，意有所指地回答："哦，那条领带壮烈'牺牲'了，不过它牺牲得很值得。"

秋随,我这个人很小气的,
所有权限只给过一个人,包括昨晚的权限

第十章 /
秋随,情侣间该做的事情都做完了,你得负责了

01

前往申城机场前,沈烬吩咐陈睿将秋随送回铂悦湾后,再坐后一班飞机去平城。

车子启动前,车窗突然被敲了三下。

车窗落下,秋随看见沈烬站在车窗外,语气随意又理直气壮地开口:"把手给我。"

秋随眨了下眼,虽然不知道沈烬到底什么意思,但还是默默地将手递了过去。

下一刻,她看见沈烬握着她的手,不知道在想些什么,手指转着她的手指指节把玩了片刻。

秋随沉默了下,忍不住开口问:"沈烬,你这是做什么?"

沈烬仿佛被人惊醒,懒洋洋地收回了把玩的手:"哦,给你看手相。"

见鬼的看手相!你明明看的是我的手背!

秋随只觉得沈烬大约是报复重逢那次，她胡扯地看面相回答。她忍住怼回去的冲动，好脾气开口："所以呢？看出什么来了？"

沈烬挑了下眉，闲闲道："你有喜事，等着吧。"

当晚十点，秋随在家收到了沈烬的消息。

这一次，沈烬依然给她发送了地点，是在平城机场附近的一家酒吧。

秋随对这家酒吧也有印象，这是平城一家颇有名气的酒吧，她和姜嘉宁还是那家酒吧的 VIP 会员。

沈烬可能是刚下飞机，就被接机的客户邀请过去喝酒了。秋随看着沈烬发来的定位，突然有些心不在焉。

她清楚那家酒吧，有几个女调酒师长得又娇又媚，而且极其会搭讪聊天。

秋随想了会儿，打开了相册，相册里的第一张照片，是沈烬今天拍的合照。她把这张照片发给了沈烬："换屏保。"

沈烬放在吧台上的手机亮了一瞬，低头瞥了眼屏幕提示，秋随冷冰冰不带情绪发来的三个字，沈烬笑了下，点开微信换上了秋随发来的图片。

吧台里闲散的女调酒师早就注意到了他，此刻更是抓住了机会，凑过身子飞速瞥了眼，目光落在照片上神色茫然的女人的时候，女调酒师眼睛一亮。

"哎呀，"她忍不住伸手点了点沈烬的手机屏幕，"这不是那个翻译老师吗？"

沈烬不耐烦地想要收回手机的手一顿，他眉头微蹙："你认识？"

女调酒师点头："当然认识，俄语翻译嘛，我们这间酒吧的 VIP 会员，今年年底的时候几乎每晚都和她朋友来喝酒。"

沈烬怀疑自己可能听错了。

他记得，秋随说过，自己的酒量极差，酒品不好，三杯就倒？就连去鬼屋前喝点酒壮胆，都能让她醉到站不稳。

虽然，沈烬心知肚明，那个吻是秋随的早有预谋，但是她的酒量，似乎是真的不好。

沈烬眉心一跳，垂眸想了会儿，抬头对上女调酒师的目光："你确定，没有认错人？"

"没有啊。"女调酒师声音逐渐微弱下去，她侧头回忆了会儿，"让我想想啊。"

"我记得,是年底的时候,平城和俄罗斯的一座城市成为兄弟友好城市,所以来了不少俄罗斯人和翻译,那群俄罗斯人都被安排住在这儿附近的一家酒店,"女调酒师一边回忆一边缓缓说道,"你应该也知道,俄罗斯人嘛,到哪儿都想喝点酒。那个月,是我们酒吧销售额的巅峰。"

"你说巧了不是,那群翻译也都是好酒量,"女调酒师说,"就这一个月,你照片上的那位和她朋友,直接在我们酒吧消费成了VIP会员。不过,她只和她朋友一起喝酒,两个人的酒量啊,啧,俄罗斯人都喝不过她们。"

沉默片刻,沈烬还是觉得不可置信。

时间还有地点、事件都对得上。

秋随是俄语翻译,这种场合会出现在平城也说得过去。

沈烬神色平静,气压却明显低了下去。他仰头将杯中红酒一饮而尽,随意道:"俄语翻译这么多,你怎么确定就是她呢?"

"当然确定。"女调酒师言之凿凿,"就这长相就不可能忘记,我们酒吧的几位男调酒师惦记到现在。哦对了,她那位朋友长得也挺漂亮,我还记得名字呢,算是个艺人,程琮,一个月前,你不是问你女神的朋友要了签名合影照吗?"

"那是我偶像,"被叫作程琮的男人语气愤懑地反驳,又小心翼翼地点开手机递过去,"看见吗?脱口秀女王姜嘉宁的签名合影照,我好不容易求来的,嘿嘿。"

沈烬抬了抬下巴瞥了眼,程琮手机里的那张签名合影照,的的确确是姜嘉宁本人。如果说其他都可以解释为巧合,那么姜嘉宁的这张合影照片,让沈烬已经笃定——女调酒师口中那位酒量堪比俄罗斯人的女生就是秋随无疑。

沈烬手指搭在吧台上,心不在焉地敲着酒杯杯壁,熄灭了手机屏幕若有所思。

所有看似正常但实际上经不起深究的事情,都逐渐浮现在脑海里。

秋随预备换新房子的时候,姜嘉宁将顾泽松介绍给她。

顾泽松和秋随作为当时高四的复读班同学,看上去关系并不算熟悉,甚至还比不上姜嘉宁和顾泽松的熟悉程度。

沈烬心不在焉地歪了下头。他印象中，秋随和顾泽松的关系不错。

当时在顾泽松公寓的时候，秋随却连顾泽松的联系方式都没有，看上去就只是多年没联系的普通同学。

他挑了下眉，隐隐约约觉得当年的分手，或许是有内情。

沈烬轻轻"啧"了声，在察觉到秋随和顾泽松根本不熟后，生出了一种后知后觉的隐秘愉悦，同时伴随着不安感。

秋随似乎瞒了他很多事情，而那些事情，应该不是什么令人开心的事情。

但是这些过往，他一无所知，秋随似乎也没有坦白的打算。

沈烬垂眸看了眼腕表，不久前鬼屋的画面又不期然冒了出来。秋随那时候提出要换楼层的语气，他还记忆深刻。她像是不好意思提出这个匪夷所思的要求，但又因为某种原因不得不提出这个要求。

沈烬将吧台上的酒杯往前一推，发出丁零碰撞的轻微响声。

他身体微微后仰，陷入回忆。印象里，秋随并没有恐高的问题。

高三的时候，学校为了给高三学生创建一个安静的学习环境，高三教室占据了教学楼的最顶层，至少在那时候，秋随从没有露出过对于高楼层的畏惧。

她所在的翻译公司，也在写字楼的顶层，似乎也没有妨碍秋随的正常工作。

秋随是什么时候开始恐高的？

而且恐惧的似乎是六层以上的高度？

沈烬轻眯了下眼睛，猛然想起来，秋随在选择公寓的时候，无论是之前入住的原公寓，还是选择铂悦湾的时候，都恰巧入住在五楼。

还挺巧，五楼，刚好比六楼更低一层。

沈烬撑着额头若有所思。

面前已经空了的酒杯被调酒师自动续上半杯红酒，沈烬抬起眼睛，晃动酒杯，看着酒杯中荡漾的红色液体，思绪有些游离。

秋随似乎有许多秘密了。而这些秘密，目前来看只有姜嘉宁一个人知道。

沈烬莫名觉得有点烦躁，她像是一团迷雾，让他握不住。

沈烬越想越觉得这几件事情都有些古怪，也许这些古怪之间还互有关联。

陈睿不久前发了信息,说他已经坐了后一班飞机抵达了平城,现在距离酒吧不过一公里路程。

沈烬拧着眉头端起酒杯一饮而尽。

他收拾起放在一旁的深色西装,起身离开。

02

平城是出了名的不夜城,这儿又是平城著名的酒吧一条街,道路两旁五彩炫目的灯光转个不停。

酒吧一条街人流量极大,车子行驶得极为缓慢。明亮的灯光从窗户投射进来,陈睿不经意侧头看了眼窗外,突然直起了身子。

"沈总,"陈睿开口喊司机停车,一边转身询问沈烬,"我记得明天一早才开始和客户进行商务谈判,今晚没工作,我能先下车吗?"

沈烬淡淡开口:"怎么了?"

陈睿伸手一指,平城最大的商贸超市门口出来了一位白发苍苍的老人,拄着拐杖,身边有人搀扶着,走得极为缓慢。

"那是我大学时候的恩师,平城人,"陈睿说,"今天恰巧见着,想上去和恩师聊一聊。"

沈烬微微颔首:"去吧。"

"等等,"他语气一转,像是想到了什么,喊住正打开车门准备下车的陈睿,"你的恩师?"

陈睿茫然地点了下头:"是的。"

沈烬表情没什么变化,只是偏头看了眼窗外的老人,又很快收回视线:"你会把你的恩师当作亲生父亲吗?"

"啊?"陈睿困惑地皱起眉头,"当然不会啊,我又不是没有父亲。"

陈睿挠了挠头,沉默了片刻,又开口解释道:"这么说也不对,虽然说一日为师,终身为父,但是对恩师的感情和对父亲的感情肯定是不同的,两个人的地位也肯定不同,很难进行比较吧。"

空气安静了几秒,沈烬若有所思地低着头,半响后才开口说话,他的声音很轻:"行了,你下车去见你的恩师吧。"

陈睿视线落在车后排的沈烬身上,总觉得此刻的老板似乎有些不对劲。但到底哪里不对劲,他也说不上来。

"小王,"陈睿低声嘱咐司机,"你现在把沈总送回酒店休息。"

"不必了。"沈烬似是反应过来,对着陈睿挥了挥手,"你先去忙吧,我今晚有别的安排。"

车门关上,司机扭头恭敬询问:"沈总,您想去哪儿?"

"我记得陈睿说过,你是本地人,"沈烬声音温和,眉目却透着一股疏离,眼神缥缈得仿佛在回忆什么,"先送我去平城最大的首饰店吧。"

司机应了声好,车子如同离弦的箭平稳地疾驰而过。

路旁的树枝倒影被车身划破再碾碎,月光透过车窗晕洒下来。

沈烬闭着眼睛一路没吭声。他原本想着,和秋随成为邻居后,两人低头不见抬头见,他想要的总有一天会朝他走来。

为了那一刻,他愿意等下去,毕竟,他也不是没有等过。这么多年了,不也这样过来了吗?

但现在,他不想等了,既然抓不住,就先套牢她。

他不想温水煮青蛙了,秋随隐瞒着他的所有事情都可以日后再算。

他现在想做的,是把这段关系合法化,总好过她逃之夭夭的场景再次上演。

平城最大的首饰店里,服务顾问将最新款的钻戒展示出来。

沈烬扫了眼玻璃柜里的所有戒指,他挑了下眉,眼神中闪过一丝烦躁。总觉得,都配不上秋随。

在他的计划中,给秋随的婚戒,也不应该是这样随便来一家店心血来潮选购的。

但是,已经没有多余的时间容许他按照原先计划的步骤来了。

先定下合法关系,才能让他安心。至于所有仪式感,再慢慢补给她。

沈烬微不可察地叹了口气,既然这些婚戒都无法让他满意,也只能勉强选一个还算不错的。

"沈先生,"服务顾问温声询问,"您女朋友的指围是多少,您知道吗?"

沈烬离开申城前,他借口看手相,偷偷记住了秋随的手指指围。

"我知道她的指围。"他敲了敲玻璃柜面,"这个。"

沈烬在平城出差期间，恰逢秋随休假。正如沈烬所说的，不忙的时候时时刻刻看几眼。秋随百无聊赖地躺在床上，只要一点开手机，屏保照片就是沈烬亲她右耳的那一瞬间。

尽管这几天已经看了不下百遍，但是每次重新看见照片，秋随还是忍不住心跳加快。

沈烬工作很忙，只是不间断发送地点的习惯没有改变过。

秋随盯着她和沈烬的微信对话框，只有沈烬持续给她发送过来的新地点，唯一不同的信息，是沈烬发来的一张照片。

他换了新屏保，和她的屏保照片一模一样。

秋随抿了下唇，她能看到陈睿的朋友圈，基本上也知道沈烬这两天工作似乎特别忙。她懒洋洋地翻了个身，自然而然点开了姜嘉宁的微信。

秋随："好无聊哦。"

姜嘉宁："沈烬呢？"

秋随："去平城出差了，明天才能回。"

姜嘉宁："知道了，沈烬不在所以你想到了我。秋随，你把我当什么了？"

秋随："宛宛类卿？替身文学？"

姜嘉宁："渣女，我在撒哈拉对着流星许的愿望成真了，你呢？你没有，撒哈拉流星不替渣女实现愿望。"

秋随回忆了几分钟才想起来，她让姜嘉宁替她向撒哈拉流星许的愿望。

秋随："你先告诉我，你许的愿望是什么？"

这句话还没来得及发送出去，门外突然急促的敲门声，以及陈睿的喊叫声。

秋随放下手机打开了客厅的吊灯。门一打开，一道高大的身影迎面朝她扑来，熟悉的檀木气息缓缓将她包围。沈烬无意识地环住她，垂着头搭在她的肩膀处。

秋随眨了下眼，思绪有片刻的涣散。她记得，沈烬和陈睿是明天晚上的航班。怎么提早一天回来了？

回过神来后，秋随才伸手抱住沈烬，对着门口的陈睿歉意地笑了笑："他怎么了？"

"哦，"陈睿面不改色开口，回忆着沈烬的吩咐，一字不差地复述，"沈总想着早点回来参加林老师的生日会，所以加快了工作进度，这不，身体累到了。我想着沈总也是一个人住，也没人照顾，我也不敢和董事长说，只好麻烦秋随老师了，你们毕竟是邻居嘛！"

秋随心疼地拍了拍沈烬的肩膀，对着陈睿道别："好，我来照顾他，你也先回去休息吧。"

临走前，陈睿递给她一袋药。

秋随接过那袋药，恍惚间想起了在俄罗斯的时候，那名俄罗斯律师也是这样，递给她一袋药，将虚弱的沈烬交给她照顾。

沈烬没有将全部力气都靠在她身上，秋随走得还算顺利，磕磕绊绊地将沈烬扶进卧室，让沈烬躺倒在自己的床上。

躺在床上的沈烬看上去温和了不少，秋随直勾勾地盯着他看了一会儿，搁在床头柜上的手机突然响了起来。

她收回视线，点开手机看了眼，工作消息，秋随顿了下，又点开了姜嘉宁的微信，显示"对方正在输入"。

她正想给姜嘉宁发句消息，告诉她沈烬回来了，沈烬却极其轻微地咳嗽了一声。

秋随最终还是作罢，将手机丢在床头柜上，拎着药坐在书桌旁，仔细研究药盒上的医嘱明细。

悠扬的来电铃声响起的时候，秋随正对着医嘱明细，一片一片地掰着药盒里的药。

她一边掰药，一边头也不回地对着沈烬开口："沈烬，你帮我看看来电人是谁？如果是周经理我就得赶紧回一个过去，其他人就无所谓了。"

在秋随看不见的角落里，沈烬缓慢地睁开眼睛，盯着她专注掰药的背影瞧了片刻，弯了弯唇角。他坐直了身子，完全看不出丝毫病态，长手一捞，将床头柜正响个不停的手机拿了过来。

拿起手机的瞬间，来电铃声戛然而止，屏幕上显示来电人温婕。沈烬挑了下眉，想起来这是秋随身边的实习生。

他没吭声，正想将手机放回床头柜，手机又传来嗡嗡声。沈烬下意识一点，屏幕切换到姜嘉宁的微信对话框。

他垂眸，神色漫不经意扫了眼，视线突然凝固，想要将手机放回床头柜的手也瞬间停下。

姜嘉宁:"你甭管我的愿望是什么,反正我知道你的愿望没实现。"

姜嘉宁:"截图——不想上太空,我想上沈烬。"

姜嘉宁:"撒哈拉沙漠的流星啊,还是没有听到你的心声。"

秋随对这一切毫无察觉,她数好药片,拿了个干净的水杯打算要去客厅倒热水。

"沈烬,"她弯下腰对着躺在床上的沈烬道,"我先去客厅倒热水,你先休息。"她也没等沈烬回复,转身正准备离开的时候,一只温热的手猛然拽住她的手腕。

"秋随,"沈烬低哑又磁性的声音传来,"我都到床上了,你胆子还可以再大一些。"

秋随怔住了。

她在原地呆愣了片刻,才僵硬地转过身。

原先躺在床上的沈烬此刻懒洋洋地坐直了身子,看起来,没有丝毫病态。

秋随脑子乱哄哄的,斥责的语气也结结巴巴:"你,你没病?"

沈烬直勾勾地看着她,明明坐在床上比她矮半个头,却依然理直气壮:"那又怎样?"

沈烬抬了抬下巴,对上她的视线,一字一句反问:"你能装醉,我不能装病?"

装醉?!这两个字轻飘飘的,却像是魔音入耳。

秋随脚步一软,险些拿不稳水杯。她装醉的事情,沈烬是怎么知道的?她的脑细胞像是全面罢工,只剩一个僵硬的躯体,面对此刻尴尬到不行的场景。

沈烬从她手上拿走水杯,搁在床头柜上,床头柜上和水杯并列的手机还亮着屏幕。

秋随视线扫了眼手机,没太在意地转过头,又突然一顿。

等等!她的手机,刚刚在和姜嘉宁聊撒哈拉沙漠流星许愿的事情。

秋随眨了下眼,只觉得有一种叫作窘迫的情绪从头到脚逐渐蔓延,深入四肢百骸。

不会,不会这么巧,刚好就被沈烬看见了吧。

秋随深吸了口气，终于找回一点点神智。她抿了下唇，想要拿回床头柜上的手机，却被一双手拦住。

"秋随，"沈烬挑了下眉，抓着她的手臂将她扶着站稳，"你明天记得告诉姜嘉宁——撒哈拉沙漠的流星今晚就会替你完成愿望。"

秋随咽了咽口水，低着头完全不知道该说什么。她只觉得今晚的一切都来得猝不及防，没有丝毫给她准备的机会。

沈烬提前回申城，装病，再到看见她向撒哈拉沙漠流星的许愿。每一件事都把她弄得猝不及防。

秋随睫毛颤动得厉害，她嘴唇动了动，觉得当务之急是向沈烬解释清楚，那句她鬼使神差之下说出的最惊世骇俗的话——不想上太空，我想上沈烬。

她稍稍仰头，乍一对上沈烬的眼睛，还没来得及分辨清楚沈烬眼中浓烈又复杂的情绪，一个轻盈又带着珍重意味的吻就落在了她的眼睛上。

秋随几乎是下意识闭上了眼睛，任由熟悉又清冽的气息落在她乱颤的眼睛上。

下一刻，她听见沈烬微沉的声音，很轻很低，略微暗哑，在她耳畔响起，却无法控制地落在她心上，心跳加速的同时，她听见自己内心深处发出疯狂叫嚣的喊声。

沈烬说："替你圆梦，我的荣幸。"

最后一个字尾音落下的瞬间，不知道是不是错觉，秋随觉得空气中多了股燥热的气息。明明是冬天，热烈又滚烫的情愫却无论如何都挥之不去。

03

秋随被沈烬堵在卧室门口，空间越发逼仄，和停电那一晚以及鬼屋狭窄的房间有所不同。

停电那一晚，她处心积虑。

鬼屋那一次，也是她蓄谋已久。

这一次不是，所有的一切都不在她的掌控之中。

沈烬像是窥破了她埋藏在心底的秘密，横冲直撞地闯了进来。她毫无防备，沈烬似乎也没有打算让她有所准备。

一切都太突然了,以至于听见沈烬的最后一句话的时候,秋随只觉得脑子一片混沌。

秋随觉得自己像是被蛊惑,站在原地不动,眼睁睁地看着沈烬低下头来,清晰地感受到停留在她腰间的手逐渐用力,往他所在的方向一带。

顺着那股子力道,秋随自然而然地往前跟跄了一步,跌进沈烬的怀里。

紊乱混沌间,沈烬微微别头,贴近她的耳郭,低声喊她:"随随。"

秋随眼角突然染上红色,沈烬从来没有这样喊过她。

重逢后,他们各有芥蒂,心怀鬼胎,彼此小心翼翼又忍不住靠近试探,最生疏的时候甚至会喊对方"沈总"和"秋随老师",官腔又正经,是这个世界上最熟悉的陌生人。

她感受到沈烬很轻地吻上她的耳朵,不正经的语气突变,有了罕见的严肃和郑重,像是在对她许诺:"随随,你是 VIP 客户,终身免费,一经出售,包修不退。"

她咬了下唇,脑海中猛然想起在俄罗斯的时候做过的美梦。以至于她愣了片刻,才反应过来,沈烬所说的那句"一经出售"究竟是什么意思。

也或许是因为如此,秋随突然觉得胆子一瞬间就大了不少。她颤抖地抬起双手,抓住沈烬半敞开的衣领,沈烬像是无奈又像是纵容地向她靠近,直到他们彼此之间不再有任何距离。

秋随微微抬起头,她闭上眼睛,仿佛被人指引一般,精确无误地吻上他的唇。

房间内暖气没有开得太足,二月的冬天寒流侵袭。

不知道是因为寒冷,还是因为害怕又期待,她的皮肤忍不住颤抖了下,染上了阵阵凉意,颤抖又期待。

这一刻,秋随等了很久。

这个吻结束了片刻,秋随才终于平复下呼吸。她迷蒙着睁开眼睛,往床下随意扫了眼。

一地狼藉。

床头柜上放着的一条黑色领带,地毯的角落处还有一个红色的小盒子,像是不小心从西裤口袋里滑落出来的。

距离有些远,秋随看不太清。她微微眯起眼,支起身子想要看清楚。

秋随还没来得及开口说话，就被沈烬微微用力掰过了脑袋。

"随随，专心点。"沈烬略微不满的声音响起。

她闭着眼睛，不敢睁眼也不太想睁眼。

沈烬倾身而下。

"随随，"他趴在她颈侧低声喊她，"后悔吗？"

"不会。"她闭着眼睛，凭借着感觉伸手揽住沈烬的脖颈。

"沈烬，"秋随重复，"我不后悔。"

话音落下，她听见沈烬低沉的笑声响起，落在她耳边，令人心痒得很。

"不后悔最好，"沈烬搂着她，"后悔也没用了。"他笑，声音温柔又低沉，细听却有一种咬牙切齿的戾气和孤注一掷的疯狂。

"随随，"虽然秋随闭着眼，但沈烬还是伸手覆住她的眼睛，"从你搬进来那一刻起，我就不会放过你了。"

下一刻，秋随听见微弱的动静，紧接着，她感受到一种熟悉的感觉覆上她的眼睛，是床头柜的那条黑色领带。

"随随，"沈烬的声音带着浓烈的欲，沙哑又灼热，"这一次，我陪你还原停电的案发现场。"

也不知道过了多久，沈烬的动作一顿，她不自觉舔了下唇，飞到九霄云外的神智稍稍回位。

突然间，她感觉自己的手指被沈烬抓住，紧接着，像是有什么东西从手指间摩擦而过。

"沈烬，"秋随看不清是什么东西，她想要挣脱被扼住的手摸一摸那个奇怪的东西，"这是？"

剩下的疑问都被咽了下去，像是不愿意被她察觉一般，沈烬的唇堵住了她的所有疑问。

疑问被秋随迅速抛到九霄云外，她只能按照心意柔声唤他的名字，没有剩余的心思去想其他。

不知道过了多久，一切终于停住。眼睛上的那条黑色领带早就歪歪斜斜的，不成样子。

秋随只觉得困意来袭，也没察觉到手上多了个东西，更没力气睁眼去看手上的小物品到底是什么。

沈烬眼底沉得仿佛要滴出墨来，他凝视秋随片刻后，才微微弯腰，从地上捡起了一个红色的小盒子。那是他在平城出差的时候，特意去买的钻戒。是一枚他能在那家店里找到的最精致的钻戒，但在他心中，还远远配不上秋随。

不过，于他而言，先把秋随锁在身边，才是真正的当务之急。

在坠入梦境的前一刻，秋随察觉到沈烬似乎抓住她的手。

"随随，"她听见沈烬的最后一句话轻轻响起，"情侣间该做的事情都做完了，你得负责了。"

第二天一早，秋随被常年养成的生物钟习惯叫醒，她自然而然地翻了个身，摸到一旁尚有余温的床铺。身下躺着的不再是她用习惯的白色散发着玫瑰香气的床单，换成了一张她并不熟悉的黑色床单。

秋随一愣，险些以为自己走错了房间。她揉了揉眼睛，支撑着身体缓缓坐起来，环顾了一圈四周的摆设，还是她熟悉的房间摆设。

秋随垂头眨了眨眼睛，视线不自觉落到床下散落一地的狼藉衣物。

秋随难得有些手足无措，一切都过于突然，秋随觉得自己像是被沈烬蛊惑，顺着心意走，天一亮，却不知道应该如何收场，也不知道应该如何面对沈烬。

睡衣睡裙和所有的外套要么被丢到了卧室门口，要么被沈烬直接扯碎。

铂悦湾每套房子的面积都很大，具体体现在卧室面积上，比如床距离衣柜有很长一段距离。

秋随抿了抿唇，听见厨房传来轻微的动静，料想沈烬也应该是刚起不久，应该正在厨房准备早餐，她实在是没办法接受在沈烬还在家的情况下，赤裸着下床走到衣柜拿衣服遮体。

厨房的动静声猝然消失，过了片刻，被刻意放轻的脚步声从厨房一步一步传到卧室。秋随深吸一口气，抓了抓头发，索性重新窝进了被子里。

地上铺了厚厚的毛绒地毯，脚步声又轻又缓，但秋随还是清晰地感受到了沈烬走进卧室，优哉游哉地坐上了床铺。

一道轻盈的吻落在她紧闭的眼睛上，沈烬带着笑意的声音飘进她耳畔："别装睡了，随随。"

她察觉原本另一侧空空荡荡的床铺突然被温热的气息覆盖，有人伸手将她揽进怀中。

秋随心脏一跳,猛然睁开眼睛。

卧室的遮光窗帘被拉得严丝密合,透不进半点阳光。昏暗的房间内,也不知道沈烬什么时候扭开了床头柜的灯,调节成了最低亮度。

沈烬一只手臂撑在枕头上微微屈起搭在下颌上,一只手臂懒洋洋地搭在她的腰间,视线专注地打量着她,眼底促狭的笑意明显。

他背对着散发光亮的床头灯,上身赤裸侧躺在床上,白色的羽绒被顺着他的身体曲线滑落在腰间,床头灯淡黄的光线打在他劲瘦的腰间,像是古罗马被上帝精心雕琢的雕像,每一笔都是美和力量的极限。

"沈烬……"秋随视线不自觉往下,落在他肌理分明的小麦色胸膛上,她伸手佯装随意地戳了戳不自觉散发着荷尔蒙的腹肌,"我渴了,有水吗?还有……"她将自己裹在被子里,只露出一个小脑袋,一双大眼睛忽闪忽闪地看着门边只随意套了条灰色睡裤的男人,声音微弱得几乎听不见,"回来的时候去衣柜里帮我拿套睡衣。"

沈烬眉梢一扬,视线缓缓落到地毯上散落一地的衣服上。

"哦。"沈烬煞有介事地点了点头,唇角不自觉翘起来,他微微歪了下头,走到衣柜旁打开柜门,扫了眼里面挂着的睡衣睡裤,忽然转头看向将自己裹成一个小粽子的秋随,语气意味深长,"这里面,你最不喜欢哪一套睡衣?"

秋随眯起眼睛看了遍,有些迷茫地抓了下头发。既然是自己买来的睡衣,当然是所有都喜欢了,哪里还有什么最不喜欢的?

"都喜欢啊,"秋随随便伸手指了一套深灰色的睡衣,"真要比起来,就这套吧,毕竟穿最久了。"

沈烬若有所思地盯着她看了一会儿,轻嗤了一声。

还没来得弄懂沈烬的那声嗤笑是什么意思,秋随就看见那套灰色睡衣被沈烬径直准确地朝她丢了过来。

"拿去穿。"沈烬淡淡丢下一句话。

他抱胸站在门边,看着秋随微微坐起身来,手忙脚乱地从床单上拿起整套的灰色睡衣。白色羽绒被顺着往下滑落,露出她白皙精致的锁骨,停留在锁骨下方的部位。

她皮肤白皙,此刻却遍布了斑驳的红痕,像是细腻的白绸子上绣上了朵朵盛放的玫瑰，艳丽绽放，惹人忍不住想要独享。

至于那一朵朵四处绽放盛开的玫瑰是从何而来，沈烬忍不住想起了昨晚。他就是那个迫使玫瑰盛放又想要独享玫瑰的始作俑者。

"在我把水杯拿进来之前，"沈烬心情突然又好了起来，他收回视线，"你最好赶紧穿好睡衣。"

转身离开前，他听见秋随的低声抱怨："都说了这套睡衣穿久了，干吗还丢给我最不喜欢的这一套。"

沈烬脚步一顿，他挑了下眉，回过身来。

"我只是觉得，既然你的睡衣会有很大的可能性被我撕碎，"沈烬似笑非笑地靠在墙边，语气不太正经，"不如给一套你最不喜欢的睡衣，免得撕的时候你心疼。"

"沈！烬！"

确认沈烬脚步声逐渐远去，秋随才长舒了一口气。她穿好了一套灰色睡衣，俯身关掉了床头柜的台灯，掀开被子下床，将抵挡住了全部阳光的遮光窗帘"嗖"地全部拉开。

温暖又明亮的阳光瞬间涌了进来，一道刺眼的光芒在眼前一闪而过。秋随神色猛然怔住。

她僵硬又缓慢地伸出左手，在明媚阳光的照映下，她清晰地看见左手中指上戴着一枚钻戒，正中央的钻石在阳光在熠熠生辉，耀眼夺目。

她盯着左手的戒指好一会儿，才想起来，昨晚她似乎在地毯上看见了一个小盒子，像是从沈烬的西装裤口袋中滑落出来的。

她快步走到床的另一侧，捡起了地毯上滚落在角落的小盒子。看着红色盒盖上用金黄色字体标注的logo，忍不住想要落泪。她知道这个牌子，最大的线下门店就在平城。沈烬这一次去平城出差的时候，把它买了回来。

手上的盒子突然被夺走，紧接着是水杯搁在床头柜的动静，沈烬懒洋洋的声音从身后传来："被发现了啊。"

"沈烬。"秋随后退了几步坐在床沿边，她抬手打量了一会儿套住她中指的钻戒，在阳光的折射下迸发出耀眼的光芒，"这是？"

沈烬站在床边，将床头柜的水杯递给她，居高临下地瞧着她手上的钻戒，漫不经心道："钻戒。"

秋随心跳如擂鼓，却假装镇定地接过水杯，喝了口温水，她仰头，对上沈烬情绪复杂的视线。

她举手在沈烬面前挥了挥,钻戒的光芒在空中划出一道优美的弧线,她心里怀揣着无限期许,却又不敢直接挑明,只好隐晦试探着开口:"谢谢你送的礼物。"

"秋随,"沈烬朝她靠近,语气带了几分自甘堕落的自嘲,"这是礼物,也是订婚钻戒。"

空气凝滞了几秒后,秋随看见沈烬又恢复了从前那股懒洋洋的模样,语气也是一如既往的欠揍:"戒指都戴上了,你也逃不了了,挑个黄道吉日准备订婚吧。"

"秋随,"沈烬收回目光,对上她警惕的视线,"这身衣服穿得最久,所以最不喜欢?"

秋随茫然地点了点头。

"当然,"她下意识地将心中所想脱口而出,"衣服穿久了,自然也就没新鲜感了。"

沈烬了然地挑了下眉,安静片刻后,他抬手,指腹轻缓地覆住她的唇,没有离开。

"哦,人呢?"

她心知肚明,自己一共抛弃过沈烬两次。

秋随垂下眼,那些曾经被抛弃所遗留下来的阴影,落在她心里的时候,也留在了沈烬的心里。

"沈烬,"她忍不住伸手拉住他,没有急着回答沈烬的问题,而是把目光落在中指上闪闪发光的钻戒上,"这是你在平城的时候买的吗?"

沈烬看她:"嗯。"

秋随收回视线:"所以,你让陈睿开车送我回家的时候,就已经不动声色测量好了我的指围?"

安静了片刻,沈烬点了点头。

秋随抬眼看向他:"什么时候给我戴上的?"

沈烬慢条斯理道:"昨晚。"

秋随慢吞吞地开口:"是因为不想让我看见,所以才特意给我蒙上那条黑色领带的吗?"

闻言,沈烬神色淡淡地看着她。

半分钟后,她看见沈烬眼睫毛动了动,吐出一个字:"是。"

秋随深吸了口气。

她抿了下唇,神色从容地继续追问:"为什么呢?沈烬,为什么不愿意让我看见呢?怕我拒绝吗?"

场面凝固了几秒,沈烬盯着她,喉结滚动了下,声音低哑地询问:"那你拒绝吗?"

秋随屏住呼吸,一转不转地盯着他的眼睛,伸手摘下中指的戒指,重新递给沈烬。

她把声音放得很轻,但是语气又极其笃定:"我到底会不会拒绝,沈烬,你试试不就知道了吗?"

那枚钻戒又重新躺在了沈烬的手中。

沈烬垂眸,盯着手上折射出耀眼光芒的钻戒看了会儿,忽地勾了下唇:"行。"

几秒后,秋随看见沈烬弯了弯唇,单膝朝她下跪。

秋随抿了下唇,面不改色地坐在床沿,心跳直打鼓。她深吸了口气,让情绪尽可能快地平复下来,牙齿狠狠地咬着唇肉,才终于找到一点神智。

和她形成强烈对比的,是沈烬。

他好像一点也没有因为这件事情而窘迫或者不自在。就仿佛在秋随面前,此刻的他暴露出卑微又不自信的一面,袒露出内心的脆弱,祈求她接受和爱他,是一件让沈烬可以完全愉悦接受的事情。

秋随抿了抿唇,说不上来此刻内心的感受。她只能默不作声,看着沈烬视线牢牢地锁住她,一只手稳稳地拿住那枚钻戒。

秋随咬着唇,看见沈烬微微勾起唇,语气很轻又很郑重地开口。

"秋随,"沈烬抬眼看她,"我这个人很小气的,活了二十七年,摄像头权限,支付宝权限,微信权限,相册权限,所有的权限,都只给过一个人。"

他眉梢轻扬,眼神温柔下来:"包括昨天晚上的权限,也只给过一个人。"

秋随心脏被重重敲了一下,半响,她才反应过来,沈烬口中的昨天晚上的权限,到底是什么意思。

她深吸了口气,觉得脸色发烫的同时,又密密麻麻冒出了很多细小的愉快感。像是刚刚开封的可乐,"咕噜咕噜"地往外冒着气泡,根本止不住。

沈烬低笑了声,他语气停顿了下,又缓缓开口,口吻坚定:"秋随,我从十七岁那年确认自己喜欢你,到现在二十七岁,一共十年,从没变过。"

秋随眨了下眼,眼睛里猛然涌上泪来,她后知后觉地反应过来,她和沈烬,一共蹉跎了十年的时光。

沈烬依然保持着单膝跪地的姿势,一只手捧着那闪闪发亮的钻戒,像是捧着一颗少年宝贵又难得的真心。

"我不知道你当年为什么分手,"沈烬眉心微动,神情恍惚了一瞬,又很快恢复自然,"但是我现在觉得,追究这个问题不是最重要的。"

"我得先把你抓住,"沈烬声音低哑,"秋随,我们之间,来日方长,有足够多的时间和足够长的未来。"

秋随安静地看着他,思绪有瞬间的游离。

她想起来,自己这段时间一直在努力寻找机会,想要把当年的所有事情都坦白告诉沈烬,只是碍于各种各样的原因,总是无法成功。

她一直以为,当年的分手,才是沈烬最介怀的事情。但现在看来,沈烬最在乎的,好像从来都是和她的现在和未来。

"秋随,"沈烬声音有些低沉,像是在蛊惑一般,"我替你圆梦,你是不是,也应该替我圆梦了?"

秋随蒙了几秒,才意识到,沈烬口中的圆梦究竟是什么。

她眨了下眼,还没来得及开口,就听见沈烬的下一句飘进耳畔,带着点点笑意,像是戏谑,又像是许诺。

"你替我圆了这个梦,"沈烬专注地瞧着她,仿佛在和她做一笔极为划算的交易,语气透着几分诱哄,"你的那个愿望,我可以天天都让你美梦成真。"

秋随抿了抿唇,这种话沈烬是怎么气定神闲地说出口的,唇角却克制不住微微翘起来。她垂眸盯着沈烬手中那枚钻戒,根本没过脑子脱口而出冒出句话:"为什么不是求婚是订婚?"

沈烬神色一愣,唇边的笑意逐渐蔓延开来。秋随这才反应过来自己说了什么。

情绪松弛下来后,她脑子里仿佛就少了几根时刻紧绷着的神经,说话全凭心意。四目对视几秒后,秋随看见沈烬偏了下头,吊儿郎当地开口:"想知道啊?"

秋随点头:"嗯。"反正都问出口来,不如干脆承认。

"把手给我,"沈烬语气随意地开口,"我就告诉你答案。"

秋随将手递过去,沈烬就将手中的钻戒干脆利落地往中指套。

秋随眼瞅着他早就算计好了的模样,嘴角一抽,沉默了片刻,任由沈烬摆弄,但还是忍不住开口:"流程好像加快了吧,是不是漏了我回答这个步骤?"

沈烬将钻戒套进她中指的指根部,才抬眼,随意地点了下头:"嗯,正常情况下,流程是这样的。"

秋随收回手,打量着重新回到她手上的钻戒问:"那你现在是?"

"听你的,走个过场,"沈烬依旧维持着单膝跪地的姿势,只是情绪明显愉快了不少,"我没打算给你拒绝的机会。"

这算什么?强买强卖?

"至于求婚,"沈烬笑,徐徐开口,"这枚钻戒,配不上求婚,我的随随,值得最好的。"

秋随愣怔。

她对上沈烬的眼,只觉得他的眼底盛着明亮的阳光,和从十七岁到二十七岁从未改变的真心,夺目又闪亮得刺眼,让她想要落泪。

从小到大,她一直都小心翼翼又卑微谨慎地活着。即使成长为顶级的俄语翻译,自卑的阴影也一直如影随形,在她心底扎根萌芽。

秋随一直都觉得,她配不上坦荡耀眼意气风发沈烬,配不上住在宽敞明亮的房子里,配不上拥有和谐美满的家庭。

第一次有人告诉她,她值得最好的。也是第一次有人告诉她,是别的东西配不上她。

"沈烬,"秋随吸了吸鼻子,她神色认真地开口,"我是不是没有告诉过你……"她缓慢微抬睫,慢吞吞开口,每个字都极坚定,"我这个人懒得很,十年来,只给一个人做过百科全书导航,只要求过一个人对我开放所有权限,衣柜里也只从来只放过一套男款衣物。"

沈烬眉心微动,他沉默了几秒,倏然起身。

"知道了,你也没打算拒绝我。"他抓起秋随的手,唇角笑意明显,冰冷的神色在阳光的照射下显得柔和了不少,"下次求婚的时候,我们按照正常流程来,给你一个回答的机会。"

> 秋随的意思是，那年秋天，
> 是沈烬随意看一眼，就忍不住心动的姑娘

第十一章 /
于九月二十二号，你吻了我的耳朵

01

秋随正准备开口说话，床头柜的手机突然响起。

她扫了眼，是颜书越的。

"书越姐，"秋随接起电话的时候，就知道了颜书越的来意，"我们中午在林老师家见。"

沈烬微微蹙眉，他对这个名字有些印象。

颜书越，申城知名女律师，也是曾经秋随的翻译客户，只是他没想到，秋随居然和颜书越还保持着联系，听上去，颜书越似乎和林和豫还有些关系。

他挑了下眉，漫不经心地问："谁？"

"颜书越，林老师的孙女，随母姓，她还有个哥哥，随林老师姓。"秋随在脑海中措辞了一会儿，才意有所指地开口，"我复读那年，有一大半的时间都住在林老师家，还有少部分时间住在姜嘉宁家。"

"你不是答应过我,陪我去给林老师过八十大寿吗?"秋随扯了下他的衣角,温声开口,"那你想不想看一看高四那年,我住的房间?"

"所以,"沈烬眉心一跳,隐约觉得这话像是意有所指一般,"复读那一年,你不住在自己家里,而是借住在林和豫以及姜嘉宁家?"他口吻里显而易见的不可思议,这件事情听起来实在有些荒唐。

正常家庭面对高三学生哪个不是如临大敌一般,更何况是从头再来的高四,只会更加严阵以待。就算家人有事无暇顾及,也应该请信得过的亲戚帮忙照料才对,怎么会让小孩在老师家和同学家借住。

沈烬盯着秋随打量了一会儿,没看出什么异常,只是心中猛然浮出一件往事。

高三的时候,秋随有一天急着回家,据说是因为小区出现了绑架案。他当时还觉得奇怪,询问秋随为什么没有喊父母来接。那时候没有多想,现在回想起来,沈烬才终于琢磨出了几分不正常。

秋随的父母对她,似乎并不关心。

这个猜测浮现出来后,曾经那些被忽视的细节也都如雨后春笋一般,在沈烬的脑海中密密麻麻地冒了出来。

从认识秋随起,她就很少提及自己的父母。还没有文理分班认识姜嘉宁和他之前,秋随怯懦又胆小的性格。明明有父母,挂在嘴边更为亲近视为亲生父亲的人是书法大师林和豫。生在申城长在申城却要在申城租房子住,身为一流同传,生活却略显拮据,以及,莫名其妙的恐高。

秋随点了点头,说:"嗯,高四那一年,我基本都住在林老师和姜嘉宁家。"

很奇怪,这些她曾经不愿意开口提及、费尽心思想要在沈烬面前隐瞒的事情,现在说出口,却觉得并不为难,甚至有一种如释重负的感觉。

沈烬观察着她的神情,片刻后,他抬手揉了揉她的发顶。秋随分明已经承认,自己从头到尾也只喜欢过他一个人。那么当年,秋随没用履行约定的真相又到底是什么?

"那天,"沈烬似有若无地提起曾经,语气轻描淡写,"你住在哪里?"

秋随神情有一瞬间的恍惚。沉默半晌后,她才低下头来,视线像是聚集在膝盖处,又仿佛哪里都没有看。

她声音缥缈,像是在回忆着什么似的讷讷道:"那天,我搬家了,搬去林老师家住了。"

沈烬眉头微皱,这话放在平时,也没觉得有什么问题。只是在怀疑秋随的父母有问题之后,再听这话,还没得到验证的猜测就在心底疯狂滋生蔓延。

这种感觉,就好像是,秋随只有和他分手,才可以搬出家,住进林和豫和姜嘉宁家。

沈烬眉头锁着,看上去情绪不太好,声音很平淡,只是伸手掐了下她的脸,催促道:"去收拾一下,等会儿陪你一起去给林老师过生日。"

秋随简单洗漱了下,将从俄罗斯买的一大堆礼物和各种药品全都装上了,才拉着沈烬出门。

虽然堂侄女沈媛也是林和豫的学生,不过接送沈媛去林和豫家学习书法这件事情,早就被沈媛的父母、阿姨和裴新泽承包了。

沈烬倒是从来没什么心思参与其中,也从来没有来过林和豫的住处。如果不是因为秋随,他对于林和豫的八十大寿更是提不起什么兴趣,挺多看在沈媛的面子上派人送上一份礼物。

只是,沈烬也偶尔听裴新泽提起过,说林和豫这种老艺术家看着两袖清风一贫如洗,实则资产不比他们这些资本家差太多,毕竟林和豫也是德高望重数一数二的书法家。

沈烬当时听着还不以为然,没有太放在心上,直到秋随指挥着他驶入申城一套建成多年的别墅区。

还挺巧,这套别墅区最近重新翻修,设计、构造以及翻修的过程,沈烬名下的铭逸资本都全程参与其中。沈烬清楚地知道,能够入住这套别墅区的人非富即贵。饶是沈烬在得知林和豫居然住在这套别墅区的时候,也忍不住有些吃惊。

投资界和艺术界井水不犯河水,接触甚少,沈烬对于林和豫也只是略有耳闻,不算特别了解。此刻他才算真的见识到这位老人在申城举足轻重的地位。

秋随对这片别墅区颇为熟悉。别墅区的安保管理极为严格,没有登记的车辆都得问清楚具体情况,还得联系拜访的住客,只有住客同意才可以放行。

门口的保安却只是眯起眼睛扫了眼副驾驶的秋随,就挥了挥手示意沈烬开车入内:"又来看林老师了?"

秋随笑吟吟地点头:"嗯,给林老师过生日。"

沈烬若有所思地侧头看了她一眼。这片别墅区整体的安保措施和他父母住的那片别墅区大同小异,长期频繁进别墅区的外来访客如果得到了别墅区住客的同意,是可以不经身份核查进入别墅区的。

很明显,秋随经常来这片别墅区看望林和豫,门口的保安甚至都和她刷了个脸熟,林家一家对她也极其放心,以至于同意秋随可以在任何时候进入这片别墅区,而不需要经过林家的同意。

林家的别墅坐落在别墅区的最里头,安静悠闲,少车辆和人来往打扰,很符合林和豫书法家静心练字的风范。

门口有阿姨迎上来,和秋随打过招呼,视线一转,落到一旁拎着大包小包的礼物和药品的男人身上,动作一顿。

"秋随啊,"阿姨打量的目光停留了片刻,转头询问秋随,"这位是?"

秋随眨了眨眼,伸手主动挽起沈烬的胳膊,又将左手中指递到阿姨的面前,钻戒明亮耀眼的光芒一闪而过:"谢阿姨,这是我未婚夫。林老师和邓师母呢?"

沈烬任由她挽住胳膊,在听见"未婚夫"三个字后,眉梢轻扬,握住她手的力道重了些。

"他们在三楼练书法呢。"被称作"谢阿姨"的女人一愣,匆忙接过沈烬手中的礼品,又意味深长地看了眼沈烬,才笑呵呵进了厨房,"你随便逛,我先去给你们泡杯热茶。"

秋随笑吟吟点了点头:"那就不打扰老师和师母了,我先回房间。"

"林老师家一共三层,"秋随伸手牵着沈烬往楼梯口走去,一边低声介绍,"林老师、邓师母、书越姐都住在三楼。书越姐的哥哥我一直没见过,据说是做科研的,不住在这儿,国内外到处飞。书越姐的爸妈也不住在这儿,夫妻俩有他们的婚房,周末的时候会过来看望林老师夫妇。对了,林老师他们在三楼练习书法的时候,是不允许人打扰的。"

"谢阿姨一直都在林家工作,算是林家的大管家了,还有一些用人保姆,都住在二楼,"秋随在二楼拐了个弯,朝二楼最里头的一间房间走去,"二楼房间最多,基本上都是客房,主要是给这些用人保姆和谢阿姨住的。对了,有时候会有学生住在林老师家,这些借住的学生也会住在二楼。"

话音落下，秋随站在房门口按下指纹，推开了二楼最里头那间房的房门。

"复读那年，我问林老师，我能不能在这里长住一年。"秋随站在门口没进屋，她扫了圈房内颇为熟悉的景色，眼神有些飘忽，声音轻飘飘的，"林老师和邓师母商量后，索性就让谢阿姨特意在二楼客房空出了一间房子，专门留给我住。后来，这间房子就一直给我留着，即使我搬走了，也没让别人住进来过。"

沈烬站在秋随身后，越过她的肩膀，视线落在里头的房间里。毕竟只是客房，房间算不上多么宽敞，但也勉强凑合能住，看装修也看得出主人费了一番工夫，还保留着当年高中女生的青春风格。

同声传译长期出差，还没有搬进铂悦湾之前，秋随在申城也单独租了一套房子，并没有常驻在林家的这套别墅内，不过房间内一如既往的整洁干净，看得出来，秋随每次来林家拜访，都会特意收拾一番这间屋子。

沈烬低头瞥了眼秋随，她站在门边，面色平静，看向屋内的目光还透着几分怀念。

沈烬神色不明，先前的猜测越发疯狂蔓延。半响后，他才淡淡开口道："住在这里，开心吗？"

"很开心。"秋随语气真诚，唇角微微弯起来，看着不像撒谎，她伸手指着房内的布局给他一一介绍，"靠窗的桌子是我的课桌，林老师原本打算给我买一个新桌子，但是恰好我搬进来的时候，书越姐上大学了，我不好意思麻烦林老师，索性书越姐就直接把她在家里的课桌送给我了。"

"在复读之前，我从来没有想过自己到底要做什么职业，第二次高考前，我确定自己想学俄语，做翻译，也是受到了书越姐的影响，"顿了下，她又抬手指了指课桌旁的书柜，"这个书柜也是书越姐用过的，连同书柜里的所有书，说起来还挺巧，刚好有一本是俄语入门。"

沈烬唇线渐渐拉直，他知道秋随和林和豫家一家关系都挺不错，只是，一直用着别人留下来的物品，也叫作开心吗？

"这也叫作，"沈烬语气停了下，觉得嗓子有些干涩，"很开心吗？"

秋随悬在空中的手一顿，扭头看他，片刻后，又理直气壮地点了点头。

"很开心啊。"秋随眨了眨眼，像是察觉到了他的情绪，抬手碰了碰他的胳膊,仿佛在安慰他一般,"林老师和邓师母是把我当作亲孙女一般对待的,书越姐也是把我当作妹妹看待的,书越姐的哥哥虽然一直没回过家,不过经常从国内外各种地方往这儿寄特产和礼物,我也记不得是从我住进这儿的什么时候起,那些礼物里总会有我的一份。书越姐说,她和她哥哥常年不着家,我也算是替他们尽了一份孝心。"

她咬了下唇,眼角微红,安静了片刻,才平静开口:"沈烬,我是不是还没来得及告诉你,我有个法律意义上的妹妹。"

"我当了十八年姐姐,"秋随深吸了口气,等情绪平复下来后,她才垂眸,声音很轻地开口,"在林家,才终于体会到了当妹妹的感受。"

沈烬看着她,突然觉得心底泛起无尽的酸涩,说不出来的难受。

凝滞的场景被一道略显苍老的声音打破。

"秋随,听说你带未婚夫来了。"

秋随回过神来,面上的情绪瞬间收起,从从容容地点了点头,朝着声音的主人道:"林老师,邓师母呢?"

"你邓师母在厨房煲汤。"林和豫脚步停住,拄着拐杖细细打量了一会儿沈烬,才将目光重新转向秋随,"你如果有空,就先下楼,给她打个下手。"

"好。"秋随径直点了下头,扯了扯沈烬的衣袖,刚想带沈烬下楼,话还没出口,就被林和豫打断。

"这就是你未婚夫?"林和豫手里的拐杖敲了敲地面,"我和他上楼喝杯茶,秋随你先下去。"

秋随神色一怔,下意识就要开口拒绝,沈烬却微微颔首,语气平静地应了下来:"好,我陪林老师喝杯茶。"

秋随嘴唇动了动,想说的话都咽了下去。她眨了下眼,不动声色地扯了扯沈烬的衣角,才转身下楼去。到了二楼楼梯拐角的时候,秋随不知怎么了,抬头看了一眼。

沈烬颇为恭敬地扶着林和豫往三楼走去。

林和豫今天整好八十,年纪大了,大大小小的毛病也少不了,前阵子还在浴室跌了一跤,以至于现在走路还得拄着拐杖。

秋随看着这一幕,突然觉得有些陌生。

沈烬这人向来肆无忌惮惯了,除去安季普这样的长辈,她还是第一次看见沈烬和没有工作关系的长者相处。此时的他完全没有平日里傲慢的模样,整个人恭敬又谦卑,神色认真,就连步伐都特意放缓,配合着林和豫的速度。

秋随站在原地看了会儿,才转过身继续下楼。不知道为什么,看见沈烬面对林和豫的时候截然不同的一面后,她好像更喜欢沈烬了。

沈烬的性格一向都懒懒散散的,明明知道沈媛就是林和豫的学生,也从来没有接送沈媛来过这儿,可见沈烬对书法的确兴趣不大。

秋随先前也担心,沈烬会不会和林和豫相处不来,现在看来,应该也是没太大问题。

虽然林和豫不是她法律意义上的家人,但是对她来说,林家的确更像是她的家。

而沈烬,从他那年除夕出现在俞家楼下,喊她下楼和她一起看春晚起,沈烬就已经等同于她的家人了。

02

三楼,林和豫被沈烬搀扶拄着拐杖,步履悠闲地推开了书房的门。

沈烬是第一次来林家,也是第一次进入林家的三楼书房。他不动声色扫了一眼书房内部,了然地挑了下眉。

裴新泽所言的确不假。能有资格住进这片别墅区的人已经是非富即贵,而这样的书房装潢,也的确只有身边这种老艺术家才能布置得出来。

不说别的,就说书房正中间挂着的那幅书法作品,正是五年前苏富比拍卖行拍出的一幅中国古代书法家真迹。

沈烬那时就在现场,不过他对书法兴趣不大,但也听闻这幅古代书法家真迹被一名国内的神秘买家以近乎天价的价格买下。现在看来,这位神秘的买家居然近在眼前。

沈烬在环顾书房装潢和陈设的同时,林和豫也不动声色观察着沈烬。

片刻后,林和豫在桌边的软沙发上坐下,用人早已替他们煮好热茶,又悄声迅速地离开。

"沈烬,"林和豫放下拐杖,声音笃定,"是吧。"

沈烬耳朵一动,迅速收回打量的目光,从容走了几步,拉开林和豫身边的座位坐下。他扶着林和豫从二楼走到三楼的时候,两人一直沉默着没有吭声,更别提向林和豫介绍自己。

现在看来,林和豫显然早就认出了他。

这就有意思了。沈烬微微歪了下头,他行事作风一向低调,从来没有照片流出,林和豫一个书法家和投资家也没有交集,却能一眼认出他的身份,着实有些稀奇。

"您认识我?"

沈烬面上没有露出半分诧异的神色,只是从容不迫地从茶壶里倒了两杯热茶,递给林和豫一杯。

林和豫侧头瞥他一眼,垂眸盯着沈烬双手递过去的热茶打量了一会儿,才伸手接过这杯热茶。

林和豫轻抿了口,才缓缓道:"当然知道,风投大鳄沈烬,从无败绩,出手又稳又准。"

说到一半,林和豫语气顿了下,将茶杯搁在茶盘中,语气不明地补充道:"也是百年豪门沈家的独子兼继承人,我没说错吧?"

"没错。"沈烬颔首,慢条斯理问,"我只是有些诧异,您是怎么认出我的?"

"你的堂侄女是我的学生,"林和豫语气平缓地开口,"偶尔听她提起过你,有时候裴新泽那孩子也会送沈嫒来这儿,他有时会和你打电话,我也听过这个名字。"

"对,"沈烬附和笑了声,"不过您应该没有见过我的照片。"

"见过。"林和豫老神在在地看向他,"秋随从俞家搬进林家的第一天,偷偷躲在二楼那间房子里哭了一整晚,我那时候以为这孩子第一次高考失利承受不住打击,想着进去劝她几句,没想到,这孩子哭累了趴在桌上睡着了,整本草稿本都写满了'沈烬'两个字。"

沈烬神色怔住,他突然想起来,秋随曾经告诉过他,那天和他提完分手后,就搬进了林家。

所以就是那一天,她哭了一整晚,直到哭累了趴在桌上睡着吗?

沈烬闭了闭眼,突然觉得很不是滋味。他不知道,在他看不见的时光里,秋随到底经历了怎样难捱的日子,没有他在的时候,又是如何度过的。

不久前,他还对秋随说,他们来日方长,当年分手的真相,他不急着知道,对他来说,更重要的,是和秋随在一起的现在和未来。

但现在,沈烬猛然意识到,对他来说,秋随的过去,也相当重要。

沈烬眉头微皱,又敏锐地察觉到一个问题。秋随明明姓"秋",为什么林和豫说的不是秋家,而是俞家?

他喉结滚了滚,最终还是没说话,只是安静地坐着,没有打断林和豫的回忆。

"那张桌上,还放着你们全班的毕业照。"林和豫的声音苍老,反而带着几分力量,能够很自然地将人拉进朦胧的回忆里,"我那时候很随意地扫了眼毕业照,根据背后的名字,找到了高三时候的你。"

沈烬微妙的情绪一闪而过。

他沉默了一会儿,没太纠结林和豫是如何认出自己是沈烬这个问题,而是换了另外一个他一直疑惑的问题:"俞家?不是秋家吗?"

林和豫似是诧异地看了他一眼。

"我以为你们现在在一起,或者说是复合,"林和豫语气停了下,似是百思不得其解,随后将茶杯里的茶一饮而尽,"秋随应该已经告诉了你所有的事情。"

"没有。"沈烬喉结滚了滚,像是极为艰难地吐出两个字。

他抬手又重新给林和豫空了的茶杯添茶,徐徐开口:"她带我来参加您的八十大寿,又带我去参观她高四那一年住过的房间,应该也是想告诉我的。"

"只是,"沈烬缓缓将话说完,"她可能找不到合适的机会,也不知道应该如何对我开口。所以,"他看着对面的老人,微微点了点头,"还请您把关于秋随的事情,都告诉我,谢谢。"

林和豫挑了下眉,盯着他看了一会儿。

良久,林和豫才端起氤氲出团团热气的茶杯抿了口,幅度极轻地点了点头:"告诉你也无妨,既然是未婚夫了,早晚都得知道的。"

"我人虽然老了,但是脑子还没坏掉,的确是俞家,不是秋家,"林和豫叹了口气,眼神有些飘忽和虚无,仿佛在回忆过去一般,"秋随这孩子可怜,从出生起,就没见过亲生父母。"

最后一个字落下,林和豫恰到好处地停顿了下,扭头扫了眼沈烬。

片刻后,林和豫看见他缓缓呼出一口气,脸色有些苍白,闭上眼睛,深呼吸了几次。

"您——"沈烬睁开眼,声音干涩得像是从喉咙里嚼碎了吐出来几个字,他一字一顿道,"继续说。"

林和豫挑了下眉,很是自然地抬手用拐杖敲了敲地面。

"她在孤儿院长大,"林和豫没再看他神色,只是自顾自说道,"后来,秋随被俞家那对夫妻领养了回去,男人叫俞绍辉,女人叫黎娴。"

"俞家夫妻领养她的原因也挺简单,他们身体有些小问题,能够拥有一个孩子的可能性很低,但俞家那对夫妻也的确希望有个孩子,索性就从孤儿院领养了一个健全的孩子,就是秋随。"

"领养秋随那天是秋天,毕竟不是亲生的孩子,他们就从孤儿院里随意挑选了一个健全的长得好看的孩子,这也就是秋随名字的由来。"

沈烬只觉得自己像是在听别人讲述一场荒唐的梦境,只是,这场梦境的主角是秋随。

而且,这是一场噩梦,他只能远远围观这场梦境的整个过程,看着秋随在梦境中承受难挨和痛苦,费尽力气挣扎又无力摆脱。

秋随高一刚刚进校的时候就颇有名气,一是因为她是个长相尤其惹人注目的学霸,二是因为这个美女学霸还拥有一个极其好听的名字。

她就像是从电视剧里走出来的人一样。学习成绩优异,名字和长相也是女主角标配,除了性格实在是过分怯懦和胆小,但总体上无伤大雅。

那时候,谁会想到,秋随这样与众不同的名字,背后的由来居然如此随意和敷衍。

林和豫喝了口茶,过往的故事就被林和豫这样娓娓道来,一个字一个字钻进沈烬的耳朵。沈烬听得明明白白,不想错过林和豫说的每一个字,但又恨不得每一个字都不要溜进他的耳朵里。

"秋随也拥有过一年好日子,俞家那对夫妻曾经也是真心把秋随这孩子当作亲生孩子看待的,"林和豫说,"毕竟,孩子懂事又聪明,越长越好看讨人喜欢,又是自己亲自带着的,不培养出几分感情来也说不过去,对吧。"

"秋随还没有妹妹的时候,俞家那对夫妻曾经把秋随送到我名下的书法培训室学习书法。秋随这孩子书法天赋很高,培训班的负责人找到我,说这有个小孩是个好苗子,如果好好培养,将来是可以成为书法家的人。"

"那位老师眼光也没错,我观察了秋随一段时间,就让她来我家学习书法,我精心挑选出来的学生,和一些没办法拒绝的学生,都不在外边的培训班上课,而是来我家由我亲自教导的,秋随也一样。"

"一年后。俞家夫妻却提出要请我吃顿饭,说以后秋随就不来我这儿上课了。至于原因嘛,俞家那对夫妻有了一个孩子。"

林和豫叹了口气,视线缓缓转向沈烬,语速很慢,意味深长地补充:"是一个,由黎娴生下的,他们的亲生女儿。"

沈烬几乎要坐不稳,他迫切地想要下楼去看一看秋随,但他不能,他还得坐在这儿,听林和豫说完一切。

沈烬咬了咬牙,只觉得口腔里都是酸涩。他回想起来,秋随站在房间门口,轻飘飘的声音:"我当了十八年姐姐,第一次体会到当妹妹的感受。"

那时候,沈烬还不懂,但现在,他有些明白了。

沈烬神色有些许恍惚,声音也很轻:"后来呢?"

"那时候,我只当作是俞家那对夫妻又多了一个孩子,家里经济上有些吃紧,我也实在舍不得这样的好苗子,说实话,林家虽然比不上你们沈家,但我这个老头子也没缺过钱,儿子儿媳也孝顺,不在乎那一星半点的学费,所以没同意俞家那对夫妻的请求。我和他们说秋随的学费减半,再在我这儿学习几年。"

"后来,我再回忆起来,其实和俞家经济吃紧其实没什么大关系,只是俞家那对夫妻那时候对秋随还有些为人父母的感情。刚出生的孩子的确是亲生的,自然会有所偏爱,但秋随这孩子从小懂事,也是他们看着长大的,俞家那对夫妻也是投注了感情和金钱的,说句难听的,就算是养条狗,也会有点感情在的。要说有了亲生女儿就转瞬抛弃养女,也不太可能。"

"可能是因为还有一点爱在吧,加上我又减免了一半学费,俞家那对夫妻也没说什么,暂且同意了下来。"

"直到几年后,俞家那对夫妻又来找我了。"

"说句实话,不是什么学生都可以由我亲自教导的,秋随在我这儿一共学习了快五年,在同一批学生中,她最像我,天赋也最高,我那时候正准备让秋随去报考全国的书法等级考试,以她当时的水平,考到全国八级证书,绰绰有余。书法等级考试一共十级,你可想而知,秋随的书法天赋有多高。"

"但是俞家那对夫妻不同意,他们领了一个小女孩来我家见我,打扮得漂漂亮亮的,俞家那对夫妻和我说,以后秋随不能来我这儿学习书法了,也不需要我减免学费,以后,由这个小女孩代替秋随来我这里学习书法。"

林和豫语气嘲讽地笑了笑,转而看向沈烬,意有所指道:"想必,你也应该猜出来了吧。那个小女孩,就是秋随的妹妹。"

沈烬思绪有些飘散。

秋随刚出生便被亲生父母抛弃,被养父母领走后只过了一年好日子,又看着比自己的妹妹夺走所有的爱意,十岁的时候,妹妹要取而代之,光明正大,理直气壮。

她那时候还那么小,沈烬根本没办法想象,秋随当时是如何面对和接受这一切的。

沈烬甚至产生了一种无法言说的愧疚感。

高一进校后不久,性格怯懦的秋随就以"胆小美人学霸"的称号传遍了整所学校。

他那时候也只是略有耳闻,没见过秋随,也无所谓这个人的一切。

后面他们虽然熟络起来但自己一心在意自己内心的想法,回想起来,其实高二到高三那两年,尽管秋随隐瞒得很好,但其实是有一些异常的。

只是,那些轻微的异常都被秋随一笔带过敷衍应和过去了。而他,居然也就真的深信不疑,没有多问。

沈烬有些失神,他甚至有一种呼吸不过来的局促感。

如果那时候,他多了解秋随一点点,多观察秋随的异常,多问秋随几句话。他们那时候,是不是不会断交,也就不需要这样白白错过整整十年。

沈烬至今也没有弄清楚秋随离开的真正原因,但他第一次有一种无法挽回的愧疚感和遗憾。

"她那时候,"沈烬不自觉低声自言自语道,"是不是很难过?"他的声音很轻,但在这间安静得落针可闻的书房内,林和豫还是听得一清二楚。

"你觉得呢？"林和豫说，"报考书法等级考试是要钱的，但俞家夫妻已经不愿意再给秋随花钱了。"

"我不知道他们对秋随的感情是什么时候消失的，只是她再一次，也是第二次失去了她的父母。"

"书法等级考试最后还是没去成，毕竟，我不是秋随真正意义上的监护人，即使我愿意替秋随付这笔报名费，也没办法为秋随在报名表上的监护人一栏中签字，但我毕竟是个老师，我能做的，就是让秋随尽可能地，多学一些书法。"

"俞染月的书法天赋不算高，拜师在我门下，其实有些勉强，我和俞家那对夫妻说，他们只需要付给我一个人的学费，至于我，教一个人也是教，教一对姐妹也是教，秋随不必走，看在秋随的面子上，俞染月我也收作学生。"

"可能还是为了俞染月能够顺利拜师到我名下吧，俞家夫妻答应了，秋随也没走。"

"我每天就看着秋随在情绪上一点一点地发生了转变，她刚来我这儿学习的时候，懂事是真的懂事，但是也很爱笑，孩子嘛，也有些调皮，学书法的时候，经常会把墨水抹到脸上，和小花猫没什么区别，喜欢我抱着她去洗脸。"

"后来，和她同年龄的那几个孩子还是经常把自己的脸和衣服弄脏，墨水泼得到处都是，只有秋随不会。"

"练完一天书法下来，她的衣服和脸总是干干净净，更懂事了，不调皮了，但也不怎么笑了。但她的懂事，是一种超脱同龄人的懂事。"

"我教她学习草书的时候，还夸过她，说她长大了，爱干净了，来我这儿学习的时候，白色衣服穿得干干净净，走的时候，衣服还是白色的，一点墨水都不会沾上。"

"后来我才知道，和爱干净也没什么关系，"林和豫很是心疼地叹息了声，"是因为以前写书法的时候，弄脏了衣服，黎娴会替她洗干净，实在没法穿了，父母会带她逛街给她买新衣服。但是，现在不一样了。"

"学习书法的时候，衣服弄脏了，她就要自己回家洗干净。"

"秋随可以穿的衣服就那么几件，所以对于秋随来说，每一件衣服都要无比珍惜，学习书法的时候，也要万分小心。"

沈烬只觉得荒唐，他从小在万千宠爱中长大，就没为钱发过愁，而秋随从小就学会了练习一天书法，却保证衣服不沾上半点墨水。

沈烬对书法没什么兴趣，但沈媛学了，挺巧，也拜在林和豫名下。沈媛天性好动，跟有多动症似的停不下来，沈媛的父母纠正了几次都效果甚微，索性让沈媛学习书法静心。

沈烬没送过沈媛去林和豫家学习书法，但他去沈媛家的时候，看过沈媛在家练习书法。长长的白色宣纸铺开摆在桌上，毛笔沾上墨水一笔一画浸染上宣纸纸面，个子不高的小孩站在矮凳上，身子紧紧贴着桌子，衣服难免沾上宣纸上墨水未干的字迹，如果握着毛笔的手没有悬空，就连手臂下的部分也会沾上大片大片的黑色。

小姑娘练了不到五分钟，就能把自己从头到脚都用墨水涂成黑色。沈媛现在也不过是个五六岁大的孩子，秋随那时候也是。

沈媛衣服沾上了墨水，一样嘻嘻哈哈地练字。练完字，沈媛回房间，脱了衣服，又能从衣柜里拿出一件崭新的公主裙。

秋随衣服沾上了墨水，她得回家自己清洗干净。回房间，衣柜里可供选择的衣服就那么几件。

同样的年龄，同样拜师林和豫。一个灿烂天真又单纯，一个早熟得有些可怕。

像是一场漫长的梦境，沈烬困在其中，挣脱不开，也逃离不开。

他站在一个旁观者的角度，看着秋随在还没有认识他之前，经历过的一切痛苦。这些痛苦，她不知道和谁说，也没办法开口，索性全都咽在肚子里，自己一个人默默消化。

他想知道，在那些漫无天日的时间里，秋随到底经历过什么，他又错失了什么。

沈烬突然想起二楼那间房子。

"林老师，"沈烬好不容易找回自己的声音，沙哑着嗓音询问，"她住在您这里的时候，还好吗？她和我说，她很开心。"

闻言，林和豫的神情恍惚了片刻。

"离开了俞家，她应该是开心的，"林和豫说，"她那时候刚满十八没多久。"

林和豫说到一半，语气一顿，转而询问："对了，你知道秋随的生日什么时候吗?"

沈烬一愣,点头道:"知道,九月十五。"

"那不是她的真实生日,"林和豫摇了摇头,"秋随在孤儿院长大,没人知道她的真正生日,只是大约模糊地知道她的年龄大约几岁。"

"俞家在秋天把秋随领养回家,秋随的生日也顺其自然地定在了跟俞家夫妻回家的那一天。"

"那天是几号我也记不得了,不过,后来,秋随的生日也改了,改成了和她妹妹同一天的生日。"

"因为俞家那对夫妻觉得,两姐妹嘛,没必要一年过两个生日,索性放在同一天过生日就好了。这种事情根本不用想也知道,自然是秋随迁就她妹妹,所以,九月十五,不是秋随的生日,其实是她妹妹的生日。"

沈烬垂眼坐着,甚至没有说话的力气。他盯着中指上那枚和秋随手上成对的男戒,失神了片刻,又被林和豫的话重新拉回到这场冗长到喘不过气的噩梦电影中。

"后来,秋随学业压力也重,俞家那对夫妻又反对,秋随来我这儿学习书法的频率就少了很多,但会抽空来我这儿看望我,她也没什么钱,我也不收她的礼物,她就来陪我和她师母聊会儿天,给我们捶捶背,倒倒茶。"

"但我们和秋随的接触的确也少了很多,直到她复读那年来找我,问我能不能在我这儿借住一年,住宿费和生活费让我和她邓师母记着,等她工作了就加倍还给我们。"

"我和老邓虽然不清楚具体发生了什么,但是想来应该也和俞家那对夫妻脱不了干系,但我们毕竟是外人,家务事不好插手太多,没要秋随的钱,也没打算让她还给我们,就让人收拾了一间二楼的客房,给秋随住着了。"

"我和老邓有个儿子,儿子忙得国内外到处飞,没什么时间回申城看我们,有个孙子吧,又忙着做科研,忙起来昏天黑地的,忙完科研还得到处开会,也有个孙女,比秋随大一岁,秋随打算搬进来那一年,我们孙女正好考上了申城B大的法律系。"

"家里空空荡荡的,正巧秋随打算住进来,也算是填补了我们孙女的空缺,就当是陪我和老邓解闷了。秋随高四了,比不得高三,已经错过一年了，这一年可得加倍小心，我和老邓商量了几天，打算带秋随去商场，买个她喜欢的书桌和书柜，再多添几本参考书，毕竟，我们孙女高考的时候，我们也是她的后勤力量嘛，做高考的后勤，也算是有经验了。"

"我们孙女也同意，刚刚经历过高考嘛，看小妹妹总有那么几分怜惜和感同身受，就打算带秋随去商场逛一逛，谁知道，秋随死活不同意。"

"不要我们给她买书桌和书柜，也不要我们给她买参考书，家里特意给她买的水果，如果我们不喊秋随吃，她绝对不会主动吃，我们开口喊她吃，她也就吃那么一丁点，总会把大部分水果留给我和老邓。"

"老邓和我说，"林和豫沉默了一会儿，皱着眉头像是在思考，片刻后才好不容易找到了一个合适的词语，"秋随这孩子受原生家庭的影响太大了，一时之间性格很难扭转过来。"

"她好像总觉得，自己配不上所有，配不上我们给她花的钱，也配不上拥有崭新的物品，用我们孙女的旧物品，她反而安心。"

"秋随这孩子，"林和豫停顿了片刻，才带着几分心疼的语气评价道，"她好像，不太懂也不太敢去索取。即使面对着真心爱她的人，她似乎也没有这个勇气和胆量。"

房间内倏然沉默下来，沈烬眼底一片死寂，看不出情绪。他闭了闭眼睛，像是在克制某种情绪，片刻后，才睁开眼睛，扭头看向林和豫。

"谢谢您。"

林和豫没说话，只是盯着沈烬看了片刻，才缓缓笑起来，说："还有些事情，我得和你说清楚。"

秋随握住门把手的手突然一顿，她脚步停住，突然有些好奇，林和豫是要和沈烬说清楚什么事情。

"我们林家，虽然比不上你们沈家，"林和豫神色一变，语气也坚定了不少，"但我毕竟也是国内外知名的书法家，我这人也算运气好，教过的学生和我都还有联系，看在曾经的师徒情分上，好歹也会卖我一个面子。"

"我如今八十岁，教过的学生不下四位数，遍布五湖四海，从事的行业根本数不清。"

"我的儿子儿媳，也是响当当的人物，我的孙子做科研，是国内顶尖的科学家，每年发表的SCI论文和公布的研究成果都是领域内的顶尖，我的孙女是律师，国内最大的那家律师事务所，她是合伙人之一。"

"告诉你这些，不是为了炫耀，只是希望你清楚。"

"沈烬，俞家那对夫妻早就不算是秋随的家人，但秋随也不是没有家人，她有靠山的，就是林家的所有人。"

"她从小就过得不好，现在好不容易看到了一些希望，不能也没办法承受和经历第三次被抛弃了。"

"如果你对不起她，我孙女会做她的专属律师，绝对不会放过你。"

秋随站在门外，听见林和豫笃定的话，像是护崽子一般，把她圈进林家人的范畴。

她垂下头，眼睫一眨，泪水滚落下来。原来，不是只有她把林家的人当作家人，林家也有把她，真正地当作家人。

后面的话她没有再听清楚，她只觉得情绪五味杂陈的同时，又有一种微妙的快乐。

等她回过神来，就看见房门从里打开。

林和豫拄着拐杖率先走出来，见她站在门外，先是一愣，又笑起来。

"挺好的，"他说，"我很满意。"

林和豫没再多说，拄着拐杖离开，身后是神色不明的沈烬。

沈烬走到她面前，打量了她一会儿后，才开口："秋随，今天我陪你给林老师一起过生日，那你告诉我，你想改个生日吗？"

秋随有些茫然："啊？"

"改成九月二十二号怎么样？"

那是什么日子？秋随神情恍惚，在脑海中搜索了会儿。

"九月二十二号，在文具店，你亲上了我的耳朵。"

秋随一愣。她没想到，沈烬居然还记得那天的日子。

"生日都改了，你的名字含义也顺便改一下吧，"沈烬微微偏了下头，凝神想了会儿，"秋随的意思是，那年秋天，于九月二十二号，沈烬随意看一眼，也会忍不住心动的姑娘。"

秋随不知道如何描述当时的感受，她从来没有喜欢过自己的名字，长大之后也想过换一个名字。

但思考了一段时间后又发现，大多数人的名字都承载了父母的期许和爱意，但她的名字没有。

有无数个承载了美好寓意的汉字，但是没有任何一个汉字，是爱她的人想要送给她的祝福。

无论她改成哪一个名字，都无法改变这个事实。想通了这件事情之后，秋随也索性放弃了改名的计划。

直到今天，她第一次知道，原来，她的名字，可以这样解读。

她的名字，也承载了一个人对她的爱意。那个人不是她的亲生父母，不是她的养父母，是沈烬。

是那年晚上，特意跑来她家楼下，陪她坐在长椅上看春晚，在她心里已经是家人的沈烬。

心底的失落散去，细微的欢喜涌来，但也伴随着不知所措。

沈烬和从前她喜欢的少年一样，热烈坦荡。

只是她从小到大接收的爱意实在太少了，此刻居然诡异地生出了窘迫和尴尬的情绪，一时之间也不知道该如何反应。

她不清楚，该表现出感激还是反馈同等的爱意给对方，哪种才是正确的方式。

在这种事情上，秋随没有经验。

"你怎么回事啊？"沈烬微微皱起眉头，看着挺不悦似的，"没听出来吗，在和你表白呢。"

秋随眨了下眼，声音微弱毫无底气地嗫嚅："但我也没办法给你换个生日，重新解读你的名字呀。"

沈烬似是无奈地叹息了一声，没再多说什么，牵着她往楼梯口走去。

03

沈烬脚步一顿，林和豫说了很多，但他清楚，这些都只是秋随这些年生活的冰山一角。

他只看到了这小小的一角，就足以令他震惊、自责和心疼。还有很多，林和豫没有透露，又或者林和豫也不清楚，但他迫切想要知道的事情。

比如，秋随为什么会恐高？又比如，当年分手的真相到底是什么？

沈烬情绪不明地看了她一会儿，想要追问，又觉得这不是一个合适的场地和时机，毕竟今天是林和豫的八十大寿。

沈烬垂眼打量她，漆黑如墨的眸中有明晃晃的心疼。他抬手揉了揉秋随的脑袋,又替她将垂落下来的头发耐心地别到耳朵后面,动作又轻又温柔。

沈烬沉默了须臾,才缓缓开口:"给老师过完生日我们回家玩个游戏。"

秋随茫然问:"什么游戏?"

"我去平城出差的时候,酒吧的调酒师对你和姜嘉宁印象深刻,据说,"沈烬挑了下眉,语气不起不伏,但莫名带着一种算账的意味,"你和姜嘉宁酒量千杯不醉?"

话都说到这份上了,她要是还不知道,沈烬为什么会知道她酒量极佳,之前几次都是装醉骗他,那她就是个傻子了!

千错万错还是得怪姜嘉宁,毕竟那位调酒师就是姜嘉宁的粉丝,眼瞅着姜嘉宁身边的她也印象深刻,这回直接把老底都告诉沈烬了。

秋随有些心虚地低下头去:"那个调酒师还和你说了什么?"

沈烬淡声道:"说你和姜嘉宁快一个月都在那家酒吧喝酒,喝酒的时候还会玩投骰子的游戏,有不少男人都邀请了你们一起掷骰子。"

她猛然抬头,对上沈烬隐晦不明的眼睛,心中警铃大作。

在平城出差的时候,她的确有一个月的晚上都和姜嘉宁在那家酒吧喝酒聊天,姜嘉宁这人坐不住,基本上喝完了酒吧酒单上的酒,又觉得没意思,就索性拉着她开始玩掷骰子比大小押单双的游戏。

但也仅限她们两个人。

的确有不少男人走到她和姜嘉宁身边想要一起玩掷骰子,或者邀请她们去他们所在的包厢玩游戏,但都被她和姜嘉宁或者委婉或者直接地拒绝了。

这都八百年前的事情了,沈烬总不会因为这个和她生气吧。就是不知道那位调酒师是怎么和沈烬说的,如实说,还是用了一些夸张手法。

但没做过的事情就是没做过,这么一想,秋随底气也足了不少:"我只和姜嘉宁喝酒掷骰子了。"

"嗯,调酒师也是这么说的,"沈烬抬了抬下巴,"那我邀请你一起掷骰子呢?"

"当然是拒绝……"秋随话说到一半,才反应过来,她神色一怔,茫然地看向沈烬,"啊?"

沈烬这什么意思?他想和她玩掷骰子?沈烬总不可能会为了根本不

存在没发生过的事情吃醋吧。

秋随思考了下，想起前不久在鬼屋的时候，这人在反馈表上写的几句话，突然又觉得，好像也不是不可能。

"但是，"秋随为难地开口，"我家没有骰子，姜嘉宁才有。"

这话倒是真的，姜嘉宁这人从小就会玩，什么乱七八糟的玩意儿都有，秋随只能说是跟着姜嘉宁学着玩。

沈烬稍稍领首："没事，我家有。"

"你怎么会有！"秋随很快反应过来，拉了下沈烬的手，"你和谁一起喝酒玩的骰子？"

"裴新泽。"

秋随蒙了几秒，"哦"了一声，悻悻闭了嘴，反倒是沈烬笑起来："除了我之外，别人邀请你一起玩都要拒绝，知道吗？"

秋随想了会儿，摇了摇头："不行，我如果拒绝姜嘉宁，她会气得杀了我的。"

"她啊，"沈烬歪头想了会儿，"勉强行吧，其他人不行，喝酒更不行。"

"那你也一样，"秋随侧过头看他，语气顿了下，又缓缓补充，"裴新泽可以。"

沈烬轻笑了声："行。"

"给林老师过完生日，"沈烬牵着她下楼，"我们就回家玩掷骰子。"

秋随一步一步踩着台阶往下走，一边晃了晃沈烬的胳膊："好啊，你要怎么玩骰子呀？"

"押单双。"

"唔……"秋随思考了一会儿，"可以，我和姜嘉宁玩过，那惩罚呢？"

沈烬挑了下眉，突然停住脚步，回过头若有所思地盯着她看了一会儿。

半晌，他稍稍歪了下头："赢的人向输的人提一个要求或者问一个问题，无论如何，输的人都要照做或如实回答，怎么样？"

秋随点点头，没有多想。总归也是和沈烬玩游戏，沈烬也不可能会对她提什么过分的要求。

见她满口答应下来，沈烬得逞的笑意一闪而过。

"林老师的学生呢？我怎么没看到几个。"

"生日宴会在晚上呢，"秋随说，"现在是中午，就是和林老师一家人简单吃个饭,不过午饭还没这么快做好,邓师母煲的汤都还没好呢,书越姐刚刚给我发了消息,说她快到……"脚步停在一楼客厅的时候,秋随语气一顿,剩下的话都被咽了下去。

收到了颜书越快要到家了消息,门口的用人打开了房门,门外涌进了一伙人,热热闹闹的,嘈杂的声音中还夹杂着快门的声音。

来人并不是颜书越,而是俞染月。

秋随被沈烬牵着手站在楼梯间的角落,她看着门口的用人神色蒙了几秒,又很快反应过来,这是当红女团新秀俞染月,想要伸手拦阻的手停在半空,不知道该不该放下,有些进退两难。

今天的俞染月没有和往日一样穿上烦琐精致的服饰,也没有佩戴闪闪发亮的珍贵首饰,只穿着一身简单的白色T恤和浅蓝色牛仔裤。

俞染月被一群人围在正中间,抬手轻轻打了下用人悬在半空中的手。她站在门口很快锁定坐在了客厅里和邓师母聊天喝茶的林和豫,直接忽视了站在楼梯角落的秋随和沈烬,径直朝着林和豫走去。

"老师,"俞染月手上拎着大包小包的礼品,"我来给您过生日了!"

紧接着,秋随看见一个魁梧的男人举着摄像机,站在距离俞染月不过几米的地方,紧紧追随着俞染月的步伐。

秋随觉得嘲讽,虽然林和豫没有说这次午饭邀请了哪些学生,但秋随敢肯定,绝对没有邀请俞染月。

至于俞染月是如何进入这个安保严格的小区,秋随稍稍一想也知道了。

秋随默不作声地看着眼前这出戏,觉得着实有些可笑。

因为生得好看又羡慕舞台上光芒四射的明星,俞染月早早就有了进娱乐圈的打算,黎娴也宠她,小小年纪就把她送去学习各种培训班,又一门心思为她谋划,想要俞染月有一门和其他艺术生与众不同的特长。

恰逢秋随那时候学书法,黎娴心思一动,索性让俞染月跟着林和豫一起学习书法。奈何俞染月一门心思都在学习音乐和舞蹈上,对书法兴趣不大,她书法天赋也不高,练字又不勤奋,林和豫对她态度一般是情理之中的事情。

也正因为如此,俞染月和林和豫关系只能算是一般,加上林和豫一向把秋随视作自己的得意门生,对秋随的夸赞毫不掩饰,俞染月对林和豫的态度更是越发冷漠。

俞染月也不过在林和豫名下学习了一年左右的书法，之后就借口学业压力重，还要兼顾舞蹈和音乐，再也没有来过林和豫家学习书法。

最让秋随觉得讽刺的是，俞染月音乐舞蹈技术平平，作词作曲更是一窍不通，最后居然是靠着书法爱好者、著名书法家林和豫徒弟的这个人设，在一众竞争者中脱颖而出，顺利卡位成团出道。

秋随没看俞染月参加的选秀节目，但是从俞染月铺天盖地买的热搜也知道，俞染月在节目中展示出的所有书法练笔和字迹，都不是俞染月自己写的，是从她在俞家那个小杂物间卧室里偷来的。

关于这件事情，俞染月也从没和秋随说过，似乎是打定了秋随不会站出来拆穿她一般。

秋随越想，脸色越冷。只不过，撒了一个谎，就要用更多的谎来圆。虚假的人设，也终究会原形毕露。

秋随默不作声地盯着客厅里那一群不速之客，她视线落在俞染月身后的男人身上，男人微微弯腰，在客厅的角落忙活了一阵子，搭起了一个支架，紧接着，将手机放在了支架最上方。

手机的摄像头，正对着俞染月。秋随冷笑一声，原来如此。

俞染月大费周章，昂贵精致的漂亮裙子也不穿了，换了一身最简单朴素的衣服，当然不是为了给林和豫过八十大寿，只是想借此机会，做个直播，最好再立一个尊敬老师的好名声。

这个直播播出去，虽然不能打消外界对她是不是会书法的全部质疑，但是只要证明她是林和豫的学生，就足以打消掉一大群人的猜测。

毕竟，稍微懂行的人都知道，林和豫虽然教过不少学生，但是在收弟子方面极为谨慎，除去碍于人情不得不收的学生，能够拜师林和豫名下的学生，哪一个不是书法天赋极高的好苗子。

俞家不是大富大贵的人家，家境小康不愁吃穿而已，是绝对不可能让林和豫碍于情面接收俞染月的，只要证明和林和豫的师生关系，哪怕俞染月之后在娱乐圈从不碰毛笔，也不会有太多人提出过分的质疑声。

真是好一个一石二鸟。

客厅里，林和豫见俞染月笑意吟吟地朝他走来，神色一怔。但林和豫毕竟活了大半辈子，眼神微微一扫，对上俞染月后面那个明晃晃的支架，以及闪着红点的摄像头,只是稍稍细想了几秒,就瞬间对这一切了然于心。

林和豫低不可闻地叹了口气。

他对于俞染月实在说不上喜欢,一是因为俞染月对书法根本不感兴趣,天赋也基本没有,勤奋程度更是可以直接忽略,二也是因为他心疼秋随,作为少数几个知道秋随和俞家关系的人,他可怜秋随的身世和遭遇的一切,但毕竟是个外人,手伸得再长,也不可能插手旁人的家务事。

林和豫知道,秋随之后所发生的一切不幸,表面看上去罪魁祸首是俞家那对夫妻,但其实和俞染月应该也脱不了干系。

他视线扫过俞染月身后闪着红光的摄像头,一时之间有些无言。

林和豫不想配合俞染月在摄像头面前做戏,他对这名曾经的学生也没有什么过多的感情,俞染月甚至没有知会他一声,就径直上门前来,摆明了认为他会默不作声地配合这场表演。

但他也清楚俞染月的笃定究竟从何而来。

作为这段时间背负了巨大争议的明星,俞染月被数不清的质疑声和千奇百怪的猜测裹挟的同时,也有数以万计忠实的秀粉站在她身后,坚定不移地认为俞染月就是她打造的那个人设——谦逊好学,安静乖巧,师从顶级书法家林和豫,更是林和豫的得意门生,关门弟子。

林和豫虽然老了,但偶尔看看电视也知道,有些粉丝实在称不上理智。

林和豫为难地皱起眉头,他一个书法家清清白白做人,大半辈子都没遇到过什么乱七八糟的事情,如果遭遇了新闻里所说的粉丝网暴,他倒是没关系,活到这个年纪也算是看开了,他只担心老邓怕是会根本顶不住,很有可能被气得血压飙升直接住院。

俞染月神情从容,站在原地,双手拎着各种昂贵的礼物,看着林和豫的脸色变了又变,嘴唇动了动,最后还是闭上了嘴没说话。

在娱乐圈摸爬滚打了好些年,俞染月别的本事没学会,察言观色和揣测心理的能力倒是突飞猛进。她勾了下唇,看见林和豫担忧地扭头扫了眼坐在沙发上已经记不得她脸色茫然的邓师母,就心下了然,这把赌对了。

只要林和豫配合她演完这出戏,围绕在她身上的所有争议,从此之后基本都会烟消云散。

林和豫最后还是叹了口气,伸手接过了俞染月手中的礼物。

秋随深吸了口气，林和豫扭头看向邓师母的担忧，站在原地沉思了片刻的无奈，她都懂。

她只是越发厌烦俞染月的做派。她见不得俞染月这样明目张胆地威胁林和豫，就像俞染月光明正大理直气壮地偷走明明属于她的书法作品，却笃定她不会为此反驳一样。

秋随咬了下唇，眼底的愤恨几乎快要溢出来。她可以承受这些，但她不想林和豫承受这些。

沈烬眉头微蹙，垂眸打量着站在一旁脸色难看的秋随。

沈烬微微眯起眼睛，客厅处的女人正和林和豫热烈交谈，神情看上去颇为恭敬，只是林和豫看着有些勉强，面容也有些冷淡，仿佛是不得不交际似的。

至于这个不速之客，看着倒是有些眼熟。沈烬稍稍歪了下头，远远地盯着俞染月看了一会儿。

过了一会儿，他猛然想起来，这个不速之客，是沈氏集团旗下的珠宝品牌最近打算接洽的女明星代言人——俞染月。

俞染月。沈烬默念了两遍这个名字，突然灵光一闪。他想起来，林和豫告诉他的那几件简短的故事里，秋随的养父就是姓俞，养女没有跟着姓俞，但是亲生女儿应该是跟着姓俞的。

沈烬眉梢一扬。

虽然林和豫自始至终都没有对他透露秋随法律意义上那个妹妹的姓名，但是，以他对秋随的了解，秋随是不可能无缘无故对着一个人表露出这样愤愤不平的情绪的。

她习惯了伪装，面色上最多的就是镇定和冷静。

能让秋随表露出这样低沉和情绪和神色来，只能说明，这位俞染月和秋随之间结下的梁子足够大。

沈烬微微眯了眯眼睛。秋随那位法律意义上的妹妹，姓俞，同时也是林和豫的学生。

这样看起来，俞染月似乎都很符合。

沈烬眼底有戾气汹涌浮现。他闭了闭眼睛，将心底翻涌而上的戾气强迫克制住。他盯着俞染月看了片刻，单手从裤兜里摸出了手机。

沈烬回忆起来，林和豫还说过，秋随为了迁就这位"妹妹"，生日改成了和"妹妹"的真实生日一致。他知道秋随的生日和身份证上的日期不一致，但从来没想过是这个原因。

沈烬在搜索框里输入"俞染月"三个字，百科介绍的资料栏里清楚写着一行字。

俞染月，九月十五日生日。

沈烬沉默了须臾，片刻后，他重新抬起头来，看向俞染月的眼神微冷，气压也瞬间低了不少。

客厅的另一边，林和豫被俞染月缠得无奈，碍于镜头摆在一边，又不得不敷衍地应和着。直播是早就商量好的，早在俞染月踏进林和豫的别墅门，镜头转而对准林和豫的时候，就有无数苦苦等候的粉丝疯狂地刷起了留言。

"最后再解释一遍，染月从来不当众展示书法，是因为她是女偶像，又不是书法家，她说了希望大家关注她的唱跳，不是执着于她的书法能力。"

一连串的留言飞速滑过，镜头后的助理眼睛死死地盯着留言区，看着关于俞染月的质疑声随着林和豫的配合逐渐消散。

俞染月不经意地侧头看了助理一眼，助理接受到俞染月的眼神暗示，很是迅速地比了一个"OK"的手势。

见状，俞染月眼睛完成一轮月牙，唇线微微往上翘起。

她知道，这场洗白已经基本上成功了。

既然已经大功告成，俞染月也不打算多留，身后的直播还在继续，万一又惹出了什么是非，可就不好收场了。俞染月在脑海中回忆了一会儿，按照原先的设想，将话题不动声色地往祝福林和豫身体健康上引。

林和豫应付得疲惫，见俞染月想要离开，更是在心底忍不住长松了一口气，恨不得亲自送她出门。他活了大半辈子，还是第一次遇到这种事情，碍于另一半的身心安全，他又不得不这样做。比起身体上的疲惫，林和豫更加觉得精神上的心累。

俞染月颇为体面礼貌地和林和豫告别，沈烬深吸了一口气，心底的戾气却依然无法平息，他闭了闭眼睛，突然扯过秋随的胳膊往前带。

秋随一愣，她和沈烬一直站在楼梯口。

那地方光线不算明亮，距离客厅也有段距离，加上俞染月的突然到来，所有人的关注点都放在俞染月身上，基本上没有人注意到她和沈烬。

秋随毫无防备，只能被沈烬带着跟跄着往前走。林和豫视力不好，微微眯起眼睛，才发现了秋随的身影。

"秋随啊，"林和豫眼睛一亮，嘴角的笑容肉眼可见地真诚了不少，他朝秋随招了招手，招呼她坐在邓师母身边，"你和你未婚夫陪你师母坐着，我去厨房看看你师母煲的汤。"

秋随有些窘迫地站着，她站在楼梯口看了好一会儿俞染月自导自演的戏，自然知道，这场直播还在继续。

镜头还在后面开着，她身边是面色不明的俞染月。

秋随扯了扯沈烬的衣袖，扭头偷偷瞪了他一眼。她压低声音问："沈烬，你做什么呢？"

因为俞染月的遮挡，秋随只露出半张脸。

她穿着修身的黑色羊绒裙，露出白皙修长的脖颈，镜头里半张侧脸一晃而过。

秋随偷偷瞪一眼身边的男人，眼神似怒似恼，偏偏她眼睛水漾明亮，扫一眼过去，只觉得心生涟漪。

秋随不知道的是，直播间里的留言在那一瞬间爆炸起来。

"镜头拨过去，刚刚那位漂亮姐姐是谁？"

"别急，我截图了，等我放漂亮素人小姐姐的图片！"

"你不是说，林老师的孙女快要到家了吗？"沈烬漫不经心地开口，也没刻意控制音量，声音平静又淡定，清晰地传进身后的直播间，"你去问问，还有多久，免得赶不上林老师中午的家宴。"

秋随蒙了几秒，还没有反应过来沈烬到底想干吗。

"对了，林老师中午的这场家宴，不是还邀请了他所有的得意门生吗？"沈烬自顾自说着，"现在也只到了你一个，你要不要问问他们什么时候到，这样方便计算午饭家宴的开饭时间。"

他说得平淡，却在直播间掀起一股汹涌的巨浪。秋随的照片还没来得及发出来，直播间里的留言又瞬间转了方向。

"信息量有点大，刚才那个男人说的是什么意思？林和豫今天过生日，请了所有的得意门生参加中午的小型家宴，目前为止只有素人小姐姐到了，其他人还没来对吧。"

"楼上的你没有理解错误。所以,俞染月是怎么好意思说自己是林和豫的得意门生关门弟子的?真这么厉害,林和豫干吗不邀请你参加小型家宴?"

"求专家再分析一下林和豫刚才看见素人小姐姐的表情,不知道是不是我的错觉,也觉得林老师对这两位学生的态度区别有些太大了吧?!"

俞染月不知道身后直播间的留言区已经乱成了什么样子,她只是站在秋随身边,看着秋随身边身形修长挺拔清瘦的男人,看向秋随的眼神温柔又宠溺,她几乎快要控制不住表情,面部表情管理也快要失控。

一直都是这个样子。明明她才是俞家的亲生女儿,秋随只不过是一个连亲生父母都不知道是谁的养女。就算她穿上最漂亮精致和昂贵的衣裙,俞家的亲戚还是将目光投注在秋随身上。

后来,在她不动声色的打压下,秋随学乖了,变得畏畏缩缩,胆小怯懦,不敢抬头看人。

像是一个身上有光的女孩子,终于收敛起了所有的锋芒,只为了求得一片安生的地方。但即便如此,俞染月还是觉得不够。

她对书法不感兴趣,秋随书法天赋极高,林和豫对她的偏爱毫不掩饰,从不藏着掖着。

她想要把所有人对秋随的关注抢夺过来,为此缠着黎娴送她去参加各种培训班,其实她对舞蹈和音乐也没太多兴趣,但她从小立志要当明星,这些都只是垫脚石罢了。

她在唱跳上没办法取得多大的成就,所有人不走心地夸赞她一遍,又真心实意地夸奖秋随成绩好、心态稳定,高考一定会进入顶级的学府。

甚至还有人希望她和秋随处好关系,说不定她以后还要靠秋随帮衬着呢。开什么玩笑!

她怎么可能仰仗秋随而活,明明在俞家卑微又懦弱想要求得一线生机的人是秋随,不仅是那时候,就算是未来,也一定是秋随仰望着她活着。

秋随唯一可以依靠的,不就是希望高考改变命运吗?她去和爸妈撒娇,说自己想去参加更加昂贵的培训班,如果秋随上了大学,家里还得给秋随付四年的生活费和学费,到时候,她可能连艺术班的培训学费都交不起了。

毕竟是亲生女儿,她满意地看见爸妈的脸上露出了犹豫的神色。

紧接着,她和爸妈从秋随房间搜出了秋随藏在床垫下的日记本。那个日记本上,清晰地写着秋随的愿望,她想和一个男生考去一个大学。

俞染月反应很快,说道:"爸妈,秋随一看就是早恋了,哪还有心思学习啊,咱们索性就别让她高考了,直接给秋随找一份工作吧,这样不仅可以缓解家里的压力,还可以让她没有顾忌地谈恋爱。"

毫无疑问,她仿佛无心的提议,被俞绍辉和黎娴采纳了。

俞染月扫了一眼身边的人,但秋随好像永远都不会被打倒一样。

高考失败了,秋随就在一个凌晨,搬出了俞家,搬进了林家,复读一年考进了顶级学府。

秋随做了顶级的同声传译,虽然薪资比不上她这个当红女明星,但是秋随接触的人物才是真正的非富即贵,包括现在身边的这个人。

俞染月越想越觉得心理不平衡。

"染月姐。"身后传来细微的声音,打断了俞染月游离的思绪。

她侧头,看见站在手机背后的助理朝她招手,看上去神情不太好,示意她走过去有事商量。

俞染月皱了皱眉头,一个两个的,没一个让她省心。

俞染月深吸了口气,才压着脾气走到助理身边,冷声问道:"又怎么了?"

助理胆战心惊地看她一眼,沉默了片刻,还是伸手指了指直播间的留言区,特意压低了音量,让自己的声音不被直播的手机收录进去:"染月姐,你自己看评论区,这可怎么办?要关直播吗?这个突发情况,我们谁都没有预料到啊。"

俞染月见助理一脸小心翼翼的模样,心底突然生出一种不祥的预感。她走近了几步,低头瞥了一眼直播间的留言,只看了几条,血压就飞速上升。

因为她被助理叫走离开的缘故,原本还在镜头里忽隐忽现,时而还会走出镜头,最多也只是露出了半张脸的秋随,此刻,整张脸都进入了镜头里。

留言区再一次被疯狂刷屏。

"截图截图快点截图!!!"

"在线求一个漂亮素人姐姐的信息呜呜呜!"

"我刚刚好像看到漂亮姐姐的中指上有钻戒,到底是谁,夺妻之恨不共戴天!!!"

"楼上的不说我还没注意到,那个钻戒根本就不够大啊,众所周知,碎钻不值钱,就这么点钻,配不上我们漂亮姐姐,漂亮姐姐跟我吧,我给姐姐买大钻戒!!!"

俞染月只是看了几眼,就快要被这些言论气得呼吸不过来。

她咬了咬牙,内心的戾气无论如何都压抑不住。她几乎是下意识就举起手来要打人,又很快意识到了自己虽然站在镜头后,直播间里看不到她的动作,但此刻毕竟还是在林和豫家,难免不会留下口舌。

俞染月深呼吸了好几次,才终于找回来一点面部管理的能力。

她拉着助理后退了几步,确保自己距离直播手机足够远,才咬着牙质问:"我不是让你做好舆论监控吗?你是不是傻啊,这种情况下你不关机你等什么时候关机,啊?等我来替你关机?没用的东西!"

助理抿了下唇,嘴唇动了动,只是看了眼俞染月的脸色,还是悻悻闭了嘴。

这种事情,本来应该由专业的经纪人负责把控的,她一个刚刚工作没多久的小助理,哪有这些经验。

更何况,刚才那位温温柔柔的漂亮姐姐明显就和林和豫关系不错,俞染月如果想要证明,完全可以和那位漂亮姐姐一起聊个天,不也更能证明她就是林和豫的关门弟子吗?

偏偏俞染月别的时候看着都挺机灵的,刚刚那时候也不知道怎么了,就呆呆地站在那儿,半个字也不多说,就连偶像最基本的面部管理都基本丧失。

三十秒后,俞染月匆匆关闭了直播。

直播突然中断。

一小时后,这场有头无尾的直播就迅速登上了热搜榜单,众多微表情研究专家纷纷上阵解读俞染月、林和豫以及一闪而过的漂亮小姐姐的各种表情。

之后,颜书越赶了回来,还有林和豫邀请的学生,都一并抵达林家,吃了一顿小型家宴。晚上的生日宴会他们倒是没有再参加,提早回了铂悦湾。

> 不要问命运,不要问别人,来找我要
> 命运不给你的,我替命运给你

第十二章
秋随,你学会索取的第一步,就是先学会向我索取

01

沈烬回自己家去取骰子,秋随坐在客厅的沙发上,看着手机上弹出一条新闻信息:俞染月直播热度飙升,即将签约沈氏集团名下珠宝,下一个顶流女星预定?

秋随盯着手机屏幕上的那行简讯,突然有些烦躁。她抿了下唇,还是觉得心里闷得慌,又端起桌上的水喝了几口,依然没有丝毫缓解。

秋随垂眸发了会儿呆。

她知道,沈烬目前还没有接管沈氏集团,沈氏集团名下的珠宝品牌选择哪位女明星做代言人,沈烬甚至不会在意。

秋随还在愣神之际,房门从外推开,沈烬手机转着三个骰子走了进来。

秋随嘴唇动了动,在触及沈烬眼神的时候,还是忍住了没说话。

她坐在沙发上,安静地听沈烬讲解规则。

猜测结果是单还是双,然后一起摇三个骰子,如果猜中了,就可以

要求对方做一件事情或者回答一个问题，如果猜错了单双，就答应对方的要求或者回答对方的问题。

秋随和姜嘉宁玩过这个游戏，她点头表示了解。

沈烬将骰子先给她，示意她先玩。

秋随接过，她抬眼看了会儿沈烬片刻，咬了下唇。

她从来都学不会对谁理直气壮地索取什么东西，面对沈烬也是。她总觉得，能够得到别人的爱就已经很好了，如果不知足地索取，这份爱会不会早早消失。

她没有安全感，从来都没有。但这一刻，秋随突然特别想问沈烬，能不能不要让俞染月当这个代言人。

"我猜双。"秋随说，她对上沈烬的视线，"如果我猜对了，你可不可以……"

她语气停顿了下，眨了下眼，犹豫了几秒，最终还是一鼓作气说出了自己的愿望："不要让俞染月做沈氏集团珠宝的代言人？"

秋随没有等沈烬的回复，她也不敢等，她怕沈烬问她为什么，也怕自己根本不知道从何说起。

她只是闭着眼睛随意摇了几下骰子，将一切都交给命运，随后打开了盒子。

三个骰子，总数是十五，单数，她猜错了。

秋随眼神暗淡下来："是十五啊。"

紧接着，一双温热的手覆盖住她的眼睛。秋随一愣，还没来得及反应，不过两秒，那双手又重新挪开。

"随随，你看错了，"沈烬温柔的声音传来，秋随看见光明重新浮现，地上一个骰子不知道什么时候翻了一面，她神色微怔，听见沈烬嗓音低哑地开口，"是双数，十六。"

他说："你赢了，我答应你。"

她盯着那个点数原本是五的骰子看了一会儿，觉得有些好笑，又觉得有点想哭。

"沈烬，"秋随没看他，目光只是虚无地落在床脚的那个骰子上，声音很轻，"你怎么还作弊呢。"

对面的男人懒洋洋又理直气壮的声音接过她的话茬："那又如何？"

秋随突然觉得喉间有股酸涩涌上来。

她内心翻涌的情绪根本压不住，一个一个巨浪朝她袭来，将她所有的理智都击散。

秋随抬眸，安静地看了沈烬，片刻后，她嘴唇动了动。

"沈烬，"秋随不知道林和豫到底和沈烬说了哪些事情，但是，她突然觉得也不重要了，她曾经不愿意被沈烬知道想要隐瞒的不堪和心酸，都应该由她自己亲口告诉沈烬，"我从来都不是一个幸运的人。"

她抿了下唇，觉得眼睛有些湿，又快速地眨了眨眼。

"就像刚才那样，我想要双数，但最后丢出了一个单数，"秋随声音很平静，她如今说出这句话，觉得有些难过，但也仅止于此，没有更多悲切的情绪，她早就认清和接受了这件事情，"我许的愿望，想要的梦想，命运从来没有给过我。"

"秋随，"沈烬突然握住她的手，用了几分力气，止住她有些自暴自弃的话，"就像刚才那样。"

他捏了下她的手，面色和语气都很平静，但又笃定和坚定："你想要双数，命运给了你单数，但没关系，有我在。"

沈烬稍稍歪了下头，头略低了些，视线和她的目光平视。

落地灯开着，在夜晚透着雾蒙蒙一般的暗黄色光圈，有一种别样的温暖。

秋随觉得自己像是被蛊惑，她盯着沈烬的眼睛，突然觉得有了力量。

他说："秋随，命运不给你的，我替命运给你。"

秋随眼眶慢慢红起来。她抿了下唇，有些朦胧地看见沈烬的眼眶似乎也慢慢红起来。

秋随眨了下眼，不知道是不是自己的错觉。

沈烬在这时将秋随抱进了怀里，房间很安静，秋随坐在绒毛地毯上，自然地靠在沈烬的肩头，酸涩的情绪仿佛退潮一般退去。

秋随垂着眼睛，床头那盏落地灯一如既往地亮着，淡黄色的光圈笼罩着整个卧室，没有被毛毯覆盖的瓷砖上，倒映出她和沈烬相拥的影子。

"秋随，"沈烬抱着她，嗓音有些哑，"林老师白天和我说，你住在林家的时候，他和邓师母想要带你去买新的书桌和书柜，你不同意，宁愿用颜书越用过的家具。林老师说，你好像从来都不知道怎么索取。"

秋随神色一怔，吸了下鼻子："其实没什么，书越姐的书桌被爱护得很好，我拒绝的原因还有一个是因为没有必要，我已经让林老师为我做了很多，再说书桌也不是消耗品，还能用就可以了。"

沈烬抬手力道很轻地抚了抚她的长发，语气认真："可在我看来，你就是小心翼翼地面对所有人，怕成为别人的负担。"

秋随闻言，只是含笑看他。

沈烬松开抱住她的手，四目相对，这一次，秋随清晰地看见沈烬的眼角也有些微红。

她感受着沈烬的情绪，突然有种说不上来的滋味。

这种感受，就仿佛是她在经历痛苦的时候，有人没办法替她承担这些痛苦和挣扎，但比在泥泞中的她还要更加痛苦和自责。

感同身受，不过如此。

"秋随，"沈烬凑近了一些，"学会索取的第一步，就是先学会向我索取。"他扯了下唇，不紧不慢开口，"不要问命运，不要问别人，来找我要。"

沈烬挑了下眉，与生俱来的那股子骄傲和志在必得又重新浮在脸上。

"不是问我可不可以，"他认真地看着她，一字一顿地强调道，"是直接来找我要。"

秋随愣愣地看着他，她太擅长如何做一个懂事的、不给别人添麻烦的小孩。

第一次高考结束后，她从俞家搬出来，长住在林家，复读那一年，她偶尔也会去姜嘉宁家小住片刻。在某种意义上来说，她是吃百家饭长大的小孩。

林家和俞家待她都很好，至少比起待在俞家的那些日子，秋随觉得自在了不少。

但秋随很清楚，她是真真正正没有父母的人。

她只想安静地、没有存在感地，又不给人惹麻烦地住上一年，度过复读那一年。就和她在俞家住的十几年一样。

最好不要有任何人将视线关注到她。就当她是一个在家里只会吃喝拉撒，然后就回房间读书的隐身女孩。

那样最安全也稳妥，不会有人来找她麻烦，或者要把她赶出家门。

在秋随的人生字典里,没有"撒娇"这个词语,因为她不知道该对谁撒娇。

秋随的人生字典里,也没有"索取"这个词语,更别提理直气壮地索取。

因为她没办法理直气壮地对任何一个人索取,即使是俞家的那一对是她法律意义上父母的夫妻。

她活了二十七年,没有这个经验,她不会。

沈烬却极有耐心:"还是之前的要求,"沈烬和她拉开一些距离,仿佛是真的在认真教她一般,语气闲散,"你再说一遍。"

秋随咬了下唇,在脑海中措辞了片刻,才带着点试探的口吻问:"我想换掉沈氏集团珠宝的代言人?"

沈烬用力捏了下她的脸,拖着腔调开口:"把'想'换成'要'。"

她稍愣,犹豫了几秒,才声音微弱地开口:"我要换掉沈氏集团珠宝的代言人?"

沈烬盯着她,几秒后,像是被气笑了一般。

"再说一遍,"他的语气一如既往地有耐心,带着循循善诱的口吻,"不是问句的语气,是肯定句的语气。"

闻言,秋随抬眼。沈烬喉结轻滚,伸手掐住她的下巴抬了抬,他低头凑过来,温热的唇落在她的额头上。

半响后,秋随听见沈烬低沉沙哑的声音在寂静的房间内响起。

"我都答应你,命运不给你的,我给你,命运欠你的,我也补给你。"

秋随心脏重重一跳,她看着面前的男人,神色傲慢至极。

沈烬眸色暗沉,低头轻笑了声。

"实在不行,"他说,"我就作弊。"

秋随不知道为什么,唇角突然就不受控制地弯了起来。

很神奇,她一直觉得,对她而言,逐渐提出自己想要什么,就已经是人生最大的进步了。

但是从来没有人告诉过她,想还不够,直接说要。

秋随做同传多年,也算是接触过各种形形色色的人,她曾经也见过这种直接开口说要的女孩子。

集万千宠爱于一身,生来就泡在蜜罐里,是温室的花朵,被人精心地护养,不容许有一丝一毫的损害。

这样的女孩子说要,语气笃定又骄傲,但很诡异得不让人讨厌,只是偶尔秋随会生出一种羡慕的情绪。

秋随之后认真想过,大约是因为她们在开口的时候,就笃定了对方一定会接受自己提出的要求。

无论那个要求在外人看上去有多么荒唐、不可思议、无理取闹,只要有人愿意且热衷配合,这些傲慢的女孩子就不会让人讨厌。

你情我愿的事情,怎么能算是无理取闹呢。

只是,如果没有人愿意配合她们,这些女孩子就会显得胡搅蛮缠、无理取闹、荒唐蛮横。

秋随思绪有些飘散,她回忆了一下,终于不得不承认。

她其实也想做能够理直气壮提出要求,又不会让人觉得自己在无理取闹的女孩子。

但是,她一直都没有找到能够配合她的人,索性她就再也不说任何要求,很少提自己想要什么,学会了闭嘴和沉默。直到今天,沈烬看着她,告诉她,他愿意。至少,在沈烬面前,她可以成为,她一直以来都无比羡慕的样子。

秋随深吸了口气,她伸手扯住沈烬的衣袖。

她清了清嗓子,在心底先过了一遍理直气壮的语气,才慢吞吞开口。

"沈烬,"秋随拽着他衣袖的手指慢慢收紧,在干净平整的袖口处抓住一道道褶皱,"我要你换掉沈氏集团珠宝的代言人。"

不是问句,是肯定句。

她抓着沈烬的袖口,说话的时候下意识晃了晃,像是在撒娇。她唇线抿得平直,仿佛在生闷气一般,眼神也终于有了一点点活力。

沈烬若有所思地打量了她一会儿,片刻后忽地笑起来。他稍稍弯腰,漫不经心地点了下头,声音低沉:"行,我听你的。"

不是之前说的"我答应你",而是"我听你的"。

秋随眨了下眼,突然觉得一直压在心底的一块石头慢慢消失。她仿佛如释重负一般松了口气。

02

秋随弯了弯腰,捡起掉落在地上的三个骰子交给沈烬:"到你了。"

沈烬猜的还是双数，十二。

他看了眼，挑了下眉，轻描淡写地问："你是不是会恐高？"

恐高这件事情只有姜嘉宁知道，就连林和豫都不清楚。所以，沈烬必然是不知道她恐高的。

秋随一愣，蒙了几秒，才回忆起来。她在鬼屋的时候，的确提了一个有些匪夷所思的要求——她说自己不想待在六楼的房间阳台，询问是不是能够换一个低楼层的阳台。

她没想到沈烬还惦记着这件事情。

"嗯。"

沈烬喉结滚动了下，果然和他猜想的一样。

"为什么？"

秋随在心底措辞了几分钟，沈烬也没催促她，只是耐心地等她，目光专注地瞧着她。

"沈烬，"秋随低头，就算愿意在沈烬面前说出自己的身世，她也不太愿意直视沈烬的眼睛，她还是潜意识里觉得，自己配不上眼前的男人，"我从没见过我的亲生父母。"

她声音有些缥缈，不像是从自己喉咙里发出来的一般，眼神也朦朦胧胧的，陷在回忆里。

沈烬伸手握住秋随垂在膝盖的手。

秋随手指微微一动，她呆了片刻，才反手勾住沈烬的手指。

"我是在孤儿院长大的，后来被一对生育希望渺茫的夫妻领养了，"秋随声音很淡，她像是作为一个旁观者，诉说别人的故事一样，"不过，我也说了，我这个人运气不好，命运也从来没有眷顾过我。"

她语气停顿了片刻，自嘲一般笑了笑："养父母在领养我不久后，有了一个亲生女儿，你今天白天也见过的，俞染月，现在娱乐圈最热的小花旦之一。"

"好像就是从俞染月出生之后，"秋随有些失神，深吸了口气，才鼓起勇气开口，"我的人生，就发生了翻天覆地的变化。"

"养父母不再喜欢我，"秋随声音低落，头也越发低下去，"无论林老师如何在养父母面前夸奖我，说如果好好培养，我未来能够成为一个比肩他的书法家。无论我的学习成绩有多好，得到的奖状甚至可以摞成一沓。"

"没有用。"秋随摇了摇头，声音带着点哭腔，"养父母都不爱我，他们只爱俞染月。"

"我甚至连争夺养父母的爱这件事情都没办法做，因为我和俞染月，从来都不在一条起跑线上。"

"他们没有时间接送我，所以，我很小的时候就学会了一个人坐公交车，学会在陌生的地方记地名认方向，学会安静不惹麻烦不添乱。"

"沈烬，"秋随说，"你以前不是一直很惊讶我的方向感为什么这么好吗？因为我小时候就学会了这一切。"

"以前有句话说，穷人的孩子早当家，其实不是的，是不被爱的孩子才会早当家。"

"为了活下去，不被爱的孩子会被迫学会所有她能学会的一切技巧。"

"俞染月长大之后，参加培训班，养父母再一次提出来，要求我不再去林老师家学习了，俞染月代替我去。"

"你看，沈烬，"秋随吸了吸鼻子，"他们根本不是没有钱，俞染月学习艺术又同时学习书法，他们付得起学费，但是，俞染月学习艺术，我学习书法，他们就付不起这个钱了。即使林老师给我的学费打半折，俞染月的学费不打折。"

沈烬安静地听着，明明这些事情，他都从林和豫口中听过了。明明林和豫讲述的时候，怜惜和可怜的语气显而易见。而秋随在讲述的时候，声音平淡，甚至还会偶尔自嘲。

但他莫名觉得心脏像是空了一个洞，有狂风从四面吹进来，吹得他心口发疼，说不出话来。

"还是林老师舍不得我，让我和俞染月一起做了他的学生。"秋随微微偏头，觉得有些好笑，"林老师可能觉得，是俞染月沾了我的光，否则，以俞染月的书法能力，根本不够资格做他的学生。"

"其实不是的，"秋随缓缓摇头，"是我沾了俞染月的光。"

"我的养父母是为了俞染月能够顺利成为林老师的学生，才妥协同意我也一起跟着去学习，"秋随眼神有些空，"如果不是因为俞染月，即使林老师不收取我的一丁点学费，我也根本没办法继续去学习书法。"

"后来，我上初中，没有再去林老师家学过书法。"秋随没有停顿，她继续说，"林老师没说什么，送给我几支毛笔和一沓宣纸，他说，不学书法了没关系，心烦意乱的时候自己随便写写也是好的，书法能静心，可养人。"

"在外面，我们见了面也从来装作不认识，当然，也没有人会怀疑我们是姐妹，因为我们不仅不是同一个姓，就连穿着打扮都完全不一样。"

"第一次高考那天，"秋随闭了闭眼睛，片刻后，才用尽全力继续开口，"我缺席了第一场考试。"

沈烬一愣，他握着秋随的手猛地僵住，这是林和豫没告诉他的秋随的曾经，也是他从来没有想过的秋随的过去。

"第一次高考的第一天早上，我被他们锁在房间里，你知道的，俞家住在五楼，"秋随的声音很低，语速变得有些快，不带丝毫停顿，仿佛想要尽快将这一段匆匆带过，"他们不让我参加高考，说没有多余的钱给我支付大学的学费和生活费，要给俞染月筹备参加艺术招生的考试，所以，他们让我放弃读大学，去工厂打工，给俞染月赚钱。"

"毕竟，他们养了我十几年，供我吃穿，已经算是仁至义尽，该是我回报俞家的时候了。"

沈烬注意到，从这里开始，秋随口中再也没有出现"养父母"这三个字，一律变成了"他们"。

"我最后还是离开了那个房间，俞染月的房间就在我住的房间隔壁，两个房间的阳台防盗网是打通的。"

沈烬喉结滚了滚，他已经猜到了秋随接下来要说的话，但此刻只觉得身在梦里，仿佛是幻觉，太不真实。

"我打开了窗户，"秋随很平静，语速依然很快，但又不带丝毫的颤抖，"从我房间阳台的防盗网，走到了俞染月房间阳台的防盗网，进入了俞染月的房间，才逃了出去。"

"沈烬，"秋随终于抬起头来，她眼神空荡荡的，看不出半点情绪，面容上与其说是平静，倒不如说是毫无生机和希望，"我真的很感谢我房间的阳台有防盗网。"

沈烬深吸了口气，他不想也不愿听见自己听到的这一切。

他一直以为，自己放在心底的女孩，生活幸福又美满，他从来不知道，秋随默默忍受着这样的痛苦和折磨。

秋随眨了下眼，有滚烫的泪水滑落下来，她皱了皱眉头，她不想哭，也不想因为这件事情在沈烬面前哭。她明明讲的时候很平静的，也不知道为什么，会突然落下泪来。

沈烬却先她一步，指腹擦去她脸颊上的痕迹。

秋随看着他的眉眼，专注又认真，眼眸里的怜惜和心疼一览无余，毫无遮掩，唯独没有看不起的轻蔑。秋随卡在喉间的酸涩就在那一瞬间猛地涌上来。

她终于克制不住，泪水一串一串落下来。

秋随的声音断断续续：“我房间的阳台上如果没有防盗网，我就没有办法走出俞家。”

"而且，如果我的房间没有防盗网，"秋随咬住下唇，反手握住沈烬的手掌，她眼角微红，平缓了些许情绪，才用尽全力开口，"我可能会直接从五楼跳下去。"

沈烬完全没办法想象这一切，这一切就像是在另一个世界发生的事情一样。

荒谬，不可思议，但又过分真实，真实到让他不愿意相信，却又不得不相信。

沈烬搂着秋随，抬手很轻地拍着秋随的背脊，带着安抚的意味。

原来如此，秋随之前住的公寓是五楼，现在住的铂悦湾也是五楼。

她不敢住在超过五楼的房间。她担心噩梦重现，她担心自己朝下往下看，那种无力的感受再一次袭来，她没有选择，只能一死了之，走得干脆利落。

秋随安静了几分钟，才重新开口。

"后来，我瞒着俞家报了复读，但是，也不是所有学生都有复读资格的。我缺考了一门，成绩根本惨不忍睹，其实根本没有复读的资格。但是，之前的班主任给我做了担保，又拿了我每一次的模拟考试成绩单给校长看，校长才破格同意我复读，并且免除了我的学费。"

"复读这件事情，我是瞒着他们的，即使我不需要给学校交学杂费，我和他们说，我不想去他们给我找的工厂上班，想去找找别的工作，可能是觉得我不会再反对这件事情，他们同意了。"

"他们要上班，也没时间每天盯着我，我想，就先暂且在学校里跟着上课读书,之后的事情,我也没想好要怎么办,兵来将挡水来土掩,能撑过一天是一天吧。"

"那时候,已经出了高考分数,你的分数完全足够上申城的B大,而且可以选择自己喜欢的专业。"

"你那天跑来找我,骑车带我去兜风。"

"我记得,那也是最后一次,你带我兜风。"

"因为,那一天,俞染月看见我们了。"

"回家之后,我的房间被翻得乱七八糟,俞染月把我的房间搜了一遍,她甚至找到了我藏在床垫下的复读通知单以及所在的班级信息。"

"她问我是不是和你在一起了,我没有承认。但是很显然,俞染月早就知道了答案。"

"她说,我想复读没关系,她去和她爸妈说,只要我和你不再联系。她说,我不答应也没关系,因为,我根本就不可能参加第二次高考。"

"因为她在搜我房间的时候,把我的身份证拿走了。没有身份证,我根本进不去高考考场。"

"对不起,沈烬,"秋随声音又低又轻,她被沈烬抱在怀里,只能盯着地上被落地灯折射出影子的沈烬道歉,"我不想,但是我没有办法。"

"学校没有开设专门的复读班,复读的学生都是直接插班和应届高三考生一起上课的,我所在的班级里,有个应届的高三生是顾泽松,和我一样,也是孤儿院长大的。"

"孤儿院的院长给了所有在孤儿院的小孩一枚玉佩,就是那枚玉佩,我们彼此认出来了。"

"我知道,以你的性格,没有充足的理由,你根本不会相信。"

"所以,我去请了顾泽松帮忙。"

"他也被一对夫妻收养了,他甚至没有多问,就答应了帮我演这场戏。"

"我后来问过他,为什么不问我具体原因。"

"他说,像我们这种出身的人,有太多无法顺其心意需要被迫为之的事情。"

"他理解,所以他不多问。"

沈烬心疼的同时,心口又泛起酸意。在那些他毫不知情的日子里,陪在秋随身边的人,是顾泽松。

他无比嫉妒那个人。顾泽松比他更早也更清楚地知道秋随的身世,知道秋随的为难,也知道如何体谅她的痛苦。

而他没有。

沈烬痛苦地闭上了眼睛。

"第一次高考……那天,"秋随的声音断断续续,勉强能够拼凑成一个完整的句子,"我被……我被锁在俞家,逃出来之后,我去你所在考场,我看到了……我看到了你的父母。"

"沈烬,"秋随的眼泪又重新落下来,打湿沈烬的肩膀,"我那时候就知道的,我配不上你。"

秋随感受到自己的肩膀逐渐有了温热的湿意,是沈烬掉落下来的泪水。慢慢地,打湿肩头,化了一片。

"可是沈烬,"秋随吸了吸鼻子,哭腔越发明显,"我不想……我不想永远……永远都配不上你。"

"沈烬,我那时候真的想复读,想好好读书。"

"沈烬,如果我那时候不主动断联,我就没办法参加高考,我可能永远……永远,永远都没办法走出俞家。"

"对不起,沈烬,我当时……我当时真的很想很想离开俞家。"

"沈烬,我那时候,有无数次的冲动,想要告诉你。"

"可是我真的办不到。"

"沈烬,我当时就好像在地狱里挣扎一样,我特别,特别特别想,有个人伸手拉我一把,分担一点点我的压力和难过。"

"可是,如果那样,我也势必会把那个人一起拉下地狱的。"

"沈烬,我不要你跟着我一起下地狱。"

"我想……我毕竟也还活着,还没死……我可以自己努努力,爬出地狱的。"

"等我爬出地狱了,有勇气了,我就去找你。"

"可是,对不起,沈烬,我真的,爬出地狱,就已经用尽了我全部的力气了。我真的,真的没有更多的力气了。"

"我当时想着,"秋随忍着哽咽开口,"就算有一天我们再遇见,就算那个时候你身边有了其他女孩子,就算那时候我依然还是配不上你。"

"但我也希望,"秋随慢慢开口,"重逢的时候,我活得还可以,至少,看上去还可以。"

"我希望,你看到你曾经喜欢过的我,不会觉得后悔,不会觉得后悔你喜欢过我。"

"沈烬……"随着曾经漫无边际的黑暗重见光明,积压在她心头多年的石头也终于碎成一个一个的小石子。

她觉得如释重负的同时,又有些语无伦次,只能重复地说着三个字:"对不起。"

沈烬松开怀抱,低头看她:"没有。"

沈烬抬手替她擦去眼泪,又有更多的泪水落下来,他又耐心地继续拭去:"你没有对不起我。"

沈烬垂眸打量她,见秋随依然哭个不停,索性低头吻住她的眼睛,温热的唇覆盖住她的眼睛,她的泪水终于被堪堪止住。

"你没有对不起我,"沈烬耐心又坚定地重复了一遍,"随随,我很感谢你。"

"我的随随,"沈烬声音温柔地夸赞她,"她很坚强。"

"她没有从五楼跳下去,而是坚强地活下去了。"

"我的随随,"沈烬伸手摸了摸她的脑袋,"她也很聪明。"

"她虽然被锁在了房间,但是她找到了另外一条逃生的道路。"

"我的随随,"沈烬低头安抚一般吻了吻她的耳朵,"她还很努力。"

"我再次遇见她的时候,她是最厉害的同声传译,是安季普都认证的一流俄语翻译。"

"我的随随,"沈烬的唇慢慢向下,极为珍重地吻了下她的唇,"她独一无二。"

"过了十年,沈烬身边从来没别人,只有她,也只爱她。"

秋随怔怔地看着他,耳边只回荡着刚才沈烬的那一番话。

她从来不是个有自信的人,即便从小到大听过了无数遍来自不同人的表扬和夸赞,也无济于事,原生家庭留下的阴影从没消散。

半响后,她听见沈烬坚定清晰郑重的话在耳边响起。

"还有,十年前,秋随配得上沈烬。十年后,秋随也一样配得上沈烬。"

"这个世界上,也只有坚强、聪明、努力,又独一无二的秋随,可以配得上沈烬。"

"谢谢我的随随,她活下来了,我很开心,我不在的这些日子里,她至少看上去活得还不错,而且,她等到了我来找她。"

"我也很庆幸,我找到她了。"

"所以,秋随你记住了,既然被我找到了,以后,你就可以不用坚强了。"

沈烬见她一副呆呆的样子,忍不住伸手轻捏了下她的脸:"怎么,不相信啊?"

秋随十分遵从本心地摇了摇头:"像在做梦,不相信。"

03

沈烬若有所思地盯着她看了片刻,慢悠悠开口:"咱什么时候去见见我爸妈。"

秋随后知后觉才反应过来这话的意思,她蒙了几秒:"啊?"

"结婚领证前,我总得通知他们一声,不然又要被骂不孝子了。"

秋随眉头微蹙,她隐约觉得不孝子这个词她似乎在哪里听过。

她想了会儿,没记起来,索性也没多想。秋随嘴唇动了动,有些不知道如何接话。

"她最近给我介绍对象的时候是春节期间,地点在贝加尔湖,就是春节期间,我忙着给你劈柴,哪有空去见什么骗子翻译。"

骗子翻译?贝加尔湖?

秋随微微侧头,她觉得这几个词和不孝子连在一起,似乎更加熟悉。

脑海中像是有一道光快速闪过,但又稍纵即逝,她没抓住,还是没想起来。

秋随没再多花时间去思考这种熟悉的感觉究竟从何而来,她犹豫了几秒,最终还是点了下头表示同意:"什么时候?"

沈烬扬眉:"我们领证那天。"

秋随有些蒙:"不应该是领证前吗?"

沈烬语调欠欠道:"领证后再去,同意最好,不同意也没用了。"

秋随觉得他这话听起来实在有些欠揍,但不得不承认,她听着挺开心,连带着心底的所有坏情绪都在这一刹那消失得所剩无几。

她捡起地上的三个骰子："是不是又轮到我了？"

沈烬低头刷着手机日历，准备找一个最近的黄道吉日去领证，漫不经心问道："这回是单还是双？"

秋随想了会儿，索性一条道走到黑："还是押双。"

三秒后，她打开盒盖，看见点数总和是十。

沈烬瞥了眼，笑了。

"这次猜中了，"他语调懒洋洋的，漫不经意地开口，"命运给我的好运气，我都送给你。"

秋随动作突然停住。

她抬眸对上沈烬的眉眼。沈烬神色闲散，低头刷着手机也不知道到底在看些什么，他似乎只是随口说的一句话，却不知道在她心里掀起了怎样的惊涛骇浪。

秋随沉默了须臾，才终于想起来自己想要问的问题。

在回想自己到底是什么时候听过不孝子和骗子翻译的时候，她没想起来，倒是在回忆沈烬在贝加尔湖边劈柴的时候，她猛然想起来另外一件事情。

在伊尔库茨克的警局，她通过警局里的警察，知道了沈烬其实精通俄语这件事情，又通过傅明博，知道了沈烬早在没有在俄罗斯投资的时候，就来过很多次俄罗斯。

这个一直横亘在她心间，不知道如何开口询问沈烬的问题，借着这个掷骰子的游戏，倒是终于找到了合适的时机。

"沈烬，"秋随认真瞧着他，观察着沈烬的表情，"在伊尔库茨克的时候，你因为打人进了警局，我去问了警察，警察告诉我，你精通俄语，交流毫无障碍。"

沈烬刷手机的手指一顿。

秋随很敏锐地捕捉到这个动作，继续说："我还问了傅明博，他说，你去过俄罗斯很多次。"

她语气顿了下，才缓缓补充道："傅明博还告诉我，最开始你去俄罗斯的时候，你还没有在俄罗斯投资任何公司和业务。"

"沈烬，"秋随温声询问，"我想问你，你去了那么多次俄罗斯，甚至为此学会了俄语，到底是为什么？"

沈烬心不在焉地摁灭了手机屏幕。

秋随知道自己会俄语和去过俄罗斯这件事情，沈烬知道，毕竟傅明博老早就和他坦白了。

只是，秋随一直没有提起这件事情，他也一直以为，这事就算是过去了。

沈烬没料到，他想借着掷骰子的机会问出当年关于秋随的真相。秋随也是这么想的，不同的是，她想问的，是他的真相。

也不知道是搬起石头砸了自己的脚，还是该说他们之间心有灵犀一点通。沈烬安静地坐在地上想了片刻，才低笑了声应下来："行。"

"你大四开始现在待的这家翻译公司实习，毕业拿到毕业证书后直接转正"沈烬语气闲散地开口，"你毕业后的第一个月，你们公司接到了一个很难得的客户，是一名俄罗斯商人，做海上运输和跨国贸易，为了显示对他的重视，翻译公司把所有有时间和能力做他翻译的译员名单和相关履历都发给了他看，也包括那个时候因为刚刚毕业，资历尚浅，所以还没有参与什么重大项目，不过极其空闲有时间去俄罗斯的你。"

秋随惊得直起身子来。

自从分手后，她和沈烬就再也没有联系过，她不知道，沈烬是如何清楚她在翻译公司的时候发生的一切的。

"这名商人曾经和沈氏合作过，和我也算是认识。他来中国的时候找我喝酒，顺便问我有没有推荐的译员，我在那一长串名单中，看见了一个熟悉的名字。"

沈烬目光一抬，对上秋随震惊的眼眸："我和他推荐了这名叫作秋随的译员。"

"他有些犹豫，这名译员在学校的时候看着成绩是挺不错的，不过没什么经验，不确定随行过程中会不会出问题。"

"我告诉他，既然他担心这个问题，不如我也带一名俄语翻译跟着一起去俄罗斯，如果我为他选的这名译员在过程中犯错，我把我身边的翻译赔给他。"

沈烬说的这名商人，她记忆深刻。

因为刚刚毕业，没有什么经验，所以她毕业后的一段时间都在公司坐冷板凳。

翻译工资的最大组成部分是项目提成，参与重要的项目，翻译的提成越多，工资才越高。像她这样基本上不能参加项目的翻译，只有一点点基本工资，扣除掉房租后就所剩无几，只够温饱了。

那名客户是俄罗斯赫赫有名的商人，交给公司的项目也是一个极为重要的商业谈判会。秋随一直都想不明白，这名商人为什么会从公司提供的一长串译员名单中选中她。

要知道，她唯一拿得出手的，也不过就是在大学的时候还算看得过去的成绩。但是翻译这一行，比起认在校成绩，更认可丰富的经验。

秋随想，那一定是命运看她可怜，偶尔丢给她的眷顾。但既然被选中了，她虽然云里雾里摸不着头脑，但也全力以赴地做完了这个项目。

这个项目虽然薪资高，但是难度也极其大，中间对接的人员之多，客户说话的语速之快，完全是一名译员所能遇到的最高难度挑战之一。

秋随庆幸的是，最后，这个项目还算是有惊无险地完成了。

回国后，她闷头睡了整整一天，起来后，发现俄语翻译界的天变了。

这名商人在项目结束后的公开谈话中，不吝夸赞地直言她是自己见过能力最强、承压度最高，也最认真负责的翻译。

凭借这名商人在俄罗斯的商界地位，她从籍籍无名的应届毕业生，迅速成为当时俄语翻译界的新秀，成功在翻译界占据了一席之地。

秋随一直觉得，这名商人是自己的贵人。如今想来，她才终于知道前因后果，她的贵人，明明是沈烬才对。

"沈烬，"秋随说不出什么感受，有些开心，又有些失落，"谢谢你。"

沈烬盯着她笑起来："谢我什么，你不会以为，你做到今天这个位置，都是我的功劳吧。"

"秋随，"沈烬有些无奈地揉了揉她的脑袋，"不是所有人都可以接住这个机会的。"

"有些人，就算命运丢给他这个机会，他也接不住，可能还会因为表现不好成为行业笑料。"

"但我的随随就不一样了，她接住了。"

"我的随随很厉害，迟早都是要站在翻译界的顶峰发光发亮的。"

"至于我，不过是把这个机会提前了而已。"

"和我没有关系，秋随，你能有今天，是你自己靠自己的能力一点一点挣来的。"

　　秋随错愕地看着他,几秒后,她弯唇笑起来,那点失落一点点散去。

　　她觉得沈烬这人可真奇怪,像是有魔力一样。她一个如此自卑的人,听完沈烬说这话,甚至生出了一点骄傲的情绪。

许阿姨，还挺巧的，您儿子沈烬，现在是我未婚夫

/ 第十三章
妈，介绍一下，这是我未婚妻，秋随

01

就在两人浓情蜜语时，床头柜上的手机突然响起来。秋随扫了眼，是姜嘉宁的电话。

她接起来，还没来得及开口，姜嘉宁语速极快地率先开口："秋随，看微博，你上热搜了！！！"

房间内很安静，窗外的喧嚣都被隔绝在外，姜嘉宁的声音没有控制，沈烬听得十分清楚。

他眉心一动，侧头看了眼秋随，拿出手机查看热搜。

秋随还有些云里雾里："我？上热搜？"她心里隐约生出了一点不安。

"你赶紧看，"姜嘉宁电话来得匆忙，"你和俞染月一起上的热搜。"她语气停了几秒，又很快补充，"放心，是你的好事，不过，对于俞染月，可能就不是那么好了。"

秋随一愣,她和俞染月跟着一起上热搜?她和俞染月最近的一次见面不就是今天白天,是在林和豫家。

秋随茫然地挂了电话,呆了片刻,才回过神来。她心底对这次热搜的事情已经隐约有了猜测。

沈烬出声打断她的沉思和猜测,将手机递给她:"就是在林老师家的直播。"

秋随接过手机低头刷起来。

俞染月的名字在微博热搜上霸占了好几位。

热搜第一的词条"俞染月直播"后面俨然还跟着一个"爆"字。

其余几个相关的热搜词条分别是——"俞染月林和豫""俞染月书法""林和豫学生""俞染月人设崩塌"。

秋随一条一条看过去,也找不到半点自己上热搜的相关词条。沈烬像是看出了她的疑惑,伸手点了点手机屏幕:"在这儿。"

秋随顺着他修长的手指看过去,在热搜中间偏上第十名左右,看到了一个相关词条——"戴了二十万钻戒的漂亮小姐姐"。

一时之间有些无语。

秋随看了眼手上闪闪发亮的钻戒:"就这?二十万?"

沈烬眉梢一挑,很自然地点了下头没否认。

秋随盯着手上的那枚钻戒看了会儿,半晌,才艰难地憋出一句话:"沈烬,有没有轻一点的钻戒?"

沈烬微微偏了下头,问:"什么?"

"我觉得这枚钻戒太重了,"秋随认真地看向他,开口解释,"我感觉我好像戴了一个申城的卫生间在手上。"

沈烬低声笑起来。

"那你努力克服一下,"沈烬扯了下唇,又低头凑过来亲她,"过些时间你得戴一套申城的别墅在手上,更重。"

秋随小声嘟囔:"那我也送不起等价的钻戒给你呀。"

她声音很轻,但沈烬还是听见了。沈烬伸手捏了下她的脸,语气吊儿郎当:"送得起。"

她一边好奇自己究竟怎么可能送得起沈烬什么等价的钻戒,一边又有些纳闷,沈烬居然真的要她送一份等价的钻戒!

"铂悦湾这栋楼都是你的。"沈烬懒洋洋地开口。

沈烬没在乎她眼底的惊愕,继续说:"你现在住的这套房子,应该和之后要送给你的钻戒差不多价格。"

沈烬声音低沉,凑近了些看她,声音玩味:"随随,你什么时候让我搬进来住,就当是送我的礼物了。"

她抬眼,若有所思地看着沈烬。

沈烬低垂着头,眼底倒映出她的影子,昏黄的落地灯光线洒在他侧脸,半明半暗间照出他线条优美的下颌。

秋随突然生出了一些微妙的期待。

她有些向往,傍晚的时候下班,房间亮着灯有人等待,黄昏落日的时候,和人一起牵手吹晚风散步的日常。普通得不能再普通的生活,充斥着烟火气。但人间烟火气,的确最抚凡人心。

她看着沈烬凝望自己的眼神,突然觉得,明明还没有同居,但想到余生那样漫长的生活是和沈烬在一起,她就从心底无法克制地生出了期待的心情来。

"好,"秋随笑起来,又稍稍偏头思考了下,"但我想换一套房子。"

沈烬挑眉:"换哪套?"

"我想搬到隔壁住。"秋随说。

沈烬定定地看了她几秒,忽地扯了下唇:"行,什么时候搬过来?"

"嗯……"秋随想了会儿,"领完证吧。"

可能是姜嘉宁提前预告了热搜的内容对自己没有什么不好的消息,秋随也不着急,和沈烬有一搭没一搭地聊了会儿,才慢悠悠地点开她自己的热搜看了眼。

"求一个漂亮小姐姐的电话号码。"

"指个路,林和豫老师虽然没有微博,但是林和豫老师的孙女,颜书越,就是国内最大的律所合伙人微博有发合照,今天中午林老师和几个最得意欣赏的学生一起吃了午饭,合照里面有这位漂亮小姐姐。"

"没有人扒出漂亮小姐姐身边的男人是谁吗?看戒指好像是未婚夫或者老公。虽然没看到脸,但是看身材听声音都好'绝绝子',呜呜呜呜呜呜爱了爱了。"

"本微表情心理专家慕名前来,我把这场直播翻来覆去看了不下十遍,每一个入境的人的表情我都有截图分析,我来给你们展示一下林和豫老师面对不同学生的心里OS——看见俞染月:这是我学生?行吧她说是就是吧……怎么还没结束这场尴尬的聊天?"

"——看见漂亮小姐姐:两眼放光,一脸得意,我最欣赏的学生来给我过生日了!!!"

秋随直到刷到这个号称自己是微表情心理专家的网友评论,她才猛然想起来,这场直播,她不过是偶然卷入其中的路人,真正会被影响的人是俞染月。

她正准备点击退出的时候顺便刷新了一下页面,弹出了一条最新微博。

是国内一本在时尚圈颇有名望的时尚杂志,选了俞染月做今年开春的杂志封面,据说照片都拍摄好了,就等开春之后预告上杂志了。

这也算是目前俞染月向时尚圈迈出的一大步。

没想到的是,官方微博在十秒前发了一条最新消息:"我们注意到艺人俞染月现在深陷某些传闻中,可能会对杂志形象产生不良影响,经过我司的深思熟虑,最终决定暂停合作,一切等待尘埃落定后再做决定。"

秋随眨了眨眼,有些蒙。这算是,俞染月的报应开始来了吗?

她抿了下唇,不由得感慨时尚圈的动作过快。

秋随下意识侧头看向沈烬。

沈烬唇线抿直,盯着她的手机屏幕没说话,眼底眸色沉沉,看上去情绪不太好。

秋随想了会儿,猜到沈烬大约是想到了自己当年在俞家的待遇。

她正要说话,沈烬的手机却突然响起了电话铃声。

沈烬皱着眉头将视线从秋随的手机屏幕挪开,看了眼来电人,似乎惊讶地挑了下眉。

"我妈的电话。"沈烬侧头低声解释。

"阿姨?"秋随催促道,"那你快接电话吧。"

沈烬正要接通手机,手指却突然停住。他瞥了秋随一眼,拿着手机出了房门,才接通电话。秋随没太在意沈烬避开她的举动,她情绪复杂地刷着微博上最新弹出来的评论。

客厅里,许婉的声音迫不及待地响起:"儿子,妈找你有件事情。"

沈烬"嗯"了声:"什么事?"

不久前,许婉看着电脑屏幕里戴着二十万钻戒的漂亮小姐姐,越看越觉得,这小姑娘和不久前在贝加尔湖给她带路的俄语翻译一模一样。

她下意识就要拿出手机给这位有过一面之缘的姑娘说声恭喜。恭喜这两个字还没来得及打完,她就看见了小姑娘身边的男人。

虽然男人的脸没入镜头,不过这个身材和声音,怎么看怎么听,和她儿子沈烬,不能说十分相像吧,只能说如出一辙。

许婉当即向沈烬打了通电话。只是,电话打通后,许婉原本想直接求证的心思突然就没了。

直接向当事人求证多没意思,还是自己发现才最有意思。

"儿子啊,"许婉想了会儿,才慢吞吞开口,"你好长一段时间没来看我和你爸了,你给妈拍张照片,要全身照,从头发到脸到手,就是都得露出来的那种全身照。"

许婉盯着电脑屏幕里男人手上的钻戒勾了下唇,凭借电脑屏幕上的这枚钻戒和沈烬的照片,她就能八九不离十地判断出屏幕里的男人到底是不是她的亲儿子沈烬。

沈烬有一瞬间怀疑自己听错了:"什么?"

与此同时,他不知道的是,在卧室里,秋随也接到了一个来电。

秋随坐在地毯上,看着手机屏幕上跳动的"俞绍辉"三个字,迟迟没有按下接听键。

秋随记忆很深刻,复读那年,她是在拿回身份证后的第二天凌晨,悄然无声地收拾好了自己的所有行李,离开了俞家,离开得很突然,没有和俞家任何一个人打过招呼。

她当时的想法也很简单,先去找林和豫,如果林和豫不愿意接收她,就去拜托姜嘉宁,天无绝人之路,天底下这么大,总不可能找不到一个收留她的地方。

而秋随也清晰地记得,她搬到林和豫家住了整整三天,俞家没有任何一个人试图寻找她,就好像俞家从来没有存在过这样一个人。

还是她犹豫了几天之后,主动找林和豫坦白,林和豫反应过来联系了俞家,说她暂时住在林家,让俞家人不用担心。也是那个时候,秋随才终于认识到了一件事情，俞家根本不缺她那点去工厂上班的打工钱，他们只是不愿意在她身上花钱罢了，否则她这样一个劳动力无缘无故不见，为什么连寻找的力气都懒得花费。

这样敷衍的态度一直延续到了她大学毕业后找到工作。俞绍辉也不知道哪儿来的消息，给她打了第一个电话，明里暗里让她偿还这十八年的养育之恩。

她答应了。从毕业后到现在，这十八年的养育之恩，秋随觉得，她何止是还清了欠俞家的一切，甚至是超额付款了。

她看着手机屏幕上一直闪亮的名字，觉得有些讽刺。这是俞绍辉给她打的第二个电话，这个月的钱，她一样如数地给俞家汇了过去。

这个电话，自然不会是为钱，还能为什么。不用问也知道，是为了俞染月。

换作平时，就算早就知道俞家人对自己的态度，但是每一次提及或者想到俞家人，秋随还是忍不住会觉得自己可怜又卑微。

但这次，秋随坐在地毯上，她听着客厅里传来断断续续的声音，沈烬特意压低了音量，她其实听不太真切沈烬在说什么，只知道沈烬在和他妈妈打电话，不过，光是想想沈烬在这个房间的某个地方陪着她，她那点坏心情就突然之间消散了不少。

她深吸了口气，默默下了一个决心，终于还是接通了电话。

"秋随啊，"俞绍辉没有客套，直入主题，"你看了热搜没有啊？"

秋随简单地"嗯"了声，没再说话。

俞绍辉也没顾忌秋随的态度，自顾自地继续说："那你也应该知道，你妹妹现在情绪不太好，公司给她找了专业公关团队，现在想到的唯一一个最快的解决办法呢，需要你的配合。"

秋随觉得有些好笑。这家人颇有些"有事钟无艳，无事夏迎春"的态度，俞染月没事的时候，她就是一个和俞家毫无关系的陌生人，俞染月出事了得她配合拯救了，她就莫名变成了俞染月的姐姐？

秋随语气很平静，不起不伏，听不出任何波澜："哦？要我怎么配合？"

听她这个口气，俞绍晖就松了口气，他对黎娴和俞染月比了个示意她们放心的手势："我们想你配合和染月做场戏，给大家展示一下姐妹情深，"俞绍辉语气顿了下，又改口道，"也不对，你和染月本来就是姐妹，怎么能叫作做戏呢？"

俞绍辉的口气理所当然到秋随都忍不住诧异。

她抿了下唇："说完了？"

俞绍辉："对啊，你看你什么时候有空，我让他们给你和染月安排一场直播，直播很……"

秋随这一次没有多余的耐心听俞绍晖说完剩下的话："我不答应。"

电话另一头的人突然停住，陷入了死一般的寂静，空气中弥漫着尴尬的氛围。

不知道几分钟过去后，秋随听见另一头传出了摔东西的声音。

几秒后，电话里有一阵刺耳又短促的声音响起，像是话筒被另外一个人愤怒又急不可耐地夺走了。紧接着，她听见俞染月因为暴躁而音调陡然增高的刺耳声音。

"秋随，你说什么？你不答应？！"

"你有什么资格不答应？你别忘了，你能有今天，得感谢谁？！要不是我爸妈好心把你领回家，你现在还活不活着都不好说。"

"还有，微博那几个热搜是你搞的鬼吧，是不是你？是不是你让沈烬把热搜热度刷上去的？"

"秋随，你真当沈烬会和你在一起吗？你别忘了你是什么出身！就算沈烬愿意和你在一起，你看看沈烬他爸妈同不同意！"

"说完了？"

秋随微微偏了下头："那我一个一个来回答你。"

"热搜是网友自己刷上去的，你的时尚杂志代言也是官方自己决定取消的，和沈烬没有一点关系。"

"我为什么这么笃定，当然是因为，沈烬一直都陪在我身边。"

"沈烬的爸妈同不同意我们在一起是我们的事情，轮不到你操心，你先操心自己现在的事情吧。"

"我能有今天，得感谢林老师一家和姜嘉宁一家，唯独不需要感谢俞家。不过，你是不是得好好反问一下你自己，你能成团出道进娱乐圈，靠的是谁的书法作品？"

"是，如果你爸妈当初没有好心把我领回家，我可能会死。不过你爸妈好心把我领回家，我也一样差点死在了五楼杂物间的阳台上。"

她语气坚定逻辑连贯，以至于对面甚至好长一段时间找不到丝毫反驳的点。

几分钟后，秋随听见俞染月气急败坏的声音："什么叫我爸妈？我爸妈不就是你爸妈？"

"不是。"秋随扯了下唇，冷笑了一声，她想起不久前，在决定接通俞绍辉电话的时候，她就下定了决心，"我听见了黎阿姨的声音，挺好，你们一家三口整整齐齐都在一起，那我一起通知一声。"

"俞家这十八年的养育之恩我已经全部还清，甚至多还了好几倍，我再也不欠你们三个人什么了。"

"你自己惹的事情自己解决，我不会配合你的。"

"不过有件事情你们得配合我一下，我要和你们断绝关系。"

空气再次沉寂下来，秋随听见话筒里传来急促又粗噶的呼吸声，像是被气狠了。

她也不着急，只是将手机贴在耳朵旁，耐心地等俞家人的回复。半晌后，那头终于有了动静。

"秋随，你怎么敢！"

是俞染月的声音，她像是咬牙切齿一般吐出一句话："我劝你好好配合我挽回一下这件事情。"

秋随挑了下眉，波澜不惊地点了下头。她听见客厅里沈烬似乎在和对面的人道别，她咬了下唇，只想尽快结束这场通话："那你随意，我没做亏心事，没什么好怕的。"

最后一个字说完，她没有丝毫留恋，"啪"的一声挂断了电话。

02

秋随挂断电话后，俞染月的脸色肉眼可见地难看了起来。

"爸妈，你们放心，我还有办法，既然秋随不配合那就别怪我不客气了。"她拿出手机，拨通了通讯录上的一个号码。

"简妍，你不是一直都想找个机会报复秋随吗？现在机会来了。"

自从简妍在俄罗斯的时候进了趟警局，又被秋随爆出了一切所作所为和录音，公司辞退她是自然而然的事情。

但这还不是最糟糕的,更糟糕的是,翻译界也就那么点大,在申城叫得上名字的翻译公司翻来覆去也就是这么几家,大家算得上是竞争对手,但也是同行朋友。

译员离职到底是个人私事原因还是品行不端,普通的译员可能不了解,但是公司的高管稍微打听几句总能知道一点内幕。

简妍蓄意谋害栽赃同行这件事情,一般的译员看不清楚,几大翻译公司的老总却是早就暗地里互相通过气了。

离职后,简妍的简历几乎投过了申城所有的翻译公司,有些却连面试资格都没捞着,有些就算进了终面但也迟迟拿不到offer(录取通知),屡次碰壁后,简妍也终于认清了一个事实——她被翻译界封杀了。

不能继续在翻译行业工作,简妍只好退而求其次,在一家私人的外语辅导机构做起了俄语老师。

虽然工资也能糊口,但是比起同声传译这种动辄出入五星级酒店,和各种行业大佬接触,薪资按照小时甚至分钟计算的日子来说,生活质量可谓直线下降。这一切的生活巨变,简妍全部归咎为秋随的责任。

简妍眼睛一亮:"真的吗?"

她自然知道自己是不可能再回翻译界做同声传译了,但是如果能把秋随也一起拉入地狱,倒也不错。

俞染月勾了勾唇,眼底狠厉的光芒闪过:"你之前和我说过,怀疑秋随能当那位俄罗斯政界大人物的私人翻译,不是凭借实力赢得的?"

简妍点头:"对!都是沈总……"

俞染月了然,出声打断她:"你这几天尽快整理一下这件事情的全过程,我之后会联系你的。"

这通电话结束,铂悦湾五楼某间房子客厅的人却还没有结束电话。沈烬沉默了片刻,捏了捏眉心:"妈,我记得,家里有好几本我的相册,囊括了我从出生到现在的所有照片。"

许婉默默翻了个白眼:"你到底发不发?"

"妈,"沈烬语气有些无奈,"我手机里没什么照片。"

许婉坚持不懈:"我知道啊,所以我不是让你现在拍一张嘛。"

"妈,"沈烬忍不住说,"你这句话听上去真的很像调戏小姑娘的流氓。"

许婉声音忍不住拔高了几分:"女流氓怎么了?女流氓和不孝子不正好是一家?"

"行。"虽然觉得许婉今天有些反常,沈烬还是没有多想,"我等会儿给你发照片。"

许婉满意了,又不忘叮嘱道:"一定要全身照!手什么的也得露出来。"

电话挂断,三分钟后,沈烬将现拍全身照发送到了许婉的微信里。随后他又拨通陈睿的电话,解决俞染月珠宝代言的事情:"陈睿,沈氏集团旗下珠宝品牌的代言人暂定的是不是俞染月?"

陈睿回复很快:"是的,沈总,暂定俞染月。"

"撤了,"沈烬几乎是咬着牙吐出了几个字,"速度越快越好。"

陈睿一愣,很委婉地劝说:"沈总,这事是不是要考虑一下,我们和……"

"不用了,"沈烬出声打断他,"后果我负责,你尽快撤销俞染月的代言人。对了,撤销完之后再用官博发一则通告,把这事闹得越大越好。"

虽然有些摸不着头脑,但是见老板心意已决,陈睿也不便多说:"好的,沈总,我马上处理。"

电话的另一头,许婉盯着照片看了片刻,忍不住放大了照片。照片上的男人对着镜子,懒洋洋态度敷衍又无奈地随手拍了张照片,一手拿着手机,露出半张脸。

沈烬握着手机的中指上赫然戴着一枚闪亮的钻戒。许婉眼睛不自觉缓缓瞪大,视线落在那枚钻戒上看了好几分钟。

许婉迅速开始头脑风暴。

她认识的人里面恰好都戴这对戒指的,一位她在贝加尔湖遇到的那位翻译小姑娘手上,还有就是她儿子沈烬手上。

许婉想着想着,眉头一皱,什么应该是,可能就是吧。

她当时一眼就看中了那位不知名的翻译小姑娘,还想着撮合撮合小姑娘和沈烬,没想到啊没想到。许婉唇角翘得老高,这不就是命定的缘分吧。这两人钻戒都戴上了,也不知道关系进展到哪一步了。

许婉正打算拿出手机问一问沈烬,刚刚切换到和沈烬的微信对话框,又突然停住。她偏头思考了几秒,又重新退出了和沈烬的聊天记录,从通讯录中找到了秋随的微信。

当时短暂一见,许婉也没来得及留秋随的名字。她犹豫了几秒,斟酌了片刻,才给秋随发了微信过去。

许婉:"小姑娘啊,今天在直播间上热搜的人是你吗?我看着挺眼熟的。"

秋随挂了俞染月的电话后,正想着去客厅找一找沈烬,她明明听见沈烬挂断了和他妈妈的电话,只是片刻,又不知道拨通了谁的电话。

她刚刚从地毯上站起来,手机却突然振动了下。秋随一愣,低头扫了眼手机,备注是"许阿姨"。是不久前她在贝加尔湖随手帮过的一个中年女人,这位许阿姨还曾经想要给她介绍自己的儿子。只是回国后,她和这位许阿姨就没再联系了。

秋随回忆了片刻,这才想起来,沈烬口中的那个骗子翻译和不孝子,这位许阿姨似乎也说过,那时候沈烬和这位许阿姨都在贝加尔湖,倒是挺巧。

虽然想起来了,但是秋随也只当作巧合,没有多想。她脚步一顿,靠在门边,点开了许婉的微信。

秋随:"是的许阿姨,直播间那个不小心入镜的人是我。"

许婉的消息回得很快,像是早就打好了字一般:"哎哟,那还真是挺巧,对了,你现在在哪儿?我记得你和我说过你是申城人?"

她犹豫了几秒,还是回了消息:"嗯,我在申城。"

许婉抿唇笑起来,手指飞快打字:"我儿子也在申城!你什么时候有空,阿姨带我儿子一起请你吃顿饭呀。你看,你帮了我,我怎么样也该请你吃顿饭的。"

秋随组织了几分钟语言,态度有礼但是委婉地在对话框打字:"许阿姨,不好意思,我已经有……"

剩下的字还没打完,秋随就看见许婉给她发来了一张图片。图片下附着一句话:"这是我儿子今天最新的照片,你看看还合不合你眼缘?"

秋随正在打字的手指猛然停了下来,她觉得自己此刻像是被雷劈成了两半。

照片里的男人站在她住的这套房间的卫生间里,懒洋洋地靠着门框,看上去情绪不高，拍这张照片像是被迫一样。

天花板的白色灯光落了一半在他脸上，他身上穿着的是她选购的睡袍，手机遮住了他的下半张脸。

最要命的是，这位许阿姨口中的儿子握着手机的中指上，戴着和她一样的情侣钻戒。

秋随久久回不过神来，她甚至开始怀疑沈烬是不是有一个同胞兄弟，但她又迅速回想起来，沈烬是独生子。

还没等秋随彻底捋清楚整件事情，许婉似乎迟迟没等到她的回复，有些不耐烦了，索性给她发来了一张微信名片。

后面是一条许婉的新消息："这是我儿子的微信名片，你要是有兴趣可以聊聊。"

这个微信名片的头像，她再熟悉不过。

如果说刚刚她还有半分怀疑自己是在做梦，现在这张微信名片，彻底让她清楚了一个事实——她在贝加尔湖遇到的这位许阿姨，居然是沈烬的妈妈！

而沈烬，就是许阿姨口中的那位不孝子！

至于她，则是沈烬口中那个来自贝加尔湖的骗子翻译！

等秋随终于将这团神奇的关系整理完毕后，她脑海中只剩下了一句话，真是大水冲了龙王庙，一家人不认一家人啊……

在反应过来对面的许阿姨居然是刚刚和沈烬通电话的沈烬母亲后，秋随抿了下唇，有些无奈地将对话框中的字一个一个删除。

她脑子转得飞快，思考了片刻，很快察觉出不对劲来。

这位许阿姨应该在看完直播后，早就知道了她和沈烬互相认识，并且关系不一般，这是试探来了。

秋随按了按眉心，思考了几分钟才回了信息过去："许阿姨，还挺巧的，您儿子沈烬，现在是我未婚夫。"

这条十几个字的消息把屏幕外的许婉震惊得快要拿不稳手机。

许婉好心情还没有维持多久，又转瞬生气起来。都未婚夫妻了，她作为沈烬的妈妈，居然半点消息都不知道！她居然还是从未来儿媳妇这里套出消息来的！

沈烬这个儿子到底有没有把她这个亲娘放在眼里！说他是不孝子一

点都没冤枉沈烬!

许婉越想越气,冲动之下给秋随发了几大段消息:

"果然!!!我就知道直播间里你身边的男人是沈烬!!!但是,沈烬都和你成未婚夫妻了,这事怎么也没告诉我?"

"沈烬这个不孝子,真是不治不行了!!!"

"对了,你什么时候有空,阿姨请你出来和沈烬吃顿饭?"

虽然不知道这位许阿姨的话题怎么转得如此之快,秋随还是老老实实地回答:"最近有空的时间是三天后,这周六。"

许婉:"那就三天后,等会儿阿姨打个电话让沈烬出来吃饭,顺便给他介绍一个女朋友。"

许婉:"放心,给他介绍的女朋友就是你!"

许婉:"但你不能告诉沈烬他的相亲对象就是你。"

许婉:"沈烬肯定不会答应,你还得劝沈烬答应!!!"

许婉:"我就要让沈烬知道,姜还是老的辣,这么大事情都敢瞒我,那我也瞒着他玩玩。"

秋随看着不断弹出来的新消息,只觉得心如死灰。你们母子俩窝里斗,为什么我是牺牲品?

许婉:"对了,阿姨还没来得及问你,你叫什么名字?"

秋随无力打字:"许阿姨,我叫秋随。"

许婉:"这名字倒是别致。行,等会儿我备注一下,阿姨和你说的话都记住了吧,你如果还认阿姨这个妈,就配合妈好好演场戏。"

她之前在贝加尔湖的时候,就觉得这位许阿姨还挺有意思。现在才发现,岂止是有意思啊,这位许阿姨可真是有意思过头了。

还有,怎么最近所有人都执着于要她配合演戏,俞染月是,许婉也是,俞染月她倒是可以干脆利落地拒绝。

不过对于许婉,秋随有些为难:"许阿姨,不是,我……"

许婉:"行,就这么定了,咱们就聊到这儿。阿姨等会儿就打电话给沈烬,你记得好好配合啊。"

她还没来得及在和许婉的对话框里打上几个字,就听见了客厅里沈烬的手机又传来了悠扬的电话铃声。

房间寂静下来,秋随没有接听任何人的电话,也没有在和任何人有一搭没一搭地聊着天。

以至于她靠在卧室门边,能够专心致志且清晰地听见沈烬略显无奈地喊了一声:"妈。"

她算是发现了,这位许阿姨不仅有意思得有些过分,还是个典型的行动派。

秋随一时之间脑子有些乱,完全没想好要如何应对接下来可能发生的一切。还没等她思考清楚,秋随就听见沈烬的脚步声逐渐靠近。

片刻后,她看见沈烬清瘦挺拔的身影进入她的视线,就仿佛是许婉给她发的最新照片上的男人走了出来一般。秋随抿了下唇,也不能说仿佛吧,只能说是和许婉发来的照片里的男人一模一样。

沈烬似乎是很头疼地捏了捏眉心,他脸上难得出现了无可奈何的表情:"妈,你又有什么事情?"

秋随在心底默默地接了一句:"给你相亲。"

紧接着,她就看见沈烬眉头微蹙:"相亲?谁?你说贝加尔湖的那个骗子翻译?"

对于许婉的提议,如果说她方才还有些犹豫,担心沈烬会因此和她生气。但是,亲耳听见亲眼看见沈烬一口一个骗子翻译,秋随还是忍不住咬了咬牙。既然沈烬认准了她是骗子,她今天就要把"骗子"这个称号坐实了!

秋随偷偷瞪了眼沈烬,在心底默默走到了许婉的阵营里头。

也不知道许婉在电话那头说了什么,沈烬挑了下眉,漫不经心的声音中又夹杂着几分得意:"妈,你还不知道吧,我已经有未婚妻了。"

秋随安静地坐在一旁默默在心底回答:"不,你妈前不久已经知道了,她还预谋和我联合一起教育你不要试图欺骗女人。"

也不知道许婉又说了些什么,秋随看见沈烬将贴在耳朵旁的手机拿了下来,把开了免提后的手机凑到她跟前:"妈,开外放了,介绍一下,这是我未婚妻,秋随。"

许婉清了清嗓子:"你就是沈烬的未婚妻?"

她对许婉的印象再一次刷新了。看得出来,许婉不仅是个行动派,还是个演技派。

秋随点了点头:"许阿姨好,我是沈烬的未婚妻,我叫秋随。"

沈烬在一旁慢悠悠地补充:"妈,你当着我未婚妻的面要我相亲,我未婚妻会生气的。"

许婉轻轻"哦"了声,她那头安静了几秒,像是在思考什么问题似的。

片刻后,许婉清脆的声音从话筒里传出来:"这么说来,如果你未婚妻同意放你出来相亲,你就答应过来?"

沈烬像是觉得荒唐一般挑了下眉,他嗤笑了一声:"妈,秋随怎么可能同意……"

秋随眨了眨眼,在沈烬"同意"的尾音落下后,平静地打断沈烬后续的话:"我同意。"

尾音落下的瞬间,秋随用余光敏锐地看见沈烬眉心一跳。

许婉慢悠悠的电话里满意又得意扬扬地笑了声:"儿子啊,时间定在三天后这周六啊,相亲对象就是我和你提过的翻译小姑娘,等我确定了地点发你手机,不见不散哦。"

说完,许婉毫不留情地挂断了电话。

03

空气都沉寂了。

"你同意我去相亲?"

秋随突然有些后悔答应了许婉的提议,临时改口却不太可能,只好艰难地点了下头。

沈烬若有所思地看着她,一分钟后,起身离开了卧室。秋随猛然意识到一件事情,她好像闯祸了,沈烬似乎是真的生气了!

她坐着愣了回神,裤兜里的手机突然振动,她茫然地点开微信看了眼。

还是许婉的消息。

许婉:"你配合得不错啊。怎么样,沈烬什么反应?"

她觉得有些头疼,回复:"许阿姨,沈烬好像,也不是好像,他真的和我生气了,怎么办?"

许婉:"你和沈烬之间哪有生气这回事?"

许婉:"男女之间,只有不爱和爱两回事。"

许婉:"你和阿烬这事啊,处理不好就是吵架,处理好了那就是情趣!"

她算是亲自体会了什么叫作高情商发言了。

秋随:"许阿姨您可真是会说话,那这事怎么办才好?"

许婉:"阿姨给你言传身教,让一个爱你的男人不生气啊很简单,就三步。"

许婉:"哄他、亲他、睡他。"

秋随深吸了口气,觉得她未来的婆婆有点反差萌。

秋随走出卧室,在客厅落地窗前找到了沈烬。

沈烬背对她站着,有很缥缈的烟雾从他的指尖逐渐朝她袭来。

她脚步放轻走到了沈烬背后。沈烬似乎专注得很,也或许是在想些什么事情,根本没有察觉。

秋随抬手扯了扯沈烬的睡袍衣袖:"不睡觉吗?"

沈烬夹着香烟的手指一顿,低头瞥了她一眼,眉头不自觉皱起:"你怎么出来了?"他转过身,很迅速地走到客厅桌子旁,熄灭了香烟。

秋随抓着他的衣角没松手,亦步亦趋跟着沈烬,声音带着点娇嗔:"催你睡觉呀,都这么晚了。"

沈烬挑了下眉,没应她这话,音调和语气都挺平静:"你先去睡。"

她算是看明白了,沈烬是真的在和她怄气!

秋随偏头想了几秒,脑海中不自觉浮现出了许婉送给她的第一计——哄他。

秋随酝酿了一会儿,抓住沈烬衣角的手缓缓往上移动,顺势握住了沈烬藏在睡袍口袋里的左手。

沈烬眉心一动,若有所思地盯着她看了几秒,没有和以前一样反握住她,不过也没有甩开她。

秋随心里暗喜,她戴着钻戒的手在沈烬的掌心轻轻挠了挠,钻戒坚硬的表面不经意在沈烬掌心的部位划了一下。

沈烬手指幅度极小地缩了缩,他觉得秋随就是故意的,她像是特意在他心上挠痒痒似的,浅尝辄止,又令人欲罢不能。

"沈烬,"秋随特意放柔了语气,她晃了晃沈烬的胳膊,像是在撒娇,"我们回房间吧。"

沈烬不为所动："不了，我回我自己房间睡。"

好家伙，这人气到要和她分房睡了。

她眨了眨眼，低下头来，声音委委屈屈柔柔弱弱："你生我气了？"

沈烬最见不得她这副模样，纵使他心里依然烦闷得很，语气还是不自觉放缓了，还夹杂着点他自己都没有发现的温柔诱哄："没有。"

秋随抿了下唇，眼睑垂下来，面容是藏不住的低落："你就是生我气了。"

沈烬挑了下眉，嗤笑了一声，"怎么会呢？"

秋随仔细看了几眼，明显发现沈烬脸色好了不少，就是嘴上硬是不肯松口，这人气性还挺大，没办法，只能另外再想个法子。

根据物理原则——作用力和反作用力是相对的。

既然没办法哄成沈烬，不如就让沈烬哄她，谁哄谁不是哄呢。

"沈烬，"她眉头微蹙，声音低了几分，"我亲戚可能快来了，肚子痛，你能不能给我揉一揉啊？"

沈烬低下头看了她一眼，一言不发地就将她抱了起来放在了客厅沙发厚垫上。

他快走了几步，"啪"的一声打开了客厅的水晶吊灯开关，又折返回来，半蹲在她跟前，手掌覆在她腹部动了动，抬头看向她语气认真："这儿不舒服？"

秋随幅度很小地点了下头"嗯。"

沈烬皱着眉头替她揉肚子，似乎还在思考什么问题，两分钟后，她听见沈烬问："都十年了，你这个毛病还没好？"

秋随愣了一会儿，才明白过来沈烬的意思。

她高中的时候就有痛经这个毛病，每个月到了那几天就提不起劲，只能恹恹地趴在桌上无精打采。

偏偏她当时年龄小又害羞，沈烬遇到过几次，她也不知道怎么解释，只能敷衍过去。

也不知道沈烬后来是怎么知道的，秋随也记不清什么时候开始，每个月那几天，沈烬纵使会不经意地路过她的课桌然后顺手在她桌上放杯红糖水。

秋随没想到沈烬还记着这件事情，她回忆了一会儿说："没有高中时候那么严重了。"

沈烬没吭声，只是皱着眉耐心替她揉着肚子。秋随莫名有些不好意思，更何况她也只是随口胡诌的一个理由罢了。

"没事了，"秋随说，"不用揉了。"

沈烬没搭理她，又替她按了会儿，突然站起身来："你先去床上躺着，红糖在哪儿？"

秋随一愣，沈烬自然是不知道她家红糖放在哪儿的，她指了指厨房的一个角落："在那个浅色柜子里。"

沈烬微微颔首，正要起身，秋随突然伸手抓住他。她清了清嗓子，脸色染上了点粉红色："地上凉，你抱我回房间吧。"

沈烬视线落在她脸上，片刻后，她看见沈烬扯了下唇。秋随清楚地看见沈烬的目光缓缓下移，最后落在铺着厚厚地毯的地板上。

铺着地毯呢能凉到哪儿去，是她大意了。

沈烬挑了下眉，语气终于有了点波动，带着点玩味问："想要怎么抱？"

秋随觉得，自己这么一闹，像是把沈烬哄得差不多了，准确来说，是沈烬把她哄好了。

按照许婉的建议，第二步是——亲他。

秋随朝站在面前的男人缓缓张开手臂，小声嘟囔道："公主抱。"

沈烬眉眼间闪过一丝惊诧，他勾了下唇："行。"

秋随整个人被他手臂稳稳地托住，伸手勾住沈烬脖颈的手微微用力，身体随着力道往上移动了几厘米。

在沈烬还没来得及反应过来的时候，她凑上去，亲了亲沈烬的下颌。沈烬脚步一顿，垂下头来，眸色沉沉地盯着被他公主抱着的秋随。

秋随仰着头，对上沈烬熟悉的眉眼。她微微抿唇，语气很低，但又不自觉撒了娇："不要生气了行不行？"

客厅的水晶吊灯还亮着，光线明亮又耀眼，秋随清楚地看见沈烬唇角不自觉往上翘起来。她一眨眼，沈烬又抿直了唇，仿佛刚才的笑意不过是错觉。

沈烬抱着她继续往卧室走，她看见沈烬喉结动了动，淡声丢下一句话："不行。"

秋随了然点了点头，这一回，她甚至不需要在脑海中过多排练。

秋随手臂微微用力，这一次，她亲在了沈烬的右脸颊："这样呢，还生气？"

沈烬勾了下唇，又很快恢复平静："嗯。"

秋随盯着他不自觉柔和下来的神情，默默在心里腹诽：骗子，声音听着可开心了。

她又亲了口左脸颊，钩住他脖颈的手臂晃了晃："还生气？"

沈烬脚步索性彻底停了下来，只是依然稳稳地抱着她，懒洋洋地"嗯"了声。

"这里呢？还生气？"她亲在了他额间。

"嗯。"

"还生气？"她亲住了他喉结。

"嗯。"

"这里呢，还生气？"

这一回，在沈烬惯性说出"嗯"这个字前，秋随吻住了他的唇。

三秒后，她松开了一只勾着沈烬脖子的手臂，捂住沈烬的嘴："不想听到否定的答案。"

沈烬眼底盛着明晃晃的笑意。

一天发生的事情实在太多，秋随被沈烬抱进卧室缩进了被窝后，直接昏昏沉沉地睡了过去，将转身去厨房泡红糖水的沈烬丢到了九霄云外。

她也不记得睡了多久，迷迷糊糊间，她翻了个身，滚进了一个温热的怀抱中，紧接着有柔软的唇带着郑重又怜爱的意味碰了碰她的额头。

紧接着，她模模糊糊听见沈烬"啧"了声，慢悠悠地说了句："真是被我养得越来越娇气了，走路都得我抱了。"

虽说对于许婉的六字箴言，秋随也不过抱着试一试的态度，但秋随终于还是不得不承，许婉的话似乎还挺对。

她甚至还没进行到最后一步，沈烬就像是已经消气了一般。一直到第三天周六，许婉发了条微信给她。

许婉："分享地点。"

许婉："来这家餐厅吃饭，我和阿烬他爸爸都在，你和阿烬一块过来。"

秋随看着时不时就出现在许婉口中的"阿烬"二字，忍不住问："阿烬是沈烬的小名吗？"

许婉："我们在家都这么叫他，习惯了。"

秋随咬唇想了会儿，收了手机走进书房，沈烬正背对着她看着电脑屏幕文件。

她抿了下唇，从后背抱了抱沈烬："阿姨让你今天几点去相亲呀？"

沈烬滑动鼠标的手一顿，转身将她抱起来，让她坐在腿上，左手自然地搁在她腹部揉了揉："怎么，不想我去？"

秋随摇了摇头："你带我一起去吧。"

沈烬拒绝得很干脆："外头冷，你在家休息，我半小时内就回来。"

秋随没辙，坐在沈烬腿上晃了晃腿："阿烬。"

最后一个字尾音落下，她突然停住动作，沈烬揉了揉眉心，几乎是咬着牙禁锢住她的腰："别乱动！叫我什么？"

秋随战战兢兢坐着再不敢乱动，也不敢起身离开，只好小心翼翼地又喊了句："阿烬，你带我一起去好不好？"

半晌后，她看见沈烬深吸了口气。

"以后，"沈烬闭了闭眼睛，声音沙哑，"这种时候不要这样喊我，听见没。"

秋随弱弱点了点头。

沈烬咬了咬牙，忍了片刻，终于还是起身随手抓了件睡袍，转身匆匆离开。

秋随看着沈烬可以说是落荒而逃的背影，提着心脏问："阿烬，我们一起去了？"

沈烬脚步一顿，沉默了须臾，没回头："多穿点，十点出发。"

十一点半，许婉预订的餐厅坐落在申城市中心闹中取静的一处别墅，早就被沈齐峥和许婉包了场。

秋随跟着沈烬推开门，坐在了偌大餐厅里的一对中年夫妻对面。她还没见过沈齐峥，倒是许婉不动声色对着她眨了下眼，秋随甚至分辨出许婉眼睛中藏不住的期待。

沈烬牵着她的手坐在沈齐峥和许婉对面，淡淡询问："不是说相亲吗，那位骗子翻译呢？第一次见面就迟到？"

许婉对上沈烬漠然的眼神,语气真诚地伸手指了指坐在自己对面的秋随:"你不是和我要给你介绍的翻译小姑娘一起过来了嘛,人家怎么就迟到了?"

话音落下,秋随听见沈烬右手捏着的餐刀掉在餐盘,发出了一声清脆无比的声音。

她余光看见沈烬缓缓地转过头,锋利的视线锁住了她。

秋随默默低下了头,之前把生气的沈烬哄好,用了许婉六字箴言中的前四个,三个步骤中的前两个,但这回,秋随觉得,只有最后一个步骤才能派上用场了。

许婉乐得看戏,托着下巴慢悠悠欣赏了几分钟沈烬的神情,才伸手给他们介绍起彼此来:"介绍一下。我儿子,沈烬;这位,是我在贝加尔湖遇到的翻译小姑娘,秋随。"

沈烬抬了抬下巴,松开了桌子底下牵着秋随的手,缓缓抬起朝秋随重新伸手,声音漫不经心:"是你啊。"

秋随听见沈烬咬牙切齿的声音在她耳边响起:"小骗子。"

在某种意义上,她也的确是骗子没错,她对着沈烬抿唇笑了笑,带着点讨饶的笑意。

秋随握住沈烬朝她伸来的手,她微微俯身过去,用只有自己和沈烬两个人可以听见的声音说:"小骗子只骗你一个人。"

沈烬挑了下眉,没再说话,只低着头吃菜。

沈齐峥看着严肃,对上秋随的时候语气刻意放低了不少:"菜还合胃口吗?"

秋随不自觉有些紧张,弯唇礼貌点头:"很好吃,谢谢叔叔。"

许婉像是察觉到了她的不自在,手肘碰了碰沈齐峥:"绷着张脸做什么,把人家小姑娘吓着了。"紧接着,许婉热情看向她问,"秋随生日什么时候?"

秋随愣了几秒,视线落在一边埋头吃菜很少说话的沈烬身上。

片刻后,秋随垂眸笑起来:"九月二十二。"她说着,忍不住侧头去看沈烬。

沈烬正在舀汤的手一顿,扯了下唇,看着心情好了几分。

许婉倒是没察觉他们两人之间的小动作,只是推了推沈烬:"把汤给秋随,你呀,刚好比小姑娘大半年,以后得多让着点小姑娘听见没。"

沈烬漫不经心地"嗯"了声,又将最新舀好的汤递到秋随跟前,意味深长地说了句:"小骗子,给你的。"

许婉"啧"了一声,轻轻拍了下沈烬的胳膊。

"秋随啊,"许婉用不争气的眼神扫了眼沈烬,又随口扯了个话题,"你这名字倒是挺好听啊。"

秋随眨了眨眼,她端起跟前的汤碗抿了口,才微微点了点头:"嗯。"

秋随余光扫了眼沈烬,才意有所指地开口:"我很喜欢这个名字,有我爱的人给我的祝福。"

席间随意聊了几句,沈齐峥看出秋随的不自在和沈烬的神游天外,他扯了扯还在闲聊的许婉,起身准备离开。

"餐厅后面有一片花园,"沈齐峥对秋随道,"我带婉婉逛逛花园消消食,你们吃完饭之后也可以去逛一逛,太累了就先回家休息,改天我们再聚。"

许婉猛然回过神来,她居然做了自己儿子和儿媳妇这么久的电灯泡,她匆忙擦了擦嘴,跟着沈齐峥站起身来。

秋随连忙起身来要送沈齐峥和许婉,许婉却伸手按住秋随的胳膊:"好好吃,一家人别这么讲究。"她视线又瞥向沈烬:"听见没,别欺负秋随。"

沈烬懒洋洋地坐在椅子上,抿了口红酒:"哪敢啊?"

沈齐峥和许婉又简单交代了几句,才匆匆离开。他们两人的背影逐渐消失在餐厅后门的瞬间,沈烬搁下酒杯,转了个身,手臂搭在秋随的椅背后。

"小骗子,"沈烬微眯起眼,一副兴师问罪的模样,"老实交代,还骗了我什么?"

这一刻终于还是来了。

秋随早有准备。她抽了一张纸巾擦了擦嘴,才侧头对上沈烬隐晦不明的眼睛。

"还有一件,"秋随伸手钩住沈烬戴着钻戒的中指,她凑过身去,贴着沈烬的耳朵低语,"我亲戚没来。"

下一秒,她撩人的气息落在他的颈窝处。

她的嗓音压得很低,像是一阵风吹过,却又在二月的冬天,带起了阵阵消散不去的热意。

沈烬听见秋随慢悠悠吐出四个字:"阿烬哥哥。"

尾音消散在空气中,沈烬呼吸一窒,他闭了闭眼睛,十秒后,他抓着秋随的手猛然站起身来。

椅子和地板摩擦发出刺耳的声音,一旁的服务员匆匆赶来小心翼翼地询问:"沈先生,有什么事需要帮忙吗?"

沈烬深吸了口气,按了按眉心,吩咐道:"派辆车给我送我回家,尽快。"

服务员应下后转身离开,秋随还没反应过来,就被沈烬抓着手脚步不稳地走出了餐厅。

早有车辆和司机在餐厅门外等候,沈烬打开车门,让秋随坐了进去后自己也跟着坐进了后排。

"铂悦湾,"沈烬低声道,"走最近的路,开快点。"

秋随一愣,眼睁睁地看着这辆车迅速疾驰在道路上,街道两旁的风景倒映在车窗和她的眼底,急速后退。

沈烬紧绷着一张脸,下颌线条比先前更加分明。

秋随舔了下唇,她似乎知道沈烬这么急匆匆赶回家是为什么了。

因为走了近路,十分钟后,轿车停在了铂悦湾楼下。沈烬没多说话,只是牵着秋随的手急匆匆地走出车门。

他的步伐越来越快,单元楼的指纹门打开后,秋随清楚地看见沈烬的喉结滚动了下。

三秒后,电梯门应声而开。沈烬手拽了拽,将她带进了电梯。

电梯门关上的瞬间,秋随还没来得及反应,就被沈烬堵在了电梯间的墙壁处。

他一只手撑在上方,垂着头打量了她片刻后,一只手捏住她的下颌强迫她抬起头来。

"秋随,"沈烬问,"叫我什么?"

秋随咽了咽口水,不自觉地眨了下眼。她的声音微弱得跟蚊子叫似的,偏偏在这个只有两个人的电梯内又清晰得不能更清晰。

"阿烬哥哥。"

电梯"嘀"地响了一声,五楼到了。沈烬神情莫测地勾了下唇,低头亲了下她,三秒后,他似乎又嫌不够,低头又吻了下她的唇。

"嗯。"秋随听见沈烬满意但是又不过瘾的声音在电梯内回荡,"你最好等会儿也这样。"

秋随被沈烬推着进了门,顺着他的力道靠在了门板上。

房间没开灯,昏暗又安静,空气中却流动着彼此都心知肚明的暧昧和滚烫的气息。

秋随鼻间充斥着沈烬身上初雪后的味道,干净又清冽,与众不同。她被这砸过来的气息一时之间弄得恍了神。

沈烬似乎是察觉到了她开小差,抬手捏了捏她的脸:"想什么呢?"

秋随抬头纠结了片刻,还是忍不住问:"我以为你会很生气?"

毕竟,三天前她答应让沈烬去相亲惹得沈烬生气,她可是花费了几乎整整三天才勉勉强强将沈烬给哄好。

秋随一直觉得,在相亲对象发现许婉口中的那个骗子翻译是自己,沈烬应该会更加生气的。

她甚至都想好要如何哄沈烬了,才会在沈齐峥和许婉离开后,撒娇喊他阿烬哥哥算是求饶。没想到她还没怎么使力,沈烬反倒先自己消了气。

沈烬眉梢一扬,眸色暗沉地瞧着她:"也生气,不过……"

秋随顺着问:"什么?"

沈烬扯了下唇笑:"没办法。"他低不可闻地叹了口气,声音有些哑,"阿烬哥哥得让着随随妹妹。"

秋随微仰着头,她只觉得全身心的所有理智和思绪都被沈烬的这话带着飘走。她再一次感受到了心脏猛烈的跳动。

沈烬眉眼染上了一些难以消退的情欲,他从裤兜里摸出手机,秋随看见他在屏幕上点了几下后,将手机往客厅沙发上随手一抛,发出了沉闷的声音。

"沈烬,你……"

沈烬打断她,声音略沉:"随随,今天周六你休假?"

秋随点头,简单"嗯"了声。

"把手机调静音,"沈烬拽住她的手腕,"等会儿别开小差,谁的电话都别接。"

她视线落在沈烬的眉眼间,惯常夹杂着冷意的面容不知道是不是因为夜色的渲染，带上了欲的颜色。

秋随不自觉舔了下唇，从外衣口袋中拿出手机，调了静音后又递给沈烬。

这一晚，沈烬和她，与世隔绝，谁都不关心这个世界。

但他们都不知道的是，这一晚，这个世界对他们却很关心。

04

距离俞染月的直播已经过去了几天，按照原本的趋势，热度应该下降才对。然而这场直播带来的话题不降反增，还有持续扩大的趋势。

先是国内某个时尚杂志第一个站出来暂停合作。不过，这点事情也造不成太大的伤害，何况也不是完全终止，只是暂时停止合作，一本时尚杂志而已，自然是比不上能够带来巨大流量和金钱的商业合作对象的。

眼看热度就要慢慢散去，谁也没想到，沈氏集团旗下的珠宝品牌作为俞染月最重要的商业合作对象，成了第一个站出来和俞染月解约的商业品牌。

官方微博甚至点名直指珠宝品牌成立多年，历史悠久，真诚对待顾客。代言人最基本的要求就是真诚，很显然，目前的代言人俞染月并不符合这一原则。

见过因为各种原因解约的，但这样直接撕破脸的还是头一回见。该珠宝品牌甚至在微博买了个排名前几的热搜，又为热度即将散去的俞染月直播事件推了把火，一时之间，俞染月被架在了风口浪尖上。

谁都知道，这个珠宝品牌背后站着的是沈氏集团，而沈氏集团的继承人，是铭逸资本的风投大鳄沈烬。

还在风口观望不敢多做动作的其余商家，有一大半都被沈氏集团的出手震惊，连带着一起对俞染月提出解约。

秋随没太关注这场直播的动态，她那三天都忙着哄沈烬，只是和姜嘉宁闲聊的时候，得知了沈氏集团旗下的珠宝品牌已经和俞染月提出解约，又得知自己的热度早在第二天一早就被新的热搜取而代之。

得知自己不在热搜上挂着，秋随也不由得松了口气。

虽然关于她的热搜不是什么负面新闻，但她毕竟是素人，也不太想获得这些她原本没期望的关注，一直挂在微博上她总觉得有些不安感。

秋随不知道的是，就在她和沈烬都调了静音关了手机的晚上，她的名字和沈烬的名字，再一次以肉眼可见的速度攀上了微博热搜。

源头来自一个微博用户的爆料。

"之前俞染月那场直播里入镜戴了二十万钻戒的小姐姐，个人信息来了。"

"秋随，申城一家翻译公司的俄语翻译。俗话说，人不可貌相，这位秋小姐也是个有故事的女同学。"

"年初的时候，中俄在俄罗斯伊尔库茨克市举行了一场政商会议，这位秋随小姐姐作为俄语翻译随同沈烬一起出行。"

"没错，就是沈烬，你们知道的那个，神秘低调、从没有媒体放过他的照片、是沈氏集团继承人、同时也是铭逸资本创始人的风投大佬沈烬。"

"说到这里，就不得不提一下，俄罗斯政界的一位大人物安季普了。"

"安季普可是叱咤俄罗斯政坛四十余年的大人物，能当上这位大人物私人翻译的译员，再熬个几年，完全可以凭借做过安季普先生私人翻译的身份开一家翻译公司，是的，这份经验就是这么有分量！"

"让我们来看看这位安季普先生的所有私人翻译和临时译员都是多少岁呢？平均年龄三十四岁，所有当过安季普先生译员的最小年龄是三十岁，没有一个，注意，是没有一个年龄低于三十岁的译员当过安季普先生的译员哦。"

"现在让我们查一下这位安季普先生在今年贝加尔湖的私人翻译是谁呢？"

"是的，就是这位很有故事的秋随小姐，顺便提一嘴，秋随小姐今年二十七岁。"

"你们猜，秋随小姐是如何挤掉所有有实力的译员，抢占这个原本不属于自己的位置的呢？"

"一点小提示，这个故事目前一共出现了三个人名。"

"对了，既然大家感兴趣，再提一点秋小姐的故事吧。"

"网友们都说秋随小姐惊为天人，这话倒是真的，秋随小姐没有整过容，从小就是美人胚子，所以，秋随小姐从小就懂得如何利用美色获取一切。"

"俞染月的直播大家都翻来覆去看过很多遍了吧，应该也有不少微表情研究专家分析过，林和豫原本看着俞染月表情很平静，但是一看见秋随，就很快满面笑容，也有不少人以此认为这代表秋随小姐是林和豫先生的得意门生。"

"那我就顺便透露一点小八卦吧，秋随小姐在高四那一年，嗯，是的，她复读过，高四那一年，也就是刚刚成年后不久，她就搬出家住进了林和豫家。"

这篇微博不算长，甚至没有指名道姓，发布微博的是一名新用户，刚刚注册没多久，但这并不影响这篇微博一经发布，就迅速引发热议。

申城世家沈家的继承人沈烬，桃李满天下的著名书法家林和豫，相貌惊为天人的美女俄语翻译。

随便单拎一个出来都是值得上热搜的水平，更何况，三个人物扯在一起，明里暗里似乎都有些说不清道不明的关系。

美色和权力原本就是极其敏感的两个词，串联在一起，即使博主什么都没说，但是不少网友都露出了懂得都懂的表情，在心里默默写下了一本长篇巨作。

再加上这三个人里面，每个都和最近热搜不断的俞染月有些关系。

一个是俞染月公开承认的书法老师。

一个是俞染月的同门师姐妹，直播上别说面和心不和，两人的关系就连虚伪的面和都算不上。

还有一个是近期取消和俞染月合作的沈氏集团太子爷。

因为俞染月的热度加成，这三个人的名字分别排列组合，在周六这个最适合吃瓜的晚上，热度一路上升，一直牢牢霸占着微博热搜第一的位置。

几个人之间剪不清理还乱的关系让人看得眼花缭乱，甚至有不少网友开始自发做起了关系图，方便其他人一目了然迅速看懂其中的复杂关系。

即使手机被打爆，秋随和沈烬也依然对这一切毫不知情。

但是世界不会因为她和沈烬的不知情而停止运转。

沈齐峥和许婉从花园散花出来已经是深夜，这处隐藏在别墅的餐厅被他们包场，所以一直是无人打扰的状态。但是，推开别墅的大门就会发现，门外聚集了一大批的记者，此刻见有人出来，一窝蜂拥了上去。

"沈先生，请问您知道沈总和秋随小姐的事情吗？"

"你们有计划让沈总和秋随小姐分手吗？"

"听说沈氏集团旗下的珠宝品牌和俞染月解约代言人，是因为秋随小姐吹了枕边风导致的。"

"请问两位认识秋随吗？怎么评价秋随小姐呢？"

沈齐峥微微一怔，他和许婉请沈烬和秋随吃饭，不仅是为了见一见未来儿媳妇，也是因为这段时间他和许婉都太忙，太久没有出来约会。

离开餐厅进了花园后，难得的约会，他和许婉的手机也都自动调了静音，根本不知道发生了什么。

沈齐峥想起来，许婉告诉过他，秋随的职业是俄语翻译，不知道怎么突然被这些记者盯上了，还和最近被沈氏集团取消代言合同的俞染月扯上了关系。

而且很明显，不是什么好事。

不过，沈家最大的特点之一，就是护短。

沈齐峥本就生得严肃，一向话少冷淡，此刻打量着面前围坐一团的记者，低气压就已经不经意传了出来。

"我只回答和沈氏集团有关的公事，这也是我最后回答的一个问题。沈氏集团旗下的珠宝奢侈品牌对于代言人的选择很简单，只有一个要求，我们未来儿媳妇喜欢哪个明星，我们就选哪个明星。"

此言一出，记者们安静了片刻，又骤然轰动起来。

这是什么节奏？豪门联姻？还是沈齐峥的一个随口说辞？目的可能是摆明了拒绝秋随想要嫁入豪门的念头？

大八卦真是一个接着一个来，他们今年的娱乐板块业绩是不用愁了。

"沈烬已经订婚了吗？"

"能介绍一下您未来儿媳妇的名字吗？"

"是申城的哪位名媛吗？我们听过吗？"

"这话的意思是隔空喊话秋随让她不要痴心妄想嫁入沈家吗？"

"……"

问题像雪花一样一个一个抛过来。

几名保镖费力替沈齐峥和许婉劈出了一条通往几米处轿车的通道。

许婉被沈齐峥护着往前走,快到轿车前,她突然回头看了眼依然坚持追着他们提出各种千奇百怪问题的记者,勾了下唇。

"我先生已经说过了,不回答私事问题,刚刚是他今天回应的最后一个问题。"

"但我看你们对我们的私事还挺感兴趣的,这样吧,由我来最后回应一下吧。"

镁光灯闪个不停,相机快门声接连不断响起来。

许婉挽着沈齐峥的胳膊站在车门前,缓缓开口:"大家似乎对我们沈家未来的儿媳妇挺感兴趣的,多谢大家对于沈烬的关心,未来儿媳妇我们已经见过了,虽说还没嫁进来,但我们已经认准了她。"

"原本想找个更合适的机会给大家正式介绍她的,但既然各位这么关心,现在说也没关系,何况,各位记者们应该也听过我们儿媳妇的名字。"

许婉眉眼从容,声音平稳开口道:"我们沈家的儿媳妇名字叫秋随。"

最后一个字落下,如同往人群中丢下了一个重磅炸弹,记者们甚至没来得及消化这句话的意思,就看见许婉和沈齐峥打开车门坐进了后排。

次日九点,秋随醒来的时候只觉得身子酸得很,沈烬折腾了她一晚上,锁骨脖颈处红痕遍布,腰部被沈烬掐着现在还觉得有些痛。

秋随揉了揉腰,又眯着眼躺了一会儿,沈烬早就起来不知道去哪儿了,她迷迷糊糊觉得被窝暖和得很,又想继续睡过去。

闭着眼睛不过几分钟,她突然听见客厅传来了窸窸窣窣的声音,很微小,但是在空荡的房子内回荡就足够清晰,接着有人说话,秋随仔细听了一会儿,迅速起身从衣柜找了件得体的睡衣穿上。

她听了片刻就分辨出来了,客厅一共三个人,一个是沈烬,还有两个分别是沈齐峥和许婉。

虽然不知道沈齐峥和许婉为什么突然上门,但秋随想着无论如何还是得出门打个招呼的。

她换了身睡衣走到客厅,弯起唇角走向沈烬,一边对着正和沈烬低头聊着的沈齐峥和许婉:"叔叔阿姨好。"话音响起,客厅里的三个人同时抬头看向她。

秋随正往客厅走的脚步下意识停了下来。她很敏锐地发现,三个人的氛围似乎有些不对劲,和昨天一起吃饭的时候完全不一样。

三个人面色凝重,许婉看向她的眼神中甚至还夹杂着点心疼。

秋随刚刚起床,昨晚又被沈烬折腾到凌晨才睡,现在还没彻底清醒过来,一时之间也不知道到底发生了什么事情。

"叔叔阿姨,你们这是……"

许婉眼神闪烁了几秒,径直走过来打断秋随的话:"你这孩子,怎么还……"说到一半,许婉低下头来,眼底还带着点微亮的泪光。

秋随有些茫然,她蒙了几秒,将求救的视线投向沈烬。沈烬却没看她,只是神情严肃地接了电话走到了拐角处。她隐隐约约还听见了沈烬打电话时和对方说的几句话。

"我来解决,不要牵扯到随随。"

"我会替她和公司说,先让她在家休息几天,她现在这个情况不方便上班。"

"怕什么,天塌下来我顶着,她不上班我养着她。"

"我知道你说得对,但这件事情我不同意。"

秋随呆呆站在原地,她心底不祥的预感浮现上来。

虽然不知道沈烬在和谁打电话,但是她听得出来,沈烬在和对面的人聊到自己,还有沈齐峥和许婉,看着情绪也不太高,和昨天喜气洋洋的模样完全不同。

她抿了抿唇,犹豫了几秒,还是忍不住问:"阿姨,你们这是怎么了?发生什么事情了吗?"

许婉深吸了口气,才拉住了她的手道:"你的事情,阿烬都告诉我们了。"

秋随一愣,有些没反应过来:"我的事情?"

许婉沉默了片刻,只觉得情绪颇为复杂。

一来是他们相信沈烬的眼光也相信秋随,二来是这件事情刚刚发酵不久,在没有弄明白原委的情况下盲目降低热度,只会让所有人都彻底相信秋随存在大问题。

沈齐峥和许婉意见一致,身正不怕影子斜,先让热度再维持一段时间,只有弄清楚这件事情幕后的真相,才能找到最合适的解决办法。

"你还在睡觉的时候,沈烬和我们说了俞染月和你的关系,"许婉咬着牙说道，语气顿了下，才开口，"还有你的身世。"

许婉起初还能维持平静的神色，听着听着忍不住骂起人来，到最后气得浑身颤抖眼角带泪。她看着面前一脸茫然的秋随，原本好不容易平静下去的情绪又骤然翻涌。

秋随一愣，她知道和沈烬在一起，这些事情迟早要被沈齐峥和许婉知道。但这件事情发生得太过突然，很明显，她遇到事了。

秋随心里开始不安起来。

沈齐峥走到她跟前，秋随看见这个叱咤商场多年的中年男人犹豫了几秒，最终叹了口气："我和你阿姨得赶回家解决一下阿烬和你的事情，你放宽心在家休息几天。"

秋随已经察觉到自己摊上了事，但是到底是什么事情她却毫不知情。这种未知更加令人焦灼和不安。

她只能机械地送沈齐峥和许婉出门，茫然地点了点头："好。"

许婉走到门口换了鞋，正要出门又突然停住："秋随。"

秋随抬眼看她，这才发现许婉的眼角带着点微红，像是刚刚哭过一般："沈烬这孩子如果欺负你或者对不起你，你就告诉我和你叔叔。"

"啊？"秋随眨了眨眼，她此刻无心去细想许婉这话，只是抿了下唇，回头看了眼在客厅踱步打电话的沈烬。

她没吭声，只是沉默地将沈齐峥和许婉送到电梯门口。

折返回家后，秋随站在门口看了眼客厅。

沈烬站在落地窗前，背对着她穿着深色睡袍，一手夹着烟，打着电话。沈烬沙哑的声音时不时飘进她的耳朵。

"安季普先生选择临时翻译员的时候，我记得为了保证公平，所有的面试都是要录像的。"

"把录像视频找出来。"

"安季普先生现在在哪儿？有空吗？"

秋随心底的不安逐渐扩大，不安促使她寻求答案，她拿起落在沙发的手机，趁沈烬还没发现自己，蹑手蹑脚地回了卧室。

沈烬挂断电话已经是十分钟后。他收起手机，回头扫了眼沙发，原本躺在那儿的手机已经不见踪影。

沈烬脑袋"嗡"的一声，快步走向客厅卧室。

沈烬推开卧室房门，秋随背对他面朝阳台坐着，手机被她反扣在桌上，她很安静，没有哭泣也没有和谁打电话抱怨。他却不由得心头一跳，无端地从秋随的背影中看出了几分绝望。

沈烬走到秋随身边。

秋随察觉到自己搁在膝盖上的手被人握住，她一抬眼，对上沈烬怜惜又压抑怒气的眉眼。她眨了眨眼，脑海中浮现出不久前自己看到的评论。

"沈烬也是绝了，聪明一世糊涂一时，居然栽在秋随这个女人身上。"

"啧，你懂什么，谁让人家秋随长得好看呢，就是可以理直气壮把其他人的翻译员资格挤下来。"

"完全不懂沈齐峥和许婉咋想的，居然直接给秋随撑腰？"

秋随手指动了动，挣开沈烬的禁锢。

她的声音很轻："沈烬，我给你们添麻烦了。"

"沈烬，"秋随眨了眨眼，有滚烫的泪水滑落下来，"我好像，还是把你拉进地狱了。"

整个过程中，她一直垂着头没有和他对视，泪水悄然滑落，声音破碎，委屈和自责快要溢出来。

沈烬盯着她挂在脸颊两侧的泪痕，半蹲下来，伸手扯过秋随搁在膝盖上的手，这一回，他使了几分力，秋随根本挣脱不开。

"秋随，"沈烬抬起一只手抵住秋随的脖颈，让她稍微转了转身子，"你看着我。"

沈烬咬了咬牙，尽可能将自己浑身的戾气压制下去。

"你听清楚了，从来不存在谁把我拖下地狱这回事，只存在我心甘情愿陪人下地狱这回事。"

"既然我沈烬敢陪你下地狱，我就能把你拽上来。"

"还有，"沈烬说，"就算是下地狱，你也不能松开老子的手，听见没。"

她垂眼，视线落在被沈烬强制交握的双手上。

秋随盯着那处看了会儿，很奇怪，她觉得自己在看见新闻和负面评价的那一瞬间从身体中被抽走的力气，似乎又一点点流进她的四肢百骸里，再慢慢汇聚到她的心脏。

片刻后，她才终于找回些许的思绪："那，这件事情怎么解决？"

沈烬眉梢一扬，凑过身抱了抱她，片刻后才松开："你不想站出来，就我来解决。你愿意直面俞染月和俞家那对夫妻,我就做你的后盾。秋随,你想怎么做,就怎么做。出了事,还有我。"

秋随心脏的跳动骤然加快,她对上沈烬的视线,嘴唇动了动,最后还是没吭声。

沈烬瞥了眼被她反扣在桌上的手机,伸手揉了揉她的脑袋:"秋随,这个世界上,几乎每个人都会给自己留后路和备选,我也不例外。"

"风投界更甚,没有一个风投人会把所有鸡蛋都放在一个篮子里,我也不例外。"

"但是,秋随,"沈烬低不可闻地轻叹了口气,"你是我的 All in(全押)。"

秋随眨了眨眼,目光盯着沈烬无奈的唇角,她听见沈烬说:"秋随,你对我,就是永远稳操胜券。"随之还有沈烬越握越紧的手。

秋随只觉得自己,随着沈烬这句话,她又重新透过气,又重新鲜活。

05

秋随的神智逐渐回归,猛然明白过来沈烬口中的"愿意直面俞染月和俞家那对夫妻"的意思是什么。

要解决现在的事情其实很简单,无非两种办法——外人替她解释澄清,以及她自己站出来解释澄清。

当然,外人替她解释澄清的效果,肯定是比不上她自己亲自解释这一切。

俞染月敢这样倒打一耙贼喊捉贼的原因也很简单,就像俞染月敢理直气壮将她的书法作品占为己有一样。俞染月笃定她不敢站出来面对,俞染月再清楚不过,她有多么不想面对自己可怜的身世,俞染月就是赌她不会在大众面前将自己脆弱的一面亲自袒露开。

秋随眨了眨眼,半响后,她钩了钩沈烬戴着钻戒的中指。

"沈烬,"她开口,"我想好了。"

"我要亲自解决,你做我的后盾吧。"

周六中午,微博突然又被新的热搜霸占。

林家一家六口,包括林和豫夫妻、林和豫的儿子儿媳,以及孙子孙女,一起联名发表了一封公开信，对今天的部分新闻做了澄清。

澄清第一点：秋随十八岁后就搬进林家别墅。

解释：秋随那时候无家可归，只能暂居在林家，和林和豫只是单纯的师生关系，这一点，林家六口全部人都能做证。

至于秋随为什么会无家可归，那要问问秋随名义上的妹妹——俞染月，以及秋随法律意义上的父母——俞绍辉和黎娴。

——为什么你们从孤儿院领养了秋随后，却虐待秋随，不让秋随参加高考，在高考第一天把秋随锁在杂物间故意让她高考迟到被迫复读？

——为了不给秋随交大学学费和生活费，而让秋随不参加高考去工厂打工，只是为了赚钱供养俞染月上各种昂贵的艺术培训班？

——为什么你们扣押秋随的身份证不让秋随参加第二次高考？以至于秋随只能被迫寻求林家帮助？

秋随四岁开始跟随林和豫学习书法，是林和豫最得意的门生之一，林家所有人都把秋随当作家人，秋随也是如此。

林和豫和秋随，是师生也是家人，仅此而已，没有任何一个不明不白不干不净的关系。

澄清第二点：秋随到底是不是写得一手好书法？

解释：是。不过耳听为虚，眼见为实。今晚八点，秋随会直播展示自己的书法作品，俞染月不敢当众写书法，秋随可以，她也无惧。

澄清第三点：俞染月到底是不是林和豫老师的学生？

解释：是。但是俞染月书法天赋不高，书法技能也一般。

至于俞染月在选秀节目中展示的书法作品，各位网友如果好奇，可以直接让秋随在直播的时候写一模一样的书法字帖，到时候自然就知道了。

另外，秋随已经委托颜书越做她的私人律师，处理她和俞家断绝亲属关系一事，事情结束后，颜书越会正式在微博上告知各位最后结果。

这篇博文通篇没有半句废话，几乎每一个字都充满了浓烈的反转，短短十分钟，迅速发酵，传播速度之快令人咋舌。

秋随和俞染月以及俞家的关系被彻底扒出后，直接震惊了一群吃瓜网友。即便如此，还有不少粉丝为俞染月辩解说话，只是很快，新的热点又重新进入所有人的视野。

有人脉的媒体找到了秋随简历上的高中，费了点力气采访到了秋随当时的高中班主任。班主任已经退休，但是提到秋随，还是印象深刻。

"这孩子可怜啊。"

"她是被收养的，我记得，她养父姓俞，他们还有一个亲生女儿，就是现在国内当红的女明星，叫俞染月。"

"不喜欢为什么要领养？哎哟，这事情就说来话长了……这对夫妻生育上有点小问题，当时医生说基本上不可能生孩子，这才领养了秋随。"

"哪知道后来领养秋随不到一年，这对夫妻居然怀上了，结果嘛，秋随从此就没过上什么好日子了。"

"这孩子，考试成绩有多好全校人有目共睹，教务系统都记着呢，次次年级前十，早熟懂事。"

"可惜了，第一次高考语文那堂考试迟到了一小时，只能复读。"

"复读也惨，这孩子交不起学费，听说是家里人不让，想让她去打工，还是我给校长做担保，校长舍不得一个好苗子，这才破格让秋随免费进学校复读的。"

采访视频最后附上了记者去学校教务系统打印出来的秋随成绩单，包括各科成绩和年级排名，的确如同班主任所说，次次年级前十，却白白浪费一年复读。

采访视频放出，直接引起轰动，有不少人直接被点燃怒气直言俞染月应该滚出娱乐圈。

民众怒声四起，俞染月的代言产品被自发抵制，短短三小时，俞染月参演的电视剧电影和综艺节目，代言的所有产品，全部和俞染月撇清关系。

晚上八点，秋随的直播准时开启。作为翻译，她其实一向习惯站在他人背后，突然面对镜头还有些不适应。她也不由得庆幸，至少她不用怎么的网友聊天，不过是展示一下自己的书法而已。

因为林家一家六口的联名公开信上有提到，网友建议让她当众写一下俞染月曾经在选秀节目中展示过的书法作品。

秋随看着直播留言区里一连串的评论，就和报幕似的，全都是俞染月在选修节目上展示的书法作品。

秋随扫了眼屏幕，"那就草书吧。"

她话很少，提起毛笔字就开始写。五分钟后，她捡起宣纸对着屏幕晃了眼又放下。

紧接着，秋随又扫了眼屏幕，随后点了点头："嗯，再写一个楷书吧。"

说完，秋随也没多去看留言区疯狂的评论，重新拾起毛笔开始写字。五分钟后，她才再一次拿起桌上的宣纸对着屏幕晃了晃。

这一次，她终于有空看了眼留言区里迅速飘过的评论。

"对俞染月好失望，作为真情实感投过票的秀粉，原来俞染月展示的书法作品，是盗窃秋随的书法作品啊！"

"绝了，怪不得俞染月从不当众展示书法，原来是不敢啊。"

"虽然但是，不过小姐姐你是真的凭借沈总的关系，挤掉了其他译员的资格吗？"

秋随看着那条留言一愣，还没回过神来，就听见沈烬低沉的声音传来。

"没有。"沈烬走到她身边，揽住她肩膀，才看向镜头，"关于安季普先生私人翻译这件事情，晚上会有一个正式的解释，面试的视频和秋随全程的表现，都会在允许的情况下放在微博上供大家评阅。"

他语气顿了下，又牵住秋随的手，对着镜头勾了下唇："我未婚妻，是凭借自己的能力成为安季普先生在贝加尔湖畔的私人临时翻译的。"

秋随侧头看向沈烬，突然觉得一身轻松。

"今晚就到这儿了。"秋随声音温柔地开口，"对了，晚上我还会公布一份录音，关于俞染月小姐的。"

直播关闭后一小时，一通录音和长达六小时的视频都被放在了网上。

录音里，俞染月口出狂言，态度倨傲，和屏幕上礼貌谦卑的模样迥然不同，人设这一次彻底崩塌到无法挽回。当晚，地铁站和各大街头连夜拆除印有俞染月头像的巨幅广告。

六小时的视频中，包括了安季普临时翻译员的最终面试环节，以及秋随紧急上台临场发挥的翻译选场录像。

什么都比不上铁证甩在脸上来得痛快。

所有人都以为，俞染月被冠上"娱乐圈骗子"已经是这件事情的结尾，没想到的是，还有更大的新闻被挖出。

匿名爆料发微博的人被查实是秋随同行简妍。

简妍和俞染月私交甚笃，这件事情也是俞染月授意所为，更让人难以想象的是，这位叫作简妍的翻译，是个有案底的译员，早就在俄语译员界被隐形封杀，而简妍进俄罗斯警局的原因，居然是涉嫌在俄罗斯酒吧意图给秋随下药。

这个幕后被挖出后，不由得令人遐想。下的到底是什么药？

简妍一个普通译员，哪有这么神通广大，拿到这些有些神秘的药？难道和她朋友俞染月也有关系？

解决这些事情后，秋随没有多去看网上评论，她知道，评论早就一边倒了。

秋随休息了一晚上，次日一早，联系了颜书越。在这件离谱到难以置信的事情发生后，她只想尽快和俞家断绝关系。

但俞家对此的回答是，不同意。

俞绍辉和黎娴约她在一家餐厅见面。秋随犹豫了片刻，最后还是告诉了沈烬，在沈烬坚持要陪同一起前往的前提下，她带着沈烬到了那家餐厅。

黎娴像是一瞬间老了不少："秋随啊，染月现在情况很不好，广告商和影视节目都闹着解约，她得赔上巨额违约金。"

秋随了然地点了下头，波澜不惊地喝了口咖啡："所以？"

"我们家现在就你一个人有本事有高薪，又混得这么有出息，"俞绍辉粗着嗓子开口，"你就看在俞家对你的养育之恩上，也不能做白眼狼，和我们撇清关系啊！"

她还没见过这么不要脸的人。

"和我没有关系。"秋随说，"俞染月要赔多少钱，和我没有关系，你们什么时候有空，我们先把亲属关系断绝了。"

俞绍辉气得直拍桌："秋随！你应该知道，断绝关系很难吧，没有我们配合，你这辈子都是俞家的人。"

"是吗？"门外传来一声冷笑，"谁这么自信？"

秋随眨了下眼，看见来人忍不住笑起来："书越姐。"

颜书越穿着黑色西装套装，拎着公文包推门进来，将文件放在桌上，对着餐桌旁俞家的夫妻勾了勾唇。

"介绍一下，我是秋随的律师，颜书越。"

"和你们说两点。"

"第一,在现实世界里,胜利最终还是会站在正义那一方。"

"第二,在法庭上,胜利永远站在我颜书越这一方。"

"综上,你们如果不想赔更多的钱,最好尽快和秋随断绝亲属关系,否则,我有一万种方法,不触碰法律边界,让你们心甘情愿地断绝和秋随的亲属关系。"

俞绍辉和黎娴几乎被气得发抖,他们站起身来,指着对面咄咄逼人的颜书越,却说不出半个字来。

"秋随,你去死吧!"一声尖叫传来,秋随只看见眼前一道人影闪过,一杯冒着热气的咖啡朝她迎面扑来,她甚至还来不及躲闪,只能眼睁睁地看着热气涌来。

紧接着,她被迅速揽入一个温热的怀抱。

秋随闭着眼睛呆了片刻,缓缓睁开眼,是沈烬将她牢牢护在怀里。

秋随从沈烬怀里离开,看见沈烬肩膀上还有滚烫的咖啡往下滑落,沾上了一片湿腻的污渍。

秋随还没来得及开口说话,门外突然闯进来一伙身着警服的男人。他们目标明确,径直走向俞染月一家。

"有人实名举报你和简妍涉嫌违法行为,请你跟我们走一趟,配合调查。"

"俞绍辉和黎娴是吧,你们涉嫌参与俞染月的下药问题,麻烦跟我们一起走一趟吧。"

颜书越挑了下眉,看见一伙警察将俞家三人带走,忍不住拍了拍手,扭头对秋随道:"我找到的问题,姜嘉宁实名举报的。"

颜书越歪了歪头,笑起来:"放心,有我在,他们进局子,我也能帮你和他们断绝关系。"

秋随看着颜书越离开的背影,片刻后,才回过神来,盯着沈烬的肩膀快要掉眼泪:"沈烬,你干吗啊!痛不痛,我们回家。"

沈烬勾了下唇,漫不经心道:"心疼我啊?"

秋随抓着他往外走没说话。

"那你尽快搬到我那儿住,"沈烬由她牵着上车,慢悠悠开口,"顺便心疼心疼我。"

秋随一直觉得,搬家这事情太麻烦了。但是她和沈烬就住在隔壁,只需要从一套房子搬到距离只有十几米的另一套房子。

秋随收拾行李的时候忍不住笑了笑,这是她搬过的最心甘情愿也最轻松的一次家。行李还没打包好,她的手机铃声突然响了起来。

沈烬懒洋洋的声音传出来:"在楼下,还不走?要迟到了。"

"马上!"

秋随匆匆合上盒子,跑到楼下。

沈烬坐在驾驶座等她。

秋随前些天接到了一个电视台演讲邀请,希望她去讲一讲原生家庭相关的事情。她原本想拒绝,但是挨不住电视台的电话轰炸,加上公司方面也希望她可以接受邀请,也算是间接为翻译公司做宣传。

秋随被迫接下这个演讲。

观众席灯光熄灭,只留下墙壁处散发出星星点点的光芒,秋随站在舞台正中央,天花板的吊灯折射出耀眼的光线。

秋随站在台上扫了眼观众席,第一排坐着她熟悉的所有人,林和豫一家、沈齐峥和许婉、姜嘉宁,还有沈烬。

而沈烬坐在观众席第一排正中间,面容隐在黑暗中,唇角勾着笑,视线专注地锁住她。

秋随只觉得无限感慨,她原本是个孑然一身的人,出生被抛弃,领养被放弃,被迫放开爱人的手。

时隔多年,兜兜转转。

她站在舞台中央,有了新的家人,足够信赖的朋友,以及携手一生的爱人。那些她曾经失去的,又再一次,回到了她怀中。

秋随抿了下唇,温和开口:"我知道不幸的人各有各的不幸。"

"也知道原生家庭的阴影会几乎一辈子笼罩在人生上空。"

"但是要相信,爱你的人一定会是例外。那些原生家庭剥夺走的一切,你可以,也一定能够,凭借自己,重新夺回来。"

"人潮拥挤,世事起伏,变化无常,相聚有时,终归散场。"

"不过要记住,即使身在地狱,也不要放弃。"

"不要放弃,你要努力爬出地狱,而爱你的人也一定不会站在原地等待,他会穿越拥挤人海和漫长岁月,坚定不移朝你走来。"

"他会告诉你。"

"你是他的 All in。"

演讲结束回家,秋随拿着最后一个水杯走进隔壁沈烬住的房子。

她看向沈烬,突然想起一个问题。

"沈烬,"她问,"如果我对你永远稳操胜券,那么,你对我呢?"

沈烬伸手接过她手上的水杯搁在沙发上。他偏头想了会儿,半晌后勾唇笑起来,像是一只妖精。

"我对你啊。"

秋随看见沈烬微微弯腰,熟悉的气息笼罩住她,沈烬低下头亲了她一口。

"沈烬会永远为秋随弯腰。"

> 沈烬的最新微博赫然写着一句话——
> 初恋，女朋友，未婚妻，沈太太。

/ 甜蜜番外
求婚大作战！！！

01

从 502 搬进沈烬居住的 501 的第四天，遮光窗帘将窗外正烈的阳光隔绝在外，徒留满室的暧昧涌动。

搬进 501 这天，恰逢秋随调休，她连着休了四天假期，这四天假期里，秋随觉得自己像是每天都睡了个充足的好觉，但又没有完全睡够。

总归也是在假期中，秋随懒得多说，索性就任由沈烬为所欲为去了。

直到她搬进 501 的第四天，按照前几天的作息，她会一直睡到将近九点，才会被沈烬催促着起床吃早餐。

但是这天，早上八点的时候，床头柜的手机就开始"嗡嗡嗡"振动个不停，秋随六点被沈烬折腾醒，现在还没睡多久，又被手机吵醒了，难免有些起床气。

即使在假期，秋随也没有将手机调至静音的习惯，虽然处于调休期间，但是温婕和傅明博总是会时不时地发几封邮件或者信息给她，请她处理。

只是，在往常这些工作消息都得在早上九点上班后，才会断断续续送到她手机里的，也不知道今天是怎么了，才八点，手机就开始振动了。

秋随有些烦躁地揉了揉眼睛，鼻息间闻到厨房飘来的小米粥香气，她情绪稍稍平静了些。

秋随翻了个身，手臂一伸拿起床头柜已经停下了振动的手机。

刚一摁开屏幕，铺天盖地的消息就一窝蜂地涌了进来，秋随还有些蒙。她捏了捏眉心，不知道发生了什么，索性先点开了姜嘉宁的消息。

姜嘉宁："沈烬官宣怎么也不提前和我说一声！！！"

姜嘉宁："好歹我作为你们从始至终的爱情见证人，我连提前得知官宣的权利都没有吗！！！"

隔着屏幕秋随都能感受到姜嘉宁的激动之情，但秋随脑子却"哐当"蒙了好几秒。

什么官宣？她怎么不知道？

秋随下意识从被窝里坐起身子，她靠在床头愣了几秒，才找回一点意识。

好在姜嘉宁激动了一会儿，最后丢了一条链接过来。

秋随点开那条链接，直接跳转到了沈烬的官方认证微博。

沈烬微博关注人数寥寥无几，除了沈氏集团的相关微博就是铭逸资本的官方微博，唯一一个和两家公司都毫不沾边的关注人，是她。

秋随看见自己的名字被列在了沈烬的关注人最上方。

在今天早上八点，沈烬这条认证微博发了注册以来的第一条微博，配图是两张图片。

秋随点开第一张图片。

图片上的女生穿着蓝白相间的校服，对着镜头笑得开怀，眼角眉梢都染上了明媚肆意的笑意。

秋随盯着那张照片有些出神。她思绪逐渐游离，回到了十年前。那是她第一次参加高考，距离高考倒计时一百天的时候，学校为高三学生举办了一场成人礼庆典。

那天恰逢姜嘉宁的生日，姜嘉宁可能是生出了一种全校师生都给自己过十八岁的自豪感，开始一个接一个地往外蹦笑话。

秋随记得，自己那天也挺开心的。可能是因为受到了姜嘉宁的感染，也可能是因为,她在那一刻无比清晰地意识到,距离她离开俞家也就只有一百天而已了。

未来会发生什么事情,秋随那时候还无法预料到。但至少在那一刻,她是真心地替自己即将离开俞家而感到高兴。

她也记得,沈烬那天拿着相机四处拍个不停。秋随只是没有想到,这张十年前的照片,沈烬一直保留到了现在。

时隔多年再看到这张照片,秋随只觉得恍若隔世。

沈烬拍下这张照片的时候,她和沈烬都不可能会想到,他们彼此会错过整整十年,又阴错阳差地再度重逢。

她唇角微微上翘,伸手往左滑动照片,点开了第二张照片。那是前一阵子他们去鬼屋玩的合照。

沈烬揽住她的肩膀,俯身不偏不倚地吻住她的右耳。

这个吻来得猝手不及,秋随根本来不及反应,只能眼睁睁地看着镜头,表情里藏着错愕和茫然。这张合照被沈烬设置成了他们两个人的手机屏保。

秋随忍不住伸手捂住脸颊,低下头,将脸埋在了被子里。

过了片刻,秋随再一次被手机振动声吵得回过神来。她猛地抬起头来,想起姜嘉宁的重点——官宣。

秋随动作顿住,默默抬起头,重新点开手机屏幕。

沈烬的最新微博赫然写着一句话——

初恋,女朋友,未婚妻,沈太太。

秋随视线落在"沈太太"三个字上,过了半晌,她唇角抽了抽。

怎么就变成沈太太了,沈烬还没求婚呢。秋随垂眸,盯着自己空荡荡的手,突然想沈烬曾经说过,他会再补给她一枚求婚戒指。

沈烬一向为人低调,从没有媒体曝光过他的照片,外界也只听闻过他风投大鳄的名声,却很少能够窥探到他具体的长相和生活。

这回倒是沈烬主动将自己曝光在了公众之下,自然掀起了一股不小的风波。

更别提,姜嘉宁作为公众人物又转发了一次,又给提了一波热度。

姜嘉宁:@沈烬,你秀恩爱就秀恩爱,为什么要把我马赛克?还有,我不知道也就算了,怎么官宣也没提前和我们随随知会一声!

这是姜嘉宁几分钟前转发的微博。

秋随眨了下眼，又重新点开沈烬发的第一张图片，这才发现，这张照片添加了朦胧的滤镜，除了她之外的所有人都被自动模糊化处理，自然也包括原先被她挽着胳膊的姜嘉宁。

屏幕上方重新弹出姜嘉宁的微信，秋随有些心虚地抿了下唇。

她挠了挠头，正要退出微博回复姜嘉宁的信息，屏幕上方又突然弹出了一则消息。

沈烬@姜嘉宁：因为今天是个适合官宣的好日子。

什么好日子？秋随眨了眨眼，偏头想了会儿。

今天是3月15日，好像只是普普通通的一天，也没有什么值得纪念的节日。

她茫然了几分钟，也没想出个所以然来。她一抬眼，对上沈烬意味深长的视线。

申城的天气已经暖和起来，算不上冷，沈烬只穿了件黑色睡衣，斜斜地倚靠在门边，看向她的眼睛像是藏着个钩子一般。

秋随对上男人沉沉的目光，脑海中不期然就蹦出了今天一大早的画面。她脸涨得通红，却又说不出话来，只觉得沈烬的嘴角是餍足后心满意足的笑意。

"今天是什么好日子？"秋随起身往外走。

"今天啊，3月15日。"沈烬神色从容答她："国际消费者权益日。"

秋随只觉得满脑子问号围绕着自己："什么？"

沈烬挑了下眉，他动作略显轻佻地捏住秋随的下巴，力气不算重但足够让秋随没法挣脱。

"随随，你怎么消费完了我，就不认账了呢。今天，就是我这个消费者光明正大的维权日。"

秋随过了半晌，才回过神来。国际消费者权益日，什么时候包括了这种消费啊！

秋随一时之间简直被噎得说不出话来。

秋随狠狠闭了闭眼睛，缓过神来后，随手从桌上拿了根黑色皮圈，把长发绑成马尾，站在衣柜面前轻皱着眉头挑选衣服。

沈烬靠在衣柜边上，状似随意地问道："你今天有安排？"

秋随的手划过一排排深色系的通勤装，最后停留在一件雾霾蓝的针织衫上。她特冷酷无情地回答沈烬："嗯，打算去图书馆借几本俄语书看看，顺便在图书馆待上几个小时。"

　　沈烬挑了下眉，他兴致盎然地倚在门框边，等着秋随从换衣间出来。

　　倒也不是因为别的原因，主要是秋随一直以正式通勤装扮出现在他面前。这身仿佛只有学生才会穿上的服装，沈烬总会联想到他们错过的校园时光。

　　十分钟后，秋随穿着一身雾霾蓝色的针织衫和黑色A字裙推开了试衣间的门。

　　沈烬眉心一跳，他视线缓缓下移，黑色A字裙下方是笔直白皙的长腿，黑布料的衬托下越发显出肌肤的雪白和细腻来。

　　沈烬按了按眉心，心底涌上一股无法言说的烦躁。他也不知道秋随什么时候买来的这套衣服，她此刻扎着高马尾，脸上不施粉黛，穿着越发显得年轻靓丽，看上去就是一个活脱脱的大学生。

　　倒是他，穿着一身黑色的西服，西装革履站在门边，手里捏着一沓文件。

　　秋随微微偏了下头，很敏锐地察觉出他不快的情绪来。她困惑地低头打量了自己一会儿，没觉得有什么问题："阿烬，你觉得不好看吗？"

　　沈烬轻"啧"了声，抬脚走过去。他只是粗略扫了眼衣柜，也没细看，就从衣柜里选了件黑色长款外套。

　　"外边冷。"沈烬关上衣柜门，走到秋随身后，有些强硬地替她披上那件黑色长款外套。他又半蹲下来，在秋随的膝盖处拉上拉链。

　　秋随站在原地，眼睁睁地看着沈烬这番动作，一时之间有些无语。

　　"阿烬，"秋随沉默了须臾，还是忍不住开口，"你应该知道的，到了图书馆，我还是不会穿这件外套。"

　　沈烬半蹲在地上，神色平静，只是拽外套拉链的动作停顿下来。他也没站起身，依然半蹲在地上，抬头看着她。

　　秋随很少从俯视的视角观察沈烬，她垂眸看着此刻的沈烬，觉得他像是一只温顺的大狗狗，忍不住伸手在他头上摸了摸。

　　紧接着，她就听见这只温顺的大狗狗开口说话了。

　　"可以啊。"沈烬满不在乎地耸了下肩，"你不想穿这件外套也没关系。"

他拽着外套拉链的手慢条斯理地往下拉,片刻后,原本被外套遮住的长腿又暴露出来,下一刻,秋随看见沈烬缓慢抬手,他蹲在地上,干燥的指尖往上抬,像是带着点引诱的意味,触碰在秋随A字裙底往下几厘米的右侧腿部。

秋随被这个动作激得忍不住就要往后退。沈烬却先她一步拽住她的胳膊,不许她往后挪动。

"随随,"沈烬抬头笑了笑,朝她意有所指地眨了眨眼,唇角弯起一个好看但落在秋随眼里却像是得逞一般的笑容,"如果你不介意。"他顿了下,手指却依然停留在秋随右侧腿部,像是不经意一般捏了捏,语气里有藏不住的恶劣,片刻后,才缓缓补充道,"不介意这里的痕迹被人看到的话……"沈烬没再多说,只是挑了下眉,缓缓站起身来。

这轻飘飘的话落在秋随耳朵里,秋随站在原地蒙了几秒,好半响后,她才回过神来这其中的真正含义。

她瞳孔瞬间睁大,忍不住踩了脚沈烬:"沈烬!"她脸红地往后退了几步,坐在床上,低下头打量右腿在膝盖部位留下的痕迹。

如果不是沈烬提醒,秋随根本就不会发现,右腿膝盖部位的内侧留下了几处红痕。不算太明显,如果不仔细看根本看不清楚。

不知道的情况下穿那件A字裙,秋随还没觉得有什么。但是在看清楚右腿膝盖处的红痕后,她再穿着这条裙子便难免觉得别扭。

沈烬凑过去亲了下她右腿膝盖部位内侧的红痕,他声音缱绻地开口,语气里又藏着点无奈:"没办法,看见随随,我就忍不住。"

秋随深吸了口气,秉承着谁犯错谁解决的原则,干脆将这个问题一股脑直接丢给沈烬:"那你说怎么办吧。"

沈烬神色从容地站起来又从衣柜里拿了条七分牛仔裤:"换一件不就行了。"

秋随愤愤接过沈烬手中那条七分牛仔裤,还是忍不住伸手拍了下他:"我觉得你就是故意的!"

沈烬扯唇笑了下,他还真不是故意的,他也没想到秋随今天要出门去图书馆。

沈烬凑过去吻了下她的唇角,语气半是诱哄地解释道:"你也没告诉我今天要出门,不然昨晚我就克制一点了。"

秋随咬着唇瞪了他一眼,去图书馆的确是她一时兴起,也确实没提前和沈烬说过。

秋随抿了下唇,算是勉强接受这个解释,拿了牛仔裤进换衣间去了,虽然秋随在心底里觉得,即使告诉了沈烬,这人估计也很难学会克制。

她换了七分牛仔裤,很清晰地看见沈烬脸上的神色愉悦了不少。

她之前怎么没觉得这人在这方面独占欲还挺强。

秋随走上前主动凑上去,吻了下他的唇角。三秒后,她伸手戳了戳沈烬的胸膛,像是在撒娇又像是在命令一般:"送我去图书馆?"是疑问句的语气,但是秋随说的是陈述句。

沈烬低头看着她,搂住她腰间的手忍不住捏了捏,片刻后才弯唇笑起来。他又抬手摸了摸秋随的脑袋,他的随随,本就该活得如此。

沈烬后退了几步,低头打量起面前的人来。

秋随穿着一件雾霾蓝色针织衫,搭配一条淡蓝色的七分牛仔裤,怎么看都是个青春活力的女大学生。

"走吧,女大学生。"沈烬挑了下眉,牵着她往外走,"是该亲自送你去图书馆。"

他语气顿了下,走到玄关处,才慢悠悠地补充道:"免得图书馆的男大学生们惦记你。"

哪里就有这么多惦记她的男大学生了。

轿车行驶在申城市图书馆门前停下。

秋随背着个黄色挎包,完完全全就是一副没什么钱但有的是青春资本的大学生装扮,她朝沈烬挥了挥手正想打开车门下车,突然被身旁的人拽住了胳膊。

"拿着。"沈烬将那件黑色长款外套塞进她怀里。

秋随一愣:"不用吧,"她挎包里放着充电器、保温杯、一本笔记本和几支签字笔,再塞一件外套实在是有些沉了,她嫌麻烦,"我这不都换了七分牛仔裤了吗?"

沈烬态度很坚决:"和换不换牛仔裤没关系,图书馆冷气足,到时候冻感冒了可别和我哭鼻子。"

秋随抿了下唇,想起申城市图书馆仿佛不要钱一般的空调,她坐在后排座椅上犹豫了下，还是拗不过沈烬接过了外套。

"我哪有这么娇气，"秋随撇了下唇，反驳道，"怎么会因为感冒就哭鼻子。"

沈烬低声笑起来，从后排拿了一把折叠伞递给她："据说今天要下雨，带着伞去。"

"不带。"秋随瞥了眼他手中的伞没接，冷哼一声，"下雨了你就来接我。"

沈烬盯着她瞧了会儿，突地扯唇点了下头，将折叠伞重新放回原位："行，不下雨也来接你。"

这还差不多，秋随在心底吐槽道。她打开车门再没看沈烬一眼，转身朝图书馆走去。

身后那辆黑色轿车在原地停留了片刻，沈烬视线落在她逐渐消失在图书馆的背影，过了半响，才回头对着司机道："转道去铭逸资本吧。"

司机点点头，轿车行驶出几米后转了个向。沈烬右手无意识地敲了敲车窗边沿，突然开口道："尽可能开快些吧。"

他扭头看了眼窗外逐渐后退的风景，声音放得很轻，仿佛自言自语一般补充道："下午可得准时去接小朋友，省得小朋友等得不耐烦，跟年轻的男大学生跑走了。"

自从毕业后，秋随已经许久不来市图书馆了。这回心血来潮打算来，也纯粹是因为和沈烬重新在一起后，她突然回想起了学生时代不少的事情，这才生出来在图书馆待上一天的想法。

市图书馆一共七层，外语系的图书分布在第三层，秋随在图书柜千挑选了一阵子，才慢悠悠抽出了几本最新出版的俄语书籍，往另一旁的看书角落座位走去。

她许久不来图书馆，小觑了现在图书馆座位的抢手程度。放眼望去，根本找不到一个空座位。

秋随在原地愣了片刻，她好不容易来一趟图书馆打算好好学习天天向上，不会因为没找到座位而打道回府吧。

老天爷仿佛听到了她的心声，一分钟后，靠窗的两个相对而坐的座位上，一个女生抱起桌上的几本书匆匆离开。秋随眼睛一亮，脚步匆忙地往好不容易空出来的座位挪了过去。

将手中的几本俄语书籍放下后，秋随才长舒了一口气。她拉开椅子坐下，从挎包中拿出笔记本和签字笔，突然察觉到来自对面座位时不时飘过来小心翼翼打量的眼神。

秋随动作一顿，合上笔记本，抬眼对上对面座位打量的眼光。

先前忙着占座位，秋随根本没注意对面是谁，这会儿倒是看清楚了。

是个穿着黑色卫衣的男生，准确点形容，是沈烬口中那种年轻的男大学生。

之所以确定是个男大学生，是因为秋随看见了男生桌上摊放着的练习册，最上方用黑色粗体字清晰地印着一行字——《大学英语六级历年真题》。

秋随眨了下眼，视线从桌上英语六级习题册缓慢上移，落在男生年轻略显稚嫩的脸上，她敏锐地看见了男生眼眸中一道一闪而过的惊艳之色。

秋随没有多想，只是朝年轻的男生点了下头，就低下头做自己的俄语笔记。但是对面的打量并没有因此停止，男生依旧时不时抬头看她一眼，视线似有若无地停留在她身上。

秋随被对面时不时飘来的驻留目光弄得有些不自在，她沉默了片刻，最终还是忍住了想要告诉对面的男大学生"你这样看书是不太可能通过六级考试"的冲动。

大约十一点的时候，秋随起身去了趟卫生间。回到座位的时候，对面桌上还摆放着男生的习题册，但是男生却不见了踪影。

可能也是去卫生间了吧。秋随没有多想，她拉开椅子坐下，一张绿色便笺纸映入眼帘。

秋随好奇地拿起便笺纸看了眼，上面写着一行字——小姐姐，这是我的微信号：136xxxx7945。

秋随脑子哐当了几秒，她突然想起在家的时候，沈烬略带不悦的神色，以及话语间隐藏的担忧——可别被图书馆的男大学生给惦记上了。

秋随视线落在绿色的便笺纸上，她微微偏头，总觉得这张绿色的便笺纸看着有些眼熟。就在她捏着绿色便笺纸为难犹豫的片刻，对面一道身影由远及近，挡住了从窗外照射过得大片阳光，拉开了对面的椅子却没有坐下，只是笔直地站在一旁。

秋随下意识地抬头看了眼,恰好对面对面男生期期艾艾的眼神。他略显局促地站在一边,神色中有显而易见的紧张,眼神小心翼翼地看着秋随。

秋随抿了下唇,瞬间觉得自己手中这张便笺纸变得沉重起来。

默不作声地把这张便笺收进自己的挎包吧,秋随又难免担心会给对面的男生传递一些错误的信号,甚至于让对面的男生一个激动就直接把手机微信二维码递给她让她当场加上。

恰在此时,微信响了一声,沈烬:"半小时后结束会议就去接你,能等吗?"

秋随快速地回了:"能等。"

捏着那张绿色便笺的手突然停住,秋随抿了下唇,视线似有若无地看了眼对面越发小心翼翼的男生,没来由地心一软,把绿色便笺纸折了一只纸鹤轻轻地放在桌子上。转身离开的时候,她暗地里长舒了一口气,没有留下那张绿色便笺给男生传递错误的信号,又顺理成章地给男生留下了一个台阶,没有让对方太过于难堪。

她看着电梯里不断变小的数字,猛然觉得自己就像是幼儿园等家长来接的小朋友一样。

她敲击屏幕的手指顿了下,又缓缓打字补充道。

秋随:"多久都能等。"

秋随:"只等阿烬哥哥接我我才走。"

秋随:"其他人接我我都不跟着走。"

秋随看着左上角的"对方正在输入"持续了好一会儿,最终弹出来一条消息。

沈烬:"晚上回家等着。"

秋随盯着那六个字,隔着屏幕都能看出沈烬被她勾着几乎要溢出屏幕的暴躁情绪。

秋随跨出大门,只是低头扫了眼,就看见了站在黑色轿车旁的沈烬。她在原地站了片刻,突然理解了什么叫作一日不见,如隔三秋。

明明也才分离不过一个上午,她突然就很想沈烬,秋随没再犹豫,她飞奔着跑向沈烬,沈烬笑着朝她张开双臂,稳稳地接住飞扑入怀的她。

秋随撒娇似的用头蹭了蹭他的胸膛,声音闷闷地从他西装外套里发出来:"报告阿烬哥哥,我要坦白一件事情。"

沈烬用手捏了捏她的马尾:"说吧,坦白从宽。"

秋随从他胸膛处抬起头来,一脸无辜:"有个男大学生企图搭讪我,他想截阿烬哥哥的和送我回家。"

沈烬原先上扬的唇角迅速抿成一条直线,下颌绷紧。

他从容的神色就在一瞬间沉了下来:"然后呢?"

秋随伸出两个手指头指着右耳发誓,诚恳地表忠心:"我没有搭理。我说了,只有阿烬哥哥来接我我才走,其他人都不能截阿烬哥哥的和。"

沈烬扯了下唇,秋随看不太出他心情如何。

片刻后,她看见沈烬缓缓抬手,拉下她举成发誓妆的右手,将她的右手摊开,和他胸膛的高度平行。

沈烬轻轻拍了拍她的右手,秋随"啧"了声,倒也不痛,但她看见沈烬就是想撒娇:"沈烬,你干吗打我。"

沈烬冷哼一声,从西裤兜里摸出一个红色小盒子,放在她右手掌心处。

秋随一愣,她认出来了,那是沈烬和她玩了鬼屋后,从平城出差回来套牢她的戒指。

"惩罚你,"沈烬声音平静,紧接着,动作小心地打开秋随右手手掌心的红色盒子,"出门记得戴上它。"

秋随小声反抗:"可是戴婚戒做事情很麻烦。"

"嫌麻烦可以不戴手上。"沈烬面不改色地回答她,"把这个盒子放进你的背包就行。"说着,沈烬一边小心翼翼地从红色小盒子中拿出一枚钻戒。秋随认得,那是她成为沈烬未婚妻的钻戒。

沈烬微微低头,神色认真,唇角微弯,很浅的笑意中藏着几分纵容。他俯下身,替她在无名指上戴上戒指。

"以后,"沈烬微微弯腰,和秋随平视,喑哑的声音里有几分不自觉的蛊惑意味,像是诱哄着秋随答应,"再有人想截和我,你就当着他的面,戴上戒指。"

秋随对上他沉沉的视线,忍不住低声笑出来。这个人,还挺损的。

沈烬应该是把下午的工作往后推了,秋随跟着他上车回家。她坐在后排,突然伸出右手无名指,微眯起眼睛盯着手上熟悉的钻戒瞧了半响。

这是沈烬为了定下关系,匆匆去平城出差的时候买的。沈烬说过,之后会给她补一枚私人定制的完美钻戒。

秋随倒是没太放在心上,她觉得,现在她手上这枚钻戒就已经足够了。但是,她突然,很想给沈烬补一枚她买的钻戒。

就像是把沈烬陪在她身边,而她却缺席了沈烬的那些岁月,一起补给沈烬。

02

秋随不动声色地看了眼她身旁的沈烬,悄悄拿起手机,将微信滑到一个头像,点进去,发了条消息。

秋随:"裴新泽,你有认识的私人定制的钻戒设计师吗?"

三分钟后,她的手机屏幕亮了起来。与此同时,秋随听见沈烬的手机也传来了一声来信声。

她迅速拿起手机查看裴新泽的回信,倒是没太在意沈烬的消息。

秋随不知道的是,另一头,沈烬也躲着她点开了一则邮件——发件人是法国某奢侈品牌的知名首饰私人定制大师 Patience Sid(佩巡斯·希德)。

裴新泽说:"我倒是认识一个,法国的钻戒设计大师 Patience Sid,不过,你问这个做什么?"

秋随:"也没什么,就是想请你帮忙,设计两款私人定制的钻戒,我想给沈烬求婚。"

沈烬快速扫了眼邮件。

Patience Sid 说自己会在一个星期后来中国度假,届时能够帮沈烬先定下钻戒的设计稿。

沈烬挑了下眉,快速打了几个字,和 Patience Sid 约定好了时间。

他放下手机后又想了想,不动声色地看了眼秋随,小姑娘正拿着手机飞速打字,也不知道是在和谁聊天。

沈烬偏头沉思了一会儿,将屏幕切换到微信,调到了姜嘉宁的对话框。

沈烬:"老同学,一个星期后有空吗?帮个忙?"

三分钟后,沈烬和秋随的手机屏幕同时亮了起来。

裴新泽:"你求婚?沈烬他干什么吃的,怎么变成你求婚了?"

姜嘉宁:"忙得很,有事说事,没事滚蛋。"

秋随："你就直说吧，这个忙你帮不帮？"

沈烬："我认识的一个首饰设计大师，一个星期后来中国度假，我和他定好了时间讨论秋随的钻戒设计稿，我等着求婚用。"

沈烬："你有空的话来参谋一下。"

又过了几分钟，两人如坐针毡地坐在轿车后排，死死盯着手机屏幕，直到屏幕弹出最新的微信消息。

裴新泽："帮帮帮，谁让你现在是我房东呢？等着，我去帮你联系那位首饰设计大师。"

裴新泽："不过我得先告诉你，私人定制首饰最少需要三个月的时间，加上那位大师手头上的订单很多，就算我找关系插个队，你这至少也得花上四五个月。"

姜嘉宁："替随随挑选钻戒！！！那我肯定得有时间啊！！！"

姜嘉宁："你放心，这事我绝对瞒着随随，不过你得先和我说一声，你打算什么时候求婚啊，我也好去挑下喜欢的伴娘服。"

秋随眨了下眼，她的余光飞速看了眼身旁的沈烬，抿了下唇，缓缓打字："放心，今天也才3月15日，等上半年时间也足够了。"

秋随："我打算九月二十二号求婚，那是沈烬送我的生日。"

沈烬视线不动声色落在身边的秋随身上，片刻后，他弯了弯唇，低头打字："你还有半年多的时间准备伴娘服。"

沈烬："我打算九月二十二号求婚，那是秋随的生日。"

一个星期后，裴新泽请来了法国那位知名的首饰私人定制大师。

Patience Sid 是个扎着小辫子的典型法国老人。

秋随和 Patience Sid 还算聊得来，只是她觉得 Patience Sid 还挺古怪的。Patience Sid 和她约定的时间是每天上午九点到中午十二点。

每回只要一到十二点，Patience Sid 就会准时又礼貌地将她和裴新泽请出门外，多一分钟都不让她们在工作室待着。

第三回被 Patience Sid 有礼又坚决地请出工作室，秋随忍不住纳闷地问裴新泽："Patience Sid 是不是只工作半天啊，我们都快要讨论出结果了，结果十二点的钟声一响，他连半秒钟都不肯多给，明明我也说了愿意付他加班费的。"

裴新泽无奈地耸了下肩膀："早就和你说了，Patience Sid 名声太大，等着找他私人定制钻戒项链的人都能绕申城高中排上好几圈，他在乎这点钱？据说他这趟来中国，总共也就答应了两个订单，上午订做你要给沈烬求婚的钻戒，下午和另外一位客户讨论其他的钻戒方案。"

秋随懵懂地点了点头："下午的那位客户几点来找 Patience Sid？"

裴新泽想了会儿："据说是下午三点开始。不过 Patience Sid 的客户来头都挺大，对隐私性看得还蛮重，所以 Patience Sid 会尽可能避免让他的客户彼此见面。"

秋随点了下头算是了解，可能能成为大师的人都不是普通人吧，难免有些奇奇怪怪的要求。但大师不愧是大师，和 Patience Sid 见了几面，秋随就敲定了求婚的钻戒设计稿。

Patience Sid 抚着他那撮所剩无几的胡子，递给秋随一版设计稿，用法式英语问道："你看这款设计如何？"

秋随接过设计稿，眼睛不由得一亮——那是一款以漫天星河为主题的钻戒设计稿。

第一回见面的时候，Patience Sid 问她，想设计成什么样的主题。秋随脑子里的想法一个接一个的蹦出来，最后所有的思绪都被一一排除，只剩下唯一一个画面。

是那天深夜，她和沈烬坐在贝加尔湖面前，红色的篝火燃烧成缕缕烟雾，像是滤镜，模糊掉沈烬的侧颜，漫天的星光倒映在贝加尔湖冰蓝的湖面上，仿佛颠倒的神秘银河。

那是秋随第一次觉得，远在天边的银河触手可及，也是她第一次觉得，已经陌生的沈烬就在她身侧，和遥远的银河一样，触手可及。

秋随想了会儿，语气笃定："主题啊，星河吧。"

秋随收回落在设计稿上的视线，转而对着 Patience Sid 点了点头："就这版吧。"

Patience Sid 反倒没有因为设计稿通过而松了口气，他若有所思地看着秋随，片刻后才开口问："没有其他要求了？"

秋随有些蒙："什么其他要求？"

Patience Sid 提示道："我下午的客户，想在钻戒的内圈上刻上几个字母。"

秋随茫然地眨了下眼，她记得裴新泽特意说过，Patience Sid 极其注重客户的隐私,怎么现在还能把下午那位神秘客户的要求告诉她来。

但是秋随也没有多想,她点了头,顺势加上了一点小要求:"那我也刻几个字母吧,嗯,S&Q,就这个吧。"

Patience Sid 笑了笑,这才伸手接过秋随手中的设计稿。

秋随盯着 Patience Sid 的笑意,总觉得这位神神道道的老人像是在默默透露着什么讯息似的。

她视线望向裴新泽,只见裴新泽也无奈地摊了下手,表示不解。

秋随没多想,道谢完后又和 Patience Sid 约定好了取钻戒的时间,转身准备离开。

Patience Sid 却突然喊住她。

"对了,"Patience Sid 一手抓着支铅笔,埋头在图纸上写写画画,没有抬头,但秋随知道他在同她说话,"你们知道下午那位客户要求的钻戒主题是什么吗?"

这回就连裴新泽都忍不住停下了脚步。秋随挠了挠头,沉默了须臾,也没想出来 Patience Sid 主动把下午那位客户的信息透露给他们的目的。

但她还是顺势问了句:"什么主题?"

Patience Sid 搁下手中的铅笔,对着站在门口准备离开的两人笑了笑,意有所指道:"枫叶。"

顿了下,他又开口补充道:"秋天的枫叶。对了,他在戒指内圈刻的字母是 Q&S。"

回程路上,秋随想了片刻,忍不住侧头问:"秋随,你说,Patience Sid 这回怎么这么多话啊,还主动把另外一位客户的信息透露给我们?"

裴新泽细想了会儿,语气坚定地回答道:"可能是他一个人在中国太孤单了,就想找个人多说几句话。"

虽说觉得这个回答莫名有些扯淡,但是裴新泽这么胡搅蛮缠毫无道理地一说,秋随也没有再多想。

转眼半年过去,9月10日那天,秋随收到了从法国不远千里邮寄过来的一对钻戒,被精心地放置于一个宝蓝色丝绒盒子中。

收到了钻戒之后,秋随也没放下心来。她拿着手机偷偷给裴新泽打电话:"你说这个礼盒放哪好啊?我和沈烬都住在 501,我如果把这个小盒子放在 501,说不定还没等到九月二十二号,就先被沈烬发现了?"

裴新泽这回倒是难得提出了一个还算稳妥的建议："放在你之前住的502不就行了,我记得那间房子你也还留着,求婚的时候也不可能直接布置501吧,那不如索性布置502呢。"

秋随恍然大悟点了下头:"有道理!"

九月二十二号如期而至,秋随请了上午半天假,又紧急抓来裴新泽这个帮工在502跟着一起布置求婚现场。

地面上被铺满了柔软的玫瑰花瓣,围绕着地面中间的荧光蜡烛摆成心形,就像是每一个电视里会出现的求婚场景一样。

秋随站在房间门口,却总觉得不太满意。

裴新泽疲惫地叹了口气,说:"姑奶奶,我的好房东,你到底还有什么要求,我不管,说好了,我帮你忙,你免我半年房租。"

"放心吧,不赖账。"秋随朝他挥了挥手,"你去休息吧,我再加些东西。"

等所有的工作人员都离开后,秋随环视这间空荡荡徒留满地玫瑰和蜡烛的房间,突然就明白过来,到底缺了什么。

秋随转身从502书房抽出了一本相册——那是她从进入大学后到毕业后所有有纪念意义的照片合集。

在进入大学前,她没有留下太多的照片。一来她那时候不太愿意拍照,二来俞家也没有为她留下什么纪念时刻。

秋随一页一页地翻找,又从中抽出一张又一张的相片。

大一那年,她穿着白色的T恤和蓝色的牛仔裤,是最朴素的装扮,站在H大的校门口合影。

大二那年,她参加学校举办的俄语演讲比赛拿了冠军,站在舞台上拿着奖杯笑意羞涩又带着点自豪。

大三那年,她赚到了学费和生活费第一次出国,去了俄罗斯的莫斯科,她深夜站在宿舍阳台拍下了大雪纷飞的俄罗斯雪景。

大四那年,她去了现在任职的翻译公司实习,她站在高楼大厦脚下,抬头仰望,拍下了自己站在写字楼阴影里的照片。

还有很多很多。

她第一次去贝加尔湖。

她第一次参加国际项目。

她第一次坐俄罗斯慢悠悠的火车。

她第一次在异国他乡看跨年烟火,吃奶油味的饺子。

……

沈烬,这些我和你缺失的十年,你没有参与的十年,我想把这些岁月都一起补给你。

你应该也看得出来,这些没有你的岁月,我过得还不错,但也没有特别好,因为偶尔会很想你。

不过还好,兜兜转转过了十年,这些你从前不曾参与的岁月,如今都可以一览无余,弥补遗憾了。

……

秋随从抽屉里拿了根绳子,又取了几个小夹子,将这十年来的值得纪念的所有时刻,按照时间顺序,用夹子夹在了绳子上。

秋随的打算是在九月二十二号的二十二点零九分求婚。

为此,她特意只请了上午的半天假期。

秋随计划布置完求婚现场,下午就回公司正常上班,晚上下班后照常回家,给沈烬营造出自己正常上下班无事发生的假象,再在二十二点给沈烬打一通电话,请他去隔壁502的卧室取点东西。

这一切都计划得天衣无缝,将照片墙布置好后,秋随匆忙出门去了公司。

路口红灯转绿的时候,秋随发动轿车,却不经意从后视镜看到了一辆有些眼熟的轿车。车牌号,有点像是沈烬常开的那辆劳斯莱斯。

秋随心不在焉凝神想了会儿,又下意识回头看了眼。那辆劳斯莱斯已经融入车流,不见踪影了。

应该是看错了吧,沈烬说了今天要开一天的跨国视频会议。

秋随没有多细想,甩了甩头,重新发动轿车,往翻译公司所在的写字楼驶去。

下班后,她匆匆回家准备再布置一会儿求婚现场,却在走到铂悦湾单元楼楼下的时候,又一次看见整栋楼陷入一片漆黑。

怎么又停电了!现在可是九月份!盛夏!这么停电谁受得了!更何况今晚她还有极为重要的事情要做。

一向好脾气的秋随忍不住,随手拉了个物业人员问:"这停电到底什么时候能修好？"

物业人员赔着笑脸道："很快，两小时内保准修好，您要是嫌热，可以去物业那休息一会儿。"

一小时，秋随在心底默默算了会儿时间，现在六点半五十左右，两小时之内修好也就是八点五十，所幸她已经把现场布置得差不多了，问题不大。

来得及，她暗暗松了口气。

她转而又对物业摆了摆手："算了，不必了，我去外面甜品店坐会儿，等会儿电线修好了麻烦尽快通知我一声。"

物业满口答应下来，见秋随转身离开小区后，才恭恭敬敬打了通电话给沈烬："小沈总，我们什么时候通知沈太太？"

"八点五十准时给她发条消息。"

沈烬斜斜靠在门框边看了眼房间："剩下的我来布置就好了，你们都出去吧。"

姜嘉宁摇了摇头："那怎么行，我得看着你给我们随随求婚。"

"那恐怕不行，"沈烬拒绝得干脆，"你要是闲得没事做，可以去小区外头的甜品店陪着她吃甜品。"

姜嘉宁眼睛一亮："多少钱你都报销？"

沈烬眉心一跳："记我账上。"

姜嘉宁愉快地挥了挥手："得嘞，小的这就告退，您请自便。"

八点五十分，秋随在甜品店收到了物业的消息。她和姜嘉宁匆匆道别，脚步一拐就急忙往小区跑。

电梯门停在五楼，她还没来得及打开502的房门，先收到了沈烬打来的电话。

"随随，"沈烬磁性的声音带着几分不易被人察觉的笑意，"你到家了吗？"

秋随点头："刚出五楼电梯。"

"那就好。"沈烬说，"你去501的卧室床头柜帮我取个文件吧，急着用。"

秋随脚步一顿，难不成沈烬今晚还得加班。她抿了下唇，压下心底的失落和不快，最终还是点头答应下来。

"好。"秋随眨了下眼,一边伸手打开501的密码锁,一边小心翼翼地试探着问,"你今晚几点回来呀?"

话音落下,房门"啪嗒"一声打开。

原本漆黑的房间像是被触动了开关一般,天花板的水晶吊灯折射出耀眼的光芒,与此同时,地上堆叠着的气球争先恐后地往天花板升起。

秋随一愣,站在原地几乎走不动路。

墙壁上挂着的时钟滴答滴答转动,时钟对准九的同时,分钟恰好对准二十二分。

秋随直勾勾地盯着分秒不停的时钟,半晌后,突然勾唇笑了笑,沈烬,你这个人,怎么截和我呢。

我预备在晚上十点零九分求婚,你就安排在晚上九点二十二分求婚。

电话还在继续,却又默契地维持了几分钟的沉默,赶在沈烬开口前,秋随率先出声:"沈烬,你是不是早就到家了?"

"嗯。"

"在哪儿?"

"501门口。"

"那你,"秋随深吸了口气,尽可能让自己的情绪平静下来,"帮忙去502的卧室床头柜取个文件呗。"

秋随听见电话里传来清晰又急促的呼吸声,半晌后,她才听见那头带着点调侃的笑意。

"这么默契啊。"

"行。"

"我现在就去。"

秋随一手抓着电话放在耳旁,一边小心翼翼地越过地上少许的气球,朝卧室走去。

她和沈烬的卧室很大,不过此刻都被摆满了玫瑰花瓣,就像是她在502布置的求婚现场一样。

玫瑰花瓣铺了一地,就连正中间的床上都不可幸免。香气扑鼻的玫瑰花瓣堆叠在床上,簇拥着床中央大大小小二十来个礼盒。

秋随只记得自己像是在梦境一般,她缓缓朝那二十多个礼盒走过去,看见每个包装精致的礼盒外沿都用黑色签字笔写着字。

送给一岁的秋随——来自一岁的沈烬。

送给两岁的秋随——来自两岁的沈烬。

送给三岁的秋随——来自三岁的沈烬。

一个接一个,一直到二十七岁的秋随。

秋随眨了下眼,滚烫的泪珠落下来。她轻轻吸了吸鼻子,对着电话另一头喊:"沈烬。"

电话另一头同时响起一道性格又喑哑的声音:"秋随。"

"照片是什么?"

"礼物是什么?"

秋随抿了下唇,低头盯着自己的脚尖轻轻解释道:"照片是,你没有参与过我的所有岁月。"

"嗯。"沈烬低声笑起来,笑声透过话筒一丝一丝地飘进她耳畔,弄得她心痒痒的,"礼物也是。"

"我们随随从前过得不开心。"

"虽然有了新生日,但我总觉得还是不够。"

"这些礼物,是我补给随随的所有生日礼物。"

"以后,我的随随不仅拥有了新名字和新生日,也拥有了每一年崭新的生日礼物。"

"随随,如果可以,希望时光倒流二十七年,我们一岁便相识,余下日子都足以闪光几百倍。"

秋随的眼泪滑落下来。她握着手机又哭又笑,一个又一个掀开礼盒的盒子。

从最简单的一只奶瓶,到芭比娃娃,到一支象征他们初次相见的黑色签字笔,再到十八岁时想要送给她的口红,二十二岁送的香水,一直到二十七岁。

秋随打开礼盒,那上面是一个包装精美昂贵的红色盒子。她呼吸一滞,呆了几秒,才打开红色盒子。

正中间是一枚枫叶形状的钻戒。

秋随眼睛都忘了眨,她脑海中不期然想起 Patience Sid 意有所指的提示——下午的客人,他想设计的钻戒主题是枫叶,秋天的枫叶。

须臾,秋随的意识才逐渐回归原位,她迫不及待地将钻戒拿到灯光下细细打量，果不其然，看见了内圈刻着的几个字母——Q&S。

"沈烬，"秋随抬手擦了擦眼泪，"二十七岁的礼物，是什么？"

与此同时，电话另一头也响起了一个同样的询问："随随，床头柜的宝蓝色丝绒盒子，是什么？"

"送给你的订婚钻戒。"

"送给你的订婚钻戒。"

两道异口同声的声音响起，秋随忍不住笑了声。

她深吸了口气，清了清嗓子。

"沈烬。"

对面那头声音也徐徐响起："秋随。"

秋随拿起二十七岁礼盒上的那枚钻戒，神色认真，一字一句问道："你愿意成为我的丈夫吗？"

沈烬半蹲下身，视线沉沉地落在照片墙上最后一张照片上，那是秋随和她重逢后，在莫斯科看的第一场烟花。

他盯着那张照片上盛放的烟花，半晌后，才弯唇笑了笑。

沈烬缓缓开口，接住秋随的话茬："你愿意成为我的妻子吗？"

"我很愿意的，你呢？"秋随唇角翘起，却依然从容开口问，"无论疾病还是健康，无论贫穷还是富有，或任何其他理由，都爱我，照顾我，尊重我，接纳我，永远对我忠贞不渝，直至生命尽头？"

"嗯，"沈烬低低的声音透过话筒传来，"我愿意。"

他默了两秒，又语气坚定地补充道："随随，做你的丈夫，我荣幸之至，乐意至极。"

秋随忍不住又抬手擦了擦眼泪。

她抬着下巴，伸手敲了敲二十七岁的礼盒，对着电话那头的人问："沈烬，今天是我二十八岁了。"

沈烬："嗯。"

秋随微微偏了下头："那我二十八岁的礼物，有吗？"

"有，"沈烬低垂下眼睫，轻声答道，"你来502。"

502就是秋随自己布置的求婚现场。她拿着沈烬给她设计的那款枫叶钻戒，跑向对面，站在自己熟悉的求婚场地房间门口，视线忍不住落下沈烬手上的星河钻戒上。

"阿烬，"秋随想到就忍不住对他抱怨，"Patience Sid 在中国白天给我设计钻戒，下午给你设计钻戒，明明客人都是我们，他却赚了我们两份钱，我们亏了。"

沈烬失笑，走过去捏了捏她的鼻子："不生气了，我给随随报销。"

秋随伸手搂着沈烬精瘦的腰，她仰起头好奇地问："二十八岁的礼物呢？"

沈烬抬手回抱住她："二十八岁的礼物啊，"沈烬低头含住她的耳垂，轻柔又极有耐心地啃咬，"就是我。"

秋随闭上眼睛的最后一刻，看见沈烬喉结滚动，透着不经意的欲。

他低哑磁性的嗓音徐徐响起："沈太太，二十八岁生日快乐。"

"生日礼物是我。"

"愿你尽情享用。"

"祝你消费愉快。"

"欢迎下次光临。"

03

沈烬精力仿佛用不完似的，秋随被折腾到了大半夜。

窗外的雨淅淅沥沥下了一整夜，势头时而猛烈时而微小，偶尔停一阵子，秋随以为这雨算是下完了，没等上多久，偏偏又周而复始重新下雨。

秋随昏昏欲睡地半闭着眼睛，上眼皮子和下眼皮子都快要融为一体。偏偏沈烬这人把她弄得还挺舒服的，她舒服得像是睡着了，但又没办法完全睡着。

"秋随，"沈烬猜测她应该是睡着了，他刻意压低了声音，轻到几乎听不见，"还想要收礼物吗？"

他也不知道秋随是根本没睡着，还是对"礼物"这个词语太过敏感。

她迷迷糊糊睁开眼睛，本能地伸手搂住沈烬的脖子，又自然地翻了个身，面对着沈烬重新躺在他怀里。

秋随含混不清的声音从他胸腔前传出来。

"什么礼物啊？"她不安分地在沈烬胸前摇了摇脑袋，"不会还是你吧？"

秋随有些苦恼地叹了口气。

"我可不可以拒收啊?"她顿了下,犹豫了几秒后,又补充道,"算了,不拒收,但我延迟收货可不可以,真的不行了。"

沈烬忍不住伸手轻拍了拍秋随的肩膀,动作温柔地哄她入睡。明晃晃的笑意挂在沈烬唇边,沈烬缱绻开口道:"不是。"

秋随也不知道沈烬到底说了什么,她满脑子里只剩下沈烬的两个字——不是。

秋随暗自松了口气。

她彻底关上了五官的感知,摇了摇脑袋,在沈烬怀里找了个最舒服的姿势沉沉睡了过去。她没有听见沈烬在她耳畔似有若无说的几个字——"是送给你的订婚礼物。"

次日中午,秋随得去江城参加一个新工作项目,沈烬拎着她早就准备好的行李箱开车送她去机场。

秋随坐在副驾驶座上,回忆复习完新工作项目后,才猛然回想起来,昨晚沈烬似乎还说了要送给她一个新礼物。

"阿烬,"秋随侧头瞥她一眼,好奇地问,"还有什么礼物啊?"

沈烬低笑了声,不答反问:"这次要在江城待一周?"

秋随点头:"嗯,七天后回。"

"好,到时候你就知道了。"

七日后。

抵达申城的时候,时间不过是早上八点,秋随被沈烬牵着往机场门外的一辆黑色奔驰走去。

她眼尖,很快就分辨出来黑色奔驰后停着一辆熟悉的宝马,是陈睿每回开的轿车。

"阿烬,"秋随晃了晃他的胳膊,"陈睿也在。"

"嗯,"沈烬对着从宝马上下来的陈睿点了点头,又将手中的行李箱全部推了过去,顺便低头对着秋随解释道,"他来接行李的。"

秋随觉得这话属实有些奇怪——什么叫作接行李?

陈睿对着他们点了点头,接过行李转身离开。

"陈睿他,"秋随有些蒙,"只接行李离开,不接我们走?"

"不接我们,"沈烬笑了笑,温声解释道,"带你去看订婚礼物。"

秋随眼睛一亮，笑意吟吟地跟着沈烬上了车。

"订婚礼物是什么？"

沈烬这回终于没有再卖关子，他单刀直入："想去迪士尼吗？"

秋随在座椅上待了几秒，沈烬怎么知道她还没去过迪士尼的。秋随抬手戳了戳他的手臂，低声嘟囔问道："你怎么知道我想去啊？"

沈烬挑眉，神色自然答："姜嘉宁告诉我的，据说，随随的愿望清单之一，就是和男朋友去游乐场？"

秋随很是敏锐地捕捉到了其中的不对劲："姜嘉宁什么时候告诉你的？我怎么不知道，你老实交代！"

"她和我一起去 Patience Sid 大师那里给你挑选钻戒的时候。"

秋随一双桃花眼此刻茫然地看着沈烬。

"等等，"过了一会儿，秋随才反应过来，"你是说，找 Patience Sid 挑选钻戒的时候，你找了姜嘉宁做你的外援？"

沈烬平静地点了下头："你不也找了裴新泽做外援。"

裴新泽这个骗子！明明说好了保密的！沈烬是什么时候知道的？

秋随越想越气："裴新泽什么时候泄密的？！"

沈烬低沉的声音贴着她的耳垂缓缓传来："你猜？"

裴新泽到底什么时候将这件事情告诉沈烬的答案，一直到轿车抵达迪士尼门口，秋随也没能得到一个确切的答案。

但是在看见迪士尼门口来来往往戴着配饰的人群后，秋随突然就觉得，这个问题的答案，也不重要了。

即使是工作日，迪士尼排队等候的队伍依旧很长。秋随再一次领略到沈烬这人多有耐心。

她用手扇着风，看着前方一眼望不到尽头的队伍，仰头看向站得随意笑意慵懒的沈烬。

"阿烬，"秋随委委屈屈地开口，"等得好累啊，我不想玩了。"

沈烬挑了下眉："那我们现在回家？"

秋随眨了眨眼睛，抿了下唇，犹豫了一会儿，最终还是摇了摇头："算了，都等了快一个小时了，再等等。"

沈烬低头看着等得饥肠辘辘的秋随笑了笑，从包里拿出了面包塞给她："嗯，就等今天这一天。"

秋随没有多去细想这句话，只是顺势点了点头："嗯，再喜欢迪士尼我也就来这么一趟了，排队两小时，项目两分钟。"

沈烬低笑了一声，没多说话。尽管拿了快速通行证，一天下来，秋随也只能挑着玩了几个自己心仪已久的项目。

暮色渐沉，眼看着人群一窝蜂地都从游戏项目上逐渐离开，朝一个共同的方向跑去。

秋随从旋转木马上下来，抬头看了眼已经全然黑下来的天空，猛然意识到了一件事——迪士尼的烟花秀快要开始了。

"阿烬，"秋随拉着沈烬往城堡中央跑，"走，看烟花秀了。"

沈烬态度纵容地任由她拽着手往外跑。

月亮爬上枝头，月色一点点变得越发皎洁。九月的晚风舒适又凉爽，徐徐吹过，裹挟着四处人群的吵闹声和嬉笑声。

人头攒动，她拽着沈烬的手往外奔跑。

秋随突然就觉得，自己和沈烬不再是二十七岁。他们不再是小心翼翼试探彼此又压抑欲望时时刻刻提醒自己保持理智的成年人。

她和沈烬都像是跨越了十年的时光，回到了十七岁那年。她还是懵懂无知的少女，沈烬还是炽烈又勇敢的少年。

秋随当时和姜嘉宁随口胡扯了一句，想和男朋友一起去迪士尼，但那也只是一个可有可无的心愿，不是多么非要完成不可的愿望。

直到这一刻，秋随突然觉得，这个订婚礼物，她好喜欢。

她被成年世界禁锢了太久，她被教导要学会理智和从容，做一个优秀合格的大人。

但没有人告诉她，她还是可以做一个想哭就哭，想笑就笑，想奔跑的时候，就可以拉着喜欢的人的手，肆意奔跑的小孩子。

秋随很难去评判，是迪士尼的烟花秀更好看，还是和沈烬一起看过的莫斯科跨年烟花更好看。

但在看莫斯科的跨年烟花的时候，她和沈烬小心又谨慎，各怀目的又佯装平静。在迪士尼看烟花秀的时候，她和沈烬手牵着手，在烟花在最高峰绽放的时候，在人群中光明正大地接吻。

秋随低头笑了笑，手机里是沈烬委托路人帮忙拍摄的照片——背景是黑压压一片的人海，月亮挂在黑色透着点湛蓝色天空一角，响彻云霄的烟花将黑夜点亮，他们以此为背景，亲密地拥吻。

沈烬抬手揉了揉她的发顶，温柔问她："开心吗？"

"嗯。"秋随笃定地点了点头，"沈烬，我好像回到十七岁了，好像，变得勇敢一点了。"

顿了下，她仰头看向沈烬。

"阿烬，"秋随心里有点甜丝丝的，唇角翘起来，"谢谢你，我觉得我今天，好像当了一回公主哦。"

沈烬慢悠悠牵着她的手顺着人流往外走，门口那辆黑色的轿车依然停在原处。

"走吧，"沈烬慢条斯理地开口，"带你去看真正的订婚礼物。"

秋随脚步一顿，但也没有在原地停留太久，就被沈烬带着打开副驾驶车门送了上去。她看着沈烬绕到一侧打开车门坐进驾驶座，还是有些怀疑自己听到的话。

"阿烬，"秋随凑过身压下心底泛起的惊喜问，"这个不是订婚礼物吗？"

沈烬唇角勾出一抹笑，得意地否认道："不是。"

秋随瞅了他一眼，试探着问："那我们现在去哪儿？"

沈烬弯着唇角慢悠悠回答："铂悦湾。"

铂悦湾？秋随直觉不是回家这么简单，但沈烬一副不愿意再多说的模样，她索性放弃了追问。

轿车七拐八拐，才终于停在了铂悦湾小区门口。

秋随眼睁睁地看着沈烬过家门而不入，没有刷卡打开铂悦湾的闸门，反倒是继续往前行驶而去。

"阿烬，"秋随抿了下唇，低声提醒他，"走过了，铂悦湾在后头，我们得掉头。"

沈烬轻轻"嗯"了一声，依然手扶方向盘面色平静地往前开；"没错。"

他忽地扭头直直凝着她，勾唇笑了笑。

秋随眼光微动，眼睁睁地看着轿车又往前行驶了几百米，最后停留在一个游乐场前。

她侧头，视线透过车窗看向一侧黑夜中寂静无人的游乐场。

秋随知道，铂悦湾一公里附近有一家游乐场，是个小型的游乐场，又因为地理位置和票价等原因,游客一直都不算多。

正在愣神间,沈烬绕道车旁替她打开车门。

"下车吧,"沈烬低头凝视着她,语调温柔又缱绻,朝她缓缓伸出手,"我的小公主。"

秋随心头蓦地一动。她觉得自己就像是置身梦里一般恍惚。

秋随觉得自己脚步轻飘飘的,她将手放在沈烬手中,跟着沈烬亦步亦趋地走向游乐场。原本黑暗寂静的游乐场突然间天光大亮。

街道旁的路灯都像是收到了某个指令一般,统一亮起灯来。秋随觉得自己的心脏跳得飞快,她深吸了口气,平复下从心底涌起了千般情绪。

沈烬牵着她不疾不徐地往前走,铁门看似关上,实则一推就推开了,门口站着几个穿着制服的工作人员,像是等候他们许久一般。

秋随被沈烬牵着往一侧旋转木马的入口处走去。

"阿烬,"秋随抿了下唇,终于找回了几分丢失的神智,她轻轻低喃询问,"这是什么?"

沈烬挑了下眉,回答得平静又耐心:"送给你的订婚礼物。"

秋随艰难地咽了咽口水:"你今晚包场了?"

沈烬低头注视着她,半晌后,才勾唇笑了笑。秋随看着他摇了摇头,在心底暗自松了口气。

下一秒,她就听见沈烬从容平稳的声音:"我买下来了,送给你的。"

她像是一尊雕塑一般,在原地站了好几分钟,才终于反应过来。秋随舔了下唇,无意识地重复道:"买下来了?"

"嗯。"沈烬似乎不觉得有什么值得惊讶的,"这个游乐场本来就没什么游客,原先的老板打算拆了重新建造别的,我就索性买下来了。"

他这次终于没有再隐瞒:"我想着,送给我的小公主。"

尽管早就从沈烬口中知道了他买下了这个游乐场的事实,也不是第一次听沈烬称呼她小公主。但是,前方的旋转木马闪烁着漂亮又耀眼的光芒,喜欢的男人牵着自己的手,视线里专注得只剩下自己,在点亮的路灯背景中称呼自己为小公主。

秋随还是忍不住唇角上扬起来。这家游乐场也的确很小,能够游玩的项目不多,随着游客减少还在逐渐减少,最后只剩下旋转木马、摩天轮和过山车三个还算经典的游玩项目,其余都被拆除。

秋随也不介意。晚上的微风不冷不热刚刚好，游乐场上除了几个简单的工作人员，就只剩下她和沈烬两个人，和在迪士尼的时候顶着烈日排队两小时游玩两分钟的体验迥然不同。

秋随玩性上来了，谁也拉不住。她跳过了最刺激的过山车，拉着沈烬一遍又一遍，坐完旋转木马又去坐摩天轮，坐完摩天轮又去坐旋转木马。

秋随觉得自己像是回到了俞染月还没有出生的时候，那时候，她也有很多很多爱，无忧无虑。

"阿烬，"秋随玩得累了，才终于舍得停下，拽着沈烬干脆地坐在一旁的草地上，"这里也有烟花秀吗？"

沈烬低笑了声，像是在纵容一个小女孩一般，摇了摇头："没有。"

秋随点了点头，倒也没有觉得遗憾："那也没关系。"

"阿烬，"秋随转头看他，声音笃定又温柔，"这是我最像公主的一天了。"

沈烬拖着尾音，吊儿郎当道："怎么会。"

秋随侧头看向他，夜色中，没有旁人，她的视线里只剩下沈烬。

他一向爱干净，此刻也随性懒散地陪着她坐在草地上看星星，像是在贝加尔湖那一晚。月光淡淡洒下来，披在他身上，秋随觉得他披了一层金黄色的光圈。

仿佛是上帝派来拯救她的天使，又像是这辈子特意来勾她魂的妖精。沈烬低头垂眸对上秋随仔细打量的视线。

他眸光动了动，低声笑起来。

"不用这么辛苦去迪士尼。"

"也不用特意跑来这里坐旋转木马。"

"在我身边的每一天，我的随随就都是我的小公主。"

被沈烬带离这家游乐场的时候已经很晚，但是秋随精神依然还在兴头上，她在车上依然执着于喋喋不休地追问沈烬。

"这家游乐场什么时候开门关门啊？"

"我以后想去就可以随时去吗？"

"真的一个游客都没有吗？"

"我可以带姜嘉宁一起去吗？"

"我不玩的时候，能不能让这个游乐场开门接客啊？"

沈烬轻"啧"了一声，将车开进铂悦湾的地下车库。

"怎么这么多问题，"沈烬蓦地侧头，在她唇上轻啄了下，一触即离，"想知道啊？"

秋随已经习惯了沈烬时不时俯身过来的吻，她面不改色地坐在座椅上点了点头。

沈烬神情莫测地低声笑了笑："那下次随随去的时候……"

他语气停顿了下，目光似有所指地盯着在秋随被亲得嫣红的唇角上。

"摩天轮到达最高处的时候，"沈烬转头发动轿车，面不改色地平静补充道，"记得主动来和我接吻。"

回忆起婚礼那一天，秋随至今还觉得，与其说那是一场盛大的婚礼，不如说，那是一场梦幻到极致的婚礼。

秋随是从林和豫家出嫁的，姜嘉宁提前一晚来到林和豫家陪她住着。

婚礼那一天的流程复杂又烦琐，摄影师和化妆师一大早就已经到了林家，秋随被摁在化妆椅上，任由化妆师在她的脸上涂抹上不同的护肤品和化妆品。

忙完了她的妆容，姜嘉宁和颜书越也逃脱不了，两个人一个是伴娘，一个是中途需要出席走到台上，将结婚钻戒送给新人的人，一旦得空，思绪闲下来，秋随就开始想起婚礼举办的场地。

沈烬至今，都没有透露半分举办婚礼的场地信息。整场婚礼，秋随这个新娘只负责选择满意的婚纱这一件事情，剩下的事情都交给了其余人处理。

秋随乐得自在，但又实在是按捺不住这该死的好奇心。沈烬这回口风严得很，任凭她如何撒娇卖萌，都没有透露半分婚礼场地的信息。但更重要的是，秋随逐渐发现，除了沈烬、姜嘉宁、颜书越、林和豫、裴新泽，甚至傅明博、温婕，都知道这个场地到底在哪儿举办。

秋随时常会看见几个人悄咪咪地围坐一团，特意压低了声音，也不知道在商量着什么事情，只有脸上笑嘻嘻的神色可以稍微透露一二分。

但是一旦她稍微走近一些，这一群人就会如同鸟兽状一般一窝蜂散开。傅明博还曾经贼兮兮地和她说：嫂子，我们可都为了你绞尽脑汁了啊。

秋随每回都觉得这感觉微妙得很。

一伙人瞒着她准备一个巨大的惊喜,她也知道那是一个巨大的惊喜,却偏偏不知道这个惊喜到底会长成什么样子。

傍晚;秋随已经脱下了中式婚礼的礼服,换上了一套便服。等她换完便服出来,就看见裴新泽、颜书越、傅明博、温婕、林和豫等一群人,跟着沈烬,浩浩荡荡地往门外走去。

秋随有些蒙。她站在原地愣了好半会儿,才隔着人群喊了一声沈烬。沈烬脚步一顿,隔着人群回头看了她一眼,他很自然地单纯笑了起来,随后,又对着秋随身边的方向抬了抬下巴,无声地比了一个口型。

秋随还没有看懂,沈烬那个无声的口径到底是在说什么。下一秒,突然有人用熟悉的力道拦住了秋随的肩膀。

秋随一愣神,抬头一看,正对上姜嘉宁笑意盈盈的脸。

紧接着,她看见姜嘉宁对着沈烬,遥遥地比了一个"OK"的手势,随后,在她身边,小声地对沈烬说了一句——"放心吧,接下来,这里交给我了。"

秋随眨了眨眼,刚想开口询问,姜嘉宁就仿佛知道她心中所想一般,替秋随开口解释了她所想要询问的一切问题。

"接下来一直到晚上七点,你身边都只会有我一个人。"

"至于其他人呢,他们现在就要赶往晚上八点举办婚礼的那个神秘场地。"

"林老师和邓师母年纪比较大了,他们去八点的神秘场地,得先稍作休息。"

"至于剩下的人,有一个算一个,都被你老公抓去了,当作苦力布置现场。"

她在脑海中默默消化了几分钟姜嘉宁所给出来的信息,突然意识到了一个问题:"所以,晚上八点即将举办婚礼的那个场地,现在还没有布置好吗?"

"早就布置好了。"姜嘉宁理所应当地点了下头,她微微偏头思考了一下,大约是觉得稍微透露一点信息也不碍事,犹豫了一会儿,姜嘉宁才开口说道,"只是晚上八点的时候,你得穿着婚纱披着头纱出席婚礼,沈烬担心,在这个对你而言极为重要的一天,你会着凉感冒,所以押着一群人浩浩荡荡地跟着他去现场,再多布置一些空调和暖气。"

秋随懵懂地点了点头。

"那你呢？"秋随好奇询问，"沈烬居然没有把你抓去做苦力吗？"

"苦力？"姜嘉宁嗤笑了一声，微微昂起头，抬着下巴，神色骄傲，"我这么重要的人，当然是把最重要的任务交给我来做了。"

秋随："比如什么是最重要的任务？"

姜嘉宁："就是陪你聊聊天打发时间，然后晚上八点的时候，把你准时带着抵达婚礼现场。"

姜嘉宁这一说，秋随忍不住更加好奇起来。

但是，总归距离揭晓真相的时候，也只有短短几个小时了，秋随也已经懒得再开口询问，毕竟，一大群人瞒着她准备了一个这么大的惊喜，好不容易准备到了最后一刻，她也没有想要提前获取惊喜的打算了。

晚上七点，姜嘉宁拉着秋随，坐进了早就在门口等候她们的专车里。

秋随好奇地打量着窗外的景色，看着窗外逐渐倒退的风景，秋随在心里下意识地猜测，这辆车到底会驶去哪一个最终的目的地。

然而，四十分钟后，姜嘉宁力度温柔，为了避免泄露惊喜，她态度坚决地将眼罩戴在了秋随的眼睛上，捂住了她的全部视野。

因为看不见，秋随是被姜嘉宁小心翼翼地提醒着，宛如盲人一般走下车的。下车后，秋随有一瞬间的发愣。

因为是在冬天，所以，她在车上的时候，车窗都关得死死的。

此刻，秋随正穿着沈烬精心挑选着的婚纱，打开车门的那一瞬间，她清晰地感受到了空气的流动，掠过她裸露的锁骨和手臂。但很奇怪的是，她一丝一毫的寒冷都没有察觉到。

"随随，"身后响起姜嘉宁郑重又含着笑意的声音，"今天晚上，你是这片土地的唯一主角。"

眼罩被轻柔地摘下的瞬间，秋随睁开了眼睛。

秋随下意识低头看了眼，她脚下踩着的是一片铺设着的红色绵软地毯。身旁两侧，是用不同花束拼接搭建而成的一片花廊，呈现拱桥的形状，中间还串着星星一般的吊坠，从花篮的顶端从掉落下来。

整个花廊的主要色调是粉色系的，和她身上那件淡粉色的婚纱相得益彰。

再往前望去，白色的木质长椅上，坐着的全部都是她熟悉的亲朋好友。

林老师、邓师母、许婉、沈齐峥、裴新泽、颜书越、傅明博、温婕、她第一次承接大型商务活动时候的第一个甲方客户——那名俄罗斯商人，她在外语培训机构的老板——谢老板，甚至还有，安季普……

每一个人都坐在白色的木质长椅上，他们坐在拱桥花廊下，朝她站着的方向望过来，对着她温柔地笑着。

正中央的舞台上，是穿着白色西装，隔着人海遥遥朝她看过来，目光中只有她一个人的沈烬。

这一片景象就是秋随梦中的婚礼，是她几乎所有少女心的全部存在。姜嘉宁稍稍走上前几步，低声跟还在恍惚中，仿佛做梦一般的秋随说了句：
"随随，看一看四周的景象，有没有觉得这里有些熟悉？"

这句话仿佛一语惊醒了梦中人一般。秋随抿了下唇，站在红地毯的中央，她往四周看了看，才惊觉这里的不同之处。

花廊两侧摆放着根本数不清的空调暖气机，替她抵御住了申城二月寒冬的所有寒流侵袭。最重要的是，在整个花廊的左侧，是她和沈烬都曾经来过的地方——旋转木马。

秋随深吸了一口气，脑海中已经隐隐约约有了猜测。她咽了咽口水，将视线转向右侧，那也是她和沈烬曾经来过的地方——摩天轮。

在看见这两个标志性的游乐项目后，秋随终于意识到了，她所位于的到底是什么地方——那是沈烬曾经替他买下来的那个游乐园。

秋随万万没有想到，沈烬会将这里，作为他们婚礼的最后举行场地。因为整个游乐园都属于秋随本人，所以沈烬早早就通知了工作人员，游乐园闭门不开放，同时在外面拉上了厚重的帘子，阻隔了所有游客的视线。

而现在能进入这个游乐园的，全部都是她和沈烬的亲朋好友。他们围聚在一起，欢坐一堂，只为了庆祝她和沈烬两个人共同的神圣一刻。

姜嘉宁后退了几步，微微弯腰，拾起了秋随的婚纱落在红地毯后方的层层裙摆。

"随随，"姜嘉宁在后头低声提醒她，"大胆往前走。"

这道声音像是一道鼓舞的号角，秋随深吸了一口气，她终于从这场少女的梦境中回过神来。她走得缓慢而又坚定，沈烬就站在舞台的中央等着她，耐心而又执着。

游乐场并不算大，红毯也不算长，然后就是短短这几十步，秋随的脑海中却突然闪过了无数的画面。

从她和沈烬高中时候第一次不打不相识，再到高中毕业，她被迫分手，以及她和沈烬重逢后，她小心翼翼地试探沈烬的感情，在贝加尔湖明确自己的心意，鼓起勇气，走向沈烬。

一幕幕，就像是电影里的慢镜头，在秋随的脑海中一点一点闪过，在她踏上舞台台阶的瞬间，沈烬往前走几步，朝她伸出手。

天空就在那时，飘下了洋洋洒洒的鹅毛大雪。

秋随一点都不觉得寒冷，只觉得那是上天给予她和沈烬的礼物，唯美而又浪漫，像是给这场完美到极致的婚礼，增添了一个感叹号一般。

沈烬拽着她的手，带着她小心翼翼地走上三节台阶："冷吗？"

"不冷。"秋随摇了摇头。

她突然想起，自己想要在这天举办婚礼的时候，曾经傲娇地问过沈烬："你会让我着凉吗？"

沈烬当时的回答是不会。那时候，秋随没有将这个回答放在心上，只是单纯地想选一个值得纪念的日子，作为他们的婚礼日期。

但是在此刻，秋随才突然意识到，沈烬对她说的每一句话，就算她当时并没有觉得什么，沈烬却是真的好好地放在了心底，像是完成诺言一般，如约又守信。

就算是见惯了名场面的司仪，也不由得在这样的梦幻婚礼下，以及突如其来的鹅毛大雪中变得感性了不少。

"秋随小姐，"司仪的声音激动中还带着几分颤抖，秋随也不知道，这位司仪是被感动的，还是因为寒冷颤抖的，"你是否愿意沈烬先生成为你的丈夫，与他缔结婚约？无论疾病还是健康，无论贫穷还是富有，或任何其他理由，你都发誓，会爱他，照顾他，尊重他，接纳他，忠贞不渝，直至生命尽头？"

熟悉的婚礼誓词，秋随曾经听过无数遍，也曾经在书本上看过无数遍。

秋随原本以为，这样普通又简单，甚至滚瓜烂熟的一句话，应该不会在她的心里再掀起任何波澜，然而，当她成为这场婚宴的主女主角的时候，她还是忍不住哭出来。

她只觉得眼眶里仿佛有热泪凝聚，将落未落。

第一次当着众人的面哭出来，秋随却难得没有半分尴尬，她只觉得万分的幸福。

"愿意，"秋随深吸了口气，她缓缓抬头，对上沈烬那双仿佛沉溺了星河一般的眼睛，她弯唇笑起来，重复了一遍，"非常愿意。"

司仪忍不住露出姨母笑，大约是真诚的感情永远动人。

"沈烬先生，"司仪转头看向沈烬，又问了一遍同样的问题，"你是否愿意秋随小姐成为你的妻子，与她缔结婚约？无论疾病还是健康，无论贫穷还是富有，或任何其他理由，你都发誓，会爱她，照顾她，尊重她，接纳她，忠贞不渝，直至生命尽头？"

"随随，"沈烬微微垂眸，他深深地看着秋随的双眼，眼底是缱绻的光影浮动，"我非常愿意，乐意至极，荣幸之至。"

在台下如雷一般的掌声中，沈烬低头，捧着她的脸，带着虔诚的意味，在众人面前，吻上了她的唇。

虽然晚上的婚礼是在露天举办的，但是由于游乐园门外的门帘组合了所有好奇探头想要张望的人群，反而让露天的婚礼中仅仅带了几分隐私性，就像是一个小众的聚会一般。

沈烬那天像是高兴过了头，晚上婚礼上的每一个人朝他敬酒，沈烬都一饮而尽，没有半分推托。

晚上的婚礼持续了整整两个多小时，一直到将近晚上十一点半，所有的宾客才陆陆续续地散场。秋随和沈烬反倒并不急着离开，他们两人一个一个目送着晚上婚礼的宾客离开这个只属于他们两个人的游乐场。

当所有宾客全部离开后，秋随身上还穿着淡粉色的婚纱，头纱倒是早就被秋随丢到了角落处。

秋随那一天玩得非常尽兴，尽管婚礼那一天她起得很早，但是到了晚上，她和沈烬看着所有宾客都已经离开，秋随依然意犹未尽地拉着沈烬，在游乐园里瞎逛。

暮色沉沉天空，像是无边的黑洞一样，天空中只闪烁着点点的星光，并不耀眼。

游乐园却截然不同。

这家游乐园仅剩的几个项目设施几乎都亮着黄色又耀眼的灯光，像是在为他们指明方向的道路，又像是一道温暖的天光，纵容着他们，尽情地在这里挥洒时光。

时间转动到十一点五十的时候，沈烬拉着秋随坐进了摩天轮中的小盒子。

摩天轮转动的时候,她和沈烬就和三岁大的孩子一般,肩并着肩,眼巴巴地看着窗外的景色,欣赏着申城的震撼的夜景。

在他们两人坐着的那个小盒子攀爬到摩天轮的顶点的时候,沈烬突然扭头看了秋随一眼。

"随随,"沈烬声音缱绻,眼里的迷恋显而易见,"接吻吗?"

秋随还没来得及反应,温热的手掌就迅速扣住了她的后脑勺,手掌心微微用力,摁着她的后脑,朝他的方向压了过去。

沈烬熟稔地撬开她的牙关,极强的侵略性几乎是在一瞬间,铺天盖地地将秋随淹没。

秋随微微闭着眼睛,眼睫毛却因为亲吻的动作,时不时地扑闪颤抖。

在沈烬意犹未尽地松开她的嘴唇的瞬间,秋随清晰地听见了,耳边传来了剧烈的烟花绽放的声音。

她深吸了口气,尚在愣神当中,沈烬就揽着她的肩膀,将她转了个向。

隔着摩天轮那扇透明的玻璃,秋随看见五彩的烟花在天空中绽放,点亮了整个漆黑的夜空,也照亮了坐在摩天轮里的她和沈烬。

与此同时,秋随看见申城的地标敲响了十二点钟的声音。

事后再回忆起那场梦幻到极致的浪漫婚礼的时候,秋随总是忍不住会回忆起,她和沈烬坐在摩天轮里的小盒子,感受着摩天轮一点一点地爬到顶点。

然后,她和沈烬在顶点接吻,在凌晨,准时看着夜空的最高处绽放出五彩的烟花。

流动的光影透过摩天轮的透明玻璃窗,照亮了沈烬看向她的时候,温柔的脸和缱绻的眼。

> 好久不见，秋随，为了这一次重逢，
> 我费尽心思，筹谋许久

暗恋番外 /
沈烬视角的暗恋

01

沈烬没有想到，他会这么快第二次遇见秋随。

学校早在高二开学前，就已经根据学生们文理分科的意愿，按照成绩排名，重新分好了新的班级。分班信息和学生名单发到许婉手机上的时候，沈烬也只是随意扫了一眼，没有太在意。

新的班级名单大多数都是不认识的学生，无论看多少遍，也得正式开学后才会和这些人打交道。沈烬没把这事放在心上，自然也就没看见，新班级学生名单上，有一个叫作秋随的名字。

直到开学第一天，他看见自己座位的右前方坐着一个背影略微熟悉的女生。那名女生很显然也注意到了他。

沈烬敏锐地察觉到坐在自己右前方的女生微微侧头，望向他的眼神飘忽不定，犹豫不决中还带着几分迷茫。

沈烬手肘懒洋洋地搭在课桌上，视线落在右前方女生白皙的侧脸上。

他凝神回忆了几秒,猛然想起来——是她啊。

高一结束放暑假前夕,这名女生来到小树林,把一袋子误以为是他送的情书和礼物"还"给他。

沈烬扯了下唇,觉得这事实在有些令人无语。他鬼使神差地因为面前这名女生流泪心软也就罢了,居然还真的在大夏天老老实实待在小树林里苦苦喂了几个小时的蚊子,抛下一起打篮球的队友,才终于等来真正的收件人——曲晖。

沈烬顺着脑海中的相关传闻,再一次回忆起了这个女生的名字,学校出了名的书呆子美女学霸——秋随。

沈烬没太大兴趣地挪开了停留在秋随身上的目光。

五分钟后,他面前的阳光突然被遮住,打下一道阴影的同时,也随之飘来一阵很轻很淡的香皂气味。

沈烬微微皱起眉头:"干吗?!"

他不耐烦地抬头,不期然对上了面前一双湿漉漉的眼睛。

秋随显然被他有些烦躁的情绪唬住了,整个人往后缩了一下。沈烬一愣,脑海中不期然闪现出这双眼睛流眼泪的模样。

他眉心微动,几乎是无意识地缓和了口气,重新换了口吻询问了一遍:"什么事?"

秋随眼睛里的胆怯显而易见,她身形僵硬了片刻,见沈烬始终耐着性子等她开口,才嗫嚅开口:"小树林,你还没还我黑色签字笔。"

什么黑色签字笔。沈烬还没反应过来,就看见坐在自己前方的女生迅速转过头来。

她像是敏锐捕捉到了八卦的气味,视线在沈烬和秋随之间扫了几秒,转而询问秋随:"小树林?你和沈烬?你们俩去小树林做什么?我记得高二分班前,你俩在高一不是一个班的呀?怎么认识的?"

沈烬挑了下眉。他思绪逐渐游离,终于回想起来。

在小树林的时候,他为了向秋随证明,那些莫名其妙的情书并不是自己送的,拿了秋随的一只黑色签字笔重新写了三个字——秋随收。

秋随悻悻离开前,还特意向他要回那只黑色签字笔。

他当时觉得有些好笑,第一次看见有学生把一只黑色签字笔看得这么宝贵的。

沈烬记得在小树林里，他转了转手里的黑色签字笔，忍不住逗她："借我用用呗，下次见面还你。"

他只是随口开了句玩笑，没承想秋随似乎愣了一下。

她微微偏头，眨了眨眼睛，她的眉眼极其好看，即使藏在怯懦的外表下，也难以被人忽略。

秋随似乎认真思考了几秒后，缓缓点了下头："好。"

沈烬看见面前的女生咬了下嘴唇，好像做了一个极为艰难的决定，低声对他说，又像是为了自己的这个决定解释——

"就当作是我谢谢你替我留下这里，帮我把这些东西还回去了，如果下次还能见到，你再还给我。"

事后回想起来，沈烬也不得不承认。他之所以能够老老实实在小树林待几个小时喂蚊子，直到把那一堆乱七八糟的东西物归原主才离开，似乎也有这个原因。

秋随押了一支黑色签字笔给他作为酬劳，一支黑色签字笔，买下了他几个小时的时间。

而现在，很明显，秋随是想把那支黑色签字笔要回去了。

他身体微微往后仰，靠在椅背上，神色很淡地打量起坐在他前方的女生来。沈烬认得她——姜嘉宁，又或者说，在这所学校里，没人不认识姜嘉宁。和秋随出了名的性子怯懦不同，姜嘉宁是秋随的完全反面，姜嘉宁的性格是全校众所周知的活跃，天生自来熟，永远笑嘻嘻，人缘一级好。

沈烬气定神闲地看着秋随张了张嘴，眼神中闪过几分慌乱。

慌乱是必然的。

都是才认识不久的新同学，依照姜嘉宁那个活跃到谁都认识的社交属性，谁都不敢保证，第二天，秋随和沈烬在小树林会面的八卦新闻就会传遍全校。

沈烬倒是无所谓。

不过，他目光转了转，落在秋随身上，秋随很明显非常介意和他传绯闻这件事情。

他莫名来了点兴趣。

沈烬抬了抬下巴，他隐约觉得，秋随不会把自己收到情书的事情向才刚刚认识的姜嘉宁坦白,否则只会被好奇心旺盛的姜嘉宁再次追问是谁送的情书。

既然如此,自然得扯一个谎了,沈烬手里拿着支笔,有一下没一下地转着。

新班级学生人数是单数,他个子又高,很不巧被分配坐在了教室的最后一排,一个人坐,这位置安静,倒是挺适合他现在悠闲地看着秋随扯谎。

索性他坐在最后一排,姜嘉宁特意压低了声音,角落里也只有他们三人在窃窃私语。

沈烬看着秋随眼底的慌乱转瞬即逝,她眨了眨眼睛,很快就镇定下来。

"我和沈烬不认识,只是之前见过面。"他听见秋随开口解释,声音不见丝毫颤抖,面色也从容得很,"我们之前都参加过学校的竞赛班。"

姜嘉宁恍然大悟地点了下头,又继续询问:"那你的黑色签字笔怎么到沈烬那儿去了,还在小树林?"

沈烬神色悠闲,接收到姜嘉宁投射过来的疑惑目光,只是勾了下唇,没吱声,一副全然将解释权交给秋随的懒散模样。

他没有解释的打算。不过,他对于秋随接下来还能说出什么合理的解释还挺好奇的。

沈烬视线落在右前方的秋随身上,自然而然地浮现出了学校里关于秋随的部分传闻——

"长得是挺好看的,就是也太内向了一点。"

"我和她高一同班一年,就没见她开口说过话,除了回答老师问题的时候。"

"学习成绩是挺好,话说,像秋随这种学霸,是不是从来不撒谎或者不会撒谎的?"

是吗?

沈烬挑了下眉。

学霸从不撒谎或者不会撒谎?这个传闻看来有误。

沈烬瞥了眼她,看见秋随看着依然畏畏缩缩,只是声音淡定面色平静地开口,声音很低,但足够他听清。

"高一最后一天我回家刚好经过小树林,遇到了沈烬,他问我借了支黑色签字笔。"

姜嘉宁果不其然顺着问："他问你借黑色签字笔做什么？"

"他……"秋随语气顿了下，扭头看向沈烬。

沈烬对上秋随望过来的眼神，清晰地看见秋随眼神中的暗示，他还没解读清楚，就看见秋随很迅速地收回了视线。

片刻后，他听见秋随重新开口对着姜嘉宁温声解释："沈烬问我借了支笔，说他想练习拿笔转着篮球玩。"

沈烬眉心忍不住跳了下，闪过了几分不可思议，秋随知道自己在说什么吗？

他面无表情地看着秋随，听见姜嘉宁震惊的声音在他耳边响起："沈烬！真的吗！你问秋随借了支笔，是为了练习用笔转篮球？！那你现在练习得怎么样？我一直觉得用手指转篮球就超级酷了！"

他没吱声，只是扯了下唇。

紧接着，他又看见秋随再一次开口，像是怕他否认似的，对着姜嘉宁点了点头："嗯，他如果说是假的，那应该是因为……"

沈烬眼神带着几分嘲意看向她，他倒是想看看，秋随还能说出什么来。

半晌后，他听见秋随平静开口："那肯定是因为，他还没有学会用笔转篮球这件事情，所以不想承认。"

姜嘉宁了然点头，转过头看向沈烬："沈烬，所以你现在会用笔转篮球吗？"

他轻嗤了声，从从容容点了点头，吐出两个字来："嗯，会。"

好不容易把好奇心过于旺盛的姜嘉宁打发走了，沈烬微微眯了眯眼睛，重新打量起秋随来。

还挺聪明的，他顺着秋随的话承认秋随的解释是真的，对他倒是完全造不成什么影响。他不顺着秋随的话承认秋随的解释，秋随也已经早早就想好了解释。

是个不会令人起疑心，又完全合理的说法，短短几分钟就想出了这个解释，说话的时候从容又冷静，没有半点撒谎的不安和心虚。

沈烬若有所思地盯着秋随看了几秒，倒是和传闻中那个只会读书，不爱说话，性格懦弱，不会撒谎的女生，有些不一样啊。

下课后，天生性格活跃的姜嘉宁果然坐不住，没过多久就起身跑了出去。秋随安安静静地坐在靠窗的位置,低着头在本子上唰唰地写个不停。

沈烬盯着她娇小瘦弱的背影看了几秒,才抬手,用手上那支黑色签字笔碰了碰她的肩膀。秋随手上动作停住,片刻后,才缓缓转过身来,对上他意味不明的视线。

沈烬看见她伸出一只手:"我的笔。"

他手里转着那支黑色笔没松手,只是慢悠悠道:"看不出来,你撒谎还挺娴熟的。"

秋随神色温和:"你撒谎也挺娴熟的。"

沈烬不咸不淡:"我什么时候撒谎了?"

秋随声音平静:"你也不会用笔转篮球呀,刚刚承认得还挺痛快。"她音量很轻又低,旁人不仔细分辨她说的话,只会觉得她胆怯又不自信,沈烬却忍不住眼皮一跳。

沈烬只觉得,他真实接触到的秋随,似乎和传闻中那个书呆子秋随,完完全全不同。

传闻中的秋随,除了读书还是读书,不善交际,没有朋友,性格内向,一年下来和同学说过的话几乎不超过十句,别说撒谎娴熟了,在印象里,秋随就应该是个从不撒谎只知道学习的书呆子乖乖女。

他真实接触到的秋随,看起来性格倒是的确挺不经吓,眼睛水汪汪的好像下一刻就能立马哭出来,在小树林的时候也确实如此。她声音很低但正常交流没问题,脑子转得飞快,与其说是没有表情倒不如说是从容冷静,撒谎的时候不仅娴熟而且看不出半点慌张心虚。

更别提现在,她甚至会不动声色地把他的话怼回来。

胆子似乎不算小啊,这是沈烬和秋随的第二次交集,将他记忆中关于秋随的所有刻板印象和传闻,都抹去了一大半。

或许是因为他所看见的秋随和传闻中的秋随并不一样,沈烬发现,他的视线总会时不时落在秋随的身上。

思考作文题怎么写的时候,思索如何解答数学的最后一道大题的时候,早早做完试卷无聊发呆的时候。又或者是他自己也记不起来的某个具体时刻。

和姜嘉宁总是热闹时不时就不在座位出门疯狂交际的性格不同,秋随几乎总是安安静静坐在位置上,距离他不过咫尺。

他一抬头，一瞥眼，就能看见秋随白皙的皮肤，精致的侧颜，扎起来的黑色马尾垂落下来，时不时会有几缕飘在她脸颊上。

分手后的无数个夜里，沈烬都梦到过这个场景。

像是一幅生动又定格住的画，窗户边是来回走动变换的人影，窗户内是人声鼎沸的教室。

秋随坐在窗边的座位，埋头刷题，她是学生时代流动的景象中永恒的风景。又或者说，在他心中，秋随好像也一直都是流动又变化莫测的人生中，永恒且难忘的风景。

久而久之，沈烬已经习惯了在抬头的时候，将视线不自觉地投向秋随所在的方向。

有些时候，他看向窗外的风景。

更多的时候，他自己都琢磨不清具体原因，大约是因为好奇，他总是忍不住会细细打量这个和传闻中并不相同的女生。

秋随很安静，话很少，大多数时候都坐在座位上写题目。如果不是长时间接触，的确很容易会认为秋随就是传闻中的那个模样。

即使是长时间的前后桌相处，秋随对他也只是比对其他同学更熟悉了几分，说过的话多了几句。

不过，沈烬发现，她和姜嘉宁似乎意外地合得来。

一个性格外向，一个性格内向。

一个擅长交际，一个热衷做题。

一个是话痨，一个是话废。

一个是气氛组成员永远不会让场子冷下来的人，一个即使冷场也绝对不会多说半个字的人。

明显的正反两面，但意外地合得来。

姜嘉宁这人天生就非常有喜剧天赋，无论多小的一件事情，从她口中说出来，就总是能变得惟妙惟肖，生动得仿佛事情再现眼前。

即使是沈烬，在学生时代的时候，也曾无数次被姜嘉宁逗笑。

每次被姜嘉宁逗笑后，沈烬都会习惯性地第一时间去看秋随的反应，秋随的笑和其他人的笑截然不同。

其他人被姜嘉宁逗笑大多是笑得前仰后合，合不拢嘴，秋随不是。

她的唇角会很浅地勾起一个弧度，看起来被逗笑的程度其实并不大，只有弯成月牙的眼睛能够彰显出,她的确被姜嘉宁逗笑了。就连笑起来的时候,秋随也是内敛,不愿意被人注意到的。

沈烬观察久了,发现秋随看向姜嘉宁的眼神,都会不自觉地掺有几分羡慕和崇拜。

沈烬不明白的是秋随究竟需要羡慕姜嘉宁什么。

姜嘉宁是学校出了名的小美人,但和秋随的好看完全不同。更何况,姜嘉宁的成绩需要在高考超常发挥才能勉强够上重本线,而秋随常年保持年级前十。

总不能是羡慕姜嘉宁擅长说笑话?沈烬觉得这个理由比秋随随口胡诌他用笔转篮球还要更加不可思议。

知道秋随羡慕姜嘉宁的原因,是在几天之后。一个冬天的早上,还没上课。

沈烬清楚地记得那一天。秋随趴在课桌上,从背影看,更像是没睡醒的学生在上课前抓紧时间补觉,仅此而已。他没多想。几分钟之后,姜嘉宁突然转身敲了敲他的课桌。

沈烬手中的笔停住:"怎么了?"

姜嘉宁看着脸色有些着急:"沈烬,你现在书包里有吃的吗?巧克力或者其他的什么都行?"

沈烬愣了几秒:"没有,什么事?"

姜嘉宁烦躁地"啧"了一声,转身就要走向其他人的座位。沈烬下意识瞥了眼依然趴在课桌上的秋随,隐约觉得这事似乎和秋随有关系。

他说:"说清楚,怎么了。"

姜嘉宁叹了口气,脚步停住,语速极快地解释道:"秋随没吃早饭。"

"没吃早饭?"沈烬皱眉,他视线再一次落在秋随身上,这才察觉出一点不对劲来。秋随好像一直趴在桌上睡觉。

他眉心一跳,来不及多问,匆匆起身对着姜嘉宁丢下一句话:"等着。"

沈烬在学校的超市拿了几个面包结账后,走出去不远,又突然折返回来,他在货架上挑了瓶水重新结账,才离开超市。走向教学楼的途中,沈烬才反应过来自己做了什么,他觉得自己大约是魔怔了。

许婉从前说过,干吃面包可不行,总得配点饮料喝。走到半路,他鬼使神差想起这句话,又重新折返回超市。

沈烬很难描述那时候自己的心情。开心中夹杂着几分期待，期待中夹杂着一点他自己也说不上来的满足。

班主任还没来，沈烬神色从容地走进教室，在众目睽睽之下将手上的早餐搁在秋随课桌上。

秋随像是有所察觉，埋在胳膊里的脑袋缓缓抬起来，对上他的视线。沈烬看见她眉眼间闪过一丝诧异，但很快又消失不见。

"早餐，快点吃，等会儿老师就来了。"沈烬抬了抬下巴，他说得轻描淡写，隐约间心底又藏着几分期待。

具体期待些什么，沈烬那时候还不清楚。他再回想起这一刻，才终于明白那时候的自己在期许着什么。

他像是一个笨拙的人，藏匿起自己的渴望和期许，装作坦荡豁达，轻描淡写，不过是想在喜欢的女生面前，向她邀功请赏罢了。

秋随看上去脸色不太好，或许是因为饿的，只是对他小幅度地点了下头，声音很轻地道了谢后，才伸手拿过桌上的面包。

距离上课只有几分钟了，秋随吃得很快，甚至可以用狼吞虎咽来形容。

沈烬坐在座位上有些看不下去，他用笔戳了戳秋随的肩膀："喂。"

秋随一愣，抚着胸口咽下面包，才转头看向他。

"没看见我买了水吗？"沈烬微皱眉头，用笔指了指她桌角的水瓶。

秋随坐在座位上待了几秒后，才微微低下头，咬了下唇。

半晌后，沈烬看见她脸颊有些微红，很认真地对上他的眼睛，弯了弯唇角："谢谢你，沈烬。"

沈烬一直都记得秋随那时候的笑容，那是秋随第一次真正意义对他笑。

早上八点不到的阳光正是最热烈明媚的时候，从窗外照射进来，落在他课桌上，照在秋随微红的脸颊上。

他甚至可以看清楚秋随卷翘的眼睫毛，在金黄阳光和飞扬细尘的背景中，在眼底打下一道道扇形的阴影。

秋随扭过头看他，被阳光照亮的明眸里只装下他一个人，她的视线只看向他一个人。

秋随对他说谢谢，没有谎言，没有生疏，没有客套。

是很真诚的道谢。

秋随弯唇笑起来，唇角的弧度依然很浅，看起来并不明显。

沈烬抬眸扫了眼她的眼角。

秋随的眼角弯弯，仿佛一轮明月，和曾经他观察过无数次，秋随被姜嘉宁逗笑的时候一样。

是很含蓄内敛的笑容，但的确是在笑。

沈烬是在那一刻，清晰地察觉到了一件事情。

他一直没弄明白秋随到底羡慕姜嘉宁什么，但他似乎也和秋随一样，一直都在羡慕姜嘉宁。

沈烬不知道秋随羡慕姜嘉宁什么，但他明白自己究竟为什么羡慕姜嘉宁。

他羡慕姜嘉宁可以不费吹灰之力让秋随眉眼弯弯笑起来。

他羡慕秋随好像轻而易举就被姜嘉宁打开心房，他坐在后排，曾经无数次看着面前的两个女生脑袋凑在一起低声叽叽咕咕。

他羡慕姜嘉宁能够知道秋随看似怯懦平静的外表下隐藏的所有心事和秘密。

下课后，姜嘉宁一如既往第一个跑出班门口，秋随也一如既往坐在座位上写题目。

沈烬盯着她的背影看了几秒，忍不住拿笔戳她。这个动作他做多了，就变得习惯起来。

秋随也似乎早已经习惯他拿笔时不时轻戳他后背这件事情，她扭过头看他："怎么了？"

不知道是不是给秋随买了早餐的原因，沈烬觉得秋随和他之间的距离似乎被瞬间拉近了不少。

沈烬挠了挠头，犹豫了片刻，还是忍不住问出来："你很羡慕姜嘉宁吗？"

秋随眼底闪过一丝惊诧和尴尬，像是想要竭力隐瞒的秘密被人窥破。

沉默了片刻后，沈烬嘴唇动了动，正打算换个话题，却看见面前的女生点了点头。

"嗯，"沈烬看见秋随低下头来，她的声音有些低落，又轻又缥缈，"羡慕她好像活得一直都很开心。"

沈烬眉梢微扬。

在以成绩论一切的学生时代,要说活得更开心的那个人也该是成绩永远稳居前十的秋随,而不是看似没心没肺实则每天都对着试卷唉声叹气的姜嘉宁。

秋随语气停顿了片刻后,可能是也觉得这话听上去有些荒唐,她像是在开玩笑一般补充道:"还羡慕姜嘉宁早上可以吃饱饭。"

沈烬眼皮一跳:"你早上没早餐吃吗?"

他看见秋随眨了眨眼,身形僵硬了几秒,才回答他:"有,只是我晚上睡得晚,早上起不来,所以没时间吃。"

秋随面色从容,声音平稳冷静,和他一问一答之间对答如流,没半点结巴。

沈烬直觉有些不对劲。秋随在回答他前的反应,像极了她在开学第一天,回答姜嘉宁为什么会和他在小树林碰面。

秋随像是在撒谎,她撒谎娴熟也的确擅长不让人察觉。

但沈烬没有多想,他那时候想,这有什么好撒谎的呢。

秋随晚上熬夜刷题太正常不过了,她早上起不来没时间吃早饭以至于今天早上饿到肚子痛也是合情合理。

是在十年后,沈烬回忆起那一天,他才觉得心碎成稀巴烂。

秋随那时候就是对他撒谎了,她不是早上起不来没时间吃早饭,她就是,早上没有早饭吃。

沈烬无法形容事后得知了秋随的一切,再回忆起那一天的心情。

他站在时间的长流里往回看,作为旁观者对当时的一切一清二楚。

他想要告诉那时候十七岁的沈烬,再多问几句,就能发现秋随其实脆弱得不堪一击的谎言。

但那时候十七岁的沈烬察觉不到。

不过,沈烬唯一庆幸的是,十七岁的沈烬终于还是做对了一件事情。

他是对着喜欢的女生邀功请赏的人,在为秋随买了一份早餐,终于和秋随拉近了一点距离后,尝到了一点甜头,却还是不知足贪心企图渴望更多的人。

"这样啊,"沈烬微微偏了下头,他沉思了片刻,对着秋随笑起来,"没时间吃早饭就别吃了。"

沈烬看着她的眼睛,他的心底悄然无声地开了一片灿烂烟花,他却没有任何察觉。

沈烬意气风发地抬了抬下巴:"我给你带。来学校吃。"

沈烬记得很清楚,自己许下了年少时的第一个诺言。

他那时候意气风发,万事顺遂,几乎没遇到过什么挫折,只觉得人生就该如此,没有自己办不到的事情,自己许下的诺言就一定是永远。

沈烬语气笃定,神情倨傲:"以后,我每天都给你带早餐。"

话音落下,他看见秋随明显愣了片刻。秋随嘴唇动了,她犹豫了几秒,还是忍不住开口:"谢谢,但是不用了,我没有……"

"作为交换,"沈烬懒得听她说完那些乱七八糟的客套理由,他出声打断秋随,"我下个星期篮球赛,你得来给我送水。"

秋随明显被这话噎住了。

沈烬看见她抿了下唇,犹豫了几秒,秋随还是忍不住开口:"那我如果不去看你的篮球赛呢?"

沈烬挑眉,语气吊儿郎当地"哦"了声。

他右手很随意地转着笔,轻描淡写回答她:"那我也一样天天给你送早餐,你如果不想吃,又不介意浪费食物,就丢了呗。"

沈烬满脸不在乎的模样,他知道秋随不会。

他又抬了抬下巴重复道:"你如果没丢掉我给你买的早餐,下周篮球赛就来给我送水喝。"

这场没有硝烟的对峙以秋随率先败下阵来而结束。

二十七岁的沈烬回忆起那段时间,只觉得那是十七岁的沈烬做过最正确的事情之一。

十七岁的沈烬尚且还没有了解过人世间的辛酸艰难,他的眼中都是鲜花,耳边全是掌声,十七年的道路一直坦荡顺遂,便下意识以为人人皆是如此,秋随也一样。

十七岁的沈烬没有察觉到秋随那时候欲言又止的难处和绝望。

但他那时尚且不知道,他的满腔滚烫爱意却又恰到好处阴错阳差地让秋随还算平安健康地度过了高二和高三。

只是二十七岁的沈烬回忆起来,还是仍然觉得那时候做得还不够多,至少不够多到让他和秋随错过的整整十年就此消弭。

篮球赛那天,也是沈烬学生时代中记忆尤为深刻的一天。

高三是没有篮球赛这种业余活动的，那场篮球赛，是高二的最后一场篮球赛，也可以说，是整个高中时代的最后一场篮球赛。

或许是因为这个原因，球赛还没开打，球场边就已经围了整整一圈人，沈烬站在球场中央，周边是嘈杂不停的声音，视线所及之处都是晃动不停的人影。

他手里无意识地把玩着篮球，视线扫了一圈周围的人，很迅速就捕捉到了角落里的秋随。

秋随穿着最普通的校服，明明有着极为精致的五官和明艳的长相，却习惯性站在最不起眼的角落。

沈烬也不清楚，自己为什么能够一眼就捕捉到站在角落里努力缩小存在感的秋随。

可能是因为秋随坐在他右前方天天在他眼皮子底下晃荡，可能是因为即使秋随站在最不起眼的角落，但她足够夺人眼球的长相五官都不可能让她泯然众人。

也可能，只是因为她是秋随。只要她是秋随，他就能够一眼看见。

沈烬只是遥遥和秋随对了个眼神，没有时间多看，就听见了队友喊他去球场准备的声音。

那场篮球赛是沈烬学生时代打过印象最深刻的一场球赛，没有之一。

不仅仅是因为那是最后学生时代的最后一场篮球赛，不仅仅是因为那场看球赛的结果是他们大比分赢下对手。

更是因为，那是秋随在现场看他打的第一场篮球赛。

沈烬从前见过篮球队的队友因为女朋友来现场看球赛而表现欲爆棚，在兼顾进球上分的同时还在竭力耍帅。

沈烬也见过队友因为喜欢的人不经意停留在球场外的某个角落，余光总会不自觉地瞥向女生所在的方向。

那时候沈烬只觉得他的队友小题大做，他习惯性嗤笑一声，颇为看不上这样故弄玄虚的行为。

直到那一天。

沈烬在投进一个三分球的时候，第一时间不是和队友击掌庆祝，而是将视线转向秋随所在的角落。

他心里才猛然暗叫一声大事不好。

沈烬意识到，他好像变成了他曾经还挺不屑的那种人。

下一秒，他看见秋随站在篮球场外围的一个小角落里，身边是侧头在她耳边不知道说些什么的姜嘉宁。

秋随像是察觉到了他的目光，她抬头，隔着一整个篮球场，隔着人山人海，隔着鼎沸喧嚣，对上沈烬的视线。

沈烬很清楚地感觉到自己愣神了几秒。他的思绪像是不被他所控制，飘散到了某个心心念念的地方。

他像是被魔法师施了定身术一般，呆站在原地不动。沈烬看见秋随眨了眨眼，她微微笑起来，还是他熟悉的内敛的笑容，眼睛弯成月牙。

秋随站在球场边，将手里的两瓶他看不太清楚的饮料递给了姜嘉宁。她双手终于得空，在唇边比成了喇叭的形状，对着他做了一个无声的口型。

听不见，但沈烬知道，秋随说的是，加油。

他站在原地没动弹，其实也不过一分钟时间，他却总有一种过了很久的错觉。

沈烬只觉得很神奇的感觉流入他的四肢百骸，再缓缓注入他的心脏。

十七年来，他的人生是一条坦荡的康庄大道，顺遂又平安，一切都得来得过于容易和顺理成章，沈烬深知前方是怎样的光明前景，但也正因为足够清楚，反而少了几分期许。

是在那一刻，沈烬觉得，这条康庄大道上的街道旁以一种他无法控制的速度长出了玫瑰来。

玫瑰上的针刺，是他这条平坦人生途中唯一的荆棘。

但他闻着隐约的玫瑰香，却总是狠不下心将它连根拔起。

篮球赛结束后，沈烬甚至来不及和队友庆祝这场比赛的胜利，就径直走向了球场边的角落。

秋随站的距离他所在的位置有一段不远不近的距离。

走向秋随的途中，沈烬身后跟着几个追着他跑的女生，手里拿着毛巾和水瓶，脸上是少女的明媚和青春，以及一览无余的勇气。

沈烬没搭理，只管往前走。但秋随面对着他，却将他身后的几名女生的神色看得一清二楚。

和秋随的距离拉近了些，沈烬足够看清楚秋随唇角弯起的弧度逐渐消失。沈烬一愣，脚步突然停住。

他说不太清楚秋随那时候脸上的神情。

沮丧失落中，又夹杂着一点羡慕。

羡慕？

沈烬微微皱起眉头，他不知道为什么，秋随的目光中会不自觉流露出对陌生女生的羡慕。

她倒是一直都挺羡慕姜嘉宁的。只是，姜嘉宁至少是秋随认识的人，而那几名跟在他身后的女生，秋随甚至不认识。

十七岁的沈烬没有多想。对于秋随的沮丧，他心底甚至有些恶劣地隐约生出几分窃喜和期待。

十年后，二十七岁的沈烬想起那一天，才终于明白，秋随羡慕的是什么。

她羡慕姜嘉宁活得开朗大方，元气满满。

她羡慕那几名根本不认识的高中女生青春洋溢，喜欢一个人的时候就有用不完的勇气和冲动。

这所有的一切，那时候的秋随，她都没有。

十七岁的沈烬尚且不知道隐藏在背后的辛酸。秋随站在球场边等他这件事情，将他那点微不足道的好奇心全部覆盖。

他停在秋随跟前，低头扫了眼她。秋随左手拿着一瓶包装最为普通的矿泉水，水瓶里只剩下半瓶水。沈烬眼熟那瓶矿泉水瓶，那也是秋随每天喝水的水杯，虽然沈烬没有多问，但他其实一直好奇为什么秋随没有和大多数女学生一样带一个可爱的粉色保温杯。

她右手拿着一瓶纯牛奶。沈烬挑了下眉，那是他今天早上给秋随带的早餐里的牛奶。

牛奶瓶看着是还没开封的模样。

沈烬微微皱起眉头，他视线落在秋随半天都没喝一口的牛奶上。秋随眨了眨眼，抬起右手将手中的牛奶瓶递给他。

"沈烬，"他听见秋随微弱的声音响起，又很快随风散去消失在空中，"给你。"

沈烬勾唇低笑了声。

"秋随，"沈烬不咸不淡地开口，声音并不是太愉悦，"你见过谁篮球比赛结束喝牛奶的？"

自从前后桌熟悉了不少后，沈烬很少用这样冷淡的语气对她说话。秋随像是被吓住了，她举着的右手一时之间有些颤抖，捏着牛奶瓶的手指也因为用力泛起淡淡的白色。

　　沈烬迟迟没有伸手去接她递过来的牛奶瓶，秋随也不清楚该一直举着抑或是放下。

　　场面凝固了几秒，沈烬才深吸了一口气将翻涌的情绪压下去。

　　在看见他特意买给秋随的早餐牛奶，秋随一口没喝，甚至根本没开封，只是为了篮球赛的时候送给他。说得直白点，沈烬当时就是觉得非常不爽快，浑身上下都透着几分不利落。

　　沈烬唇线抿直，垂眸看了眼秋随搭在裤腿侧的左手。他微微俯身，以秋随根本来不及反应的速度，直接夺走了秋随左手捏着的矿泉水。

　　秋随愣了几秒才反应过来，她有些茫然地放下了一直举着牛奶瓶的右手，嗫嚅开口："沈烬，你干吗？"

　　沈烬正顺手旋开了矿泉水瓶的瓶盖，听见她问话，才停下手上的动作，轻描淡写地垂眸看了秋随一眼。

　　"没看见吗？"沈烬语气依然不算太好，"喝水。"

　　秋随咬了下唇，难得态度坚定地纠正他："但我给你送的是牛奶啊。"

　　沈烬瞥她："我记得这瓶牛奶，明明是我给你送的早餐。"

　　秋随点了下头："但我打算你打完篮球送给你的。"

　　沈烬气笑了。

　　"怎么，"他用眼尾扫了眼秋随，"不喜欢喝这个牌子的牛奶啊？"

　　秋随诚实地摇了摇头："不是，只是你手上拿着的那个矿泉水瓶只有半瓶水，而且你知道的，我一直用这个水瓶喝水。"

　　越说到后面，秋随的声音越小。她没有直接挑破，但沈烬却很快反应过来秋随的意思。

　　沈烬挑了下眉，收回了落在秋随身上的视线。他只顾着和秋随吵嘴，刚才也只是扭开了瓶盖，还没来得及喝水。

　　沈烬沉默了片刻，忽地扯了下唇。

　　"那又怎样。"

　　他漫不经心地低头扫了眼秋随，又慢悠悠地收回目光。下一刻，他仰头喝水，动作流畅，一气呵成，秋随根本来不及阻止。

沈烬觉得自己大约是刚刚打完球赛，一鼓作气将矿泉水瓶中的半瓶水全喝完了。喝完后，他甚至还抬了抬下巴，对着秋随挑了挑眉。

在沈烬的记忆中，那是他和秋随在学生时代，唯一一次吵架斗嘴。

这场吵架结束得极其快速。

沈烬在一口气喝完那瓶矿泉水瓶中的半瓶水后，就不知不觉莫名其妙地消了气。他刚刚打完篮球，手心还沾着些灰尘，只好用空着的矿泉水瓶推了推秋随。

红色跑道上，白色篮球场地上，他和秋随的身影被阳光照射落在地上。他和秋随往教学楼走去，空气中只留下他们俩逐渐变小的谈话声。

沈烬："还不走，三分钟后就上课了。"

秋随："现在就走。"

空气沉默了片刻，秋随忍不住开口："那这瓶牛奶？"

他勾了下唇："你不喜欢这个牌子的牛奶？"

"没有，"秋随摇头否认，"我很喜欢。"

沈烬盯着地面，看见秋随矮他一个头的身形拓在地上的影子突然停住。

他听见后方传来篮球落地的声音，他听见前面响起英文朗诵的声音，他还听见不远处有学生跑步的动静。

嘈杂、热闹、喧嚣。

就是在这种由各式各样的声音汇集在一起，不仔细听根本听不清的环境里，沈烬看见站在他身侧的秋随嘴唇动了动。

秋随抬起头，神色认真地看向他说了几个字。她声音一如既往的很轻，仿佛担心说大声一点就会吓着谁似的。那点音量在当时的环境中，几乎是出口的瞬间就被湮没其中。

沈烬停下脚步，他低头笑起来。

"秋随，"沈烬话里带着几分好奇，"你刚刚说什么？"

他看见秋随眨了眨眼，在周遭的分贝逐渐降低后，才重新开口缓缓道："我说，快上课了，赶紧走吧。"

沈烬微微颔首，没吱声，只是扯了下唇，重新抬腿朝教学楼的方向走去。他垂眸盯着地面上并肩而行的两道人影，却忍不住弯起唇角。

这个小骗子，又撒谎了。

她刚刚说的话，沈烬听见了。

即使是在那样嘈杂的环境中，他还是敏锐地捕捉到了秋随的声音，以及每一个字连成的一句话。

沈烬听见秋随很认真地对他说："就是因为我很喜欢，所以才想给你喝。"

十七岁的沈烬那时不知道，那瓶牛奶，是秋随在那一天找到的，所能给予他最好的东西。

十七岁的沈烬那时也不知道，少年一瞬间的动心，或许就是永远。

快走到教学楼的时候，秋随猛然想起一个问题，她扭头问："我的矿泉水瓶你是不是该还给我了？"

沈烬挑了下眉。他停住脚步，视线扫了眼右手拿着的空矿泉水瓶。

"我都喝过了，"沈烬笑，"你还打算要回去啊？"

秋随咬了下唇，犹豫了几秒，还是点了下头："那不然呢，我还得换一个新的水瓶。"

沈烬语气懒洋洋道："那还不简单，你的水瓶给我了，我就赔你一个呗。"

秋随："啊？"

沈烬："你去学校附近的商场选一个保温杯，算我赔给你的。"

秋随拗不过他，放学后，沈烬拽着秋随径直去了学校附近的一个商场。

秋随选物品很快，沈烬只等了三分钟左右，就看见秋随迅速地做了决定。她在低等价位的保温杯中很迅速就选中了一个天蓝色的，秋随没有再考虑其他物品或者货比三家的打算，推着沈烬就要往收银台结账。

沈烬被她推着往收银台走到一半，却又突然硬生生停住脚步。

"等下，"沈烬转身重新朝货架所在的方向走去，"我们回去。"

秋随一脸茫然："啊？"

她虽然丈二和尚摸不着头脑，但还是乖乖跟着沈烬回到了货架前。

沈烬视线扫了眼货架，顺手拿起一个黑色的保温杯，又拿了个图案完全不一样的宝蓝色保温杯。

他低头问秋随："你觉得这两个哪个好？"

秋随盯着眼前的两个杯子看了几秒，不答反问："沈烬，你这是干什么？"

沈烬扯了下唇,语气自然:"我也想买一个。"

秋随轻"哦"了声,了然地点了下头。

这一次,她做选择的时候明显比自己买保温杯的时候慎重了不少。

沈烬看着秋随认真地比较了两款保温杯的各种不同功能,花了整整七八分钟,才终于做出了选择。她伸手指了指黑色的那款:"这个吧,容量更大,保温时间也更久。"

沈烬再次询问:"确定选这个?"

秋随点了点头:"嗯,我的建议是这款。"

沈烬了然颔首,他将那款宝蓝色的保温杯放回原位,又低头问:"就这个款式,你觉得还有什么好看的颜色?"

秋随没做多想,只想着是帮沈烬买保温杯,尽心尽力地踮起脚扫了几秒钟,才做出了决定。

"那款橙色的还挺好看的。"

沈烬顺着她所指的方向看过去,扯了下唇。

"行。"他轻轻松松地拿起秋随踮脚指着的那款保温杯,又很自然地俯身将秋随手上的天蓝色保温杯重新放回了货架,"走吧,去结账。"

秋随被他这一连串动作弄得有点蒙。

她站在原地没动:"沈烬,你怎么把我选好的拿走了?"

十七岁的沈烬理直气壮地挑了下眉,拿着手上那款橙色的保温杯晃了晃:"什么叫把你选好的选走了?这款橙色的保温杯,不是你自己选的吗?"

秋随一时之间有些无语,偏偏也找不到任何反驳的地方。一起去买保温杯那天只是很平淡普通的一天,但在沈烬的人生中,却是极具象征意义的一天。

他那时候站在人生的康庄大道上,完全没想到,从那样平常的一天过后,他似乎就开始习惯一件事情——在购物前总要问问秋随的意见。

即使某些时候,秋随甚至给不出任何有建设性的意见。

每回购物询问秋随的意见,在秋随和他平淡的对答之间,他总能产生一种错觉——他的人生,秋随也参与其中。

那只橙色的保温杯,秋随一直用到了学生时代的最后一天。而那只黑色的保温杯,沈烬也难得没有再换过,一起陪着他,度过了剩余的学生时代。

沈烬每回打水、喝水，抑或是无聊发呆的时候，只要一抬头，就能看见秋随桌上的橙色保温杯，和他桌上的黑色保温杯。

同款不同色。

一前一后摆在桌上，像是他们俩那天离开篮球场往教学楼走去的背影。

02

转瞬进入高三，所有的一切都像是按下了加速键，每一寸都弥漫着紧张的气息。沈烬甚至不用仔细去观察，就会发现，下课后，离开教室在走廊打闹的人少了一大半。

教室里的人大体上可以分为两部分。更多的人是埋头继续刷题，还有一部分人会因为前一天熬夜刷题而趴在课桌上小憩片刻。

大多数时候，秋随是下课后依旧忙碌写题目的人之一，但也有少部分时候，秋随是那个趴在课桌上小憩片刻的人。

沈烬印象很深刻。那天是高三刚刚开学后的第一个学期。

十一月，申城进入深秋时节，但是在气候上，已经算是初冬。

几乎每一个高三学生，都是全家人严阵以待的对象，沈烬也不例外。全家人严阵以待的最低标准之一，就是吃饱穿暖。在许婉的强烈要求下，沈烬无奈带了几件厚衣服放在教室里的储物柜里。

高三的晚自习下得晚，空气中已经是侵入骨髓的寒冷。

申城是典型的南方城市，温度看着不算低，但实际上每一寸寒流都能够直接杀入心脏，溜进四肢百骸之中。

沈烬天生不怕冷，那几件厚衣服不过是拗不过许婉，才被寄存在教室后的储物柜里。但更多的人，早在晚自习开始前，就要在刷题前去储物柜拿一件厚衣服穿上了。

十七岁的沈烬记得，那天晚自习开始前，太阳缓缓落山，最后一丝阳光的余温已经消失。

他懒洋洋地靠在椅背上，看着一大群人熙熙攘攘着彼此推着往教室门后的储物柜走去，准备拿出厚衣服御寒。

姜嘉宁也跟着一起往储物柜去了。

但是秋随没有，她依然安静地坐在座位上，低头写着题目，完全没有被外界的吵闹所影响。

沈烬曲着手肘撑在脸颊上，往右前方的方向看过去。从他的角度望过去，能看见秋随穿着一身普通的蓝色校服，低头唰唰唰地写着字。

她身形看着有些单薄，不仅仅是因为天生瘦弱，更多是因为，秋随似乎也没有穿很多衣服。

不像姜嘉宁一样，蓝色校服里穿得鼓鼓囊囊的，像是一只北极熊。秋随没有，沈烬觉得她似乎和别的女生都不同，她像是不怕冷似的。

至少从外形看，秋随在冬天穿的衣服和秋天看上去没什么太大区别。

姜嘉宁回来的时候，蓝色校服外还裹着一身淡绿色的羽绒服，一边搓手取暖。秋随察觉到同桌回来的动静，放下笔，侧眼看向姜嘉宁。沈烬看见秋随咬了下唇，似乎犹豫了几秒，才伸手戳了戳姜嘉宁的胳膊肘。

他听见秋随问："嘉嘉，你储物柜里还有其他的厚衣服吗？"

姜嘉宁很快反应过来："随随，你觉得冷啊？"

秋随看着有些窘迫地点了点头。

姜嘉宁挠了挠头："没有了欸，原本我妈说要带三件的，但是另外两件被我弄脏了，只带了一件。"

秋随抿了抿唇，又很快弯起唇角："那算了，没事。"

姜嘉宁却没打算就此算了。

"你等等，"姜嘉宁拉住她的手，"我记得班上好些人都多带了厚衣服，你等会儿，我去给你借一件。"

秋随连忙伸手拉住就要起身的姜嘉宁："不用了。"

沈烬没等她说完，凑过身用签字笔戳了戳秋随，他笑起来："我有。"

在一年四季里，沈烬最不喜欢冬天。天气寒冷穿不利索是一个原因，位于南方的申城甚少下雪也是一个原因。

沈烬一直认为，没有雪的冬天没有灵魂。

直到那一天，秋随背对着他在座位上做题，蓝色校服上披着许婉给他准备的厚外套。

沈烬觉得冬天也不赖。他很长一段时间没有继续动笔写题，只是懒洋洋地靠在椅背上，视线落在秋随身上。

半响后，他才收回视线落回到试卷上。

许婉也觉得意外。从那天起,沈烬对每周带什么厚外套都格外热衷,每回都能兴致勃勃地选上好半天。

久而久之,秋随似乎也开始习惯。

冬天,她会扭头敲一敲沈烬的课桌,问他借一件厚外套御寒。春天,她也会侧头问沈烬借一件校服,将沈烬的校服外套叠好放在胳膊肘下趴着睡觉,以免硌得慌。

二十七岁的沈烬站在卧室的大衣柜面前,他带秋随回了趟老家。

他从小到大的校服都被整整齐齐叠放在衣柜里,许婉没让人丢,只是把这些不同学校的校服当作纪念收好,全都藏在一个专门的衣柜里。

沈烬在几件不同尺寸的校服中挑出了高中的校服,他盯着已经穿不上的蓝色衣服看了半响后,才回头看了眼秋随。

前一晚,秋随被自己折腾得狠了,此刻正闭着眼睛躺在床上睡着。卧室的遮光窗帘紧闭,房内只剩下淡黄色的床头灯亮着,不刺眼,很温和。

秋随睡得沉,白皙的手臂还懒洋洋地搁在被子外头,沈烬走过去俯身将秋随搁在外头的手臂放回被窝里。

这一连串动作极轻,秋随根本没被吵醒,只是动了动身子,又沉沉睡了过去。

二十七岁的沈烬也没急着离开,他坐在床边,看着秋随熟睡的侧颜。

一晃已经十年。

擦不干净的黑板、淡黄的课桌椅……

还有早上朗读课文的声音,和早晨站在走廊里背英文单词的人,小树林里依然有人……

所有的一切,都已距离二十七岁的他和秋随的生活太遥远。

在其他人眼中,秋随是独当一面的顶级同传,但是在他心中,秋随一直都是记忆里冻得鼻尖发红,朝他哆哆嗦嗦伸出手借衣服的小女生,总能让他止不住心疼,也没办法拒绝的人。

而他,沈烬无奈地笑了下,他好像也没有变过。

只是从前,披在秋随身上的,是许婉为他准备的厚外套,现在,披在秋随身上的,是事后清晨醒来,他的私人白色衬衫。

他们断交那天是申城的盛夏。沈烬记得很清楚,是一个周六。

他听见秋随说——"以后别来找她,希望他们以后不再见面。"

这是完全出乎沈烬意料之外的事,也是沈烬从来没有经历过的事。

他有个无数个问题想要问,但是沈烬的脚步却比大脑的意识更先一步,朝秋随身边的男生所在的方向走了过去。

他只是走了几步,却硬生生停了下来,沈烬看见秋随的脸上闪过几分慌张。她眼底有惶恐的情绪一闪而过,随后,沈烬看见秋随很迅速地往前走了几步。

紧接着,秋随挡在了那名男生的面前。

她挡在那名男生的前面,以一种保护者的姿态。

沈烬扯了下唇,没吱声,他的视线又重新落在秋随身上。

面前的两个人仿佛一体,而他,像是一个外来者。

"行。"沈烬扯了下唇,说再多都已经无用,"不就是别来找你吗?"沈烬听见自己破碎的声音,像是从喉咙里竭力发出的声音,还带着血,"好,再见,以后就都别再见了。"

沈烬甚至没等到最后一个字的尾音落下,就径直转身离开。他不知道自己的背影落在秋随眼中是不是无比狼狈。

沈烬不记得自己是怎么回到学校宿舍的,那天的记忆像是被割裂成两半。

他浑浑噩噩在宿舍躺了过去。

沈烬在第二天凌晨四点从睡梦中清醒过来。

凌晨四点,天空还没亮,空气中是湿润的清新气息。

沈烬起身后走到宿舍阳台,他发了会儿呆,又重新摁亮手机屏幕。屏幕上是秋随的一张照片,他当时用手机随手抓拍的。那是秋随在学生时代很难得没有内敛的笑,而是开怀大笑的一张照片。

沈烬记得,那是高三前一百天的时候,学校举办的成人礼庆典。秋随那时候还没过十八岁的生日,不过恰巧那天是姜嘉宁的十八岁生日。

自己的生日赶上学校举办的成人礼庆典,姜嘉宁可能产生了一种全校师生给自己庆祝十八岁的错觉。

姜嘉宁一兴奋嗨起来,嘴里絮絮叨叨个没完,秋随也不知道听见姜嘉宁说了什么,忍不住弯唇笑起来。

临近高考前夕,紧张氛围里还有一种即将得到解放的轻松。像是马拉松运动员快要到达终点,尽管还没结束比赛,但也有种终于结束的释然。

沈烬记得,临近高考结束前那段时间,秋随肉眼可见的开心。不仅仅是因为即将高考结束高考,还像是有着一些别样的因素。

但十七岁的沈烬那时候并不清楚。他只是在成人礼庆典那天,拿着手机随便拍拍照片,不知不觉间,手机屏幕就全程对准了秋随一个人。

秋随察觉到一直追随的摄像头和视线,只是淡淡看了眼他,没吭声,又重新扭过头和姜嘉宁说笑。

沈烬知道,那是一种默许。

十分钟后,他抓拍到了秋随一张被姜嘉宁逗笑的照片。照片里,秋随终于不再是笑不露齿的内敛笑容,她笑得开怀,眉眼弯弯,像是一轮明月,唇角眉梢都带着喜悦和笑意。

那张照片里的秋随感染力极强。沈烬垂眸盯着看了半晌,也忍不住跟着勾唇笑起来。

秋随不热衷拍照,学生时代少数拍的照片也不过是班集体合照和毕业照。那张照片被沈烬小心翼翼地保存起来,从高考结束到进入大学,沈齐峥和许婉给他换了新手机。

但秋随甜甜笑起来的那张照片一直都被沈烬珍藏在相册的一隅,无论他换了多少手机,那张照片也一直是他的屏保照片。

凌晨四点的温度有些微凉,但和九月炙热的盛夏中和,气候便显得恰到好处。

沈烬站在阳台,垂眸盯着那张照片看了会儿。朦胧且并不清晰的天空有零星的亮光,照亮他的屏幕。

沈烬自己都不知道,他盯着那张照片不由自主地笑起来。和从前一样,他因为秋随的欢乐而欢乐。

直到沈烬自己察觉到他不由自主翘起的唇角,沈烬唇角一僵,过了片刻,才缓缓抿直了唇线。

他因为秋随的欢乐而欢乐又如何,秋随已经不会因为他的喜怒哀乐而感同身受了。

沈烬在手机设置里选择了随机屏保,取消了秋随照片的屏保设置,又在相册里翻出秋随的照片。

他对着屏幕按了几下,屏幕弹出一个对话框——"确认删除此照片?"

沈烬手指在半空中停顿了好几秒。他盯着照片里难得在成人礼庆典上笑嘻嘻的秋随,犹豫了片刻,最后还是没有按下删除键。

以后应该见不到了。沈烬想,留个念想吧,至少,不要忘记了她笑起来的样子。

沈烬将秋随的照片在相册里上了锁。

他一个人站在九月凌晨四点的宿舍阳台上,对着照片上的秋随认输。

沈烬顿了下,他深呼吸了一下,唇角勾起一个自嘲的弧度。

沈烬像是终于认了命。他语调不舍,但又无能为力无可奈何:"你赢了。"

沈烬对着相册输入了上锁密码,那张照片从此被藏在相册里,无人可以看见,像是他心底的一个秘密,没有人能够窥探,只有他自己清楚。

但这事还是被裴新泽发现了。裴新泽只是不经意看到了他的手机屏幕,不再是熟悉的屏保照片,又联想起沈烬前一晚如同失去灵魂一般的异常模样,就猜到了大概。

"兄弟,"裴新泽一手搭在他肩膀上,"吵架了?"

沈烬从没隐瞒过秋随的存在。

裴新泽自然也不例外,他在沈烬手机屏幕上不经意看到过几次秋随眉眼弯弯的模样,不过并不清楚这个女孩子的名字。

沈烬没吱声,只是熄灭了手机屏幕,扭头扫了他一眼。

裴新泽了然地挑了下眉,提议道:"喝酒去不去?"

当天晚上,沈烬被裴新泽拉着去了学校附近的一家酒吧。沈烬并不沉迷酒精,即使在酒吧里,他也只是点了一杯威士忌喝了几口。

他情绪不高,也不太迷信"何以解忧,唯有杜康"这句话。

沈烬只是坐在吧台时不时喝一口威士忌,然后看着裴新泽一杯接一杯地往下灌酒。

沈烬在吧台上静坐了片刻,淡淡开口问裴新泽:"喝醉了吗?"

裴新泽不屑笑了声:"这点酒精也能让老子醉?"

沈烬点头:"那你自己回学校,我还有事,先走了。"

他径直推开酒吧的门往外走,没管身后裴新泽一声高过一声的询问。

从沈烬的大学到高中有一段不远不近的距离。沈烬喝了酒没法开车,在路边随手喊了辆车。

他坐在车后座,看着一路飞驰而过的灯光不断变化色彩,打在出租车的窗户上。

五彩缤纷，缭乱得他眼睛疼。沈烬吸了口气，闭起眼睛，往后座座椅看上去。

他突然想起高三毕业的一天，秋随不知道为什么闹脾气。

他默默扶着单车，跟在秋随身后走了一路。一直到一个十字路口，秋随站在红灯前停下脚步，才回头发现他在。

沈烬那时候觉得委屈，忍不住对秋随抱怨说："秋随，我跟着你的影子走了一路，你终于回头了。"

沈烬闭着眼睛想起曾经的片段，那时候的委屈放大了数百倍重新涌上心头。

不用见面，沈烬心里想。秋随，我做你的影子也行，我认了。

高三的时候，沈烬曾无数次把秋随从学校送到她居住的小区。他知道，秋随住的小区距离高中学校并不算远，只是坐落在申城内外环的交界处，实在称不上繁华。那所小区的附近的一条街道人迹稀少，路灯虽然亮着，但是亮度甚至比不上天气好时皎洁的月光，约等于无。

沈烬让司机把车停在了小区附近的街道口，街边的小吃店、熙熙攘攘的人群和照亮夜空的路灯，恰好都从那条街道的岔路口开始，寂寥、变少、变暗。

司机将车停在岔路口等了一会儿，也没见后座的少年下车。

"小伙子，"司机扭头看向他，"还不下车，你可别耽误我做生意啊。"

沈烬身体后仰靠在后座，他抬起手腕看了眼手表。

工作日的晚上交通还算通畅正常下晚自习的正常时间，距离秋随抵达这条街道的路口大约还有半小时。

沈烬视线转向后视镜，他透过后视镜出神看了车后寂静的街道半响，才低不可闻地叹了口气。

"不耽误，"沈烬答道，"我想在这儿等一小时，你看多少钱合适？"

前半句说完司机张嘴就要拒绝，听完最后一句话后，司机显然愣神了一会儿。

他微眯起眼睛打量了一会儿沈烬，才试探着伸出一根手指道："一千？"

"行。"沈烬没有犹豫点头答应下来，扫码付款一气呵成。

付完款后，沈烬情绪不高，只是侧眼看着窗外，没什么多说话的想法。

司机却突然来了兴趣："怎么，等女朋友啊？"

沈烬没吭声，只是又抬起手腕看了眼手表。正常情况下，秋随应该已经下晚自习了，到这大约还有二十分钟。

他眸光闪了闪，他觉得自己像是在做一件愚蠢到令人难以理解的事情。

沈烬知道，走完这条人迹稀少的街道，就能直达秋随居住的小区。他也知道，秋随最害怕这条路灯寥寥的昏暗街道。

当时，是他送秋随走过这条必经之路。而如今，应该换成了另外一个人了吧。他委托人去高中母校打听过，知道那人名字叫顾泽松，和秋随同班。

司机问他是不是在等女朋友，他没答，又或者说，也不知道怎么回答。

沈烬觉得此刻的自己绝对算不上一个聪明人。没有哪个聪明人会明知山有虎，偏向虎山行。

他一向自诩自己是个聪明人，也不知道怎么了，居然会做出这样愚不可及的事情来。

沈烬想，大约是鬼迷心窍了。

他突然觉得有些烦躁，沈烬从兜里摸出根烟咬在嘴里，含混不清地询问，"介意抽根烟吗？"

司机也大概猜出来了，年轻人为情所困呗。

"那你抽吧，"司机善解人意地挑了下眉，打开车门转身下车，"我可不敢沾一身烟味回家，会进不了家门的。"

车门从外侧关上的瞬间，沈烬眸光闪了闪。

沈烬在车里连着抽了几根烟，才从后视镜里看到了一抹熟悉的身影。

秋随穿着夏天的校服，一个人骑着单车慢悠悠地从后方驶来。没有顾松泽。

沈烬夹着香烟的手指顿了下，才灭了香烟。他视线重新落回到后视镜，看着慢悠悠骑着单车逐渐靠近出租车的秋随出神。

随着距离的拉近，秋随的身影也逐渐放大，一点一点清晰地进入沈烬的视野。

沈烬盯着她，突然皱了眉头；他有些难以形容当时的情绪。太复杂了，像是从四肢百骸处涌现出来明显不同的情绪，又流经血液，最后汇合到一起。

有惊喜，在沈烬的预料中，顾泽松会和秋随一起出现在他的视野里，顾泽松早就取代了他的位置，久而久之，秋随的心底，也许半点他的影子都不会有。

但现在看来，也许，他们吵架了，或者根本没有他想象中感情那么好。

但沈烬心底，也同时无法克制地升腾起难以控制的戾气。

换作是他，哪怕是高中时候和秋随吵架，他也一样跟在秋随身后送她回家，做她的影子。他能办到的，怎么顾泽松就办不到了呢。

沈烬觉得自己像是在面对一个无法抉择的选择题。

他不希望顾泽松对秋随好一些，至少那样，秋随心底还能稍微记挂着点他。

但真看到顾泽松对秋随忽视冷漠的时刻，沈烬又恨不得顾泽松对秋随好一些，再好一些。哪怕，哪怕秋随会因此而彻底淡忘掉他这个人。

沈烬收回眼。他下意识往口袋里摸了摸，突然又有些想抽烟。

摸出烟盒，还没来得及打开打火机，沈烬垂眸盯着那根还没燃烧的香烟，又生出了无可奈何的低落感。

又怎样呢，沈烬轻嗤了声。

就算顾泽松对秋随冷淡、忽视、漠然，就算他将一颗热忱赤诚又热烈的真心捧到秋随面前，那又怎样呢。

沈烬略带嘲讽地勾了下唇，秋随还不是选择了顾泽松，放弃了他吗？

沈烬闭了闭眼，突然觉得还挺没意思，像是在跑一场看不到终点的马拉松，又像是在用空空的竹篮试图打满一篮子的水，都是无用功罢了。

他身体懒洋洋地往后靠，抬手按了按疲惫的眉心。片刻后，沈烬睁开眼的瞬间，秋随的身影恰好擦着出租车而过。

车外看不见车内，沈烬肆无忌惮地盯着秋随的背影看了片刻。几米处正是一个十字路口，再走个几百米就能走到秋随居住的小区。

沈烬安静地坐了几秒后，才猛地伸手打开了出租车的车前照灯。前照灯发出明亮到略显刺眼的光芒，但在这条路灯寥寥人迹稀少光线不足的街道上，却是最大的光线来源，笔直地照射出前方的小路。

秋随显然也被惊了一跳，她单脚踩在地上回过头，抬手挡住眼睛，微眯起眼睛瞥了眼。

确认身后跟着一辆出租车,还顺便照亮了前方昏暗的夜路,秋随明显稍稍放下心来。她松了口气,又重新扭头骑车驶向小区。

车门外的司机匆匆忙忙打开车门,探进脑袋茫然问了句:"咋回事啊,你怎么把车前照灯打开了。"

"没什么,"沈烬语气平淡地回答他,"提醒你可以走了。"

司机一愣,坐进驾驶座,好奇扭头又问了句:"这么快?你不是说想在这儿等一小时吗?"

"回去吧,"沈烬扯了下唇,看着兴致却并不高涨,"回B大。"

司机听闻挑了下眉,一边发动车子一边问:"那你等到人了吗?"

等了半晌,也没等到回答。司机不由得回头看了眼。

后座的少年闭着眼睛靠在椅背上,像是睡着,但其实又没有睡着。他的唇角略微上扬,勾勒出个冷淡又略带嘲讽的弧度。

看得出来是不太愿意回答这个问题。司机了然点了下头,没再吭声,只是回身发动了车。

出租车缓缓启动后,沈烬才慢悠悠睁开了眼。

他手指百无聊赖地搭在车窗边沿,几秒后,他才抬头对着驾驶座的司机叮嘱道:"开慢点。"

司机搁在方向盘的手猛然一顿,像是被这突如其来的一句吓着了,不过还是自觉放缓了车速,出租车像是乌龟爬一般在路上缓缓行驶:"开慢点做什么,怎么,又想回去接着等人了?"

沈烬没吭声。

他微微侧头,视线落在车窗外。车前照灯已经被司机关闭,但车内还是亮着淡黄色的暖光,有半明半暗的微弱光线透过车窗折射出去。

秋随的身影始终在出租车附近几米处。那点微弱的光线,恰好替秋随照亮了一段回家的路。

司机瞥了眼前方慢悠悠骑着车的女孩子,猜出了大概,一边慢腾腾开着车,一边忍不住试探着问:"要停车吗?"

沈烬声音冷淡且坚定:"不用。"

司机不甘心:"那你让我开慢点做什么。"

沈烬几乎没有犹豫,回答得很快:"抽了烟,开慢点散个味,省得你带着一身烟味回家进不了家门。"

司机"哟吼"了一声:"你还挺替我着想,那你把车后窗打开散味。"

沈烬瞥了眼他,又扫了眼就在出租车附近骑着单车,一打开车窗就能看见自己的秋随,拒绝得很干脆:"不必。"

司机挑了下眉,倒也没有执着这件事情,只是目送一直在出租车附近骑着车的女生拐了个弯,身影逐渐消失在隔壁小区后,才神秘兮兮地问:"这就是你等的人吧。"

是个疑问句,却是肯定句的语气。

沈烬神色没太惊讶,没有点头承认也没有坚定否认,他只是抬手摁开了出租车的车窗。

申城夏季傍晚的风呼啦吹了进来,燥热中也带了几分湿润的温柔,飘在脸上舒服又温和。

司机被猛然蜂拥而至的晚风吹得心神舒坦,乐呵呵开着车,还惦记着之前的事情,不忘问了句沈烬:"怎么,现在就舍得开车窗散烟味了,不怕被人发现了。"

他八卦之心猛然升起,也没有顾忌太多,索性直接追问:"那你明天还来这儿等吗?要是想再来这儿等小姑娘,不如还找我。"

毕竟,一晚上一千也不是那么容易赚的。

恰逢出租车途经一条两旁种着郁郁葱葱槐树的街道,晚风呼啸拂过树叶,发出沙沙响声,又被疾驰而过的跑车轰鸣声掩盖了过去。

嘈杂的外界声音中,司机听见车后座传来模糊不清的三个字,他微微偏了下头,没听清楚。

离开种满槐树的街道后,四周又重归宁静,只剩下温柔的夏夜晚风。

"你刚才,"司机快速从后视镜里扫了眼沈烬,"说什么来着?"

"没什么,"沈烬耷拉下眼皮,声音平静到像是没有任何情绪,"开车吧。"

沈烬一直都记得那一天,也记得那一刻,在晚风裹挟着树叶吹动的声音灌进车窗时,他说的三个字。

他说:不等了。

但这三个字,也只持续了不到二十四个小时。

第二天同样的时间,沈烬没有随手招一辆出租车,而是自己开了辆轿车,将车子停在了同一条街道的同一个路口。

他坐在驾驶座里,身体往后仰懒洋洋地靠在椅背上,嘴里咬着根烟。和前一天一样,等了二十分钟后,沈烬看见了后视镜里慢腾腾骑着单车逐渐靠近的秋随。

秋随和前一天一样在同一时间下晚自习,骑着一样的单车,还是习惯把书包搁在单车的前篮里,也和前一天一样,她一个人,身边没有顾泽松。

沈烬松了口气,但又一直绷着根弦。他庆幸之余的同时,又难免生出对顾泽松的不满。

沈烬重复着和前一天一样的动作,一切都像是前一天的重映。

打开车前照灯,秋随惊讶地回头扫了一眼,又波澜不惊地回过头继续骑单车回家。他关了车前照灯,启动轿车,慢悠悠地跟在秋随身后,车内微弱的光线替秋随照亮回家的路。

一直到秋随拐弯进入隔壁小区,他才打开车窗,让晚风一股脑钻进车窗。

这样的举动一直重复到了第四天。沈烬目送秋随的身影消失在居住的小区大门,他将车停在了一个路口处。

他没急着开车回学校,而是坐在车里出了一会儿神。沈烬沉默地盯着手里头燃烧着的香烟,片刻后,才轻笑了声。

他记起四天前,自己亲口所说的,轻飘飘地消散在晚风中的"不等了"。

又眼睁睁地看着自己像是成了惯性动作一般,晚饭结束后就开着车来到这条街道的路口,抽着烟等秋随放学,像是中了某种神秘的咒语一般。

他想脱身,但又无可挣脱。最讽刺的是,慢慢地,他似乎也甘之如饴,乐在其中。

沈烬摁灭了烟,搭在方向盘上的手指漫不经心地敲了敲方向盘。

他往后一靠,视线轻描淡写地看向秋随居住的小区,仿佛一团乱麻的思绪终于在这一刻有了清晰的线索。

沈烬将这几天烦躁又无奈的情绪剥开,清楚地看见里面的三个字——不甘心。

行吧,沈烬扯了下唇。

他垂眸,视线有些缥缈,直愣愣地盯着面前不知道是什么的一个小黑点。

沈烬想,他就是不甘心。

不甘心秋随抛弃他,不甘心秋随选择了一个连着四天都没有送她回家的男生,不甘心只能坐在车后座,透过后视镜遥遥地看着秋随。

四周安静到落针可闻,晚风裹挟着傍晚的花香飘了进来,地面上只剩下轿车的影子,沉默又执着。

沈烬觉得自己像是做了一场恍惚的梦境,梦境的最后,他心甘情愿认输。

丢脸也没关系,他听见自己在心底喃喃自语,总比丢了她好。

然而,计划赶不上变化。

下一个周一,沈烬坐在车里,在那条昏暗街道的同一路口等了两小时,也没有等到秋随半个影子。

沈烬那时候还不知道,周五后的周六,秋随带着随身的行李,搬去了林和豫家,那是一个和秋随曾经居住的小区完全反方向的别墅。

沈烬呆坐在车里,眼睁睁地看着香烟燃尽。他没有开车窗散味,香烟的气味在空气中越发浓厚,反倒让他越发清醒。

沈烬收回思绪,垂眸看了眼手机。屏幕是一张照片,几名穿着校服的男生女生一起骑着单车,脚踩在地上,停在一个十字路口的红灯前。

尽管他们穿着一样的校服,但沈烬还是一眼就认了出来,最右边的那名女生,是秋随。她旁边的男生恰好侧过头和秋随说话,沈烬认得出,那是顾泽松。

因为迟迟没看见秋随的身影,担心她出意外,沈烬委托了高中认识的朋友打听情况。不久后,他的手机屏幕上就收到了这张现拍的照片。

沈烬盯着那张照片看了须臾,忽地笑了。他声音很低地叹了口气,半晌后,才退出那张照片,打开了相册里被锁住的照片。

那是秋随在高三成人礼庆典上笑得最开怀的一张照片。沈烬视线落在秋随眉眼弯弯的笑颜上,几秒后,他唇角扯出了个不咸不淡的弧度。

"也行。"

"他能让你一直笑得这么开心,也行。"

沈烬手指停留在屏幕上方,片刻后才退出相册。

"他这也才送了你一天。"

沈烬手搁在方向盘上，下颌绷成硬朗的曲线，像是疲惫不堪一般身体往后靠在椅背上。

"我都送了你快一年了，"沈烬语气顿了下，"还有上个星期一个五天。"

沈烬语调很平静，不起不伏。在关了车窗的车内却足够清晰，但只有他一个人听得见。

"不过。"

"看在我送你回家这么久的份上。"

沈烬平静的声音终于带了些颤抖，尾音轻飘飘的，像是说着难以实现的梦话一般。

"不要忘记我。"

沈烬闭起眼睛，只觉得自己像是坠入一个无边的黑洞之中。

他深吸了口气，才默默在心底补充。

"秋随，哪怕只记得'沈烬'这两个字，也好。"

03

回去后的那几天，像是人生中一道泾渭分明的分割线，又像是一场恍惚到让人忍不住怀疑是真是假的缥缈梦境。

沈烬只记得自己浑浑噩噩过了三四天，抽烟、喝酒，以及昏昏欲睡.

这样颠覆又潦草的状态持续了几天，一直到某天的凌晨三点，沈烬按着眉心从床上醒来。

宿舍里的人都睡着，只有裴新泽这个美国作息的人还懒洋洋地坐在椅子上盯着电脑。

听见沈烬的动静，裴新泽像是被吓了一大跳，猛地抬起头来，看向愣怔坐在床上的沈烬。裴新泽刻意压低了声音，对他喊了声："沈烬，你干吗，这是要吓死我啊。"

沈烬没搭理他，像是沉浸在自己的世界里，没听见这声抱怨。

裴新泽挑了下眉，几分钟后，他看见沈烬干脆利落地翻身下床，简单收拾了一会儿便朝宿舍门外走去。

裴新泽一愣。这几天沈烬的状态有多难以形容他是看在眼里的，毕竟这段时间都是他被沈烬拉着在酒吧喝酒喝到天亮。

虽然沈烬没说,但裴新泽也大概能猜中,和沈烬手机屏幕照片里的那个女生有点关系。眼看沈烬现在的状态似乎更不对了,他一时之间也有些捉摸不透,但还是下意识喊住了他。

"沈烬,"裴新泽问,"你去哪儿?这是凌晨三点。"

沈烬往外走的脚步顿了下,他身形有些许的僵硬,握住宿舍门把手的手指也略微泛白。片刻后,沈烬回过头看他,神色平静,看不出半点前几天失恋的状态:"回家,办点事。"

裴新泽眉心一跳,闪过几分荒唐的神色:"凌晨三点?你回家?你不会是去马路上被车撞吧?"

沈烬站在原地没动静。他微微偏了下头,三秒后,突然扯了下唇。

"不会。"沈烬的声音很低很轻,但又有一种很笃定的意味。

幸好宿舍足够安静,裴新泽听得很清楚。

他看见沈烬视线没有看向他,而是盯着宿舍里的一张木质书桌,又像是透过这张木质书桌,在回忆另一个人。沈烬勾唇笑了笑,并不是愉快的笑。

裴新泽听见他说:"我会好好活着的。"

"活着让她看见。"

沈氏集团已经足够强大,但沈烬总觉得远远不够。他想着,还是得自己打下一片江山,站在那儿,才算是真正被秋随记住了听见了名字。

也是从那时候起,沈烬开始有了做风投的打算。

沈烬那时候也不清楚秋随到底会读什么专业,想从事什么工作,至少在高三的时候,秋随没有透露过半分专业方面的选择,只是和他约定了一起考申城的B大。

想到这儿,沈烬又忍不住散漫地笑了下,他一直都记得,秋随和他说过,从此以后不要再见面了。

秋随还会不会考B大,沈烬不知道,秋随会读哪个专业,从事什么行业工作,沈烬也无法预测。

但他清楚,风投是最适合他的领域。

投资人能够涉猎各种行业,足迹可以遍布世界各地,总有一个地方,总有一个领域,是未来的秋随会涉及的。

而他也总会有办法,让秋随在她所涉猎的领域时不时地就听见他的名字。
　　沈烬是在大二的时候得知秋随的大学专业是俄语的。
　　秋随复读的学校就是他们的高中母校，沈烬知道这所学校有个特点，每年高考结束后，都会在校门口的红色砖墙上挂上一个面积极大的长方形金框，上面列出了本年高考被重本大学录取的所有学生名字，和对应的学校。
　　秋随的名字在第五个。
　　对应的学校不是B大，但也是和B大齐名的一所学校——H大，只是不在申城罢了，而是坐落在距离申城坐飞机都要四五个小时的江城。
　　沈烬在那面荣誉框面前发了会儿呆，他一直以为秋随就算不愿意就读B大，至少也会在申城选择一所大学。
　　申城是国内数一数二的教育圣地，国内几所顶尖的学校几乎都在申城，申城又是秋随的老家，秋随在申城读大学无论如何都是一个最优选择。
　　沈烬想不到太多秋随选择去其余城市读大学的理由。
　　在申城待腻味了？世界很大，她想去看看。又或者，是避他如蛇蝎，只是单纯不想在申城的大学城看见他罢了。
　　真正的原因，至少当时的沈烬不得而知。
　　他只是盯着那个很久没有人再在他面前提起的名字，片刻后，他的视线缓缓下移。
　　沈烬看到了第十个名字——顾泽松，K大。
　　那是另外一所学校，不是他所在的B大，也不是秋随所在的H大，甚至和两所大学都在完全不同的城市。沈烬站在原地，只觉得看见秋随去了远在申城之外的江城就读H大时候的僵硬又逐渐散去，他像是找回了一点点力气。
　　沈烬那时候还不清楚秋随住在了林和豫家，他不清楚秋随的新住址，也不知道秋随到底选择了H大的哪一个专业。
　　事情的转机是沈齐峥。
　　对他暂时不想过早接手沈家产业和集团，想先从事风投这件事情，沈齐峥非但没有持反对意见，反而还挺支持。
　　沈烬大一那年，沈齐峥开始有意识地带沈烬参与投资的相关项目，他会见到来自世界各地的风投大鳄。

秋随第二次高考结束即将入读H大大一那年，沈烬大二。

H大开学开得早，八月底就有人来学校报到办理手续入住学生宿舍，九月中旬开始准备军训。

八月底的时候，沈烬还在度过暑假。沈烬记得那一天，沈齐峥匆匆忙忙回家，片刻后，他听见三楼卧室传来窸窸窣窣收拾行李的声音，动静还不小。

沈烬挑了下眉，打游戏的动作一顿，上楼看了眼。

许婉正盘腿坐在地上忙个不停地往行李箱塞衣服，沈齐峥坐在书桌前对着电脑噼里啪啦地打字，手指飞跃，没有停顿。

沈烬懒洋洋地靠在门框边，出声打断他们的动作："怎么了，紧急出差？"

沈齐峥敲击键盘的动作一顿，侧头看了眼沈烬，又迅速收回视线继续敲击键盘，对着身后收拾行李箱的许婉道："你和他说。"

许婉拉上行李箱的暗扣，又拨弄了几下密码，从柜子里又搬出一个新的行李箱，重新盘腿坐在地上，才将目光落在沈烬脸上。

"阿烬，"许婉说，"爸妈要紧急去江城出趟差，可能要一个月左右吧，家里阿姨都在，你就还是和之前一样，到了开学时间，记得去学校……"

"江城？"

沈烬没忍住出声打断许婉。沈齐峥和许婉经常出差，沈烬早已经习惯了，只是他没料到他们这次出差的目的地居然是江城。

许婉一愣，显然没料到沈烬的关注点为什么放在了江城上，但还是点了点头："对，不过爸妈还是会每周末给你打视频的，你……"

"不用了，"沈烬摇了下头否决道，"我和你们一起去江城。"

话音落下，就连对着电脑手指敲击键盘不断的沈齐峥都停了动作，他侧头皱起眉头："你去江城做什么，你九月份就开学了。"

"大二开学是九月中旬，"沈烬漫不经心地纠正他，"江城是国内著名的旅游城市。"

沈烬双手插在兜里，他将内心波涛起伏的情绪一并压下，面色平静，声调平和："我去看看有什么可以投资的产业。"

沈齐峥一愣，微微侧头，似乎是在思考这件事情的可行性。沈烬却没打算给他们更多的犹豫时间，其实就算沈齐峥和许婉不同意，他一个人也完全可以去江城走一趟。但跟着沈齐峥和许婉一起,就好像给自己的这趟江城之行套上了一个光明正大的借口。

沈烬想,就算真的在江城偶遇秋随,他也不必觉得难以面对的。他不是为了秋随去的江城,他只是想去看看江城有什么合适的投资产业而已。

沈烬慢条斯理地打断沈齐峥的沉思:"你不是说过,投资这事纸上谈兵不可取,实践才能出真知吗?"

可能是这句话的原因,沈齐峥和许婉都没有再反对,只是许婉淡淡丢下一句话:"爸妈忙得很,可没时间一直在江城盯着你。"

那不挺好,沈烬转身去房间收拾行李,一边无所谓地摆了摆手:"不用管我,到了江城你们就忙你们的。"

许婉倒是没骗他,到了江城后,她和沈齐峥忙得脚不沾地,沈烬虽说和两人都住在一家酒店的隔壁房间,但一个星期下来,也没见上他们几面。

沈烬也没有多问,一个人在江城溜达了将近一星期。江城虽说比不上申城,但也是国内知名的旅游城市,总归不算太小。整整一星期,沈烬也没在偌大的江城和秋随偶遇到。

在江城的第八天,沈烬接到了一个儿时发小的电话。发小的父亲和沈齐峥称得上是世交,住在同一个别墅区,发小和他也算是幼时玩伴,只是长大后,发小的家族产业重心转移,全家都离开了申城,搬到了江城发展。

这之后,虽然两人联系并不算热切,但有两家父母和小时候的情分在,逢年过节也总会时不时聊上几句。沈烬挂了电话,思索片刻就知道了,这应该是沈齐峥和许婉没时间看着他,特意联系了发小的父母,让发小陪着他在江城随便逛逛。

沈烬了然地挑了下眉:"你在哪儿?"

发小:"H大,忙着呢。"

沈烬想起来,这位发小和他同龄,同一年考上了江城的H大。他忍不住嗤笑了声:"我看你也没空招待我。"

发小:"你过来替我打个下手呗,我这几天忙着接待新生,忙完了请你吃饭,食堂任选我刷卡。"

说完这话，发小也觉得有些窘迫。沈烬这种吃遍了米其林餐厅的人，哪里会在乎H大的一个简陋食堂。

他顿了几秒，补充道："你可别小看我们H大的食堂，这儿有蒸羊羔儿，蒸熊掌，蒸鹿尾，烧花鸭……"

俨然一副郭德纲报菜名的风范。

沈烬却没什么心思去听，他斜斜靠在门边低喃了几个字。

"接待新生啊，"发小听见沈烬低沉沙哑的声音在电话里响起，半晌后，沈烬轻笑了一声，"地址给我，我现在过去。"

半小时后，沈烬双手插兜跟在发小身后，看着他"吭哧吭哧"地提着一个重重的粉色行李箱，往女生宿舍楼走去。身后还跟着一个穿着短裙的女生，背着个挎包，视线时不时飘落到沈烬身上。

半响，女生才鼓起勇气开口。

"学长，"女生的视线意有所指地看向另一侧的沈烬，"这是你的朋友吗？还是也是我们学校的学长呀？"

发小提着行李箱往前走，没好气地回头瞪了沈烬一眼。他在这儿辛辛苦苦做苦力，反倒是沈烬优哉游哉地被漂亮学妹看上了，真是有苦说不出。

"朋友，"发小默默翻了个白眼，"申城B大的。"

"B大啊，好厉害啊！"女生忍不住惊呼了一声。

沈烬扯了下唇没回应，一行人走到女生宿舍大门前。女生咬了下唇，犹豫了几秒，还是拿出手机切换到了微信二维码的界面："我刚好打算有空去申城玩一趟，学长方便加个微信吗？到时候我去申城旅游麻烦学长做个导游？"

沈烬脚步停在女生宿舍大楼门口，每逢开学季，女生宿舍大楼才会对外开放。发小作为帮忙接待新生的学长，自然是要帮学妹提着行李爬楼梯的。沈烬倒是没有要跟着一起进去的打算。

他没回应递到眼前的手机，只是摸出自己的手机摁亮屏幕看了眼，才转而看向发小："你们进去吧，女朋友找，我去打个电话，在门口等你。"

轻飘飘一句话，先前递到他眼皮子底下的手机颤抖了抖，握住手机的手指微微泛白，片刻后，手机缩了回去。

沈烬站在女寝大楼门口的树下，视线扫过来来往往的女生，没看见半个熟悉的身影。耳边传来发小和那名女生越来越远的交谈声。

"你住几楼啊？"

"三楼306房，麻烦学长了。"

"不麻烦，哪个专业的啊。"

"我是俄语专业大一新生，据说我们宿舍住了一个超级美女学神，是俄语专业这次高考的第一名，学长你见过吗？"

"啊，你是说她啊。对，306房的，俄语专业，你们宿舍第一个到的，你是第二个。我见过，还是我接待的呢。她比你早个两三天就到了，不过，我估计你得晚上才能见着她。"

"为什么得晚上才能见着啊？她很忙吗？在图书馆？"

"不是，她刚来就问了我勤工俭学的事情，我给她介绍了一份餐厅的工作，这几天她都在餐馆打工呢，傍晚才下班。"

沈烬没把那几句若有若无的交谈放在心上，他站在树下玩了几盘游戏，身后有人重重拍了下他的肩膀，嬉皮笑脸地从后方勾住他的脖子："走吧，请你吃饭去。"

可能是游戏被中途打断，沈烬神色略显不耐，他重新扫了眼校门口，依然没看见秋随的影子。

沈烬沉默了片刻没吭声，发小也不知道他在想些什么，但也懒得去猜，索性勾着他的脖子往食堂走。

"许阿姨也没和我说啊，"发小八卦兮兮地问，"有女朋友了？"

沈烬眉心微动，不是很愿意回答这个话题。他抬起手腕看了眼时间，干脆直接转移了话题，不答反问："不是送到女寝三楼306房吗？怎么你去了二十五分钟？"

发小心大，也没再追问，只是解释道："欸，我和那学妹刚才的话你听见了啊。我送她三楼也就花了四五分钟时间吧，但是学妹拉着我问了好些勤工俭学的问题，硬要我解释几个合适的兼职工作给她。"

沈烬挑了下眉，不期然想起刚才那名女生和发小的对话中提及的另一个人。

俄语专业这次的高考第一名，据发小说，刚办完入学手续后没多久，这位传闻中的俄语专业超级学霸就忙着勤工俭学去了。

沈烬对此没什么兴趣，但也懒得回答发小奇奇怪怪的八卦问题，索性顺着问了句:"你们学校的人,还挺热爱勤工俭学的。"

"那倒不是。"发小摇头否认,"准确来说,是小语种专业的学生会更喜欢勤工俭学。"

沈烬:"怎么说?"

"我们学校给小语种专业的学生提供了很多出国交流的机会,基本上都在大二到大三期间。"

"出国交流的学费呢,一般是学校和学生各自承担一部分,生活费还是由学生自己负责。所以小语种专业的学生大学四年的开销会比我们高出不少。"

"像刚才那位学妹,还有她说俄语专业的美女学神,叫秋随来着。"

"等等!"沈烬往食堂走的脚步猛然停住。

发小一愣,扭头看向沈烬。

沈烬脸上隐晦不明,垂着头,眸色中闪过几分复杂的情绪。

沈烬犹豫了片刻,最后忍不住向发小求证:"你说的这个秋随,是你接待的大一新生?"

沈烬觉得有些奇怪,他和秋随认识这么些年,怎么从来不知道秋随突然对俄语感兴趣,况且以秋随这次的高考成绩,国内任一大学都能挑选,但她既然读了俄语,就一定是她自己选择的,不太可能是因为分数受限被迫调剂的。

发小有些纳闷他的反应,但还是老老实实点了点头:"对啊,怎么了?你认识?"

"你接待的大一新生秋随,是申城人吗?"沈烬又开口确认,"申城三中的。"

发小回忆了一会儿,点了点头:"对,我送她去宿舍的时候和她闲聊了一会儿,的确是申城三中的。"

沈烬了然地挑了下眉,敷衍地打发了发小的问话:"算认识吧,高中校友。"

知道沈烬毕业自申城三中,发小没多想沈烬问这个问题的原因,只是继续絮絮叨叨,重新刚才没说完的话题。

"刚才那个学妹,和你说的高中校友秋随,都想争取出国交流的机会,现在勤工俭学,也能为将来积攒点生活费,减轻一点家里的负担。"

沈烬沉默着往前走。半响后，他才问了句："你介绍她去哪儿了？"

"餐厅，"发小说，"辛苦是辛苦了点，工资也不算太高，但是他们刚刚入校的大学生目前也没什么能力去做别的，餐厅好歹还有空调，对了，包三餐。"

沈烬声音漫不经心，仿佛只是随口聊天一般："能应付得了她去俄罗斯的交流费用和生活费吗？"

"那当然不可能了。"发小果然否认，"最多就解决一点生活费罢了，你也不是没去过俄罗斯，虽然俄罗斯经济目前是差了点，但也不是在江城餐厅打一年短工，就能解决学费和生活费的地步。"

沈烬点了点头，没再多聊这个话题，匆匆吃了饭离开了H大的食堂。

沈烬离开江城的三个月后，江城H大附近出现了一所外语培训机构，囊括了从英语到日语、德语、西班牙语和俄语等多个语种的培训。这家培训机构看着虽小，但行事作风颇为财大气粗，从H大附近招收了不少成绩名列前茅的小语种学生做辅导兼职，开出的薪资足以震惊一众还没步入社会的大学生。

尽管这家外语辅导机构没什么学生，每天的工作都颇为悠闲，H大的兼职辅导师请假的时候也极为便利，但薪资方面却从来没有打过折扣，H大的学生都在背后戏谑这是一家慈善机构。

虽说薪资高福利待遇好，但这家培训机构的门槛也颇高，秋随凭借年级第一的成绩和近乎满分的英语高考分数，过五关斩六将才终于拿到了这家辅导机构的兼职offer。

拿到了外语培训机构的offer后，秋随很快辞去了餐厅的兼职。她先是兼职做培训机构的英语老师，后大一学了俄语后，又开始兼职基础的俄语入门老师。

大一那年，秋随基本上赚到了去俄罗斯交流由自己承担的部分学费。大二结束那年，秋随又攒够了去俄罗斯交流的全部生活费。

大三，秋随成功入选莫斯科一所学校的国际交流，第一次去莫斯科。

大三结束后，她提着大包小包的伴手礼回国，打算去培训机构逛一逛，顺便给认识的老师送份礼物，却再没见到那家培训机构，取而代之的，是一家装修朴素但人流热闹的火锅店。

秋随愣了半响，发了条微信询问培训结构熟悉的老师。

秋随："培训机构怎么不在了，搬地址了吗？"

俄语韩老师："不是，几个月前刚刚倒闭。"

秋随惊了一会儿："倒闭了？！"

俄语韩老师："倒闭也正常。你也知道，机构根本没几个学生，原先就入不敷出，也不知道怎么想的，还从H大招了不少学生，偏偏工资还翻了三倍，这不是奔着倒闭去的吗？"

秋随想想倒也不觉得奇怪："也是。那韩老师有空出来聚，我回国了，带了点伴手礼给你们。"

俄语韩老师："那真是谢谢了，有空出来吃饭。"

短暂存在过得外语培训机构就像是一场梦，秋随很快没有放在心上，她只当作是平凡人生中难得被上帝眷顾的一次，让自己恰巧凑足了出国交换的学费和生活费。

二十七岁的她懒洋洋地靠在沈烬腿上，拿着手机笑嘻嘻地念前不久沈烬的采访稿。

"风投大鳄沈烬是公认的风投神话，他大学就涉猎风投领域，大三开始崭露头角，大学毕业后创办铭逸资本，二十五岁，沈烬闻名业内，成为公认的唯一标杆。"

"风投业内都知道，沈烬此人眼光独到精准，出手又狠又快，投资生涯从无败绩，低调神秘，不近女色，这些年从没超过半点绯闻。"

"本报社难得拿到了沈烬的独家专访，现在，让我们来走进风投大鳄沈烬的投资生涯。"

秋随字正腔圆地念了几句，忍不住伸手戳了戳沈烬的下巴："这篇报道怎么把你吹得跟神仙似的。"

二十七岁的沈烬停住了敲击手机键盘的动作，看了眼秋随："传闻是假的。"

秋随睁开眼睛仰头问："哪里是假的？"

话音刚落，沈烬摁灭屏幕，将手机往沙发角落一丢，俯身将她抱起。

秋随措手不及，慌张地搂住沈烬的脖子。

沈烬用脚踢开了卧室的房门，将怀中的女人丢到了柔软的床上。

他欺身而下，密密麻麻的吻铺天盖地，像是一张无处可逃的网，将秋随包裹住。

唇齿交缠了几分钟，沈烬才终于松开对她的禁锢，他盯着身下的秋随看了几秒，手缓慢下移，从衣摆处往上伸了进去。

沈烬的唇覆盖在秋随精致的锁骨上，他沙哑着声音凑近秋随耳边："传闻说我不近女色，假的，我这个人，只近秋色。"

暮色降临，雨水噼里啪啦敲打窗台，混杂着房内细碎又无穷尽的声音，缠绵的声音响了整整一夜。

凌晨，沈烬替身边已经熟睡的人掖了掖被子一角，他弯唇笑起来，看着她瞧了片刻，又忍不住凑过身去轻吻了下秋随的唇角。

传闻当然是假的，不近女色是假的，从无败绩也是假的。

沈烬的投资生涯迄今为止只有过一场败绩。

那是他最不后悔的一场投资，也是他人生中的第一场投资，只是没什么人知道罢了。那场投资，他一直记到现在。

大二那年，他在江城H大附近，投资了一家外语培训班。

沈烬知道秋随在那家公司，从事什么工作这件事情，纯属巧合。

那时候，沈烬也在大学毕业不过一年左右，创办的铭逸资本也才刚刚走上正轨，和刚刚起步不久的铭逸资本相比，沈氏集团的合作伙伴倒是遍布全球各个城市。

沈烬记得，那是十月份的一天。申城刚刚进入初秋，天气不冷不热刚刚好。

按照秋随大学毕业的时间来算，她刚好毕业两个多月。

沈氏集团在俄罗斯的一个长期合作伙伴来申城出差，沈齐峥和许婉那阵子不得空，忙得脚不沾地，也硬是活生生挤出了三小时请对方吃了顿饭。

但挤出三小时的空闲时间已经是极限，沈齐峥和许婉还有其他的项目和会议要忙，索性将那名俄罗斯商人委托给沈烬，叮嘱沈烬好好招待，顺便尽一尽地主之谊。

沈烬虽然还没有接手沈氏集团，但是也断断续续处理过不少集团内部事宜，和那名俄罗斯商人也算是打过照面，他点了下头算是应下了这个任务。

这是位在俄罗斯都颇负盛名的商人，和大多数不学英语的俄罗斯人不一样的是，这名商人精通英语，足迹遍布全球各地，涉猎的行业也五花八门。

沈烬那时候还没有学过俄语,也没有学习俄语的打算,只是选了家安静的清吧招待那名俄罗斯商人,全程都用英文沟通。商人之间不存在单纯的喝酒聊天,话题总是意有所指,每句话都暗藏机会。聊着聊着,话题自然而然转到了俄罗斯商人即将参加的一个商务谈判上。

他即将和国内的一家公司在俄罗斯进行商务谈判,谈判过程涉及了两家公司的合作、资源共享、成本分摊和利润分配。项目复杂难度又高,偏偏这场会议极其重要,合作达成是双方共赢的局面。

俄罗斯商人精通英语,但是中文却勉勉强强,学了几年也就是个入门水平,最后只好放弃。

恰巧俄罗斯商人来中国出差,就在申城找了家历史悠久的知名翻译公司,那家翻译公司的俄语部门对他也有所耳闻,为了表达重视,直接提供了一长串在谈判会议有空的所有俄语译员名单,名单后还附上了每个译员的详细资料。

"我请了一家翻译公司,但是还没有选出合适的译员,不知道你有没有合适的人选推荐给我?"

沈烬挑了下眉,端起酒杯喝了口伏特加。因为招待俄罗斯商人,沈烬特意选择的是伏特加,辛辣的味道刚入唇舌,瞬间刺激味蕾,又让他浑身清醒过来。

他扯了下唇,铭逸资本那时候的产业还在国内,触角远远没有伸长到俄罗斯这样的异国,他自然也不会有什么熟悉的俄语译员,除了一个人。

不知道是不是怀揣着想要找到秋随的一点想法,沈烬没有直接拒绝:"那家翻译公司发给你的译员名单呢?给我看看?也许还真的有我认识的人呢。"

俄罗斯商人也不推托,直接点开邮件中的文档,递给沈烬。那是一份很长的文档,排名并不是按照首字母的顺序排列,而是按照译员的能力、资历和经验等多方面综合排序。

沈烬一直翻到最后一页,才捕捉到了那个熟悉的名字。他将文档往左拉,又放大字迹,才终于看清秋随那一栏名字后面的简短介绍。

和前面几列密密麻麻的职业经历介绍不同,秋随的那一栏只在实习经历上写了短短一行——大一大二期间曾在××外语培训机构担任过英语和俄语兼职老师。

沈烬盯着那行字看了半晌,忽地扯唇笑了。那家外语辅导机构是他投资的,秋随能拿到那家辅导机构的offer是他授意的,为了不让秋随起疑心,他还让机构招聘了几名同为H大的小语种学生,又调整了所有人的工资待遇。

只是,在看见秋随的简历栏上写着被自己投资过的辅导机构的时候,沈烬还是忍不住低声笑起来。

他和秋随早已经是再也没有关系的陌路人。但即便如此,他和秋随还是有着一缕若有若无的关系,那份关系如今坦荡地被列在秋随空荡荡的简历框上。

俄罗斯商人好奇地打量他一眼:"怎么,难道还真有你认识的人?"

"嗯。"沈烬也不隐瞒。

那时候已经是十月份,按照秋随七月中旬毕业来算,也已经过了两个多月。

也就是说,在入职这家公司后,秋随一直都在坐冷板凳,简历上至今还没有一项足以装点门面的项目经验,这种恶性循环会往返持续,情况严重会直接影响到一个人的信心和职业生涯。

"就她吧,"沈烬伸手点了点秋随的名字,"她的俄语能力……"

沈烬语气停顿了下。说实在的,他对秋随的俄语能力并不了解,只能从那家已经倒闭的辅导机构听闻一二。那家辅导机构的幕后老板曾经评价秋随,说她是个很懂得随机应变的俄语译员,俄语能力一直都是H大俄语专业的第一名。

"她很好,"沈烬想了会儿,慢悠悠用英语说道,"她一直都是俄语专业的第一名。"

俄罗斯商人借着酒吧昏黄的灯光看了几秒秋随的简历,忍不住皱起眉头:"可是她没有实战经历。你知道的,这场会议非常重要,没有经验的新人很有可能会心里紧张,临场发挥失误。"

沈烬没说话,只是抿了口酒,打量了面前的商人几眼。片刻后,他眉梢微扬,俄罗斯商人倒不是拒绝,更像是在和他谈条件。

沈烬扯了下唇,也懒得多费口舌:"我再单独聘请一名有十年以上议员经验的俄罗斯译员给你,我带着那名译员和你一起去俄罗斯,作为第二方案。如果她发挥失常，就让我带着的那名俄罗斯译员顶替她，如果她没有失误，你就当我和备用的俄罗斯译员从没出现过。"

这是让俄罗斯商人选择秋随的解决方案。

沈烬顿了下，又慢悠悠道："你不是一直在为你的新产业寻找投资人吗，你看我怎么样？"

这是让俄罗斯商人选择秋随的退让条件。

俄罗斯商人在俄罗斯开拓了一个新产业，以他在商场摸爬滚打多年的名声，沈烬相信他找到投资人不过是迟早的事情。

但商场如战场，晚一分钟拿到投资，就晚一分钟进入市场分割蛋糕，损失的利润可是以百万为单位计算。

俄罗斯商人惊讶地瞪大瞳孔，盯着沈烬看了几秒，点头答应下来，试探性问了句："看名字是个女译员？"

沈烬"嗯"了声，没多解释。

俄罗斯商人也不在乎，他拿到了投资也乐于卖给沈烬面子："怎么，不会是你女朋友吧？"

沈烬端着酒杯的手微微一僵，在空中停顿了片刻。

"不是。"沈烬深吸了口气，他抬手按了按眉心，"一个从前的老朋友而已。"

俄罗斯商人自动解读他的话："从前的女朋友？"

沈烬扯了下唇，像是笑了，但神色却依然冷冰冰的。半响后，他喝完了酒杯中的伏特加，摇了摇头。

他眯了眯眼，仿佛带上了点醉意用中文道："一个，我不太舍得让她难过的朋友。"

俄罗斯商人听不懂中文，用手肘碰了碰沈烬："你刚刚怎么突然说中文了，用英语翻译。"

沈烬笑了下，搁下酒杯，玻璃落在酒桌上发出清脆的声音："我说，喝完了，可以叫个代驾回家了，投资合同三天后会送到你手上。"

第二天一早，陈睿皱着眉头对着敲键盘。几分钟后，陈睿叹了口气，还是忍不住看向沈烬开口："小沈总，你怎么会想到去投资俄罗斯啊，俄罗斯现在经济情况持续下滑，就算您投资的是新兴产业，回本也需要不少时间啊。"

陈睿是沈齐峥从沈氏集团特意拨给沈烬的特助，身兼多职，跟在沈烬身边多年，和沈烬说话言语间自然而然也少了几分拘谨，往往想到什么就说什么了。

沈烬瞥他一眼，神色倨傲："很快就会转回来的，你看我投资这些年，什么时候输过？"

陈睿沉思了一会儿，到底还是稍稍放下心来，重新敲打键盘，但还是忍不住小声嘀咕："您大二那年投资的外语辅导班不就倒闭了吗？何止是输啊，简直血本无归。"

声音很小，但沈烬听得很清楚。他面色一僵，正在翻阅文件的动作也猛然停住。

场面凝固了几分钟，沈烬才自嘲一般低不可闻地笑了下。"嗯，是血本无归。"

"我只输过那一次。"

沈沈烬垂着头，像是在自言自语，又仿佛在暗暗发誓。

"但我也只会输那一次。"

半个月后，沈烬带着陈睿和一名足有十五年翻译经验的译员一同去了俄罗斯。

俄罗斯商人将沈烬一行人带进了大厅二楼，站在楼梯口朝下俯瞰，刚好能看见一楼正中央坐着的秋随。

沈烬将手搭在栏杆扶手边，垂眸往下看过去。

一楼会客厅人头攒动，每个人都绷紧了神经，秋随第一次接手这样重大的项目，自然也不例外，根本无暇顾及从四面八方朝她投射而来的专注目光。

沈烬得以打量了她好半天，他看着秋随出落成落落大方，侃侃而谈的模样。

他看着秋随起先有些紧张地绷直了脊背，但很快就进入状态，翻译流畅，语速平稳，没有出错，整个过程堪称完美。

他也看着秋随中途跟在俄罗斯商人身后，脸上露出了他相册被锁住的那张照片上近乎一样的笑容。

秋随是真的很开心，沈烬不由自主地跟着勾唇笑起来。

片刻后，他带着陈睿和那名备用翻译转身离开。

俄罗斯商人和他有过约定,如果需要备用翻译,他会第一时间派人来请。眼下已经过了快一整天,明显是不需要备用翻译再上场工作了。

离开大厅后陈睿随手喊了两车,一行人返回酒店。

备用翻译犹豫了片刻还是忍不住问:"沈总,那我这是……"

"你就当来度个假。"沈烬开口道,"会议结束你的假期就跟着结束回国,不用担心,和你说好的薪资照常给你不变。"

备用翻译肉眼可见地松了口气:"下次您如果还有这样的差事,请尽管联系我。"

沈烬没吭声,只是扭头沉默地看着窗外逐渐后退的人影,以及倒映在后视镜中越来越小的大厅。

"还真有个其他的事情麻烦你,"沈烬侧头看向备用翻译,"我打算学习俄语。"

备用翻译愣了一会儿,还没反应过来,显然不知道为什么沈烬的话题跳跃得如此之快。

陈睿先纳闷出声问道:"小沈总,这好端端的学习俄语做什么?"

沈烬语气平静地回答他:"之后应该还会再来很多次俄罗斯,每次都请翻译,未免太麻烦了。"

陈睿一惊,下意识地追问:"来这一趟不够,还得再来很多次?!"

他对俄罗斯的确没有什么好感。这儿的食物比不上国内好吃,面包硬邦邦的口味奇奇怪怪,街道上的出租车快得仿佛要和飞机赛跑,每个司机都是秋名山车神,每一刻都在上演生死时速,还是国内的司机师傅开车稳妥平安,更别提这儿每到晚上几乎都有醉汉在街边出没,喝得醉醺醺的还浑身酒气。

无论从哪方面比较,陈睿都觉得还是国内最好,他想不通沈烬干吗要抛弃国内的烧烤小龙虾和三十分钟必达的外卖,还要再来俄罗斯受罪。

"嗯。"沈烬点了下头,言简意赅地解释,"我打算在俄罗斯多投资几个产业,自然还会再来很多次俄罗斯。"

陈睿沉默了下,委婉地提醒:"小沈总,俄罗斯的经济并不算好,你还是慎重考虑。"

"我考虑清楚了。"沈烬靠在后座,还算耐心地简短解释了一会儿。

陈睿叹了口气,没再反驳。

沈烬又侧头和翻译聊了几句学习俄语的事情,才闭上眼睛得了片刻宁静。

他心知肚明,如果没有秋随,他很大可能是不会选择在俄罗斯产业投资的。

沈烬一直深刻地记着,在申城的酒吧,他看见秋随的简历栏上写着在XX辅导机构曾任俄语兼职老师的心情。

心脏在那一刻,久违地重新加快。那样罕见又令人忍不住欣喜的情绪,沈烬贪心地想要再多体验几次。

沈烬知道,以秋随今天在这场高难度项目中的表现,足以让秋随成为俄语译员中的新秀。

不出意料的话,秋随还会来很多次俄罗斯,成为俄罗斯不同公司聘请的俄语译员。

至于他……沈烬微微凝神想了会儿。

也许总有一天,秋随会是俄罗斯一家公司聘请的俄语翻译,而他,会是那家公司幕后的投资方。像是冥冥之中会有一条线一样,将他和秋随重新牵在一起。

在秋随身上,他大约是伺机而动的猎人,偏偏又有足够的耐心,在猎物身旁布下一个又一个的天罗地网,等着猎物撞上门来。

这一天,沈烬等了很久。

日复一日,月复一月,年复一年。

直到二十七岁那年,沈烬接到投资的一家俄罗斯公司的邮件,上面备注会在年底到次年年初这几天进行一场并购谈判会议,并且邀请沈烬出席会议。

考虑到那几天包括了跨年夜,沈烬也许会有其他安排,公司负责人在邮件中表示,如果沈烬有其他安排没空出席并购会议,他会将这张会议全程录像,并将全程视频发送给沈烬邮箱。

沈烬将邮件往下拉到最底,底下附着公司聘请的翻译名字——秋随,二十七岁。

他握着鼠标的手微微颤抖,仿佛期盼已久的梦终于成真的那一刻,第一反应不是惊喜,而是怀疑。

沈烬盯着秋随的名字看着半晌,确认自己不是做梦后,才将鼠标挪到邮件的右下角，在"接受"一栏中，打了一个钩。

次日，沈烬收到了公司负责人的电话。

聊了几句会议安排后，沈烬挂断电话前，状似无意地补充了句："翻译的状态直接影响到这次会议的进展是否顺利，给这次的翻译都订头等舱吧。"

负责人愣了片刻，还是迅速答应下来。

"对了，"沈烬想了想，又开口补充道，"订和我同一班飞机的头等舱。"

"好的，您还有什么其他交代吗？"

沈烬沉默了片刻，才慢悠悠道："跨年夜那天，我想去附近的广场看一场跨年烟花，麻烦这次的翻译负责人随我一同前往吧，翻译工资另算。"

"这……可是您，"电话那头犹豫了几秒，显然对这个要求有些茫然，才结结巴巴道，"您俄语能力这么流利，根本不需要翻译呀。"

"生疏了，这种事情没必要让翻译知道。"

"好的，明白。"

在飞机上重逢那一刻，沈烬扭头看向头等舱门口原地出神的秋随。

重逢都在他的预谋之中，他蓄谋已久，但视线落在那张魂牵梦萦的脸上的时候，沈烬心中还是忍不住泛起涟漪，喜悦铺天盖地向他一起涌来。

目光落在机舱门口直愣愣盯着他的秋随身上，沈烬在内心默默开口：好久不见，秋随。对你来说，或许的确是好久不见。但是对我来说，我已经偷偷看了你很多次，默默等了你许多年。为了这一次重逢，费尽心思，筹谋许久。

但没关系……

沈烬低声笑了下。

秋随，在这一刻，我们的故事，即将重启。

沈烬:"晒情敌吗?"

婚后番外一 /
争风吃醋的沈氏父子

这已经是今天第三次,沈知秋迈着小碎步闯进沈烬和秋随的卧室了。沈知秋刚刚学会走路没多久,走得摇摇晃晃,她迈着小短腿径直奔向秋随所在的方向,伸手仰着头要抱抱。

小女孩生得极其可爱,纯黑的眼瞳只要朝秋随那么一看,秋随觉得自己的心都被完完全全融化了。这一次也没有例外,秋随没有任何犹豫,就迅速从沈烬怀中挣脱开来,半蹲下来接住了沈知秋的拥抱。

沈知秋咿咿呀呀发着并不标准的音节,秋随根本不需要仔细倾听,也能辨别出她到底在说些什么。

毕竟谁都没想到,沈知秋目前唯一会说的词,也是她学会说的第一个词,居然是——"giegie"。

"知道了,"秋随笑眼弯弯,点了点沈知秋的脸蛋,"带你去找哥哥。"

秋随抱着沈知秋去找沈砚随,她的全部注意力都聚集在怀中的女儿身上,丝毫没有注意到身后沈烬幽怨又无奈的目光。

虽然沈砚随和沈知秋是龙凤胎兄妹,但是两人性格截然不同。沈知秋会毫无理由地号啕大哭,但只要一扑进秋随的怀里,就能迅速哄好止住哭泣。和沈知秋比起来,沈砚随要安静许多,不仅很少哭,甚至沈知秋一天前就开口学会说哥哥了,沈砚随至今也没说出任何一个单词。

刚将沈知秋放在沈砚随身旁,秋随就看见沈知秋迅速翻了个身,手脚并用一把抱住了身旁的沈砚随。沈砚随睁着一双乌黑明亮的眼睛,看了眼八爪鱼一般的妹妹,任由她抱着没挣扎。

行吧,她算是看出来了,沈知秋毫无疑问的是个"兄控"。

"小没良心的,"秋随坐在床边,"妈妈教了你这么久,怎么第一个学会的词是哥哥呢?"

沈知秋懵懵懂懂丝毫没有察觉,依旧侧着身扒拉着沈砚随,只露出了半张可爱的侧脸,对于秋随的抱怨没有做出丝毫反应。身后一道懒洋洋的声音传来:"我看你和沈知秋一样,也挺没良心的。"

秋随一愣,回头看过去。沈烬双手环胸,懒洋洋斜靠在门边,对上她困惑的眼神后,才扬眉"啧"了声,慢条斯理地开口道:"果然忘了。"

秋随眨了眨眼,对上沈烬谴责的眼神,才猛然回想起来,在沈知秋闯进来找她前,沈烬正和她商量高中母校的校庆。半个月后,恰逢她和沈烬的高中母校百年校庆,她和沈烬都收到了校庆的邀约。

正好最近周凌薇转岗,秋随正在准备升职报告和周凌薇的工作交接,事情本就应接不暇,但秋随没有拒绝校庆活动的邀请。她当年高考意外缺席考试,后面的几门考试心态也失衡发挥失常,高考分数实在差到没眼看,如果不是当年的班主任出面担保,她根本没办法回学校复读。

沈知秋睡得安稳,沈砚随虽然还没睡觉但也安静地没出声。秋随放下心来,起身朝沈烬走去。

沈烬挑衅地看了眼将秋随注意力分走的婴儿床,刚走到门边,秋随就被男人搂住腰,往前带入怀中。虽说沈砚随和沈知秋也才一岁出头,但是秋随还是推着沈烬往外走,担心吵醒熟睡的沈知秋,她低声询问道:"你呢?"

后面"参加吗"三个字还没来得及说出口,就被清晰流畅的"妈妈"两个字迅速打断。

秋随挽住沈烬的胳膊一僵,定在了原地。片刻后,秋随才抬起头,两眼亮晶晶地看向沈烬:"阿烬,是不是砚随在喊我?"

沈烬深呼了口气。沈砚随和沈知秋这两小孩,睡前故事是他念,一日三餐是他喂,衣服玩具是他买。结果沈知秋唯一会说的词是"哥哥",沈砚随第一个学会的词是"妈妈"。

偏偏秋随只要一看见这两小屁孩,就完完全全对他视若无睹了。沈烬非常有理由怀疑,这两人来到这个世界上就是来找他麻烦的。

一时之间,他也不知道应该先气沈砚随没良心,还是该气秋随分给他的注意力日趋减少。沈烬垂眸看了眼满眼期待看向自己的秋随,还没点头回答,身后突然传出了比之前更加清晰流畅的"妈妈"二字。

秋随眼睛一亮,沈砚随咬字清楚,这回她听得分外明确。她没有犹豫就松开了沈烬的手,迅速回身奔向婴儿床。

秋随声音放得很柔,低声哄着沈砚随。沈烬看着背对着他的秋随,目光瞬间柔软下来。

他站在门边看了会儿,兜里的手机传来轻微的振动。沈烬拿出手机看了眼,是裴新泽的消息。

裴新泽:"你说你这人也是奇怪了。"

裴新泽:"你说小砚随和小知秋多可爱啊,我怎么就没见过你晒这两个小萌崽崽?"

他垂下头,神态慵懒单手打字。

沈烬:"晒什么?"

沈烬:"晒情敌吗?"

他关上手机丢回兜里,又重新看向专注哄着沈砚随的秋随。沈烬盯着看了片刻后,扯了下唇,转身走向浴室。

秋随循循善诱地教沈砚随开口再说一遍说"妈妈"。秋随缓慢地念一遍,沈砚随就跟着念一遍"妈妈"。

这个温馨的场面,持续到沈烬突然出现。秋随光顾着哄宝宝,还真没留意沈烬去了哪儿,直到沈烬全身上下只围着一条浴巾,出现在她面前。

男人随意地拿过毛巾,擦了擦还滴着水的头发。他懒散地往前一站,堵住了秋随看向沈砚随的全部视线。

秋随呼吸一窒,她的确是想不到,沈烬趁这么会儿工夫就跑去浴室洗了个澡。

沈烬常年锻炼，肌肉紧实有力，腹肌曲线分明，眼尾上翘，深邃的眼神像是会勾人。

秋随眨了眨眼，愣了好半天，连喊沈烬让一让这句话都说不出口。

"你不觉得，"沈烬像是丝毫没察觉到她的注视，将擦完头发的毛巾丢到一边，"除了教他念妈妈，还得教他学点别的吗？"

秋随被眼前美色迷惑住，一时之失神了片刻，才反应过来。

她理所当然地认为沈烬是想教沈砚随喊"爸爸"，秋随点了点头："那你教他……"

话还没说完，被沈烬挡住的沈砚随又喊了声妈妈。

秋随就看见沈烬转过身，接下了沈砚随的话茬："是爸爸的。"

秋随正准备起身的动作一顿，有些茫然地看向沈烬。或许是没有看到秋随，沈砚随有些不满，他再次喊了句："妈妈。"

沈烬迅速应下："是爸爸的。"

紧接着，她就听见男人极有耐心地教沈砚随一些所谓"别的"。

"跟着我念，"沈烬义正词严，"妈妈是爸爸的。"

相比沈砚随脱口而出喊了妈妈这件事，更让秋随不敢相信的，是沈烬站在婴儿床前，孜孜不倦地教沈砚随喊，"妈妈是爸爸的"这六个字的话。

婴儿床上的小男孩，和身材挺拔的男人，像是陷入了一个无止境的对峙。

一个人不厌其烦喊"妈妈"，一个人毫不动摇接着说"是爸爸的"。

秋随撑着下巴，看着两人你一句我一句相持不下，直到沈砚随实在是支撑不住，声音逐渐微弱下去，困乏地闭上了眼睛，这场胶着的比赛才算是落下帷幕。

"看来是学会了。"沈烬声音愉悦，转过身揽过秋随的肩膀将她往外带，"可以走了。"

秋随一头雾水："去干吗？"

沈烬顺手关上了婴儿房的门，轻捏住她的下巴吻了上去。

深吻结束后，他垂眸看了秋随一眼，语气意味深长："教你，妈妈是爸爸的这句话的真正意思。"

十年前的九月,秋意正浓,秋色宜人
我于枝繁叶茂处,遇见了我的心上人。

婚后番外二 /
情书

九月初,刚刚升职经理不久的秋随请了一天假。得知这个消息后,温婕满脸都写着忧心忡忡:"秋随姐,你应该还记得吧,我手上还有个项目要找你审批吧?"

"还喊秋随姐呢,"傅明博瞪她一眼,认真纠正道,"得喊秋经理了。"

秋随不介意这点小事:"都叫习惯了,不用改口。"

"那可不行。"温婕挺直了腰板语气笃定,"你现在可是我们的领导,还是喊秋经理。"

一道熟悉的轻笑声从门外传来。傅明博迅速转身,对上神色懒洋洋的男人:"表哥,你怎么来了!"

秋随还没来得及转身,垂落在一侧的右手先被来人握住,低沉的声音在她耳畔响起,对话的人却是温婕和傅明博两人:"借你们领导一用。"

"原来如此!"温婕反应过来,"秋随姐你难得请一天假,原来是被沈总借去了。"

秋随轻晃了晃被男人握住的右手，压低声音询问道："没门禁卡你怎么进来的？"

沈烬言简意赅回答她："家属身份还不够？"

"走吧。"沈烬牵起她的手就往外带，也不在乎温婕和傅明博的眼神，慢条斯理道，"秋领导，接你回家。"

不得不说，这是秋随在公司回头率最高的一天，一直到跨出公司大门，她还能听见身后传来隐隐约约的议论声。

她加快脚步，拽着沈烬匆匆走出了公司。她怎么忘了，沈烬是个可以随时随地秀恩爱，并且不会产生丝毫抱歉情绪的男人。

"你来接我怎么也没提前告诉我？"秋随坐上副驾驶，随口问了句，"校庆不是明天吗？"

沈烬瞥她一眼："接领导回家不是分内职责？"

秋随笑了笑，索性直接应下了这个称呼："那领导交给你一件事情？"

沈烬："什么事？"

秋随："你能不能教你儿子说点别的？"

她算是发现了，这段时间，沈烬和沈砚随两父子是杠上了。一个执着地教儿子念"是爸爸的"四个字，一个固执地只愿意喊"妈妈"。

得亏沈知秋是个兄控，沈烬并没有不厌其烦地对着沈知秋念叨这四个字。秋随本来也不想管，奈何她听得耳朵都快起茧了："你觉得沈砚随能听懂这句话吗？"

沈烬细想了会儿，点了点头表示赞同："有道理。"

秋随暗自松了口气，还没等她缓过神来，就听见沈烬言之凿凿地补充："那我就给他念睡前故事吧。"

有一种不祥的预感浮上心头，秋随："什么睡前故事？"

沈烬："爸爸和妈妈从认识到相爱的睡前故事。"

秋随沉默了片刻，才说道："算了，你还是只教那四个字怎么读吧。"

秋随一个人闷了会儿，转头看了眼窗外，才发现这条路似乎并不是通往回家的路。

"阿烬，"秋随有些纳闷，从公司回家的路，沈烬走过几百遍，不可能会走错的，"我们今天去哪儿？"

"去林老师家。"

"啊?"秋随愣了会儿,"我记得林老师是让我们月底去他家吃饭呀,聚会提前了?"

"没提前,"沈烬解释,"去林老师家取你的高中校服。"

明天的高中校庆恰好碰上每年九月的开学典礼,学校决定一起举办,或许是这个原因,校庆负责人表示受邀校友可以着正装出席校庆,也可以选择穿曾经的校服出席校庆。

当然,在沈烬开口之前,秋随一直认为,应该没有人会选择穿曾经的校服出席校庆的。

"校服?"秋随抿了下唇,忍不住重复了一遍,语气是毫不掩饰的不可思议,"你决定穿校服出席明天的校庆?"

"纠正一下,"沈烬说,"是我们一起穿校服出席。"

"阿烬,我们已经毕业很多年了。"秋随沉思了下,出声提醒沈烬,"我们那时候穿的校服,和现在学校里学生穿的校服,应该完全不同。"

沈烬挑了下眉,反问道:"然后?"

"而且,"秋随看了眼姜嘉宁发来的消息,"就连姜嘉宁这种不走寻常路的人都选择穿正装,我猜明天出席活动的所有校友,只有我们会穿校服出席。"

沈烬将车停在别墅门口,一字一顿道:"所以?"

"所以,"秋随解开安全带,下了结论,"明天整个学校,应该只有我们两个人,会穿着一套十余年前的校服出席活动。"

"嗯,"沈烬扭头定定地看着她,意味深长道,"整所学校,只有我们两个人,穿着同样的衣服。"

那套如今没有人会再穿上的校服,是我们的第一套情侣装,十余年前,它曾经是成百上千的学生共同的情侣装,但明天,它是只有我们两个人能穿的情侣装。

母校的校庆和开学典礼要九点半才开始,但是早上七点,学校的大门就已经打开,迎接着朝气蓬勃的学生。

秋随实在是不想在九点的时候,夹在一群穿着正装的社会人士中,穿着十年前的朴素校服尴尬地溜进学校。

为了避免这种史无前例的尴尬时刻,她只能强硬地拉着沈烬,隐藏在成群结队的学生中,一大早就来到了学校门口。尽管穿着校服,但毕竟和现在的校服彻底变了模样,察觉到从四处投来的目光,秋随决定低调行事。

她挣脱下沈烬牵着她的手,没挣脱开:"阿烬,松手。"

"怕什么。"沈烬垂眸扫她一眼,语气格外挑衅,神色肆意,"我们可是合法的。"

清晨的阳光耀眼明媚,沈烬勾着唇笑着看她,秋随一时之间晃了眼,任由沈烬光明正大地牵着她进入学校。三分钟后,果不其然,被门口的保安大声呵斥住了。

秋随在一旁安静地憋着笑,看着沈烬不慌不忙地拿出邀请函,又在一众学生目光中,坦坦荡荡走进校门。

身后还能听见校领导对学生的低声教训:"看什么看,那是你们毕业多年的师兄师姐,上过电视的知名校友!"

时隔多年,高中母校变化挺大,唯一不变的,是学校操场偏僻角落的小树林。

"走,"沈烬牵着秋随往小树林的方向走,"去那儿看看。"

那是他们第一次遇见的地方。

因为绝佳的地理位置,和隐蔽的树木丛林,小树林是高中公认的约会圣地。不过,这毕竟是开学第一天,还没什么学生敢公然挑战教导主任的威严。

秋随没在小树林看见什么偷偷摸摸牵手约会的小情侣,反倒看见了几对并肩而坐穿着校服的学生,一个安静弯腰做题,一个低声背英语单词。

"阿烬,"秋随拉着沈烬坐在了最角落,"你说他们,是不是也想考同一所大学?"

"不知道,"沈烬笑着看她"但我们那时候,是要考同一所大学的。"

"教导主任来了!快跑!"不知道是谁尖叫了一声,所有的学生作鸟兽散,不过短短几秒,整个小树林只剩下了她和沈烬二人。

秋随撑着下巴,看着气势汹汹朝小树林走过来的教导主任,她猛然回想起因为沈烬而闪着光的年少岁月:"阿烬,这里是我们第一次见面的地方。"

"是。"

"那时候我以为你给我送了封情书,然后发现是我误会了。"

"嗯。"

"所以,我都还没有收到过你写的情书。"

"对,"沈烬神情温柔地看向她,"怎么,想要我现在给你写?"

秋随转头对上他缱绻的目光。岁月仿佛没有在沈烬身上留下痕迹,就像是此刻,他穿上十余年前的校服,秋随看着他,还是会有一瞬间的恍惚,还是她,还是那个温暖过她的骄傲翩翩少年郎,从来没有变过。

"不急,"秋随摇了摇头,她愉悦地笑起来,伸手指了指前方,"你先应付完教导主任再说。"

话音落下,一道严厉的声音从上方传来:"你们两个,都给我站起来,说,哪个班的?!"

多年后的某个夜晚,沈砚随接家中大领导命令,取出衣柜最上方的一套蓝白相间的老校服,校服被折叠得整整齐齐,沈砚随拿出来的瞬间,正要关上柜门,没找到哥哥的沈知秋猛地冲了进来。

沈砚随一惊,校服从手中滑落,一张保存完好的白色纸张也跟着散落在地。

"哥哥,"沈知秋捡起纸张,交给沈砚随,"这是什么呀?"

两个小孩坐在床沿,声音稚嫩但清晰地念出了纸张上的句子——

"十年前的九月,秋意正浓,秋色宜人,我于枝繁叶茂处,遇见了我的心上人……"

本书由绘秋委托长沙大鱼文化传媒有限公司正式授权贵州人民出版社,在中国大陆地区独家出版中文简体版本。未经书面同意,本书的任何部分不得以图表、电子、影印、缩拍、录音和其他手段进行复制和转载,违者必究。